Chartreuse

샤르트뢰즈

Chartreuse

샤르트뢰즈

언재호야 장편 소설

목 차

프롤로그

"야, 이 개새끼야!"

그녀의 목소리가 좁은 방 안에 메아리쳤다.

전화기 저편에서는 이미 아무 소리도 들리지 않았다. 화면은 통화 종료로 바뀌었으니까.

평소… 욕을 잘하는 건 절대 아니었다. 아니, 오히려 다들 찍찍 뱉는 욕설을 혼자 입에 담지 못해 너만 그렇게 우아를 떤다고, 공주라도 될 거 같냐고 놀림받기도 했었다.

욕을 하지 않기로 한 건, 그녀 스스로의 맹서이자 다짐이었다. 차마 입에 담을 수 없는 쌍욕을 입에 달고 살던 그 생물학적 부친과 이년 저년이 여자를 가리키는 인칭 대명사인 줄 아는 것만 같은 엄마한테 충분히 질린 그녀는 절대 나는 입에 욕을 달고 살지 않겠다고 다짐했었기 때문이다.

강하게 의식하고 있었기에 가능했다. 아니, 누구나 다들 감탄사처럼 쓰는 씨발을 입에서 내뱉지 않을 수 있었던 건, 그 단어에 대한 증오와 반감이 그만큼 엄청나게 컸기 때문일 것이다.

그런데 가끔, 아니, 요즘은 점점 더 자주 저절로 욕이 튀어나오고 있었다.

그걸 쓰지 않겠다는 제 정신력보다 처한 상황이 더 극에 달해서라고 변명해 보지만… 사실 늘 절벽 끝으로 몰리면서 살아왔다. 어쩌면 아버지란 말조차 쓰기 싫은 사람이 세상을 떠난 뒤에 좀 나아져서, 그래서 둔감해졌는지도 모르겠다.

하여튼, 지금은 욕이 튀어나와도 어쩔 수가 없었다.

하지만 그 욕을 처먹어야 하는 놈은 이미 전화를 끊어 버렸다.

"야!"

분이 찬 그녀는 다시 소리쳤다.

그러곤 주변을 둘러보았다. 8평쯤 되는 공간엔 욱여넣은 듯 싱크대와 옹색한 가구들과 화장실로 통하는 문이 있었다. 남들이 보기엔 좁아터진 원룸일지 몰라도 그녀에겐 실로… 몇 년 만에 가져 보는, 집다운 집이었다.

물론 반은 지하에 파묻혀 있어서 제습기가 필수 조건이긴 했지만.

월세 보증금이 늘어 월세가 줄어들수록 돈을 번 기분에 밥을 먹지 않아도 배가 불렀는데……. 뭐가 어째?

[미안해 누나, 나처럼 쓸모없는 놈은 죽어야 해…….]

그래, 넌 죽어야 해…라고 말하고 싶었다.

이 돈이 어떤 돈인데!

만약 일이 거기서 끝났다면, 그녀는 군이 여기 나오지 않아도 됐을 것이다.

'김영진 씨……. 아쉽게 됐어. 하지만 뭐 어쩔 수 없잖아.'

어쩔 수 없다는 건 알고 있었다.

그런데 왜… 하필 난데.

3년째 일해 온 작은 출판사였다. 그녀가 아르바이트로 들어왔을 때만 해도 일손이 모자랄 정도로 바삐 돌아갔다. 괜찮은 신인들의 순수 문학 데뷔작이 중박 정도는 늘 쳐 줘서 월말이면 조촐한 자축 회식도 거의 정기적으로 해 왔었다.

글이 좋아서 그것에 관계된 것을 공부하고 싶다는 제 인생의 가장 거창한 꿈을 실어 2년제 문창과를 어렵게 졸업한 그녀는 선배의 연줄로 아르바이트를 시작했고, 곧 계약직 사원이 되었다. 그리고 정식 사원이 된지 겨우 4개월째였다.

그러나 갑자기 작년부터 대형 온라인 서점과 장르 문학 이북 유통사들이 순수 문학 쪽도 손을 뻗치더니 1년 만에 정세는 완전히 역전되고 말았다. 하루하루 돌아가는 분위기를 보고 다들 오늘은 내가 아닐까 싶은… 그런 살얼음판을 걷는 기분이 이어지고 있었다.

그리고 늘 그렇듯… 그녀가 낙점되고 말았다.

예상은 했지만, 적어도 오늘은 아니었으면 했다.

하필이면 근근이 허리띠를 졸라 가며 조금씩 늘려 온 반지하 방의 전세 보증금을 코인인지 뭔지에 다 날려 버린 동생 놈이 누나가 용서하지 않으면 당장 동네 아파트 옥상에서 뛰어내리겠다고 전화를 한… 오늘만은 아니었으면.

그랬으면 이 자리에 안 나왔을 것이다.

그러나 나와야 했다. 당장 살고 있는 반지하 방을 강제로 나와야 했고, 산 것은 얼마 없는 데다 좁기도 하고 얻기도 하여 꾸린 살림살이들의 비루한 주인인 영진은 갈 데조차 없었다.

반지하이고, 마을버스 종점에서도 한참 걸어가야 했지만 그래도 원룸의 월세 보증금도 아닌 전세 보증금을 마련하기 위해서, 그녀는 정말이지 근 3년을 치열하게 살아왔었다.

아니, 2년제 대학 시절부터 아르바이트란 아르바이트는 닥치는 대로 했고, 국가 장학금을 받기 위한 성적도 유지해야 했다. 생활비 대출까지 받지 않으려고 얼마나 악착같이 일했던가.

구질구질하게 살지 않으려고 했지만 현실은 그렇지 않았다. 남들처럼 발목 잡는 학자금 대출이라도 없는 게 다행이었지만, 그나마 일찍 취업했다고 해도 생활은 그다지 나아지지 않았다.

출판사 일은 고생스럽긴 했지만 재밌었다. 아르바이트와는 다른 단위의 월급을 받을 수 있었으니까. 게다가 사대 보험도 멀쩡하게 들 수 있었다. 그래도 평범하게 부모의 뒷심을 받는 다른 이들하고는 달랐다. 그래서 더욱더 열심히 했었다.

그런데… 이런 면접이라니.

호텔 커피숍이었다. 촌스럽게도.

널리고 널린 게 커피 전문점인데……. 하지만 면접을 보는 오너의 취향에 따라야지.

이것만 봐도 이 면접이란 게 정상적이진 않아 보였다. 아니, 정상적일 리가 있나.

경기도 양평군 청운면 가현리 큰알자리골 1…….

지도를 손가락으로 아무리 펴 보아도 주변에 아무것도 없는 산이었다.

"저기, 혹시 김영진 씨?"

지도 검색에 몰두하다가 문득 누군가의 목소리가 들렸다. 고개를 들어 보니 언뜻 보아도 우아한 노부인이 서 있었다.

"아, 네. 박 여사님이신가요?"

"네? 아… 박 여사. 맞아요. 앉아도 되겠죠?"

우선, 다행이었다. 제 앞에 긴 치맛자락을 가지런히 하면서 앉는 노부인의 모습은 편안해 보였다. 60대 중반쯤 되었을까? 무리하게 현대 의학의 힘을 빌리지 않은 티가 역력한 자연스럽게 나이 든 얼굴은 고운 편이었다. 사람이 나이 들면 그 삶이 얼굴에 드러난다더니, 마치 소녀처럼 핑크빛 양 뺨을 지닌 희끗희끗한 파마머리를 가지런히 한 노파는 생생한 눈빛이 선해 보였다.

천만다행이었다.

게다가 얇은 레이스로 된 카디건과 블라우스, 긴 치마, 주름진 손에는 금팔찌와 금반지도 보였다. 들고 있는 가방은 오래되어 보이긴 했지만, 손질이 잘된 구찌 클래식이었다.

하긴 있는 집이니까, 이런 어이없는 조건을 내건 거겠지.

영진은 궁금증이 산더미 같았지만, 꾹 참았다. 좋은 이미지로 보여야 하니까.

"젊은 아가씨인데……. 괜찮겠어요? 다들 조건 보고 손을 내젓던데."

"아니, 전 괜찮습니다. 마침 좀 쉬고 싶기도 하고요."

말을 하고 나서 잠깐 후회했다. 아니, 일하러 가는 거잖아!

"맞아요. 그렇게 생각했으면 좋겠어요. 그런데 좀 금방 그만두면 안 되거든요. 다들 며칠 있다가 답답하다고 가 버려서……. 사람이 자꾸 그렇게 드나드는 게 참… 힘들어서 말이죠. 조건은 전화로 이야기한 거랑 똑같아요. 근무는 6개월 이상, 한 달에 두 번 휴일, 할 일은 간단한 가사를 도와주면서 제 말동무나 해 주는 거. 숙식은 다 제공하고요."

"그게……. 진짜죠?"

"녹음이라도 해요. 내가 글로 쓰는 건 잘 못하니까. 다들 그래서 연락조차 안 하거나 전화를 해도 만나자는 말을 안 하더라고요. 요즘 세상이 워낙 험악하니까. 난 순수한 마음으로 사람을 찾는 건데 조건이 박하면 거들떠보지도 않고, 조건이 좋으면 의심하고……. 뭐 심지어 장기 밀매 하냐는 소리까지 들어 봤다니까, 나 원 참. 절대 그런 거 아니에요. 아까 이야기한 거처럼 그냥 좀 집안일이 벅차서 도와주고, 적적하니까 대화나 하고 그러려는 그거라는데도."

조금 전과 똑같은 말을 다시 반복하고 있었다.

"월급은 200이에요. 최저 시급인지 뭔지 그거 하면 뭐 190 얼마라던데……. 그냥 계산하기 좋게 200 하고, 뭐 그 사대 보험 같은 거, 그런 건 몰라서 그냥 딱 통장에 입금시킬 거니까. 6개월 지나면 50만 원 올려줄게요. 거 하루에 여덟 시간 근무라는데 솔직히 할 일만 간단히 하면 하루 종일 혼자 하고 싶은 거 해도 돼요. 인터넷도 잘 되고 하니까."

이게… 꿈이냐 생시냐.

생활 정보지에서 봤을 땐 거짓말인 줄 알았다. 아니, 무슨 사기를 치는 건 줄 알았다. 사실 지금도 좀 얼떨떨했다. 이 정도면 진짜 사기 아냐?

"그럼 제가 할 일은 뭐죠, 아까……."

"집이… 좀 넓어요. 하지만 어지르는 사람은 없어서. 그냥 간단한 가사일. 물론 내가 하는 걸 옆에서 돕기만 하면 되고, 가장 중요한 건 나랑 말동무나 하자는 거죠. 집이 너무 외져서 사람이 없으니까 심심해서. 우리 영감하고는 통 말도 안 해서 입에 거미줄을 칠 거 같아서 말이지. 그 외에는 자유롭게 하고 싶은 거 해도 돼요. 집안일이란 게 뭐 후닥닥하면 그냥 노는 거지."

"아……."

"그런데 다들 한 달에 두 번만 쉰다니까 싫어하더라고요. 그리고 집이 너무 외져서 차도 없거든. 나오려면 울 영감 차로 나와야 해서……. 이 주에 한 번씩 터미널까지는 태워 줄 거예요. 다만 눈이 오거나 길이 나쁘면 그게 안 될 수도 있다는 거 감안하고."

"아, 괜찮아요."

당장, 오갈 데도 없었다. 일명 입주 도우미 아닌가. 집안일을 딱히 해 본 건 아니지만, 돈도 벌고 잘 곳도 생기는데 못 할 게 뭐가 있나. 하면 다 하지!

"그럼, 일하는 거로 하고 여기 도장 찍어요. 아님 사인하든지…… 나도 볼일 때문에 나온 김에 빨리 해결하고 싶어요. 아가씨, 참 인상 좋아 보이는데, 같이 오래 잘 지냈으면 해요."

"네. 저야 오히려 감사하죠."

영진은 하얀 종이에 제 이름을 쓰고 사인을 했다. 거기엔 그냥 '계약서에 상기된 일을 하는 조건으로 월 200만 원을 받겠습니다.'라고만 쓰여 있다. 뭔가… 이상한 일일까?

"저기……"

아무래도 좀 수상하긴 했다. 정말 이 정도 일에 무슨 이런 돈을…… 그녀도 돈을 벌어 봐서 알지만, 세상에 공짜는 없지 않나? 그녀의 떨떠름한 표정을 읽기라도 한 듯 조심스럽게 박 여사가 말을 이었다.

"무섭죠? 막 사기나 나쁜 일일까 봐 걱정되죠? 다들 그래서 싫어하던데…… 나도 사실 아가씨가 무서워요. 혹 나쁜 사람이면 어쩌나. 그냥, 젊은 사람이 답답하고 심심할까 봐가 걱정이지 다른 건 괜찮아요. 이상한 사람 아니니까. 다만……"

"네?"

할머니의 고운 얼굴이 살짝 굳어졌다.

"다만, 우리 집에선… 무조건 조용히 있어야 해요. 그것만 지켜 주면 돼요."

"……."

역시 뭔가 이상하다.

정말 괜찮은 걸까?

하지만 당장 오늘 밤 갈 데도 없는 게 제 처지 아닌가. 요즘은 납치도 많고, 심지어 아까 말했듯이 이런 할머니들이 길에서 도와 달라고 하면서 납치해 장기 밀매 같은 것도 한다던데…….

벌써 사인한 서류를 할머니는 지긋이 내려다보더니 곱게 접어서 가방에 넣었다.

"언제 올래요? 난 빠르면 빠를수록 좋은데……."

아무렴 어쩌랴……. 강아지 새끼 같은 영수 그놈이 당장 누나 돈 빌려 달라고 쳐들어오는 게 더 무섭지.

"지금 같이 가도 돼요."

"그래요? 아휴, 다행이네."

할머니의 함박웃음이… 왠지 불안스러웠다.

1

차라리 죽을까 생각도 했다. 아니, 이런 삶 대체 살아서 뭐 하는데. 무슨 지푸라기 같은 희망이라도 있어야 살지.

내 돈으로 월세방을 마련하고, 아르바이트에서 정직원이 되고, 적금을 모으듯 월세 보증금을 늘려 갈 땐 그래도 그런 재미라도 있었다. 유일한 취미란 게 월정액 끊은 유료 서비스로 혼자 보는 영화 감상밖에 없더라도, 그래도 내일은 조금씩 나아질 거란 기대라도 있었다.

남들 다 간다는 마포대교까지도 멀어서 가지 못하고 아무 한강 다리나 가자고 했지만… 물은 무서웠다. 죽느니 죽은 것처럼 살지… 싶었다. 지금껏 늘 그래 왔던 것처럼.

그러다 보니 말도 안 되는 일이 제게 벌어졌다.

사람이 궁지에 몰리면, 정신이 이상해지는 법인 건지.

낡은 SUV 자동차는 아까부터 계속 인적 없는 산길을 가고 있었다. 그나마 다행인 건 털털거리는 비포장길은 아니라는 점이었다. 산 옆으로 난 1차선 길은 오히려 새로 포장되어 국도보다 매끈한 새 아스팔트 도로였다. 다만, 주변에 펜션들만 있는 인적 드문 국도에서 샛길로 빠지면서 운전을 하고 있던 할아버지가 리모컨으로 도로 가운데 있는 철문을 열었다는 게 마음에 걸렸다.

"여기서부터는 사유지라서. 가끔 길 잃은 차들이나 낯선 차가 혹시나 뭐가 있나 하고 길을 따라 자꾸 올라와서 여기다 문을 달았거든."

박 여사, 그러니까 영진의 고용인 할머니는 계약서를 쓰자 마치 자기 사람이라도 된 듯 말을 놓았다. 그러나 뭐라 말할 수는 없었다.

당장 일을 시작할 수 있다는 말에, 그럼 마침 서울서 볼일 보고 돌아가는 길이니 같이 가자는 말에 영진은 당장 옷가지만 든 빈약한 제 짐들을 들고 낡은 카니발 승용차에 올라탔다.

잘하는 건가.

출판사에서 죽어라 외근을 뛰고 밤샘을 하고 주말 없이 일해도 그녀에게 떨어지는 돈은 세후 250 남짓이었다. 그걸 가지고 각종 공과금을 내고 식비하고 교통비를 제하고 전세금을 위한 적금까지 넣고 나면 생활비는 늘 빠듯했다. 서울살이라는 게 정말이지 숨만 쉬어도 돈이 술술 빠져나갔다. 그러다 부스스한 머리라도 한 번 하고 친구라도 한 번 만나면 정신이 아득해질 정도였다. 집안일이나 하고 숙식 제공을 받고 아무것도 제하는 것 없이 200이면 오히려 남는 장사였다. 그러니 뭘 시키든 가만히 있어야지.

정말 설마 이상한 곳은 아니겠지……

인상이 좋아 보이는 박 여사의 할아버지는 말이 없었다. 이래서 말동무가 필요하다고 했나 실감이 났다.

"읍내 정도는 나도 가는데 서울 시내는 하도 복잡해서, 울 영감이 운전해야지."

영진은 기분이 한껏 고조된 듯한 박 여사의 말을 잠자코 듣고만 있었다.

"운전은 할 줄 아나?"

갑작스러운 질문에 영진은 대답해야 했다.

"아뇨."

살기도 바빠 죽겠는데 비싼 돈 내고 운전면허를 딸 시간과 여유가 어디 있을까.

"면허 있어야 할 텐데. 울 영감한테 좀 배워. 그래서 면허를 따야지. 차가 없으면 여긴 꼼짝도 못 해."

그건 사실 같았다. 국도에서 뻗은 샛길이 사유지라는데 벌써 한참 올라가고 있으니까.

시내엔 봄꽃이 다 져 버렸지만, 이곳은 산속이라 그런지 아직도 길 따라 벚꽃이 군데군데 피어 있었고 이곳저곳 시뻘겋거나 짙은 분홍색은 철쭉꽃 같았다. 잘 닦인 도로는 굽이굽이 돌아 끝도 없이 이어진 거 같은데 드디어 차가 널찍한 곳에 들었다.

세상에나…….

실은, 장기 밀매단이라고 해도 상관없었다.

다만 장기를 빼 가더라도 덜 아프게 마취나 팍팍 해 주세요, 라고 부탁하고 싶은 심정이었다.

작가랍시고 글도 개뿔도 못 쓰는 인간들이 온갖 유세를 떠는 걸 네네 하고 받아 주는 건 그렇다 치고, 박봉에 시달리면서 사무실 청소며 커피 담당까지 하는 건 참기 힘들었다. 그러다 집에 오면 곰팡이가 스멀스멀 올라오는 텁텁한 방에서 늘 즉석 국 같은 거로 하루하루 끼니를 때우는 것도 하루 이틀이었다.

게다가 애비라는 사람의 폭력 앞에서 제가 몸으로 막아섰던 쪼그만 동생 놈은 이제 덩치가 저보다 커졌지만, 하는 일이라곤 공부한답시고 PC방에서 죽치고 있다 용돈이나 뜯어 가는 게 다였다.

이렇게 살아서 대체 뭘 하는데.

잠깐 좋은 감정을 가졌던 동료 직원의 너무 화목한 가정을 슬쩍 엿보곤, 이틀쯤 밤새 울다 네가 지겨워졌다 말하고는 접어야 했었다. 제 현실을 그들의 삶에 끼워 넣을 자신이 없었다.

단지 월세를 더 이상 내지 않아도 된다는 기쁨만 줬던 지긋지긋한 반지하 원룸에서 짐을 빼고 나서 느낀 건, 그만하자는 거였다.

어떻게든 멀쩡하게 잘 살아 보고 싶었는데 그게 제겐 너무 요원한 일이니까, 이제 그만하자……

그래서 이런 말도 안 되는 조건에 생각지도 않고 오케이 하고 따라나섰는지도.

간단한 집안일과 말동무가 필요합니다. 다만 한 달에 두 번만 외출 가능하고 오래 일하실 분…이라니. 눈 씻고 봐도 절대 이상한 조건 아닌가. 제정신이라면 누구도 전화할 리가 없는 그런 조건이었다.

그리고 '사람 좋아 보이는' 노인들이 데려온 산골의 사유지라니.

영진은 제 심정을 딱 네 자로 표현하자면, 자포자기라고 쓸 수 있을 듯했다. 리모컨으로 열어야 하는 사유지의 두꺼운 철문을 보고 그걸 더 여실히 느꼈다.

그러나 그 길 끝 넓은 주차장에 세운 차에서 내려서는… 당황할 수밖에 없었다.

"아니……"

"집이 좀 넓지만, 청소는 먼지만 털면 되니까. 우리야 조용해서 좋지만 젊은 아가씨는 좀 심심하지 않을까 싶어. 그래도 계약을 했으니까 집에 정을 좀 붙여 봐."

어디에 정을 붙여야 할까.

대체 이 박 여사라는 할머닌… 정체가 뭔지.

그 사유 도로가 끝나는 곳엔 또 넓은 철제 담과 커다란 문이 있었다.

똑같이 리모컨으로 문을 열고 들어서자 차가 대여섯 대는 주차 가능한 자갈이 덮인 넓은 주차장과 무슨 박물관이나 갤러리 같은 건물이 잘 손질된 넓은 정원의 저쪽 귀퉁이에 있었다. 뒤쪽은 산이 버티고 있고, 앞은 볕이 잘 드는 데다 뻥 뚫려 전망도 끝내주는 데다, 집은… 그야말로 집이라기보다는 딱, 돈이 넘쳐 나는 누군가의 갤러리 같은 외관이었다.

회색의 자연스러운 질감의 석재로 된 직선으로 쌓인 집은 2층에 커다란 창이 있고 아래층도 넓은 창이 있었다. 요즘 트렌드에 딱 맞아떨어지게 보이는 상자들을 이리저리 쌓아 맞춰 놓은 것 같은 건물은 집이라고 하기엔… 너무 커 보였다. 2층인지 3층인지……. 높은 건물은 2층에 높고 긴 창이 있어서 층고도 상당히 높았다.

게다가 자연스러운 질감의 회색 석재가 직선으로 쌓인 외관에다 층마다 햇빛이 양껏 비쳐 드는 커다랗고 넓은 창 덕분에 보기만 해도 으리으리하고 눈부실 지경이었다.

이 외딴 산속에 이런 대단한 집이라니, 빈부 격차라는 말을 늘 실감하지만, 지금같이 실감이 난 적이 또 있었을까. 단칸 반지하 방에서 쫓겨나서 이런 집에서 '일'을 하러 왔다는 게, 헛웃음이 날 지경이었다.

이런… 대단한 집의 주인치곤 너무 검소한 이 노부부와 저 다 썩어 가는 것 같은 오래된 차는 또 뭔지.

"들어와요. 좀 크긴 하지만… 청소는 비교적 간단하다니까."

뭐라고 대답을 해야 하는 걸까.

깔끔하고 육중한 철제 현관을 열고 들어가자 따뜻한 봄볕과는 달리 서늘해 보이는 넓은 전실이 드러났다. 평생 14평짜리 냄새나는 복도식 주공아파트와 8평짜리 반지하밖에 살아 본 적이 없는 영진은 티끌 하나 없이 깨끗한 하얀 헥사곤 타일이 깔린 현관이 당혹스러웠다.

물론… 좋은 아파트나 혹은 호텔 같은 델 안 가 본 건 아니었다. 비록

구질구질한 집에 살지언정 기죽어 본 적은 없었으니까.

그러나 이 집은 좀 과했다. 눈이 휘둥그레질까 봐 겁이 날 정도였다.

현관을 지나 약간 색이 든 심플한 유리로 된 중문을 열고 들어가니 그야말로 탁 트인 거실은 마치 무슨 광장 같았다. 하얀 대리석으로 된 바닥, 디근자 모양으로 된 커다란 회색의 가죽 소파, 높은 천정의 심플한 등, 벽에 걸린 커다란 추상화, 그리고 가운데 난 커다란 창밖으로 보이는 풍경까지…….

그 순간 영진의 머릿속에 든 생각은, 이 정도 집이면 그냥 청소만 하는 사람에게 월 200 정도는 아무것도 아닌 게 분명하구나 하는 생각이었다. 참, 어이없게도.

"넓어서 청소하기 힘들어 보이지만 이 거실은 실은 쓰는 사람이 없기 때문에 2, 3일에 한 번씩 바닥이나 가구 위 먼지만 닦으면 되니까, 신경 쓰지 마. 이쪽으로 와, 주방하고 우리가 쓸 공간이 있는 건 여기니까."

"네? 아… 네."

영진은 그녀의 짐이 든 가방을 들고 박 여사를 따라갔다. 넓은 거실 한쪽으로 커다란 문이 있었고, 문을 열고 들어가자 역시 두꺼운 문 뒤로 거실만큼 넓은 주방과 다이닝 룸이 보였다. 문이 닫힌 다이닝 룸에는 화려한 대리석 식탁이 있었고, 화려한 샹들리에가 달려 있었다. 다이닝 룸 말고 주방에도 따로 식탁이 또 있었다. 그 식탁과 붙은 디근자 모양으로 된 넓은 주방은 마치 업소용 같은 커다란 스테인리스 냉장고가 두 개나 되었고, 역시나 무슨 식당의 주방에서나 쓰일 법한 스테인리스 상판이 있는 싱크대에는 마치 모델 하우스처럼 깔끔하기 그지없이 값비싼 주방 소품들만 올려 있었다.

"좀 넓지만… 청소하기엔 딱 좋은 구조라서. 그리고 저쪽에 냉장고가 두 대 더 있는데, 여긴 장 보러 가기 힘들어서 음식을 많이 하진 않지만,

식재료를 한꺼번에 사 놔야 해서 말이지. 내가 나이가 있다 보니 이젠 좀 벅차서."

그럴 만도 해 보였다. 이렇게 깔끔하게 살림을 하려면 진짜 일하는 사람이 두엇은 더 있어야 될 듯 보였다. 아니, 대체 이런 노인네들이 왜 이런 산속의 커다란 집에 사는 걸까 하는 의문이 들 정도였다.

"이리 와."

박 여사는 주방의 옆으로 난 복도로 향했다. 그곳엔 창문이 있었고 방문이 여러 개 보였다. 대부분 주방 옆은 다용도실 같은 곳 아닌가?

박 여사가 첫 번째 문을 열면서 말했다.

"여긴 세탁실이야. 저 문으로 나가면 빨래를 널 수 있는 곳이 있어. 물론 여기 건조기도 있는데 난 볕에 말리는 게 좋아서 말이지."

"아, 네."

점점 이 집의 규모가 보기보다 훨씬 크다는 걸 알게 되었다. 그리고 그게 이곳에서 일하게 된 제게 좋을 리 없다는 것도.

"여긴 우리 내외가 있는 곳이야. 영감은 저쪽 방에서 자. 나이 들면 옆에 누가 있는 것도 거추장스러워서. 밖에 텔레비전이 있어도 너무 커서 말이지. 난 여기서 주로 텔레비전도 보고 그래."

또 하나의 문을 열자 마치 작은 아파트의 거실처럼 보이는 공간이 나타났다. 작은 소파가 있었고 소파 테이블, 텔레비전, 그리고 장식장, 사진들……. 영락없는 70대 노인네의 집 거실같이 보였다. 물론 이곳도 깔끔하게 정리되어 있었지만 참 이상해 보였다. 아니, 저렇게 넓은 거실을 두고……. 그러나 솔직히 저 거실은 상당히 부담스러워 보였다. 그래도 그렇지.

"그리고 이쪽은 아가씨 방, 아참, 이름이… 내가 아까 봤는데."

"김영진요."

"아, 뭐라고 부를까. 김 양?"

"네?"

김 양이라니. 미스 김도 이제는 퇴출당하는 시대에……. 하지만 이 할머니의 얼굴엔 함박웃음이 번졌다. 그러니 거기다 이의를 달 수도 없는 노릇이었다.

"그래, 그게 좋겠네. 김 양이라고 부를게. 여긴 김 양 방. 안에 작은 화장실도 있으니까 혼자 쓰긴 좋을 거야."

문을 열자 커다란 창이 있는 작은 방이 나왔다. 싱글 침대와 작은 옷장, 그리고 책상 겸 화장대가 가구의 다였지만 깔끔하고 널찍했다. 그리고 언뜻 보아도 스티커로 마감된 싸구려 가구가 아니라 도장이 된 값비싼 원목 가구였다. 그 옆의 한쪽 끝엔 문이 보였다. 아마 박 여사가 말하는 화장실인 모양이었다.

"거기 인터폰이 있으니까 그걸로 필요하면 부를 거야. 아, 참, 휴대 전화 있지?"

"네."

박 여사는 자신의 휴대 전화를 내밀었다. 유행이 한참 지난 평범한 스마트폰은 노인들이 그렇듯 약간 낡은 가죽 케이스에 싸여 있었다.

"여기, 번호 저장 좀 해 봐. 4번에 빈자리 있을걸."

"아, 네……."

영진은 처음 보는 옆으로 돌리는 화면 한쪽이 전부 연락처로 되어 있었는데 아마 노인용 폰 홈 화면인 듯 보였다. 아이콘들이 다들 큼직했으니까. 달리 이름이 없는 1번, 그리고 2번 영감, 3번 딸…… 빈칸인 4번에 영진은 한참 만에 제 번호를 저장했다. 그러곤 방금 부여받은 김 양이라는 이름을 저장시켰다.

"오느라 피곤했을 테니까, 좀 쉬었다가, 음… 5시쯤 저녁 먹자고. 저녁 준비는 내가 할 테니까."

"아니, 괜찮아요. 뭐 짐이랄 것도 없어요. 제가 도울게요."

"괜찮은데……."

처음부터 잘 보이고 싶었다. 의외로 '근무 환경'이 괜찮아서일지도 몰랐다.

그러나 금방 후회하고 말았다.

"그건 국거리라서……. 600그램씩 담아 줘."

"600그램요?"

뭔가… 좀 불길한 예감이 들었다. 단순히 청소와 집안일을 도와 달라고 했고 뭐 그 정도는 할 수 있을 거라 생각했다. 어려서부터 안 해 본 아르바이트가 없었으니까. 카페니 식당 보조는 기본이었고, 프랜차이즈 햄버거집, 혹은 고깃집 서빙이나 호프집 주방 알바도 했었다. 직장을 갖게 돼서는 직장 일이란 게 온갖 잡일을 다 해야 하는 일이었기에 뭐 집안일이야 자동으로 다 할 수 있을 거라 생각했다. 그런데… 그게 좀 아닌 것 같은 기분이 들었다.

박 여사가 영진에게 이리저리 복잡한 집 안내를 시켜 주는 사이에 박 여사의 남편인 할아버지는 열심히 차에서 물건을 내리고 있었다. 때문에 두 사람이 주방에 다시 왔을 때 주방은 완전 딴판이 되어 있었다. 손수레까지 이용해서 들고 온 커다란 아이스박스를 열자 거기서 쏟아져 나온 건, 전부 고기나 생선들이었다.

"생선 손질은 아직 못 할 테니까, 고기 정리가 쉬울 거야. 날이 더워져서 빨리빨리 해야 하거든."

마치 그녀가 일했던 고깃집 주방에서 쓰던 것 같은 알루미늄으로 된 커다란 용기들을 꺼내 놓은 박 여사는 어느새 앞치마를 두르고 주방용 라텍스 글러브를 꼈다. 그리고 영진에게도 내밀었다. 아마 대형 마트에서 산 게 분명한 소고기 국거리는 몇 킬로는 되어 보였다. 랩을 씌운 전자저울과 진공 포장용 비닐 팩을 내민 박 여사의 명령에 따라 저울에 한 근씩 고기를 달아 진공 팩에 넣고 생전 처음 보는 진공 포장용 기계로 포장하여 고기를 정리하자 박 여사가 말했다.

"거기 네임 펜으로 날짜 쓰고, 그리고 이쪽 건 불고깃감. 그건 900그램씩."

박 여사는 그렇게 말을 하는 사이에 영진이 잘 구별도 못 하는 생선들을 따로따로 키친타월로 물기를 빼고 소금 간을 해서 능숙하게 정리를 하고 있었다. 우아한 사모님 같아 보였는데 일을 하는 건 전혀 나이에 맞지 않게 재빠르고 야무지게 보였다.

차례로 스테이크용, 사태나 양지 같은 덩어리 고기를 정리하고 나서 박 여사가 포장한 생선을 바깥에 있는 냉장고와 냉동고에 나눠 넣은 후 그다음엔 야채를 정리해야 했다.

"제일 쉬운 게 파니까. 파는 싹 다듬고 씻어서 털고 물기 닦아서 가져와. 아, 파 뿌리는 한쪽에 모아 놓고. 그리고 양파 껍질 좀 까."

그사이에 말 없는 할아버지는 파스타 면이나 시리얼, 혹은 김이나 양념 같은 것들을 한쪽 팬트리에 쌓아 놓고 있었다. 언뜻 보이는 팬트리 안도 하얀색의 바구니로 가지런히 정리가 되어 있는데 마치 몇 년은 먹고살 만한 물건들이 가득 들어 있는 기분이었다.

아니, 이게 다 뭐람……. 여기… 대가족이라도 사는 건가? 2층에?

그러고 보니 거실 옆으로 커다란 유리문이 있었고 그 안쪽으로 계단이 보였었다. 밖에서도 2층인지 3층인지 모를 높은 건물이었다. 아무래도 누군가 다른, 주인 가족이 사는 모양이었다. 박 여사는 이 집의 주인이 아닌 게 분명했다.

"저기……."

"어휴, 오늘 너무 많이 샀더니 벌써 시간이 다 됐네. 잠깐만, 아예 옷 갈아입고 저녁 준비해야겠네. 저기 감자 좀 깎아 놔. 다섯 개만."

부산스럽게 뛰듯이 자신의 방으로 가는 것을 보고 영진은 잠깐 갈등

해야 했다. 위층에 고약스러운 사모님 따위가 사는 거 아닐까 싶어서. 이렇게 거창한 부엌만 봐도 알 수 있지 않은가. 그냥 단순한 집안일이 아니라 아무래도 앞으로 해야 할 일은 지독한 가사 노동일 것만 같았다. 식사 후엔, 이 부엌을 락스로 전부 다 닦아야 하는 거 아닐까.

얼마 되지 않아서 그 답을 알 수 있었다. 한눈에 보기에도 진수성찬이 따로 없는 음식들이 보기에도 예쁜 그릇에 잘 담긴 채 쟁반에 놓였다. 이 할머니는 진짜 음식 솜씨나 살림 솜씨가 끝내주는 것 같았다. 갈비며 국이며 갖은 산나물무침, 생선구이⋯⋯. 무슨 한정식 식당에서 값비싸게 팔릴 것만 같은 음식들이 놓여 있고, 소복하게 뜬 밥과 수저가 딱 1인분이 세팅 된 커다란 은쟁반을 들고는 주방 옆에 있는 커다란 스테인리스 장 앞으로 가져갔다. 큰 냉장고인 줄 알았는데 그 옆에 버튼을 누르자 널찍한 공간이 나타났고, 그 쟁반을 안에 넣고 문을 닫자 요란한 소리가 들렸다.

"그⋯ 그건."

"엘리베이터, 이런 거 첨 보지? 음식용 엘리베이터라고 할 수 있지."

"저걸⋯ 누가 먹어요?"

"아, 말 안 했나? 우리 김 선생님!"

이 집의 주인은⋯ '우리 김 선생님'이었다.

박 여사의 태도는⋯ 한 마디로 딱, 이율배반이었다.

"우리 김 선생님은 말이지, 한마디로 엄청 유명하신데⋯ 음, 알려지면 안 되는 분이야."

딱히 궁금하지 않았다. 그냥 뭐 바로 유추 가능하니까. 출판사 일을 하면서 참 별꼴을 다 보고 살아왔다. 그 '갑'의 위치에 있는 인간들은 치를 떨 만큼 지겨웠었다. 그러니 위층에 사는 사람이 누구인지 딱히, 전혀 알고 싶지 않았다. 유명한 사람일수록, 그리고 명망 있고 괜찮은 사람일수록 알고 보면 이상하고 변태스러운 구석이 많다는 걸… 너무 많이 보고 살아왔었다.

"그럼… 이 집의 주인은……."

"김 선생님이지. 우리 영감이랑 나랑은 오래전부터 김 선생님 댁 일을 봐줘 왔어. 김 선생님이 독립하고 이쪽에 이렇게 좋은 집을 짓고는 우릴 부른 거야. 내가 김 양이 맘에 든 건 우리 김 선생님 때문일지도 몰라. 그게… 아휴, 참, 내 원……. 별소릴 다."

그럴 줄… 알았다.

노인네들 둘이 저렇게 장을 많이 볼 이유도 없고, 이렇게 초현대식 대저택에 살 일도 아니고, 이런 집에 살면서 저런 낡은 차를 끌고 다니는 것도 어울리지 않았다.

김 선생님?

나이가 얼마나 되는지는 모르겠지만 고기반찬이 가득한 실한 저녁상이 올라갔다. 아마 남자일 확률이 90프로 이상일 거고, 이런 산속에 숨어 사는 거 보면 사회 부적응자임이 분명했다. 변태적인 성향이 있을 수도 있고 돈 많은 히키코모리일 수도 있었다.

밤에… 꼭 문을 잘 잠그고 자야지.

영진은 근래 들어 먹어 보기 힘든, 무엇보다도 남이 해 줘서 자신이 늘 먹던 맛이 아닌 갈비와 고기가 듬뿍 든 김치찌개, 맛난 밑반찬이 즐비한 식탁 위에만 신경 쓸 뿐이었다.

"이런 좋은 집에서 편하게 일하면서 돈도 벌고, 좋잖아? 우리 선생님은 그저 조용하기만 하면 아무것도 신경 안 쓰시거든."

그게 젤 문제거든요?

영진은 슬슬 후회되기 시작했다. 나이 든 사람에 대한 편견은 그다지 없었지만, 나이와 상관없이 자기 생각이 다 옳다고 생각하는 꼰대 정신이 이 인자한 할머니한테도 어김없이 가득하다는 걸 겨우 저녁 한 끼를 먹으면서 여실하게 깨달을 수 있었다.

"요즘 젊은 사람들은 너무 인내심이 없어. 조금만 마음에 안 들면 돈이고 뭐고 다 필요 없다고 생각하지. 그게 젤 문제야. 뭐든 익숙해지면 쉬워지는데 그사이를 참지 못하는 거지."

그녀도 짐을 쌀까 봐 그러는지 그 이야기를 할 때는 슬쩍 그녀의 눈치를 보는 기분이었다. 그런가? 그 점에서는 제가 갑일까?

영진이 보기에도 이 넓은 집에서 저 고기반찬만 좋아하는 김 선생님의 뒷수발 들기에 60대 할머니는 벅차 보였다. 걱정 마세요. 할머니, 전 당분간은 도망갈 데가 없어요. 매일 할머니가 채찍으로 때리면서 방바닥 청소를 시키거나 변태 아저씨가 날 놀래 주지만 않으면 한참은 여기 있을 거라고요……

영진은 굳이 대답하진 않았다.

"정말이지 지내보면 여기 오길 잘했다고 생각될 거야. 공기도 좋고 경치도 좋고……. 우리 김 선생님도 진짜 조용히 하기만 하면 아무 문제가 없는 분이시거든……."

또다.

조용하기만 하면 된다니. 이 적막한 산속에서 무슨 또 조용하길 바라는 걸까?

하여튼 방문이나 잘 잠그고 자야겠다고 생각될 뿐이었다.

첫날은 피곤했던 모양이었다.

설거지나 식사 후 처리를 시키진 않았다. 가서 짐도 풀고 좀 쉬라는 말에 그녀는 제 방으로 와서 제 짐 가방을 옷장에 던져 넣고 문 닫는 거로 끝내곤 욕실로 갔다. 영진이 처음 가져 보는 깨끗하고 조용한 방이었다. 게다가 너무 새것이라 새집증후군처럼 가구 냄새가 나는 기분이었다.

영진은 두꺼운 이중창을 살짝 열었다. 적막한 산속이라 가끔 나뭇잎이 부딪치는 소리뿐 아무 소리도 없는 게 낯설었다. 너무 조용해서 적응이 안 될 정도였다. 다세대 주택 반지하 방엔 내가 아무리 조용히 해도 주차하는 차 소리나 하다못해 위에서 물 내리는 소리라도 들리기 마련이었다.

욕실에는 곰팡이 자국이나 물때도 하나 없었고 눈부시게 하얀 수건도 있었다. 물론 욕조 대신 깨끗한 샤워기가 있었지만.

회사에서 출장 가면서 묵었던 호텔 방보다 깨끗해서 괜히… 심통이 나는 기분이었다.

왜일까.

젠장.

영진은 샤워하고 나와선 당기는 얼굴 같은 건 신경도 쓰지 않은 채 침대에 쓰러지듯 누웠다. 물론 잠근 방문의 문고리는 다시 한번 확인하고서.

누가, 산속의 아침을… 상쾌하다고 했을까.

그 누가 이 산속을 적막하다고 했을까.

"아, 진짜, 젠장! 고만 좀 해!"

그러나 뭐 그 소리를 알아들을 만한 이가 있을까?

창밖에는 그야말로 난리가 났다. 남들이 들었으면 어머나 너무 좋겠다…라고 감탄할지도 모르겠지만, 영진은 계속 신경이 쓰여서 벌떡 일어나고 말았다. 이제 겨우 밖이 밝아 오는데 저것들은 새벽부터 파티를 하네…….

창문을 활짝 열고 잔 것도 아닌데 아주 난리가 났다. 환기 삼아 조금 열어 놓은 게 문제였다. 날이 희미해져 올 때부터 어렴풋이 뽀롱뽀롱 소리가 나기 시작하더니 밝아지는 명도와 함께 저것들의 음정도 점점 높아지기 시작했다.

미친 듯한 산새들의 파티라니…….

"하……."

영진은 그제야 시골 사람들이 일찍 일어나는 이유를 알 것만 같았다. 익숙했던 다른 집에서 쓰는 물소리나 차 소리 대신 이 새소리에 익숙해지려면 꽤나 시간이 걸릴 것만 같았다. 이중창을 닫아도 어디선가 소리가 울리는 기분이었다. 그 덕에 잠이 다 깨서 그녀는 버릇처럼 휴대 전화를 집어 들었다.

휴대 전화에 떠 있는 시간을 보고는 더욱 황당해졌다.

뭐, 일찍 일어나기도 해야겠지.

영진은 자신의 주제를 파악했다. 말이 좋아 말동무지……. 그야말로 까놓고 말하면 가사 도우미 보조 아닌가. 보조 주제에 퍼질러 자서는 안 되지.

영진은 재빨리 일어나서 세수하고 제 허름한 가방에서 옷을 꺼내 갈아입었다. 어제까지는 손님이었을지 모르지만, 오늘부터는 이 집에서 일하는 사람이니 일하는 사람답게 해야지.

"일어났네?"

"네……. 제가 좀 늦었나 봐요."

자신이 해야 할 일은 가사일을 돕는 거였다. 그러나 부스스하게 나간 주방엔 벌써 진수성찬이 차려지고 있었다. 지글지글 끓고 있는 불고기에 국, 대여섯 가지나 되는 반찬, 게다가 어디서 나는 생선 굽는 냄새까지…….

"밥 다 됐을 거야. 얼른 휘저어 놓고. 찬 좀 예쁘게 담아 봐."

별의별 아르바이트를 다 해 봤지만, 이런 건… 한 번도 해 본 적이 없었다. 그러나 뭐 어떻게든 되겠지.

도통 아침이란 걸 먹어 본 적이 없는 삶이었다. 매번 눈을 뜨자마자 씻고 교통지옥에 시달리면서 일터로 향하기에도 모자란 시간에 아침이라니……. 그나마 정규직이 되면서 회사 앞에 있는 김밥 트럭에서 2천 원에 한 줄짜리 김밥이라도 사 먹게 된 게 다행이었는데. 아니, 이 복이 터진 김 선생님은 아침에 이런 걸 먹는단 말이야?

"잠깐!"

막 음식용 엘리베이터 문이 닫히려는데 박 여사가 소리쳤다. 그러곤 재빨리 불고기 위에 깨와 다진 쪽파를 뿌렸다.

"깜빡할 뻔했네!"

위층엔… 상감마마가 사시는 모양이었다. 아침 수라부터 10첩이니.

도저히 넘어가지 않는 진수성찬을 박 여사 내외와 꾸역꾸역 먹은 뒤에—아마 평생 그래 본 적이 없어서 속이 놀란 모양이리라—위에서 내려온 그릇을 받아 설거지하는 것으로 그녀의 일과는 시작되었다.

"아니, 그렇게 물컵하고 밥그릇하고 한곳에 넣으면 안 되지!"

아마도… 이 일이 그녀가 지금까지 해 온 일들 중에서 가장 어렵지 않을까 하는 불길한 예감이 들기 시작했다.

그녀가 어설프게 상을 치우고 하는 것을 보다 못한 박 여사가 말했다.

"어휴……. 그냥 이거 밖에 있는 파티하고 짜라한테나 갖다줘. 둘이 싸우니까 똑같이 나눠서 줘야 해."

"네?"

"뒷마당에 있는 강아지들 말이야. 검은 애가 파티고 하얀 애가 짜라야."

결국 개밥 주는 일에 낙찰된 영진은 아침에 먹은 한우 불고기와 기타 등등의 반찬들이 소복하게 담긴 개밥을 멀쩡한 냄비 수북이 담아 들고 가면서 더욱더 어이가 없었다. 참 개 이름 작명 센스하고는.

개집 앞에서 더욱더 황당해진 영진은 선뜻 개들 앞에 다가갈 수 없었다. 진짜 거짓말 안 보태고 송아지만 한 털북숭이 개 두 마리가 어슬렁거리는 개집은… 그녀의 첫 옥탑방만 했다. 게다가 그 옆에 쌓여 있는 어마어마한 시커먼 것은……. 무엇인지 딱 봐도 알 수 있었다.

"개들이 산속에 있는 애들이라 좀 사나워. 거기 두고 가. 내가 똥 좀 치우고 줄 테니까. 쟤들 옆에 가까이 가지 마. 낯선 사람은 안 좋아하니까."

그럴 거 같았다. 할아버지가 있어서 다행이지.

영진은 살그머니 손에 든 것을 내려놓았다. 막 뒤돌아 가려는데 할아버지가 입을 열었다.

"집사람이 요즘 기운이 없어서……. 젊은 사람이 이런 데 있으려면 답답하겠지만 당분간이라도 좀 도와줬으면 해. 집사람이 요즘 다리가 시원치 않아서……."

"아, 네. 걱정하지 마세요."

거기다 대고 저도 곧 도망가고 싶어질지도 몰라요…라고 말할 수는 없었다.

그러나 의외로 이 산속 대저택의 생활은 그리 나쁘지 않았다.

박 여사는 손이 빨랐고 익숙하지 못한 영진이 버벅거리는 걸 두고 보지 못했다. '이리 와 봐, 내가 할 테니!' 아마 이 말을 가장 많이 들은 것 같았다. 그리고 다행스러운 것은 이 대단한 집엔 최신식 가전이 가득하다는 거였다. 식기세척기도 거의 업소용만 한 것이 있어서 음식 종류에 맞춰 꺼낸 온갖 식기들을 일일이 다 닦을 필요가 없었고, 최신식 무선 청소기와 스팀 청소기, 물걸레 청소기도 다 구비되어 있었다. 그런 청소

도구만 가득한 팬트리가 따로 있을 정도니까. 세탁기도 그녀가 처음 보는 대형이었고 게다가 두 대나 있었다. 그리고 그 옆엔 당연히 건조기도 있었다.

먼지 하나 없어 보이는 대리석 거실을 청소기로 밀고 스팀 청소기로 닦고, 먼지를 다 닦고 나서 그런 걸레는 대형 세탁기 옆에 있는 다른 걸레용 세탁기—그것마저도 그녀가 쓰던 것보다는 큰—로 빨아서 옆에 건조대에 널기만 하면 됐다.

아무래도 나이 든 노인네를 위해서 온갖 편한 도구는 다 갖춘 모양이었다. 돈이 썩어 문드러지게 많든지, 아니면 위에 사는 김 선생님은 그나마 좀… 착한 사람인지 하여튼 다행이었다.

그리고 또 하나 다행인 건 시간이 잘 간다는 점이었다.

"원래 일이 이렇게 많진 않아. 이제 계절이 바뀌느라… 그래서 그런 거야."

열심히 거실 청소를 하고 있는데 박 여사는 2층으로 향하는 중문을 열고 올라가더니 한참 만에 뭔가를 들고 내려왔다. 보기에도 잔뜩이라 영진은 얼른 가서 받아 들어야 했다. 그건 커튼들이었다.

"이거 얼른 세탁기에 넣어. 물 온도는 60도로 놓고 세제 가득 넣고."

그녀에게 그걸 건네주고는 다시 어이쿠 소리를 내면서 2층 계단을 올랐다. 계단을 오르는 게 힘겨워 보이긴 했지만 제게 시키지 않으니 영진은 시키는 일이나 해야 했다. 아무래도 그 '김 선생님'이 있는 2층은 저 같은 신출내기에겐 출입 금지 구역이 아닌가 싶었다.

아무렴 어쩌랴.

김 선생인지 박 선생인지 알고 싶지도 않았다. 그냥… 그녀에게 중요한 건 이 대형 세탁기 사용법이니까.

해가 나는 곳은 따뜻했다. 물론 그늘 쪽은 시내와 비교도 안 되게 서늘했지만.

벌써 인터넷 뉴스에는 때 잃은 봄 더위… 같은 헤드라인이 장식하고 있었지만, 이 동넨 전혀 그렇지 않았다. 아직도 봄꽃들이 다 지지 않았고 이제 막 나무들이 파릇파릇한 싹이 나고 있었다. 게다가 늘 제 머릿속에 깔려 있는 자동차 소리나 사람들의 소리가 없었다. 심지어 덩치가 산만 한 개들조차 전혀 짖지도 않았다. 그야말로 새소리, 바람 소리 빼고는 아무 소리도 들리지 않았다.

심지어 청소 도구들조차 시끄러운 걸 싫어한다는 집 주인 덕분인지 조용조용하기 그지없었다.

살면서 빨래 같은 걸 신경 써 본 적이 없는 영진이었지만, 할아버지가 매 놓은 게 분명한 커다란 빨랫줄에서 눈부시도록 하얗게 말라 가는 커튼과 침구류가 바스락거리는 소리는 처음 경험해 보는 나른한 고요였다.

그러나 그것도 잠시, 또다시 큰 부엌은 점심 준비로 요란해졌다. 그나마 다행인 건 아침처럼 반찬이 가득한 차림은 아니었다.

마치 식당에서나 쓰는 것 같은―영진은 처음 보는 것이었다―스테인리스 국물 망에 바삭한 멸치와 새우, 황태 머리와 버섯 등을 넣어 육수를 우리고는 커다란 도마에 풋물이 나는 애호박을 나박나박 썰기 시작했다. 물론 그녀는 옆에서 감자를 깎고 양파 껍질을 까는 걸 도왔다.

박 여사는 곧 커다란 스테인리스 볼에 밀가루를 넣고 반죽을 하기 시작했다.

"조끔만 더! 됐어!"

영진은 어설프게 박 여사의 지시에 따라 반죽에 물을 부었고 풀풀 날리던 밀가루는 마술처럼 탄탄한 덩어리가 되어 갔다.

"자, 김 양도 해 봐. 이렇게 뚝 떼서 얇게 펴. 그래야 쫄깃하고 맛있지."

생전 처음 해 보는… 수제비였다.

2

변함없이, 새들의 아침 모임 덕에 그녀는 눈을 떴다.

3일째인가 4일째인가……. 변함없는 하루하루는 날짜 감각을 무디게 만들었다.

그나마 다행인 건… 늘 할 일이 있다는 거였다. 과한 일은 아니지만 당초 박 여사가 말했던 것처럼, 일만 잠깐 도와주고 내내 쉬어도 된다는 말같이 되지는 않았다.

눈을 뜨면 일어나 부산스럽게 '김 선생님'이 드실 아침 수라상을 준비하고, 그걸 치우고 나면 그때부터 본격적으로 바빠졌다. 영진은 아래층의 넓은 거실을 청소했다. 청소기는 이틀이나 3일에 한 번이라지만 가구나 그런 곳의 걸레질은 매일 해야 했다. 문을 열어 환기도 해야 했고, 절대 켜져 있는 걸 본 적 없는 대형 텔레비전 위의 먼지도 닦아야 했다.

그사이에 박 여사는 위층에 올라가 청소를 하는 모양이었다. 두어 시간 족히 걸리는 모양인지, 영진이 넓은 거실 청소를 다 하고 그동안 다 돌아간 식기세척기 안에 있는 것들도 정리하고 느릿느릿 하다 보면 박 여사는 한가득 침구나 위층 빨랫감을 가지고 내려왔다. 침구도 매일 세탁하는 모양이었다. 호텔식의 눈부시게 하얀 베개 커버와 이불 패드 혹은 매트리스 커버 같은 건 굳이 빨지 않아도 될 거 같아 보이는데도 매일 가져왔다. 물론 수건이니 옷이니 하는 것들도 있었다. 그러나 영진은 그걸 자세히 보진 않았다. 하여튼 그걸 세탁기에 돌리고 나면 다시 점심 준비를 시작했다.

다행스럽게도 점심은 아침 수라상이나 저녁 같진 않아서 수제비라든지 혹은 국수, 비빔밥 같은 그나마 간단한 음식들이었다. 아주 천만다행이었다.

점심 식사가 끝나면 그다음부터는 좀 한가해졌다. 그래도 설거지도 해야 했고, 다 된 빨래도 꺼내서 널어야 했고, 저녁 식사 준비도 시간이 걸리는 건 미리 해야 했다.

영진은 박 여사가 좀 도와줬으면 하는 일들을 알아서 눈치껏 해야 했다.

물론 대놓고 시키지는 않지만.

그건 대단히 사소한 일들이었다. 강낭콩이나 완두콩을 깐다든지, 파 뿌리를 다듬는다든지. 혹은 양파 껍질을 까거나 육수 내는 냄비의 불 조절을 한다든지…….

그리고 눈처럼 하얀 호텔식 수건을 개 놓거나 오전에 바싹하게 마른 호텔식 침구를 개거나 하는 일도 했다.

박 여사가 말한 대로 영진은 그걸 쉬엄쉬엄했다. 어차피 달리 할 일이 없으니까.

대신 저녁 식사는 좀 달랐다.

그리고 영진은 매번 저녁 식사를 준비할 때마다 놀랄 수밖에 없었다.

"오늘은 비프 부르기농하고 스테이크, 양파 수프야. 양파 좀 볶는 거

도와주지 않겠어?"

보기와는 달리 박 여사는 정통 프랑스식 레스토랑에서나 나올 법한 요리부터 시작해서 팔보채나 유린기 같은… 중식당에서나 하는 요리까지 별 희한한 요리를 다 만들어 냈다. 덕분에 영진도 매일 저녁이면 무슨 레스토랑에 온 기분이었다.

식기도 근사한 것이 가득한 데다 위에 올라가는 음식은 그야말로 전문 레스토랑의 테이블 위를 고대로 옮겨 놓은 것 같았다. 그러니 오후에는 내내 저녁 식사 준비를 해야 했고, 거한 저녁을 먹고 치우고 나면… 하루가 다 지나가 있었다.

오늘도 역시 어제나 그제와 구별되지 않는 하루였다.

아침을 먹고 청소를 하고. 늘 하던 일은 변함이 없었다.

밖에서 보면 2층인지 혹은 3층인지 모를 위층도 상당히 넓었다. 그래서 그런지 2층에 박 여사가 한번 올라가면 청소를 하는지 정리를 하는지 두어 시간 이상 시간이 걸리는 모양이었다. 내려올 때마다 아이고 다리야 허리야를 주문처럼 외우면서 내려오긴 했지만, 영진에게 위층 일을 시키진 않았다.

이 집에 온 지 꽤 된 거 같지만 '김 선생님'은 한 번도 본 적이 없다는 게… 참 신기했다.

꼬박꼬박 비워지고 내려오는 빈 그릇을 보면 분명히 먹성 좋은 성인 남자가 위층에 살고 있다는 건 사실이었다. 그런데 어쩜 그렇게 실루엣조차 볼 수 없는 건지.

중요한 건, 아침 청소는 시간이 딱 정해져 있다는 것이었다.

어제인가… 영진이 좀 늑장을 부렸는지 청소기를 돌리고 있는데 갑자기 박 여사가 나타나 말했다.

"그만해!"

"네? 저기만 더 하면 되는데……."

"11시잖아. 딱 11시까지만 소리 나는 걸 돌릴 수 있거든. 그냥 그만하고 걸레로 먼지만 닦아."

그리고 세탁실의 문도 꼭 닫아 뒤야 했다.

그 덕에… 이 커다란 집은 맘대로 떠들 수 있는 새들 소리 빼곤 적막에 싸여 있었다.

며칠 사이에 산속에도 슬슬 봄이 걷혀 가고 있는지 볕이 제법 따가워지고 있었다. 들고 온 선크림이 달랑달랑한 걸 보고 언제 이걸 사러 갈 수 있을까 싶은 영진은 남은 것을 짜 바르고는 빨래를 걷으러 뒷마당으로 나왔다.

낮엔 새들도 어디 일하러 가는지 조용했다.

마치 꿈속 같았다.

어딘가 비현실적인 기분이었다.

늘 칙칙하게 가라앉은 미세먼지와 황사에 싸인 도시에서 종종거리며 차들의 소음 사이에 지하철 인파를 뚫고 출근을 하고, 쉴 새 없이 닦달을 받으면서 온종일 전쟁을 치르는 듯 동동거려야 했다. 그 전쟁은 치열한 퇴근길을 거치고 집에 와도 끝나지 않았었다. 빠져나가는 공과금, 윗집에서 쿵쿵거리는 발소리와 물소리, 휴대 전화에서 늘 띵땅거리는 상사들의 지시 사항, 나만 빼고 다 즐거운 친구들의 단톡방…….

영진은 이곳에 와서 첫날 빼고는 휴대 전화도 켜지 않았다. 동생 놈의 전화를 차단했더니 모르는 번호로 계속 전화가 왔고, 한번 받았더니 그 놈 목소리였다. 안 받으니 다른 전화로 계속 전화를 하는 것 같아서 아예 전화기를 꺼 버렸다.

영진의 유일한 취미인 영화 감상도 이미 잊혀 버릴 만큼 세상과 멀리 떨어진 기분이었다.

유일하게 그녀를 세상과 연결해 주는 끈을 끊고 나니 세상은 온통 새소리뿐이었다.

그리고 그 새소리마저 조용한 초록의 공간 위에 나풀거리는 새하얀 천들이… 마치 무슨 공상 과학 영화나 혹은 초현실주의 그림 속의 한 장면같이 낯설었다.

새파란 잔디, 막 초록으로 물든 산과 나무, 비정상적인 파란 하늘까지.

빨리 이불을 걷어 개야 저녁 준비를 하지…….

그 생각에 문득 정신을 차린 영진이 손을 놀려 바싹 마른 이불을 당겼다. 그때였다.

어디서 개 짖는 소리가 들렸다. 한 번도 들어 본 적 없는 소리였다.

그러나 요란한 게 아니라 컹컹거리는, 그런 소리였다. 영진은 저도 모르게 고개를 돌려 그쪽을 보았다.

눈이 부시게 하얀 털을 가진 커다란 개가 목줄도 없이 뛰어다니고 있었다. 할아버지에게 이야기해야 하나……. 순간적으로 무서워진 그녀가 소리를 치려는데 누군가 보였다.

하얀 옷을 입은… 키가 큰 남자였다.

개는 기분 좋은 듯 꼬리를 치며 남자의 주변을 맴돌았고, 남자는 천천히 산 쪽으로 난 샛길로 사라졌다. 그리고 개도 같이 그쪽으로 쫓듯이 달려가 곧 보이지 않았다.

영진은 멍하니 그걸 보고 있었다.

펄럭거리며 빨래집게를 뺀 이불이 바닥에 떨어지지 않았다면 아마 한동안 더 멍하니 그쪽만 보고 있었을 것이다.

이 집에 온 지 5일 만에 처음 본 '김 선생님'이었다.

"김 선생님은 고기를 좋아하나 봐요?"

그냥 무의식적으로 나온 소리였다.

눈부시게 하얀 매트리스 커버와 베개 커버, 수건을 개면서 내내 그 막 파릇거리는 산속 오솔길로 들어서던 남자의 뒷모습이 머릿속에 아른거렸기 때문이었다. 아마 키가 작거나 배가 남산만 하고 허리하고 배하고 구별이 안 될 것 같은, 그리고 머리도 벗겨진 '김 선생님'이었다면 그러지 않았을 것이다.

당혹스럽게도 너무… 헌칠한 뒷모습이 참, 쓸데없게도 편견 가득한 그녀의 머릿속을 휘저어 버린 건 지난 며칠 동안 이 산속의 삶이 너무 심심해서였는지도 몰랐다.

오늘은 너비아니를 굽는다고 숯불까지 피워서 석쇠에 구운 고기에 잣으로 꽃무늬까지 올리는 걸 보고 영진은 저도 모르게 내뱉고 말았다.

"좋아하시지. 특히 내가 한 고기 요리를 아주 좋아하셔. 그래서 내가 여기까지 오게 된 거지. 안 그랬음 이 늙은이 여기까지 오라 했겠어?"

아주 자랑스러운 듯 대답하고는 열심히 다른 반찬을 상에 올렸다. 그러곤… 다시 말을 잇지는 않았다. 상이 올라가고 세 사람의 식사가 시작되었지만 늘 그렇듯 별로 말이 오가진 않았다.

"아까 화롯불은 잘 껐어요?"

"물 부어 놨어."

"요즘 건조해서 불나기 십상이라……. 왜 이렇게 비가 안 오는지 모르겠네."

"그러게……."

두 노인네의 대화는 오로지 내일 뭘 만들지, 아니면 주변을 어떻게 치울지 그런 것들뿐이었다. 그러니 영진은 잠자코 기가 막히게 잘 구운 떡갈비만 먹을 뿐이었다.

아까… 들어오는 걸 못 봤는데. 저녁이 올라갔으니 위층의 그 '김 선생님'도 지금 이걸 먹고 있겠지…….

영진은 저도 모르게 천정을 쳐다보았다.

밤새 뒤척거리다 늦잠을 잔 모양이었다.

아침 일찍 시작되는 이 대저택의 조찬 준비에 늦은 영진은 허겁지겁 주방으로 가야 했다. 이미 거하게 차려진 아침상이 또다시 그녀를 기다리고 있었다. 위층에 올라갈 상은 이미 올라갔는지 모습이 보이지 않았다.

"늦었네. 앉아. 식기 전에 먹어야지."

2, 3일은 거한 아침 먹는 게 거북스럽더니 이제는 자연스럽게 식탁에 앉게 된 영진은 멋쩍게 자리에 앉아 젓가락을 들었다.

그리고 의외로, 그녀를 밤새워 뒤척이게 했던 위층 남자의 존재에 대해 한 발짝 다가가게 된 건 우연이었다.

"아이고……."

아침 설거지를 하고 난 뒤에 떨어진 걸 주우려고 허리를 굽히던 박 여사의 입에서 곡소리가 났기 때문이었다.

"괜찮으세요?"

"아휴… 다리가……. 영감님, 파스 좀 줘 봐요."

시원찮던 무릎에 어떻게 힘이 잘못 들어간 모양인지 제대로 걷지를 못하고 있었다.

"큰일 났네. 2층 청소해야 하는데……."

"김 양이 대신 해야겠구먼. 뭐."

딱히… 궁금했던 건 아니었다.

그냥, 그 뒤태가… 좀, 호감이 갈 만해서.

아니, 까놓고 말하면, 이 산속에 있는 게 참 한심해 죽겠는데 뭔가… 흥미 있는 일이 생긴 기분이었다. 이 집이 모두 그 김 선생님 위주로 돌아가고 있는데, 그 김 선생님이 의외의 뒷모습을 하고 있다는 게… 그나마 좀 신기해서라고 할까.

"김 선생님이 이불은 내놓으셨다고 했어. 위에 올라가서 거실만 청소기로 밀고, 물걸레 청소기로 바닥 닦고, 책장이 있으니까 거기 먼지만 닦아. 방은 하지 말라고 하셨거든. 그리고 되도록이면 큰 소리 내지 말고. 알았지?"

"네."

보아하니 젊은 남자 같았다. 그 뒷모습은.

그런 젊은 남자가 이런 할머니한테 이렇게 대단하게 억압(?)을 한다는 데까지 생각이 미치자 좀, 어이가 없어졌다. 아니, 젊은 놈이 시중들어 주는 나이 많은 사람을 이렇게 아랫사람 부리듯이 하는 거… 너무 물질 만능주의 아닌가. 돈이 아무리 많아도 그렇지…….

라고 생각은 했지만, 영진은 이 집에 온 지 5일 만에 저는 절대 들어갈 수 없는 구역인 2층에 올라간다고 생각하니, 계단에 있는 유리문을 열면서 약간 손이 떨리는 건 어쩔 수 없었다.

거실 바닥에 있는 대리석과 같은 재질로 된 계단은 박 여사님이 올라가기에 꽤나 힘들 만큼 많았다. 1층 거실도 층고가 높았으니까.

한참이나 대리석 계단을 오르자 또다시 문이 있었다. 얼마나 조용한 걸 원하는 건지 그 이중의 문에는 각각 두꺼운 패킹도 있었다. 우습게도.

영진은 그 문을 열고 드디어 그 대단한 2층에 들어섰다. 문을 연 순간 그녀는 잠시 멈칫하고 말았다.

그녀가 상상하던 2층은 어떤 곳이었을까. 어떤 상상을 했든… 이런 곳은 아니었다.

문을 연 순간 그녀는 잠깐 멍하니 서 있어야 했다.

한쪽 면이 전부 유리로 된 2층은 가득 해가 쏟아지고 있었다. 분명히 엊그저께 빤 하얀 커튼이 걷혀 있었기에.

바닥은 아래층과 같은 하얀 대리석이었다. 그리고 위층에도 아래층 거실처럼 회색빛 소파가 있었다. 다만 아래층의 각이 진 모양이 아니라 푹 파묻힐 것 같은 카우치 모양의 소파가 이리저리 흩어져 있었다. 그러나 그건 한참이나 뒤에 그녀의 눈에 들어왔다. 처음 영진의 눈에 먼저 들어온 건… 바로 아래층보다 층고가 훨씬 높은 커다란 공간을 창문이 있는 곳만 빼고 빼곡하게 들어찬 책들이었다.

층고가 높다는 건, 그 책들이 있는 벽에 드리워진 이동식 계단 때문에 알 수 있었다. 외국의 도서관에서나 볼 수 있었던 그 이동식 사다리 같은 계단을 직접 볼 수 있었다. 신기하게도!

출판사에서 일했던 영진이었다. 그러나 이렇게 한꺼번에 많은 책을 동시에 본 건 대학 때 도서관에서나였다. 이곳은 가정집 아닌가.

멍하니 있던 영진은 정신을 차려야 했다.

'계단 올라가서 문 열자마자 왼쪽에 작은 문 안에 청소기가 있어.'

박 여사의 말을 기억해 내고선 얼른 정신을 차리자 정말로 책들 사이에 하얀 작은 문이 있었다. 그곳을 열자 아래층에도 있는 청소 도구들이 있었다.

늘 그렇듯 영진은 청소를 시작했다. 청소기를 돌릴 수 있는 시간은 한정되어 있었다. 그래도 아래층 거실보다는 좁았다. 청소를 하면서 보니 책장들 사이로 문이 서로 마주 보고 있었다. 그러나 박 여사는 그 문에 대해 이야기는 하지 않았다. 그냥 거실 청소만 하라고……. 막 청소를 하다 보니 한쪽의 문 앞에 익숙한 것이 보였다. 그건 바로 침대 시트와 이불, 베개 커버였다.

김 선생님이 직접 꺼내 놓은 건가? 영진은 청소를 다 하고 가지고 내려가야겠다고 생각하고 열심히 청소기를 돌리고 물걸레 청소기를 돌렸다. 그리고 걸레를 꺼내 들고 책들이 있는 선반의 먼지를 닦기 시작했다. 어마어마하게 긴 선반은 늘 그렇듯 별로 먼지가 있는 거 같진 않았지만.

그냥 이쯤에서 청소를 끝내고 얼른 내려갔었어야 했다.

빨리 시간 내에 끝마치라는 이야기에 너무 신경을 쓰고 있어서일까. 청소를 다 마치고 이불 더미를 끌고 문 앞으로 왔을 때 흘긋 시계를 보았다. 청소를 끝내야 할 시간이 아직 30분이나 남은 것을 보고 영진은 손을 놓고 말았다.

아직 시간이 있으니까……

그녀는 저도 모르게 방대한 양의 책을 둘러보았다. 책은… 그녀가 보기에 아무 상관도 없이 꽂혀 있는 것 같았다. 문창과에 다니면서 교양으로 들은 문헌정보학 같은 데서 시험에도 나왔던 서적 분류에 대해 빠삭하게 알고 있었지만, 그것과는 전혀 상관없이 무작위의 책들이 마구잡이로 꽂혀 있는 게 분명했다. 역사서 옆에 천체 물리학 책이, 그 옆엔 생리학이나 운동학 혹은 도시 계획에 관한 책, 그리고 그 옆엔 시집이나 에세이가 꽂혀 있었다.

흘긋 쳐다보고 내려갈 생각이었다. 그 책이 보이지 않았다면.

그녀의 눈에 낯익은 책이 보였다. 홍루몽 선문대학판……

영진이 대학 시절 즐겨 보았던 책이었다. 중국의 4대 기서 홍루몽. 그걸 좋아해서 홍루몽 카페에도 들었었다. 중국 소설이라 번역본이 많긴 했는데 그 책을 우리나라에서, 그것도 조선 시대에 해석한 것이 있었고, 그게 카페에서도 희귀본에 속했었다. 카페 주인장이 가지고 있던 사진 속의 두께 10센티미터나 되던 희귀본이… 바로 이 서재에 있었다.

영진은 저도 모르게 그쪽으로 가서 그 책을 빼 들었다. 워낙에 대단한 고서라 무게조차 묵직했다. 그놈의 카페 주인장이 책의 겉 사진만 올리고 속 사진은 올리지도 않아서 궁금하기만 했던 희귀본……

영진은 떨리는 손으로 책을 펼쳤다. 그러자 마치 조선 시대의 목판본이라도 되듯 세로로 된 원문이 보였다. 그녀가 유일하게 사 모았던 홍루몽은 수백 번도 더 봐서 본문 내용을 다 외울 지경이었는데 편 부분은 마침 가보옥이 연회를 하는 장면이었다. 어차피 번역본이라 그 카페에선 청년사본은 이렇게 해석을 했네, 예하판에서는 이랬네 하고 말이 많았던 부분이었다.

그걸 중세 조선에서는 어떻게 번역을 했을까.

영진이 막 흥미진진하게 책을 보고 있을 때였다.

"왜 남의 물건에 함부로 손을 대!"

남자의 목소리와 함께 거센 손길이 그녀의 손에서 책을 빼앗았다.

순식간에 일어난 일이었다.

그래서… 아마 덜 당황했을 수도 있었다. 침대 커버와 이불을 들고 영진은 후다닥 내려왔다. 제 얼굴이 시뻘겋게 물이 들어 있는지 열기가 느껴졌다. 하얀 침구에선… 낯선 냄새가 나는 것 같았다.

젠장…….

"청소는 다 했지?"

"네."

영진은 아무렇지도 않은 듯 대답하곤 빨랫감을 세탁기에 넣기 시작했다.

"오후에 병원에 갔다 와야겠어. 김 양 뭐 필요한 거 있나?"

"없어요."

"저녁 준비는 내가 김 양이 청소하는 동안 다 해 놨으니, 병원 갔다 와서 불에만 올리면 돼. 그러니까 빨래만 널고 좀 쉬어. 김 양이 없었음 큰일 날 뻔했어. 내가 처음에 말한 거랑 달라져서 미안해……. 그래서 말인데……."

솔직히 박 여사의 말이 귀에 들어오지 않았다. 영진은 건성으로 대답했다.

"괜찮아요."

"아니, 여기 살림이 얼마나 힘든데……. 내가 첨에 200 이야기했잖아. 50 미리 올려 줄게. 대신 앞으로도 꼭 좀 도와줘. 알았지?"

박 여사는 영진이 맘에 들었다.

손끝이 여물거나 일을 착착 잘 해내는 스타일은 절대 아니지만, 시킨 일을 어떻게든 하려고 했고 뭐라 말이 없었다. 그리고 무엇보다 가장 맘에 든 건 손에 휴대 전화를 들고 다니지 않는다는 점이었다. 벌써 이곳에 왔다가 가 버린 사람은 넷. 하루 만에 간 사람이 둘, 그나마 사흘, 일주일 버틴 사람은… 박 여사가 참다못해 가라고 했었다.

요즘 사람들은 그저 손에 든 전화기만 쳐다보다 물이 넘쳐도, 세탁기가 돌아가도 신경을 쓰질 않았다. 그런데 요즘 젊은 여자치고 휴대 전화를 손에 안 들고 다니는 영진이 정말이지 맘에 들었다. 오늘도 영진이 없었다면 2층에 올라가지도 못했을 거 아닌가.

"네? 그러실 필요는 없어요."

영진은 놀라 대답했다. 솔직히 여기서 하는 일이라고는 얼쩡거리다 밥 얻어먹는 거밖에 없는데, 차라리 식대와 방값을 내야 하지 않을까 싶을 정도였다.

물론… 조금 전 일은 빼고.

"아니야. 내 성의니까, 그냥 받아. 하여튼 얼른 병원 다녀올게."

영진의 '면접'을 볼 때와 똑같은 옷을 입고 역시 그때 들고 있던 낡은 구찌 가방을 손에 꼭 든 박 여사는 신신당부를 하며 할아버지의 차를 타고 내려갔다.

아… 선크림.

차가 사라지자 그녀의 머릿속에 떠올랐다.

엔진음이 심한 차 소리까지 사라지자 커다란 집은 다시 적막에 싸였다. 그리고 아주 잠깐 잊고 있었던… 아까 그 사건이 생각났다.

그러자 다시 얼굴에 열이 올랐다.

아니, 뭐 내가 책을 훔친 것도 아니고, 그냥 있는 거 잠시 봤을 뿐인데…….

"아니, 무슨! 뭐가 그렇게 대단해서! 성질 되게 더럽네!"

혼자 있게 되자 그녀는 내내 속에 담고만 있던 걸 내뱉었다.

그냥, 잠깐 언뜻 보았던 남자의 뒷모습. 단지 그냥 편해 보이는 바지와 하얀 티셔츠를 입었었지만, 키가 크고 '젊어' 보인다는 이유만으로 들었던 묘한 호기심, 혹은 제가 가지고 있던 편견에 대한—고기나 좋아하는 변태 배불뚝이—반발로 생긴 막연한 호감이 또다시 와장창 깨지는 순간이었다.

아니, 뭐 젊고 키 큰 남자란 게 다 매너 뿜뿜이거나 괜찮은 사람일 리는 없지. 그거야말로 편견이니까.

맞아, 제가 상상했던 그런 남자도 어렸을 적은 있었을 거 아니야. 딱 저렇겠지.

아니, 자기 할머니뻘 되는, 그게 아니라면 적어도 엄마뻘은 되는 사람을 그렇게 매일 청소를 시키고 밥을 시키고……. 돈이 얼마나 썩어 문드러지는지는 몰라도 너무한 거 아니야?

정말 젊은 변태 새끼 아냐.

그러나 돈이 많기는 많은가 봐.

영진은 저도 모르게 넓디넓은 거실을 훑어보았다. 커다란 창밖으로 파릇한 새싹들이 고개를 내미는 그녀가 제일 좋아하는 계절의 풍경이 펼쳐져 있었다.

한가하게 사계가 철마다 옷을 갈아입는 걸 즐긴 적은 없었다.

계절이 네 개나 있어서 철마다 옷이 따로 필요한 게 불만이었고 그나마 봄옷과 가을옷은 얼추 비슷하게 입을 수 있어서 다행이라 여겼었다. 그러나 그런 바싹 말라붙은 영진도 좋아하는 계절이 있다면 그건 굳이 봄이었다. 물론 남들이 다 좋아하는 봄꽃이 만개한 그 분홍분홍한 봄이 아니라 정신 나간 인간들이 몰려다니면서 꽃놀이를 다 즐기고 나서 나오는…… 그 연둣빛 여린 이파리들이 고개를 내미는 봄…… 그 물기 가득한 여린 연두의 반짝거리는 봄…… 그 짧은 며칠이 그녀는 그나마 가장 좋았다.

참 변태스럽게도.

영진은 뭘 할까 생각하다가 이 집에 아직도 그 '김 선생님'이 있다는 걸 깨달았다. 제 머리 위에 그 변태 같은 놈이 어슬렁거리고 있을 거라 생각하니, 그리고 이 큰 집 안에 두 사람만 있다는 걸 인식하니 기분이 이상해졌다.

저도 모르게 종종거리며 현관문을 열고 나섰다.

맨날 빨래를 널거나 걷으려고 주방 옆에 있는 보조 출입구로만 다니다가 현관으로 나온 건 이 집에 온 날 이후로 처음인 것 같았다. 별로 할일도 없을 거라는 박 여사의 말과는 달리 쉴 새가 없었던 거 같았다. 아마 평소대로라면 지금도 저녁 준비를 하느라 육수를 내거나 고기를 두드리고 있었을지도 몰랐다.

봄볕이 나른하게 쏟아지는 정원엔 잘 손질된 잔디가 파릇파릇 올라오고 있었다. 그 잔디조차 옅은 연두의 새잎을 품고 있는… 그런 봄이었다. 어디선가 나무이파리들이 봄바람이 퍼드덕거리는 소리만 적막을 흔들고 있었다.

이런 데서, 이런 좋은 집에서, 이런 고용인들에게 월급 같은 거 팍팍 주면서 삶을 사는 사람은 어떤 기분일까…라고 생각하니 눈앞에 펼쳐진 그나마 좋다고 느껴졌던 새파란 봄기운이 참 재수 없어졌다.

괜한 자격지심이 틀림없었다.

그렇게 아등바등 버티려고 했던 직장, 반지하지만 갖고 싶었던 원룸, 언젠간 좋아지겠지 나아지겠지 하고 견뎠던 하루하루.

참, 다 부질없게 보였다.

내 미래는 어떻게 되는 걸까, 아니, 당장 나의 내일은 어떻게 될까.

내일은 또 하루 세끼 밥 준비하고 빨래 빨고 청소하다 보면 지나겠지만, 한 달 두 달… 1년, 2년 후 내 삶은…….

지금 이 하릴없는 나른한 봄 속의 김영진은 과연 옳은 선택이란 걸 한 걸까. 영진은 저도 모르게 내리쬐는 봄볕으로 발을 내디뎠다.

실제로는 아무 소리도 나지 않았을 것이다. 그런데 어디선가 소리가 들리는 것 같았다. 하얀 침대 시트들을 바삭바삭하게 마르게 만드는 봄볕……. 분명히 서울에선 이런 날이면 날리는 꽃가루 황사 먼지들이 뒤섞여서 사람들을 괴롭혔을 텐데, 온 사방이 다 나무로 둘러싸인 산속인데도 마당 위에 고인 공기는 깨끗하기만 했다. 그녀의 머리 위로, 어깨 위로 그리고 손등으로 쏟아지는 볕은 따뜻하고 부드러웠다.

언젠가 웬 카페에서 먹었던 고운 거품이 가득한 모카커피처럼.

갑자기 커피가 고파졌다. 여기 와서 커피를 마신 적이 있었나? 박 여사가 줬던 건 유자차나 자몽 청을 탄 자몽차 같은 것들뿐이었다. 생각지도 못한 카페인 결핍에 영진은 느릿느릿 볕이 쏟아지는 잔디밭으로 걸어 내려갔다. 얇은 단화 운동화 바닥으로 느껴지는 여린 풀들의 감촉, 산속의 봄바람에 흔들거리는 머리카락, 연초록의 나무들…….

영진은 왠지 낯선 풍경화 속으로 들어서는 기분이었다. 넓은 정원의 한쪽에 어딘가로 통하는 오솔길이 보였다. 언뜻 어제 그 남자가 큰 하얀 개와 같이 가던 길이었다. 그녀는 그쪽으로 향했다.

나무 사이로 난 길엔 새싹의 향이 나는 것 같았다.

여린 나무순을 비집고 나온 연록의 풀들에서 나는 풀 냄새, 새봄에 움트느라 물기 젖은 이파리들이 스치는 소리…… 사람 키보다 더 큰 나무들은 아직 무성해지지 않아서 봄볕이 그녀의 팔과 어깨로 초록의 얼룩무늬를 그려 내고 있었다. 밟히는 풀들의 소리도 어딘가 물기가 섞인 것 같았다. 그래서 그녀는 뭔가에 홀린 듯 계속 그 길을 걸어 들어갔다.

들어갈수록 나이 든 커다란 나무들이 보였다. 군데군데 하얀 나무들…… 아마 자작나무이지 않을까 싶은 나무들도 보였다.

사락거리는 나무이파리들이 부딪치는 소리는 점점 그녀에게 이리 오라고 속삭이는 것 같았다.

곧 돌아가야 하는데… 영진은 계속 그 숲으로 걸어 들어가고 있었다.

한참을 가던 그녀의 걸음이 멎은 건 갑자기 눈앞이 환해져서였다. 길이 끊어진 건 아니었다. 길은 이어져 있었지만 급격히 꺾여 있었고, 그곳은… 갑자기 환하게 뚫려 있었다. 절벽이라고 할까. 그러나 떨어진다고 사람이 죽을 것 같지는 않았다. 급경사로 이루어진 곳이었고 그 틈새로 저 멀리까지 겹쳐진 산들이 보였다.

집이 있는 곳에서는 밑으로 지나가는 길 때문에 펜션 같은 곳이 멀리 보였었다. 그러나 이쪽은 그야말로 완벽하게 산들만 보였다. 이런 곳은 처음이었다. 어딜 가든 아파트와 빌딩 숲뿐이었는데…….

가끔 어디 수학여행을 가거나 해도 건물이 없는 곳은 없었던 거 같았다. 그런데 이런 숲의 바다라니.

영진은 멍하니 그 경치를 보고 있다가 어디선가 귀에 익은 소리가 나는 것 같아 고개를 돌렸다. 그건… 근처에서 나는 컹컹대는 개 소리였다.

그 하얗고 커다란 개……. 이름도 이상한. 근처에 다른 집 같은 게 없으니 이 소리는 그 개의 소리임이 분명했다. 그걸 알고 나니 좀 무서워졌다. 엊그제도 그 남자를 따라나선 개는 분명히 목줄 같은 것도 없었다. 사납다고 했던 거 같은데…….

거기에 생각이 미치다 보니 그 남자가 떠올랐다.

그 남자가 개를 데리고 산책하는 건가. 그렇다면 이 근처에 있나? 나오는 걸 못 봤는데……. 물론 영진이 바깥만 내다보고 있었던 게 아니니까 그녀가 모르는 사이에 내려왔을 수도 있다. 그리고 집 구조가 복잡해서 2층에서 바로 내려오는 입구가 있을지도 몰랐다.

거기까지 생각이 미치자 영진은 고개를 돌려 두리번거렸다. 마주치기 전에 돌아가야지.

몸을 돌린 영진은 나란히 난 두 개의 길을 보고 잠시 당황했다. 어느 쪽에서 왔지? 아니, 달랑 둘뿐인 길이 직각으로 꺾였었는데 왼쪽인지 오른쪽인지가 구별이 안 되다니……. 바보 아닌가.

경치에 취해 있다 멍해진 그녀는 자기가 온 쪽이라고 생각되는 쪽으로 재빨리 발걸음을 옮겼다. 그쪽을 택한 건 컹컹거리는 개 소리가 멀어지는 쪽이기 때문이기도 했다. 혹시나 그 재수 없는 '김 선생'—이제는 습관처럼 붙이던 님도 빼고—과 마주치기라도 할까 봐 잰걸음을 걷고 있던 영진은 이상한 기분이 들었다. 처음 보는 길같이 보여서.

나무들은 어차피 다 비슷비슷했다. 길도 비슷비슷해 보였다. 그런데 이 길이 아닌 것만 같았다. 그런 걸까. 다시 돌아가야 하나…….

한참 길을 가면서도 망설이고 있는데 갑자기 컹컹거리는 소리가 났다. 너무 가까이서 들려서 그녀는 저도 모르게 마치 얼음이라도 된 듯 걸음을 멈추고 말았다. 그때였다. 버스럭거리는 소리와 함께 허언, 송아지만 한 개가 나타났다.

"으악!"

소리를 지르긴 했지만 너무 무서워서 겨우 저한테만 들릴 것 같았다. 그러나 나타난 개는 오히려 혀를 내민 채 웃는 것 같은 인상으로 그녀의 주변을 빙글빙글 돌았다. 하얀 털이 길게 난 개는 덩치도 컸지만 의외로 사나워 보이지 않았다. 마치 얼어붙은 것처럼 서 있던 영진에게는 그나마 다행이었다. 딱히 개를 좋아하거나 무서워하진 않았지만 워낙에 덩치가 큰 개라 공포심이 있었지만 개는 전혀 그녀를 공격하거나 할 생각은 없는 모양이었다. 오히려 반가워하는 듯 꼬리를 쳤다. 걸음을 옮겨야 하는데 개는 계속 그녀의 주변을 맴돌았다.

"저… 저리 좀 가……."

그러나 개는 그녀의 말을 전혀 듣지 않는 듯 계속 헥헥거리며 그녀의 주변을 맴돌다 옆으로 물러섰다. 그제야 영진이 발걸음을 옮기려는데 뭔가 저쪽에 허연 것이 보였다.

"어?"

그때였다. 갑자기 그녀의 얼굴에 무엇인가가 뚝 떨어졌다.

"뭐지?"

영진이 손으로 제 **뺨**을 닦자 또 떨어져 내렸다. 그제야 영진은 고개를 들어 하늘을 쳐다보았다. 아까까지만 해도 새파란 하늘을 본 것 같은데……. 갑자기 먹구름이라도 낀 듯 날이 흐려져 있었다. 떨어져 내리는 것들은 더욱더 많아졌다. 그런데 개는 자꾸 그녀의 주위를 맴돌다가 저쪽으로 갔다가 또다시 그녀에게 와 맴돌았다.

그쪽엔… 누군가가 있었다.

영진은 하는 수 없이 개가 이끄는 대로 갈 수밖에 없었다. 당도한 곳엔 커다란 나무가 있었고 나무 밑에 누군가가 기대어 눈을 감고 있었다.

김 선생님이었다.

모든 건… 빌어먹을 하늘 탓이었다.

왜 비는 오고 난리인 거야.

빗방울이 굵어지고 있었다. 후둑거리는 빗방울 정도야 하고 무시하던 사람의 발길조차 급해질 만큼 짙녹의 숲속에 떨어지는 빗방울은 굵고 많아졌다. 그러니 눈앞에 있는 그 대단하신 김 선생님을 두고 갈 수는 없었다. 솔직히 저 혼자면 그냥 모른 척하고 지나갈 수도 있었겠지만, 그러지 못하게 종용하는 이가 있었다. 그건… 엄청난 덩치를 자랑하는 크고 하얀 개, 그러니까 짜라인지 뭔지 하는 이름을 가진 커다란 개 때문이었다. 혹여 제가 가 버릴까 봐 그러는 건지 영진이 왔던 소로와 그녀 사이를 뻔질나게 8자를 그리며 오가고 있었다.

"이봐요! 눈 좀 떠 봐요!"

이해할 수가 없었다. 아니, 그런 대단한 집을 두고 왜 이런 풀밭의 나무둥치에서 낮잠 따윌 자는 건지. 그리고 이 정도로 이마고 정수리에 물이 떨어지면 일어나야지!

늘 각박한 삶을 사느라 말이란 게 제 감정대로 푹푹 튀어나오는 건 어쩔 수 없는 그녀의 삶의 흔적이었다.

게다가 지금은 빗방울이 뚝뚝 떨어져 내리고 있었다. 그런데 더 이상 말을 잊지 못한 건… 아마 대낮에 처음 정면으로 보는 '김 선생님'의 실체 때문이었으리라.

눈처럼 하얀 셔츠는… 대낮에도 푹푹 삶아 햇볕에 내다 널고 정성껏 다리는 박 여사의 덕뿐일 것이다. 그 하얀 셔츠가 무색하리만치 창백한 남자는… 그야말로 당혹스러울 만큼 비현실적이었다.

큰 키와 비율이 환상적인 사지야 그렇다 쳐도 얼굴까지 이러면… 사기 아닌가 싶을 정도로.

사는 게 재미도 없고, 눈을 돌릴 틈도 없으니 남들처럼 영화나 드라마 혹은 아이돌에 힐링 따위 할 시간조차 없이 살아온 그녀였다. 그저 괜찮은 사람이라곤 제게 밥을 잘 사 주던 뻐드렁니밖에 기억이 안 나는 과 선배라든지, 혹은 폐기라면 무조건 챙겨 주는 대머리 점장님 같은 사람들뿐이었다.

그러다 어렵게 얻은 출판사에서 제 사수였던 그나마 키도 헌칠하고 미혼이었던 선배는 그닥 잘난 얼굴 같은 것도 아니었지만 그냥 막연하게 호감을 갖다 보니 괜찮아 보였던 게 다였다.

물론 취재를 다니거나 유명한 작가를 찾아다니면서 일명 텔레비전에 나올 것같이 허우대 멀쩡한 사람도 보긴 봤지만 기억에 남을 만하지도 않았다. 게다가 그 사수는 저보다 백배는 더 조건이 좋은 어리고 예쁜 여자 친구를 만나서 결혼 약속까지 하는 것을 봤었다. 언제고 청첩장이 날아올 게 분명했다.

아마 그래서… 엊그제 본, 비상식적으로 큰 키와 허우대 멀쩡한 뒷모습을 가진 '김 선생님' 한테 막연한 호감을 느꼈는지도 몰랐다. 물론 그 호감은 어이없는 사건으로 파삭 깨지긴 했지만.

그래서인지 위층에 쿵쿵거리고 다닐—물론 집은 튼튼하게 지어서 그런 건 느껴 보지도 못했지만—김 선생님의 얼굴 따위는 궁금하지도 않았다. 그건 당연히, 제 아주 사소한 잘못에 대한 아주 거지 같은 그의 반응에 당황하다 못해 분노한 때문이었고, 그 분노는 쉽게 가시지 않았었다.

그러나 아주 잠깐, 제가 가졌던 분노라는 감정이 싹 사라져 버린 건, 남자의 완벽한 콧대 때문이었다.

무슨 성형외과 광고에나 나올 만큼 휨 없이 반듯한 콧대와 꾹 다물었지만 완벽하게 생긴 입술 선, 그리고 깊은 눈매…… . 저런 사람이 포샵을 안 하고도 실제로 존재한단 말인가.

산속은 온통 초록이었다. 아니, 초록이 되기 전 물오른 연둣빛이었다. 어디를 둘러봐도 막 물기가 묻어날 것 같은 생명이 가득한 곳이었다. 그러나 그 눈이 부시게 아름다운 연둣빛 숲이 두 손을 들어 입을 틀어막는 기분이었다.

"저기요! 일어나라고요!"

정말이지 그를 포기하지 않은 건 저 커다랗고 혀를 내밀고 빙글거리는 것 같은 큰 개 때문이었다. 해맑은 표정이었지만 그냥 가 버리면 번쩍 날아 절 덮칠 것만 같았기 때문이었다.

게다가 떨어져 내리는 빗방울은 이제 귓가에 후드득거리는 소리를 내면서 그녀의 옷마저 적시고 있었다.

"눈 좀 떠 봐요!"

"으……."

말로 안 되니 손을 내밀어 흔들어 깨우는 수밖에. 저도 모르게 남자의 어깨 쪽을 흔들어 대는 통에 눈을 뜬 모양이었다. 눈을 뜬 남자는 어리둥절한 표정으로 그녀를 올려다보았다.

"비 와요! 다 젖잖아요!"

남자의 뜬 눈이 그 완벽한 얼굴을 완성했지만, 다행스럽게도 눈을 뜰 수 없으리만큼 빗줄기가 세졌다.

"아……."

그제야 남자는 몸을 일으켰다. 옆에서 신이 난 듯한 개가 그제야 컹컹 짖기 시작했다.

남자가 눈을 뜨고 일어나니 영진은 제 할 일을 다 했기에 돌아서서 가려고 했다. 그때였다. 커다랗고 차가운 손이 그녀의 팔목을 거칠게 잡아챘다.

"이쪽이야."

빗줄기가 쏟아지는 소리 속에 남자의 목소리가 들렸다.

숨이 차고, 가슴 언저리가 펄떡거리는 건… 산길을 뛰어왔기 때문이었다. 게다가… 기껏 빨아 잘 널어놓은 눈부시게 하얀 시트와 빨래들이 쏟아지는 소나기에 흠뻑 젖은 걸 보고 미친 듯이 걷어 들이느라 정신이 없었다.

물에 빠진 생쥐처럼 홀라당 젖어 버렸지만 영진은 빨래를 걷어야 했고, 제 손을 붙잡고 산길을 내려왔던 누군가가 제가 끙끙거리며 집어 놓은 빨래집게를 풀어 주는 바람에 그나마 빨리 빨래들을 걷을 수는 있었다.

그래 봤자 빨래는 이미 다시 해야 할 만큼 젖어 버렸다. 그리고 영진도.

숨이 찬 건…….

빨래 때문이었다…….

빨래들을 다시 세탁기에 넣고, 홀랑 젖어 물에 빠진 생쥐같이 돼 버린 몸을 씻고 옷을 갈아입고 나오자 영진은 어이가 없었다. 창밖에는 마치 무슨 일이 있었냐는 듯 아무렇지도 않게 햇살이 쏟아지고 있었다. 파란 하늘마저 무슨 거짓말같이 펼쳐져 있었다.

"뭐야……."

제 입에서는 허탈함이 저절로 튀어나왔다. 영진은 제 젖은 옷들을 들고 세탁실로 갔다. 이 어마어마한 집에는 세탁기도 두 대나 있었다. 커다란 업소 같은 대형 드럼 세탁기와 손빨래를 할 수 있는 뚜껑이 달린 큼직한 통돌이 세탁기가 나란히 있었다. 그녀가 막 세탁기에 옷을 집어넣고 젖은 머리카락을 닦던 수건까지 넣고 있는데 뒤에서 갑자기 낯선 소리가 났다.

"이것도 같이 넣어."

무의식적으로 고개를 돌린 영진의 앞에 젖은 머리를 닦던 남자가 옷 뭉치를 내밀었다. 남자는 마치 던지듯 옷 뭉치를 그녀에게 건네고는 인상을 찌푸린 채 세탁실을 나가 버렸다.

그녀의 입에선 똑같은 말이 튀어나왔다.

아니, 대체 뭐람.

젖은 데다 흙까지 묻은 옷이라 영진은 대충 옆의 개수대에서 흙을 씻어 내고서 세탁기에 남자의 옷을 넣었다. 그녀가 해야 할 일은 이것이었으니까.

그런데 무슨 똥이라도 씹은 표정이라니……. 서 질난 얼굴에. 대체 뭐 때문에!

아깐 분명히 길을 잃을까 봐서였겠지만, 제 손을 잡은 채 빗속을 뛰어오지 않았나? 그리고 낑낑거리고 빨랫줄을 세워 놓았던 장대 덕에 높이 있는 빨래집게를 풀지 못해 허우적거리는 걸 보고 빨래 걷는 것까지 도와줬으면서!

지금 저 재수 없는 표정은 뭐지?

아, 저 '김 선생님'의 트레이드마크인가?

영진은 어이가 없어서 한참이나 세탁기 두 대가 열심히 돌아가고 있는 세탁실에 있다가 나왔다.

딱히 다른 할 일은 없었다. 오랜만에 혼자 오롯이 쉴 수 있는 오후였는데 왜 산책 따위는 나가서……. 영진은 자책하며 버릇처럼 주방으로 향했다.

복도 창에는 무슨 일이 있었냐는 듯 해가 쨍쨍한 오후가 내려앉고 있었다.

어이없어라.

저 남자 때문이 아니라, 분명히 어이가 없는 건 날씨 때문이었다.

그랬다…….

갑자기 아무 할 일이 없게 되자 영진은 좀 멍해지는 기분이었다.

늘… 종종거리면서 살아왔었다. 학교에 다녔고, 알바를 다녔고, 직장에서도 부지런하고 싹싹하다는 이야기를 듣기 위해 늘 무언가를 하고 있었다. 외근을 나가도 차비를 아끼려고 검색에 검색을 해서 바쁘게 뛰어다녔고, 내근할 때도 걸핏하면 인원 감축을 하겠다는 위태위태한 날들을 버티기 위해 남들의 손가락질을 받으면서도 늘 부지런을 떨었었다. 어디에서든 쓸모 있는 사람이 되고 싶었다.

쓸모없어서 부모에게 버려진 다음엔.

그런데 그게 무슨 소용이었을까.

그렇게 마련한 전셋집이란 걸 기가 막히게 한 방에 날려 버렸는데.

창밖에, 그러니까 너무 근사한 거실 밖 비싼 새시로 된 창밖에 보이는 새파란 잔디와 나무들은 마치 너 따위의 구질구질한 삶 따위는 농담거리도 안 되니까 입도 뻥끗, 아니, 머릿속으로 떠올리지도 말아라…는 듯 마치 그림같이 펼쳐져 있었다.

젠장, 이런 집의 가사 도우미 보조라니.

세탁실은 주방의 옆인 데다 문을 닫았고—박 여사는 무조건 세탁실의 문을 꼭 닫으라고 신신당부를 했다—주방을 지나 거실로 나오니 집 안은 그야말로 고요했다. 방음이 잘되는 창들은 숲속의 소음도 완벽하게 차단해 주고 있었다. 멍하니 신세 한탄을 하고 있던 영진의 귀에 낯선 소리가 들렸다.

"저기……."

"네?"

당연히 이 넓은 거실에 혼자 있을 거라 생각하고 머릿속으로나마 잔뜩 불평불만을 널어놓고 있다 깜짝 놀란 영진이 뒤를 돌아보았다.

"그게……."

기… 김 선생님?

아까 저를 끌고 왔던 남자가 언제 왔는지 모르게 제 뒤에 서 있었다.

키가 큰 남자가 저를 내려다보고 있으니 영진은 깜짝 놀랄 수밖에. 게다가 아무런 기척도 없었는데…….

"왜… 왜 그러시죠? 시… 식사 때문인…가요?"

저 사람이 제 머릿속을 열어 볼 건 아니지만, 잔뜩 위층에 살고 있는 돈 더럽게 많은 남자에 대한 어이없는 불평불만도 쏟아 내고 있었던 영진은 죄책감에 놀라 말했다. 저 남자의 근사한 식사를 위해 제가 '보조'까지 하고 있는 거였으니까.

"아니, 그게 아니라."

"……."

남자는 목소리도 근사했다. 생긴 것만큼. 아깐 떨어지는 비 속에 눈을 감고 있는 것만 봤었는데…….

약간 긴 것 같은 머리는 부드럽게 이마를 덮고 있었다. 언뜻 보면 날선 콧대밖에 안 보일 거 같은 남자는 눈매가 좀 날카로워 보였지만, 역시 무슨 배우처럼 잘생긴 건 인정할 수밖에 없었다. 키가 커서 마치 무슨 혼혈의 배우같이 보이는 거 같기도 했다.

"뭐 필요하신 거라도?"

제게 월급을 주는 박 여사님이 하늘같이 모시는 김 선생님이었다. 영진은 늘 돈을 주는 '윗사람'에게 잘 보여서 일자리와 임금을 사수하는 자리에서 짧은 평생의 반을 보냈다. 아마 이건 본능일 게 분명했다. 성질이 어떻든 간에 페이를 주는 사람이 갑이고 왕이었다.

"이름이… 뭐야?"

"네?"

"당신 이름이 뭐냐고."

3

"거 물리 치료인지 받으니까 좀 괜찮긴 한데……. 계속 다녀야 해서……."

"아프시면 병원 가셔야죠."

아파서 병원 간 게 무슨 큰 잘못이나 되는 것처럼 이야기하는 게 어쩌면 좀 안쓰럽기까지 했다.

"여기도 비 왔어?"

"네. 그래서 빨래 다시 하는 중이에요."

"하도 버썩 말라서 비가 좀 왔으면 했더니 하필 그렇게 도깨비처럼 왔다 그치냐고……. 김 양이 고생 많이 했겠네."

고생도 하고 당황도 했죠.

그러나 영진은 대답하지 않았다.

"아주 우리 김 양 덕분에 병원도 갔다 오고……. 정말 고마워."

아니, 그럼 저 악독한 김 선생님이 병원도 못 가게 했단 말인가요? 하고 묻고 싶었지만, 영진은 묵묵히 밑반찬을 접시에 담았다.

그런 영진의 속마음을 눈치라도 챘는지 먹음직스러운 햄버그스테이크를 뒤집으면서 박 여사가 말했다.

"뭐 병원 같은 덴 알아서 다녀오라고 하시긴 하지만, 내가 마음이 편치 않아서 말이지. 읍내에 요즘은 웬 사람이 그렇게 많은지, 게다가 물리 치료도 너무 시간이 많이 걸리고 말이야. 중간에 뭐 과일이라도 드시고 싶으면 얼마나 성가시겠어."

참았어야 했다. 그런데 이건 무의식적이었다.

"아니, 사지 멀쩡한 사람이 과일도 혼자 못 찾아 먹어요?"

진짜 어이가 없어서였다. 그런데 대답은 더 어이가 없었다.

"어휴, 아래까지 내려와서 찾아야 하잖아. 우리 김 선생님 하시는 일이 얼마나 집중력이 필요한 일인데! 하는 일도 없이 노는 사람이 갖다드려야지!"

진짜 코가 막히고 기가 막혀서 영진은 저도 모르게 담고 있던 메추리알을 쏟을 뻔했다.

"아니, 무슨 그런 대단한 일을 하시는데요?"

허우대만 멀쩡해서 호감이란 게 미친 듯이 널뛰듯 있다 없어지는 김 선생님이란 남자에 대한 저 맹목적인 충성심은 대체 어디서 나오나 싶어 되물었다.

"우리 김 선생님은……"

갑자기 스테이크를 굽다 말고 영진에게 다가와 귓속말로 속삭였다. 누가 들을세라 귓가에 손을 댄 채로!

"엄청나게 유명한 작가 선생님이셔!"

손에선 달짝지근한 스테이크 소스 냄새가 풍겼다.

유명한 작가라니… 꽤나 돈은 버나 보지.

갑자기 맛있게 느껴졌던 스테이크 냄새가 비릿해지는 기분이었다. 그것과는 아랑곳없이 역시나 인스타에 올리면 바로 거기 어디예요, 라는 댓글들이 주렁주렁 달릴 것만 같은 은식기에 세팅마저 근사한 햄버그스테이크 정찬이 엘리베이터를 타고 올라갔다.

글로 떼돈 버는 사람들… 꽤나 봐 왔다. 영진도 그런 스타 작가들 앞에서 한없이 작아져서는 뭐든 그들의 비위를 맞춰야 했던 적이 있었다. 물론 그런 작가를 모셔 오는 일 같은 건 더 높은 사람들이 했고, 그 사이의 자잘한 일들은 영진 같은 계약직이 하는 거였다. 매번 그런 것은 아니었으나 형편없는 맞춤법에 경악하는 건 뭐 기본이었고 원고를 핑계로 별의별 심부름을 다 시키는 것도 예사였다. 그나마 그쪽은 순수문학 계열이라 특정 몇몇을 제외하고는 단위가 그다지 크진 않았지만, 주변에 요즘 유행하는 웹소의 경우에는 어마어마하게 벌어들이는 것 같았다.

이렇게 산속에 어마어마한 대궐을 지을 만한 작가가 몇이나 될까.

그건 둘째 치고 저렇게 멀쩡하게 생긴 작가가 있었나? 영진은 생각하다 곧 머릿속에서 집어치워 버렸다.

알 게 뭐야, 지 손으로 과일도 못 찾아 먹는 게 무슨 대단한 유세라고.

"우리 김 선생님 때문에 참 내 인생 폈지. 정말이지, 난 우리 김 선생님이 하라면 뭐든 다 할 수 있어. 그런데 참 이놈의 늙은 몸뚱이가 문제라서……."

아무 대꾸 없는 할아버지가 차라리 나았다. 영진은 꾸역꾸역 달착지근한 햄버그스테이크를 썰어 먹으면서 박 여사의 말을 한 귀로 흘리고 싶었지만, 집은 너무나 조용했다.

차라리 조용한 절간 같은 곳이 나았나?

밤새 뭣 때문인지 모르게 뒤척거린 거 같은데 어김없이 저 때려죽이고 싶은 산새들은 동틀 무렵부터 조식 모임, 파티를 하는 모양이었다.

"제기랄!"

이제 드디어 질리는 건가?

영진은 오늘이 몇 월 며칠인지도 모른 채란 걸 깨달았다. 대체 얼마나 지난 걸까. 문득 세수를 하고 나와서 가방 속에 든 휴대 전화를 꺼내 보았다. 저번에 떨어뜨려 금이 간 휴대 전화는 꺼진 채였다. 전원 버튼을 눌렀지만 켜지지 않았다. 아무래도 오래돼서 배터리가 시원치 않더니 방전이 돼 버린 모양이었다. 분명히 껐었는데……. 영진은 휴대 전화를 충전시켜 놓고 문을 나섰다.

거한 아침상이 올라갔다 내려오고 주방은 설거짓거리로 가득 찼다.

"저기 오늘도 위층 청소 좀 부탁해. 아, 그리고 실은 위층에 운동하는 방이 있는데……. 거기도 밑에 좀 청소기 밀고 닦고, 그리고 거긴 기구 위에도 걸레로 좀 닦아야 해. 운동하는 방은 사흘에 한 번씩 청소하는 데라 내가 이야기를 안 했지?"

"네……."

별… 운동하는 방이라. 하긴 남자 몸은 좋더라. 그러자 갑자기 남자의 그 비상식적인 얼굴이 떠올랐다. 아, 젠장, 그만…….

영전은 저도 모르게 고개를 저었다.

"응? 왜?"

"아, 아니에요. 어깨가 좀 결리는 거 같아서……. 어차피 거기도 11시 이내에 해야 하죠?"

"아니, 거기 청소하는 날은 좀 시간이 더 걸려서. 하여튼 조용조용히… 부탁해. 내가 우리 김 양 때문에 살아. 정말이지……."

2절이 나오기 전에 영진은 알았다는 듯 재빨리 거실로 향했다.

조용하고 먼지 하나 없는 거실엔 2층으로 올라가는 앤티크한 중문이 달린 계단이 보였다.

변태 같아…….

아니, 변태 맞아.

방음용인지 두꺼운 패킹이 있어서 잘 열리지도 않는 문을 열고 계단을 오르면서 영진은 청소만 생각하려 했다.

그러나 참 얼마나 대단한 글을 쓰는지, 이렇게 숨소리도 안 내는 노인네 부부들한테 조용조용을 강요하는 그 변태 같은 사람과 잘 연결이 안 되는 과하게 생긴 젊은 남자와의 괴리에 여전히 헷갈려 하면서 책이 가득 찬 2층의 거실을 보자, 숨이 막히는 기분이었다.

그러나 할 일이 많았다. 영진은 그것을 무시하고 청소 도구를 꺼내고, 먼지 하나 없을 것 같은 바닥을 청소하고, 문밖에 나와 있는 침구 등을 바구니에 담았다. 그리고 다시 물걸레 청소기로 바닥을 닦고 책장의 먼지를 닦았다. 책은 정말이지 많았고 내키는 대로 꽂혀 있었다.

"어? 이 사람 김동철 팬인가 보네."

영진은 책꽂이의 먼지를 닦다가 무심코 내뱉었다.

창가 쪽의 칸에 온통 시커먼 책들이 일렬로 꽂혀 있었다. 작가는 김동철. 무려 11권짜리 장편도 있었고 기본이 대여섯 권 이상 되는 시리즈물도 나란히 꽂혀 있었다. 요즘 인기몰이 하면서 무협이니 판타지니, 혹은 정치 스릴러 소설까지 넘나드는 그야말로 장르 소설계를 휩쓸고 있는 유명 작가였다. 가끔 텔레비전에도 선전이 나올 정도로.

장르 소설을 값싼 비지떡 취급하는 영진도 재밌게 봤던 스릴러 소설인 〈파란 분노〉 일곱 권이 나란히 꽂혀 있는 것을 보고서 그 옆에 쭉 늘어져 있는 그 작가의 다른 책들을 보고 감탄하고 말았다.

"와, 진짜 어마어마하게 썼네."

심심한 오후에 좀 보면 재밌겠다 싶었지만, 며칠 전 그 사건 때문에 영진은 혼자 단념해야 했다. 저놈의 것을 건드렸다가 또 무슨 일을 당하랴.

빨리 해치워야 한다는 강박 관념에 청소를 다 한 영진은 고개를 돌려

문을 찾았다. 그 운동실인지 뭔지를 찾아야 했다. 침구가 나와 있던 쪽이 침실인 모양이니—아직까지 그 방은 손 외였다—반대쪽 문을 찾아내곤 영진은 살그머니 문을 열었다. 그쪽이 해가 잘 드는 곳이었는지 문을 연 영진은 눈이 부셔서 잠시 머뭇거렸다. 딱 오전 해가 쏟아지는 방향이었다.

눈에 익자 영진은 당황스러웠다.

무슨 헬스클럽 한 부분을 옮겨 놓은 듯 온통 유리로 된 방 안은 그녀가 아는 러닝 머신이나 사이클 같은 기계와 쭉 늘어선 아령이나 뭐 그런 것들로 가득 차 있었다.

그때였다.

영진이 청소를 하려던 손이 멎은 게.

그 방은 비어 있지 않았다.

그 사람이 있었다.

이곳의 주인… 김 선생님.

아마 그 사람일 것이다.

높다란 검정색의 어떤 기구에 매달리듯 해서… 그러니까 저게 뭐였더라. 턱걸이라고 해야 하나? 잘 생각도 나지 않는데……. 하여튼 남자의 형상은 철봉 같은 데 매달려서 몸을 오르락내리락하고 있었다.

천천히… 그래서 벗은 윗몸의 등 쪽에 나타나는 근육들의 움직임이… 적나라하게 드러나도록.

그 경이적인 등줄기에 나타나는 무늬들은… 아마, 쏟아지는 햇살 덕에 그런 임팩트를 줬을 게 분명했다. 그건 다분히 장소 탓이었다. 그리고… 그런 걸 본 적이 없는 영진의 무지 탓이었다. 그 사람의 등짝에 나타나는 굴곡들이 그토록 아름다울 수 있다는 걸 느끼게 된 건… 분위기 탓이었다.

그래서 제가 손에 든 무언가를 떨어뜨린 것 때문에 그 아름다운 등짝을 가진 누군가가 철봉에서 내려 뒤를 돌아다본 건… 일종의 사고였다.

"아, 죄…송합니다."

비굴해야 할 필요가 없었지만, 영진은 알고 있었다. 이 집, 그녀가 하는 일… 그 모든 것이 저 대단한 김 선생님 때문이란 걸. 그러니까 그분이 뭔가 심기를 그르치면 그게 큰일이라는 걸.

갑자기 남자는 가뿐하게 그 기계에서 내려섰다. 그러곤 상체를 벗은 남자는 땀에 젖은 얼굴을 한 채… 아무 말도 없이 영진을 쳐다보기만 했다.

마치 죽일 것 같은 눈빛으로……

차라리 죽여.

영진이 뭐라 더 말을 해야 할 것만 같아 입을 떼려고 했을 때였다.

"이름이 영진이야?"

대답한 기억은 없었다.

저 남자가 제 이름을 물었을 때, 아마 밖에서 요란한 카니발 승용차의 소음이 들렸고, 저 남자는 황급히 두꺼운 패킹이 된 문을 열고 제 공간으로 가 버렸었다. 그래서… 저 김 선생님이 알고자 하는 걸 말할 수 없었다. 그런데 저 남자의 입에서 나온 제 이름이라니……. 아마 박 여사에게 물어봤겠지.

고용인의 이름 정도는 알아 둬야 하는 게 피고용인의 미덕인지도 모를 테니까.

"네, 맞아요."

영진은 대답했다.

등줄기의 매끈한 근육들보다, 젖은 상체의 앞쪽이… 왜 더 근사한 걸까. 땀에 젖은 머리카락을 한 남자는 주변에 있던 수건을 들어 얼굴의 땀을 닦으면서 말했다.

"그땐… 미안했어."

"네?"

김 선생님의 앞뒤 없는 말에 영진이 저도 모르게 되물었다.

"그… 책 말이야. 구하기 힘든 거라. 그리고 난 내 물건 남의 손 타는 걸 싫어해서."

"……."

영진은 잠자코 있었다. 달리 할 말이 없지 않은가. 그러자 남자는 그녀의 얼굴을 빤히 쳐다보았다.

당혹스럽게…….

"책… 보고 싶으면 봐도 돼."

"……."

그럴 일은 없어요. 그때 그 당혹스러웠던 생각을 하면.

영진이 가만히 있자 남자가 갑자기 말했다.

"대답해 봐. 뭐라도!"

"네?"

"말을… 더 해 보라고."

아니, 무슨… 영진의 당혹스러운 표정을 봤던 걸까. 갑자기 남자는 낯빛이 시뻘겋게 변하는가 싶더니 싸늘하게 내뱉었다.

"하던 일 해."

그러고는 휙 하고 방을 나가 버렸다.

아니, 내가 뭘!

영진은 어이가 없어서 쾅 소리를 내며 닫히는 운동실의 문을 쳐다보았다.

아니, 무슨 말을 하라고! 이 미친 변태 같은 김 선생님 놈아…….

남자가 나가서 다행이었다. 대체 무슨 말을 하라는 건지. 젠장… 저 김 선생님한테 잘 보여야 여기 있을 수 있는 거지만, 이제 와서는 이 변태스러운 집의 가사 도우미에서 잘려도 상관없을 것만 같은 기분이 들었다. 물론… 그건 방금 든 즉흥적인 것이었다. 앞으로의 생활 같은 거에… 전혀 대책이 없었으니까.

영진은 전투적으로 운동실의 바닥을 진공청소기로 밀고 물걸레 청소기로 닦았다. 그리고 젖은 물걸레로 기구들의 윗부분을 닦기 시작했다. 처음 보는 여러 가지 이상한 것들이 많았다.

돈 많은 것들은 좋겠다… 그런 생각들이 삐죽삐죽 흘러나오는 걸 간신히 참으면서.

한참 시간이 걸린 것 같았다. 게다가 사방이 통유리인 곳이라 너무 맹렬하게 청소를 하다 보니 흠뻑 땀에 젖은 기분이었다. 시간이 초과되지 않았나… 시계가 없으니 그 생각부터 났다. 영진은 얼른 그 방에서 나왔고, 조용한 책장이 있는 곳을 지나 청소 도구들을 넣는 곳으로 가 청소기를 충전시키고 물걸레 청소기의 걸레를 빼 들었다. 밑에 가서 세탁을 해야 하니까. 그리고 빨아야 할 침구들을 가지러 나왔을 때였다. 문 앞에 놓인 바구니로 갔을 때 갑자기 덜컥하는 소리가 났다.

"앗!"

깜짝 놀란 그녀의 앞에… 김 선생님이 서 있었다. 물론 운동하고 씻었는지 젖은 머리를 하고 옷을 갈아입은 채.

"다 끝났어?"

"네……."

당황한 영진이 대답했다. 그런 그녀에게 그가 물었다.

"혹시 커피 좋아해?"

그 순간 향긋한 커피 냄새가 갑자기 그녀에게 쏟아졌다. 이게 며칠 만일까……. 당장은 저 모습 따윌 보고 싶지 않았지만, 커피를 그리 좋아하지 않았음에도 불구하고 직장 생활을 하면서 늘 가까이했던 커피 향이 이토록 근사한지……. 그 덕에 잠깐 정신 줄을 놓은 모양이었다.

"네."

"뜨거운 거? 아님 아이스?"

"아이스."

제 잔등엔 진땀이 흥건했으니까.

커피는 달았다.

시럽 따위를 넣지 않은 게 분명했지만……. 그녀가 스스로 커피를 좋아한다고 느낀 적은 한 번도 없었다. 커피란 건 사회생활을 하는 데 있어서 술하고 비슷한 경지에 이른 음료일 뿐이었다. 항상 시럽을 열심히 펌프 해야 했던, 그 검은색, 아니, 고동색 액체가 그토록 맛있게 느껴질 줄이야.

그 김 선생님은 커피마저 고급이었을 테니까.

그래서 그랬을 것이다.

"내가 진짜 김 양한테 너무 너무 너무 고마워."

너무란 말을 세 번이나 쓸 필요까진 없을 텐데. 영진은 오븐에서 나온 달팽이 모양의 크루아상이 신기해서 대답할 타이밍을 놓쳐 버렸다. 오븐에서 갓 나온 커다란 크루아상을 톱니가 있는 칼로 반으로 자르고, 마치 무슨 백화점 지하 푸드코트에서나 볼 것같이 근사하게 햄을 접고 야채를 넣어 샌드위치를 만들고 있는 박 여사가 대단해 보였다.

"내가 하도 젊은 사람들한테 데어서……."

젊은 사람한테 데이긴 저도 마찬가지 아닌가. 영진은 버터와 밀가루를 층층이 쌓아 만든 반죽으로 저렇게 부풀어 오른 빵이 된 게 너무 신기했을 뿐이었다. 빵에 눈을 떼지 못하는 영진에게 박 여사는 빵을 내밀었다.

"먹어 봐. 오븐에서 갓 나온 게 제일 맛있지. 이 맛을 보면 빵집에서 사 먹지 못한다니까."

그건 맞는 말 같았다. 이렇게 기가 막힌 맛이라니⋯⋯. 빵이란 게 소화도 잘 안되는 데다 워낙에 비싸 빠져서 군이 사 먹을 생각을 하지 못했었다. 사무실 여직원들은 잘도 몰려가 달다구리 타임을 갖기도 하던데 웬만한 밥값보다 비싼 디저트 값에 어이없었던지라 영진은 그 무리에도 잘 끼지 못했었다.

"빵 좋아하나 봐. 내일은 파이 만들어 볼까?"

"진짜 맛있네요."

영진이 좋아하는 모습에 박 여사는 으쓱한 표정으로 그럴듯한 모양의 샌드위치를 유산지를 깐 바구니에 예쁘게 세팅하고, 역시 예쁘게 자른 과일들과 함께 위층으로 올려 보냈다.

"많이 먹어. 샌드위치엔 역시 자몽 청이지. 한 잔 타 줄게."

그러나 버터가 가득 든 달착지근한 빵에는 역시 아메리카노였다. 영진은 이미 주방에 커피라곤 전혀 없다는 걸 알고 있기에⋯⋯. 고개를 끄덕일 뿐이었다.

"선크림만 있으면 되는 거지? 오늘은 좀 치료가 길어진다고 해서⋯⋯. 하여튼 이따 갈비찜은 시간 맞춰 놨으니까 알아서 꺼질 거라. 겉절이용 얼갈이만 좀 다듬어 놔. 그리고 쉬어. 산책도 하고⋯⋯. 해가 지기 전에 빨래만 걷고."

"걱정하지 말고 다녀오세요."

점심이 간단해서였는지—물론 빵을 만드는 데 시간이 걸리긴 했지만, 영진이 청소하는 사이에 다 해서—박 여사는 금세 외출 채비를 하고 부산스럽게 나섰다. 읍내에 있는 마트에서 장도 보고 치료도 받고 할아버지도 약도 타야 해서 어제보다 훨씬 일찍 집을 나섰다.

이 집에서의 일과는 해 뜨는 것과 같이 시작되기에 굉장히 많은 일을 한 것 같은데 아직도 채 1시도 되지 않은 시간을 보고는 한숨이 났다. 이 긴 시간 대체 뭘 하지.

영진은 햇살에 뽀송뽀송 말려지고 있는 하얀 침대 커버와 이불을 쳐다보고 있다가 제 방으로 갔다.

그사이 충전이 된 휴대 전화에서는 무언가 반짝거리고 있었다.

아… 카드값 결제해야지.

세속을 떠난 것같이 살았다지만 그녀와 세상을 연결해 주는 휴대 전화는… 아직 그녀가 남긴 금전적 발자취를 잊지 말라고 경고하고 있었다.

마지막, 반 토막 났을 테지만 월급이 들어오는 날이었다. 그나마 유일하게 살아 있는 것 같았던 날. 한 달 내내 개같이 살았던 것을 보상받는 날. 뭐, 그래 봤자겠지만. 괜히 아낀다고 월급 통장과 공과금이나 카드값이 나가는 계좌를 달리 설정했기 때문에 일일이 필요한 돈을 이체해 놔야 하는 날이었다.

영진이 막 휴대 전화를 집어 들고 확인하려는데 갑자기 전화기가 울렸다. 벨 소리를 죽여 놨던 거 같은데 쩌렁쩌렁 울리는 음악 소리에 깜짝 놀란 영진은 저도 모르게 휴대 전화를 바닥에 떨어뜨리고 말았다.

파삭…….

이 소리가 아닌데.

영진은 급하게 전화기를 집어 들었다. 그제야 영진은 제 방바닥이 나무나 장판이 아닌 대리석 같은 재질이란 걸 깨달았다. 인조 대리석인지 포세린 타일인지……. 그러나 지금 중요한 건 그게 아니었다. 한쪽이 깨져 금이 가 있던 휴대 전화 화면엔 마치 정면충돌을 한 자동차의 앞 유리처럼 처참하게 금이 가 밑 화면이 잘 보이지도 않았다.

확실하게 보이는 건 날짜.

카드 결제일과 동시에 그녀가 해 놓은 모든 자동 이체의 날짜.

조심스럽게 화면을 터치해 보았지만, 전화기는 먹통이 되어 있었다.

"아, 젠장, 이게 뭐야……."

잘 보니 위에 데이터가 잡히지 않았다. 인터넷이 된다고 했는데…….
와이파이로 잡아야 하나.

영진은 문을 열고 거실 쪽으로 갔다. 노인네들도 휴대 전화가 있었다.
그리고 위층에선 당연히 쓰겠지. 와이파이가 있긴 있었는데 비밀번호가
걸려 있었다. 게다가 그것마저도 잘 터치가 되지 않았다.

"진짜 재수가 없으려니까……. 아우씨!"

이 집에 일반 전화가 있었나? 못 본 거 같았다.

월급이 제대로 들어왔는지도 확인해야 했다. 그게 안 들어왔다면 회
사에 연락을 해야 했다. 게다가 정직원 된 지 2년이 됐으니까 쥐꼬리만
큼일 테지만 퇴직금도 들어왔을지도 모른다. 그 돈이 그녀가 마지막으
로 만지게 될 그나마의 목돈이었다. 게다가 실업 급여도 신청했어야 했
는데……. 아니, 취직을 했으니까 그건 못 하는 건가.

잊고 있었던 세상의 일들이 갑자기 그녀에게 쏟아져 내리는 기분이었
다. 다만, 그 세상의 연결 고리인 휴대 전화가 망가지자 대처할 길이 없
었다. 조금만 일찍 알았더라도 아까 박 여사가 나갈 때 같이 가서 휴대
전화를 고치든지 했을 텐데…….

"대체 비밀번호가 뭐야."

적막 속에서 그녀는 저도 모르게 중얼거렸다. 그때였다.

"무슨 번호."

영진은 화들짝 놀라서 고개를 돌렸다.

2층으로 올라가는 계단을 막은 중문이 열려 있었다. 아니, 그 육중한
문이 어쩜 저렇게 소리도 없이 열리는 걸까.

거기엔 트레이닝복 차림의 '김 선생님'이 서 있었다.

"아……. 그게 여기 와이파이 비밀번호요."

그러자 잠시 생각하더니 남자가 말했다.

"따라와."

남자가 고개를 돌리는데… 영진은 이상한 게 눈에 띄었다.

귀에… 이어폰 같은 길 끼고 있다는 걸.

하긴 요즘은 무선 이어폰 많이 쓰니까. 그런 거겠지.

영진은 남자를 따라 계단을 올라갔다.

고요한 2층은 아까 청소를 할 때와는 조금 달랐다. 오후가 돼서 해가 넘어가 그늘이 져서 그런가. 나무 그늘들이 흔들거리고 있어서 아침보단 훨씬 분위기 있어 보였다. 그러나 그게 중요한 건 아니었다. 늘 닫혀 있던, 그리고 빨랫감이 담겨 있던 바구니 옆의 하얀 문이 열려 있었다. 남자는 아무렇지도 않게 그쪽으로 갔다.

영진은 쭈뼛거리는 저 자신이 이해가 가지 않았지만 천천히 남자의 뒤를 따라 그 방 쪽으로 갔다. 흘끗 문 안쪽을 보자… 거기엔 작은 거실— 아니, 작다는 데는 어폐가 있었다. 아래층의 거실이 워낙에 넓으니까 작아 보이는 거지. 웬만한 소형 아파트 거실만 한 공간엔 식탁과 소파, 그리고 커피 머신 냉장고 같은 것들이 있었다. 그리고 그 안쪽엔 또 문이 있었고 남자는 그 문을 열고 들어갔다.

영진도 하는 수 없이 그쪽으로 따라갈 수밖에 없었다. 그 안은… 바깥의 작은 거실과는 또 다른 공간이 있었다. 거기엔 빽빽하게 책들이 꽂힌 책꽂이가 있었고 가운데 모니터가 세 개나 있는 컴퓨터가 있었다. 그리고 한눈에 보기에도 고가로 보이는 의자 책상, 한쪽 벽을 차지하고 있는 커다란 화이트보드엔 노란색의 포스트잇이 가득 붙어 있었다.

남자는 책상 밑을 뒤적거리더니 말했다.

"공 여섯 개 2584 에프."

"네?"

"와이파이 비번."

영진은 재빨리 제 휴대 전화의 비밀번호를 눌렀다. 그러나… 소용이 없었다.

"아, 젠장!"

저도 모르게 내뱉은 말에 몸을 일으킨 남자가 물었다.

"왜? 번호 맞는데……."

"그게 아니라."

"줘 봐."

남자는 아무렇지도 않게 영진의 휴대 전화를 뺏었다.

"앗, 이봐요!"

"액정이 나갔네. 먹통이 된 거 아니야?"

누가 모르나.

"줘요. 망가진 거 아니까."

영진에게 휴대 전화를 내민 남자의 손은… 무척이나 컸다. 당연하지, 키도 크니까.

"휴대 전화 필요하면 내 것 써."

남자가 책상을 뒤적거리며 자신의 휴대 전화를 찾았다.

그러나 남의 것을 빌려서 뭐 하겠는가? 공인인증서니 뭐니 다 들어 있는 이 휴대 전화가 먹통인데.

"아니, 괜찮아요."

"필요한 거 아니었어?"

한참 뒤적거리던 남자가 최신형의 휴대 전화를 내밀었다.

"은행 일이라서요. 호의는 고맙습니다."

대단하신 김 선생님께서 저런 호의까지 보여 주다니. 박 여사님이 알면 기절할지도. 영진은 돌아섰다.

"꼭 필요한 일이면……. 나가서 고쳐야 하는 거 아니야?"

그건 그랬다. 밑에까지 가는 데 얼마나 시간이 걸릴까. 꽤 멀었던 거 같은데. 중간에 분명히 버스 정거장 같은 것을 봤었다. 나갔다 와야 하나. 카드값이야 괜찮지만, 대출 이자가……

영진은 대답 없이 이것저것 생각 중이었다.

오늘 하긴 해야 하는데……. 그냥 하루 연체시키고 내일 나가야 하나. 괜히 통장을 여러 개 만들어서리…….

"내가 데려다줄게."

"네?"

"밑에 내려가는 길이 멀잖아."

"그게……."

굳이 그럴 필요는 없는데…….

남자는 서랍을 뒤적거리기 시작했다.

이해가 안 됐다.

저 남자는 대체 뭐야?

성질 더럽다는 건 익히 잘 알고 있는데 왜 갑자기 친절 모드? 데려다 주겠다고? 차는 할아버지 카니발밖에 없었는데……. 반신반의하면서 그녀는 그녀의 유일한 핸드백에 휴대 전화와 빈약한 지갑 등을 챙겨 넣고 흘끗 맨얼굴을 쳐다보다 팩트를 꺼내서 대충 발랐다. 그러곤 막 잔디밭으로 나가니 개 짖는 소리가 요란하게 들렸다. 그리고 어디선가 기계음이 났다. 그녀가 전혀 그런 게 있을 거라 생각지도 못한 개집이 있는 곳 옆에 차고가 있었고 천천히 문이 열리더니 차고 안에 있던 차가 보였다.

거기가 무슨 창고인 줄만 알았지 차고가 있는 줄은 전혀 모르고 있었다.

차고 문이 열리자 남자는 차 키를 들고 다가왔다. 그 안엔… 처음 보는 커다란 SUV 차가 있었다. 차라곤 전혀 모르지만 그 차가 국산 차는 아니란 것 정도는 영진도 알 수 있었다.

"타."

남자는 굳은 목소리로 말했다.

그건 영진의 기분 탓인지도 모르겠지만, 그렇게 들렸다. 어차피 갔다 와야 하니까. 그리고 태워 준다니까.

이렇게 멀쩡하게 좋은 차도 있는데!

남자는 굳은 표정으로 차에 시동을 걸더니 깜짝 놀란 듯 눈을 감았다.

어라?

영진은 안전벨트를 매면서 옆을 힐끗거릴 수밖에 없었다. 남자는 귀로 손을 가져가더니 눈을 떴다. 그러곤 말없이 기어를 넣고 핸들을 움직였다. 차는 천천히 잔디밭을 가로지르고 옆에서는 개들이 짖는 소리가 요란했다.

마당으로 가 닫힌 문을 리모컨으로 열더니 차는 서서히 도로를 내려가기 시작했다. 올라온 뒤로 처음이었다. 그땐 나무에 꽃이 있었던 거 같은데 지금은 새빨간 철쭉꽃들이 군데군데 피어 있었다. 산은 제법 초록의 물결이 일고 있었다. 올 때와는 달리.

들어올 때와는 다르게 내리막길이어서인지 아니면 남자가 급하게 몰아서인지 차는 금방 아래 있는 문에 도착했고 그 문은 다시 리모컨으로 열렸다. 그리고 차는 큰길에 들어섰다. 남자의 표정이 더욱더 긴장돼 보였다. 운전을… 잘 못하나? 그런 생각이 들 정도였다.

계곡 옆으로 난 도로에는 차가 꽤 있었다. 그는 차들 사이로 비집고 가더니 심하게 백미러를 살피기 시작했다. 보는 사람이 다 긴장할 정도로.

"저기요……."

그러나 그녀의 말에도 쳐다보지 않고 운전하던 남자는 갑자기 차를 한쪽으로 세웠다.

　거긴 버스 정거장 앞이었다. 남자는 다시 귀에 손을 댔다. 그리고 주머니에서 지갑을 꺼내 들었다.

　거기서 만 원짜리 몇 장을 꺼낸 뒤 남자의 휴대 전화까지 그녀에게 내밀었다.

　"여기서 택시 불러."

　"네?"

　"버스 정거장 이름 이야기하면 택시가 오겠지. 그리고 올 때 전화해. 여기서 기다릴 테니까."

4

진짜 어이없다…….

아니, 운전을 못 해서 그런 거야? 왕초보인가? 아닌데……. 아까 집에서 나오는 길이 더 험악하던데 거긴 잘하드만. 아니, 다른 차가 있으면 무서워서 못 하나?

다행히 택시는 다행히 금방 왔다. 힐끗 택시를 타는데 버스 정거장 옆에 하얀색의 외제 차는 비상등을 켠 채 서 있었다. 영진은 택시에 올라타면서 아까 남자의 휴대 전화 번호를 외우려고 애썼다.

"고치는 값이면 그냥 새로 하시는 게 나아요. 어차피 그 기종도 저가 폰이라, 새로 나온 이 폰은 어때요? 요금제 8만 원짜리면 보조금이……."

"공짜 폰 있어요? 성능 같은 건 상관없거든요."

"아, 있긴 있죠."

액정을 교환하는 게 더 가격이 비쌌다. 휴대 전화를 새로 고르는 건 금방 했지만, 개통은 한참이나 시간이 걸렸다. 게다가 문제는 안에 있는 걸 옮기는 게 더 큰일이었다.

"공인인증서는 컴퓨터에서 받으셔야 할 텐데……."

"네."

2층에 무지막지한 컴퓨터가 있는 걸 봤으니까. 영진은 휴대 전화를 복사하고 계정 로그인을 하고 이래저래 시간을 한참이나 허비한 후에 겨우 은행 앱을 열어 인증서가 필요 없는 잔액 확인부터 했다.

생각보다 적은 금액이어서 당황스럽지만 그래도 월급이 들어 있긴 했다.

한숨이 절로 나왔다.

근 한 시간도 넘게 있었던 휴대폰 대리점에서 나와 영진은 근처 은행 시디기로 갔고 우선 대충 필요한 금액을 이체시키기 시작했다. 그리고 나서야 휴대 전화에 기억하려 애썼던 번호를 찾았다.

그러나 통화 버튼을 누르진 못했다. 어차피 거기까지 가면 되니까. 그리고 남자가 없더라도—시간이 한참이나 지나 있어서 없을 게 분명해 보였다. 그 대단한 김 선생님이 하찮은 절 기다릴 리가—그 정도쯤은 걸어서 갈 수 있을 것만 같았다. 뭐 차만 막으려는 문이라 옆으로 좀 돌아가면 통과도 할 수 있을 거 같아서 길을 막고 있는 문도 문제없게 느껴졌다.

영진은 지나가는 택시를 잡았다. 그리고 그 김 선생님이 준 만 원짜리를 꺼내 들었다.

몇 년 만일까…….

핸들을 잡아 본 게.

그는 인이어에 손을 댔다가 급하게 떼고 말았다. 상상 이상으로… 소음이 심했으니까.

차는 2년 동안 차고에 있었지만 마치 어제 쓰다 만 듯 아무렇지도 않게 잘 움직였다. 아마 영감님 덕분이겠지. 먼지 하나 없이 깨끗했다.

처음으로 재판을 찍고 나서 처음 산… 레인지로버. 그땐 적어도 좋아지면 운전도 할 수 있을 거로 생각했었다. 액땜하듯 차를 사면 몰고 다닐 수 있을 만큼 회복되리라고 생각했었다. 그러나 그건 그냥 바람이었을 뿐.

왜… 여기까지 나왔던 걸까. 위험하다는 걸 알면서.

그냥… 무언가를 하고 싶었다.

저 샤르트뢰즈를 볼 수만 있다면.

적막 속에만 보이는 색을 눈으로 볼 수 있다니.

사실 저 여자가 누군지, 어떤 사람인지, 심지어 어떤 얼굴을 하고 있는지조차 잘 모른다.

오로지 보이는 건 샤르트뢰즈 딱 하나뿐이었다.

저 여자가 어디론가 가 버리지 않도록… 붙잡고 싶었다. 그래서 위험을 무릅쓰고 여기까지 나와 이러고 있는 거겠지.

휴대 전화에선 반짝거리며 메시지들이 들어왔다. 안 봐도 어떤 내용인지 잘 알고 있었다. 실은 휴대 전화를 꺼낸 것도 며칠 만이었다.

무거운 차체가 들썩거렸다. 옆으로 커다란 버스가 무서운 속력으로 스치고 지나갔다. 차를 돌려야 할 텐데……. 그러나 그는 시동이 꺼진 차 안에서 여자를 기다렸다.

아주 오랜만이었다.

누군가를 기다리면서 아무것도 안 하고 있어 본 지가.

그래서 낯설고 초조했다. 대체 저 여자는 언제 오는 걸까.

"버스 정거장엔 왜 갑니까?"

"거기서 누가 기다려요."

제일 귀찮은 스타일이었다. 택시를 타야 할 때마다 억울한데 택시 기사가 쓸데없이 이것저것 말을 붙일 때 더 짜증 났다. 그래도 할 일이 있어서 다행이었다. 복사된 휴대 전화 앱에 일일이 다 로그인을 해야 했다. 가끔 비번을 다른 거로 해서 생각이 잘 안 날 때도 있어서 더욱 좋았다. 신경질이 나서 대답을 안 하니 기사도 더 묻지 않았다. 복잡한 읍내를 지나 한참 샛길로 가니 아까 보았던 계곡이 보였다. 계곡 옆으로 난 구불구불한 도로로 가면서 드디어 목적지인 버스 정거장이 보였다.

그리고 그 옆에 아까 타고 내려왔던 하얗고 커다란 외제 차가 서 있는 게 보였다.

"어이구, 저 찬가 봐요? 아니, 저렇게 좋은 차 있는데 왜 오라 그래?"

"얼마죠?"

영진은 빤히 미터기에 숫자에 쓰여 있는 것을 보고 돈을 꺼내면서 말했다. 대답 따위 하긴 싫으니까.

얼른 돈을 내고 잔돈을 받은 뒤에 반대편에서 내린 영진은 힐끗 차도에 차가 없는 것을 보고 뛰어서 익숙한 차로 갔다.

자…는 거야?

운전대에 고개를 푹 숙이고 있는 남자의 모습이 가까이 가서야 보였다. 아니, 선팅이 너무 짙어서 사람이 있는지도 잘 보이지 않아 가까이 다가가서 자세히 보니 보였다. 자나? 어쩌지……. 깨워야 하나. 그래야겠지.

벌써 시간이 한참 지나 있었다. 박 여사님이 올 시간이 얼추 다 되어 가기도 했다. 괜히 잘못한 건 아니지만 저 대단하신 김 선생님—심지어 집에 넘쳐 나는 과일도 혼자 못 드시는—을 이렇게 수고롭게 하면 왠지 무지하게 혼날 것 같은 그런 예감마저도 들었다.

영진은 용기를 내서 톡톡 손으로 차창을 두드렸다.

그러나 여전히 안에서는 미동이 없었다.

이걸 어째…….

영진은 휙휙 지나가는 차들을 보면서 새 전화기를 꺼내 들었다. 그리고 기억하고 있는 번호를 눌렀다.

윙…….

어디선가 진동이 느껴졌다. 그는 고개를 들었다. 인이어는 작동 중이었다. 휴대 전화를 보니 낯선 번호가 있었다. 받아야 하나……. 그가 막 전화기를 들었을 때 차창 밖에 누가 서 있는 게 보였다. 그는 차 문의 잠금장치를 열었다.

차에 올라타는 여자가 무언가 말을 하는 걸 보고 그는 귓가에 손을 댔다.

그 순간이었다. 옆으로 큰 트럭이 지나가면서 굉음을 냈다. 그는 다시 눈을 감아야 했다.

남자가 고개를 들었고 찰칵하고 차 문이 열리는 소리가 났다. 영진은 전화를 끊고 조수석으로 돌아가 문을 열었다. 시간이 한참이나 지났다는 것을 알고 멋쩍게 말했다.

"늦었죠?"

그때였다. 남자가 인상을 쓰면서 눈을 감았다.

아… 젠장.

남의 눈치를 너무 보고 살았나. 영진은 문을 닫으면서 뭐라 말을 해야 할지 고민을 했다. 그때였다. 인상을 쓰던 남자가 고개를 들더니 아무렇지도 않은 듯 물었다.

"시간이 많이 걸렸나 보네."

"아, 네. 죄송해요. 그냥 가셔도 괜찮은데. 여기쯤은 걸어갈 수도 있는데…….."

"아니, 괜찮아. 출발할게."

아까 그건 뭐였지. 영진은 주춤주춤 안전벨트를 찾아 맸다. 남자는 다시 극도로 긴장한 것처럼 밖을 살폈다. 몇 번이고 차가 지나가자 계속 차를 돌리지 못하고 있었다. 운전을 할 줄 모르는 영진조차 휙 지나가면 되지 않나 싶은데도 남자는 차가 완전히 지나가지 않을 때까지 한참을 기다리더니 차를 돌렸다. 그리고 차선을 넘어야 하는 그 샛길에 와서도 지나가는 차가 완전히 없을 때까지 한참을 기다렸다. 뒤에서 차들이 경적 소리를 내기도 했지만 전혀 안 들리는 듯 그는 백미러와 앞쪽만 번갈아 쳐다볼 뿐이었다.

답답해라…….

그러나 영진은 가만히 있었다.

어쨌든 차는 샛길로 들어왔고 막힌 문은 천천히 열렸다. 영진은 문 옆으로 돌아가면 되겠지 했었는데 문 높이만큼 철제 담장이 쭉 쳐진 것을 보고 걸어서 왔다면 담 넘느라 힘들었겠다 싶었다.

하여튼 문을 통과하자 이상하게 남자는 긴장을 푼 듯했다.

"볼일은 다 봤고?"

"네, 덕분에."

힐끗 그녀를 쳐다보는 여유까지 생겼다. 아까와는 완전히 다른 느낌이었다.

시간이 꽤 흘러 해가 길어지긴 했지만 이미 산으로 기울고 있었다.

아까 박 여사님이 뭘 해 놓으라고 했더라… 아, 갈비찜.

"여기 사는 거……. 답답하지 않아?"

갈비가 저절로 불이 꺼졌던가 싶어 긴가민가하는데 갑자기 남자가 뜬금없이 물었다.

"아뇨, 그다지."

아직까진 괜찮았다. 그때였다. 휴대 전화에서 요란한 벨 소리가 났다.

"윽."

그건 아무래도 무의식적이었던 거 같았다. 놀란 영진이 얼른 전화기를 끄려고 했지만 새 폰이 잘 적응이 되지 않았다. 게다가 전화번호도 아는 번호였다. 영진은 옆에 버튼을 눌러 전화기를 꺼 버렸다. 어차피 받고 싶지도 않은 번호니까. 전화기는 경쾌한 소리를 내면서 꺼졌다.

"괘… 괜찮은데."

남자는 자신이 너무 큰 소리를 내서 그랬다는 듯 말했다. 김 선생님의 처음 듣는… 뭔가 미안해하는 듯한 말투에 약간 당황한 영진은 대답했다.

"받을 필요 없는 전화라 괜찮아요."

결코 받고 싶지 않은 전화였다. 그간 꾸준히 전화했었나 보지? 그렇겠지. 당장 갈 때도 없을 테니까. 젠장, 생각하니 더 열받네. 영진은 창틀에 팔꿈치를 대고 바깥만 쳐다보았다. 철쭉꽃들이 군데군데 피어 있는 산길은 구불구불했지만 아까 큰길과는 전혀 상관없이 옆에 있는 운전자는 리드미컬하게 운전해서 올라가고 있었다. 적막이 이어지고 있어 어색해질 무렵 다행히 다시 문이 나타났다.

굉장히 먼 거리 같았는데 그래도 금방 올라온 기분이었다. 여전히 차고는 열려 있었고 개들은 들어오는 차에 꼬리를 미친 듯이 흔들며 짖어 댔다. 남자가 슬그머니 귓가에 손을 댔지만, 영진은 알지 못했다.

차는 무사히 차고에 들어갔고 시동이 꺼졌다.

"감사합니다."

영진은 차에서 내리면서 말했다. 그러나 남자는 못 들은 듯 멍하니 있다 차에서 내렸다. 개들이 달려들었지만, 그는 아랑곳하지 않고 리모컨으로 차 문을 닫고 쏜살같이 집 안으로 들어가 버렸다.

역시…….

정상은 아닌 듯 보였다.

젠장.

무슨 행동하는 게 미친X 널뛰듯 하네.

영진은 집에 들어가자마자 새로 생긴 휴대 전화와 망가진 전화기가 든 종이 가방을 제 방에 밀어 넣고는 옷을 갈아입고 부엌으로 향했다. 다행히 시간이 맞춰져 있었는지 갈비찜은 먹음직스럽게 완성되어 있었고, 그녀는 얼갈이배추를 씻어 놓으라는 박 여사의 말을 기억해 냈다.

무농약이 분명한 얼갈이배추에서 아무 예고도 없이 등장한 살진 풀벌레 덕에 영진은 위층에 사는 김 선생님의 종잡을 수 없는 행동을 더 이상 곱씹지 않아도 되었다.

"아유, 내가 우리 김 양 덕분에……. 진짜 너무 고마워서."

"감사합니다."

라고 어정쩡하게 대답했지만 웃으려고 애썼다. 부탁한 선크림은 그녀가 사 본 적 없는 비싼 화장품 브랜드의 것이었다. 할머니, 화장품 좋은 거 쓰시나 봐요. 늘 길가의 드러그 스토어에서 세일하는 것만 사던 영진에게 턱없이 비싼 선크림은 당혹스러웠다. 그리고 내민 종이 가방에서 나온 건 레이스가 잔뜩 달린 화사한, 그야말로 너무너무 화사한 봄 블라우스였다.

"하도 예뻐서. 길 가다 마네킹에 입혀 놓은 게 너무 예뻐서 하나 샀어. 김 양 입으면 너무 잘 어울릴 거 같아서……. 옷은 원래 취향에 맞춰서 선물해야 하는 거 아는데. 이게 딱 김 양 얼굴색이랑도 잘 어울릴 거 같고……."

요리를 잘하는 사람은 대부분 머리가 좋은 사람들이다. 공부를 잘하는 것과는 별개로. 자신의 얼굴색과 잘 맞을 거라는 걸 장담하긴 어렵지만, 결코 소화할 수 없는 디자인도 문제지만, 같이 입을 만한 옷도 없다는 게 자명한 화사한 블라우스를 받고 영진은 당황하긴 했지만, 또 뭔가 한쪽에서 울컥하는 기분도 들었다.

누가 이렇게 선물이란 걸 해 준 적이 있었나.

"저기, 선크림 얼마예요……."

"아휴, 됐어. 아니, 내가 뭐 돈 쓸데가 어딨어. 이제 애들도 다 컸고. 이 정도쯤은 우리 김 양 생각해서 얼마든지 사 줄 수 있어. 맘에는 들지?"

"네……."

"여기 갈비찜 먹어 봐. 이거 한우 좋은 거라, 고기는 아주 좋아. 간은 어쩔지 모르겠지만."

"어여 먹어 봐."

거의 말을 하지 않는 할아버지까지 가세해서 그녀에게 권했다.

좀… 낯선 기분이었다.

누군가와 같이 밥을 먹는다는 거, 특히 계산하지 않고. 그리고 누군가에게 대가를 바라지 않고 뭔가를 받는다는 거…….

해 본 적이 없었던 거 같다. 자취방에서 해 먹는 즉석 밥과 건더기가 턱도 없이 부실한 즉석 찌개 같은 것이 아니라 오랫동안 기름을 걷고 양념을 하고 끓인……. 그것도 한우 갈비라니.

난 뭘 해서 여기서 이런 대접을 받고 있는 걸까.

영진은 갑자기 아득해졌다.

눈앞에 그럴듯한 먹음직스러운 갈비와 갓 버무린 얼갈이 겉절이들이 정성 들여 유기그릇에 담긴 마치 수라상 같은 콘셉트의 커다란 한 상이 놓인 저녁 식사 앞에서 그는 그답지 않게 멍하니 있었다.

이곳으로 온 지 2년 만에 처음으로 차를 끌고 나섰기 때문일까.

그는 이곳에 와서 철칙으로 여긴 게 규칙적인 생활을 하는 거였다. 늘 정해진 시간에 일하고, 정해진 시간에 산책하고, 정해진 시간에 식사를 하고 운동을 했다.

그런데 그런 그의 오후 시간이 통째로 날아갔다.

헛짓거리하느라.

왜 그랬을까.

단지… 아주 오랜만에, 아니, 처음 보는 그 색 때문에?

왜… 하필.

그는 그 현상에 대해서 필연적 이유 같은 걸 생각해 본 적이 없었다. 어딜 뒤져도 문헌에도 나와 있지 않고 어떠한 이유를 규명하거나 언급한 것도 찾아볼 수가 없었다. 왜일까. 그 자신도 알 수 없었다.

그러나… 그건 이상한 기분이었다.

뭐라고 해야 하나. 한없이 칙칙하고 갑갑한 삶에 나타난… 한 줄기 청량함이라고나 할까. 아니, 까놓고 말하면 제 칙칙한 삶에 나타난 한 줄기 빛이 맞다.

문득 뭔가를 기억해 내려고 했다.

아줌마는 그 젊은 여자의 이름이 김영진이라고 했다. 아무 특색도 없는, 요즘 들어서는 좀 구식인 거 같아 보이는 이름. 순순히 이 산골에서 저런 허드렛일을 하러 오기엔 지나치게 젊은 여자. 그 여자의 얼굴은 어땠더라……

선택한 삶이었지만, 그게 너무 오래되었다.

세상 속으로 나갈 용기도 없었지만, 이렇게 사는 것도… 2년이나 지나다 보니 지겨워졌다. 아니, 모르고 있었는데 문득 그렇게 느껴졌다.

그… 샤르트뢰즈 때문에.

뭔가… 다른 기분이었다.

이곳에 온 지 열흘이 다 되었는데, 아침엔 늘 조식 파티를 하는 새들을 원망하면서 눈을 떴었다. 물론 오늘도 파티는 계속되고 있었다. 그리고 어이없게도 파티 타임은 조금씩 당겨지고 있는 기분이었다.

그럼에도 불구하고.

눈을 뜨면서 욕지거리가 나오지 않은 건… 왜일까.

새 휴대 전화는 꺼져 있었다.

아니, 꺼진 채였다. 새거라 배터리 부족으로 꺼질 리도 없는 새 폰. 없이도 잘 살았다. 있으니 바로 그 개 똥강아지 놈이⋯⋯.

술에 취해 눈이 시뻘건 아비라는 작자가 휘두르는 빗자루를 막아 주던⋯ 그땐 꽤나 애달픈 혈육이었다. 늘 얻어맞는 게 일상이라 반항도 못하는 엄마와 비슷해져 버린 저 대신에 그래도 사내자식이라고 덤비면서 누나 도망쳐라고 소리치던⋯⋯.

그러나 피는 속일 수 없었나 보다. 그 술 취한 사람의 이유가 주식이었는지 뭔지 잘 기억나지 않지만, 영식이 놈도 결국 그 비슷한 것 때문에 전 재산이었던 전셋집을 날려 먹었으니까.

됐어⋯⋯.

영진은 제 유일한 취미였던 영화 감상하기에 큼직한 새 휴대 전화가 괜찮을 거란 생각을 했지만, 꺼진 휴대 전화를 내버려 둔 채 방을 나섰다.

"어휴, 날도 좋네. 두릅이 지천이야."

들어 본 적은 있었다. 아니, 생각해 보니 어디 식당에서 먹어 본 적도 있는 거 같았다. 그러나 초장 맛으로나 먹는 데친 풀 따위⋯ 별로 신경이 가진 않았다.

"새벽에 땄는데 이렇게나 많네."

그래서 일찍 주무시는군요.

저더러 일어나 같이 따라고 하지 않는 게 천만다행일 뿐이었다. 밑에 가시가 붙은 뭉툭하고 까슬거리는 새싹 덩어리는 짙은 향을 풍겼다. 밑에 비늘을 따고 더러 붙은 거미줄도 털며 영진은 박 여사를 도왔다.

"이건 데칠 때 밑동부터 넣어서 좀 담근 다음에 해야 다 같이 익어. 밑이 단단해서 그냥 넣어 버리면 위에 이파리는 물러 버리고 밑은 안 익거든."

단지… 나물을 데치는 방법이었다.

이런 걸 누구한테 들어 본 적이 있나?

아빠란 사람은 늘 술에 취해 있었다. 취해서 자는 게 오히려 다행일 정도로. 대신 엄마는 늘 밖에 있었다. 뭐라도 해서 돈을 벌어야 먹고사니까. 그러니 집에서 나물을 데치는 엄마를 본 적이 없었다. 그리고 당연스럽게 이런 이야기를 해 주는 사람도 없었다. 짧은 그녀의 평생 동안……

아침 식사로 풋내 가득한 키가 비슷비슷한 두릅이 나란히 누워 있는 도자기 그릇들로 세팅 된, 소복하면서도 화려한 한 상이 엘리베이터를 타고 올라가고 나서야 6인용 식탁에선 세 사람의 식사가 시작되었다.

"사람 하나 더 있는 게 참 좋네."

"……."

내가 뭘 했다고.

영진은 부드러운 전복죽이 슬슬 잘 넘어가도록 금세 태세를 바꾼 제 위장을 신기해하면서 식사를 했다. 아까 데치는 법을 배운 향이 강하지만 보들보들한 작은 두릅나물도 듬뿍 초장을 찍어서.

2층의 주인인… 김 선생님은 다시 운동 중이었다.

먼지 하나 없는 것 같은 2층 거실을 치우고 운동실로 들어간 영진은 러닝 머신 위에서 무지막지한 속도로 달리느라 요란한 소리를 내는 그를 보고 잠시 생각에 잠겼다. 청소를 해야 하나 말아야 하나. 하긴 운동실은 2, 3일에 한 번이라니까 오늘은 안 해도 될 것이다.

그래도… 사람을 봤으면 고맙다고 해야 하나? 제가 들어선 걸 모르는지 미친 듯이 달리는 속도는 전혀 줄지 않았다. 영진은 조용히 운동실 문을 닫고 나왔다.

늘 해야 할 일의 하나인 바구니에 든 침구 등을 챙기러 가면서 영진은 생각했다. 아니, 그럼 새로 빨아서 정리한 침구는 어떻게 운반했지? 그 주방의 엘리베이터로 옮겼나?

한 번도 김 선생님의 빨래나 그 밖의 것들을 들고 2층에 올라온 적이 없었다. 박 여사님도 밖에 내다 넌 침구나 걷어 오라고 할 뿐 빨래를 개거나 한 적은 없었다. 바구니를 찾아간 영진의 눈에… 늘 닫혀 있던 문이 열려 있었다.

어제도 보았던 문 안.

여기도 청소를 해야 하는 거 아닐까 싶은 영진은 저도 모르게 그곳으로 들어갔다.

아래층의 화려하고 근사한 거실과는 달리 작은 아파트의 주방 겸 거실같이 느껴지는 둥근 대리석으로 된 2인용 식탁엔 초록색의 벨벳으로 된 푹신한 의자 두 개가 마주 보고 있었다. 그 옆엔 보기에도 비싸 보이는 원목으로 된 장식장이 있었고, 그 위엔 커피 머신과 하얀 머그 컵이 든 컵 소독기가 있었다. 그리고 옆으로 작은 냉장고와 스테인리스로 된 음식물 엘리베이터도 있었다.

여기도 바닥도 닦고 상 위의 먼지도 닦아야 하는 거 아닌가…….

영진이 청소기를 가져오려고 돌아선 순간 갑자기 확… 타인의 체취가 느껴졌다.

"여긴 청소하라고 안 했을 텐데."

그야말로 땀에 흠뻑 젖은 남자가 문 앞에 서 있었다.

아, 젠장, 미친 듯이 뛰더니 왜 여기에……. 그리고 기척도 없이.

"문이… 열려 있어서. 직접 하시는가 봐요……."

"여긴 좀 걸리적거리는 게 많아서. 그래도 하긴 해야지. 여기도 하고 안쪽도 바닥 좀 밀고 닦아. 나 들어간 다음에."

그는 문 열린 컴퓨터가 있는 방으로 들어가더니 컴퓨터에 다가가 마우스로 몇 번 클릭하여 컴퓨터 전원을 꺼 버리고는 안쪽으로 들어가 버렸다.

휴!

영진은 한숨을 내쉬자 길어 버린 앞머리가 휘릭 날리는 게 느껴졌다.

과분한 돈을 받으려면 일을 해야지. 뭐, 이상하긴 하지만 그래도 처음보단 나아졌으니까.

영진은 청소기를 가져와서 바닥 청소를 시작했다. 이 집의 특징이 그렇듯 달리 지저분한 구석도 없는 곳들을.

'작은' 다이닝 룸 옆에는 복잡한 책과 컴퓨터가 있는 큼지막한 방이 있었다. 커다란 화이트보드엔 잔뜩 메모들이 적힌 포스트잇이 가득 붙어 있었고 빽빽하게 뭔가가 적혀 있었다. 영진은 의도적으로 그것들을 보지 않으려 애쓰면서 바닥만 쓸고 닦는 데 열중했다.

그 공간 옆에는 또 문이 있었다.

그 문을 살며시 열자… 거기엔 블라인드가 쳐져 있어서 어두운 공간이 있었다. 희끄무레하게 커다란 침대가 보였다. 여기가 잠자는 방이구나…….

영진은 블라인드를 걷기보다는 불을 켰다. 뭐 낮이라 확 밝아지진 않았지만 분간은 가능했다. 하얀색 옷장이 빙 둘러 있었고, 하얀 침구가 있는 침대는 넓고 낮았다.

참… 잘해 놓고 산다.

이 침실만 한 곳에서 덩치 큰 남동생하고 산 지가 몇 년이었는데.

영진은 떠오르려는 생각을 꾹꾹 눌러 담고 열심히 청소기를 밀 뿐이었다.

바닥 청소를 다 하고 다이닝 룸으로 나와 커피 머신 위 같은 곳을 닦고 있을 때였다. 달칵 소리와 함께 문 안쪽에서 기척이 느껴졌다.

얼른 다 하고 갔어야 했는데······. 영진은 재빨리 마저 휘리릭 닦고 급하게 문 쪽으로 갔다.

"다 끝났어?"

"네."

그러나 그러질 못했다. 아, 또 손가락이라도 내밀어서 먼지 덜 닦은 거 확인하려나? 그러고도 남지 않나 저 정신 오락가락하는 남자는······. 저절로 인상이 굳어지는데 침실에서 커피 머신이 있는 방으로 나온 남자가 말했다.

"커피 한잔 하겠어?"

커피를 내리는 남자에게 오전의 햇살이 쏟아졌다. 젖은 머리카락은 다 닦지 않았는지 가끔 물이 떨어지기도 했다. 그런데··· 그렇게 머리에 물기는 제대로 닦지도 않았는데 귀에는 또 이어폰이 꽂혀 있었다. 참··· 정말 귀가 잘 안 들리나. 보청기 같은 건가?

기계에선 거친 소리와 함께 진한 커피 향이 쏟아졌다. 처음 느껴 보는 낯선 기분이었다.

늘 바동바동하던 오전, 한 번도 한가로움이나 뭐 그런 비슷한 단어랑 매치시켜 본 적 없는 단어였다. 이곳에 와서도 허겁지겁 청소를 하거나 박 여사의 지시에 따라서 음식 준비를 했었다.

하얀 머그 컵 두 잔에 찬 커피를 든 남자가 말했다.

"나가서 마셔. 여긴··· 시끄러워서."

저 커피 기계의 소리 때문인가? 이젠 다 끝났는데······. 하지만 이미 컵을 들고 나서는 남자의 뒤를 따라갈 수밖에 없었다.

서재는 그야말로 쥐 죽은 듯 적막했다. 그 다이닝 룸 같은 공간엔 냉장고 소리가 나서였나. 문을 닫고 나온 바깥 서재는 창문도 굳게 닫혀 있어서 숨소리마저 들릴 것만 같았다.

"마셔. 시럽 같은 거 있어야 해?"

실은 이런 아메리카노에는 잔뜩 시럽을 넣어서 단맛으로 먹긴 했었다. 그러나 여기서 그럴 순 없지 않은가.

"아뇨, 괜찮아요."

하얗고 두꺼운 머그 컵을 내미는 남자의 손이… 부드럽게 보였다. 그렇겠지. 이렇게 고급지게 사는데 손이 거칠 일이 없겠지.

별게 다 트집이다 싶은 영진은 조용히 컵을 건네받았다.

쓰긴 했지만, 향이 좋아서 인상을 쓰지 않고 진한 커피를 마실 수 있었다.

마치 딴 세상에 온 것처럼.

"책 좋아해?"

커피에 정신을 쏟으려고 애쓰는데 남자가 물었다. 그래서 무의식적으로 다시 그를 쳐다봐야 했다. 여전히 남자의 귀에는 이어폰이 꽂혀 있었다. 그걸 보느라 남자가 묻는 걸 놓쳤다.

"책 좋아하냐고."

"네? 아뇨."

영진은 생각도 하지 않고 내뱉었다. 좋아해서 대학을 갔지만, 돈을 벌다 보니 끔찍해졌다…고 이유를 이야기했어야 하나.

"전에… 책 보지 않았어?"

당신이 야박하고 당황스럽게 뺏어 간 건 왜 말 안 하고.

"그거 희귀본이라서 신기해서요."

"희귀본인 줄은 아네."

"……."

영진이 대답을 하지 않자 슬쩍 그녀를 쳐다보던 남자가 다시 물었다.

"여기… 사는 거 심심하지 않아?"

그럴 리가.

"심심할 새가 없는데요?"

"하긴."

고만 마실까. 시간이 다 됐나? 박 여사가 11시까지 청소를 끝내라고 하지 않았나.

"커피 잘 마셨습니다. 시간이 다 돼서요."

"무슨 시간?"

"여기 청소는 11시까지 해야 해서요."

"왜?"

왜라니……. 잘난 김 선생님 때문 아닌가. 그러나 그렇게 말할 수는 없었다.

"박 여사님이 11시 이전에 끝내라고 했거든요."

"아……."

남자가 피식 웃었다.

젠장… 참 잘도 생겼네.

영진은 머그잔을 내밀면서 말했다.

"점심 준비하러 가야 해서요."

마치 꿈결같이… 여자가 사라졌다.

그는 커피를 반쯤 남긴 머그 컵을 내려다보고 있었다. 여자는 이곳을 오갈 때면 늘 그렇듯 잿빛 소음을 남기고 계단을 내려갔고 그 뒤엔 고요가 나른하게 서재에 가라앉고 있었다. 그는 되도록 소리 나지 않게 머그 컵을 탁자 위에 올려놓았다. 그러곤 정교하게 설계되어 한 치의 오차도 없이 딱 맞는 인이어를 양쪽 귀에서 뺐다.

다행히도 아무 일이 일어나지 않을 만큼 서재는 고요했다.

커다란 창밖에는 이제 막 짙어지는 연둣빛을 한 나무가 흔들거리고 있었다. 저 나무는 어떤 소리를 냈더라⋯⋯.

이건 아주 우연일지도 몰랐다.

그는 다시 뺐던 인이어를 손에 들었다. 늘 하던 일을 해야 하니까.

이렇게 살려고 여기 왔으니까. 그런데 막상 귀에 다시 끼진 못했다.

이런 일이 생길 거라곤 예측하지 못했으니까. 그러나 방으로 돌아가려면 어쩔 수 없었다. 조금 있으면 꿍음을 내면서 또다시 그가 사는 데 유일한 낙인 화려한 점심 식사가 올라올 것이다.

문득 어이가 없어졌다.

이 나이에⋯ 사는 낙이란 게 먹는 거밖에 없다니.

그렇지만 그는 어쩌면 조금 재밌어질지도 모른다고 생각했다. 아니, 이미 아주 조금쯤은 재미있으니까.

5

문득… 세상 참 재미없다…고 느껴졌다.

대체 난 무슨 재미로 세상을 살아온 걸까. 아니, 재미란 걸 느껴 본 적이나 있나.

영진은 삶은 고사리들을 채반에 널면서 갑자기 한숨이 나왔다.

"오늘은 안 가려고. 다리도 좀 괜찮아진 거 같고. 매번 오후 시간을 그렇게 허비했더니 할 일이 하도 많이 쌓여서……. 내일이나 갈까 생각 중이야."

박 여사 이제는 다 나았다는 듯 바쁘게 커다란 솥에 나물들을 삶아 내면서 말했다.

분명히 해가 뜨기도 전에 주변 산에서 캔 것들일 게 분명했다.

"흔히들 가을이 수확의 계절이라고들 하지만, 봄에 더 수확할 게 많지. 겨울 내내 숨어 있던 것들이 한꺼번에 나오거든. 얼른 잘 저장해 놔야 1년 내내 먹는 거지. 봄기운을 품은 것들이라 얼마나 몸에 좋은데."

다들 효소라고 우기는—효소는 소화를 돕는 물질이라고요—청에는 뭐든지 그 재료보다 설탕이 더 들어갔다. 읍내에서 사 온 설탕을 부대째로 들이붓는 걸 보고 영진은 당황할 수밖에 없었다.

새벽부터 바빴던 영감님이 어디 외출을 했었는지 카니발 승용차에서 커다란 박스들을 들고 내렸다.

"김 양도 혹시 택배 받을 거 있으면 이야기해. 여긴 택배가 안 오기 때문에 읍내에서 대신 받아 주는 데가 있거든."

"아, 그래요?"

"응. 뭐 사야 할 게 많아서 말이지."

많았다…….

뭐든 가지고 오면 나란히 정리해야 했기에. 오후는 또 이렇게 속절없이 바쁘게 흘러갔다.

영진은 고사리를 널고 들어오면서 힐끗 2층을 쳐다보았다. 이 많은 물건의 주인인… 김 선생님은 지금 뭘 하는 걸까.

거한 저녁 식사, 뒤처리. 그러니까 설거지와 그 거대하고 광활한 스테인리스 주방을 반짝반짝하게 닦고 소독하고 행주들까지 다 삶은 뒤에야… 이 조용한 집의 일과는 끝났다.

"어휴, 오늘도 수고했네. 쉬어……. 졸려 죽겠네."

졸릴 만도 하지.

내일 병조림을 만든다고—통조림은 봤어도 병조림은 처음 들어 봤다—팬트리에 있는 유리병 열댓 개를 전부 소독하고 물기를 닦는 대공사를 한 뒤였다.

이건… 명백한 초과 근무 아닌가?

딱히 뭔가 심한 일을 하진 않았지만 그렇다고 편히 앉아서 쉴 수도 없는 시간들이었다. 생각해 보니 이건 오히려 더 고된 근무 같았다. 영진은 터덜터덜 제 방으로 갔다.

남의 방은 열심히 청소하면서 정작 자기 방은 청소한 적이 없는 것 같은 이 아이러니함은 뭘까. 딱히 뭘 하고 싶다는 생각도 없었지만, 갑자기 불빛 하나 보이지 않는 산속의 밤이 펼쳐진 창을 보면서 내내 이렇게 청소와 설거지만 하다 제 젊은 시절이 다 가 버리는 게 아닐까 싶다는… 어이없는 생각까지 들었다.

영진은 그러다 꺼진 휴대 전화를 보았다. 충전기에 끼워 놔서 충전이야 다 됐겠지.

휴대 전화의 전원을 켜자 부재중 통화가 잔뜩 와 있었다.

망할 놈의 영식이 전화가 대부분. 그렇게 안 받는데도 줄기차게도 하는 모양이었다.

[누나, 대체 어디 간 거야. 내가 진짜 죽을죄를 지었다고. 화내지 말고 연락 좀 해.]

[누나, 괜찮은 거야? 무슨 일 있는 거 아니지?]

[아니, 내가 무슨 그렇게 죽을죄를 지었다고.]

[대체 어디야? 회사도 잘렸다며? 왜 그거 이야기 안 했어?]

이 미친놈이 거기까지 찾아갔었나 보지……. 그러나 듣고 싶은 메시지는 없었다. 돈을 다시 찾았다거나 하는.

영진은 차라리 여기 와 있는 게 다행이다 싶었다. 이젠 아주 끔찍했다. 아니, 어떻게 전세금을 털어 갈 생각을 하느냐고.

화가 난 영진이 전화를 다시 꺼 버리려다가 문득 생각났다.

제 삶의 유일한 사치인 영화 유료 서비스…를 해지해야 하는 게 아닐까.

와이파이 번호가 뭐였더라. 갑자기 기억이 나지 않았다. 늘 하듯 빈약한 요금제는 데이터가 부족했다. 영화를 보기도 그렇고……. 그때였다.

문자니 카톡이니 잔뜩 와 있어 숫자가 주렁주렁 달려서 몰랐었지만 확인이 안 된 문자가 있었다.

개통하는 데서 잔뜩 날아온 문자에 섞여 있었나.

[뭐 해? 심심하면 올라와.]

모르는 번호였다.

[메시지 확인 안 하나?]

[할 일도 없는데 위층에 있는 책 가져다 읽어.]

이제야 기억이 났다.

가장 최근에 외우려고 애썼던 번호······.

김 선생님?

아니, 왜?

첫 문자는 휴대 전화를 새로 한 날 저녁이었다. 저녁 설거지를 하고 한참 주방 정리를 할 시간······. 이 김 선생님 아무것도 모르네. 심심할 새가 없는 시간이란 걸.

두 번짼 어제였다. 그리고 새 문자는 아까 온 거였다.

왜······.

심심하나?

아니면 맨날 늙은 사람들만 보다가 새로운 사람이 있어서 그랬나?

흘끗 책상 옆에 붙어 있는 거울을 보았다.

그다지 예쁘지도 그렇다고 못생기지도 않은, 지하철을 타면 순식간에 몇 번은 볼 것 같은··· 그런 평범한 얼굴. 그렇지 않나? 전엔 그래도 치장도 꾸밈 노동이라고 남들한테 호감은 못 돼도 뭔가 약점은 되지 않으려고 화장도 열심히 했었다. 새도우, 아이라이너, 마스카라, 립······. 그러나 여기 와서는 대충 머리나 감고 제대로 말리지도 않고—무엇보다 드라이기가 없었다—스킨, 로션이나 바르고 하도 내리쬐는 햇볕이 무서워서 선크림만 발랐을 뿐이었다. 그러니 뭐··· 외모가 호감 갈 일은 아닐 테고.

그러고 보니 여기 온 지 2주일은 넘은 거 같았다. 일요일이라고 밥을 안 먹거나 청소를 안 하는 건 아니라서 주말인지 평일인지 구분을 못 했을 뿐. 분명히 2주에 한 번 쉬는 날도 있다고 했는데……. 잊어버린 건지 아니면 잊은 척하는 건진 모르겠지만 말이 없었다. 그런데… 저 김 선생님은 단 한 번도 외출 같은 걸 하는 걸 본 적이 없었다. 아니, 모르지. 있는 줄 모르는 날도 많았으니 새벽에 저 큰 차를 타고 나가서 한밤중에 왔는지도.

그러나… 솔직히 말하면 그런 것 같지는 않아 보였다.

그럼… 저 남자도 그냥 내내 이 산속 저 방에 박혀 있는 걸까. 간간이 산책만 하면서?

아니, 뭐 자신감 없어 히키코모리처럼 지내는 야설 작가 같다면야… 박 여사님이 해 주는 진수성찬으로 맨날 배를 채우며 혼자 그딴 글을 쓰느라 있는 거라고 할 수도 있지만, 아니 저렇게 멀쩡…하다 못해 괜찮은 젊은 남자가 뭣 하러 이 산속에서 저러고 있나.

아… 글을 쓴다고 했지.

영진은 거기서 혼자 수긍해야 했다.

그런 작가들도 있었다. 호텔을 잡아 거기서 내내 칩거하면서 글만 쓰거나 아님 뭐 외딴 섬에 가서 원고를 다 써야 올라온다든지…….

그런 건가? 대단한 작가여서.

좋겠네.

영진은 휴대 전화를 꺼 버렸다.

또다시 전화가 올까 봐.

겨우 이십여 년 살아온 짧은 생이지만, 늘… 제 첫 단추는 잘못 끼워졌다는 걸 잘 알고 있었다. 그래서 아무리 다음번 단추를 단정하고 열심히 끼워도 그게 제대로 될 리 없다는 것도 잘 알고 있었다.

그래도… 그래도 열심히 끼워 보려고 애쓴 건 혹… 그러면 제 인생이 달라지지 않을까 싶어서였다.

그런데 그럴 리 없다는 걸, 오늘 또 깨닫고 말았다.

젠장, 잠이나 자야지.

"오늘은 청소 안 해도 괜찮아. 뭐 하루쯤 안 한다고 티 날 리 없잖아."

헷갈린다. 대체 이건 뭘까.

"에스메랄다 게이샤야."

저기요……. 저는 지금 청소를 해야 해요. 이게 일이라고요.

그러나 영진은 대답을 하지 못했다. 2층 서재에 있는 작은 탁자엔 처음 보는 것들이 놓여 있었다. 투박한 머그 컵이 아니라 제대로 된 하얀색의 커피 잔, 그리고 비싼 커피 드립할 때 쓰는 깔때기 같은 도구와 투명한 유리 주전자, 주둥이가 매우 가는 구릿빛 주전자.

김 선생님은 자신을 기다리고 있었다.

그거 하나는 분명했다.

미리 세팅이 다 되어 있었고, 자신이 올라오자마자 분주하게 커피 가루를 통에서 꺼내고 있었다.

"이게 좀 비싼 원두라서. 내가 평소엔 번거로워서 드립 커피는 잘 안 먹거든. 혼자 먹자고 이걸 다 꺼내기도 그래서."

그런데요……. 라고 퉁명스럽게 말하려고 했다. 그러나 그러지 못한 건… 저 시커먼 원두에 뾰족한 주둥이를 가진 주전자로 물을 붓는 순간 나는 참… 향긋하고 고급스러운 냄새 때문이었다.

"다행히 냉동시켜 놔서, 향은 안 날아갔네. 원두커피 원래 오래 놔두면 다 망가지거든."

아마… 정말이지 적나라하게 말한다면, 저놈의 김 선생님이 배 나오고 탐욕스러운 아저씨였다면……. 절대 저가 머뭇거리면서 어쩔 줄 몰라 하진 않았을 게 분명했다. 아니, 그나마 제 사무실에서 허우대 멀쩡했던 제 사수만큼만 됐어도 그랬을지도 몰랐다. 그토록 변태스럽고 까칠한 성깔을 오지게 당해 왔으니까.

그러나 참… 사람이란 게 간사해서.

서재라는 근사한 공간에 통창에는 연두의 나뭇잎들이 새파랗게 춤을 추고 있었다. 그 부드럽게 쏟아지는 햇살을 받으며 눈부시게 하얀 셔츠와 줄 잘 선 바지를 입은 참 어이가 없도록 잘난 남자가 그럴듯한 미소까지 지으면서 커피를 내리는데, 뭐라 심술을 내기엔… 영진은 너무 젊었다.

굳이 젊음까지 뒤척거리며 제 변명을 일삼아야 할 만큼. 이 김 선생님의 외모는 유혹적이었다.

"어때?"

"음……."

영진은 검은색 액체를 한 모금 마신 뒤에 당황했다. 그리고 그걸 예상했는지 남자는 피식 웃음 지었다.

젠장, 더럽게 잘생긴 게 느껴져서 영진은 다시 커피를 입에 댔다.

"맛이… 희한하지?"

"그러네요."

드립 커피를 자주 마셔 본 기억은 없었다. 현대 직장인의 생활이란 게 요즘은 술보다 커피가 더 가까웠다. 퇴근 후 호프집 모임보다는 저녁 후 커피 모임이 더 많았고, 무조건 일을 할 때 대용량 종이컵에 담긴 커피가 기본이었다. 그 커피 맛을 구별할 만큼……. 거기에 제 돈을 쏟아 본 적은 없었다. 다들 비슷비슷하게 뜨겁고 쓰고 차갑고 그랬었다.

그런데 참… 이 커피는 희한하네.

"어때?"

"시어요."

"시기만 해?"

"향긋하기도 하고……."

그는 말을 많이 하고 싶진 않았다. 다만 많이 듣고는 싶었다. 그러나 그게 잘 되지 않았다.

어떻게 해야 많이 들을 수 있을까.

그는 재빨리 머리를 굴렸다.

"괜찮지?"

"신기하네요."

제법 비싼 원두였다. 커피를 그다지 좋아하진 않지만, 그래도 이 커피에서 나는 다양한 꽃향기를 한때는 좋아했었다. 신기하다니……. 그 말도 신기했다. 또 뭘 물어야 할까.

"여긴… 왜 왔어?"

이 정도면 긴 대답이 나오지 않을까 싶었다. 아니, 그게 아니라 정말 궁금했다. 왜 여기까지 왔을까.

"네?"

"여긴 어떻게 왔냐고."

"구인 정보 보고 전화했어요. 그리고 면접도 보고."

세상엔 자기 이야기를 못 해서 안달 난 사람도 많았다. 그리고 그런 사람을 요즘도 많이 만나고 있다. 물론… 컴퓨터 화면상으로. 그렇지만 그렇지 않은 사람도 있었다.

이 눈앞에 있는 여자처럼.

여자가 말을 멈췄다. 서재는 고요했고 여자가 또렷이 보였다. 키는 좀 큰 편, 짙은 흑갈색의 머리를 대충 묶은 여자는 창백하고 얼굴이 좀 긴 것 같았다. 대신 붉은색 입술, 화장기 없고 균형 잡힌 얼굴은 좀 수심이 깊어 보이는 듯한 기분이었지만 못생긴 얼굴은 아니었다. 아니, 화장을 좀 하고 치장을 한다면 괜찮아 보일 것이다. 여자의 맨얼굴이란 게… 다 좀 아파 보이니까.

"여기… 좀 그렇잖아. 선뜻 오기에……."

이건 명백한 사실이었다. 아줌마가 몸이 안 좋다는 것도 아래층에 낯선 사람이 여럿 왔다 가 버렸다는 것도 알고 있었다.

"뭐 그렇지만 나름 괜찮았어요. 일도 그다지 어려운 편도 아니고. 박여사님도 좋은 분이고. 다만……."

다만… 주인이 좀 변태 같다는 거? 당신 면상에 대고 할 말은 아니니까 그만할게요.

영진은 이 남자가 왜 이런 걸 묻나 싶었다. 뭐 갈 데가 없어서 왔다고 이야기하긴… 좀 그러니까.

"다만 뭐?"

다만 너님이 이상합니다…라고 말하고 싶었지만 그럴 순 없지 않은가.

"다만… 좀 심심하긴 해요."

그건 낯선 쾌감이었다. 그는 괜히 제 밑 어딘가가 근질거리는 기분이었다. 유채색이 주는 쾌감이라니……. 몇 년 만일까.

"전엔 뭘 했어?"

그는 새로운 질문을 생각해 내려 애썼다.

전엔 뭘 했나……. 다 이야기해야 하나. 영진은 꽃향기가 진한 신기한 커피를 한 모금 마시고 생각해 봤다. 별로 이야기하고 싶진 않은데 상대가 매우 기대하고 쳐다보는… 그런 기분이었다.

"출판사에서 일했어요. 원고 교정도 하고 표지나 인쇄 관련 잡무도 하고……. 그러다 요즘 출판계가 별로 경기가 안 좋아서 퇴사했어요."

퇴사당했지만 그걸 굳이 이야기하고 싶지 않았다.

"출판? 순수 문학?"

"네."

"어디 출판사?"

"봄내라고, 그다지 유명하진 않아요. 그래도 〈꽃은 꿈을 꾸지 않는다〉 그건 좀 이름 있었죠. 〈사망의 샘〉 하고. 그 외엔 독립 출판이나 뭐 시선 같은 문집도 냈어요."

비록 잘리긴 했지만 그래도 제 번듯한 직장이었던 곳이었다. 굳이 주류 쪽이 아니었다고 이야기하고 싶진 않았다. 박 여사가 김 선생님이 대단한 작가라고 했기에 더했는지도 몰랐다.

"봄내 알아. 열린 감성이란 시집이 나왔었지. 시리즈로."

"아, 맞아요. 어떻게 알았죠? 그건 좀 오래전인데!"

영진이 큰 소리로 대답하자 그는 피식 웃으면서 말했다.

"내가 그 시를 좋아해. 저기 저쪽에 그 시집 있어. 초판본."

뭔가 말이 통하는 사람하고 대화를 한다는 건, 아무래도 괜찮았다. 아니… 그 이상이었다.

"고로쇠 수액으로 밥을 하면 밥이 달아. 거기다가 잔대로 한 나물은 씁쌀한 게 그만이라니까."

물론 말이 안 통하는 대화는 당혹스러웠다.

"어때? 입맛이 확 돌지?"

그럴 리가요… 뒷맛이 써요.

"이게 호흡기 질환에는 아주 탁월하거든. 그냥 이렇게 나물처럼 먹는데 기침이나 폐에 좋다니 말이야. 약으로 밥을 먹는 거라고."

그러고 싶진 않거든요…….

그러나 영진은 잠자코 밥을 먹었다. 단연코 반찬은 가운데 있는 소불고기였다. 불고기 양념은 기가 막히니까.

"봄엔 먹는 풀이 다 보약이야. 여기 이거 삼지구엽초라고, 남자한테 좋다고 난리지만 여자라고 안 좋겠어? 김 양 많이 먹어."

그것도 써요……. 그러나 영진은 제 밥 위에 놔 주는 풀을 꾸역꾸역 먹을 뿐이었다. 인상을 안 쓰려고 애쓰는데 썼다. 써도 매우 썼다.

"양약은 고어구라고 좋은 건 입에 쓴 거야. 게다가 다 여긴 자연산이
라고."

네네, 알겠습니다.

낮에 마신 비싼 커피가 아니었다면, 이런 저녁들을 이제 어떻게 견딜
까⋯⋯. 싶은 생각에 탈출을 꿈꿨을지도.

"저기⋯ 사실 저 커알못이에요."

말해 놓고도 죄책감이 들었다. 저 사람은 호의로 그러는 건데⋯⋯.

"커피 잘 모른다고요."

"그래서?"

"번거로울 거 같은데⋯⋯. 그냥 머신 커피도 괜찮아요."

"아."

치우는 사람 생각해 주세요⋯라도 말하진 않았다. 영진이 치우는 건
아니니까. 다만, 저 대단하신 김 선생님이 손 하나 까딱하지 않게 '모시
는 게' 지상 최대의 과제인 사람이 제 윗사람 아닌가. 향기는 좋긴 하
지만 커피가 좀 독한지 어젯밤엔 여기 온 뒤 처음으로 밤새 뒤척거리고 말
았다.

그리고 물론 탁자 위에 잔뜩 놓인 드립용품도 부담스러웠다. 막 제가
전부 설거지를 해야 할 것만 같아서.

"좀⋯ 그 커피 독한 거 같아요."

"독하다니?"

"잠을 못 자겠더라고요."

"그렇긴 하지. 드립 커피가 카페인이 세긴 해."

"그렇다고요."

말해 놓고도 죄책감이 들었다. 저 사람은 호의로 그러는 건데…….

느긋한 오후였다.

어제 청소를 안 해서 오늘은 열심히 청소했다. 작은 다이닝 룸도, 그리고 컴퓨터 방과 침실까지. 그리고 지금은 박 여사님과 영감님이 병원을 가기 위해 집을 비운 후였다. 미리 연락을 하나?

아까 오전에 열심히 운동만 하던 남자가 아무런 말이 없기에 아 저 변덕 어디 가나 싶었다. 그런데 오후가 되니 직접 내려와서 커피나 한잔하자고 청했다.

뭐… 딱히 기다린 건 아니었다. 그렇다고… 무심할 수도 없었다.

그냥… 익숙해지니 너무 무료해졌다. 변화가 없는 삼시 세끼를 차리는 일과 청소나 빨래, 2주쯤 있다 보니 다양하다 싶은 음식도 그냥저냥 익숙해지고 있었다. 일과를 끝내고 제 방에 들어가면 쥐 죽은 듯한 적막, 대화라곤 나물이나 고기 저미는 방법 혹은 얼룩을 빼거나 빨래 삶는 법 따위밖에는 없는 날들…….

그런데 이 젊은 남자는 잘생겼다. 성격이 오르락내리락하지만 그냥저냥 견딜 만했다. 그 첫날처럼 심하게 면박을 주는 일은 더 이상 없었다.

그러니… 이 티타임은 숨구멍 같은 기분이 들었다. 별 영양가 없는 대화를 하더라도 적어도 반찬 이야기는 아니니까.

"책은 왜 별로야?"

"교정하는 일을 하다 보니 작업 끝난 책이… 잘 안 땡겨요. 가끔 거기서 오탈자를 보기도 하고 뭐 그런… 직업병이랄까."

"그렇겠군."

오후엔 2층 서재는 또 다른 풍경을 보여 줬다. 커다란 창밖에 반짝거리는 이파리들이 반사하는 햇볕이 무슨 조명이라도 되는 것같이 보였다.

"그럼… 밤엔 뭐 해."

뭘 하냐니 자지. 그러나 문제는 어젯밤에 심하게 뒤척거렸다는 거였다.

"그러게요. 밤엔 좀 심심하데요. 그래서 그런데……. 책 좀 봐도 되죠?"

"그래, 아무거나."

영진은 자리에서 일어나 책꽂이의 끝부분쯤에 갔다.

"장르 소설 좋아하나 봐요? 저도 전엔 잘 안 봤는데 이젠 머리 복잡해지는 거 보기 싫어서 그냥 재밌는 글이 좋더라고요. 김동철의 〈푸른 분노〉 재미있었어요. 그거 속편 나왔다고 하던데……."

"분노의 속삭임?"

"아, 그거였나? 제목은 좀 유치하네. 내용은 괜찮았는데."

"그래?"

"여깄다. 이거 좀 빌려 갈게요. 혹시 봤어요?"

"여기 있는 책은 거의 다 읽었지."

"와……. 이 많은 책을 다?"

영진은 다시 휘릭 저도 모르게 둘러보게 되었다. 이렇게 층고가 높은데 꽉 찬 책들을……. 게다가 저쪽 방에도 또 있던데.

아, 이 사람 유명한 작가라고 했지. 그제야 영진은 남자를 다시 힐끗 쳐다보았다.

"글 쓰신다고 하셨죠?"

"그렇지."

"소설?"

"뭐 대충."

사실은 궁금했다. 뭘 해서 이렇게 돈을 버나……. 대체 어떤 걸 쓰길래 이런 집을 지을 수 있나.

그러나 당사자한테 묻기는 좀 그랬다. 영진은 두 권짜리 책을 꺼내 들었다. 한 번도 펼쳐 본 적이 없는 새 책이 분명했다. 아까 다 읽었다면서…….

"이건 안 봤나 봐요. 완전히 새 책이네요."

"그 책으로 읽어 보진 않았지만, 내용은 알지."

거기서 알아봤었어야 했다.

"하긴 책으로 나오기 전에 뭐 인터넷에서 유료 판매도 하긴 하데요. 휴대 전화로 보는 건 좀 눈이 아파서."

글을 화면으로 보는 건 이상하게 일하는 기분이라 짜증스러웠다. 그래서 종이책이 좋았지만……. 실은 그다지 책을 읽을 시간은 없었다. 늘 뭐든 돈벌이가 되는 일을 했었고 일이 끝나면 책 읽는 것조차 힘에 겨워서 그냥 저절로 흘러가는 영화나 보다 잠들기 일쑤였으니까.

"나중에 혜진이 총 겨눌 때 진짜 어이가 없었어요. 작가는 나름 반전이라고 생각했는지 모르겠지만 정말 어처구니없는 장면이었다니까요. 차라리 없었으면 더 나았을 텐데."

"왜?"

"앞에서 계속 암시했던 게 명준이가 혜진이를 의심하고 있었다는 거였잖아요. 작가라면 그런 떡밥을 날린 다음에 의외의 인물이 치고 나왔어야 했는데 다 알고 있는 혜진이 배신을 하니까 앞에 나왔던 그 촘촘한 긴장이랄지 신박한 느낌이 확 가서 버리는 느낌이잖아요. 계속 의외로 툭툭 치고 나왔던 게 그 책의 매력이었는데……."

"툭툭 치고 나오는 것도 신선하긴 하지만 하나쯤은… 그냥 순리대로 분위기대로 나오는 것도 괜찮지 않았을까?"

"너무 전형적이어서… 식상했어요. 거기서 정이 뚝 떨어지더라구요."

"그래?"

가장 최근에 읽었던, 그나마 재미난 소설이었다. 그걸 서로 이야기할 사람이 있다는 게 신기했다. 아니, 신났다.

"외전은 안 봤다고 했지?"

"네, 그래서 보려고요. 외전을 두 권이나 쓰다니. 뭐 그 덕에 무지하게 팔렸겠지만. 이 작가 돈은 진짜 어마어마하게 벌었겠죠."

"그랬겠지."

대화는 대충 거기서 멎은 것 같았다. 타임 오버……. 박 여사님과 영감님이 도착할 시간이 돼서였다.

잘못한 건 아니지만… 괜히 이 비밀스러운 티타임은 떳떳지 못하기 때문이었을까. 하여튼 영진은 책 두 권을 들고 아래층으로 왔고 조금 있으니 차 소리와 함께 박 여사 내외가 부산스럽게 또 잔뜩 캐리어에 식재료를 담아 나타났다. 김 선생님의 만찬은 계속되어야 하니까.

"하, 젠장… 진짜 이게 뭐야, 완전 천재잖아!"

아주 오랜만이었다. 책을 읽느라 밤을 샌 게. 책장을 덮고 나니 새들의 조찬 파티가 시작되고 있었다. 잠이 안 오니까 조금만 보다 자야지… 하다가 결국 요즘 책치곤 굉장히 두꺼웠던 책 두 권을 다 읽고 말았다.

"아니, 혜진이가 그래서 총을 꺼낸 거잖아……. 와."

새벽의 썰렁한 산 공기가 살짝 열어 놓은 창틀 사이로 스며들고 있었다. 혼잣말하는 게 취미는 아니었지만 저도 모르게 중얼거리고 말았다.

일 때문에 밤샘을 한 적도 많았고 쪽잠을 잔 경우도 많았다. 그러나 책을 읽다 밤을 샌 경우는 처음이었다. 하지만 이곳의 일이 그다지 고된 건 아니므로 영진은 주섬주섬 옷을 찾아 입고 주방으로 향했다. 그러면서도 머릿속에서 계속 폭죽이 터지듯 터지는 감탄은 막을 수 없었다. 하, 대단하네.

"김 양?"

"아……. 네."

"졸려? 잠 못 잤어?"

"그게…….."

"왜 어디 산고양이가 와서 밤새 울었어? 아님 어디 아픈가? 무슨 일 있어?"

그냥 좀 재밌는 책 보느라 그랬거든요……. 밤새서 피곤한 거야 늘 있던 일인데 이렇게 금방 알아채고 신경을 써 준다는 게… 더 당황스러울 뿐이었다.

"아니, 괜찮아요. 그냥 좀 이것저것 생각하느라……. 그런데 그렇게 티 나요?"

"우리 김 양이 힘들면 안 되지……."

"그러게, 아프면 병원이라도 가야 하는 거 아니야?"

아니, 웬 병원……. 웬만하면 말도 잘 하지 않는 영감님까지 가세해서 난리였다.

"전혀! 아무렇지도 않거든요!"

필요한 거라면 이번엔 카페인 듬뿍 있는 커피 한 사발 정도뿐.

그러나 아직 오전이었다. 게다가…….

"오늘은 텃밭도 매야 하고 병조림도 만들고 장아찌도 만들어야 해서!"

외출도 없을 예정이었다.

어휴…….

"그 병원이 나한테는 딱 맞나 봐. 이젠 아주 좋아졌어."

"다행이네요."

"그동안 힘들었지? 이젠 좀 쉬어."

"……."

박 여사는… 분명히 제 눈으로 보고 제 스스로 하지 않으면 마음이 놓이지 않는 스타일이 분명했다. 저런 스타일의 사람을 상사로 갖는다는 건 참 불행한 일이었다. 뭐 하나 남의 손에 맡기면 못 미더워하는 사람들이니.

그러니 위층 청소를 맡기는 게 얼마나 못 미더웠을까. 박 여사는 다리가 좀 괜찮으니 바로 위층으로 올라가 버렸다. 영진은 아래층의 광활하고 아무도 이용하지 않는 거실을 청소기로 밀면서 카페인을 고파하다 단념해야 했다.

점심으론 두툼한 패티가 든 햄버거 세트가 두 개나 올라갔다. 이름난 수제 햄버거집 뺨치는 비주얼인 저 버거 세트를 빵부터 패티까지 옆에 계신 할머니가 직접 만들었다는 게 믿기지 않을 정도였다. 게다가 마치 햄버거 전문점처럼 멀쩡한 콜라를 종이컵에 얼음을 넣고 올리는 정성에다 잔뜩 금방 튀긴 감자튀김까지 올라가고 나서야 아래층의 점심 식사는 시작되었다. 대신 영감님 앞에는 김치찌개와 장아찌 반찬, 계란말이가 놓였다.

"김 양도 햄버거 좋아하지? 젊은 사람들은 다 좋아하잖아."

"네."

딱 비싸도 너무 비싼 수제 버거랑 똑같은 버거를 앞에 두고 영진은 고개를 끄덕였다. 덕분에 아주 살이 찌는 기분이니까.

"이런 거 밖에 막 먹으러 다니고 그러면… 재밌을 텐데. 그렇지? 참 김 양도 쉬어야지. 내내 산속에서 얼마나 답답하겠어?"

"네에?"

막 햄버거를 한 입 크게 물었다가 멍하니 대답했다. 아, 그렇지. 나도 휴일이 있었지.

"집에 갔다 올 건가?"

집 같은 거… 없거든요.

"아뇨."

"뭐 밖에 나갈 일 있으면 이야기해. 영감님이 터미널까지 태워다 줄 테니까. 그리고 올 때 전화하면 태우러 갈게."

박 여사는 영진이 갔다가 안 올까 봐 걱정돼서 하는 말이었지만 영진은 거기까지 생각하지 못했다. 갑자기 갑갑한 생각이 들기는 했다. 벅적거리는 번화가가 같은 데가 그립다고나 할까. 그런데 생각지 못한 일이라……. 오랜만에 영화라도 볼까 하는 생각이 들었다. 뭐 쥐꼬리만 한 월급도 잔액이 남았을 테니.

사실 날이 밝자마자 뛰어가고 싶은 데가 있었다.

글…이란 게 대학교 땐 학업이었고 직장에선 일이었다. 그러니 마음 놓고 재미를 찾기가 힘들었다. 소위 순수 문학이라는 게 세태를 반영한다더니 접한 책들은 하나같이 우울증이나 정신병이 난무했고, 얼버무리긴 했지만 성폭행이나 학대 방임 상처… 그런 것들이 가득 차 있었다. 오죽하면 우스갯소리로 같은 연애 이야기를 써도 끝이 새드면 순수고 해피면 장르라고 했을까.

뭔가 통쾌하거나 재밌거나 시원하다거나 혹은 두근거리는 건… 그녀의 일터에서 찾아보기 힘든 감성이었다. 그런데 글자를 통한 쾌감이라니.

그리고 그걸 알고 있는 사람이 있으니 같이 제가 느꼈던 감동이나 짜릿함을 나누고 싶었다. 그래서 눈을 뜨고 아침 식사를 만들고 '청소'를 해야 하는 시간을 열심히 기다렸는데.

갑자기 피곤이 몰려오려고 할 때 박 여사님은 다른 먹잇감을 던져 주었다.

휴일…이라니.

모든 직장인이 하루하루를 버티는 이유가 퇴근, 주말, 연차, 휴가……. 뭐 그런 것들 때문이 아니었나. 물론 저야 줄어 가는 빚이 이유였지만.

그 이유가 없어졌으니 다른 이유를 찾아봐야지. 갑자기 영화도 고프고 벅적거리는 사람들 사이의 피로가 설렘으로 다가왔다. 그냥… 휴대 전화를 하러 갔던 그 읍내의 소음이라도 느끼고 싶어졌다.

여긴 너무 조용하니까.

하얗게 세탁된 침구들을 널러 나온 마당은 그야말로 늦봄의 볕이 작렬하고 있었다. 개들도 해를 피해 어디로 가 버린 듯 고요한 마당에 하얀 매트리스 커버를 휘릭 펼쳐 널었다.

높다란 2층은 늘 그렇듯 인기척도 없이 고요했다. 영진은 힐끗 밖에서 검게 보이지만 안에서는 밖이 훤히 보이는 걸 이제는 아는 창을 올려다보았다.

6

[정 그러시다면… 저희가 그렇게 처리하도록 하겠습니다. 그러나 주 1회는 꼭 지켜 주셨으면 합니다. 항의 쪽지나 메일이 얼마나 오는지. 저희도 사정도 좀 이해해 주시기 바랍니다.]

[네, 그렇게 하지요.]

그는 뭔가 좀 더 붙이려다 말았다. 그러고는 아예 메신저를 꺼 버렸다.

갑자기 일이 반으로 줄어든 기분이었다. 아니, 그건 어쩌면 사실인지도.

트리트먼트는 완벽하기에 매일 정해진 일만 하면 그만이었지만, 그는 처음으로 일을 줄였다. 이 일을 시작한 뒤로 처음이었다.

시간이 넘쳐 나니까… 그 무료함을 죽이고 싶었다. 그래서 미친 듯이 일을 해야 했다. 그렇게 살아지는 시간들이 다행이었고 익숙했다. 그런데 왜일까.

그는 자리에서 일어났다.

그리고 문을 열고 서재로 나갔다. 문을 꼭 닫고 스위치를 껐다.

적막한 고요 덕에 사물이 또렷이 보였다. 그는 커다란 통유리 창으로 다가갔다. 울창한 나무와 산으로 둘러싸였지만 탁 트인 곳 끝엔 길도 있었고 작게나마 길가의 건물들이 보였다.

괴롭고, 힘든 곳, 더 이상 살 수 없어서 피한 곳……. 그렇지만 다시 갈 수 있는 선택의 여지가 있었으면 좋겠다는 생각이 드는 곳.

아무런 미련도 없이 이곳에서의 생활이 나쁘지 않았었는데 왜 그럴까.

저 여자 때문인가?

밑으로 보이는 마당에서 빨래를 널고 있는 여자가 보였다. 오늘은 청소를 하러 아줌마가 대신 올라왔었다.

내심… 기다리고 있었는데.

음소거 된 세상은 또렷했다.

이제는 양립할 수 없는 세상.

바람 소리가 있고 새소리가 있고 자동차의 소음이 있고 사람들의 웃는 소리가 들리는… 또렷한 세상. 언젠간 돌아갈 수 있을 거라 생각했지만 이젠… 갈 수 없다는 걸 알고 있었다.

이렇게 살아서 뭐 해…….

여자가 올려다보는 게 보였다.

오랜만에 전화기를 켰다. 이젠 부재중 전화가 없었다. 녀석도 단념한 걸까?

가끔 소식을 묻는 전 직장 동료들의 카톡과 메시지, 아직 퇴사했는지도 모르는 작가들의 부재중 통화……. 세속의 찌꺼기가 붙은 것 같은 새 전화기는… 금 간 곳이 없어서 좋았다. 영화나 하나 볼까.

옆방인 박 여사님 내외의 공간에 와이파이가 달려 있었다. 물론 전엔 신경도 안 쓰고 켜는 건지도 몰랐다고 했다. 영진 덕에 켜 놓았기에 이제 그녀의 방에서도 맘껏 영화를 볼 수 있었다. 그러나 영화를 보는 대신 영진은 검색을 했다.

내일 어디를 갈까, 뭘 할까……

번잡하게 서울까지 다시 가고 싶은 생각은 없었다. 남들 다 가는 춘천이라도 가 볼까? 버스나 기차 시간도 알아보고 뭐가 있나 둘러보기도 했다.

읍내엔 극장도 없고… 스타벅스는 하나 있네. 아무래도 춘천을 가야 할 것만 같았다.

가서 어떤 영화를 볼까.

아주 오랜만이었다. 시간에 쫓기지 않고, 피곤에 굴하지 않고, 타인의 취향이나 편의에 눈치를 보지 않고 오롯이 스스로 하고 싶은 걸 찾는다는 게……

그러나 문제는 시답지 않았다. 혼자를 위해서 뭔가를 해 본 적이 없어서.

"터미널에 갈 거야? 올 때 전화해. 데리러 갈 테니까."

"네."

"어휴, 오늘 예쁘네. 블라우스가 잘 어울려. 내가 딱 맞을 거 같더라니!"

"감사합니다."

영진은 수줍게 대답했다.

실은 계절에 맞는 옷이 없었다. 그 집에 살게 된 게 1년 남짓……. 이 래저래 쌓인 짐이 많았었다. 그러나 어디 달리 놓아둘 곳이 없었다. 당장 짐을 빼라고 성화였고, 공터에 가구들을 놓자마자 사람들이 재빨리 눈치를 보며 가져가 버린 게 다행이었다. 아래서 물이 새던 냉장고도 멀쩡한 외관 덕에 금방 사라졌다. 동생은 이미 자기 짐을 대부분 어디론가 가져가 버렸고 유일하게 남았던 게 영진의 옷가지였다. 어디론간 가야 했기에 그동안 버리려고 했던 쓰잘데기없는 옷들은 그냥 다 헌 옷 수거함에 넣어 버린 탓이었다.

그리고 이쪽으로 오기로 마음먹은 다음엔 정말로 출근용 옷들을 다 버리기도 했다. 어차피 변변치도 않았으니까.

오랜만에 제 취향은 아니지만 샤방한 블라우스로 차려입고 어디론가 단지 놀기 위해 나서는 길은… 그냥 이유도 없이 설렜다.

"저기… 여기 사는 게 힘들지 않아?"

"아뇨."

"우린… 정말 김 양 때문에 많은 도움이 돼서 좋아. 젊은 사람이 이렇게 산속에 있는 게 힘들겠지만, 그래도 좀 당분간은……."

"네, 당분간은 안 도망가요."

"하… 그게……."

영진의 대답에 당황한 기색이 역력해진 영감님의 얼굴이 새빨갛게 물드는 게 재밌었다.

당분간 갈 데도 없어요.

영진은 차가 문을 통과해 큰길로 들어서자 문득 저도 모르게 뒤를 돌아보았다.

읍내는 정말이지 아무것도 없었다. 아, 물론 커피 전문점이 하나 있긴 했지만……. 굳이 멀리 나갈 필요가 있을까 싶었지만, 너무나 썰렁한 분위기를 보고 영진은 어쩔 수 없이 춘천행 버스를 타야 했다.

사람들이 있었다. 텁텁한 공기가 몰려다녔다. 높은 아파트들이 가득했다. 불과 2주밖에 안 됐는데 몇 년은 된 것 같은 낯선 도시의 복잡함이 눈앞에 펼쳐졌다. 영진은 검색한 대로 택시를 타고 극장으로 갔다. 딱 시간에 맞게 이미 차 안에서 예매도 했다.

호기롭게 팝콘이라도 한 통 들까 싶었지만 별로 내키지 않아 그냥 상영관으로 들어갔다. 그러나 곧 후회했다. 뭐라도 들고 올걸.

영화는… 보고 싶었던 거였지만 그다지 시답지 않았다.

큰 화면으로 쿵쾅거리는 음향에 깜짝깜짝 놀라긴 했지만 컴컴한 극장을 나온 뒤엔… 별로 여운이 남지 않았다. 그러나 그냥 혼자 영화를 보러 왔다는 데 의의를 두기로 하니 나름 괜찮았다.

이제 어디로 가지…….

열심히 휴대 전화로 세웠던 계획을 더듬어 극장에서 가까운 번화가로 갔다. 직장이 있던 종로와는 비교가 안 됐지만 그래도 산속에서 산새들이 파티하는 것만 보다 자동차의 소음과 사람들의 벅적거림을 보니 뭔가 숨이 쉬어지는 기분이었다.

생각해 보니 점심시간이 한참 지나 있었다. 늘 삼시 세끼 일정한 시간에 으리으리하게 먹던 게 버릇이 되어선지 영진은 뭔가 근사한 걸 먹어야겠다는 생각에 불타 두리번거려야 했다.

그러나 주말, 젊은 연인이나 친구들이 벅적거리는 커다란 푸드 코트에서 영진은 혼자 앉아 메뉴를 고르면서 그야말로 현타가 밀려왔다.

대체 뭐 하는 걸까. 그냥 집에 있었더라면 박 여사님이 해 주는 그럴듯한 점심을 편하게 먹고 있었을 텐데. 조식 파티를 하는 새들 소리만 들렸던 지난 2주일 탓일까. 목에 핏대가 올라올 만큼 소리를 질러야 옆 사람과 이야기가 될 것만 같은 소란스러움에 머리가 아파질 지경이었다. 자리가 별로 없어서 얼른 자리부터 차지하고 주문을 해야지 했는데…….

주문서엔 깨알 같은 글씨로 써진 수많은 메뉴가 있었다. 주변의 소음에 신경 쓰다 겨우 한 번도 산속에서 먹지 않았던 쫄면과 비빔만두에 체크를 하고 주문받는 곳에 쪽지를 넘기고 나서 하는 수 없이 휴대 전화에나 시선을 둬야 했다.

마침 낯선 번호에서 전화가 왔고 그걸 애써 무시했다. 전화는 한참이나 오다 끊겼다. 영수 놈이 딴 번호로 건 전화를 몇 번 받고 나서 영진은 더는 낯선 번호의 전화를 받지 않았다.

바로 옆자리에서 하하 호호 난리가 났다. 한눈에 봐도 고딩 정도밖에 안 된 일행은 좋아 죽겠다고 욕설을 섞어 가며 대화 중이었다.

휴……. 왜 여기까지 와서 이러고 있나.

갑자기 모든 게 다 시시해졌다. 왕복표도 끊었는데……. 나올 땐 왠지 다시 돌아가기 싫어 저녁 먹기 전까지 시간을 끌어 볼 생각이었다. 혼자 커피도 마시고 호수 공원 산책도 해야지… 하고 잔뜩 계획을 세웠지만, 영진은 빨리 음식이나 먹고 나가야겠다 싶었다.

그때였다. 휴대 전화가 반짝거렸다. 문자가 왔나.

문자니까……. 뭐 보고 무시하면 되겠지 하고 휴대 전화를 들었다.

[어디야?]

……?

영진은 휴대 전화를 들어 자세히 보았다. 이름은 저장되어 있지 않지만 몇 개의 문자가 왔던… 익숙한 번호였다.

딱… 점심을 먹고 커피 타임을 가질 그 시간.

무료해서였다. 아니, 너무나 소란스러웠지만 혼자이기 때문이었다.

누군가 자신과 같이 떠들고 쫄면이니 찐만두니 하는 음식을 같이 먹어 줄 사람도 없다는 자괴감에 화가 났기 때문이었다. 그래서였다.

단지…….

영진은 통화 버튼을 눌렀다.

점심은… 바지락이 잔뜩 들어 있는 칼국수였다. 분명히 반죽을 손으로 밀고 칼로 일일이 썬. 갓 만든 무생채와 얼갈이배추 겉절이도 있었다. 게다가 노란 단무지까지……

영천댁 아줌마는 원래 할머니 집에 있던 요리사였다. 어려서부터 호텔 주방에서 요리를 배웠고 한창 날리던 이태리 레스토랑에서도 꽤 유명한 조리사였다고 했다. 그러나 들은 소문에 아들이 집안 살림을 다 까먹었다고 했나. 식당도 이리저리 다니고 본인이 식당도 하다 그것마저 아들 손에 다 없어졌다고 했다. 딱한 소식을 듣고 할머니가 데려왔고 할머니 집 주방을 맡아서 돌봤다고 했다. 모든 음식을 두루두루 잘하기에 그는 마지막으로 할머니께 영천댁 내외를 데려가고 싶다고 했다.

혼자 사는데 먹는 거나 제대로 잘하라고 할머니는 기꺼이 영천댁 내외를 설득했고, 그 내외도 이래저래 돈이 필요한지라 같이 이 산속의 생활을 하겠노라 해 준 게 다행이었다.

뭐든, 심지어 프랑스 유학 중에 먹었던 보리새우 크레페나 비프 부르기뇽 같은… 숙련된 프렌치 조리사가 아니면 할 수 없는 요리까지 말만 하면 뚝딱 만들어 주던 영천댁 아줌마가 그에겐 꼭 필요했다.

조용하지만 병원을 다닐 수 있는 근교에 그가 설계한 대로 집을 짓고 안정된 삶을 하기까지 그는… 너무나 큰 고통을 당해 왔다. 그 어느 누구도 대신하거나 이해할 수 없는……. 자신의 주치의조차 잘 알지 못하는 삶을 사는 데 너무 지쳐 있었다.

그렇게 완성된 피난처에서의 삶은… 그야말로 근사했다. 모든 걸 컨트롤할 수 있다는 게 얼마나 근사한가.

일을 하고 먹는 즐거움이 있고 운동을 할 수 있고 산책을 할 수 있다……. 그걸 할 수 있으면 됐다. 그렇게 살아왔다. 그럭저럭 괜찮았다.

그 선명한… 그 색을 보기 전까진.

제게 열광하는 이들은… 그냥 화면 저 너머에 있을 뿐이었다. 처음엔 그게 사는 낙이고 힘이었지만 계속 반복되니 그것도 별 감흥이 없어졌다.

단순히 청소를 해 주러 오는 사람, 그리고 약간… 특별한 색을 지닌 사람, 그리고 책에 대해 '대화'를 할 수 있는 사람—영천댁 내외하고는 할 수 없는—그런 타인이 그리웠다.

그뿐이었다.

일요일 오후였다.

메일을 보내지 않아도 되는 날……. 그날이 곧 토요일이고 일요일이었다. 날짜를 세는 기준은 딱 그거였다. 영천댁 내외는 늘 그렇듯 바빴다. 아침을 차리고 바깥에서 텃밭을 가꾸고 마당 잔디에 물을 주고……. 개들을 돌보고 청소를 하고 빨래를 했다. 그런데… 다른 사람은 보이지 않았다.

뭘 하나.

문자를 몇 번 보냈다. 보내고 나선 계속 후회했다.

영천댁하고는 문자로 소통했다. 일정이라든지 물어봐야 할 것이라든지……. 그래서 아마 버릇이 된 거 같았다. 자신의 문자가 묵살된 거… 요즘 말로 하면 씹힌 적이 별로 없어서 그는 아무 반응 없는 화면이 답답했다. 휴대 전화는 늘 보고 있는 컴퓨터와 연동되어 있었으니까.

그런데 오늘은 더했다.

일을 줄이고 나서 갑자기 한가해진 그의 더 한가한 일요일 오후였다. 산책을 나가면 되는데……. 괜히 안절부절못하는 자신이 어이없었다. 그래서 다시 화면을 켰다.

마당에 빨래를 널러 나오지도 않는 걸 보면 그냥 방에 있는 걸까?

여자의 방은 제가 설계한 도면에 의하면 1층 거실의 옆에 달린 주방의 맨 끝일 것이다. 책을 가져갔는데……. 재미없었나? 나름 스스로 괜찮았다고 뿌듯해했었는데…….

[어디야?]

여전히 화면은 아무런 대답이 없었다.

다시 어이없는 작은 후회를 하고 있었다. 그때 전화기가 반짝거리기 시작했다.

괜한 조바심에 들고 있었던 전화······.

아주 오랜만에 보는 화면이었다. 초록색의 수화기 모양이 반짝거리는.

당황스러웠나? 전화는 어떻게 받는 거였지.

여전히 반짝거리는 전화를 받는 방법이 생각나지 않았다.

미쳤지.

그러나 휴일이었다. 사람이 벅적거리는 관광지의 휴일. 빈자리도 없이 광활한 공간에 사람들이 가득 찬 푸드 코트······. 혼자 앉아 있는 사람은 보이지 않는.

그러니까 나도 누군가 전화 통화라도 할 사람이 있는 거라고!

어디냐고 물어보니까 대답을 하려는 것뿐이야.

그러나 전화기 저편에서는 의미 없는 송화음만 흘러가고 있었다. 끊어야 하는데······. 뭐 받기 싫으면 안 받을 테니까.

하지만 누가 받아 줬으면 좋겠다 싶었다. 막 전화를 끊으려는데 송화음이 끊어졌다.

— 여보세요······.

"······."

뿌옇게 시야가 흐려졌다.

그래도 그는 전화기를 들지 못했다. 혹시나… 기계를 통한 소리는 어떨까 하는 생각에.

— 전화 받았네요.

엄청난 소음과 함께였다. 그리고 기계는 역시 기계였다. 그는 전화기를 집어 들었다.

— 어딘데 그렇게 시끄러워? 밖에 나갔나?

전화기 저편의 남자 목소리는 근사했다. 그러나 인간적으로 여긴 너무 시끄러웠다. 게다가 띵똥 소리가 요란했고. 그건 제 손에 든 번호표의 숫자 주인이 음식을 찾아가지 않았기 때문이었다.

"아, 이따 다시 할게요."

그녀는 급하게 전화를 끊고 배식대로 가야 했다.

마치… 폭풍이 불어치다 만 것 같은 느낌이었다.

전화기는 재빨리 내려놓았기 때문에 아무 소리가 나지 않았지만 이 방은… 조용한 방이 아니었다. 그는 책상에 빼 놓았던 인이어를 다시 찾아 끼워야 했다.

그러곤 다시 전화를 내려다보았다. 어쩌면 다시 올지 모르니까. 그는 전화기를 들고 방 밖으로 나갔다. 고요한 적막 속에서 인이어를 빼고 탁자 위에 전화기를 올려놓았다. 탁자 위에 창밖의 커다란 나무 그림자가 일렁거렸다.

전화를 기다린다는 건… 낯선 기분이었다.

전화기 저편의 소란거림도… 아주 오래전에 느껴 본 기분이었다. 전엔 그런 것들이 일상이었다. 활기차고 수많은 사람들이 소란스럽게 떠들고 웃고 싸웠다. 자동차의 소음도 있었고 음악 소리도 있었다. 악기를 연주하는 이들의 열정적인 표정도 있었고 한밤중에 터지는 폭죽들이 하늘에 수를 놓듯 그림을 그려 대는 걸 당연하게 보았었다.

그랬었다.

잊고 있었던 모든 것들이 짧은 전화 통화 때문에 쏟아지듯 흘러나왔다.

그러나 이곳은 고요했다.

수많은 책들이 선명한 색으로 꽂혀 있고, 방음이 잘되는 창밖으로는 연록이 짙어 가는 나무와 산이 있었다.

누군가가… 옆에 있었으면 좋겠다.

그 누구라도.

그는 전화기를 하염없이 내려다보았다.

다시 전화를 할까?

아니, 뭐 용건이 있으면 하겠지.

영진은 쫄면과 비빔만두를 보다가 젓가락을 들었다. 메뉴 위에 있는 것들은 다 그 집에서 먹어 본 것이었다. 불고기 뚝배기, 순두부찌개, 된장찌개, 칼국수, 돈가스, 김밥, 함박스테이크, 돌솥비빔밥…… . 그래서 그 밑에 있던 쫄면을 골랐을 뿐이었다.

성의 없는 양배추와 당근채 밑에 고추장 양념은 그다지 별스럽지 않았다. 맵고 시었다. 비빔만두의 양념장도 비슷했다. 시고 달고 매우 매웠다. 만두는 기름을 흠뻑 먹고 있었다.

그냥… 한마디로 맛이 없었다.

하도 맛있는 것만 먹어 와서일까. 반쯤도 못 먹고 있다가 전화기를 보았다. 아무런 무늬가 나타나 있지 않았다.

왜 전화를 했을까.

다시 해 볼까?

그러나 이곳은 소란스러웠다. 영진은 반쯤 음식이 남은 쟁반을 들고 일어섰다.

― 음… 그러니까 휴가? 아니, 뭐 외출 나왔어요. 2주일에 한 번은 쉬는 날이라.

"어디로?"

― 춘천요.

춘천이라……. 고등학교 때인가? 친구들끼리 전철을 타고 몇 번 놀러 갔던 기억이 있었다. 무더웠고 그다지 별스러운 건 없었지만 그냥 어디든 가면 좋은 그런 시절에.

닭갈비를 먹었었지…….

"집이 춘천이야?"

2주 만의 휴가니까, 집에 가는 건……. 당연한 거 아닌가.

― 아뇨.

"그럼 왜?"

― 영화 보러요.

"……."

따가운 늦봄의 햇살이 온몸에 쏟아지는 게 느껴졌다. 그냥저냥 괜찮았다. 그리고 귀찮았다. 긴 카우치에 누워 한 팔로 눈을 가린 채 '전화 통화'라는 걸 하고 있었다.

낯설었지만 또 금방 익숙해졌다. 사람들은 다 그렇게 통화란 걸 하고 사니까.

"무슨 영화?"

한 번도 궁금하지 않았던 거였다.

그러나 알고 있었다. 제 손끝에서 살아 생명을 가지고 떠나는 수많은 캐릭터들……. 누구는 수다를 좋아하고 누구는 세상에 관심이 많고 누구는 무심했다. 가끔 나는 어떤가 생각했지만 딱히 생각이 나지 않았다.

지금은 궁금하고 싶었다. 계속 이 통화를 이어 가고 싶었다.

따가운 햇살 속에서.

— 절대 가족…… . 요즘 인기 순위 1위라고 해서 봤는데 그냥 그랬어요. 웃기긴 했는데 여운도 없고…… .

"아, 그 영화? 다들 뭐 잘 만들었다고 그렇게 인기라던데 별로였군."

그도 알고 있었다. 보러 가진 않지만 늘 그는 버릇처럼 세상을 '서치'하는 데 하루에 일정한 시간을 할애하고 있었다. 세상에 섞이지 않고도 뒤처지지 않기…… . 그건 그가 꼭 해야 하는 일과였다.

그런데 문득 궁금해졌다.

"혼자 봤어? 영화를?"

잠깐 머뭇거린 듯한 건…… . 느낌상이었을까.

— 혼영 좋아해요. 남하고 같이 보면 취향을 맞춰야 하니까.

"지금은 어딘데?"

— 카페요.

"언제 올 거야?"

— 버스 시간 되면.

밝고 경쾌한 음악 소리가 요란했다. 그 소리에 지지 않으려고 다들 요란하게 떠들었다. 그러나 그 와중에도 컴퓨터를 앞에 둔 혼자 온 사람들도 있었다. 주변에 신경을 쓰지 않는 사람들이 가득한 프랜차이즈 커피전문점의 널따란 2층…… .

저렴한 아이스아메리카노가 담긴 플라스틱 컵엔 송골송골 물방울이 맺혀 있었다.

쫓기듯 푸드 코트를 나와 놀란 건… 날짜치고 너무 무더운 날씨였다. 한여름 뺨치는 후덥지근한 날씨에 저도 모르게 눈앞에 있는 커다란 커피 전문점으로 들어왔고, 버릇처럼 제일 저렴한 아이스아메리카노를 주문하고 후회에 차 있다 반짝거리는 진동 벨과 바꿔 온 커피를 들고 2층에 올라와서는… 달리 할 것이 없었다.

갈증에 쭉쭉 시럽을 타는 걸 잊어버린 음료를 빨아들이곤 또다시 주변의 즐거운 소란스러움을 견디다 못해 전화 통화를 누르고 말았다.

새 전화기는 성능이 좋아서인지 이 소란스러움 중에도 저편의 목소리가 선명하게 들렸다.

— 그게 언젠데?

갑자기 묻고 싶어졌다.

"왜요? 그게 왜 궁금한데요?"

대체 저하고 상관없는 이 김 선생님은 왜 제 귀가 시간이 궁금한 걸까.

왜…….

왜일까. 사실대로 이야기해? 샤르트뢰즈가 사라질까 봐… 그렇다고?

알고 있었다. 아래층에 꽤 많은 사람들이 왔다가 사라졌다는 걸. 실은 그는 내심 그게 싫었다. 이 집을 누군가 알고 있다는 사실이, 뜨내기들이 이 집을 보고 간다는 것 자체가. 그러나 나이 든 영천댁네 내외가 감당하기엔 이 집이 버겁다는 걸 알고 있기에 그는 무심하게 모른 척하고 있었다.

그러다 본 사람이었다. 나이가 가장 어렸고, 벽에 꽂인 책에 대해서 대화를 나눌 수 있었고, 그리고 무엇보다… 다른, 선명한, 유채색을 지닌 유일한 사람이었다.

그러니까 더, 여기에 있었으면 했다.

"저녁 메뉴가 오늘… 괜찮은 거거든."

그 짧은 시간 아주 많은 생각을 했다.

메뉴까지 알고 싶진 않았다. 뭐 다 근사하고 괜찮은 거 아니었나?

단지 저녁에 맛있는 거 먹으라고?

영진은 전화를 끊고도 어이가 없었다. 박 여사님이야 늘 대단한 음식을 내놓았는데 뭐가 더 있다고……. 참 내, 무슨 먹는 데 원한이라도 들렸나?

거기까지 생각하던 영진은 피식 웃고 말았다.

뭐가 어쨌든 간에……. 누구라도 내가 돌아와 주길 원하는 사람이 있다는 게… 다행 아닌가?

물론 전화를 하진 못하지만 박 여사님과 영감님도 혹여 제가 어디론가 가 버리고 안 올까 봐 걱정하고 있다는 걸 알고 있었다. 그런데 대단하신 김 선생님도 거기 일조를 하고 있다고 생각하니 갑자기 창밖의 도시 풍경이… 아름다워졌다.

그리고 그 생각을 하자마자 동시에 참 쓸모라곤 어느 집 식모살이밖에 없어졌다는 사실이 서글퍼진다는 게 어이없긴 했지만.

그런데 웃긴 건…….

양평으로 가는 버스에 올라탄 순간, 마치 집으로 돌아가는 막차를 탄 기분이 들었다는 거였다.

아니, 왜? 대체!

내가 겨우 마련한 집이란 게 공중분해 돼서 없어졌을 뿐인데. 결코 거긴 제 집이 아닌데. 왜… 그런 기분이 든 거지?

겨우 4시 반 차였다. 해도 쨍쨍했고 버스엔 춘천에서 놀다 올라가는 사람들로 가득했다. 저 사람들의 도착지는 결코 양평 읍내 따위가 아니었다. 저도 멀쩡하게 서울 은평구… 그 어디쯤으로 갔어야 했다. 터미널에서 내리고 지하철을 타고 마을버스를 타야 하는 그곳…….

그러나 버스는 도착했고 터미널 근처엔 아는 카니발 승합차가 서 있었다. 다가가니 얼른 오라는 낯익은 얼굴까지.

의도했든 혹은 아니었든 간에, 완벽하게 집에 가는 분위기였다. 그건 누가 뭐래도 자명했다. 가는 자신은 부정하고 싶어 했지만.

왜… 부정하고 싶은 걸까.

계곡 옆의 버스 정거장을 지나 리모컨으로 여는 문을 열고 구불구불한 사유지를 지나는 길을 고르면서 영진은 이율배반적이게도 집에 가는 기분이었다. 아니, 그걸 느끼지 않고 싶어 하는 이유를 알 수 없었다.

그건……. 자괴감인 걸까? 개뿔도 없이 내쳐진… 찢어진 자존감이었을까.

그렇지만 어차피 그런 건 없었을 텐데. 그나마 남아 있던 건 난 적어도 셋방, 반지하였지만 서울에서 살던, 멀쩡한 직장을 가지고 있던 사람이었다는… 썩어 빠진 자존심이었을까.

그게 뭐든 간에…….

"아휴, 김 양! 오는 길 괜찮았어? 저녁 안 먹었지? 얼른 와!"

커다란 개들까지 꼬리를 치며 짖고 난리였다.

"볼일은 다 보고? 오늘 저녁엔 이탈리안 정찬이야. 양갈비 아주 좋은 거라. 김 양 늦게 오면 어쩌나 걱정했어. 딱 지금 먹어야 맛있거든."

박 여사가 자랑스럽게 이야기할 만했다.

김 선생님이 말한 괜찮은 저녁 메뉴란 게… 꽤나 휘황찬란했기 때문이다.

"내가 뇨끼를 만든 지가 오래돼서, 원래 훨씬 작아야 하는데 좀 크게 만들었어. 김 선생님은 큼직한 걸 좋아하시거든. 소스는 트러플이야. 이거 정말 비싼 거야. 아주 향긋하지. 원래 코스로 먹는 건데, 김 선생님은 그냥 다 한꺼번에 세팅해서 드시는 걸 좋아해서……."

SNS에 올리면 바로 거기 어디예요 하고 댓글이 주렁주렁 달릴 것만 같은 한상 차림이었다.

낮에 먹었던 그 성의도 맛도 없던 쫄면이나 비빔만두하고는 비교도 할 수 없었다.

아니, 이런 걸 이런 할머니가 혼자 어떻게 차려……. 그동안 이 집에서 보지 않았다면 의심할 수밖에 없는 어마어마한 식탁이었다.

물론 영감님의 접시엔 장아찌와 밥 한 덩이가 더 담겨 있었다.

"어휴, 오늘은 그냥 쉬어. 쉬는 날이잖아. 나갔다 오는 것도 피곤하지. 원래 주 5일 근무가 기본이잖아. 2주 만에 한 번 있는 쉬는 날인데!"

마치 어디 멀리 갔다 온 딸이나 손녀딸을 대하듯 말해 주는 게—아니, 사실 그런 건 느껴 보지 못했지만—내심… 부담스러울 정도였다.

늘 딱… 돈만큼, 주는 돈만큼의 대접을 받지 않았나.

"씻고 편하게 쉬어. 오늘 낮엔 더웠잖아."

산더미 같은 쌓인 그릇들을 봤지만 영진은 못 이기는 척 자신의 방으로 왔다. 뭐 별거 없지만 가지런히 정리된 것 같은 건 기분 탓일까?

욕실을 보고서야 영진은 박 여사가 자신의 방도 청소했음을 알 수 있었다. 위층에 거실에… 혼자 다 하기도 힘들었을 텐데.

영진은 씻으려고 옷을 벗으려다 말고 책상 위에 놓아둔 휴대폰을 보았다. 아까만 해도… 꽤 많은 이야기를 하지 않았나? 언제 오냐고 물었던 거 같은데……. 왔다고 전화를 해야 하나?

그러나 영진은 머뭇거리다 그냥 욕실로 들어갔다.

7

사건이란 건… 늘 생각지도 못한 데서 일어난다.

그래서 재미있는 걸지도.

오랜만의 외출이 피곤했던 걸까. 너무나 변화가 없는 곳에서 2주를 보낸 몸은 거기에 적응을 해 버렸는지 겨우 아침나절이면 갔다 올 만한 거리인 춘천을 다녀왔다고 기절한 듯이 자고 눈을 뜨니 새들이 맞아 주었다. 휴대폰엔 아무런 문자도 남아 있지 않았다. 아니… 뭐 지칠 줄 모르는 놈의 문자는 또 있었다. 원래 살가운 애였다. 누나가 종적을 감췄으니 걱정이라도 되긴 하는 걸까. 그러나 영진은 휴대폰을 놔두고 밖으로 나왔다.

"안녕하세요!"

괜히 멋쩍게 아침 인사를 한 건 어딘가 좀 분위기가 가라앉은 기분이었기 때문일까.

원래 요즘은 아침에 할 일이 많았다. 물론 영진이 하는 건 아니었지만. 이 집에선 동이 트기 전부터 일과가 시작되었다. 까다로운 식재료 준비라든지 혹은 박 여사님이 봄에 더 수확할 게 많다고 한 것처럼 뭔가 전부 다 풀 같은 데서 먹을 걸 수확하거나 텃밭에 농사를 지을 준비를 하는 것처럼.

그러나 오늘은 뭔가 좀 달랐다.

아침부터 박 여사는 고기를 재우느라 분주했다.

"김 양 불고기 할 줄 알지?"

"네?"

"이거 내가 양념 다 해서 소분해 놓을 테니까 그냥 냄비에 볶기만 해. 드부이에 철팬에다 하는 거 봤지?"

"아… 네."

"위에 고명 얹고. 그리고 저기 통에 사골 국물 있으니까 끓이고 만두랑 떡국 넣고. 떡국 끓일 수 있겠지?"

"그게……."

"내가 이따 좀 적에 둘게. 어휴, 큰일이네."

"……."

이게 무슨 일일까.

하도 바빠서 말도 뗄 시간이 없었다.

아침 식사를 하고 나서야 영진은 왜 이렇게 분주했는지 알 수 있었다.

"하나밖에 없는 언니인데… 글쎄……."

말을 꺼내나 싶다가 갑자기 눈물을 훔치니 영진은 당황할 수밖에 없었다. 아니, 왜…….

"처형이 위독하다고 임종을 보러 오라네. 그래서 가야 할 거 같아서."

"다녀오셔야죠……."

라고 말은 했지만 영진은 속으로 내심 당황했다. 저 대단하신 김 선생님 한 끼 점심이야 차려 드리겠지만 임종을 보러 간다면, 혹시 장례식까지 보고 와야 하면 며칠 걸리는 거 아닐까. 그래서 그렇게 바빴구나…….

대답은 했지만 갑자기 아득해지는 영진을 보고 그럴 줄 알았다는 듯 박 여사는 바빴다.

"김 선생님한테는 말씀드렸어. 다녀오라고 하긴 했거든. 김 양…….
내가 최대한 준비는 해 놨어. 이리 와 봐."

당황스러운 이 맘을 박 여사님은 절대 모를 테지만, 영진은 오라는 냉장고로 갔다.

"무슨 일 있으면 전화하고. 혹 좋아지면 금방 올 거야. 대신… 일이 있어도 3일 내엔 올 테니까……."

"걱정하지 마세요."

뭐 설마 위층에 있는 남자 굶기기야 하겠어요……. 그러나 곧 걱정이 쓰나미처럼 밀려왔다. 매번 올라가는 그 화려 뻔쩍한 상들을…….

"밑반찬도 다 있으니까 덜어서 담기만 하면 돼. 반찬 없으면 냉동실에 말린 생선도 있고 고기도 있으니까. 알았지?"

"걱정하지 마시라니까요. 얼른 가 보세요."

"고마워. 정말 고마워. 내 김 양 때문에 정말이지……."

"시간 늦으시겠어요!"

늘 보던 외출복이 아니라 검은색의 치마와 하얀 블라우스 카디건을 입은 박 여사님과 유행이 한참 지난 데다 사이즈가 작아 보이는 검은색 양복 정장을 입은 영감님의 차가 마당을 나서고 문밖으로 사라지자 영진은… 갑자기 적막이 무지막지한 무게로 내려앉는 기분이었다.

"아, 개밥."

개도 밥을 줘야 했다. 어휴……. 그나마 영감님이 아침밥은 주고 가신 모양인데……. 앞으로 어쩌지.

그러나 이상하게 좀… 홀가분한 기분이었다. 눈치를 봐야 하는 상사들이 자리를 비운 사무실에 있는 그런 기분이랄까.

분주하게 일하는 척을 하지 않아도 되고 빵빵한 에어컨과 와이파이, 그리고 나름 풍족한 탕비실의 먹을 것들이 다 내 것 같은 그런 기분?

하지만 그 기분은 오래가지 않았다.

당장 해야 할 일을 알고 있었다. 뭐 1층이야 먼지 하나 없는 걸 잘 아니까. 청소를 하고 점심 준비를 하는 게 일과였다. 다행히 점심은 이미 샌드위치로―즉 차가운 음식이니까―다 제조해서 냉장고 안에 들어 있었다. 그러니 늘 해야 할 일을 해야지.

영진은 계단의 커다란 중문을 열고 2층으로 향했다.

2층은 늘 그렇듯 고요했다.

환기라곤 평생 안 하는지 창은 다 닫힌 채였고 마치 진공처럼 조용했다. 그런 곳에서 청소기를 돌리는 게 무슨 죄를 짓는 것같이 느껴질 정도였다. 그러나 영진은 아무렇지도 않게 청소를 시작했다. 카우치와 낮은 소파가 군데군데 놓인 바닥, 책꽂이, 그리고 사람이 없이 텅 빈 운동실……

하얀색 방문 앞에 놓인 시트와 이불, 베개 커버 등을 꺼내 가려는데 갑자기 문이 열렸다.

놀란 영진이 어정쩡하게 시트를 들고 있는데 문을 열고 나온 사람이 말했다.

"안녕."

안녕…이라니.

참 바보 천치같이.

아무렇지도 않으려고 애썼다. 아니, 아무렇지도 않았다. 제 삶은 그냥 평범하고 똑같이 흘러가고 있었다. 달라질 게 없었다…….

타인이란… 늘 짐이었다. 이해를 시켜야 했다. 어느 순간 그게 지겨워졌다. 그걸 안 해도 되는 지금이 편했다. 아니, 사실은 설명을 해야 하는 이들로부터 격리된 이 생활이 편하다고 느끼고 있는 걸지도 모르겠지만.

문제는… 그래도 있었으면 하는 아주 잠깐의 생각.

도망을 가거나 멀리 가 버린 게 아니라 단순히 '휴가'를 간 거라는데……. 어느 순간 이 집 안에 없다는 걸 알고 안절부절못한 제 자신이 바보 같았다.

아니, 대체 왜… 그랬단 말인가.

그냥 영천댁의 일을 보조해 주는 사람일 뿐인데, 단지 젊고 또… 그런 색을 가지고 있다고 해서, 안절부절못한다는 게 스스로도 어이가 없었다. 그래서 그 여자가 왔다는 걸 알았지만 휴대폰을 서랍에 유기한 채 내버려 둘 수 있었다.

꺼내고 싶을 때마다 그는 일을 했다. 트리트먼트대로 쓰기만 하면 되는… 물론 나중에 너무 거지 같아서 다 지우고 새로 고치긴 했지만.

그냥 좀 페이스를 지키고 싶었다.

어차피 아무것도 변하지 않을 텐데, 괜히 안절부절못한 제 자신이 바보 같아서 늘 하던 대로 있으려고 했다. 그러나 그러지 못했다.

[김 선생님 큰일 났네요 언니 임종을 보러 오라네요. 흑… 갔다는 와야 할 것만 같은데, 며칠 걸릴 거 같아서…….]

영천댁이 빚 때문에 집안에서 다 등을 돌렸다는 것 정도는 알고 있었다. 그것 때문에 이 산골로 와야만 했다는 것도. 그래도 가족이라는데……. 그는 쿨하게 걱정 말고 다녀오라고 했다. 사실 전 같으면 좀 걱정스러웠을지도. 그러나 이젠 다른 사람이 있으니까.

그러나 차가 나가는 것을 보고 그는 좀… 당황했다.

그냥 단순하게 일하는 '보조'가 있으니까, 그런 급한 일엔 영천댁 아줌마가 가도 괜찮을 거라고, 그렇게 생각했다. 아니, 솔직히 이 집에 쌓아 둔 걸 보면 며칠이 아니라 몇 주는 너끈하게 견딜 수 있을 것이 분명했다. 하지만 그 '여자'와 단둘이 있다는 게 맘이 편하진 않았다. 왜인지는 모르겠지만.

그래서 그는 자신답지 않게 운동을 얼른 끝내고 자신의 방으로 돌아와 버렸다. 늘 하던 대로 시트를 내놓고 돌아서는데 방문 밖에서 소리가 들렸다.

금방 가 버릴 게 분명했다.

잠시 생각이란 걸 좀 했어야 했는데 그는 문을 열고 나가서 말했다.

"안녕."

스스로 생각하기에도 참 어이없는 대사였다.

"아……. 안녕하세요."

당황한 영진이 대답했다. 그러자 갑자기 남자는 휙 돌아 제 방으로 들어가 버렸고 문이 탕 소리를 내며 닫혔다.

참… 이해할 수 없는 인간이란 걸 매번 느끼고 있었지만, 늘 새로운 모습을 보여 주는 게 신기할 지경이었다.

음식 엘리베이터란 게 있는 게 얼마나 다행이야.

영진은 혼자 중얼거리면서 계단을 내려갔다. 둘이 밥이라도 마주 보고 먹어야 했다면, 아니, 상을 차려서 들고 올라가야 했다면……. 아마 그랬다면 그냥 갈 데 없더라도 짐을 싸서 서울로 올라갔을지도 모르겠다 싶었다.

영진은 조용해야 한다는 이 집의 규칙에 반항이라도 하듯 쾅 소리가 나게 계단의 중문을 닫아 버렸다.

늘 그렇듯 시간을 맞춰 아침에 만들어 놓은 샌드위치를 자신이 할 수 있는 한 최대한 '예쁘게!' 세팅해서 음식 엘리베이터에 태우고 버튼을 누르자, 요란한 소리를 내면서 기계가 움직였다.

박 여사가 하듯이 콜라라도 세팅했어야 하나 했지만 샌드위치엔 아이스아메리카노 아닌가? 그렇게 생각하고 보니 영진도 커피가 생각났지만 위층에 올라가 구걸할 생각 따윈 없었다.

영진의 것까지 넉넉히 만든 샌드위치는 몇 개 더 남아 있었다. 저녁도 저걸로 때워도 될 것처럼.

엘리베이터의 소음이 완전히 사라지자 버릇처럼 고요가 내려앉았다. 박 여사 내외가 있으면 적어도 덜그럭거리는 그릇 소리라도 났을 텐데. 영진은 멀뚱하니 있다가 커다란 창밖으로 쏟아지는 햇살을 보고는 홀린 듯 샌드위치를 들고 마당으로 나갔다.

따가운 햇살, 적막한 집 안의 공기 대신 따뜻하고 바스락거리는 나뭇잎들이 내는 소리와 가끔 지나가는 듯한 새소리까지. 무언가 가득 찬 기분이었다.

혼자선 어디 놀러 한 번 가 본 기억이 없었다. 그런데 이런… 기분이라니.

사실 이 근사한 집에는 마당에 좋은 데크도 있었고 정자도 있었다. 물론 그 정자란 게 박 여사의 나물을 말리는 용도로 쓰일 뿐이지만.

"좋겠다……."

저절로 튀어나온 말이었다.

좋겠다. 이런 집을 가지고 있으면.

시간은 느릿느릿 흘러갔다. 늘 하듯이 빨래를 돌리고 창창한 햇살 밑에 널고, 거실을 청소했다. 주방은 깨끗하고 집은 조용했다. 영진은 바깥 정자가 맘에 들었다. 어차피 저녁 시간이 되려면 한참이나 남았기에 할 일을 찾다가 냉장고에서 수제청 한 잔을 타고 팬트리에 잔뜩 든 과자 몇 개를 꺼내 들고 자리를 만들었다. 그건 다분히 그녀를 위한 거였다. 뭐 좋아하냐고 물어본 영감님이 이것저것 사다 준 것이었다. 그러곤 방에서 휴대폰과 보던 책을 들고 나왔다.

영화를 볼까 아니면 책을 재탕할까……. 아주 오랜만에 하는 호사스러운 고민을 좀 해 볼 생각이었다.

내려앉는 오후 햇살, 이제 여름이 되어 가는 따사로움, 눈이 부시게 푸른 잔디와 나무들……. 어디선가 들리는 풀벌레 소리…….

오너가 없는 텅 빈 사무실……. 딱 그 해방감 아닌가.

물론 진짜 오너는 버티고 있겠지만.

영진은 힐끗 2층을 쳐다보았다. 또 모르지 산책이라도 갔는지.

모든 시간표가 헝클어지고 있었다.

이대로 괜찮은 걸까. 2년을 하루처럼 지켜 왔던 것들이 한꺼번에 엉키고 있었다.

그 지난 시간들이 좋았었나? 처음엔 그랬었다. 그러나 시간이 흐르면서 그 효용은 사락사락 소리를 내며 닳아 없어지고 있었다. 그걸 깨닫지 못했을 뿐, 아니, 깨달으려 하지 않았을 뿐.

달라지는 건 없다.

그러나 그는 뜨거운 커피 잔을 든 채 한 곳을 응시하고 있었다.

또 무엇을 물어야 샤르트뢰즈를 볼 수 있는 걸까.

저녁 메뉴는 불고기였다.

냉동된 것도 있었지만 저녁 메뉴로 하라고 냉장해 놓은 고기의 양은 상당했다. 이 많은 걸 다 먹다니……. 평소엔 사람이 여럿이어서 잘 못 느꼈지만 당장 그걸 확실하게 느낄 수 있었다.

왜 이 무거워 빠진 철판을 쓰는 걸까. 영진은 타들어 가는 고기들 때문에 의문이 들었지만 답을 생각해 낼 시간은 없었다.

그럴듯한 힐링 타임은 저녁 식사에 대한 압박 때문에 그리 오래 이어지지는 못했다.

늘 그렇듯, 업무에 대한 강박 관념으로 반평생을 살아온 영진이었기에 이 저녁 식사라는 업무도 이미 과중한 스트레스로 다가오고 있었다. 게다가 영진이 '일' 할 땐 절대 꺼내지 않았던 휴대폰엔 박 여사의 업무 지시가 잔뜩 들어 있었다.

참… 노인네가 세련된 요리도 잘하더니 휴대폰도 잘 쓰네……. 전엔 전화번호 저장도 못 하는 줄 알았는데.

실은 영진이 모르는 게 있었다. 박 여사는 오로지 문자로만 김 선생님과 의사소통을 하고 있었기에 문자만 익숙하다는 걸.

장문의 문자엔 저녁 메뉴에 대한 시시콜콜한 지시 사항이 가득 들어 있었다.

불고기를 조리하는 법, 아니, 박 여사가 원하는 철팬을 달궈서 고기를 넣고 볶은 후에 고명을 얹는 법, 그리고 반찬을 뭘 꺼내서 어떻게 놓아야 할지, 밥은 또 얼마나 어떻게 퍼야 할지…….

할머니… 제발 딴 데 집중하세요…라고 말하고 싶었지만 영진은 '네, 잘 알겠습니다'라고 답장을 보낸 뒤에 보기에 영 의심스러운 불고기를 지정된 그릇에 담고 체크된 반찬들을 다 담은 뒤에 위층에 올려 보내고 한숨을 내쉬었다.

망할 불고기 따윈 먹고 싶지 않았다. 남은 샌드위치가 있으니까.

휑한 주방, 텅 빈 식탁……. 물론 영진이 음식을 만드느라 꺼내 놓은 반찬 통 같은 게 있긴 했지만. 이것도 다 일이라 영진은 부지런히 열어 놓은 통들을 치우고, 무거운 프라이팬을 씻고, 정리를 하기 시작했다. 보조만 하다가 내가 일을 맡아서 한다고 생각하니……. 영진은 몇 배나 일을 하는 기분이었다. 물론… 참 그 일이란 게 고작 밥 차리고 치우는 것뿐이긴 하지만.

하여튼 부지런히 움직이고 행주를 짜고 나니 갑자기 커다란 주방은 적막이 내려앉았다. 원래 조용한 집이었지만 소리가 없어도 사람은 있었던 넓은 주방, 다이닝 룸이 텅 비니 갑자기 좀 무서운 생각마저 들었다.

아니, 뭐 그래도 위층에선 진수성찬으로 혼자 디너를 즐기는 김 선생님이 있으니까.

혼자 샌드위치를 먹으면서 영진은 불현듯 의문이 떠올랐다.

저 남자는 항상 혼자서 저 적막한 작은 식탁 위에서 혼자 밥을 먹는 건가? 그것도 꼬박꼬박 삼시 세끼를?

참 내… 무슨 낙으로 저러고 있나.

저렇게 멀쩡한 남자가. 물론 뭐 머릿속이야 정상이 아닌 거 같긴 하지만.

사실 서울 시내 돌아다니는 외모 번드레한 사람들 중에도 저 남자보다 더 이상한 인간도 많을 거란 걸 경험상 잘 알고 있긴 했다.

하여튼 자신의 머리론 이해할 수 없는 일들이 세상엔 참 많다…….

영진은 차가운 데다 낮에 먹었던 것보단 맛이 없어진 샌드위치를 꾸역꾸역 먹고는 위층에서 상이 내려오길 기다렸다. 전엔 이것저것 이야기하면서 밥 먹고 먹던 상 치우고……. 그리고 나면 위층에서 상이 내려왔다. 상이 내려오기 전까지 할 일이 많아서 딱히 그 시간을 기다린 적이 없었다. 설거지에 정리에 커다란 스테인리스로 된 디근자 모양의 싱크대를 다 소독하고 닦아야 했으니까.

그러나 위에서는 감감무소식이었다. 텅 빈 주방에서 뭘 하나……. 거실에야 커다란 티브이가 있긴 하지만 그걸 켠 걸 본 적이 없었다. 박 여사 내외의 작은 거실엔 텔레비전이 있었지만 거기서 오손도손 모여 앉아 텔레비전을 본 적도 없었다. 일이… 너무 고돼서.

서성거리고 있는데 드디어 기계 소리가 들렸다.

늘 그렇듯 그 많은 음식들을 거의 다 비운 빈 그릇들. 뚱뚱해 보이지는 않았는데 진짜 무슨 기초 대사량이 좋은 건지. 그리고 생각해 보니 박 여사는 밤 간식도 챙겼었다. 영진은 신경도 안 썼지만.

뭘 더 보내야 하나? 그러나 영진의 휴대폰은 묵묵부답이었다.

에라잇, 모르겠다. 뭐 필요한 거 있음 찾아와서 먹겠지.

영진은 설거지를 하곤 왠지 누구한테라도 쫓기듯 제 방으로 뛰어 들어갔다.

"참, 집 쓸데없이 넓어……."

그거야 청소할 때 누누이 느끼는 바였지만, 이렇게 조용할 땐 더했다.

별로 재미도 없는 영화를 틀어 놓기에… 새 휴대폰은 화면도 넓고 사운드도 빵빵해서 괜찮았다. 영진은 생활 소음 유발을 이유로 영화를 틀어 놓고 다시 책을 보는 중이었다. 원래 한 번 읽은 책을 다시 보는 취미는 없었지만 할 일이라곤 그거밖에 없었다.

참 한가로운 저녁이라니.

위층에 가서 새 책이라도 가져올까 싶었지만 거기까지 너무 멀고 고요해서 왠지 무서운 기분이었기에 영진은 본 책을 재탕하는 데 의의를 두었다.

문제는… 이러다 잠이 올 거 같지 않다는 거였다.

— 김야앙……. 좀 자알 부탁해…….

전화기 속 너머의 목소리는 꽉 잠겨 있어서 잘 들리지도 않았다.

"걱정 마시고 일 잘 보고 오세요."

걱정을 안 할 수는 없었지만 어쩔 수 없지 않은가. 밤새 조용하던 휴대폰은 다 이유가 있어서 그런 거였다.

아침에 일부러 그녀가 일어나는 시간까지 기다린 게 분명했다. 아침에 그녀가 주방에 대충 등장하는 시간에 맞춰 전화가 왔고, 전화 속에선 박 여사의 언니가 기어이 임종을 맞았다는 이야기가 흘러나왔다. 장례를 치러야 하니 적어도 사나흘은 걸릴 거고, 주방의 냉장고 안엔 잔뜩 음식 재료가 들어 있지만 영진이 앞으로 어찌해야 할지는 전화하는 사람도 받는 사람도 막막하긴 마찬가지였다. 그러나 어쩔 수 없지 않은가.

"걱정 마세요."

다시 한번 덧붙이긴 했지만 전화를 끊고 나서 한숨이 절로 나왔다.

오늘 아침 메뉴는 만둣국이었다. 미리 만들어 놓은 냉동 만두를 사골 국물에 넣고 끓이기만 하면 되는…….

물론 계란의 흰자 노른자를 분리해서 만드는 지단과 고기 고명이 필수인데…….

"앗!"

기껏 분리한 노른자가 또로록 흰자에 굴러떨어져 터져 버리는 건 비극의 시작이었다.

"아니, 어차피 먹으면 똑같잖아!"

왜 사골 국물은 돌덩이처럼 얼어서 녹지도 않는지, 게다가 만두는 왜 밑이 터지고 난리인지……. 그야말로 총체적 난국이었다.

"아, 이게 뭐냐고!"

도저히… 안 되겠다 싶었다.

영진은 시간도 늦어 버렸지만, 정말이지 형편없는 만둣국이 엘리베이터를 타고 올라간 순간 휴대폰을 꺼내 들었다.

[죄송합니다.]

젠장…….

고등학교 때부터 수많은 종류의 일을 해 봤었다. 캐셔나 패스트푸드

점의 주방에서도 일해 봤고—물론 단순하게 감자나 튀기고 패티나 올리는 일이었지만—갈빗집 설거지나 택배, 신문 배달, 우유 배달…… 참 가지가지 종류의 일을 다 해 봤는데 이렇게 엉망으로 한 건 진짜 처음이었다. 어디 밥을 차려 봤어야지…….

그동안도 늘 완벽주의자 박 여사의 심부름만 했었다. 사실 이런 만둣국에 올라가는 고명용 계란 지단도 못 미더운지 다 박 여사 본인이 했으니까.

"참 내……."

냄비엔 다 터져 버린 만두 속이 흘러나와 무슨 꿀꿀이죽같이 된 만둣국의 잔해만 남아 있었다. 그나마 안 터진 건 다 골라서 넣었으니까. 하도 종종거려서 식욕도 사라져 버린 듯했다. 앞으로 3일을 어떻게 버티냐고…….

그때였다. 갑자기 요란한 소리가 났다.

적막 속에 있어야 할 엘리베이터가 다시 움직인 것이었다. 내려온 엘리베이터는 저절로 문이 열렸고 그 안에는 전혀 손도 안 된, 그녀가 혼신을 다해 차렸던 아침상이 고대로 들어 있었다.

"아……. 뭐야, 쎄빠지게 차린 사람 생각도 안 하고! 정말이지……."

심한 욕을 하려고 했다. 욕이 절로 나오는 상황이니까. 그런데 그러질 못했다. 옆에서 문소리가 났으니까.

"이……!"

영진이 고개를 돌려서 뭐라 하려고 했는데……. 거기에 김 선생님이 서 있었다. 당연하지. 이 집엔 두 사람뿐이니까.

"아침 혼자 먹어야 하잖아? 같이 먹어."

"……."

너무 당황해서 말을 못 한 게 맞았다.

냉장고 소음이… 너무 컸다. 주방엔 그래서 잘 안 내려왔는데…….
볼륨을 끄니 이 정도일 줄은 상상도 못 했다. 밥을 먹으려면……. 어쩔
수 없겠지. 뭐가 보여야 먹을 수 있을 테니까. 밖에 나가서 먹자고 할까.
그러나 굳은 표정으로 보니 그것도 참…….

"국 하나만 더 뜨면 되겠네. 내가 이쪽으로 옮길 테니까. 더 떠 와."

"저기요……."

그러나 남자는 못 들은 것처럼 커다란 쟁반에 세팅 돼 있던 반찬들을
식탁으로 옮기기 시작했다. 영진은 하는 수 없이 다 터진 만둣국 한 그
릇을 뜨고 수저를 가져왔다.

남자는 식탁에 앉았고 영진도 반대편에 앉았다. 나름 열심히 만들었
다고 하지만, 역시나 만둣국은 형편없었다.

"죄송해요. 제가 지단도 잘 못 부치고 만두 넣는 타이밍도 놓쳐
서……. 그렇게 됐어요."

그런데 남자는 마치 아무것도 안 들린다는 듯 혼자 국물을 뜨고 식사
를 시작했다.

아무 말도 안 해 주는 게 다행인 건가. 영진은 차라리 잘됐다는 듯 수
저를 들었다.

맛은 그저 그랬다. 만둣국이란 게 정성껏 빚었다 하더라도 결국 다 잘
라 먹게 마련이니까. 이렇게 먹으나 저렇게 먹으나.

몇 년 사이 처음으로 누군가와 같이 하는 '식사'였다. 사람하고 같이
밥을 먹는다는 건… 참 다양한 기분이었다. 어색하기도 하고, 낯설기도
하고 한편으론… 괜찮기도 하고.

이왕이면 저 여자가 뭐라고 하는 말을 들을 수 있었으면 좋겠는데. 무
언갈 먹으면서 이 이야기 저 이야기 하는 것도 괜찮을 텐데. 아니, 그건
좀 너무 과한 기대일 것이다.

이 정도만 해도 괜찮다.

여자의 그릇에 담긴 터진 만두가… 제 입꼬리를 실룩거리게 했지만 그는 꾹 참았다.

단 한 마디 말도 없이 진짜 음식만 먹은 남자는 자리에서 일어나더니 말했다.

"잘 먹었어. 뒷정리 다 하면 올라와. 커피 같이 마시게."

"아… 그럼 다행인데……."

영진이 뭐라 대답하기도 전에 남자는 휘리릭 주방을 빠져나갔다. 마치 그녀의 말은 못 들었다는 듯.

무사히 먹어 줘서 다행이고, 또 이 괴괴한 주방에서 혼자 청승맞게 터진 만두를 먹는 불상사를 막아 주셔서 다행이긴 한데, 그런데 솔직히 말하면 뭐 혼자 먹는 거나 마찬가지 아니었나? 왜 굳이… 눈앞에서 꾸역꾸역 다 먹고 가 버리는 거야?

참… 고매하신 김 선생님, 정신세계 이해하기 힘들다.

설거지를 하고 나서 가장 큰 문제는… 바로 이 집엔 김 선생님 말고 또 식사를 챙겨야 하는 분들이 있다는 거였다.

생각해 보니 어제저녁에도 밥을 안 줬던 거 같은데……. 영감님이 잔반 중에서도 엄선된 것들―이 집엔 고기 종류를 매우 많이 쓰기 때문에 거기서 나온 기름이나 남은 고기도 많았다―과 함께 사료를 주고 있었다.

게다가… 덩치도 큰 개들은 식사도 많이 하고 배설도 실하게 하셨다.

젠장할!

배설이야 어떻게 하든 간에 우선 밥을 주긴 줘야 했다. 형편없는 만둣국 부산물들은 절대 줄 일 없을 거 같고. 영진은 밖으로 나갔다. 사료가 창고 옆에 있다고 친절하게 설명을 듣긴 했는데 문제는 그녀가 나가자마자 이렇게 한 끼를 넘긴 적이 없는 송아지만 한 개들이 미친 듯이 짖기 시작했다는 거였다.

"으악……."

저렇게 날뛰는 개들 앞에 갔다간 사료 대신 그녀가 먹이가 될 것만 같았다. 커다란 개집에 굵은 쇠사슬과 가죽으로 된 목줄로 묶인 개들은 그야말로 미친 듯이 짖으면서 날뛰고 있었다. 전에 김 선생님하고 산책하던 그 하얀 개마저……. 사료를 한 바가지 퍼 오긴 했는데 대체 저기 옆에 어떻게 가라고…….

"얘…들아 진정해……. 내가 밥을 주고 싶은데……."

그러나 그녀의 말소리는 천둥처럼 짖는 개 소리에 묻혀 버렸다. 평소에 잘 짖지도 않던데. 이 같은 쩌렁쩌렁 울리는 소리에 민감한 그녀는 더욱 마음이 불안해져 저절로 걸음이 뒤로 밀려났다.

그때였다. 누군가 그녀의 어깨를 잡았다.

"들어가서 일 봐."

제 손에 든 개 사료 바가지를 뺏은 건 김 선생님이었다. 당연히 이 커다란 집엔 그와 그녀밖에 없으니.

그제야 거의 두 발로 서서 날뛰던 개들은 땅에 네 발을 모두 대는 것 같았다. 그러나 여전히 천둥소리처럼 짖어 대고 있었다.

영진은 그 자리에서 벗어날 수 있어서 다행이었다. 뒤도 안 돌아보고 집으로 뛰어 들어갔다.

8

정말이지 다행이었다.

그 커다란 개들을 혼자 어떻게 했을는지. 그가 도와주지 않았다면 며칠 굶기다 잡아먹혔을지도. 하도 힘이 좋아서 언제 그 목줄을 매어 놓은 쇠말뚝이 쑥 빠져나와도 모를 정도같이 보였으니까.

영진은 주방을 정리하고 2층 올라가는 중문 앞에서 숨을 들이쉬었다.

고마운 게 있으니까, 말은 해야지.

같이 커피를 마시자고 했으니까.

2층은 늘 그렇듯 완전하게 고요했다. 정신없이 식사를 준비하고 정리를 하고 개와 씨름을 한 게 마치 딴 세상이나 다른 차원에서 벌어졌던 것처럼. 늘 그렇듯 조금의 소리도 없이 수많은 책들이 만들어 내는 향기와 넓은 공간이 주는 청량함이 미동도 없이 고여 있는 듯했다.

한쪽에 있는 문은 열려 있었다.

청소를 해야 할까 말아야 할까 고민하면서 영진은 그쪽으로 다가갔다. 컴퓨터가 있는 그쪽 서재엔 사람이 없었다. 어디 갔나……. 주인 없는 방을 흘끗거리면서 들어간 영진은 화면이 꺼진 컴퓨터를 쳐다보다 그 옆에 붙은 커다란 화이트보드를 쳐다보았다. 거기엔 늘 수많은 포스트잇이 붙어 있었다. 전엔 흘끗 쳐다볼 새도 없었는데 영진은 저도 모르게 거기 쓰여 있는 것에 눈이 갔다.

화이트보드엔 굵은 선이 있었고 맨 위쪽에 있는 핑크색의 포스트잇엔 사람 이름과 설명이 쓰여 있었다. 정갈하면서도 단정한 글씨체였다.

이 사람 소설 쓴다고 했지. 그럼 저 이름들은 등장인물이고 이건 스토리보드인가?

전에 소설 좀 쓴다는 작가들 집에 원고를 받으러—등본도 메일로 뗄 수 있는 세상인데 꼭 원고지에 써서 담당자에게 원고지 뭉치를 하사하고 싶어 하는 작가들이 있다는 게 놀랍지만—자택으로 찾아가면 일명 집필실엔 꼭 이런 비슷한 것들이 잔뜩 있었다. 물론 저렇게 써 놓고도 원고를 막상 펴 보면 설정 오류 투성이인 게 더 웃겼지만.

그건 그렇고 이거, 와… 참 꼼꼼하네…….

언뜻 봐도 꽤 스토리가 복잡한 이야기 같아 보였다. 사건도 많고……. 무슨 장르인가…….

그때였다. 문이 열렸다.

"씻느라……. 아래 정리는 일찍 끝났나 보네. 커피는 아이스?"

"아, 네. 아이스."

나쁜 짓을 하다 들키기라도 한 것처럼 영진은 얼른 대답했다.

젖은 머리를 수건으로 털면서 나온 김 선생님은 커피를 준비하려는지 분주했다.

영진은 의도적으로 시선을 돌리려 하다 책장에 나란히 꽂혀 있는 똑같은 표지의 책들에 시선을 던졌다.

"김동철 작가 좋아하나 보네요. 어머, 신간인가요? 못 보던 건데."

"이번 건 내용이 별로야."

안쪽에서 대답했다.

"왜요. 재밌던데. 아, 저번에 외전… 이야기 안 했죠? 혜진이 그렇게 총을 든 이유가 정말……. 와, 거기까지 복선이 있을 줄은 꿈에도 생각도 못 했어요."

"그 분노의 그림자?"

"맞아요. 진짜 밤샜다니까요."

"재밌었다니 다행이네."

제빙기에서 얼음이 떨어지는 소리, 커피가 추출되어서 나오는 굉음……. 물론 그는 눈을 감고도 이 방의 모든 물건들이 어디 있는지 알 수 있었고 작동도 완벽하게 시킬 수 있었다. 샤워를 하고 충전을 하느라 인이어는 침대 옆 충전기에 올려져 있었다. 대답을 하긴 하는데……. 그는 제빙기에서 얼음을 꺼내 들었다. 감촉만으로.

"작가가 진짜 천재 같아요."

"뭐 그다지 그럴 정도는 아닌데. 물론 혜진이의 행동엔 좀 여러 가지 복잡한 설정 중에 선택을 하느라 애먹긴 했지만, 그게 최선이었던 거 같긴 했어."

"네?"

듣던 영진은 갑자기 이상하게 느껴졌다. 뭐라는 거야.

"사실 혜진은 이중 첩자라는 설정이었거든. 그런데 동선이 꼬이는 바람에 그냥 그런 내면의 갈등이 심한 캐릭터가 된 거지."

"뭐……. 뭐라고요? 아니, 그럼 이걸……."

이 남자 글 쓴다고 했었다. 박 여사님이 그렇게 대단한 분이라고 하지 않았나. 처음에 이 집에 와서도 이런 산속에 이런 집을 지을 정도면 꽤 유명한가 했었다. 그런데… 지금 장르 소설 중에 슈퍼 히트 작가인 김동철이라고? 외국으로 번역본으로도 히트였고, 영화로도 만들어졌던 그 히트 작가 김동철? 저 김 선생님이?

아… 진짜 김 선생님이네.

너무 어이가 없어진 영진은 멍해질 수밖에 없었다. 심지어 그녀의 유일한 취미인 영화 감상 콘텐츠에도 대놓고 신간 선전을 해서 제목까지 아는데. 어머나, 그 신간이 저 책장에 있는 저 책이네…….

"새로 나온 신간은 망한 거 같아. 좀 정신이 어수선할 때 썼더니 아주 다 꼬여 버렸어. 용두사미라고 해야 하나, 아주 시시해져 버렸어."

얼음이 가득 든 달그락거리는 아이스아메리카노 잔을 들고 나온 남자는 아직도 덜 마른 머리카락에서 물기가 떨어졌다.

"나가. 조용한 데서 마시자고."

멍한 영진에게 잔을 넘기곤 남자는 밀어 내듯 방 밖으로 나와 문을 닫았다.

그러자 서재의 고요함이 다시 내려앉았다.

"저기……. 그러니까 이 김동철 작가가… 그쪽이에요?"

"내 필명이 김동철이긴 하지."

"음……."

할 말이 없어졌다. 커피나 마셔야지. 아, 그랬어. 그래서 저 책들이 저렇게 있었구나.

여자가 갑자기 말이 없어졌다.

제 필명을 밝히면 딱 두 가지 반응이던데. 뭐 물론 사람들에게 대놓고 필명을 밝힐 일도 없었으니까. 저 반응이 좀 생소하긴 했다. 무엇 때문일까.

"왜?"

"왜…라뇨. 그냥, 좀……. 유명한 사람을 직접 보게 되니까 당황스럽다고 해야 하나."

서점 매대에 베스트셀러 맨 밑에 잠깐 들었다 나온 적이 딱 한 번 있는 작가도 마치 무슨 천신을 보듯 벌벌 기면서 편집국장까지 네네 하고 떠받들었던 기억이 엊그제 같았다. 그런데 진짜 김동철이 눈앞에 이러고 있다니!

"유명해? 김동철이?"

"내내 밀리언셀러 목록에 들어 있고, 네이버 배너에도 나오고, 버스나 지하철에도 도배되어 있는데요. 그 정도면 유명한 거 아니에요? 게다가 작년에 영화도 나왔고……."

영진은 제 목소리가 쓸데없이 커진 걸 알고 황급히 입을 다물었다.

"영화는 진짜 최악이었어. 그런 쓰레기 같은 영화는 다시는 안 할 거야."

그… 천만은 못 찍어도 그 언저리까지 갔었던 그 영화가?

"……."

진짜다.

영진은 사레가 들릴 것만 같았다. 아, 그 김동철 정도면, 이렇게 해 놓고 살 만하겠다 싶었다. 출판사에서 일을 해서 대충… 그러니까 정말 대충 수익이 짐작은 가니까.

두 사람 사이에 다시 적막이 사르르륵 내려앉았다. 들리는 건 남자가 마시는 커피 잔 속 얼음이 구르는 소리뿐.

뭔가 이야기를 듣고 싶은 그가 입을 열었다.

"뭐… 물어볼 거나 그런 거 없어?"

다들 그의 '정체'가 밝혀지면 모두들 질문하기 바쁘지 않았나? 물론… 그게 온라인상이긴 했지만. 이 여자도 그렇지 않을까.

"그… 정말 궁금한 게 있어요. 왜 그렇게 유명한데 이런 산속에서 혼자… 생활해요?"

혼자 사냐고 물으려다 혼자 사는 건 아니니까 질문을 정정했다.

"왜? 이렇게 사는 게 어때서?"

이렇게 살기까지 얼마나 힘들었는지… 아마 이 여자는 상상도 못 하겠지.

"아니, 그냥……. 여긴 너무… 적막하잖아요."

지금 여기도 그렇지 않나. 바로 앞에 있는 당신의 숨소리까지 들리는 거 같은데. 갑자기 영진은 이 거실의 적막이 진공이 돼 버리는 기분이었다. 공기마저 사라지는 그런 느낌.

"나는 이 적막함이 좋아. 다른 사람들은 상상도 못 할 거야. 이 적막이 주는 고요가 얼마나 소중한지를."

이상한 사람이다.

아직도 채 마르지 않은 머리카락을 이마에 드리운 남자는… 비현실적이었다. 실체를 알고 나니 더해졌다. 그냥 진짜 어디 온라인상에만 있을 것 같은—하도 대량이면서 양질의 작품을 쏟아 내기에…—한 사람이 아니라 여러 작가가 모여서 하나의 필명으로 내는 공장이라는 설도 있었다. 게다가 그렇게 유명한데 얼굴도 실체도 모르기에 아마 나이가 무지하게 많거나 화면에 들이밀기 어렵게 생겨서 환상을 유지하는 사람인가 하는 설도 분분했다. 그런데 이렇게, 유행하는 말로 하자면 사기케 같이 완벽한 이 젊은 남자가 그런 글을 마구 써내는 대단한 작가란 게 참… 말이 안 되는 거 같았다.

맞아, 말이 안 되지. 아니, 어떻게 세상에 모든 걸 다 가진 사람이 있을 수 있어. 하다못해 키라도 작아야 하는 거 아니야?

아, 뭐래니…….

"청소나 해야겠어요. 그리고 앞으로 걔들 식사는… 좀 부탁드려요. 너무 무서워서."

"그러게. 짜라투스트라는 그래도 좀 얌전한데 파우스트가 좀 사납긴 하지."

"네?"

"개 이름, 흰 개는 짜라투스트라고 검은색은 파우스트야."

그 이상한 개 이름…, 짜라랑 파티가 그거였어?

"개는 내가 알아서 할 테니까 걱정 마."

이름이 뭐든 간에 다행이었다. 영진은 그 당황스러운 이름들에 어이
가 없어서 주섬주섬 자리에서 일어나려 했다.

"아, 시간이 이렇게 됐네. 점심시간이……."

"그냥 대충 해. 괜찮으니까."

영진은 그 말을 뒤로하고 자리에서 일어났다. 본분을 지켜야지. 어
휴.

"커피 잘 마셨습니다."

"점심 같이 먹어. 여기서."

"……."

영진은 대답하지 않고 아래층으로 쏜살같이 내려갔다. 계단에서 실수
하다 굴러 내려갈 뻔할 정도로.

꽝 하고 요란한 소리가 나도록 중문을 닫은 영진은 저도 모르게 내뱉
었다.

"저 적막 속에서 밥을 먹다 체하라고?"

그나저나 점심은 대체 뭐로 차린다지…….

영진은 다시 괴로워졌다. 장례식 중인 박 여사가 매우 바쁜지 전화도
메시지도 없는 게 더 우울했다. 그래서 영진은 아까 위층에서 있었던 일
을 곱씹지 않을 수 있었다.

집밥이라곤 여기 와서 먹어 본 게 처음인데……. 대체 뭘 해야 하나.

영진은 잘 소분되어 있는 갖가지 재료들이 가득한 냉장고를 열었다
닫았다만 하고 있었다.

하… 안 되겠다.

영진은 냉동실에 소분된 불고기를 꺼내 들었다. 할 줄 아는 건 이거 볶는 거밖엔…….

라면이라도 좀 있으면 얼마나 좋아.

갑자기 라면이 먹고 싶어졌다. 그러나 바깥 팬트리엔 온갖 식재료는 다 있어도 라면은 없었다. 스파게티 면은 온갖 게 다 있는데.

어휴……. 꽁꽁 얼어 있는 불고기 팩을 물에 담그면서 한숨만 내쉬었다.

"불고기네."

위대하신 김 선생님이 피식 웃으며 내뱉는 말은 조롱일까.

고군분투하면서 만들어 올린 상을 반송시키곤 다시 주방으로 왕림하신 김 선생님은 불쌍한 김 양이 혼자 밥 먹는 게 안쓰러운 모양이었다.

참 자비스럽기도 하셔라. 그러나 영진은 가만히 있었다.

"이왕이면 우리 저쪽에서 먹는 게 어때?"

실은 이 집엔 멀쩡한 식사용 다이닝 룸도 따로 있었다.

영진과 박 여사님, 그리고 영감님은 주방의 디귿자 모양의 광활한 싱크대 옆에 놓은 6인용 식탁에서 식사를 했다. 물론 그 식탁은 유사시에 어마어마한 식사 준비를 위한 보조 조리대가 되는 공간이었다. 그러나 그 주방 옆엔 따로 그림 같은 대리석 식탁이 놓여 있고 천정엔 모던한 이 집의 인테리어와는 어울리지 않게 화려한 샹들리에가 달린 다이닝 룸이 따로 있었다.

저기서 식사를 하지 않는 이유는 접시 등을 매번 날라야 하기 때문이었다. 게다가 거기도 이 집의 특징같이 두꺼운 문이 달려 있었다.

"너무 멀어요. 그냥 여기서 하든지 번잡하면 위층에서 드세요."

"알았어."

김 선생님은 포기한 듯 그냥 식탁에 앉았다.

그 불고기 때문에 전 지쳐 죽을 것만 같거든요.

영진은 자포자기한 채로 건너편에 앉았다.

자꾸 반대편에서 비웃는 거 같아서 영진은 고개를 들지 못했다. 어째… 어제보다 더 맛이 없네.

확연하게 느껴지는 맛의 차이에 영진은 더 죽을 맛이었다.

물론 이번에도 역시 한마디 말도 없이 그나마 차려 준 '음식'들을 다 먹고 올라가면서 김 선생님은 다시 커피를 마시러 오라고 했다.

그러나 커피를 얻어먹기엔 커피값을 못 하고 있다는 것을 잘 알고 있기에 영진은 대답하지 않았다. 할 일을 해야지. 위층에 올라가긴 싫어서 주방 정리를 하고 거실을 청소하고 빨래를 돌렸다. 그리고 묵묵부답인 휴대폰을 원망스럽게 쳐다보다가 영진은 냉장고를 뒤적이며 대체 안에 있는 걸로 뭘 할 수 있을까 고민해야 했다.

가장 간단한 건 스테이크 아닌가?

그러나 검색을 하고는 다시 절망에 빠졌다. 할 수 있을까…….

소스도 어디 있는 거 같은데. 그래도 영진은 열심히 준비를 했다. 야채도 꺼내 놓고…….

그때였다. 휴대폰에 문자가 왔다. 반가운 박 여사님일까 싶었지만 그렇지 않았다.

[왜 안 올라와?]

한참 째려보던 영진은 답장했다.

[바빠요.]

너님 식사 준비 때문에 너무 바쁘거든요.

고기를 꺼내서 인터넷에서 보듯 올리브 오일과 각종 향신료로 마리네이드란 걸 하고 있을 때였다. 갑자기 주변이 어두워진 걸 느낀 영진은 불을 켜야겠다 싶었다. 불을 켤 시간이 아닌데…….

막 불을 켜려는데 갑자기 굉음이 났다.

우르르르— 꽝…….

천둥이 치는 소리였다. 그러곤 빗소리가 요란하게 나기 시작했다.

주방 쪽 창은 거실과는 달리 항상 열려 있었다. 그리고 주방에서 박여사나 그녀의 거처로 가는 쪽 복도의 창도 다 열려 있었다. 그런데 갑자기 하늘에서 비가 퍼부었다. 천둥번개 소리도 요란하게. 어이가 없을 시간도 없었다.

영진은 안 되겠다 싶어 주방의 창문을 닫고 복도로 뛰어나갔다.

"에구!"

비명 소리가 절로 날 만큼 비가 들이치고 있었다. 영진은 흠뻑 젖은 복도에서 미친 듯이 쏟아지는 비가 들이치는 창문들을 닫고 자신의 방까지 뛰어갔다. 제 방 창도 좀 열어 놓는 게 버릇이었기에.

방 창문도 닫고 나자, 영진은 밖에 빨랫감을 널었다는 걸 기억해 냈다.

게다가 정자에는 박 여사의 여러 가지 말리는 나물들도 있었다.

"으악!"

저도 모르게 소리를 지른 영진은 집 밖으로 나가려고 했지만 비의 기세가 워낙에 대단해서 발걸음을 머뭇거리게 했다. 게다가 요란하게 내리치는 천둥번개까지…….

그러나 투철한 사명감으로 하얀색의 침대 시트와 빨랫감을 마치 전쟁터에서 전우를 구하듯 들고 뛰어 들어왔다. 하지만 정자 밑의 물건까지 살릴 방법은 없어 보였다.

그야말로 순식간에 일어난 일이었다.

마치 무슨 전쟁이라도 난 듯 비바람이 몰아치고 천둥번개가 치는 와중에 겨우 집 안에 들어온 영진은 완전히 물에 빠진 생쥐 꼴이 됐고 집 안은 깜깜했다.

영진은 겨우 빨랫감을 세탁실에 넣고 그나마 불이 켜진 주방으로 왔다. 제 몸에서 물이 뚝뚝 떨어지는 걸 느끼곤 씻으러 가려고 하는데 갑자기 꽝 하는 소리와 함께 불이 뻔쩍하고는 우당탕 소리가 났다.

놀란 영진이 저도 모르게 엄마야 하고 소리를 지르자, 갑자기 환하게 켜져 있던 주방 불이 퍽 소리를 내더니 일제히 꺼져 버렸다.

주변은 순식간에 암흑으로 물들었다.

암흑 속에서 쏴아아아 하는 빗소리만 났다.

주방만은 이중창이 아닌 건지, 아니면 환기를 위해서 어딘가가 트여 있어서 그런 건가. 놀란 영진은 더듬더듬 스위치 있는 곳으로 갔다.

쾅! 콰쾅쾅!

굉음과 함께 순식간에 밝아졌다 다시 어두워졌다.

"으악!"

영진은 저도 모르게 또다시 소리를 지르며 주저앉았다.

'아빠······. 아빠!'

'시끄러워! 좀 닥쳐!'

강제로 질질 끌려서 작은 방에 내동댕이쳐진 아이는 울지도 못했다. 천둥이 미친 듯이 쳐서 좁은 방 안은 번쩍거리고 있었다.

엄마는 아직 오지 않았다.

'이 우라질 년! 왜 안 오는 거야! 서방은 굶어 죽으라는 거야!'

천둥번개가 치는 소리가 무서운 건지, 아니면 밖에서 고래고래 소리를 지르는 게 더 무서운 건지 알 수가 없었다.

기억은 거기까지였다.

그리고 그 기억은 지워졌지만 가끔 간헐적으로 튀어나와 공포와 함께 저를 짓눌렀다.

자라면서 아무렇지도 않아졌지만 지금은 그렇지 못했다.

"으아아악!"

영진은 그 와중에 희미하게 환한 곳이 보이자 그곳으로 뛰었다. 그건 2층으로 향하는 중문이었다. 미친 듯이 중문을 열고 계단을 뛰어 올라갔다.

그 요란한 비가 쏟아지는데도 2층은 고요했다. 다만 어둠이 짙게 드리워져 있었다. 영진은 숨이 차도록 뛰어 올라왔지만 그 어둠 속에서 마치 무언가가 제 몸을 붙잡고 있는 듯 움직이지도 못하고 멍하니 서 있었다. 2층은 제가 뛰어 올라올 만한 장소가 아니란 걸잘 알고 있기 때문인지도. 그러나 곧 다시 뛰어야 했다.

쾅쾅거리는 소리가 어디선가 멀리서 들려왔고 곧 번쩍거리는 섬광이 어둠에 싸인 서재를 찢어발기고 있었다. 영진은 뛰었다. 그리고 그녀가 아는 익숙한 문을 벌컥 열었다.

거긴… 반짝거리는 모니터의 불빛과 사람이 있었다.

김 선생님이.

"어? 왜……!"

"죄… 죄송해요……."

남자는 마치 생쥐처럼 홀딱 젖은 여자가 갑자기 뛰어 들어와서 놀랄 수밖에 없었다. 그도 그럴 것이, 이 집에 온 뒤로 제 방에 누군가 이렇게 뛰어 들어온 적이 한 번도 없기 때문이었다. 그는 저도 모르게 벌떡 일어나 인이어의 버튼을 눌렀다. 그 순간 쾅 하는 소리와 함께 번쩍거리는 섬광이 났고, 여자는 소리를 지르며 그에게 다가왔다.

눈앞엔 시뻘건 불길이 순식간에 그어졌고, 그는 자신도 모르게 두 팔을 내밀어 뛰어든 여자를 그러안았다……

그의 작업실은 완벽하게 외부음이 차단되는 곳이었다. 이 건물 자체가 그런 의도로 지어졌고 창호는 그야말로 최고급으로 돈을 엄청나게 들여서 만들었다. 그러나 밖을 보고는 싶었다. 계절이 지나가는 것, 나뭇잎들이 흔들리는 것, 비가 쏟아지고 눈이 쌓이는 거 같은…….

그래서 이 집은 창이 많고 두꺼웠다.

그리고 이 집엔 전기 장치가 구획별로 다 개별적으로 설치되어 있었다. 영천 댁이 신줏단지같이 모시는 냉장고들과 아래층 전열기, 그리고 위층 전열기와 그의 작업실은 네 개의 섹터로 나뉘어져 있었다. 그중에 냉장고와 그의 이 작업실은 비상 발전기로 만약을 대비하게 만들었다. 이곳이 워낙에 외진 곳인 데다가 냉장고들과 컴퓨터는 전원이 끊어지면 골 아프니까.

천둥번개가 작렬하고 있었지만 그의 세상은 늘 그렇듯 고요했다. 할당된 작업량을 마쳐야 했고, 그래야 저녁을 먹으면서 여자와 대화를 나눌 수 있을 거 같았다. 그래서 열심히 오늘 해야 할 일을 하고 있었다. 그러다 갑자기 어두워졌고 그는 불을 켜고 작업을 계속하고 있었다. 워낙에 산속이라 일기 변화가 무쌍하다는 걸 여기서 몇 년 살면서 잘 적응하고 있었기 때문이었다.

그런데 갑자기 그녀가 들이닥쳤고 당황한 그는 이유를 물으려고 인이어의 스위치를 껐을 뿐이었다.

그때 커다란 낙뢰가 떨어졌고 그 둔탁한 소음은 그대로 전달되었다.

그도 놀랐고, 인이어 따위가 없는 여자도 놀랐다.

그래서… 이렇게 된 것뿐이었다.

푹 젖어 버린 여자에게서 미세하게 나는 땀 냄새, 그리고 물비린내……

그러나 그것보다 더 당혹스러운 건……. 지난 몇 년간… 타인과는 옷깃도 스쳐 본 적이 없는 그에게 쏟아진 낯선 타인의 감촉.

최근 몇 년간 그저 타인의 손길이라곤 피를 뽑기 위해 살갗을 뚫어 대는 바늘을 짚은 손길뿐이지 않았나…….

그러나 이건… 굉장히 감미로운 기분이었다. 타인이라니, 그것도 샤르트뢰즈라니……

"아, 죄… 죄송해요."

그러나 그 감미로운 시간은 금방 사그라졌다.

화들짝 놀란 여자가 제 품에서 사라졌다.

샤르트뢰즈 사이에 컴퓨터의 본체가 만들어 내는 시커먼 소음이 끼어들어 눈앞에서 뭉글거렸다.

"뭐야, 다 젖었잖아."

"그… 그게……."

다시 어디선가 둔중하게 쾅쾅거리는 소리가 시뻘겋게 쏟아졌다.

"아……."

여자가 지긋하게 이를 악무는 게 그 사이로 보여서 그나마 다행이었다.

"여기……. 날씨가 지랄맞아. 밑엔 괴괴한 게 무서웠겠네. 저기 욕실에서 좀 씻어. 감기 걸리겠어."

"아래층에… 전기가 나가서……."

"그래? 두꺼비집이 내려간 모양이네. 감기 걸려. 우선 씻어."

그는 여자의 손을 잡고 욕실 앞까지 끌고 갔다.

영진도 하는 수 없이 욕실로 들어가야 했다. 비를 쫄딱 맞고 흠뻑 젖은 건 사실이니까.

여자가 문 안으로 들어가자 그는 다시 인이어를 켰다. 그제야 뿌옇던 시선이 맑아졌다. 창밖을 내다보자 세차게 비가 쏟아져 내리고 있었다. 한참 글을 쓰고 있었던 그는 저장 버튼을 누르고 컴퓨터 전원을 껐다. 이 집에선 처음 있는 일이었다. 글을 쓰다 말고 컴퓨터를 끄다니…….

본체를 어디 안 보이는 곳에 설치해야 했던 걸까.

그는 인이어를 다시 눌렀다. 방 안이 조용해졌는지 시야가 아무런 이상이 없었다. 그는 귀에서 인이어를 빼서 케이스에 넣었다. 그러곤 문득 생각이 나서 드레스 룸으로 갔다.

미쳤지……. 아니, 어떻게 남자한테 뛰어들 생각을 했을까.

잠시 돌았나 보다 싶었다. 괜히 그 뒤에 떠오르는 감촉 같은 걸 잊어버리려는 듯 머리에 샴푸질을 하고 벅벅 문대 봐도……. 그 생각은 없어지지 않았다. 이 낯짝으로 어떻게 저 남자를 본단 말이야.

머리를 감고 나서야 생각이 든 건… 낯짝이 문제가 아니라는 사실이었다. 중요한 건 제 옷이 흠뻑 젖어 버린 거였다. 게다가 얼마나 비가 세차게 내렸는지 속옷까지 다 젖어 버렸다. 당황한 영진은 어떻게 해야 하나 싶었다. 그때였다. 문밖에서 노크 소리가 났다.

"옷 젖은 거 같아서……. 문 앞에 있으니까 갈아입어. 난 서재에 있을 테니까."

하, 대박…….

영진은 그제야 안심했다.

저 남자 나사가 빠지긴 했어도 매너는 있었구나.

빼꼼히 욕실 문을 열자 욕실 앞에는 옷 뭉치가 있었다. 얼른 손을 내밀어 그 옷들을 집어 들었다. 그러나… 남자의 매너는… 참 무심한 김 선생님다웠다. 옷 뭉치는 그 남자의 것이 분명해 보이는 티셔츠와 반바지였다. 그나마 반바지는 스트링으로 허리를 조절할 수 있는 거였다.

그러나 중요한 건……. 속옷 아닌가.

영진은 멍하니 그걸 보고 있다가 생각했다. 대충 입고 아래 내려가서 갈아입으면 될 테니까.

이게 어디야.

손끝이, 제 온몸이, 마치 따로 노는 것 같은 기분이었다.

이건 뭘까.

창밖에선 끊임없이 번쩍거리고 있었다. 그때마다 핏빛의 줄무늬가 작렬했지만 그는 상관없었다. 관심이 없는 듯, 무심한 듯, 그는 자신의 적막한 작업실에서 작업을 중단한 채 여자를 기다리고 있었다.

작업실에서 아무것도 하지 못한 채—일부러 컴퓨터를 꺼 버렸으니까—타인을 기다리는 건 처음이었다. 그러나 나쁘지 않았다. 그게 문제였다.

물비린내가, 여자한테 나던 냄새가, 여자가 줬던 감촉이… 자꾸만 이물거렸다. 손끝 어딘가가 미끌거리는 기분이었다. 마치 여승의 머리를 처음 만진 '아Q' 가 된 기분이었다.

그는 벌떡 일어나서 다이닝 룸으로 갔다. 커피를 내렸다. 요란한 소리가 시커멓게 흩어졌다. 밤엔 커피를 마시지 않는다는 자신의 철칙을 깨고 있었다.

그 여자는… 그런 존재가 돼 가고 있는 걸까.

젠장…….

매너는 좋은데 센스는 없는 남자를 원망하면서 옷을 입고 나와야 했다. 허한 위아래……. 얼른 내려가야지. 자신의 젖은 옷은 수건으로 돌돌 말아 구석에 처박아 두었다. 어차피 욕실 청소도 자신의 담당이니까 청소할 때 가져가야지 하고서.

살금살금 욕실을 나서자 늘 그렇듯 적막이 가라앉아 있었다. 욕실은

침실과 연결되어 있었다. 침실을 나서야 작업실이고, 거기서 다시 작은
다이닝 룸을 지나야 서재로 나갈 수 있는 구조였다. 영진은 마치 고양이
처럼 살금살금 다이닝 룸으로 가니 텅 비어 있어 다행이었다. 이제 저
문만 나서면 되는데…….

"괜찮아?"

"아… 네."

컴퓨터도 다 꺼져 있었다. 아까는 분명히 작업 중이었는데……. 날…
기다린 건 아니겠지. 얼른 아래층으로 가야 저녁도 준비하고 그래야 하
는데…….

꽈광꽝…….

"으악……."

기다리고 있었는지도 몰랐다.

감촉은… 영영 잊히지 않을 만큼 감미로웠다. 칙칙하게 젖어 있었을
지라도. 그러나 낯선, 하지만 원초적인 포만감이었다. 인간의 인간을 향
한 욕구, 그리고 거기서 오는 쾌락……. 매일 글로 쓰고 있었던 욕망, 욕
정, 그리고… 소유욕…….

제 글 속의 인물들은 자유로웠다. 어디든 갈 수 있었고, 무엇이든 할
수 있었고, 무엇이든 가질 수 있었다. 남의 여자를 가로챌 수도 있었고,
사랑하는 사람을 위해 희생할 수도 있었다. 클럽에서 내 여자를 위해 주
먹을 휘두를 수도 있었고, 마음을 준 정인을 위해서 외교적인 특혜를 마
다 할 수도 있었다. 핵미사일을 분해할 수도 있었고 국가 간 기밀을 빼
낼 수도 있었다.

그랬었다…….

핏빛 낙뢰가 텅 빈 공간에 가득 찼다. 지금까지 작렬한 것보다 더 강
렬했다. 하지만 그런 거 따위… 아무렇지도 않았다.

시각적인… 것에 대해선 통달했다.

다만, 그의 앞엔 물 냄새가 가득했다. 비 때문에 생긴 물비린내가 아니라 제가 좋아하는 보디 클렌저 향이 섞인 물 냄새……. 그리고 그 여자의 살갗 향기. 그나마 생각하고 갖다준 제 옷가지는 꽤 컸다. 예상하고 있었지만 훨씬 더.

그러나 상관없었다.

순간에 내리친 천둥소리는… 그의 편이었을까.

으악 하고 소리친 여자는 제 품으로 달려들었고 그는 두 팔로 그걸 맞아들였다.

타인의 체온은 짜릿했다. 그래서 제 속에 깊이 가라앉아 있던 무언가를 헤집어 내려고 했는지도 몰랐다. 다시 굉음이 터졌다. 사방이 번쩍거렸다. 파들거리는 따뜻한 몸뚱이는 제 품으로 더 파고들었다. 정신이 몽롱해지는 기분이었다. 한 번도 느껴 본 적 없는 감미로움과 동시에 끓어오르는 어떤 것이 느껴졌다. 그는 혼미해지는 정신을 가다듬고 여자를 안았던 손을 풀었다.

놀랐고, 또 당황한 여자의 얼굴은 붉은 기가 서려 있었다.

물기 젖은 여자의 얼굴, 타인의… 입술.

전혀 하등의 이유가 없는데, 그냥… 그러고 싶었다. 전혀 아무 감정 같은 건 없었는데…….그냥 제 칙칙한 소음들을 뚫고 나온… 그 찬란한 연둣빛이 신기했을 뿐인데.

외로움일 게 분명했다.

그러나 뭐라고 변명을 하든 간에 그는 손을 내밀어 아직도 물기가 남아 있는 것 같은 여자의 얼굴을 감쌌다.

아주 잠깐 후회할 게 분명하다고 생각했다. 하지만 그건 찰나였다.

요란한 소리를 내며 다시 서재는 핏빛으로 물들었다. 그러나 그는 아랑곳하지 않고 당황한 듯 자신을 올려다보는 여자에게 고개를 숙였다.

내내 글로 쓰기만 했던 타인의 입술의 맛은… 이런 거였다.

9

수많은 입맞춤, 달콤한 키스, 욕정에 사로잡힌 헐떡임, 눈물에 젖은
이별의 인사, 의미와 느낌과 감정과 환희, 슬픔…….

제 손으로 썼던 그것들은 모두 거짓이었다.

그런 생각이 든다는 것 자체가… 모순이었다. 머릿속은 하얗게 바래
버리고 남은 것은 뜨거운 감촉뿐이었다. 물 냄새, 타인의 숨결, 매끌거
리는 감촉, 느껴 보지 못한 온기…….

그리고 멈추고 싶지 않았다…….

영진은 눈을 감고 말았다. 그러자 모든 신경은 단 한 군데로 집중되어
버렸다. 타인이 닿아 있는 곳, 당혹스러운 열기, 그리고 깊어지는 움직
임.

닿아만 있던 입술은 속으로 파고들었다. 그녀의 심장을 대변이라도
하듯 다시 창밖에는 번쩍거림과 굉음이 울렸다. 그러나 그녀는 움직일

수가 없었다. 귓가에 남자의 숨소리가 밖에서 전쟁을 하듯 터지는 천둥 번개보다 더 크게 들리는 것 같았다.

그러다 불현듯 남자의 입술이 그녀에게서 떨어졌다.

타인의 체온과 감촉이 사라지자 당황한 영진은 눈을 떠야만 했다.

아… 이게 대체 뭐야.

지금 뭘 한 거지.

남자가 절 내려다보고 있었다. 원래 키가 큰 사람이니까. 그런데 저 표정은 뭐지. 대체 이게 왜…….

깨닫기라도 한 건가? 자신이 지금 어이없는 짓을 하고 있다는 걸. 청소나 하는 김 양을 데리고 이게 무슨 짓인가 하고 현타라도 밀려왔나?

그때였다. 그런 그녀의 생각을 전해 듣기라도 한 듯 굳어졌던 얼굴은… 그와는 반대였던 모양이었다. 남자가 다시 고개를 숙였다.

영진은 자신도 모르게 눈을 감고 말았다. 아까보다는 더… 끈적거리는 욕망이 묻어나는 타인의 입술이 느껴졌다. 그리고 그 입술을 열고 들어온 것은 전혀 다른 감촉으로 그녀의 속을 헤집었다. 그 느낌의 끝은 하얗게 부서졌다. 제 몸을 감아 오는 탄탄한 팔뚝도 느껴졌다.

매일 들고 내려가는 남자의 하얀 시트와 이불에서 느껴지는 옅은 타인의 냄새가 저를 감쌌다. 낯설지 않은… 타인의 체취. 그게 불쾌하지만은 않았었다. 아니, 그 반대인가.

타인의 입술과 그 속의 다른 것과 그리고 느껴 본 적이 없는 체온이 그녀의 정신을 몽롱하게 만들었다.

여자의 여리여리한 몸이 제게 감겨 오는 기분이었다. 달고 부드럽고 뜨겁기까지 한 타인의 입술, 매끈한 젖은 얼굴, 그리고 가느다란 턱……. 그리고 문득 제 팔에 닿는 헐렁한 제 옷 사이의 몽글거리는 것 같은 여자의 몸……. 그렇게 하려 한 것이 아니었다. 머릿속으론 분명히 그랬을 것이다. 그러나 뭔가 연결선이 끊어져 버린 것 같은 몸뚱이가 저절로 움직인 것 같았다.

헐렁한 제 티셔츠 밑의 뜨겁고 보드라운 살갗이 왜 만져지는지 생각나지 않았다. 충분히 맛본 것 같은 입술 대신 물 냄새 나는 턱과 목에 입술을 찍어도… 갈증이 가실 것 같지가 않았다. 그는 저도 모르게 여자를 안아 올렸다.

무슨 일이 벌어진 건지… 당황스러웠다.

그러나 몸은 말을 듣지 않았다. 소리를 지르거나 반항을 하거나 아니면 도망이라도 갔어야 하나. 원래 그래야 하는 거 아닌가.

하지만 그 어떤 일도 일어나지 않았다. 오히려 저도 모르게 두 팔을 내밀어 남자의 든든한 목줄기를 감은 것도 모르고 있었다.

요란한 소리를 내며 또다시 번쩍거리고 있었지만 그걸 느낄 새가 없었다. 목줄기에 느껴지는 열기에 저도 모르게 부르르 떨었을 때, 제 몸이 번쩍 들리는 걸 느꼈다. 뭔가 머릿속에 종소리라도 울려야 할 것만 같은데 어울리지도 않게 요란한 천둥소리만 울리고 있었다.

그러나 곧 푹신한… 보기만 했지 누웠을 때 감촉 같은 걸 생각해 보지 않은, 늘 빨아서 구김 없이 개느라 바빴던, 햇볕에 보송보송하게 말라 있었을 하얀 침대의 바스락거리는 소리와 함께 거칠어진 숨소리가 귓가에 가득해져서야 영진은 지금 무슨 일이 벌어지고 있는지 깨달았다.

지금 당장 일어나서 저 괴괴한 어둠 속에 있는 계단을 내려가 깜깜한 주방 옆에 흠뻑 젖은 복도를 지나 내 방으로 뛰어가야 하는 걸까. 아니면… 다시 부드럽게 내려앉는 이 입술의 주인과 뭔가 더 해 봐야 하는 걸까.

그 망설임은 아주 짧게 끝나 버렸다. 아래층에 있는 제 침대와는 완전히 다르게 포근하고 푹신한 침대의 느낌도 잊어버릴 듯한 남자의 뜨거운 체온이 제 위를 덮었다.

머릿속에서 벌어지는 것들이 밖으로 기어 나오기라도 하는 듯 천둥번개는 더욱더 요란하게 방 안을 휘저었다. 분명히 그 잔인한 소음들이 자신을 생각도 못 한 행동을 하게 떠밀었건만, 지금은 그 소리가 전혀 들리지 않았다. 들리는 것은 오직 남자의 거친 숨소리와 그것 못지않은 제 숨소리뿐.

채 닫지 못한 문 사이로 불빛이 새 들어오고 있었다. 그러나 그녀의 눈은 빛이 보이지 않았고, 그녀의 귀는 찢어지는 천둥번개 소리가 들리지 않았다.

타인의 뜨거운 입술이 제 살갗을 뜨겁게 달구고 있었다. 얇은 면 티 위로 느껴지는 남자의 체온이 자신의 혈관에 흐르는 피를 가열하고 있는 것 같았다. 그때였다. 남자의 뜨거운 손길이 제 가슴 위를 덮었다. 목덜미에 느껴지는 축축하고 뜨거운 입술의 흔적에 온 신경이 가 있던 그녀는 제 가슴 위의 돌기에 느껴지는 전혀 다른 감촉에 저도 모르게 꿈틀거리듯 움직거리고 말았다. 작고 무의식적인 몸짓이었지만 이미 모든 신경을 여자에게 집중하고 있던 남자는 그것을 알아차린 듯 천천히 얇은 면 티셔츠 위를 쓰다듬기 시작했다.

아… 뭔가 이상해…….

아주 잠시 이게 잘못된 것일지도 모른다는 생각에 그는 망설이고 있었던 것일지도 몰랐다. 아무 관계가 없는 사람들, 막연하고 일방적인 호감, 마치 버스 정거장에서 처음 본 같은 학교 여학생이 묘하게 신경 쓰이지만 막상 다가가 사귀자고 선뜻 말을 꺼내기 힘든 그런 상황처럼.

그냥 아주 오랜만에 본 '젊은' 여자였다. 제 맘에 드는 것 하나 없었던 낯선 불청객이었을 뿐인데 아무도 이해하지도, 동감하지도 못할 샤르트뢰즈의 청아한 빛 때문에 여자를 되돌아보았을 뿐이었다.

사고를 당하고 아무도 믿어 주지 못하는 '병'을 품은 채 산속에서 숨어들듯 사는 동안에 멀쩡한 제 사지가 가끔 이유 있는 열기를 토해 내도 그때뿐이었다. 그리고 또다시 평온을 찾아 갔다. 그래 왔었다……

머뭇거리던 남자의 손이 천천히 그녀의 옷 속으로 들어왔다. 원래 남자의 것이었던 헐렁한 옷 사이로 따뜻하다 못해 뜨거운 손이 닿았지만 그녀는 저도 모르게 소름이 돋는 기분이었다. 그래서일까, 잠시 손길은 멎었고 영진은 다시 눈을 감았다. 그냥 있어야 할까, 아니면 저 손을 잡아서 다음에 일어날 일을 막아야 하는 걸까……

그녀가 머뭇거리는 사이에 커다란 손은 천천히 그녀의 가슴을 덮었다. 영진은 소리를 내지 않으려고 숨을 삼켰다. 천천히 제 가슴을 배회하다 돌기를 만지작거리는 손끝 때문에 영진은 고개를 돌리고 말았다.

온 신경이 한군데로 몰리고 있었다. 남자의 손길이 천천히 배회하고 있었다.

뭔가가 더… 필요해.

입 밖에 내지 않았는데… 옷자락을 걷어 올린 남자의 손 대신 뜨거운 입술이 제 가슴에 닿았다.

"아……"

영진은 저도 모르게 소리를 내고 말았다.

남자의 부드러운 입술 끝으로 모든 감각이 집중되고 있었다. 자꾸만 다른 소리가 새어 나오는 것 같아 그녀는 입술을 앙다물었다. 그걸 알아챈 걸까.

남자의 입술이 다시 그녀의 입술에 닿았다. 젖은 남자의 입술은 아까보다 훨씬 뜨겁고 강렬했다. 영진은 저도 모르게 손을 내밀어 남자의 목덜미를 감쌌다.

남자는 강렬하게 그녀의 혀를 빨아들이더니 몸을 일으켰다. 덕분에 그녀의 팔도 풀어지고 말았다. 어둠 속에서 남자는 제 윗옷을 벗어 던졌다. 그러곤 손을 내밀어 걷어 올린 영진의 티셔츠도 벗겼다. 영진은 저도 모르게 팔을 들어 그걸 도와주고 있었다.

이제는 멀어지는 걸까. 천둥소리가 다시 났지만 아까처럼 대단하진 않았다. 그러나 그녀에겐 아까와는 다른 더 강렬한 감촉이 몰려왔다. 남자는 아까보다 더 세게 그녀의 가슴을 물어 왔고 그 때문에 여자의 머릿속은 하얗게 바래 버렸다.

원하는 건… 이게 다가 아닐지도…….

남자의 입술이 아래로 향했다. 그만해야 할 거 같은데… 어떻게 할 수가 없었다. 그냥 쏟아지는 감촉들에 헐떡거리며 쫓아가는 것밖에는……. 남자의 손에 의해 옷이 마저 벗겨지고 남자의 뜨거운 살갗이 닿았을 때도 영진은 어쩌지 못했다. 제 깊은 속을 물어 가는 타인 때문에.

그러나 영진은 모르고 있었다. 이미 이성이라곤 사라져 버린 남자의 머릿속엔 쉽사리 젖어 들지 못하는 제 몸 어느 구석에 대한 갈등만 가득 차 버렸다는 걸.

남자의 커다란 손이 그녀의 아래를 쓰다듬었다.

"아……."

통증 때문인지 혹은 다른 것 때문인지 알 수 없는 모호한 소리가 새어 나왔지만 남자는 멈추지 않았다. 과감해진 손가락은 그녀의 안쪽까지 파고들었다.

"음……."

낯선 움직임은 집요했다. 어딘가 불편해진 여자는 몸을 움직거렸지만, 상대는 그걸 아랑곳하지 않았다. 뭔가 불편함과 그것과는 또 다른 기분이 울컥거리며 비어져 나왔다. 그러나 그녀를 움직이지 못하게 만드는 건 타인의 열기였다. 아침마다 들고 내려오던 이불에서 나던 체취… 그 열기의 향이 그녀를 옭아매고 있었다.

그 향의 주인은 한계에 다다른 듯 몸을 일으켜 자신의 남은 옷을 다 벗어 버렸다. 어둠 속에서 요란한 낙뢰 소리가 배경 음악처럼 깔렸지만 영진에겐 그 소리보다 남자의 옷이 바닥에 떨어지는 소리가 더 크게 들리는 듯했다. 다시 제 위로 겹쳐지는 남자의 낯선 열기가 가득한 살덩이가 제 벗은 허벅지에 닿았다. 그것이 주는 막연한 기대와 두려움을 잊게 만드는 건 남자의 뜨거운 입맞춤이었다.

그 운동실에서 보았던, 경이로움마저 느끼게 만든 아름다운 남자의 몸이 제 위에 열기를 내며 끈적거리고 있었다. 영진은 두 팔을 내밀어 남자의 목을 안았다.

뭔가… 내가 원하는 것을 줘…….

여자의 들리지 않는 외침이 닿았는지 막 준비가 될 듯 말 듯 한 여자의 몸속으로 뜨거운 것이 서성였다. 여자의 엉거주춤하게 서 있는 허벅지를 붙잡은 손짓마저 욕망으로 끈적거리고 있었다.

"아…….."

그녀의 입에서 다시 낯선 소리가 새어 나왔다.

그 소리를 볼 수 있다면… 그러나 그건 그의 아주 찰나의 바람일 뿐이었다. 지금 중요한 건 그게 아니니까. 남자는 여자의 속으로 저를 밀어 넣었다. 아직도 잔뜩 굳어진 게 느껴졌지만 이젠 어쩔 수 없었다.

"아…….."

아까와는 다른 소리였다. 하지만 이젠 배려 같은 걸 할 만큼 여유가 없었다.

"조금만…….."

그의 입에서도 쉰 소리가 나왔다.

잊고 있었던, 이제는 더 이상 필요도 없다고 생각했던… 그런 감촉이었다. 그는 저도 모르게 몸을 움쩍거렸다.

"아악…….."

그는 두 팔을 내밀어 여자의 가느다란 허리와 목덜미를 감싸 안았다. 이 순간 죽는다고 해도 어쩔 수 없었다. 고개를 숙여 여자의 빳빳하게 선 가슴 돌기를 입에 물었다. 그러곤 더욱더 세차게 허리를 움직였다. 여자의 신음 소리가 고통인지 아니면 환희인지 구별할 수 있었으면 좋았겠지만, 그건 요원한 일이었다.

아파…….

소리치고 싶었다. 그러나 그러지 못했다. 그것과는 다르게 남자가 저를 꽉 끌어안는 순간 고통이 사라지는 기분이었다. 누군가에게 안긴다는 건… 통증 따위를 잃어버릴 만큼 감미로운 것이었다. 그리고 제 속에 느껴지는 둔중한 통증은 뭔가 다른 것으로 이어지고 있었다.

뭐지… 아악… 뭐야…….

고통은 지속되었다. 쉬이 끝날 것 같지 않았다. 그리고 움직임이 격해질수록 고통은 사라지는 기분이었다. 그녀가 몸을 일으키려 했지만 제 몸을 움켜잡은 손은 고통마저 느껴질 만큼 강했다. 더 이상 참기 힘들다고 느꼈을 때, 뭔가 찌릿거리는 느낌 사이로 통증을 유발하던 움직임은 부르르 제 속에서 떨리더니 멈췄다. 그러곤 사라져 제 배 위에 뜨거운 것을 토해 내고 멎었다. 귓가엔 처음 듣는 남자의 거친 숨소리가 가득 찼다.

"하……."

언제부터인지 세상은 고요해져 있었다.

콰르르르릉…….

저 멀리 낮은 굉음이 울렸다. 제 귓가의 숨소리가 잦아들고 나서야 들을 수 있었다. 축축하고 열기가 식어 가는 남자의 몸이 제 위에서 아직도 격한 심장의 고동을 울리고 있었다.

일어나고 싶은데… 저도 모르게 움찔거린 모양이었다. 격하게 숨만 내쉬고 있던 남자가 영진의 젖은 머리카락을 쓸어 올리면서 말했다.

"잠깐만… 이렇게 있어."

남자의 젖은 목소리가 채 끝나기도 전에 다시 우르릉거리는 굉음이 낮게 깔렸다.

그가 몸을 일으키더니 그녀의 입술에 입을 맞췄다. 어딘가 짠 기가 느껴지는 기분이었다. 그러곤 낮은 목소리로 속삭였다.

"내게… 와 줘서 고마워."

제가 늘 청소만 하던 욕실에 들어와서야 지금 어떤 일이 벌어진 건지 정리란 걸 할 수 있었다. 뭐가, 어떻게 된 건지는 모르겠지만. 적어도 확실한 건 제 고용인인 '김 선생님'과 '관계'를 가졌다는 거였다. 물론 앞에 성스러운 접두사가 빠졌지만. 영진은 미끌거리는 것을 애써 모른 척했다.

이제 어쩌지? 문밖에 나가면 어떻게 해야 하는 거야?

드라마건 혹은 소설 속이건 오로라 공주처럼, 좀 감상적이고 뇌조차 핑크핑크 했으면 좋겠다 싶었다. 그러나 제 캐릭터는 절대 그런 캐릭터가 아니었다. 모든 원인 제공은 제 자신이었다. 왜 위층으로 뛰어 올라와서, 왜 멀쩡하게 있던 남자 품에 뛰어들어서, 왜 또…….

당해도 싸지.

얼마든지… 거부할 수 있었다고 생각했다. 아니었을 수도 있었지만. 그러나 그건 생각하지 않기로 했다. 막 미친 듯이 좋았던 건 아니지만 나쁘지도 않았다. 그럼 된 거였다. 그런데 문제는… 대체 이 문 밖으로 어떻게 나가느냐였다. 여전히 똑같은 남자의 욕실이었고 아까와는 다르게 아무것도 걸칠 것이 없었다. 제기랄…….

문득 생각났다.

위층에서 내려오는 빨래 중에 제가 한참 부러워했던… 하얀 바스 가운!

영진은 수납장에서 가운을 찾아 입고 빼꼼히 욕실 문을 열었다. 아무도 없나? 어두운 침실은 텅 비어 있었다. 대신 뭔지 모를 열기가 떠도는 기분이었다. 불이 나갔든 어쨌든 아래층으로 가야 할 것만 같았다. 막 문 쪽으로 가는데 갑자기 문이 열렸다.

"아……."

도망을 가려고 한 건 아니었다. 아무도 없을 때 이곳을 벗어나고 싶었다. 그러나 문을 열고 들어온 사람은… 다짜고짜 그녀를 푹 안아 버렸다.

잘 쓰진 않지만, 운동실 옆에도 간단한 샤워 시설이 있었다.

달아오른 몸을 뼛속까지 시리도록 찬물로 씻어 내리면서 그는 생각이란 걸 해야 했다. 매일매일 온갖 생각에 빠져 사는 그였다. 그런데 머릿속이 텅 비어 버린 기분이었다. 이런 경우엔 어떤 말을 하고 어떻게 행동을 했어야 했지? 수많은 이야기들 속에 수많은 남녀가 예기치도 못하게 살을 섞고 하나가 되었다.

그러나… 이런 적은 없었다.

하, 대체… 뭘 한 거야.

하지만 머릿속과는 달리 제 몸뚱이는 자꾸만 방금 전의 감촉들을 곱씹고 있었다. 그래서 더욱더 아무것도 생각나지 않았다.

그때였다.

문소리가 나면서 여자가 나왔다.

아까처럼 물에 젖은 채, 제 샤워 가운을 입고…….

생각이란 걸 해야 했다. 그러나 그의 머릿속을 채운 건… 제 몸이 기억하는 아까의 감촉뿐이었다. 그리고 서툴고 조바심에만 찼던 한심함도.

영진의 얼굴에 닿은 건 남자의 맨가슴이었다. 차가운 물기가 서려 있

176

있지만 뜨거운 남자의 탄탄한 살가죽은 그 안에 든 심장의 고동에 맞춰 움찔거리는 게 느껴졌다. 어둠 속이지만 제 얼굴이 순식간에 붉어진 게 느껴졌다. 화르륵 열기가 오른 자신의 상기된 표정이 보이지 않는 게 다행이었다.

"미안."

딱히 남자가 미안해할 건 없지 않나… 다 큰 어른들이고, 뭐 강제로 어쩐 것도 아니고.

잠시의 침묵 때문이었을까. 아니면 자신의 말을 못 알아들었다고 생각했던 걸까. 남자는 저를 안았던 팔을 풀고 다시 어둠 속에서 말했다.

"미안."

"뭐가요?"

"그냥, 다."

천둥소리 따위가 들리지 않았다. 마치 거짓말처럼. 제 등 뒤에 화장실에서 새어 나오는 희미한 불빛에 남자의 날 선 얼굴이 희미하게 보였다. 마치… 현실이 아닌 것처럼.

현실이 아닌 거지. 돌았어. 내가 지금 무슨 짓을 한 거야. 홀딱 젖어서 남자 품에 뛰어들었으니 이건… 절대 이 남자만의 잘못은 아니었다. 그야말로 쌍방 과실이지.

"나도 미안해요. 트라우마가 있어요. 천둥소리에……. 그래서 실례되는 일을 했어요. 미안해요."

"아니, 그게 아니라……."

남자가 제 담담한 말에 급하게 꼬리를 붙잡았다.

그게 아니면… 뭐.

"내가… 잘못한 게 맞는데."

그냥, 좀 비켜 줄래요. 당황스럽고 창피하니까.

말을 하고 싶었지만, 차마 입에서 나오지 못했다. 눈에 어둠이 익숙해지자 남자의 젖은 머리카락이니 벗은 윗몸이니…가 보여서 정신이 사나 웠다. 그것과 꼬리를 물고 기억나는 감촉 따위가… 당황스러워서.

"나쁘지 않았다면……"

나빴나? 뭐가? 아까 그 일들이? 딱히 그렇지는…….

대답을 해야 했다. 쫌 뭣하긴 해도. 그러나 대답을 할 타이밍을 놓치 고 말았다. 아마 제 몸이 적대감이나 혹은 부정적인 느낌 따위를 풍겨 냈어야 하는데, 그러지 못한다는 걸 상대도 느낀 모양이었다. 그랬어야 했다…….

남자의 젖은 몸이 다시 제게 밀착되고 있었다. 맨살에서 향기가 느껴 졌다.

그건 제 착각임에 틀림없었다.

"아깐, 잘 못했던 거 같아. 다시 하면 잘 할 수 있어."

뭘…….

남잔, 작정을 한 모양이었다.

단언컨대, 한 번도… 단 한 번도 상상해 본 적도 없었다. 아까도 그냥 그랬다. 뜨거운 키스나 감정을 주체 못 한 게 분명한 폭발할 듯한 열기 를 품은 남자의 당혹스러운 스킨십이 주는 살갗의 느낌이 주는 쾌락보 다 제 몸속 어딘가가 느꼈어야 했던 감각은 그렇지 않았다. 그냥… 당혹 스러운 통증이 수반됐었지만 다른 감촉들이 상쇄해 주는 정도였다.

그러나… 지금은 달랐다.

"윽……"

빨간 딱지가 붙어 있던 영화나 혹은 야한 소설책의 어느 은밀한 부분 에 쓰여 있던 어이없는 의성어가 자꾸만 흘러나오려고 하고 있었다. 제 정신을 혼미하게 만들었던 남자의 뜨겁고 부드러운 혀끝이 자꾸만 파고 들었다.

제발 그만해… 입 밖으로 외치지도 못할 말을 되뇌었지만, 어쩜 그건 반어법이었는지도 몰랐다. 멈추지 마, 멈추면 죽여 버릴 거야……. 속에 가라앉아 있던 어떤 과격함이 쏟아져 나와서 당혹스러울 정도였다. 그리고 그것조차 곧 몽롱해져 갔다.

남자의 혀보다 더 뜨거운 것이 제 속을 파고들자 정신은 아득해졌다.

"……."

어디선가 무슨 소리가 들렸던 거 같은데……. 적어도 늘 듣던 새소리는 아니었다. 그러나 그야말로 눈조차 뜰 힘이 없었다. 그래도 정신을 차리려고 애쓴 건… 너무 배가 고파서였다. 아니, 배가 고픈 게 아니라 허기가 졌다. 온몸이 녹초가 된 기분이었지만, 이대로 눈을 뜨지 않으면 죽을 거 같았다.

"안… 일어날 거야?"

아, 이 목소리는… 날 이렇게 만든 그… 김 선생님.

"나 밥 차려 주는 게 그쪽 일 아니야?"

젠장, 눈 뜰 기운도 안 남긴 게 누군데……. 영진은 가까스로 눈을 떴다. 그러고 나니 더 욕이 나올 것 같았다.

주변이 환하게 밝은 거 보니 대체 몇 시나 된 걸까.

"하도 곤하게 자서 그냥 놔두려고 했는데, 아무래도 안 되겠어. 뭣 좀 먹어. 그리고 더 자든지."

다시 감기는 눈을 뜨게 만드는 건 기가 막힌 빵 냄새였다. 그리고 거기에 섞여 오는 커피 향까지.

"좀 먹지? 기운도 없을 텐데."

일어나야 하는데……. 그제야 알 수 있는 건 제가 아무것도 입지 않았다는 사실이었다.

"일어날 테니까……. 좀 나가 줄래요?"

겨우 온몸의 힘을 짜내서 말을 꺼내야 했다.

당연히 김 선생님의 커다란 욕실엔 옷 따위가 있을 리가 없었다. 그래서 다시 욕실 수납장에 있는 한참이나 꺼낸 적이 없는 게 분명한 샤워 가운을 또다시 꺼내 입어야 했다. 거울 속에 보이는 볼품없는 제 몸에 남겨진 낯선 얼룩 따윈 무시하려고 애썼다. 얼른 샤워 가운을 입고 허공을 딛고 있는 것처럼 허한 걸음으로 욕실을 나서자 침실의 문이 활짝 열려 있는 게 보였다.

젠장.

환기를 하긴 해야지. 한눈에도 눅눅해 보이는 침실엔 뭔지 모를 눅눅한 향이 떠 있는 기분이었고, 그걸 알 것만 같아서 힘없는 다리를 최대한 빨리 움직여서 그곳을 빠져나가려 애썼다.

남자가 다이닝 룸으로 쓰는 곳도 텅 비어 있었다. 젠장, 이놈의 집은 넓어서 문제야. 겨우 기운을 짜내 다이닝 룸을 지나자 제 다리를 움직이게 한 향기의 근원을 찾아낼 수 있었다.

"걷기 힘들지 않아?"

아우씨… 그런 이야기는 좀 하지 말아야 하는 거 아닙니까? 그렇게 만든 김 선생님?

10

"영천댁은 우리나라에 파티쉐라는 단어가 생기기 전부터 제대로 이 탈리안 빵을 만들어 왔을 거야. 내가 바게트보단 치아바타를 좋아하는 데 제대로 된 치아바타는 하루 정도 발효를 시켜야 하거든. 내가 변덕을 부려서 바로 달라고 할 때를 대비해서 냉동해 둔 게 있어서 천만다행이 지. 대충 찾아서 토스트 만들었는데 다 식었네."

아마, 박 여사님이 봤으면 기절을 했을지도 모를 일이었다. 감히 김 선생님한테 이런 걸 시키다니!

벌써 아침 해가 올라간 모양이었다. 고요한 남자의 서재에는 그늘이 드리워져 있었다. 새소리 하나 들리지 않는 적막한 거실은 어이없게도 탁자 위에 차려진 빵과 커피 냄새로 가득 차 있었다. 대체 어찌 된 일인 지. 게다가 또 이 옷차림새는 대체 뭐고.

"저기… 저 좀 내려가야겠어요."

배는 고프지만, 이건 아니지.

"왜? 그냥 이거 좀 먹고 가지?"

어둠 속에서… 대체 뭘 했는지 모르겠지만, 지금은 벌건 대낮이었다.

어쩌면 그건 모두 꿈이었는지도 모르지. 아니, 그랬으면 좋겠다. 적막한 산속에 살다 보니 별 이상스러운 꿈을 다 꾼 거라고……. 그렇게 여기고 싶다. 저 남자랑… 대체 뭘 한 건지… 그런 걸 기억하고 싶지 않다.

이 2층의 서재는 청소를 해야 할 곳이지 이 남자와 이런 음식을 나눠 먹는 곳은 아니니까.

"갈게요……."

라고 말하고 급하게 후다닥 아래층으로 내려가 버리려고 했다. 지독하게 근사한 커피 냄새와 빵 냄새 같은 건 얼마든지 참아 낼 수 있었다. 아니, 다행이지. 이런 상태로 식사 준비까지 하는 수고는 덜어 줬으니 다행인 거지. 그러나 제 몸은 제 의지를 따라 주지 않았다. 오히려 그 반대였다. 왜… 휘청거리고 난리야.

뭔가 핑 도는 기분이었을 때 당연한 듯 옆에 서 있던 남자가 제 팔을 붙잡았다.

"괜찮아?"

당연하게도 그렇지 않지만 그렇게 말할 순 없지 않은가.

"괜찮아요."

"왜 그래?"

남자의 목소리가 싸늘하게 들린 건 기분 탓이겠지.

왜 그러냐고, 당연한 거 아닌가.

"어젠……."

"실수예요. 죄송하게 됐어요. 말했듯이 제가 천둥번개에 트라우마가 있어서 실수했어요. 죄송해요. 그러니까 이거 좀 놓아 주시겠어요?"

빨리 내려가서 옷을 갈아입고 싶었다. 속이 허한 채로 여기 더 있을 순 없지 않은가.

"싫어."

"……"

영진은 내내 외면하고 있던 시선을 돌려 남자를 쳐다볼 수밖에 없었다. 의외로 싸늘한 목소리와는 달리 내려다보는 남자의 표정은 그렇지 않았다.

"처음은 실수라고 쳐. 하지만 그다음은 실수 아니야. 당신도 아니란 걸 알잖아."

두 번째… 미쳤던 거지.

"전… 그것도 똑같은 실수일 뿐이에요."

아마 박 여사가 봤으면 기절을 할 노릇이겠지. 자리를 비운 사이에 이게 무슨 배은망덕한 짓이냐고.

"난 아니야."

뭐라 더 대답하려 했다. 그러나 그러지 못했다. 남자는 잡고 있던 팔을 당겼다. 서 있을 힘조차 없었던 영진은 그냥 끌려갈 수밖에 없었다. 팔을 당긴 남자는 아무렇지도 않은 듯 다른 손으로 영진의 얼굴을 감싸더니 고개를 숙였다.

남자가 무얼 하려는 건지 충분히 알 수 있었다. 그러나 마치 마비라도 된 듯 움직일 수 없었다. 대신 눈을 부릅뜨고 상대를 쳐다보려 했다. 내가 원하는 것 따윈 아니라고 항의하기 위해서.

그러나 그것조차 하지 못했다…….

아주 익숙한 듯, 남자의 입술은 그녀의 입술을 삼켜 버렸고, 당연하다는 듯 속을 벌리고 들어왔다. 왜, 거기에 이렇게 어이없게 말려드는지는… 아마 밤새 이 남자의 몸짓에 익숙해져 버린 빌어먹을 몸뚱이 탓인지도 몰랐다.

무지막지한 움직임과는 달리 제 속에 찾아든 것은 부드럽고 뜨거웠다. 아플 만큼 제 팔을 잡고 있던 손도, 어느새 그녀의 허리를 감아 안은 것도 잊어버릴 정도로.

구석구석 여자의 입 속을 점령했던 남자는 그것으로 모자랐는지 여자의 입술을 삼키더니 곧 여자의 목줄기를 음미하기 시작했다. 알고 있었지만, 움직일 수 없었던 건… 남자의 뜨거운 입술이 제 목줄기를 훑는 감촉에 취해 버린 것일지도.

여기서 벗어나야 했다. 이건 실수라고 명백하게 이야기를 해야 했다. 그러나 잘 여몄던 가운 속으로 파고드는 남자의 뜨거운 입술이 아주 익숙하다는 듯 밤새 시달려 민감해진 젖가슴을 물어 오자, 머릿속이 하얗게 되어 버리고 있었다. 뜨거운 남자의 혀는 살짝살짝 놀리듯 여자의 유두를 훑었고, 저도 모르게 그의 머리카락을 움켜쥐는 손길을 느끼고서야 남자는 비웃는 듯 입으로 삼켜 버렸다.

"윽……."

아까부터 허공을 딛고 있었던 것 같은 다리는 기운을 잃고 말았다. 남자는 그걸 알고선 여자를 안느라 고개를 들어야 했다. 꼭꼭 여미느라 애썼던 가운은 풀어 헤쳐져 있었고 젖은 가슴이 드러난 걸 그제야 안 영진은 놀라 옷을 여며야 했다. 그걸 내려다보고 있던 남자는 마치 웃는 것처럼 다시 고개를 숙여 여자의 입술을 물어 왔지만 영진은 고개를 돌렸다. 여전히 남자의 품속이었기에 거기서 벗어나려 했다. 그러자 남자는 그녀를 놓아 주었다. 영진은 가까스로 몸을 빼내고 더욱더 옷깃을 여몄다.

"아래층에 가서 옷 갈아입어. 너무 유혹적이라 아무것도 목구멍에 넘어가지 않을 거 같으니까."

이건 분명히 절 놀리는 말이겠지. 젠장… 그러나 대꾸를 하거나 아니라고 말할 수도 없었다. 그냥 여길 벗어나야지!

당장이라도 쓰러질 것같이 기운이라곤 하나도 없지만 재빨리 문을 열고 내려가려고 했다. 그러나 오늘따라 두꺼운 중문은 왜 이리 무거운지.

웃음기를 머금은 남자가 따라와 문을 열어 주자 영진은 비틀거리면서
계단을 내려갔다.

"조심해."

뒤에서 말하는 소리를 듣고는 더욱더 발걸음을 빨리했다.

이게 대체 무슨 일이야.

자신의 방에 와서 다시 차디찬 물에 남자의 입술이 닿았던 몸을 씻고
는 누가 볼세라 재빨리 옷들을 꺼내 입었다. 제 방에서 제 옷을 다 입고
나니 정신이 들었다.

하, 이제 뭘 어떻게 해야 하는 거야. 장례식은 오늘부터 시작일 테고
적어도 3일은 박 여사 내외가 오지 못할 게 뻔했다. 당장 방 밖으로도 못
나가겠는데 이 노릇을 어쩌란 말인가. 짐을 싸서 도망가 버려? 그럼 돈
을 하나도 못 받을 텐데. 아니지, 지금까지 숙식을 해결해 준 것만으로
도 내가 돈을 도로 내야 할 정도인데. 하지만 도망을 가면, 대체 이제 뭘
할 건데. 달랑 몇 푼 되지도 않는 통장에 든 돈으로 고시원 방 한 칸 얻
을 주제도 안 되는데…….

문득 생각이 들었다.

내가 왜? 내가 왜 도망을 가는 건데.

시작이야 저쪽이 먼저 했다지만, 아니, 그것도 모호하지. 도중에 도망
가려고 했거나 거부했으면 이렇게 되진 않았을지도. 하지만 그가 강제
로 뭘 하기라도 했나? 오히려 숨이 넘어갈 듯 소리 지르고 매달린 건…
나잖아.

하… 그랬었어.

영진은 그제야 어젯밤이 명확하게 기억났다.

남자와 제가 어떤 일을… 했는지. 나빴나? 아니, 그 반대였지. 명백하
게. 좋다고 난리 칠 땐 언제고. 지금 이러는 게 더 웃기는 걸까. 어제는

뭐 그랬다고 치고, 오늘은… 아까는 어땠는데.

그러자 얼굴에 열기가 확 치솟는 기분이었다. 남자의 입술이 제 가슴을 빨 때 느껴지던… 그 화르륵 불타오르면서 어딘가 찡해지는 감촉이 다시 생각나니까.

나쁘지 않아, 아니, 그 반대야…….

그렇다면 뭐 그냥, 아무도 없는데… 대충 뭐… 그럼 되는 거 아니야?

이런 신속이 아니라면 그런 대단하고 잘난 남자가 나 같은 여자 어디 쳐다보기나 하나? 오히려 천우신조 같은 거 아니야?

그렇게 생각하니 또 은근히 기분이 나빠졌다. 아, 모르겠다. 하여튼 지금 가장 중요한 건 배고프다는 거… 그거 아닌가. 허기가 져 죽을 것만 같았다. 꼬박꼬박 시간 맞춰 삼시 세끼 먹던 게 버릇이 돼서인지. 게다가 어제 점심 이후로 아무것도 못 먹고 격하게… 시달려 왔다.

배고파.

본능처럼 눅눅해진 샤워 가운과 수건 등을 들고 방을 나섰다. 복도에는 물기가 그대로 있었다. 아, 어제 비바람이 몰아쳤었지……. 청소할 생각에 아득해졌지만 세탁실 세탁기에 넣어 두고 버릇처럼 주방으로 들어갔다. 주방은 어제 마리네이드를 하다 만 소고기 덩어리가 그대로 놓여 있었다. 이 집에 오기 전엔 구경도 못 했던 비싼 부위지만 아무래도 이건 밖에 있는 덩치 좋은 개들이 드셔야 할 것만 같았다. 아까워라.

뭐라도 먹어야 할 텐데 대체 먹을 게 뭐가 있나. 그때였다. 그녀의 전화기가 어디선가 요란한 소리를 냈다. 전화기는 주방에 있었다. 박 여사님의 지시를 받으려고 가지고 있다가 싱크대 위에 놔뒀으니까. 영진은 재빨리 전화를 받았다. 아무 생각도 없이.

— 왜 안 올라와? 배 안 고파?

"……."

전화기 속의 목소리는 여전히 근사했다. 그러나 대체 뭐라고 대답을 해야 하는 걸까. 올라가서 하하 호호 웃으면서 같이 빵도 먹고 커피도 마셔?

— 뭐, 내 점심 준비 중인가? 그럼 내려가지.

"아니, 그게……."

그러나 전화는 끊어졌다. 아, 젠장. 대체… 어쩌라고.

뭔가를 생각하기도 전에 인기척이 나더니 육중한 주방 문이 열렸다. 아까는 보이지도 않았었는데 남자는 하얀 셔츠와 박 여사님이 열심히 날을 세워 놓는 바지를 입고 들어섰다.

"아, 저기……."

당황한 영진이 대답도 하기 전에 남자는 힐끗 주방에 마리네이드 하다 만 소고기를 보더니 말했다.

"이건 못 먹겠네."

아무렇지도 않게 냉동고 가서 뭔가를 꺼내어 오븐을 켜고 거기에 집어넣었다. 그러곤 다른 냉장고를 열더니 유리병들을 꺼내 놓고는 말했다.

"빵 데워지면 접시에 담고. 쨈하고. 이 석류청은 이 탄산수에 삼 대일 비율로 섞어서 옆에 다이닝 룸으로 가져와."

그러곤 대답을 듣지도 않고 휘릭 주방을 빠져나가더니 문을 열고 저쪽에 보이는 다이닝 룸으로 가 버렸다.

다행인 건가. 영진은 금방 퍼지는 빵 냄새에 저도 모르게 남자가 지시한 것들을 후다닥 챙기기 시작했다.

다이닝 룸에 들어와 본 건 이 집에 온 뒤로 처음이었다.

언젠간… 정상적인 삶을 살 수 있을 거라는 가정하에… 이 집은 지어졌다. 전문가에게 의뢰하긴 했지만 기본 뼈대는 다 그가 세웠었다. 그게 거의 반년쯤 걸렸고 수정하는 데도 또 그 정도, 오히려 짓는 데 시간이 더 적게 걸렸다.

멀쩡한 식당, 거실, 침실, 그리고 어이없는 지하실……. 아래층은 정상적인 삶을 위한 공간이었다. 다만 무지막지한 주방과 세탁실, 사랑채 같은 내부 구조를 빼곤. 그건 그걸 사용할 영천댁 내외의 의견을 반영했다. 그리고 2층은 비정상적인 현재를 위한 공간이었다. 완벽한 방음, 운동, 일, 식사, 취침…….

그러나 이 집에서 산 지 단 며칠 만에 알 수 있었다. 절대 아래층을 쓸 날이 오진 않을 거란 걸. 그래서 일부러 이곳에서 식사를 하고 싶었는지도 몰랐다. 자신이 세워 놓은 규칙이 깨지고 있지만 실은… 그걸 간절히 원했다.

그랬다…….

누군가와 같이 식사를 할 수 있는 넓은 공간. 달그락거리는 소리가 나는 샹들리에, 밖을 내다볼 수 있는 두껍고 넓은 창. 의자 끄는 소리가 들리지 않는 두꺼운 융단이 깔린 바닥. 12개의 의자가 놓인 커다란 식탁.

이곳은 가련한 제 꿈의 공간이었다.

그리고 단지 꿈속의 공간일 뿐이었다. 그는 귀에서 인이어를 꺼내 탁자 위에 올려놓았다. 달그락거리는 소리를 보지 않으려 고개를 돌린 채.

이건 꿈일까.

두꺼운 유리문 너머로 주방에서 바쁘게 움직이고 있는 여자가 보였다.

저 여자도 꿈인 게 분명하겠지.

빵은 좀 타 버렸다. 석류청 타는 데 정신을 쏟다가 타이밍을 놓쳤다. 뭐 좀 더 갈색이 도는 것뿐인데. 그래도 냄새가 기가 막혔다. 잼이고 청이고 뭐고 그냥 다 먹어 버릴 수 있을 것만 같았다. 분명히 위층에도 빵이 있었는데……. 하지만 제 소임은 분명히 김 선생님께 식사를 갖다 바쳐야 하는 거였다. 최대한 그럴듯하게 보이도록 놓고 잼을 바르는 나이프까지 챙겼다. 그러고는 쟁반을 들고 다이닝 룸까지 가야 했다.

젠장, 이 집 중문들의 특징은 하나같이 두껍고 무거웠다. 아니, 대체 왜… 이런 거야. 이걸 바닥에 두고 열어야 하나? 문 앞에서 서성이자 다행스럽게도 김 선생님이 문을 열어 주었다. 대신 남자는 인상을 잔뜩 찡그리는 게 보여서 좀 어이가 없었다. 아니, 두 손 가득 쟁반을 들었는데 문 좀 열어 줬다고……

어쨌든 손에 든 걸 테이블 위에 올려놓았다. 그리고 나가려는데 남자가 말했다.

"앉아. 같이 먹어."

실은 당연하게 같이 먹을 생각이었지만, 돌아서려던 건 탁자 위에 차려 놓고 나니 나가야겠다 싶었기 때문이었다. 그러나 빵은 이게 다였다. 그래서 남자의 건너편에 앉을 수밖에 없었다. 배만 고프지 않았더라면……

빵은 기가 막혔다.

아니, 맛이 없더라도, 고무 조각이라고 해도 다 먹었을 판이었다. 그러나 빵은 맛있었고, 박 여사님이 직접 만든 게 분명한 잼도 달지도 않고 좋았고, 심지어 석류청도 맛있었다. 너무 급하게 먹었나 싶을 정도였다. 허겁지겁 먹고 나니 건너편에 앉은 김 선생님이 저를 쳐다보고 있다는 걸 알게 되었다. 하, 젠장. 바닥에 떨어진 빵 부스러기가 질펀한 게 더 당황스러웠다.

배가 차고 나니, 세상이 보이는 건가.

어쨌든 간에 식사는 끝났다. 늘 그렇듯 남자는 눈앞에서 먹기만 했다. 아니, 솔직히 말하면 빵 한 조각이랑 앞에 놓인 청 한 잔을 마셨을 뿐이었다. 꽤 많았던 빵은… 실은 제가 다 먹어 버렸다. 하지만 남자는 어제도 내려와서 눈앞에서 밥만 먹고 가지 않았나? 오늘도 그러겠지… 아닌가? 하, 모르겠다. 우선은 이걸 치워야지.

영진은 자리에서 일어났다. 바닥에 푹신한 카펫 덕인지 드르륵 의자 끌리는 소리가 나야 되는데 그것마저 고요했다. 너무 고요해서 당혹스러울 정도였다. 일어난 영진이 접시를 들려는데 남자가 말했다.

"잠깐. 잠깐 다시 앉아 봐."

"네?"

"할 이야기가 있어."

아, 할 이야기… 있겠지. 아까 하던 이야기. 난 말했는데. 그리고 더이상 하고 싶지 않은데… 어떻게 해야 하는 걸까.

"중요한 이야기야."

그래. 결론을 내긴 해야지. 피할 수만은 없는 거니까. 앞으로 3일이나 이 상태로 있어야 하니까.

영진은 다시 앉았다.

그는 이야기를 하고 싶었다. 마치 임금님 귀는 당나귀 귀라고 외치고 싶은 모자 장수처럼……

늘 숨기기만 했던 제 이야기를 말하지 못해서 안달이 난 기분이었다.

"내가… 이야기하고 싶은 게 있어."

그는 식사하는 동안 탁자 위에 있었던 인이어를 여자 앞에 내밀었다.

"……"

저게 뭘까. 아… 이어폰.

남자가 이어폰을 낀 걸 자주 보았다. 요즘 뭐 저런 게 인기 아니었나. 블루투스 이어폰. 조용한 데서 음악 듣는 걸 좋아하는 건가. 모양은 좀 달라 보였다. 뭔가 울퉁불퉁하고 투명한……. 그런데 뭐 그걸 굳이 내게 보이는 이유는 뭘까. 비싼 거라 자랑이라도 하고 싶은 건가? 이 와중에?

"나는……."

남자가 말을 잇지 못했다. 그러자 영진이 먼저 말을 꺼냈다.

"저기… 아까 있었던 일은… 그냥… 별로 의미를 두지 말았으면 해요. 우린 성인 어른이잖아요. 강제로 뭐 어떻게 한 것도 아니고. 저는 여기 좀 더 있고 싶거든요. 청소하고 밥하고… 그런 일 하면서 돈도 벌고. 전 그게 필요해요. 그러니까 그냥 없었던 일로……."

"나는… 싫은데?"

용기를 내서 길게 말한 것에 대한 매몰찬 대답이었다. 그러나 목소리는 그렇지 않았다. 그 김 선생님의 재수 없는 목소리가 아니었다.

"아니, 그럼……."

대체 어쩌자고. 우린 이미 그렇고 그런 사이니까 계속…….

"난 병이 있어."

그가 그녀의 말을 끊었다. 전혀 의외의 말이어서… 영진은 뭐라 대꾸를 할 수 없었다. 여기서 웬 병? 병이 있으면 그래도 되는 거야? 그리고 저렇게 사지 멀쩡한 사람이 무슨 병. 아, 뭐 정신병 같은 건가.

갑자기 남자의 달라진 태도 때문에 오만 가지 상상이 떠오르는 영진은 남자를 쳐다보았다.

"이건 보다시피 그냥 이어폰이 아니라 인이어야. 아주 비싼 놈이지. 세상에서 단 하나밖에 없으니까. 아니, 이거 레플리카는 여러 개 있어. 한 번 만드는 데 돈이 많이 들어서 잃어버리거나 하면 골 아프니까 서너 벌쯤 더 있지."

제가 이어폰의 이름이나 가격을 들을 필요는 없는 거 아닌가. 그러나 영진은 잠자코 있었다. 멀쩡하게 들리는 거 같은데… 무슨 병인가 싶어서.

"교통사고 후유증인데……."

교통사고? 어디 다친 덴… 없어 보이는데.

"난… 그러니까… 색청(色聽) 환자야."

"네?"

처음 듣는 단어였다.

"Colored Hearing이라고 하기도 하는데, 사실 이건 전문 용어도 아니고… 일종의 뇌 충격에 의한… 정신병이지."

아니, 그래서 결론이 뭔데. 역시나 당신이란 사람이 정신병자란 이야기인가?

"한마디로 이야기하면, 난 소리가 색으로 보여. 심지어 아주 작은 소리도. 그리고 너무 큰 소리가 나면 보이는 색이 시야를 다 덮을 정도라서… 앞이 순간적으로 안 보일 정도야. 색청 중에서도 정도가 아주 심한 편이라 컴퓨터나 냉장고에서 나는 소음도 시야를 가릴 정도야. 이 인이어는 특수 제작된 거라 바깥의 저런 낮은 주파수의 소음을 인식해서 그 반대 소릿값만큼의 소음으로 상쇄해서 소리를 차단하는 역할을 해. 보통 소음 차단 효과보다는 더 강력하게. 그러니까 소리를 들으려면… 눈을 감든지 불을 꺼야 하고, 앞을 보려면 소리를 듣지 말아야 해."

"……."

뭐라는 거야.

아… 무슨 라디오 프로에서 나왔다고, 라디오 프로는 직접 듣지 못했지만 인터넷에서 본 적이 있는 거 같았다. 무슨 피아노 소리가 파랗게 보이고 노랫소리가 히얗게 보인다고 했나? 그러나 그거 되게 낭만적이지 않았나.

아니, 그래서 이렇게 방음을 하고, 청소를 시간 맞춰서 하고, 같이 밥도 못 먹고… 그런 거야? 그런데 지금은?

"그럼… 사람 소리도 못 드는 거잖아요. 그런데… 내 목소리가 들려요?"

"들려. 그런데 색이 같이 보여서 문제지."

"아……."

참, 별일이 다 있네.

"그래서… 정상적인 생활을 할 수가 없어. 소음이 심한 곳엔 나갈 수도 없고, 타인들하고 어울릴 수도 없어. 인이어가 없으면 심지어 밥을 제대로 먹을 수도 없어."

물론 처음부터 그런 건 아니었다. 점점 심해지고 있다는 게 문제지.

"그… 그래서요?"

영진은 되물었다. 아니, 이 사람이 왜 내게 이런 걸 이야기하는 걸까.

"이건 내 주치의 선생님과 의사 몇몇 빼곤 몰라. 밑에 있는 영천댁 내외도 몰라. 그냥 내가 좀 아프다고만 생각하지."

그런데요? 그걸 왜 나한테…….

영진은 저 남자가 제 시선을 보고 뭔가 느낀 게 아닐까 싶었다.

"여기 좀 더 있고 싶다고 하지 않았어?"

"그거야……."

당장 갈 데가 없으니까. 그리고 여기가 아닌 어디론가 가서 살아야 한다면 다만 몇 푼이 되더라도 생활비나 방값 정도는 있어야 할 테니까.

"나는 여기서 이렇게 살면 될 줄 알았어. 방음이 잘되는 집, 산책을 갈 수 있게 도와주는 인이어, 근사한 요리를 해 줄 수 있는 영천댁, 그리고 맘껏 글을 쓸 수 있는 곳… 그러면 다 될 줄 알았어."

아… 그런데 채울 수 없는 건… 여자겠지.

갑자기 깨달았다. 그랬구나. 산속에서 모든 게 다 있는 혈기 왕성한 젊은 남자가… 아쉬운 건 딱 하나지. 차라리 다행 아닌가 싶었다. 그게 아니라면 더 어이없을 테니까.

이미 결론을 내 버렸는데 남자는 계속 말을 이었다.

"지난 몇 년간 조용히 소음을 피해서, 좋아하는 글 쓰면서… 그렇게 살았어. 그리고 그 생활들이 굉장히 만족스러웠어. 그런데 어느 순간부터……."

남자는 갑자기 입을 닫았다.

영진은 식탁 위를 쳐다볼 뿐이었다. 빈 빵 부스러기가 있는 접시, 반쯤 담긴 석류청이 담긴 글라스…….

"어느 순간부터 내가 혼자라는 걸 알게 됐지."

영진은 저도 모르게 석류청이 반쯤 남은 잔을 집어 들었다.

"그냥, 누군가와 밤새 읽은 책 이야기를 나눈다는 거, 늘 혼자 마시던 커피를 같이 마실 수 있다는 거, 늘 혼자 먹던 밥을 같이 먹는다는 거……. 그런 사소한 것들이… 사소한 게 아니었다는 걸 알게 된 거 같아."

인정하기 싫지만 그건 영진도 마찬가지였다. 나물 데치는 방법보단 밤새 재미있게 본 책의 이야기를 나누고 싶고, 자몽 청보다는 커피가 좋은 것처럼.

"의사 표현도 대부분 다 문자로 하지……. 아마 올해 처음 전화 통화를 한 건 당신이었을걸."

대답하지 않았다. 뭐… 그럴 수도 있겠지.

하지만 이 남자, 정말 김동철이라면, 솔직히 이런 이야기도 꾸며 낼 수 있는 거 아닐까. 문득 그런 생각이 들었다. 아니, 그런데 대체 왜? 단지… 그것 때문에?

터질 것 같은… 제 속을 쏟아 낸 것은 처음이었다. 제 주치의였던 주 선생한테도 이렇게 쏟아부어 본 적이 없었다. 원래부터 타인에게 제 속에 있는 걸 이야기한다는 것 자체를 해 본 적이 없었다. 삶이… 사고 이후의 삶이 저를 더욱더 고립되게 만들었다는 걸 알고 있었다. 벽은 더 높아졌고 누구한테도 하소연하거나 털어놓을 수 없었던 건, 어쩌면 자존심 때문이었을지도 몰랐다.

난… 완벽한 사람이니까. 약간… 불편한 게 있더라도 아무렇지도 않게 살 수 있어. 아니, 너희들보다 더 잘 살 수 있어…….

그렇지만 역시 부족한 건 어쩔 수 없었다. 제 주변에 들러붙는 사람들, 비웃는 사람들, 부러워하는 사람들……. 그 사람들을 피해 온 이 산속의 삶이 만족스럽긴 했지만 그래도… 결국 남는 건 외로움이었다. 인정하긴 싫지만.

그런데 이 여자가 왔다.

당신의 목소리가 샤르트뢰즈라고… 말해야 할까. 그래서 당신을 다시 한번 돌아봤노라고… 이야기해야 할까.

샤르트뢰즈는 그가 유럽에서 유학 시절 프랑스에 갔을 때 봤던 리큐르였다.

샤르트뢰즈 수도원에서 만들었다는 알프스의 산야초 증류주가 원조라는 술 이름이었다. 그러나 그 술은 맛이나 효능보단 그 청명한 색 때문에 더 유명했다. 그도 사실 이렇게 뇌리에 박히게 된 게 꺼낸 고색창연한 병 속에 든 낯선 색 때문이었다.

그 투명하고 찬란한 연두색… 아니, 연두라고 하기엔 부족한 옅은 에메랄드같이 빛나던 색…….

맛은 독했다. 약초 맛도 났고. 아마 압생트하고 비슷했을 것이다. 그나마 설탕시럽 맛으로 먹는 압생트보다 더 약초 맛이 나는 술은 그냥 겉멋으로 마셨을 것이다. 유명하다니까.

여자를 본 순간 그는 그 술을 떠올렸다. 여자의 목소리는 딱 그 빛깔이었다. 신비한 투명한 연둣빛, 옅은 에메랄드와 같은 색, 샤르트뢰즈의 빛.

온갖 무채색과 녹슨 쇠 빛과 낡은 나무색들만 난무한 그의 세상에 그렇게 선명한 빛은 처음이었다. 사고 이후로는 그 어떤 미성의 노랫소리도 칙칙한 회색빛이었고, 막 풀물이 묻어 나올 것 같은 나뭇잎들이 흔들거리는 소리도 끔찍하게 녹슨 쇠 빛이었다. 컴퓨터와 냉장고 같은 가전제품들이 만들어 내는 웅웅거리는 소리는 먹을 쏟은 것같이 검은 구름을 만들어 냈고, 영천댁의 반가움이 묻은 목소리는 굳은 핏빛이었다. 닥터 주의 딱딱하고 건조한 목소리는 자갈 같은 회색빛이었고, 차들의 경적 소리는 낡은 나무둥치의 썩은 빛 같았다.

회색이거나 검붉은색 투성이의 세상에서 여자의 목소리는 특이하게도 투명하고 밝았다. 그런 빛깔을 딱 한 번 봤었다. 물론 초록빛은 아니었다. 노랑에 가까운 밝은 색.

그건 어떤 아이의 목소리였다. 병원에서 잠시 인이어가 꺼졌을 때 봤던… 작은 아이의 목소리.

'아저씨는 참 멋있어요.'

그때 그 황홀한 색 때문에 잠시 사람들의 목소리를 살폈던 적도 있었다. 그러나 그 뒤로 단 한 번도 유채색의 목소리를 들은 적이 없었다.

그래서 저 여자를 자꾸 돌아보게 되었을 것이다.

단지 목소리 때문이었는데…….

여자는 당황스럽다는 표정으로 자신을 보고 있었다. 이럴 땐 어떤 말을 해야 하는 걸까. 아니, 저 여자가 지금 자신의 말을 믿기는 하는 걸까.

늘 그는 새로운 세상을 만들었다. 그 세상의 창조자였고, 그 세상을 구성하는 모든 이들은 그의 손아귀 안에 있었다. 수십 수백 번 설정을 고치고, 거기에 알맞은 이야기를 만들고, 플롯을 구성하고, 대사를 곱씹고 적당한 것을 만들어 낸다. 그게 그가 하는 일이었고 가장 잘하는 것이었다. 이야기를 하고 사건을 만들다 뭔가 잘못되면 다시 시작하면 된다. 그렇게 수십 번을 고치고 다시 고친 뒤에 허점이 없어지면 그때 완벽하게 쓰면 된다.

그런데… 지금은 뭔가 잘못된 거 같았다. 다시 써야 할 텐데… 방법이 없는 걸까.

"내 곁에… 있어 주면 안 될까?"

하고 싶은 말을 간신히 내뱉었다.

곁에 있는다는 건… 뭘까.

영식인 그냥 가족이었다. 아니, 가족이 뭔데. 같은 핏줄이라는 거? 관계가 불변할 수 없는 1차 집단이라는 거? 부모는 자식을 선택할 수 있지만 자식은 그럴 수 없다. 그녀의 불행은 그것부터였다.

술에 안 취한 아빠가 치킨을 사 주거나 혹은 용돈을 준 기억도 물론 있다. 엄마가 맛있는 반찬을 해 준 적도 있고 예쁜 책가방을 새로 사 준 기억도 있다. 그러나… 대부분의 아이들은 그런 것들을 기억하지 않는다. 왜냐… 그건 당연하고 일상적인 거니까. 그걸 군이 기억한다는 건… 그런 적이 아주 적었기 때문이었다. 전엔 그게 자신한테만 닥친 일이란 걸 깨닫지 못했었다. 다들 그렇게 사는 줄 알았다. 당연히 그녀가 살던 그 연립 주택엔… 그것보다 더한 집도 많았으니까.

머리가 굵어지고 점점 넓은 세상을 보면서 영진은 제게 닥친 일상이란 게 하필 저한테만 닥친 불행이란 걸 차차 깨달았다. 과한 부모의 사랑을 받고, 그 사랑이 아무렇지도 않은 행복한 사람들이 너무도 많다는 걸 알아 간다는 건… 슬픈 일이었다.

결국 영식이와 둘이 남게 된 게 오히려 행복했던 그녀는 삶의 목표란 게 있어야 그 거칠고 각박한 삶을 살아갈 수 있다고 스스로 생각했다. 그 목표는……. 남들이 보기엔 아주 사소했지만 그녀에겐 대단한 일이었다. 내가 발 뻗고 살 수 있는 공간을 갖는 것… 그것뿐이었다.

그렇게 힘들게 그 목표를 향해 살아왔는데… 그 한순간에 흩어져 버렸다. 그리고 마치 4차원의 세계에 온 것처럼 이런 세상에 뚝 떨어져 버렸다. 그리고 무슨 4차원 속에 있는 16차원의 생물 같은 비현실적인 남자가 말했다.

곁에 있어 달라고.

웃어야 해?

남자는 대답을 원하는 표정이었다. 뭐라고 해야 할까.

곁에 있겠다고? 아니면 당장 떠나겠다고?

"전 여기서 일하는 사람이거든요."

이렇게밖에 할 말이 없었다. 그게 정답 아니야?

그게 아닌데… 뭔가 말을 해야 하는데 아무것도 생각이 나질 않았다. 왜일까.

여자의 창백한 얼굴이 제 속을 물컹거리게 했다. 그렇게 대단한 미인들, 대단한 재자가인(才子佳人)들을 써 왔는데… 그건 그냥 망상이었다. 이 여자는 대체 왜, 무엇 때문에… 이렇게 제 모든 걸 아무것도 못 하게 만드는 걸까.

"내가… 싫고, 이상하고, 무서우면… 그렇다고 말해."

그는 있는 힘을 다해 말했다. 다른 사람들은, 그러니까 제 비밀을 알게 된 사람은 다들 그랬다.

그래서 두려운 마음으로 그 투명의 연두색 대답을 기다렸다.

그의 말은 여전히 이해하기 어려웠다.

저 잘난 얼굴이? 그 대단한 김동철이란 이름이? 이 대단한 집의 주인이란 게?

대체 뭐가 싫고, 이상하고, 무서워야 해……. 그런데 난 저 사람이 왜… 멀게 느껴지는 걸까. 그건 단 하나, 자격지심 아닐까?

딴 세상에 사는 사람이라는…….

나 말고 타인을 어떻게 대해야 하는 건데…….

"그렇진 않아요. 하지만 제가 뭘 해야 할지는 모르겠네요. 늘 하듯이 전 이 집에서 박 여사님 일을 돕는 게 일이고, 그 일을 당분간은 계속하고 싶어요. 그런데 뭘 더 하라는 거죠?"

이건 '일'인 걸까.

어렵다……. 누구에게도 마음속을 내보인 적이 없었다. 이게 처음이라고 생각했는데……. 그리고 제 글 속에선 그랬듯 다 통할 줄 알았는데, 그게 아니었다. 나는 당신이란 여자랑 가까워지고 싶을 뿐이었는데.

"뭘 더 할 수 있어?"

무얼 더 할 수 있는지 대답하진… 못했다. 아니, 남자가 원하는 게 뭔지 알 것도 같았지만 대답하긴 싫었다. 영진은… 갑자기 어느 한구석에 후끈한 열기가 지나가는 기분이 들었다. 아주 당혹스럽게도.

근사한 샹들리에가 달린 다이닝 룸, 이 어마어마한 집에서 난 뭘 더 할 수 있는 건데.

"그… 아니, 김 선생님께서 원하는 건… 이 산속에서 채울 수 없는… 욕구잖아요. 제가 할 수 있는 게 그거뿐이라는 걸 뭐 제 입으로 듣고 싶다는 거예요?"

생각이란 걸 해야 했다. 상대는 튼튼한 근육질의 남자였다. 아까는 뭐 그렇다 치고… 솔직히 지금은… 그냥 강제로 어떤 일이 벌어져도 아무도 모를 상황이지 않은가. 영진은 그제야 제가 한참 잘못했다는 걸 깨달았다.

"……"

남자는 말을 하지 못했다. 당황스러웠던 걸까. 사실 아까도… 이 남자가 강제로 뭘 어쩐 건 아니었다. 괜히 상대를 파렴치한으로 매도한 기분이었지만, 영진은 뭐라 정정할 수도 없었다.

그때였다.

"내 이름… 정욱이야. 한. 정. 욱."

11

그건 어떤 마법이었는지도 몰랐다.

단지 이름을 안다는 것은… 그 사람이 누구인지를 안다는 것과는 다른 것일지도 몰랐다. 이름이란 건 누군가가 그 사람에게 지어 주는 표찰 같은 것일 뿐일 테니까.

하지만 그 표찰이란 게 가진 힘은… 의외로 대단한 것인지도 모른다. 이 눈앞에서 떨리는 목소리로 대답하는 남자가 김 선생님인 것과 김동철인 것과 한정욱이란 건… 다른 거니까.

"김동철이 본명은 아니었군요."

남자가 갑자기 웃음을 터뜨렸다.

저 '김 선생님'이 웃는 걸… 처음 본 것 같았다. 그것도 아주… 근사하게.

근사하다는 말… 외에는 뭐라고 표현을 할 수가 없었다. 잘생긴 남자가 괜찮은 목소리로 밝게 웃는 모습을.

"그건… 그냥 필명일 뿐이야."

그러나 곧 그의 얼굴엔 웃음이 걷혔다. 사실… 그게 이젠 자신의 이름이라고 생각했었다. 방금 전 충동적으로 말한 진짜 이름이 아니라. 한정욱으로 불릴 때보다 김동철일 때가 훨씬 나으니까.

"아… 그런데 왜 박 여사님은 김 선생님이라고……."

"박 여사님? 그게 누구… 영천댁 아줌마?"

"네? 아니, 보니까 성함이 박형자여서……."

생각해 보니 박 여사님이란 명칭은 제가 했던 거 같았다. 계약서에 그렇게 쓰여 있어서…….

"아, 영천댁 아줌마가 성이 박씨였군. 그냥 이래저래 그렇게 부르다 보니 그냥 그게 이름이 돼 버렸나 보네."

이 사람들이…….

영진은 어이가 없었다. 아니, 진짜 김 선생님인 것처럼 불렀잖아.

"나는… 그냥 당신이 여기에 있어 줬으면 좋겠어. 조금 오랫동안. 그리고 같이 커피도 마시고, 밥도 먹고, 책에 대해서 이야기도 나누고……. 당신 목소리는 좋은 색이야."

그가 자리에서 일어났다. 드르륵하고 의자가 끌리는 소리가 작게 나자, 남자의 미간이 찌푸려졌지만 그건 금세 사라졌다.

"그럴 생각은 전혀 없었지만… 당신하고의 입맞춤이나 다른 것도… 좋았어. 당신의 목소리가 좋은 색인 것만큼, 당신한테 나는 향기도 좋고 감촉도 좋아. 나는 솔직히 그런 것에 대해… 아무 생각이 없었어. 당신이 생각하는 것처럼 산속에서 혼자 색욕에 미쳐서 날뛰었던 것도 아니고."

아니, 무슨… 저런 소리를 저렇게 아무렇지도 않게 해…….

영진은 저도 모르게 고개를 숙여 버렸다. 남자의 얼굴을 쳐다볼 수 없어서. 그런데 더 어이없는 건 하얀 식탁을 쳐다보는데 왜… 아까의 감촉이 불쑥 떠오르는지 모르겠다 싶었다. 왠지 단맛이 났던 것 같은 타인의 뜨거운 입술… 같은 게.

"얼마든지 그런 거 없이도 살았고 앞으로도 그럴 수 있을 거 같아. 아니, 그랬었어. 그런데… 좋았어. 왜 세상 사람들이 다들 그렇게 미쳐 날뛰도록 좋아하는지 알 거 같아. 그게 혼자만 좋은 게 아닌 거잖아. 우리가 서로 좋은 느낌이고 좋은… 기분이면 같이 그 기분을 느낄 수도 있는 거니까. 물론 당신이 싫다면 어쩔 수 없지만."

묘하게 거슬렸다.

당신…이라는 호칭이. 저건 이럴 때 쓰는 거 아니지 않나. 좀 더…….

"내가… 최대한… 당신이 기분 나쁘지 않게, 아니, 오히려 좋아지게, 노력할게. 그러니까 같이 있어 줘."

이거… 설마 고백인가?

뭐 이래, 순서가. 그리고 방법이. 게다가 상황도!

한 번도 살면서 이런 순간이 오리라고 생각해 본 적이 없었다.

당연하지 않은가. 그냥 막연하게—적어도 문창과 출신이니까 딴 사람보다 훨씬 더 풍부한 상상력을 지녔다 하더라도—직장이나 거래처 혹은 늘 들르던 편의점에서 그나마 괜찮은 남자가 수줍게 데이트를 신청하고, 알콩달콩 만나서 데이트를 하고 봤더니 그 사람도 마침 혈혈단신 고아라서 우리 둘이 열심히 살아 보자… 그게 자신이 꿈꾼 최고의 실질적이지만 실현 불가능에 가까운 해피 엔딩이었다.

거기엔 이렇게 과한 외모나, 이렇게 어이없는 직업이나, 이렇게 당황스러운 상대의 상태 같은 건 예시에도 들 리가 없었다. 그런데 대체 이게 뭐란 말인가.

영진은 하얀 그릇들을 씻는 데 열중했다.

이제 어떻게 하나. 이 일이 끝나면 어떻게 해야 하나.

영진은 버릇처럼 아무 흔적도 없는 싱크대 위를 닦기 시작했다.

"아직 더 해야 하는 거야?"

기다리다 못한 남자의 목소리가 들렸다.

"이제 거의 다 했어요."

라고 했지만 영진의 손은 빨라지지 않았다.

"위에서 기다릴 테니까. 다 하고 올라와."

계단으로 올라가는 문이 닫히는 소리가 등 뒤에 들렸다. 영진은 저도 모르게 미친 듯이 싱크대를 닦던 손을 멈췄다.

과연 잘한 선택일까.

늘 선택의 기로에 놓인다. 좋은 선택을 하고 싶지만 그렇지 않을 때도 많았다. 하지만 그 순간마다 적어도 놓인 선택지 중에 가장 옳은 걸 고르려고 애썼다.

'사람 사는 일이 언제나 옳을 수는 없어. 그럴 땐 하고 싶은 걸 하는 거야. 내가 가장 후회하는 게 그거였어. 하고 싶은 걸 못 하고 산 세월들 말이다. 하지만 욱아, 넌 하고 싶은데 못 할 이유가 없다. 그러니까 너 하고 싶은 걸 해. 이 핼미가 밀어줄 테니까.'

할머니는 말하셨다. 하고 싶은 걸 하라고. 아니, 이젠 밀어주는 할머니가 곁에 없어도 얼마든지 혼자 무엇이든 할 수 있다.

저 사람이 어떤 사람인지 알지 못한다. 뭘 하던 사람이었는지, 어떤 마음을 가지고 있는지, 왜 여기에 왔는지, 또 언제까지 있을지도. 그런 '타인'에게 마음을 내밀고 나면 또 어떤 일이 생길지도 알 수가 없다.

그러나 아주 잠깐 나눠 받은 온기가… 그의 머릿속을 텅 비게 만들었다. 옳은지 그른지는 모르겠지만 그녀와 함께하고는 싶었다. 우선은…
하고 싶은 일을 하기로 했다.

깨끗한 싱크대 위에는 먼지 하나 없어 보였다. 적어도 청소 하나는 끝
내주게 하는 편이었으니까. 오랜 아르바이트 경험으로 생긴 능력이었다.
빵 냄새가 어딘가 떠다니는 기분이었지만 시각적으로 주방은 깨끗했다.
이제 뭘 하나.

'위에서 기다릴게.'

청소를 해야 할 시간이었다. 열심히 위층을. 그러나 쉬이 올라갈 수가
없었다.

로또에 당첨됐다고 생각하면 되잖아.

그냥 그 대단한 김동철이 제가 관심이 있다는 거 하나만으로도 대단
한 거 아니야? 그 네임 하나가 벌어들이는 돈이 얼만데, 그 김동철이 소
문처럼 대머리에 색탐이 가득한 중년 아저씨라도 어떻게든 친하게 지내
도록 애써야 하는 거 아냐? 그런데 저렇게 대단하게 생겼는데… 네가 좋
대잖아.

저 같은 사람은 강남 한복판이 아니라 양평 읍내에만 살아도 설거지
만 해야 했을 게 분명했다.

뭐 어때.

적어도, 나쁘진 않잖아.

누가 묻지도 않는데 혼자 머릿속으로 열심히 변명만 하던 영진은 결
심한 듯 두꺼운 계단의 중문을 열었다. 그리고 쥐 죽은 듯 고요한 2층으
로 올라갔다. 그 소리가 색으로 보인다는 남자를 찾아서.

역시 두꺼운 서재의 문을 열고 들어가자 고요가 가득한 곳엔 나른한

나무 그늘이 흔들리고 있었다. 한눈에 보기에도 근사한 공간이었다. 이 공간의 주인처럼.

"왔네."

이 근사한 공간의 주인은, 늘 그렇듯 더 근사했다. 볼 때마다 비현실적이어서 어이가 없었는데… 오늘은 더한 것 같았다.

뭐라 말을 하려 했는데 남자가 더 빨랐다. 마치 자연스럽다는 듯 다가오더니 두 팔을 내밀어 영진을 안았다. 당혹스럽게도. 탄탄한 남자의 가슴과 열기, 그리고 좋은 향이 그녀의 머릿속과 입을 막았다.

"좋아."

뭐가.

뭔지는 모르겠지만, 좋다는 남자의 말은 부정할 수가 없었다.

"여기서 다른 사람을 기다리고, 기다린 사람이 와 줬다는 게."

이 남자는 수천만을 웃고 울리는 '작가'였다. 그러니 저처럼 하찮은 사람 하나를 물컹거리게 만드는 것쯤은 식은 죽 먹기겠지. 그래서 그런 것뿐일 터였다.

그때였다. 영진을 안고 있던 팔을 푼 남자는 아주 자연스럽게 그녀에게 입을 맞췄다.

처음이 아닌데, 아니, 그것보다 더한 것도 했는데…….

남자의 입술이 제 속을 떨리게 했다. 지금까지 머릿속에서 곤죽이 되도록 이 남자를 그저 그런 타인 취급하려 애썼는데… 그건 다 어디로 가버렸을까. 단지 2층에 계시는 김 선생님의 비위를 맞추면서 살면 이 집에서 돈 벌고 사는 게 더 편해질 뿐이라고 누누이 곱씹었는데…….

그러나 남자의 느긋하고 부드러운 입술은 따뜻했고, 어느 순간엔 뜨겁고 또 부드럽다가 격정적이었다. 제 입술을 빨아들일 땐 부드러웠고, 안을 훑을 땐 열정적이었다. 얼마나 시간이 흘렀는지도 알 수 없었다. 그냥 너무 기운이 빠져서 무릎이 후들거릴 것 같았다.

끝이 없을 것 같은 입맞춤에서 겨우 멈춘 듯한 남자는 한숨을 내쉬면서 그녀를 내려다보았다. 남자는 알 듯 말 듯 묘한 표정이었다.

마치 자신의 비밀을 털어놓았기에 우리는 공범이며, 이젠 네가 나에게 저항할 수 없는 거 아니냐는 듯.

"오늘 오후의 일정은 여기 와서 한 번도 해 본 적 없는 걸 하기로."

대체 뭘. 오후의 그늘이 짙어지는 서재에 놓인 카우치와 여러 개의 빅빈 중 하나에 몸을 기댄 남자가 말했다. 전엔 청소는 오후에 다 마쳤고 점심을 먹은 뒤엔 저녁 식사 준비와 빨래를 걷고 개고 잠깐 시간이 남았었다. 물론 날이 점점 길어지고 있긴 했지만. 대충 그랬었다.

"오늘 오후는 빈둥거리기. 아무것도 하지 않고."

아무것도 하지 않는 날이라… 그런 게 있었나? 딱히 날이 가고 오는 건 해 뜨고 지는 것밖에 상관없는 곳이었다. 그는 해가 뜨는지 지는지 모르는 곳에서도 한동안 살았었다. 거기에 살 때도 의사가 정해 준 건 딱 하나였다. 일정한 시간에 일정한 일을 하기.

12시에 잠이 들고 6시에 깨난다. 아침에는 가볍게 몸을 움직이고 책을 보고 그날 해야 할 것들을 정리하고. 식사를 하고 운동을 한 뒤에 씻고 할당된 일을 한다. 점심을 먹고 잠깐 쉬면서 다시 자료를 정리하고, 격리된 세상을 들여다보기 위해 인터넷에서 뉴스와 기사를 검색하고 여러 가지 가입된 커뮤니티를 둘러보면서 요즘 세상 돌아가는 일들이나 유행어 재미있는 이슈들을 확인한다.

그리고 잠시 산책을 갔다 오고 저녁 식사를 하고 안정이 되면 그때부터 다시 일을 시작한다. 할당량을 채울 때까지 일을 하되 다 하지 못하면 잠을 줄이고, 컨디션이 좋아서 일찍 끝나면 그 시간은 스스로에게 보상을 하는 의미로 하고 싶은 걸 한다. 영화를 보거나 책을 보거나.

컨디션이 매우 안 좋을 때나 그 루틴을 어겼었지, 늘 똑같은 일상을 지키려 애썼다. 병원을 가거나 혹은 일이 있어 이 집을 떠나야 하는 경우 빼고는.

그런데 빈둥거리기라니.

이곳에서 혼자 빈둥거려 본 적은 없다. 서재는 인이어를 안 끼어도 되는 공간이지만 왠지 여기 있기가 부담스러웠다. 그건… 이 공간이 너무 넓어서. 여기 혼자 있다는 게 왠지 두렵기도 했고 혹은 바보 같은 기분이 들기도 했다. 그 이유는 딱히 알 수 없었지만.

그러다 여기서 제 책을 보고 있는 저 여자를 봤다.

자신만의 은밀한 곳에 누군가 침입한 기분… 그런 기분이었다. 사람을 들여도 2층엔 올리지 말라고 했었지만 영천댁이 다리가 시원찮다는 걸 알고는 묵인해야 했었다. 공사를 할 때 엘리베이터도 같이 만들걸. 그러나 그 소음을 참아 낼 수 없을 거 같아서 음식을 올리는 작은 것만 만들었다. 그러니 누군가 청소를 하러 올 거라는 걸 알았지만 저렇게 젊은 여자일 줄은 몰랐었다.

그리고 제 물건에 함부로 손을 대는 게 기분 나빴었다. 그렇다고 그걸 굳이 일하는 사람에게 사과할 필요도 없다고 생각했었다.

그랬었다…….

그러나 옆에 야간 어이없다는 표정으로 앉아 있는 여자를 보자 그는 저도 모르게 바보처럼 미소 짓고 말았다.

빈둥거리다니…….

참으로 낯선 단어였다. 늘… 뭔가를 해야만 했다. 그래야만 살 수 있었다. 하루에 네 개의 아르바이트를 한 적도 있었다. 지쳐서 앉아 잠을 자다 그대로 다시 알람 소리에 놀라 뛰어나간 적도 있었다.

그래서 더욱 이곳에서의 시계가 필요 없는 생활이 당혹스러웠었다.

다만 이곳에 시계는 없어도 빈둥거리는 사람은 없었다. 심지어 마당의 개들조차 바빠 보였었다. 이제 쉬어…라고 이야기를 했지만 그사이에도 가스레인지에 올라간 육수를 들여다봐야 했고, 마늘 속껍질을 까야 했다. 가끔 짬짬이 쉬는 거지 대놓고 빈둥거린 적은 없었다.

그러나 옆에 앉은 남자는 커다란 빅백에 두 팔을 올려 머리를 받치곤 흔들거리는 커다란 나뭇가지의 그림자가 어리는 창을 쳐다보다 눈을 감았다.

사방은 고요했다.

밤에 제대로 잠을 자지 못해서인지 늦게 일어났지만 다시 눈이 감겼다. 부드러운 감촉의 쿠션이 나른함을 전해 주었다.

이건 꿈일까… 그럴지도 모르지. 이런 어이없는 상황이라니…….

여자가 잠들었다. 숨소리조차 뿌옇다. 신기해라…….

이 병을 앓은 뒤에 누군가 잠든 걸 옆에서 본 적이 없었다. 사람이 잘 때도 소리가 난다는 걸 알게 되다니.

그는 몸을 일으키고 빅백에 기대앉았다. 그러곤 여자를 내려다보았다. 헉 소리가 날 정도로 예쁜 얼굴도 아니었다. 약간 마른 것 같은 여자의 몸은 안으면 전혀 달라졌지만, 보기엔 그냥 길 가다 흔하게 볼 수 있을 만큼 평범했다. 물론… 그런 길을 다녀 본 것도 오래됐지만. 여자는 그냥 대충 묶은 머리카락도 짙은 갈색, 아니, 검은색에 가까웠다. 편안한 티셔츠, 트레이닝복 바지…….

제가 머릿속에 그려 본 적조차 없는 그런 모습이었다. 하지만 그는 다시 어이없는 미소를 짓고 말았다. 그리고 여자를 더 잘 보고 싶어서 옆으로 돌아앉았다. 꼭 다문 입술이 버석하게 말라 가는 게 느껴졌다.

다시 그 입술을 적시고 싶어졌다.

들을 땐 분명히 알아들었던 거 같은데… 막상 찾으려니 헷갈렸다. 당연하지. 편의점 음료수 이름도 헷갈리는데 와인의 이름이라니. 하루 종일 드나드는 데가 음식 재료가 쌓인 팬트리였다. 물론 그 안에 별의별 것이 다 들어 있어서 어디에 뭐가 있는지는 정확히 알 수가 없었다. 그러나 그 옆에 와인 저장고가 있었고 그 안에 이렇게 많은 와인이 쌓여 있을 거라곤 생각하지 못했다. 물론 가끔 이탈리안 정찬이나 스테이크가 올라갈 땐 와인도 올라가긴 했었다. 그러나 그걸 제가 찾지는 않았다.

분명히 뭐라고 이름을 이야기해 줬었는데… 뭐라고 했더라……. 무슨 로마 꽁띠? 하, 모르겠다. 로마는 들었던 거 같으니까 비슷한 걸 찾아봐야 하나. 영진은 와인렉에 누워 있는 와인병을 돌려서 글자를 보려 했지만 영어도 아닌 것 같아서 더욱더 당황스러웠다.

"로마네 꽁띠가 있을 텐데… 영천댁이 숨겨 놨나? 뭐 그것도 괜찮으니까. 가져와."

아, 로마네 꽁띠였어. 이런 돌머리 같으니라고. 그러나 다시 찾으러 갈 필요는 없었다. 남자는 제가 가져온 와인을 받더니 열심히 코르크 마개를 따기 시작했다.

다이닝 룸의 조용한 식탁 위에는 잘 구워진 스테이크와 제법 그럴듯하게 놓인 가니쉬용 채소도 있었다. 그리고 제가 찾아 놓았던 커트러리도 잘 놓여 있었다. 이 남자는 대체 못하는 게 뭘까.

"마리네이드가 덜 돼서 맛은 모르겠지만, 적어도 고기는 좋은 거라서 먹을 만할 거야. 자, 스테이크엔 와인이지."

고민하다 잘못 들고 온 와인이 글라스에 따라졌다. 맛은 어떨지 모르겠지만 색은 그럴듯했다.

"건배할까?"

얼떨결에 잔을 들었다.

"우리의 밤을 위해서!"

잔을 부딪치면서도 당혹스러울 뿐이었다.

깨끗한 싱크대 위에는 늘 그렇듯 먼지 하나 없어 보였다.

'위에서 기다릴게.'

위층은 이 시간에 가야 할 곳이 아니었다. 영진은 주방의 불을 껐다. 그러나 완벽하게 어두워지진 않았다. 거실에도 부분 조명이 켜져 있었고 복도에도 등들은 켜져 있었다. 그리고 위층으로 올라가는 계단에도.

뭐 어때.

혼자 제 좁은 침대에 누워서 폰으로 영화를 보는 것보다야 뭔가 좋겠지.

누가 묻지도 않는데 혼자 머릿속으로 열심히 변명만 하던 영진은 결심한 듯 두꺼운 계단의 중문을 열었다. 그리고 쥐 죽은 듯 고요한 2층으로 올라갔다. 그 소리가 색으로 보인다는 남자를 찾아서.

역시 두꺼운 서재의 문을 열고 들어가자 고요가 가득한 곳엔 나른한 불빛이 쏟아졌다. 밤엔 처음이었다. 간접 조명이 책꽂이 위로 드리워져 있었다. 그러나 늘 보던 그런 불빛들은 전혀 아니었다. 뭔가 뿌연 기분이 가득 서린… 묘한 빛이었다. 그리고 제가 늘 먼지를 닦던 군데군데 있는 협탁 위의 초록색 유리 덮개가 있는 스탠드도 켜져 마치 외국의 영화 속의 도서관 같은 분위기를 자아내고 있었다.

한눈에 보기에도 근사한 공간이었다. 낮에도 그랬었지만 마치 화장이라도 한 듯 은은하면서도 화려한 공간은 아름답기까지 했다. 이곳의 주인이 그렇듯.

"너무 안 와서 내려가려던 참이었어."

남자는 제게 다가왔다. 이게 아닌 걸까? 난 이곳에 잘못 온 걸까. 이 시간에 여기 있으면 안 되는 사람 아닌가, 나란 사람은.

영진이 뭐라 말하려는데 남자가 다가왔다. 그러곤 아주 익숙하게 고개를 숙였다.

남자의 입술이 제 속을 떨리게 했다. 지금까지 머릿속에서 곤죽이 되도록 이 남자를 그저 그런 타인 취급하려 애썼는데… 그건 다 어디로 가버렸을까. 단지 2층에 계시는 김 선생님의 비위를 맞추면서 살면 이 집에서 돈 벌고 사는 게 더 편해질 뿐이라고 누이이 곱씹었는데…….

남자의 입술은 아까 먹은 스테이크보다 부드럽고, 와인보다 더 짙은 향이 났다.

"잊었네. 우리 같이 커피 마시기로 한 거."

남자가 제 타액 때문에 젖은 입술을 떼고 말을 꺼내서야 긴 입맞춤은 멎었다.

"밤에 커피 마시면 잠을 못 자요."

영진이 겨우 한마디 했다.

남자가 웃었다.

"그럴 리가."

그러곤 그녀를 안아 올렸다.

김 선생님의 말은 맞았다. 물론 커피를 마시진 못했다.

커피 대신 남자는 저를 마시고 있었다.

"윽……."

그녀는 손을 내밀어 묘한 열기 때문에 이미 마른 기가 사라진 침대 시트를 움켜쥐어야만 했다.

"아… 그만……."

그러나 그만할 생각이 없는 상대는 더 집요하게 어디론가 파고들었다. 생생하게 느껴지는 감촉 때문에 영진은 저도 모르게 몸을 일으키려 했다. 하지만 그러지 못했다. 그냥 격해지는 숨만 들이쉴 수밖에 없었다. 아니, 그것도 힘들어지고 있었다.

"아……."

겨우 숨을 내뱉자 어둠 속에서 남자가 고개를 드는 게 느껴졌다. 온몸에 잔뜩 들어갔던 힘이 일순간에 확 풀어지는 기분이었다. 숨을 헐떡거리고 있는데 열기가 느껴졌다. 남자의 뜨거운 입술이 가볍게 부딪쳤다.

"이젠 내 차례야."

갑자기 피곤이 몰려왔다.

아까 커피를 마셨어야 했어…….

그러나 다시 자신의 입에서 저절로 배어 나오는 신음 소리 때문에 머릿속이 암전되고 말았다.

여자는… 달았다.

어느 구석을 핥아도 다 단맛만 났다. 커다란 사탕처럼 제가 밤새 핥아 먹으면 다 녹아 없어질 것만 같았다.

제가 썼던 그 여체에 대한 묘사와 탐닉은 참으로… 사소하고 지지했다는 걸 다시금 깨달았다. 제 지치지 않는 욕구에 여자가 다칠까 봐 겁이 날 정도였다. 그래서 새벽엔 채워도 채워도 차지 않을 것만 같은 제 욕심을 한풀 꺾어야만 했다.

한 번도 누군가를 위해 무엇인가를 해 본 적이 없었다. 돈이면 다 되는 세상이었다. 영천댁 내외를 그렇게 생각해 본 적은 없지만, 그는 그가 생각하기에도 넉넉한 돈을 지불하고 있었고, 그게 고마웠는지 영천댁 내외는 모든 걸 다 해냈다. 아니, 그 전에도 그랬었다. 아주 어렸을 적부터 할머니와 살았고, 할머니는… 그 어린 시절의 그에게도 대단했으니까.

모든 걸 다 해다 줄 사람들이 널려 있었다. 혼자 뭔가를 했던 땐 프랑스 유학 시절이었다. 파리에서 살았을 때 그때… 물론 그때도 마음만 먹으면 누군가 뭐든 해 줄 사람은 만들 수 있었다. 그러나 그게 싫었다. 혼자 뭔가를 한다는 거, 남들은 다 하찮게 여길 세탁물을 세탁기에 넣어서 빨래를 한다든지, 혹은 오븐에 냉동 피자나 라쟈냐를 넣어 데워 먹는 것 같은… 그런 사소한 일을 하는 게 즐거웠다. 남들은 어이없겠지만.

그때, 첫 키스도 했었고, 낯선 동급생과 첫 관계도 했었다. 모든 게 다 신기하고 즐겁기만 할 때 제게… 사고란 게 났다.

낯선 땅에서 느꼈던 해방감과 즐거움은 아주 잠깐 제게 다가왔다 사라져 버렸다.

그리고 모든 세계는 박제되어 버렸다.

하지만 중요한 건 박제된 세계도 그리 나쁘지 않았다.

박제된 세계의 묘미는 박제사의 재주에 따라 무리에서 배척당하던 작고 어설픈 개체가 용맹한 맹수가 되어 버릴 수 있다는 거였다. 그게 즐거웠다. 그리고 그 즐거움이나마 있어서 이 개같은 삶을 살 수가 있었다.

그리고 기막힌 향을 내면서 잔에 채워지는 커피를 보면서 그는 살아 있는 게 다행이라 여겼다.

어떻게 살아왔는지도 알 수 없는 낯선 여자를 생각하면서.

보이지 않을 땐 두려웠다.

어떤 사람인지 알 수 없으니까. 어떻게 살아온 사람인지, 나를 어떻게 생각할지, 그리고 또 언제 떠나 버릴지…….

그러나 문을 열고 얼굴을 보면 모든 걸 잊어버리고 말았다. 대체 내가 의심하는 게 뭔지 따위까지.

"굿모닝!"

이런 게 제가 그렇게 묘사하고 설명했던… 사랑인 걸까.

사랑이란 게 이렇게 하찮은 걸까.

그는 문을 닫으면서 후회했다.

12

이건 작은 소꿉놀이 같았다.

물론 규모는 거대했다. 전 같으면 연애를 한다고 해도 이런 곳에서는 아닐 테니까.

색이 보인다는 남자는 영진과 대화하지 않을 땐 그 비싸다는 이어폰을 끼고 있었다. 그리고 무서운 개들의 밥도 줬고, 2층을 손수 청소를 하기도 했다. 영진은 늘 그렇듯 먼지도 없는 아래층을 청소하고 저 때문에 눅눅해진 게 분명한 침대 시트들과 옷가지 등 빨래들을 했다. 물론 해가 쨍쨍 내리쬐는 마당의 빨랫줄엔 키 큰 남자가 나타나 도와줬다.

대신 닭살 돋게 도와준 대가를 요구했지만.

땡볕에서 한참 동안 목을 꺾은 채 키스를 한다는 건… 참… 색다른 경험일 게 분명했다.

폭풍 덕에 엉망이 된 박 여사의 나물들 잔해도 치워야 했다. 온 사방에 다 날려 폭탄을 맞은 것처럼 엉망이 되어 있었다.

"버려."

"안 돼요."

캐기도 힘들고 일일이 다 삶아서 말리던 것들이었다. 어차피 잘 말려놔도 처음 보는 사람의 눈엔 그다지 괜찮아 보이지 않을 게 분명했다. 다 뒤섞이고 젖어 버린 것들이지만 영진은 그걸 만들던 수고를 생각해서 다시 햇볕에 잘 널었다.

"아마 어떻게든 다 살릴 테니까."

"알뜰하네."

"이거 이렇게 하느라 들인 수고를 옆에서 봐서 그래요. 못 봤으면 나도 버렸겠죠."

"집안일을 잘하나 봐. 영천댁이 무지 까다로운데 그렇게 믿고 있는 거 보면."

"집안일이라곤 평생 해 본 적 없어요."

집…이란 게 없었으니까. 그 집이란 건 하우스가 아니라 홈일 것이다. 가족이 있어서 그들을 위해 빨래를 하고 먹을 것을 만드는 것 같은.

"그래? 그럼 집에 일하는 사람이 있었나 봐. 그런데 직접 이런 일을 하다니."

저 귀티 가득한 남자는… 아마 저 같지 않은 인생을 늘 이렇게 살아온 게 분명했다. 그런 사람에게 설명을 해서 뭘 하나. 영진은 대답하지 않고 가만히 있었다.

"뭐 이런 집안일도 사실 재밌지."

그럴 리가. 영진은 나물들을 대충 늘어놓고 휙 몸을 돌려 들어가는 걸로 이 대단한 남자에 대한 사소한 분노를 표출했다. 그건 다분히 계급적인 분노일 뿐인데도 불구하고.

"아, 배고프네. 우리 점심은 뭘 먹을까?"

저 남자는 그런 걸 모르고 있어서 다행이었다.

"나도 나름 한 파스타 하는데… 뭐 영천댁 아줌마를 따라갈 순 없어. 강남에 유명한 이탈리안 쉐프보다 더 솜씨가 좋으니까."

사실 파스타를 그다지 좋아하진 않았다. 제일 큰 이유가 너무 비싸다는 원초적인 이유였고, 그리고 가격에 비해 너무 양이 적었다. 하지만 박 여사님의 파스타는 괜찮았다. 그릇부터 맛까지 고급 레스토랑의 것과 똑같았고 양도 넉넉했다. 게다가 손수 만드는 피클도 다 맛있었으니까.

남자가 만든 파스타는 괜찮았지만 뭔가 빠진 느낌이었다. 그런데 뭔지 딱히 그걸 알 수 없었다. 조개와 새우가 듬뿍 든 봉골레 파스타는 위에 뿌려진 치즈와 파슬리 가루까지 완벽했다. 그리고 사이드로 역시 갓 구운 빵과 수프도 있었다. 참… 딴 세상 속 꿈속같이.

소음이 심해서 역시 고요한 다이닝 룸에서 먹어야 했다.

"어떤 색 좋아해?"

"……?"

제 쳐다보는 눈빛이 대체 왜 이러냐…고 물었던 모양이었다.

"그냥, 알고 싶어서. 김영진이란 여자는 어떤 사람인가 하고. 그럼 물어보는 거 있잖아. 이띤 색 좋아해요? 취미가 뭡니까? 어떤 계절 좋아해요? 좋았던 영화는 뭐예요……."

그럴 리가. 사람에 대해 알고 싶으면 다른 걸 물어봐야 하는 거 아닌가. 연봉은 얼마예요? 정규직이에요? 어디 살아요? 무슨 동? 집은 자가예요? 부모님 직업은 뭐예요…….

어떤 색을 좋아하는지가 타인에 대한 호기심인 남자가 또다시 괴리감이 느껴졌지만 영진은 대답했다.

"검은색요. 때도 안 타고 유행도 안 타니까."

그래서 그랬는지 옷을 버릴 때도 유행 지난 겨울옷들이나 재킷은 모조리 다 검은색이었다. 그냥 일하다 바로 장례식장에 가도 될 것만 같았다. 적어도 스케치북에 칠할 크레파스를 고를 땐 아마 검은색을 집지는 않았을 것이다. 때도 덜 타고 언제나 무난하고 유행도 덜 타는 색……

"검은색이라… 검은색은 우아하지. 가장 기본적이면서도 모든 색을 다 섞어야만 도달할 수 있는 융합적인 색이기도 하고. 고독하지만 누구에게나 열려 있는 색이니까."

그랬구나. 그 시커먼 색이 그렇게도 정의될 수 있구나.

영진은 잠자코 파스타를 먹으면서 커다란 조개껍데기를 꺼내 옆에 빈 접시에 담았다.

"나는, 전에 말했지? 좋아하는 색이 샤르트뢰즈라고."

그게 뭐였더라. 영진은 여전히 조개껍데기를 골라내고 있었다.

"당신의 목소리에서 나는 색. 투명하고 맑은 연두색. 옅은 에메랄드 그린."

문득 저 남자의 말이 전부 거짓말이 아닐까 하는 생각이 들었다. 그냥 난청인데—적어도 목소리는 알아들으니까—하찮은 저 같은 사람을 꼬시려고 그렇게 말한 건 아닐까 하고. 여기에 일하러 왔던 여자들은… 다 그렇게 저 남자랑 '즐겼던' 게 아닐까.

"좋아했던 영화는 뭐였어?"

무조건적인 호의란 건 있을 수 없었다. 세상은 철저히 Give & Take의 법칙이 존재한다. 받은 게 있으면 줘야 하는 법. 이 남자한테 줄 수 있는 게 있다는 게 그나마 다행이었다.

"으으으윽……"

남자의 신음 소리가 더 커지게 만들고 싶었다. 왜일까. 이 사람에게 잘하고 싶은 걸까. 잘한다는 게 뭔데……

영진은 열심히 제 입 속의 것을 빨아들였다. 그러나 결국 참을 수 없던 남자는 그녀의 어깨를 움켜쥐고 제 남성에서 떼 내고는 짐승 같은 신음 소리를 내며 그녀의 위로 올라갔다.

뜨겁고 젖은 것이 제 속으로 파고들자 이제는 여자의 입에서 신음 소리가 터져 나왔다.

이건 꿈일까. 꿈일 거야.

제 맨몸을 휘감은 타인의 살갗에서는 땀 냄새에 섞여 야릇한 향이 느껴지는 것 같았다. 나 아닌 누군가와 이렇게 가까이 붙어 잔 적이 있었나? 아마… 어느 추운 겨울날 아무도 오지 않는 어른들을 기다리며 어린 영식이와 체온을 나누며 이불을 뒤집어쓰고 있던 날들뿐이었을 것이다.

그러니 꿈이겠지.

그걸 증명이라도 하듯 제 움직임을 느낀 상대는 부드럽게 귓가를 물어 왔다. 살짝 떴던 눈이 다시 감겼다.

"자? 이미 해가 중천에 떴는데?"

잠을 제대로 잤어야지.

영진은 움직이지 않는 척했다.

"일어나. 일어나서 빈둥거려야지……."

빈둥거리는 건 눈 감고 해야 하는 거 아닌가. 그러나 상대는 그게 아닌 모양이었다. 그녀의 어깨에 입술을 찍더니 커다란 손은 슬그머니 그녀의 가슴을 다시 감싸 쥐었다. 영진은 제 엉덩이께에 이물감을 느끼며 눈을 떠야 했다.

"눈 떴다구요!"

"그런데 좀 늦었네."

다른 손이 아래로 내려가더니 그녀의 속을 헤집는 게 느껴졌다. 그게 아닌데… 스스로도 금방 젖어 드는 게 느껴져서 당황스러웠다.

이미 해가 중천에 떠 있었다.

"애들 밥은 줬고, 이제 내 밥 줄 차례인데?"

남자가 귀에 손을 대면서 말했다. 아마 밖에 나갔다 오느라 이어폰을 낀 모양이었다.

영진은 가만히 휴대폰을 보고 있다가 말했다.

"저기… 이제 제자리로 돌아가야 할 거 같아요."

"…문자 왔나 봐."

영진의 표정을 보고 남자는 내용을 알 것만 같다는 듯 말했다.

"네."

그가 물었다.

"제자리가 뭔데?"

"저는 이 집에 박 여사님의 일을 도와주러 온 사람일 뿐이고, 김 선생님은 늘 그렇듯 2층에 있는 분이니까. 그렇게 돌아가야 한다는 거죠."

이건 제 오랜 본능이었다.

노력 없는 대가는 없었다. 노력이 있어도 대가가 없을 땐 있어도. 이 짧은 2박 3일의 일탈은 충분히 달고 충분히 과했다. 제 고용주인 박 여사의 하늘 같은 김 선생님에 대해 감히 이런 짓을 하고 있을 순 없었다. 물론 저 대단한 김 선생님이 '명령'을 내린다면 무수리에서 갑자기 후궁이 되듯 성은을 입을 수야 있겠지만 영진은 그걸 바라진 않았다. 아니, 그냥 이전으로 돌아가고 싶었다.

"왜?"

"얌전한 고양이가 부뚜막에 먼저 올라간다는 속담 알아요?"

"알지."

"박 여사님이 보기에 제가 그럴 거 같거든요."

남자는 잠시 말을 하지 않았다.

"박 여사님한테 김 선생님은 절대적인 존재예요. 그런데 저 같은 하찮은 주방 보조가 감히……."

"그게 무슨 소리야."

정욱은 어이가 없어서 말을 끊어야 했다.

"하여튼 전처럼 대해 달라는 거예요."

"싫어."

대답은 바로 나왔다. 아직 첫 월급도 못 받았다고! 영진은 지지 않고 말했다.

"나도 싫어요."

"뭐가?"

"뻔하지 않아요? 박 여사님이 무슨 생각을 할지. 기껏 일하라고 데려온 젊은 여자애가 며칠 자리를 비웠더니 그새 김 선생님을 꾀어서 사고를 쳤다고……. 난 그런 말 듣고 싶지 않아요."

말을 내뱉고도 좀 더 생각을 해야 했다고 느꼈다. 뭔가 다른 말이 필요했을 텐데.

"영천댁 월급은 내가 주고 있어. 내가 하고 싶으면 하는 거라고!"

"난 그게 싫다고요!"

대체 뭐가.

돈이 많아서 대단한 네가?

"아니, 뭐가."

남자도 몰라서 되물었을 것이다.

"그냥, 좀… 전과 같은 척해요. 제발……."

대체 뭐가 걸렸던 걸까. 제가 말한 것처럼 저를 믿고 일을 맡겨 준 박 여사님 내외가 느낄 배신감 같은 걸… 보기 싫은 걸까. 그렇게 하늘같이 여기는 김 선생님을 젊은 몸뚱이로 꾀었다는 게 부도덕하다는 걸… 스스로도 아는 걸까.

아마 모든 거였을 것이다. 그게 사실이니까. 그리고 어쩌면 이런 사실이 두렵기도 하니까.

"그걸 원해?"

"네."

남자는… 거짓이 아니었던 모양이었다. 남자의 표정이 굳어지는 게 눈에 보였다. 그게 더… 맘에 걸렸다.

"김 양! 내가 진짜 김 양 때문에……. 이걸 어떻게 갚아야 할지 모르겠어!"

마치 몇 년 만에 손녀를 보는 것 같아 보였다. 실제로 할머니가 없었기 때문에 그걸 알지는 못하지만. 영진은 비록 4일 만이나 마치 오랜만에 본 것 같은 박 여사가 차에서 내리자마자 뛰듯이 와 저를 안는 것을 보고 당황해서 뭐라 말을 하지 못했다.

나이 든 노인네에게서는 어쩐지 장례식장의 향냄새가 나는 것만 같았다. 구겨진 검은색의 옷과 피곤해 뵈는 얼굴은 몇 년 팍삭 늙은 거 같은 모습이었다. 게다가 부쩍 흰머리도 늘어난 것 같았다.

"피곤하시겠어요."

항상 타인을… 손익으로만 계산한 것에 대한 부작용이었다. 뭔가 더 따뜻한 할 말이 있을 텐데 딱히 기억이 나지 않았다.

"진짜 우리 김 양 때문에 내가 맘 놓고 언니 임종을 보낼 수 있어서 얼마나 다행인지……."

딱히 다행이 아닐지도 모른다고 대답하고 싶었지만 하지 못했다.

"그래, 파스타를 다 했다고? 어휴, 기특해라."

박 여사가 돌아와서 좋았다. 전 같은 생활이 좋았고, 위층 남자의 식사를 도맡거나 혹은 그 반대인 것도 불편했었다. 그런데 점점 그게 아닌 게 되고 있었다. 박 여사는 분명 피곤할 텐데도 불구하고—본인이 말하길 산에 가서 언니를 묻고서 바로 올라왔다고 했다—모든 걸 다 보고하길 원했다.

이틀이나 아침은 김 선생님의 빵과 커피로 때웠었다. 아, 그리고 뭘 먹었더라… 기억이 가물가물했다. 그러나 박 여사님은 다 알고 싶어 했다.

"김 선생님이 다 드셨어? 뭐라고 하진 않으셨지? 그랬을 거야. 워낙에 이해심이 있으신 분이니까. 김 양이 좀 실수했어도 뭐라 하지 않으셨을 거야."

그럼요. 그분이 해서 저한테 갖다줬거든요… 영진은 그 대단한 김 선생님한테 자신이 한 부탁이 백 번 천 번 잘한 일이란 걸 다시금 깨닫게 되었다. 이해심이 있는 분이라니…….

"김 양 덕분에 큰일 잘 치렀어."

평소에 말이 없는 영감님도 한마디 거들었다. 누군가에게 쓸모 있는 사람이 된다는 건 참 바람직한 일이었다. 다만, 위층에 있는 사람에겐… 너무 부담스러운 게 흠이었지만.

저도 어렸을 적이었지만 장례식이란 걸 해 본 적이 있었다. 그냥 옆에서 울다 말다—죽음이 슬퍼 운 긴 아니었는데 장례식장은 좀 그런 곳이었다—주는 밥이나 먹고 앉아 있었는데도 힘들었다. 끝나고 나서 감기를 호되게 앓았던 기억이 있었다. 그러니 박 여사님은 더할 게 분명했다. 그러나 전혀 그렇게 보이지 않았다.

다만 운전을 하느라 피곤했던 영감님은 마당 좀 정리하자는 박 여사의 말을 들은 체 만 체 하고 안으로 들어가 누워 버리셨다. 사실 그건 당연한 거 아닌가.

"그동안 제대로 못 드셨을 거야. 어휴, 내일은 장을 좀 봐야겠네. 코스트코라도 갔다 와야지 원."

4일 내내 굶기기라도 한 듯 박 여사는 부산하게 바빴다. 고기를 꺼내 손질을 하고, 찌개를 끓이고, 말린 생선을 불리고, 나물을 무치고… 무슨 잔칫상이라도 차리듯 부산했다.

그리고 그건 오히려 다행이었다.

그걸 돕느라 위층에 신경을 쓰지 않아도 됐으니까. 느긋하고 섹슈얼한 이 집의 나른한 오후보단 이런 눈코 뜰 새 없이 바쁜 주방이 더 나았다.

왜인지 모르겠지만.

평소와 똑같이, 아니, 한층 더 화려한 밥상이 올라가고 나니 주방에는 그제야 안도의 한숨이 내려앉는 기분이었다.

"우리도 식사하지!"

박 여사가 말을 하고 막 수저를 드는데 영진의 주머니에 있던 휴대폰 진동이 울렸다. 영진은 몰래 휴대폰을 꺼내 보았다.

[같이 먹어.]

영진은 그냥 휴대폰을 주머니에 넣어 버렸다.

왜일까.

늘 그렇듯 화려한 저녁상만 보더라도 영천댁의 귀가는 현실이고 사실이었다.

이곳에서의 700여 일… 그러니까 1년 365일의 곱이 되는 시간 동안 삼시 세끼, 간식들을 늘 혼자 이 식탁에서 먹었었다. 그런데 단 3일… 누군가와 같이 먹은 게 익숙해질 리 없는 시간인데, 그는 텅 빈 앞자리를 보고 숟가락조차 들 수 없었다.

왜일까.

가장 많이 들었던 말이었다.

'넌, 너무 매사에 계산적이야.'

'그게 무슨 뜻인데?'

'냉정하다고.'

군이 반박하고 싶진 않았다.

대단했던 할머니, 나중에서야 알게 되었지만 그 모친에 치여 살았던 아버지. 아버지는 끊임없이 일탈을 꿈꿨고 그것에 희생된 건 엄마였다. 엄마를 떠나보내곤 매번 바뀌는 아버지의 곁에 있는 사람들에게 감정을 내밀 수 없는 건 당연했다. 제게 진심인 사람은 단 한 사람 할머니뿐 이었지만, 불행하게도 할머니는 너무나 바빴다.

제 곁에 있던 사람들에게 의지하려 했지만 몇 번의 배신을 당하고 그는 깨달았다. 세상은… 혼자가 편하다는 걸.

첫 친구였던 형석이, 첫 키스를 했던 혜진이, 첫 섹스를 했던 일리아……. 그는 처음만 기억이 났다. 수많은 다른 이들은 기억할 수 없었다. 아니, 기억하지 않으려 했다. 그러다 사고가 났다.

그러곤… 그의 세상은 깨져 버렸다.

시각과 청각이 뒤범벅이 되어 그를 괴롭혔고, 그는 그것을 이기려고 밀폐된 공간에서 전부터 하고 싶었던 글을 쓰는 일을 시작했다. 아마… 그게 그토록 성공하지 않았더라면 진작에 그 골방에서 생을 마감했을지도 몰랐다. 세상이 아름다운 건 컴퓨터만 있으면 그 어디에든 갈 수 있고 그 무엇이든 '할 수 있는 척' 할 수 있다는 거였다.

처음부터 글을 쓰는 걸 업으로 삼을 생각은 없었지만, 그는 책 읽는 걸 좋아했고 복잡한 트릭을 구상하길 좋아했다. 애거사 크리스티나 애드가 앨런 포우 같은 고전적인 추리 소설을 탐닉했고 정치 스릴러도 좋아했다. 언젠간 글을 써 봐야지 생각은 했었지만 워낙에 학업도 바빴고 놀기에도 바빴기에 선뜻 행동으로 옮길 시간은 없었다.

원래부터도 예민하고 까칠하다는 말을 듣던 성격이었다. 그런 그가 갇히다시피 해서 '치료'를 받는 동안 그 나쁜 성격은 더욱더 심해졌다. 그래서 그의 주치의는 뭔가 집중할 수 있는 걸 권했고 기나긴 재활 치료 기간 동안 그는 글을 쓰는 걸 시작했다. 인터넷으로 세상을 서치하는 것조차 그에겐 악영향을 미쳤기에 그에게 주어진 건 인터넷이 연결되지 않은 컴퓨터뿐이었다.

하루 종일 무료한 시간을 보내기 위해 그는 화면에 글을 채워 넣기 시작했고, 그것에 몰두하니 발작이나 폭력적인 성향이 줄어들었다. 그는 새로운 세상을 창조하는 데 전념했고, 그것이 오히려 치료에 도움이 되었으며, 주치의는 그 완성도를 칭찬하면서 세상에 내놓아 볼 것을 제안했다.

그때 생각지도 못한 인기를 얻었다.

그게… 그의 삶을 마감하지 못한 계기가 되었다.

일면식도 없는 미지의 대중의 사랑, 맹목적인 찬사, 저명한 대중 매체들의 주목…….

우울증과 병의 후유증에 시달리던 젊은 영혼에게 쏟아진 불분명한 대중의 갈채는 스러지려 한 한 인간을 일으켜 세우기 충분했다.

단순히 치료나 혹은 시간을 때우기 위해 글을 썼던 그는 글로 인해 치유를 할 수 있었다. 세상을 서치하더라도 발작을 일으키지 않았고, 기술의 발달 덕에 잡음을 없애 주는 노이즈 캔슬링이 가능한 기계가 발명되었다.

게다가 유일한 손자로 인정해 주는 대단한 조모는 그를 위해 독일의 음향 전문가 팀을 초청해서 세상에 딱 하나뿐인 인이어를 맞춰 주는 수고까지 했다.

소리를 통제할 수 있게 된 그는 병원을 나오기로 마음먹었다. 인이어가 없이는 도심에서 그 엄청난 소음 때문에 전혀 앞이 보이지 않을 정도였다. 그러니 조용하고 하고 싶은 걸 혼자 할 수 있는 집을 만들어야 했다. 터를 찾는 건 조모가 맡았고, 그는 설계를 하고 전문가들의 도움을 받아 그걸 고쳐 갔다. 그사이 글을 쓰고 그는 더욱더 부와 명성을 얻었다. 그리고 마침내 그가 원하는 삶을 시작할 수 있게 되었다.

그리고 지금까지 왔다.

거기에… 타인은 필요 없었다.

그의 주치의인 닥터 주의 그… 시커먼 목소리. 눈을 감으면 지적이고 또렷하고 상대를 배려하는 목소리였는데 왜 그런 색으로 퍼졌는지 전혀 알 수 없었다. 아무리 예쁘고 괜찮은 여자가 다가와도 말만 내뱉으면 탁한 녹슨 쇠 빛이나 기분 나쁜 회색빛으로 쏟아져 내려 얼굴 같은 게 보이지도 않았다. 대체 왜 그러는지 우리나라에서 가장 유명한 이비인후과 의사도, 안과 의사도, 정신과 의사들도… 알지 못했다

그러니 포기하는 건… 어쩌면 당연한 수순인지도 몰랐다.

"진료받으러 오는 색청 환자가 서너 명 있어요. 하지만 의사인 나는 전혀 그 병을 알 수가 없죠. 하지만 대부분의 환자들은 너무 컬러풀해서 정신이 없다거나 혹은 특정한 소리에서 일정한 소리를 본다고들 해요. 색은 다채롭고 어쩌면 경이롭기까지 해요. 하지만 한정욱 씨는 전혀 다르죠."

그가 검진용 스케치북에 칠하는 색은… 누가 보기에도 정신병 환자 같아 보이는 색들이었다. 그러나 그건 일부러 그런 게 아니었다. 실제로 그렇게 보이는, 아니, 제 눈에 보이는 저 적나라한 색을 나타낼 만한 색들이 내민 파스텔 통에는 없었다.

그가 그나마 '행복' 했던 순간은… 이 집에 도착했을 때였다. 새집 냄새가 풀풀 났지만 그가 꿈꾸던 넓고 자유로운 공간과 인위적인 소음이 없는 공간, 두꺼운 창밖으론 푸른 나무와 산, 새파란 잔디, 그리고 하얗고 커다란 개까지 있는… 평화로운 곳이었다.

그리고 영천댁이 해 주는 맛있는 음식들… 병원의 그 끔찍스러운 먹

거리가 아니라.

눈앞에 오랜만에 솜씨를 부린 게 티가 나는 상이 펼쳐져 있는데… 그는 식욕이란 게 생기지 않았다. 아마… 이 며칠 식욕에 비할 바 없는 색욕에 눈을 떠서였을까. 단지 그 여자와의 섹스가 좋았던 걸까.

그럴 수도 있다…….

그는 자신이 없었다.

하지만 부드러운 입맞춤, 같이 눈을 맞추고 하는 식사—물론 그릇이 부딪치거나 수저가 딸깍거리며 시야를 흩뜨리긴 해도—여자가 입을 열 때마다 마치 구름처럼 떠도는 투명한 연둣빛 조각들… 그런 연둣빛 덩어리를 안을 때의 감촉, 제가 쓴 책들에 대한 이야기를 할 때의 즐거움… 변명을 해 보라면 할 자신이 있었다.

그러나 하지 못한 건… 여자의 너무… 단호한 말 때문이었다.

'이젠 제자리로 돌아가야 할 거 같아요.'

그 여자에겐 그냥 이상한, '김 선생님'과의 일탈일 뿐이었다. 단지 천둥번개가 무서워서 타인의 품에 뛰어든 것뿐이었다…….

휴대폰에서는 아무런 답장이 없었다.

'얌전한 고양이가 부뚜막에 먼저 올라간다는 속담 알아요?'

제 여주인공들은… 그렇지 않았다.

'작가 김동철은 그야말로 완벽하게 이중적이다. 선이 굵은 남자의 세계를 제대로 묘사하면서 동시에 그런 액션과 스릴러 작가들이 간과하고 있는 여성들의 섬세한 심리조차 완벽하게 묘사해서 보는 이로 하여금

치를 떨게 만든다.'

물론… 출판사의 판매 전략이자 광고 수단일 수도 있다. 그러나 그걸 스스로 용납할 수 있을 만큼 노력했다.

그러나 그 노력조차 한낱 손재주에 불과하다는 걸 깨달았다. 진짜 여자의 심리는… 도저히 알 수 없는 것이었다.

시간이 지나고 있었다. 그는 내키지 않지만 젓가락을 들어야 했다.

갑자기 사는 게… 비참해졌다.

어이없게도.

영감님은 입맛이 없는 게 분명했다. 몇 술 뜨다 마시더니 들어가야겠다고 했다.

"그래요. 피곤했으니까. 탁자 위에 오메가쓰리랑 비타민 먹고 주무셔."

박 여사님의 얼굴도 그래 보였다.

"위에서 내려오면 제가 치울 테니까 들어가서 쉬세요. 힘드셨을 텐데."

"아니야, 괜찮아."

그러나 전혀 괜찮지 않아 보였다.

"설거지는 제가 쫌 해요. 그나저나 오늘따라 맛있는 거 올라가서 오래 드시나 보네요. 설거지만 하면 되니까. 들어가세요."

"그래… 그럼 그럴까."

위에 올라간 상이 쉬이 내려오지 않아서 먹은 상을 이미 치웠기 때문에 별로 치울 건 없었다.

"네, 들어가세요."

"고마워, 김 양. 진짜……"

"얼른요."

아무리 일 욕심이 넘친다 해도 상대는 노인네였다. 장례식이란 게 얼마나 힘든데……. 그리고 전라도에서 여기까지 와서 이런 상을 또 차렸으니. 박 여사는 피곤한 표정으로 자리에서 일어났다.

박 여사와 영감님이 있어서 아름다웠던 주방은 그들이 사라지고 나서는 또 다른 익숙함으로 다가왔다. 저 사람들이 있었어야 했는데… 그런데 왜 그랬을까. 영진은 그릇들을 식기세척기에 넣으면서 왜 위층에서 상이 내려오지 않는지 궁금해졌다. 설마… 저를 기다리고 있는 건 아니겠지.

영진은 늘 하듯이 싱크대 옆에 튄 기름들을 닦고 있었다. 왜 안 내려오는 걸까.

그때였다. 요란한 소리가 들리고 스테인리스로 된 문이 열렸다. 위층에 올라갔던 상이 내려왔다.

영진은 반가워서 얼른 그쪽에 다가갔다가 멈칫했다. 음식은 거의 그대로 남아 있었다. 평소 같으면 먹성 좋은 김 선생님은 이 정도쯤은 거의 흔적도 없게 만들었을 텐데.

어디… 불편한가?

영진은 그걸 보고 망연하게 있었다. 박 여사를 미리 보낸 게 다행인 것 같을 정도였다. 이 잔반들을 봤더라면 아마 큰일이라도 난 듯 난리가 났을 게 분명했다.

딴생각을 하지 않으려 애썼다.

남은 것들을 잔반통에 다 쓸어 담고 설거지를 하기 시작했다. 남자가 쓴 수저, 물컵… 그런 것들을 보지 않으려 했다.

아니, 당연한 거 아니야?

왜 그날 천둥은 쳐서… 제가 뛰어 올라가지만 않았더라면 저런 일은 안 일어났을 텐데.

영진은 열심히 설거지를 하기 시작했다. 오로지 설거지통과 수세미에만 정신을 쏟으려 애썼다. 그러나… 잘 되지 않았다.

자신의 방으로 온 영진은 자신의 작은 방이 낯설게 느껴지는 게 우스웠다. 겨우 3일 만인데…… 어이가 없어져서는 머릿속에 뭔가 마구 떠오를 거 같아서 화장실로 들어갔다. 박박 씻으면 좀 나아질까 하고.

그러나 그게 오히려 더 역효과가 나는 것만 같았다. 샤워기만 있는 비좁은 제 욕실에서 옴짝거리다 보니 넓은 위층이 생각났고, 보지 않으려 애써도 거울 속에 보이는 알몸은 다른 걸 연상시키고 있었다. 영진은 재빨리 닦고 옷을 입었다. 얼른 잠들어 버려야지…….

막 수건으로 머리카락을 닦고 있는데 갑자기 낯선 소리가 들렸다.

똑똑.

웬 노크 소리? 이 집에선 처음 있는 일이었다. 영진은 이상한 생각에 문으로 다가갔다. 그러자 문이 벌컥 열리곤… 누군가 들어와 그녀를 갑자기 안았다.

13

놀라서 소리를 지르려고 했을까.

아니, 어쨌든… 아무것도 하지 못했다. 저를 와락 껴안은 사람은 제 입술까지도 막아 버렸다. 그러나 곧… 새로이 익숙해진 부드럽고 뜨거우면서도 적나라한 움직임에 맞춰 그것을 쫓고 있는 자신을 책망할 수밖에 없었다.

하지만 부드러움은 곧 조급함으로 바뀌었다. 화락 불이라도 붙은 듯 남자의 커다란 손이 아직 채 물기가 가시지 않은 그녀의 티셔츠 속으로 스며들었다.

영진은 당황했지만 그건 아주 잠깐이었다. 저도 모르게 남자의 목덜미를 끌어안고 말았다. 그리고 브래지어 안으로 밀고 들어온 손이 제 가슴을 움켜쥐자 작은 신음 소리를 내뱉었다. 바로 옆방은 노인네들의 거실 겸 방이었다. 이 집 자체가 방음에 신경을 쓴 집이라 소리가 들릴 리 없는데도 그녀는 저도 모르게 숨을 죽여야 했다. 그러나 그사이 좁은 방 안에선 몇 발짝 움직이지도 않았는데 두 사람의 몸은 침대에 누이게 되었다.

남자의 급한 손길이 그녀의 하의를 풀어 헤치기 시작했다. 영진은 쏟아지는 불빛에 눈을 감아 버렸다. 남자가 드러난 제 가슴을 물어뜯듯 잘근거리더니 채 준비도 안 된 속으로 파고들어 왔다.

"으……."

영진은 입술을 깨물어 소리가 새지 않게 해야 했다. 그러나 그사이 뜨겁고 묵직한 남자의 분신은 제 속을 긁어 대고 있었다.

눈을 뜰 수가 없었다. 남자의 거친 숨소리가 귓가에 흩어지고 제 목줄기를 물어 오는 감촉에 정신이 아득해졌다.

아무것도 할 수가 없었다.

심지어 밥이 목구멍으로 넘어가지 않았다. 왜일까. 여자가 떠나 버린 것도 아니었다. 그냥 없었던 일로 하자던 것도 아니었다. 예전처럼 돌아가자고만 했다. 아니, 영천댁 내외 앞에서 이전 같은 척하자고 한 것뿐이었다.

이렇게 제가 스스로 집착이 심한 사람이었나?

그냥 누군가 같이 있고, 대화를 하고 밥을 먹고 키스를 하고 나른한 볕 밑에서 인고, 안겨서 잠이 들거나 책을 보거나 혹은 사랑을 나누거나……. 그게 그렇게 근사한 것인지 아주 오랜만에 알게 되었다. 사고가 난 지 자그마치 11년이나 되었으니까. 타인의 체온을 느낀다는 게 그런 느낌인지 처음 알게 된 것만 같았다.

문자는 답장이 없었다.

먹는 둥 마는 둥 하던 상이 내려갔는데도 아무 소식이 없었다. 그냥 그러려니 하고 일을 하려 했지만 아무것도 할 수 없었다. 괜히 서성이던 그는 텅 빈 침대를 보고 질끈 눈을 감아 버렸다. 마치 어미를 잃어버린 새끼마냥 제 공간을 쳇바퀴 돌듯 서성이다가 그는 밖으로 나왔다. 운동 기구가 있는 방은 밖으로 연결된 계단이 있었다. 그가 아래층에 방해를 받지 않고 산책을 나가기 위한 통로였다.

그냥 답답해서 밖으로 나온 거였다. 결코 여자를 찾으러 나온 게 아니었다. 제 냄새를 맡은 개들이 짖는 소리가 들렸다. 어둠 속에서도 불그스레하게 물드는 게 느껴졌다. 그는 인이어를 두고 온 걸 생각해 내고 다시 들어가려다가 불빛을 보았다. 계단의 저쪽에 빛나는……. 그건 맨 끝에 있는 여자의 방이었다.

충동적으로 그쪽으로 향했고 조용히 문을 열었다. 그곳은 세탁실과 영천댁의 거처, 그리고 여자가 있는 방이 이어진 복도 가운데 있었다. 그는 천천히 끝 방으로 갔다. 그냥… 얼굴이라도 보고 싶었기 때문일까, 아니면 묻고 싶었을까. 왜 내 문자에 답하지 않았냐고.

노크를 했다. 그러나 그게 너무 시커멓게 보여서 그는 저도 모르게 주인의 대답을 듣기도 전에 문을 열고 들어갔다. 그때였다. 마침 싸한 물냄새를 풍기며 채 물기를 닦아 내지 못한 여자가 서 있었다. 뭔가 생각을 하고 말을 하든 했어야 하는데 그러질 못했다.

여자의 젖은 입술이, 물기가 채 가시지 않은 속살이, 달기만 한 둔덕이, 뜨겁기만 한 여자의 깊은 속살이… 마치 벼락이 치듯 순간적으로 저를 미치게 만들고 이성이란 걸 박살 내 버리고 말았다.

아니, 이건 치사한 변명일 뿐, 그냥… 이게, 이 격렬한 쾌락이 다가 아니었나.

여자의 하얀 배 위에 제 시커먼 속을 허옇게 토해 놓고서야 그는 격하게 숨을 내쉬며 정신을 차릴 수 있었다.

여자가 어이없다는 표정으로 자신을 올려다보고 있었다. 그와 같이 뜨거운 숨결을 내뿜으며.

"미안……."

겨우 내뱉은 말이 이거라니…….

"좀… 비켜 줄래요?"

그는 말없이 그녀의 말대로 했고 풀어 헤쳐진 옷을 여미면서 바로 옆에 있는 화장실로 여자가 들어가자 요란한 물소리가 들렸다.

이렇게 스스로 자괴감을 느낀 적이 있었나… 싶어졌다.

"안 씻어요?"

여자의 목소리가 좀 더 파란빛에 가까운 초록으로 보였다. 그래서 그는 멍하니 있다 대답하지 못했다.

"올라가서 씻든지……."

옷을 입고 제 침대 위에 망연한 표정으로 앉아 있는 남자가 좀 낯설게 느껴졌다.

"올라가요. 여기 바로 옆이라……."

"미안해."

사실… 뭐 그렇게 미안할 것도 없지. 어제도, 그제도, 아니, 오전만 해도 계속 이러고 있었으니까.

"알면, 이제 안 그랬으면 좋겠어요."

"……."

대답을 할 수가 없었다.

"가요."

남자가 아무 말 없이 있자 영진은 말했다. 그러자 그가 고개를 들었다. 서 있는 영진을 침대에 앉아 있던 남자가 쳐다보았다. 남자의 표정은… 복잡해 보였다.

저 잘생긴 김 선생님은 화려하고 넓은 위층의 서재나 침실에 어울렸다. 이 작은 방에 저런 키 큰 남자가 있으니 숨이 막힐 것만 같았다. 가… 제발 당신의 위층으로.

"내가… 그렇게 싫어?"

영진은 갑자기 웃음이 터질 것만 같았다. 아니, 저 잘난 얼굴을 하고 나한테 그렇게 묻는 이유가 뭔데.

"미안해. 사실은 보고 싶어서 견딜 수가 없어서 온 거였는데……. 이러려고 한 건 아니었어."

"……."

뭐라는 거야.

영진은 기어이 웃고 말았다. 하지만 금방 남자의 당황스러운 표정 딕에 웃음을 멈출 수 있었다.

보고 싶어서 견딜 수가 없다니……. 그런 말들은… 그냥 소설 속에 나오는 글귀 아니었나? 그런 말을 입으로 내뱉는 사람이 있다니……. 정말이지 어이가 없어서였다. 그런 단어도 웃긴데 왜 하필 나 같은 사람을… 저 완벽한, 아니, 너무 완벽해서 현실이 아닌 거 같은 남자가 왜.

"가요. 가서 자요. 나 피곤해요."

할 말이 그거밖에 없었다.

"내 질문에 대답 안 했어."

정색을 하는 상대가 어이없었다. 갑자기 제가 내뱉은 대로 피로가 몰려왔다. 아까까지만 해도 어떻게 잠을 잘 수 있을까 싶었는데.

"내가 그렇게 싫어? 이제 우린 끝인 건가?"

"그런 거 아니에요. 내일 아침 일찍 일어나야 해요. 가서 자요."

타인이 저렇게 정색을 하고 '저런 걸' 묻는 데 익숙하지 않았다. 이건 무슨 소설 속의 장면도 아니고.

"그런 게 아니라면 뭔데? 우린… 그냥 똑같은 거지? 그냥, 영천댁 앞에서 그렇게 보이기 싫다는 거지?"

우선은 그런 거니까……

당신의 그 팔뚝 속에 안겨 잠들고 싶다고 말하기 전에, 얼른 이 남자가 눈앞에서 사라졌으면 좋겠으니까.

"맞아요. 그러니까 가요."

남자는 마치 대사면이라도 받은 것처럼 금방 낯빛을 바꾸더니 자리에서 일어났다.

"알았어. 갈 테니까, 잘 자라고… 키스해 주면 안 돼?"

"네?"

남자가 일어섰다. 굳이 다가올 필요가 없었다. 그냥 손만 내밀면 되는 좁은 방이었다.

물어봤지만, 그건 의견을 구하는 게 아니었다. 그럴 거란 걸 미리 이야기했을 뿐이었다.

남자는 손을 내밀어 영진의 볼을 감싸고 늘 그래 왔다는 듯 입술을 물어 갔다. 살짝 윗입술을 물고는 당연하다는 듯 영진의 입 속을 열고 뜨거운 열기로 그녀의 말랑한 혀를 빨아들였다.

익숙해지고 싶지 않은데… 언제나 달기만 한 남자의 입술과 혀는 늘 그랬다는 듯 이번에도 어김없이 그녀의 속을 헤집었다. 그러다간 문득 깨달았다는 듯 그녀의 입술을 길게 물었다 놓고는 떨어져 갔다.

"내일 봐."

그러나 대답하지 않았다.

"쉬어."

아까보다는 밝아진 얼굴로 남자는 문을 열고 나갔다. 달칵 문소리가 나고 방 안은 예전의 그녀의 방으로 돌아왔다. 좁지 않은 그녀의 방. 항상 고요하고 새것 같아서 좋았던 방.

그러나 이젠 그 방은 좁고 텅 비어 있었다. 영진은 아무렇지도 않은 듯 불을 끄고 침대에 누웠다. 며칠 만에 눕는 제 침대는 딱딱하고 좁았다. 금방이라도 쓰러져 잠들 것 같았는데……. 제 젖은 입술 근처엔 뭔가가 서성이고 있는 기분이었다.

사람이란 게… 너무 작아지면, 꿈같은 건 제 작은 그릇에 맞춰서나 꾸게 된다. 쓸데없이 큰 꿈이 가져다주는 좌절을 너무 어려서, 너무 사소한 것에 느끼다 보면 안 되는 것에 대해서는 단호하게 선을 긋게 된다.

그건 모든 것에 대해서 전반적으로 그러했다. 그리고 그게 가장 심해지는 게 사람에 대해서였다. 고등학교나 대학교의 친구들… 상대는 단순한 동급생이고 과 동기일 뿐인데도 제겐 그렇지 못했다. 그리고 사회생활을 하면서 더 심해졌다.

사회에서 얻은 가장 큰 교훈은 올라가지 못할 나무는 쳐다보지도 말고 쳐다 볼 생각조차 하지 말라는 거였다.

그러니… 당연한 거 아닌가?

지난 3일은… 그냥 그랬다 쳐도. 이제 현실이 되었으니 제 자리를 찾아야지.

영진은 다만 6개월이든 1년이든 한 달에 200이라는 돈을 꼬박꼬박 모아서 어딘가 제 몸 하나 누일 방이라도 얻을 생각을 하고 있었다. 그냥 콱 죽어 버리기엔 용기가 부족하고 이 산속에서 살기엔… 제가 너무 한심했으니까.

그걸 다이어리에 쓰듯이 작정한 건 아니었지만 그냥 막연하게 그렇게 생각을 했다. 아침에 눈을 뜨자마자 들리는 산새들의 파티와 산만 보이는 풍경과 종교 같은 저 노인네들의 삶을… 언제까지 견딜지 자신이 없어서.

제 몸에 들뜬 젊은 남자는… 열외였다.

저런 상상 속에 있을 법한 남자를… 사랑? 그건 말도 안 되고, 좋아하는 것도… 어이없지 않은가.

젠장, 잠은 왜 안 와…….

샤워를 하고 인이어를 켜고 컴퓨터를 켰다.

이 시간은 잘 시간이었다. 그러나 그는 부팅되는 컴퓨터 화면을 보고 있었다. 이대로 잠을 잘 수가 없을 것만 같아서였다.

이 집에 들어 온 뒤로 취침 시간을 어겨 본 적이 별로 없었다. 막 글이 너무 달아올라 미친 듯이 써지는 날이 아니라면 그는 제 직업이 글을 쓰는 일이라는 걸 인지하고 늘 일정한 시간에 글을 쓰고 정해진 대로 할 일을 해 왔었다.

그러나… 요즘은 완전히 헝클어져 버렸다.

하지만 그게 나쁘진 않았다. 2년쯤 판에 박힌 대로 살아왔다면 또 얼마쯤은 헝클어진 채로 산다고 해서 누가 뭐라 하겠는가.

화면이 켜지자 그는 갑자기 메일을 클릭했다.

익숙한 소리였다. 그리고 익숙한 감촉이었다.

영진은 오늘따라 그다지 짜증 나지 않게 느껴지는 새들의 파티 소리를 들으면서 눈을 떴다. 제 곁엔 아무도 없었다. 십여 년을 그래 온 익숙한 아침이었다. 비록 영식과 같이 살았다지만 누나를 생각해서 학교 기숙사를 전전했기에 옆에서 같이 숙식을 했던 적은 별로 없었다. 다행스럽게도.

그러니 아침엔 혼자 눈을 떠야 정상이지.

영진은 세수를 하고 옷을 갈아입고 늘 그렇듯 그녀의 일터인 주방으로 갔다.

"김 양! 좋은 아침이야."

아주 오래전에 기상을 한 게 틀림없었다. 한눈에 봐도 눈코 뜰 새 없이 바쁜 두 노인네가 반갑기만 했다.

"이거 제가 할까요?"

영진은 소매를 걷어붙이면서 물었다.

타인의 살결과 입맞춤에 눈을 뜨는 것보다 이게 훨씬 더 정상적이라고 느끼는, 제 스스로가 정상이 아니란 걸 깨닫게 되는 아침이었다.

영진은 지난 삶을 반성해야 할 것만 같았다. 아니, 60대 노인이 저렇게 열심히 사는데 난 뭘 했나 싶을 정도였다. 평소에도 손도 빠르고 잠시도 쉬는 적이 없어 보였는데……. 이건 뭐 그림자도 안 보일 정도였다. 본래 이삼 일에 한 번씩 밑반찬을 새로 했었는데 아침부터 산더미 같은 밑반찬이 반찬 통을 가득 채우고 있었고, 몇 가지 전에 고기에 국에 찌개에……. 분명히 이건 잔칫상이었다. 박 여사는 며칠 이 집을 비운 게 미안했던 모양이었다. 그냥 한눈에 봐도 그랬다.

아침에 먹기엔 진짜 너무 거한 상이 위층으로 올라가고 나서야 박 여사는 안도의 한숨을 내쉬었다.

"아주 집이 엉망이 됐어. 폭풍이 심했나 봐. 나물들 다 정리하고, 점심 차리고 나서 장 좀 보러 가야겠어. 생선이고 고기고 하나도 없어서."

영진은 잠자코 거한 아침 식사를 할 뿐이었다. 휴대폰이 잠잠했다.

그게… 묘하게 이상했다. 서운한 걸까? 그럴 리가.

밤새 뒤척거리다 늦게 잠들었다.

평소 같으면 이미 깨나서 한참이나 인터넷 서치를 할 시간이었는데.

혼자 잠들고 혼자 깨는 게 익숙하긴 했지만… 싫었다. 그러나 밤새 생각했다. 이건 나만의 생각인가…에 대해서.

뭐가 문제인 걸까.

한 번도 스스로에 대해서 자신감이 결여되어 본 적이 없었다. 자신의 문제는 다만 사고로 인한 색청 때문이지 그거 외에는 아무런 문제가 없다고 생각하고 있었다. 그건 어려서부터도 늘 그랬고 성장한 후에도 마찬가지였다. 신체적인 피지컬이나 학습 능력이나 한때는 좋아했던 피아노나 하다못해 집안에 가진 것으로라도……. 그러나 그는 생각을 다시 해야만 했다.

제가 썼던 글은 그냥… 세상을 겉핥기나 했던 게 아닐까. 제가 써 온 대단한 남자들에 대한 여자들의 반응 또한 그냥 자신이 가진… 선입견이 아닐까. 당연히… 제 기준에서 하찮을 수 있는 그런 돈을 보고 여기 온 여자에 대해서 가진 막연한 생각이란 게, 타인에 대한 올바른 생각이 아닐 수도 있었다. 그 사람이 자신을 좋아하는 게 당연하다고 여기는 것이 잘못이란 걸, 깨달아야 하는 것일지도.

요란한 소리를 내면서 아래층에서 음식이 올라왔다. 그러나 그의 세상은 고요하기만 했다. 제가 끼고 있는 인이어가 반대의 파동을 만들어내기에 세상은 고요하고 선명했다. 그는 여전히 신경을 쓴 게 역력해 보이는 상을 기꺼운 마음으로 즐기기로 했다.

"위층 청소 좀 부탁해."

"네."

아무렇지도 않게 대답했지만 두꺼운 중문을 여는 영진의 발걸음은 그렇지 못했다. 이건 어떤 기분인 걸까. 저를 이렇게 철석같이 믿어 주는 저 착하디착한 노인네들이 가질 배신감에 대해서 생각해야 하는 걸까. 아니면 제 목소리 새이 그… 믄가 이상한 녹색이라는 남자의 맹목적인 애정 행각에 대해서 또다시 고찰하면서 죄책감을 가져야 하는 걸까.

생각을 하고 있었지만 발은 움직이고 있었다. 다시 두꺼운 문을 열고 고요만 가득 담긴 남자의 공간에 들어섰다.

눈앞에 있는 소파와 빅밴들을 보지 않으려고 의도적으로 애쓰면서 창고에 있는 청소 도구들을 꺼내 들었다. 저기서 있었던 남자와의 대화, 행동…, 그런 것들을 쳐다보지 않으면 기억나지 않을 것처럼.

그야말로 열심히 청소를 했다. 며칠 여기서 게을렀던 일상 덕분인지 전엔 별로 청소하는 보람이 없었는데 이번엔 보람이 팍팍 생길 만했다. 카펫 밑도 청소하고 소파와 책장의 먼지도 닦았다. 그러곤 조심스럽게 남자의 집필실로 갔다. 거기엔 늘 그렇듯 남자의 침구와 빨래가 바구니에 놓인 채였다.

영진은 조심스럽게 문을 열고 들어갔고, 문 안엔 다행인지 아닌지 모르게 사람이 없었다. 영진은 열심히 그곳, 그리고 남자의 다이닝 룸과 낯설지 않은 침실까지 청소를 마쳤다. 그런데도 아무런 기척이 없었다.

그렇다면… 이곳의 주인이 있을 곳은 딱 한 군데였다. 영진은 문을 그냥 지나쳤다. 시간이 많이 걸린 건 그동안 쌓인 먼지가 많아서였다. 얼른 청소 도구를 정리하고 쫓기듯 아래로 내려갔다.

남자를 보지 않아서 다행이었다.

다행…이었다.

그야말로 땀이 비 오듯 쏟아졌다.

며칠 운동을 거른 탓인지. 사람의 몸이란 건 정직해서 하루라도 하던 일을 거르면 티가 난다.

그는 러닝 머신에서 내려섰다. 흥건한 땀을 닦고는 천천히 문을 열고 나섰다. 인이어의 버튼을 눌렀다. 아무런 색이 보이지 않았다. 잠깐 서 있던 그는 아무 일도 없었다는 듯 적막한 서재를 가로질러 갔다.

"뭐 필요한 건 없고?"

"네. 다녀오세요."

"알았어. 하여튼 저녁 전에는 와야 할 텐데. 저기 시간 맞춰서 불만 켜 놓고 한번 끓으면 불 잘 낮추고……."

"네, 걱정 마세요."

병원도 가야 했고 냉장고도 채워 넣어야 하는 두 내외가 탄 차가 마당을 빠져나가자 집은 다시 고요함에 휩싸였다. 마치 어제처럼.

영진은 이 익숙한 고요가 뭔가 다른 게 느껴졌지만, 내심 잊어버리려 애쓰고는 얼른 세탁실로 갔다. 해야 할 일들을 해야 하니까. 눈처럼 하얀 시트와 빨랫감을 바구니에 담에 해가 쨍쨍 내리쬐는 마당으로 갔다. 며칠 사이 잊고 있었던 계절은 제 연애사 따위는 아랑곳하지 않고 제 갈 길을 가고 있었던 모양이었다. 해가 뜨거웠다.

남자의 하얀 침대 시트가 파란 하늘 밑에 걸렸다. 영진은 2층을 쳐다보지 않으려 애썼다.

집은 넓었고 할 일은 많았다. 지난 며칠간의 게으름 탓인지 영진은 또다시 아래층을 열심히 청소하기 시작했다. 단 한 번도 누가 앉아 본 적 없어 보이는 커다란 소파, 탁자, 텔레비전, 오디오… 아마 다른 건 몰라도 이 비싸 보이는 오디오는 한 번도 플레이 된 적이 없을 것만 같았다.

색…청이라고 했지.

문득 떠올랐다. 소리가 눈에 보이면 어떤 기분일까. 그래서 고요 속에 살아야 하는 기분은 또 어떨까.

그러나 거기까지만 생각하기로 하고 다시 아무도 없는 공간에 쌓이는 먼지를 닦는 데 신경을 집중했다. 그 사람하고의 어떤 다른 일들이 떠오를까 봐. 그때였다. 갑자기 그녀의 주머니에 있던 전화기가 울렸다. 깜빡 잊고 소리로 해 놓은 모양이었다. 고요한 가운데 울리는 낯선 벨 소리에 영진은 깜짝 놀랐다. 적막에 익숙해 있었기에…….

얼른 전화를 꺼내 들었다. 받지 말았어야 했는데.

— 누나! 누나야?

"그래."

— 아니, 그동안 왜 전화를 안 받아! 내가 죽을죄를 지었지만, 그래도!

"알면 하지 마. 너 그 돈 한 푼도 안 빼고 다시 가져오기 전엔 전화하지 마. 이자는 안 받을 테니까."

— 누나, 그게 아니라…….

"끊어."

— 아니, 잠깐만! 그런데 지금 어디 있는 거야? 짐도 다 버렸더 만…….

그래도 걱정은 되는 걸까. 아직 목소리가 생생한 거 보니 어디서 살고 는 있는 거 같은데. 영진은 물어보려다 말았다.

"나 절이야. 출가할 거야. 그러니까 이제 연락하지 마."

— 누나!

영식이 녀석이 꽥 하고 소리를 질렀다. 영진은 전화를 끊어 버렸다. 전원도 꺼 버려야 하나.

현실은 이거였다. 그깟 전세 보증금 때문에 가족의 연을 끊어야 하는.

한 달은 언제 지나가나……. 대체 여기 온 게 언제였지. 영진은 제 한 달 앞도 보이지 않는 미래가 현실이라는 게 한심했다.

그런데 저런… 남자라니.

잔디밭을 가로질러 가는 남자가 보였다.

짙은 녹색의 잔디, 새파란 하늘, 눈처럼 하얀 티셔츠와 바지, 비현실 적인 비율의 사지, 그리고… 그 얼굴.

영진은 저도 모르게 가슴팍 한구석이 욱신거렸다. 그리고 그것과 같 이 떠오르는 남자의 입술이 제 가슴을 물어 오던 감촉…….

미쳤어. 영진은 청소기를 들고 팬트리 쪽으로 갔다. 그러면서도 힐끗 남자를 쳐다보았다. 남자는 숲속의 샛길로 사라졌다.

그냥 이대로가 좋은데……. 영진은 왜 제가 안절부절못하는지 이해 가 가지 않았다. 저 남자는 나름 괜찮은 사람이라 제 부탁을 기꺼이 들 어준 거 아닌가? 내심… 집이 비어 있는 이때 커피라도 마시러 오라는 남자의 문자를 기다렸나.

바보같이.

영진은 한참 있다 씻어도 되는 쌀을 씻기 시작했다.

숲은 고요했다. 이파리들이 움쩍거리는 게 보였고, 제 곁을 드물지만 산바람이 스치고 가는 것도 느껴졌다. 부쩍 날이 더워지고 있는 것도 느껴졌다. 그는 부지런히 걷던 걸음을 멈췄다. 길이 꺾이는 언덕 위였다. 시야 밑으로 끊임없이 산들이 겹쳐져 있었다. 저를 스치는 산바람과 바스락거리는 나뭇잎들의 소리와 이 사방에 넘쳐 나는 초록의 빛을… 이젠 평생 다시 느낄 수 없는 걸까.

이곳에 오면 늘 그것만 생각했었다.

그러나 오늘은 아니었다.

해가 좋은 날 빨래를 걷는다는 건 추수를 하는 기분 같았다. 한 번도 이런 걸 느껴 본 적이 없었다. 전엔. 빨래라곤 늘 어두침침한 지하방에 제습기를 틀어야만 겨우 물기가 가시곤 했었다. 눅눅한 반지하의 생활……. 그래도 영진은 그게 복에 겨웠다. 진짜 격세지감이었다. 아니, 여기서 이렇게 사는 건 그런 생활로 다시 돌아가려고 하는 것이겠지.

영진은 등짝이 뜨거운 햇살 아래 바싹 마른 하얀 시트를 걷기 위해서 까치발을 들고 빨래집게를 빼기 위해 손을 뻗쳤다. 그때였다. 제 손끝에 다른 감촉이 묻어났다. 갑자기 어디선가 바람이 불어와 하얀 시트가 펄럭거렸다. 그 시트 사이로, 언제 나타났는지 모를 남자는 저 위에 집고 있는 집게들을 풀고 있었다. 영진은 펄럭거리는 시트들을 붙잡아야 했다. 하얗게 바스락거리는 침대 시트에선… 봄 햇살의 냄새가 났다. 스쳐 가는 남자에게서도.

엊그제만 해도 남자는 저렇게 무심하게 빨래를 걷어 주곤 그 대가를 바랐었다. 그건 아마 땡볕에서의 길고 긴 키스였겠지.

갈증이 났다.

커피 마시러 올라와…….

내심 기다렸는지도 몰랐다. 그러나 남자는 아무 말 없이 휘적휘적 긴 다리로 잔디밭을 가로질러 가더니 제 방 뒤쪽으로 있는 계단을 통해 2층으로 가 버렸다.

그저 카페인이 고팠을 뿐이었다.

영진은 제 속을 누가 엿보기라도 한 듯 붉어진 얼굴로 총총히 빨래를 들고 세탁실로 들어가야만 했다.

"아우, 오늘은 진짜 해물이 얼마나 싱싱한 게 들어왔는지……."

영진은 눈이 휘둥그레졌다. 저렇게 큰 랍스타라니……. 진짜 이 할머니의 능력은 어디까지일까 싶어졌다. 무아지경의 경지를 위해 밖에서 걷은 빨래뿐만 아니라 건조기에서 잘 말려진 수건이나 속옷까지 정성을 다해 각을 잡아 개고 나니 제 허황된 바람 같은 게 좀 사그라지는 기분이었다. 그러나 다시 꿈틀거리려고 할 때 딱 맞춰서 요란한 차 소리가 들렸고, 바리바리 물건들을 내리더니 기어코 커다란 아이스박스에서 처음 보는 사이즈의 바닷가재가 등장했다.

그때부터 주방은 전쟁터가 되어 버렸다. 랍스타뿐만 아니라 각종 조개, 오징어 생선까지……. 살아 펄떡거리는 통에 영진의 비명 소리와 함께 노인네들의 웃음소리가 질펀했고 곧 영진은 상상도 할 수 없는 요리들이 시작되었다.

"역시 랍스타엔 해물 리조또지."

대충 볶음밥인가 싶었는데 이태리산 생쌀을 넣어 끓이는 게 신기했다. 그리고 거기서 나는 맛도.

랍스타 꼬리 버터구이, 잘 손질된 집게발. 해물 모둠찜, 그리고 빠에야 펜이라는 납작한 펜에 담긴 리조. 값비싼 이탈리안 레스토랑의 정찬 메뉴가 따로 없었다. 영진은 저도 모르게 사진이라도 한번 찍고 싶은 심정이었지만 휴대폰은 전원이 꺼져 있었다. 다행스럽게도.

성대한 상이 올라갔다.

그제야 아래층은 식사가 시작됐다.

"사실 랍스타는 작은 것도 맛있어. 이건 김 양 꺼야. 이거 손질할 때 여기를 잘라야 바로 속이 나와."

위층에 올라간 거대한 사이즈는 아니지만 그래도 꽤 큼직한 랍스타 한 마리가 통째로 영진 앞에 놓였다.

"아우, 같이 드세요."

"울 영감은 랍스타 안 좋아해. 자, 먹어 봐!"

영진은 왜 제가 죄책감이 느껴지는지 이해할 수가 없었다. 그렇다 해도 죄책감이 작아지는 건 아니었다.

하루가 끝나 가고 있었다. 손에 배인 바다 냄새가 가시도록 샤워를 하고 나온 영진은 고요한 제 좁은 방에 잠시 서 있었다. 노크 소리가 환청으로라도 들릴까 봐.

영진은 피곤했지만 쉬이 잠이 올 것 같지 않았다. 누군가를 기다리려 한 건 절대… 아니었다. 제 텅 빈 책상 위에 꽂혀 있는 두 권의 책을 내려다보다 꺼내 들고 침대 위에 앉았다. 베개를 등에 대고 기대 책을 펼쳤다.

그 사람이… 제가 낮에 청소한 그 방에서, 그 두 개의 모니터가 달린 컴퓨터로 썼던 거란 걸 아는 거랑 모르는 건 왠지 천지 차이가 나는 기분이었다. 남자가 제 살갗을 만지던 그 긴 손으로 컴퓨터의 자판을 두드려 만들어진 글자들.

「그 여자의 밤은 영원히 끝나지 않았다.」

그냥 단순히 외전의 시작하는 첫 문장이었다.

복도를 지나 중문을 열고 거실로 나가 다시 두꺼운 방음 처리가 된 문을 열고, 차가운 대리석 계단을 올라 다시 문을 열고, 적막하고 고요한 서재를 지나 또 다른 문을 열면… 남자는 벽에 붙은 노란색 포스트잇 속의 인물들로 또 다른 세계를 창조하고 있겠지.

영진은 책을 덮고 일어나 불을 껐다.

14

밤새 뒤척거린 이유를… 스스로도 알 수가 없었다.

왜…였을까.

조금 늦었던지 아침 주방은 이미 식사 준비가 다 끝나 가고 있었다.

"늦어서 죄송해요."

"아니, 뭐 그럴 수도 있지. 얼른 앉아. 오늘 아주 국이 맛있게 됐어."

휘항찬란한 이침상이 요란한 소리를 내며 올라가고 있었다. 아무렇지도 않은 평범한 아침이었다.

아무렇지도 않았다.

"김 양, 저기 오늘은 좀 지하실을 청소해야 할 거 같아."

"네?"

지하실이라니… 여기 온 지 4주가 다 되어 가고 있었다. 그런데 지하실이 있었나?

"실은 뒤에 수영장도 있어."

"네?"

"뒤쪽 산책로로 가는 길에 데크 있잖아. 그 밑이 수영장이야. 그냥 두면 낙엽 같은 게 떨어지고 그래서 안 쓸 땐 위에 데크로 가려 놓지."

"……."

그 대단한 지하실엔 입이 떡 벌어질 만한 것들이 포진해 있었다. 진짜 극장하고 똑같은 여덟 개의 의자밖에 없는 스크린이 있는 작은 극장이라든지, 혹은 놀이동산에나 있는 미니 농구대와 라인이 두 개밖에 없지만 실제 길이와 똑같은 볼링장 같은 것들이었다. 근사한 미니 노래방과 커다란 그랜드 피아노도 있었다. 그러나 분명한 건 단 한 번도 사용해 본 적이 없을 것만 같다는 것이었다. 그런 당황스러운 곳을 청소하고 나서 다시 주방으로 올라와 늘 하듯 점심 준비를 시작했다.

박 여사는 막 다 된 돌솥 밥을 집게로 집어 나무 받침 위에 올렸다. 은행과 고구마가 위에 올려진 돌솥 밥은 김 선생님의 점심 식사 메뉴였다. 웬만한 유명 돌솥밥집같이 생선구이와 된장찌개, 제육볶음과 밑반찬, 나물들로 가득 차려진 상이 위로 올라갔다.

영감님과 영진에게도 위층에 올라간 것과 똑같은 돌솥 밥이 앞에 차려졌다.

"여기엔 밖에 안 나가도 될 만큼 웬만한 건 다 있지."

그건 사실이었다.

그러나… 그 '색청'이라는 남자가 지하에 있는 그 대단한 시설들을 과연 이용했을까 싶었다. 소음 때문에 이 식당에서도 밥을 제대로 못 먹는 사람이……

"가끔은 저 밑에 있는 것들을 좀 즐기기도 하셔야 하는데 워낙에 바쁘셔서 말이지. 글 쓰는 게 좀 힘든가. 엄청 인기가 있는 유명 작가셔서 말이지……"

마치 자식 자랑을 하듯 박 여사의 자랑스러워하는 모습을 보면서 영진은 아침 내내 잊고 있었던 남자를 다시 떠올렸다. 그러나 그 외의 것들까지 생각이 나는 바람에 뜨거운 돌솥 밥에 입천장을 데일 뻔했다.

"하……."

데일 것 같은 게 아니라 덴 모양이었다.

영감님은 부지런히 며칠 전 폭풍 때문에 엉망이 된 마당을 정리하느라 여념이 없었다. 박 여사도 그녀의 나물들을 다시 삶아 널고 팬트리를 다시 정리하느라 바빴다. 영진도 어제보다 훨씬 더워진 것 같은 땡볕에서 바싹 마른 빨래들을 걷고 있었다. 그래서인지… 높은 빨랫줄에서 빨래집게를 풀어 주는 타인은… 오늘 나타나지 않았다.

날이 길어지고 있었다.

뽀송뽀송한 빨래를 개고, 양파를 까고, 파를 다듬고, 감자 껍질을 깎고……. 그래도 하늘에 박힌 해는 움직일 줄 몰랐다. 두 노인네가 너무나 바쁘게 움직이기에… 영진은 게으름을 피울 수도 없었다.

"어휴, 며칠만 집을 비워도 하도 큰살림이라 엉망이야."

맨날 쓰는 육수도 내야 했고, 맛간장도 만들어야 했다. 게다가 닭발도 구워야 했다. 당황스럽게도.

"이렇게 갈색 나게 구워서 해야 제대로야. 그리고 절대 소금 간을 하면 안 돼."

치킨스톡이란 걸 들어 보기는 했지만, 다들 마트에 있는 고형분이나 병에 든 걸쭉한 액체였지 그걸 실제로 이렇게 만드는 줄은 몰랐다.

커다란 통에 수십 마리분의 구운 닭발을 쏟아 넣었다.

"거기 야채 가져와. 아, 그 파 파란 건 다 빼고. 파란 이파리를 넣으면 금방 상하거든. 통후추도 넣고 정향도 넣어야지."

한국말인데 알아듣지 못할 말들이었다. 영진은 그저 달라는 걸 주고 잠자코 있었다.

"이제 세 시간은 끓여야 하니까 옆에서 놀다가 넘치면 불 좀 조절하고, 두 시간 지나면 날 불러."

박 여사는 급하게 밖으로 나갔다. 앞으로 두 시간 동안은 불 옆에서의 휴식인가.

막 만든 간장 냄새와 고기 국물 냄새, 이제는 구운 닭발 냄새까지 진동하고 있었다.

시원한 아메리카노가 절로 떠올랐다.

영진의 전화기는 아침부터 켜져 있었지만 고요하기 그지없었다. 그 흔한 스팸 문자나 영식이의 전화도 없었다. 영진은 영화가 든 앱을 켰다.

"오늘도 수고했네."

"네, 안녕히 주무세요."

바쁘지만 지루했던 하루가 끝나 가고 있었다. 영진은 제 방으로 돌아와서 온갖 음식 냄새가 밴 몸을 씻고 나서야 한숨을 내쉬었다. 점심의 뜨거운 돌솥 밥 때문에 덴 입천장 껍질이 너덜거리는 기분이었다. 열어 놓은 창 밖에선 풀벌레 소리가 들렸다. 위에 있는 남자는… 늘 하듯 삼 시 세끼 휘황찬란한 식사를 잘 마쳤고, 고요한 2층에서 자신이 해야 할 일을 했겠지.

영진은 휴대폰을 켰다.

제일 큰 포털의 웹소설 사이트에서 장르 소설 랭킹 1위인 연재를 찾았다. 어제 우연히 뒤적거리다 발견한 것이었다. 다운로드 수가 불가사의할 정도의 어마어마한 숫자가 떠 있었다.

김동철의 〈바람의 후회〉.

연재 주기가 월요일과 목요일이었다. 오늘 신작이 올라왔는지 댓글이 실시간에 늘어나는 게 보일 정도였다. 이… 대단한 사람이 바로 위층에 있었다. 아니, 있기만 했나…….

제가 원한 결말이고 또 현재였다. 당연한 거 아닌가.

문제는 커피였다. 그게 부족했을 뿐이었다. 밖에 뭘 사러 가면 커피를 사다 달라고 해야겠다 생각하고는 영진은 피곤한 하루를 저도 모르게 끝마쳤다. 손에 든 휴대폰에는 계속 댓글들이 늘어 가고 있었다.

"커피 좀 사다 주세요."

"커피?"

"네."

"아… 맞아, 젊은 사람은 커피 좋아하지. 2층에 그 커피 만드는 기계가 있긴 한데. 김 양은 어떤 걸로 사다 줄까?"

"그냥, 캔 커피요. 음… 달달한 거요."

"그래. 알았어. 김 양이 커피 좋아할 거란 생각을 전혀 못 했네. 꼭 사 가지고 올게. 파만 좀 다듬어. 그리고 좀 쉬어."

"네."

요란한 차 엔진음이 사라지고 나서야 햇살이 빠스락거리면서 쏟아져 내리는 이제 늦봄과 초여름의 사이에 선 잔디밭엔 하얗게 널린 빨래만이 시선을 사로잡고 있었다.

휴… 저도 모르게 한숨이 나왔다. 할 일이 많은 것도 아니었다. 그냥 느긋한 오후였을 뿐인데. 그런데 왜 제 입에선 저절로 한숨이 쏟아지는 걸까.

위층을 쳐다보지 않으려 애썼다. 아까 운동실을 청소할 때도 사람의 흔적은 있었지만 흔적을 낸 사람은 없었다. 후끈한 열기와 땀 냄새만 차 있었을 뿐. 그걸 생각해 내니 다시 머리가 아픈 기분이었다. 왜인지도 모르게. 덴 입천장은 아직도 까끌거렸다.

누군가를 좋아한다는 건… 불가능한 일이었다. 그나마 아직 제가 젊고, 적어도 타인이 필요로 할 몸이라도 있으니까 그런 거겠지. 영진은 한숨을 내쉬곤 저 쏟아지는 햇살 속으로 들어가기 위해 자리에서 일어났다.

그늘에서 해가 비치는 공간으로 발을 내밀자마자 어딘가가 타들어 가는 기분이었다. 올여름… 꽤나 덥겠다. 더운 계절은 여기서 보내는 게 그래도 낫겠지. 곰팡이가 칭칠하는 푹푹 찌는 열기와 지루한 장마 속에서 물속인지 물 밖인지 구별 안 되는 좁은 공간보다야 여기가 낫겠지. 지겨운 에어컨 바람도 밤새 더위와 뒤척거리다 보면 아침에 출근하자마자 제일 반가웠고, 또 내내 그 머리 아픈 냉기에 시달리다 보면 사무실을 벗어나 후끈한 열기 속으로 갈 때가 반갑긴 했었지만, 어느 쪽도 지치기는 마찬가지였다.

그렇게 살아서 뭐 하나……

영진은 갑자기 제 손등과 정수리와 어깨에 쏟아지는 따가운 햇살을 모른 척하고 빨랫줄로 다가갔다. 빨래 개는 일이 그나마 이 집에서 하는 일 중에 가장 맘에 든다고 하면… 다들 웃겠지. 뜨거운 햇살을 가득 품은 따끈따끈하고 눈부시게 하얀 빨래를 가지런히 갤 때의 그 감촉… 아마 그걸 아는 사람이 요즘 몇이나 될까. 하긴… 알 필요가 없는 것이겠지만.

영진은 역시 빨래집게를 풀려고 까치발을 들었다. 그때였다. 제 손끝 위에 먼저 그걸 푸는 타인의 체온이 느껴졌다.

윽…….

저도 모르게 내뱉을 뻔했다.

아무렇지도 않았다. 가슴 언저리가 이상한 건 이 더위에 빨래를 걷느라 숨이 차서일 것이다. 쏟아지는 햇살에서 나는 냄새와 바삭한 빨랫감에서 나는 섬유 유연제 향 사이로 낯익은 체향이 섞여 들었다. 하얀 시트를 품에 든 채 영진은 제 앞에 서 있는 사람을 올려다보았다.

"그래서… 좋았어?"

며칠째 한마디도 없었던 남자가 물었다.

대체 뭐가…….

제 눈빛을 읽었을까. 남자가 말했다.

"이 집에서 그렇게 일만 하면서 있는 게."

당연하지 않은가. 이런 시시한 일들을 하면서 꼬박꼬박 돈을 벌 수 있다는 게. 삼시 세끼 맛난 음식을 먹으면서도 식대도 안 내도 되고 좋은 숙소도 제공되는데…….

"난… 안 되겠어."

또, 뭐가…….

영진의 손에서 시트가 떨어져 내렸다. 뜨거운 햇살보다 더 뜨거운 남자의 입김이 내려앉았다.

낯익은 움직임이 제 입 속에서 떠돌 때… 영진은 아득하게 꿈을 꾸는 것만 같았다. 아니, 그 반대였는지도. 이 사람이 보이지 않았던 시간들이 꿈이었는지도… 그래서 지금 꿈에서 깨어난 건지도.

남자의 손이 제 옷 속으로 스며들었다. 두 팔이 그녀의 헐렁한 티셔츠 속의 허리를 감아 왔다. 그녀의 혀를 뿌리 끝까지 마실 듯 빨아들이던 남자는 입술을 떼고는 거친 숨을 몰아쉬더니 그녀를 안아 올렸다.

새파란 잔디밭엔 하얀 시트만 떨어져 있었다.

"싫으면 싫다고 말해."

제 타액으로 젖은 게 분명한 입술로 남자가 그녀를 내려다보면서 말했다. 까만색 머리카락이 드리워져 있었다. 숨이 가빠서… 대답을 할 수가 없다고……. 영진은 단기가 스며 있는 입술이 굳어서 말하지 못했다.

머릿속은 그만해요, 라고 말하고 있었지만 얇은 티셔츠 속에서 오르락내리락하는 제 젖가슴은 그러지 못했다. 남자의 젖은 입술이 그녀의 목덜미를 물어 왔다. 잊고 있었지만, 아니, 잊으려고 애썼지만 여자의 살가죽은 고스란히 그 열기와 쾌감을 기억하고 있었던 게 분명했다. 그 열기만으로도 입술 새에서는 달뜬 숨소리가 터져 나왔다.

대답은 이미 들었다고 생각했는지 남자의 손길과 입술은 거침없었다.

남자의 입술이 거칠게 그녀의 드러난 가슴을 물어 왔다. 영진은 어딘가 젖어 있는 것 같은 남자의 머리카락을 움켜쥐었다. 그사이 남자의 긴 손은 그녀의 바지 속으로 파고들었고 거침없이 그녀의 속살을 헤집었다. 숨이 가빠 왔다.

내가 원한 건 뭐였을까.

영진은 저도 모르게 남자의 목을 그러안았다. 그사이 뜨거운 남자의 분신이 제 속으로 파고들었다. 제 입에서 낯선 소리가 날까 봐 입술을 앙다물었다. 남자가 저를 부서져라 안고 귓가를 깨물었지만 그게 느껴지지 않았다. 뜨거운 열기와 가쁜 숨소리, 그리고 낯 뜨거운 살들이 부딪치는 소리만 작은 방에 가득했다.

내가 원하는 건 대체 뭘까.

난 어쩌다 여기까지 온 걸까……

적어도 삶이란 걸 사는 데 목표란 게 있어야 하는 거 아닐까, 아니, 그것도 안 된다면 적어도 내일은 어떨 것이다라고 생각은 하면서 살아야 하는 거 아닌가. 아니, 내일은 알 수 있었다. 아침에 일어나 식사를 하고 청소를 하고 점심을 하고 빨래를 개고 저녁을 준비하고……

참… 쓸모없는 삶 아닌가.

영진은 제 쓸모없는 미래에 대한 생각이 짧은 계단과 함께 끝난 게 어이없었다. 문을 열자… 고요한 공기 속엔 책들의 냄새와 미세한 커피 냄새가 떠다니고 있었다. 탁자 위에는 보기에도 시원해 보이는 커피가 그득그득 얼음을 담은 채 절 기다리고 있었다. 그리고 그 옆엔 다른 사람도.

커다란 빅밴에 앉아 있던 머리카락이 젖은 남자는 영진을 보자 손을 내밀었다. 이리 와 제 손을 잡고 옆에 앉으라는 듯.

남자에게 안겨 있었을 때, 남자가 저를 위해 제 시선을 피해 줬을 때, 그리고 그 시선조차 주지 않도록 꼭꼭 숨어 버렸을 때… 과연 어느 때가 나았던 걸까.

영진은 남자에게 다가가 다정하게 저를 쳐다보는 남자의 손을 잡았다. 밖은 무더운 열기가 차 있었지만 서늘한 서재의 물기가 서린 남자의 체온은… 따뜻했다. 영진은 남자가 잡아당기는 대로 옆에 앉았고, 남자는 커피 대신 그녀에게 제 입술을 맛보게 했다. 아까의 색정적인 야한 입술이 아니라 부드럽고 다정한 입술이었다.

그러나 길진 않았다. 남자는 손을 내밀어 커다란 컵에 담긴 커피를 영진에게 내밀었고 영진은 이제 막 옅어지려는 커피를 달게 마셨다. 내내 원하던 카페인이었다. 고요한 서재엔 달그락거리는 얼음이 부딪치는 소리만 났다.

"전엔 당신이 말하는 소리를 듣고 싶었는데… 이젠 괜찮아. 그냥 내 옆에 있기만 해도 괜찮아."

유리컵은 젖어 있었다. 제 손도 덕분에 차게 물들었다. 영진이 다시 커피를 마시는데 남자가 살그머니 그녀의 허리를 안아 왔다.

"충분히 할 수 있을 거라 생각했어. 내 감정의 컨트롤 따위."

영진은 커피를 마셨다. 달그락거리는 얼음 덕분인지 아까보다 옅어진 기분이었다. 남자는 그녀의 귓가에 입을 맞추면서 속삭였다.

"그런데 소용이 없네. 그냥 좋은 게 좋은 거야."

남자의 목소리가 커피보다 더 달았다. 영진은 저도 모르게 고개를 돌렸다. 그리고 저를 쳐다보는 남자의 입술을 찾았다.

그건 자괴감이었다.

그리고 내 스스로 대단한 사람이라고 여겼던 자신감에 대한 처절한 절망이었다. 제 기준에 아주 예쁘지도, 대단하지도 않았다. 샤르트뢰즈 빛깔을 지닌 선 우연일 것이다. 그래서 그랬는지도 몰랐다. 젊은 여자니까, 말이 통하니까… 그리고 이 집의 일을 하러 온 여자니까.

여자의 몸에 탐닉했고, 여자의 말에 당황했다.

그리고 까놓고 말하면 여자의 말에 분노했고, 삐쳤었다. 아니, 네깐 게 감히 나한테 뭐라고……. 온 맘과 정성을 다해서 나를 '사랑' 해야 하는 거 아닌가.

그러나 저 아무것도 아닌 여자는 아무렇지도 않게 그만하라고 했다. 그리고 저는 쿨하게 그러마 하고 돌아섰다. 빈집에서 다시 늘 있던 곳으로 변한 집엔 그럴듯한 식사가 있었고, 깨끗한 시트가 있었다. 그게 정상이었다. 자신은 다시 일상으로 돌아왔고 다행이라고 여겼다.

그런데… 그러질 못했다.

가장 큰 이유는 제 빌어먹을 몸뚱이가 겪고 있는 욕정 때문이라는 걸 알고 있었다. 여자의 부드러운 몸, 뜨거운 속, 말캉거리는 살갗……. 야동이나 글로도 어쩔 수 없었다. 그러나 겨우 그런 것에 지고 만다는 게 어이없어서, 그는 이겨 내려 애썼다. 그러나 정작 문제는 다른 곳에 있었다.

적막한 공간에서 홀로 휘황찬란한 식사…를 하는 게 아무렇지도 않지… 않았다.

겨우 이틀 동안… 제 밑바닥 어딘가에 있던 여자 때문에 그는 제 일상을 갉아먹는 외로움이란 놈한테 굴복하고 말았다.

그냥, 저 김영진이란 여자가 필요해… 미칠 듯한 섹스를 하지 못하더라도…….

하지만 병신같이 여자의 얼굴을 본 순간 제 아랫도리는 지 맘대로 움직이고 말았다. 이젠 그걸 받아 준 여자도… 제가 느낀 것같이 느껴 줬기를… 바랄 뿐이었다.

그냥, 여자가 옆에 있는 게, 아무 말 없이 쳐다만 보고 있어도 좋았다. 그냥 아무 생각 하고 싶지 않았다.

아, 몰라… 그냥 나는… 좀 좋은 걸 하면 안 돼?

커피가 좋았다. 남자의 키스가 좋았다. 그리고 남자와의 섹스도 좋다. 아닌 건 아닌데 좋은 건 좋은 거였다. 적어도 지금은 아무도 없으니까……. 영진은 입술을 뗐다. 제 장점은 이거였다. 늘… 동시에 여러 가지를 생각한다는 거.

"박 여사님 오실 때 됐어요."

"상관없어."

"상관있어요."

"……."

영진이 자리에서 일어났다. 그러나 정욱은 그녀의 손을 놓지 않았다. 영진이 다시 그를 쳐다보자 그가 말했다.

"좋아하는 사람이 약자인 거지."

그리고 손을 놓았다.

달달한 느낌이었다. 아니, 달다는 걸로 말할 수 없는… 아, 뭐 이런… 느낌이 다 있어. 생전 처음 느껴 보는 기분이었다. 제 속이 다 녹아내리는 기분이라고나 할까. 영진은 당혹스러워서 고개를 돌리고 문으로 향했다.

"밤에… 갈게."

영진은 급하게 두꺼운 문을 열고 계단을 내려갔다. 뒤에서 쾅 하고 문이 닫히는 소리가 났다. 저 사람한테 시끄러울 텐데⋯⋯. 그래서 아래층 문은 살살 열고 닫았다.

[같이 먹었으면 좋겠는데⋯⋯.]

기분이 왠지 그럴 거 같아서였다. 영진의 휴대폰은 무음 상태였다. 막 꽃게탕과 연어초밥이 위층에 올라간 직후였다. 영진의 앞에도 꽃게탕이 보글보글 끓고 있었다. 문자를 보내는 사람도 같이 먹지는 못할 거란 걸 알겠지. 영진은 박 여사가 꽃게를 손질하려고 가위를 가지러 간 사이에 재빨리 답장을 보냈다.

[맛있게 먹어요.]

한 번쯤은 연애란 걸 해 보고 싶었다. 고2 때부터 다니던 편의점에서 폐기를 챙겨 주던 제 앞 타임 알바 오빠라든지, 혹은 늘 알바하느라 시간이 없던 제게 교양 시험 족보를 건네주었던 과 선배라든지, 제게 편집 일을 가르쳐 주었던 제 첫 사수라든지⋯⋯. 연애도 하고 싶었다. 사랑도 하고 싶었었다. 그러나 시간도 돈도 자신감도 없었다. 그게 당연했다. 하지만⋯ 슬펐다.

"김 양, 많이 먹어."

처음 이렇게 온전하게 제 앞에 통째로 놓인 꽃게의 하얀 살은 단맛이 났다. 이게⋯ 연애의 맛일까.

영진은 하얀 꽃게 살을 먹는 데 열중했다.

"밤엔 뭐 해?"

"자죠."

"그냥 자?"

"아침에 일찍 일어나야 하니까."

"영천댁이 일찍 일어나라고 해?"

"그건 아니지만. 난 여기가 직장이니까 일찍 일어나야죠."

남자가 잠시 말을 멈췄다. 영진은 그것마저 재밌었다. 처음이었다. 이 남자가 제 방에 몰래 스며들어 와 제 옷을 벗기지 않은 건. 나쁘진 않았다.

지금도 괜찮았다. 침대에 나란히 앉아 귓가에 속삭이듯 이야기하는 것도 괜찮았다.

"진짜 궁금한 게 있는데……. 왜 여기 온 거야?"

"돈 벌러요."

"……."

제 대답은 당연한 거 아닌가? 상대의 침묵이 제 스스로를 의심하게 만들었다.

"얼마나 벌어?"

"왜요?"

"그냥… 영천댁이 얼마나 준다고 했길래 당신같이 젊고 할 일도 많은 사람이 이 산속까지 와 있나 싶어서."

이 남자는 자신이 그려 내는 세상을 창조하는 절대적인 존재이긴 했지만, 이 남자가 그려 내는 세상은 다른 세상이었다. 아마 이런 현실은 전혀 모르겠지. 세상엔 어처구니없는 적은 돈 때문에 삶을 포기하는 사람도 많다는 걸… 이 남자는 절대 모를 게 분명했다.

"가서 자요. 나 피곤하네."

"같이 자."

"좁잖아요. 올라가요."

"그럼 같이 올라가."

떼쓰는 아이처럼 남자는 말했다. 남자의 푹신한 침대, 남자의 향기, 남자가 줄 쾌락… 어느 것 하나 달지 않은 게 없었다. 그러나 오늘은 너무 단것을 많이 먹었다.

"가요."

여자의 단호한 표정을 보고는 낙담한 듯 그가 말했다.

"그럼 키스해 줘."

이런 게… 그 연애라는 걸까. 영진은 꿈에 나타나도 어리둥절할 만큼 잘난 남자의 다가오는 얼굴을 보면서도 믿기지가 않았다. 남자의 아쉬움에 가득 찬 입술과 혀를 빨면서도 역시 그랬다.

[잘 잤어? 난 잘 못 잤어. 같이 잤으면 잘 잤을 텐데.]

아침에 눈을 뜨자마자 웃었던 날이, 하찮은 지난 평생 동안 있었나? 소풍이나 수학여행 날 아침도 이렇진 않았었다. 환장하는 새들의 조식 파티 소음에도 그냥 웃음만 나왔다. 연애란 게 이런 거구나……

"좋은 아침이에요!"

"김 양 오늘 일찍 일어났네."

전엔 왠지 머릿속에 뭔가가 더글더글 굴러가는 기분이었다. 그런데 오랜만에 푹 잔 것만 같았다. 그 며칠 전엔 옆에 누워 있던 누군가 때문에 자꾸만 깰 수밖에 없었다. 어젯밤은 요 근래 들어 아주 개운하게 잠을 잤던 것 같았다.

"오늘은 이탈리안 조식이야. 이탈리안 조식의 핵심은 부드러운 에그 베네딕트지!"

주방엔 빵 냄새가 가득했다. 갓 구운 빵에 구운 야채, 햄과 계란이라니!

"여기엔 이탈리안 에스프레소가 있어야 하는데 말이야, 김 양이 부탁한 커피는 다 너무 달지 않아?"

"괜찮아요!"

영진은 저도 모르게 웃으면서 대답했다. 눈앞에 있는 게 뭐든 상관없었다.

영감님의 앞엔 여전히 장아찌와 맨밥이 놓여 있었다.

계절이 바뀌는 게 느껴지는 건, 2층 서재에 쏟아지던 햇살들이 전 같지 않다는 것에서 알 수 있었다. 여름이 되면 해가 안 드는 걸까. 교과서에서만 배웠던 남향집의 장점을 몸소 체험할 리 없는 반지하나 베란다에 잔뜩 짐이 쌓여 해가 들어도 별 낙이 없는 북향 주공아파트를 전전해온 영진은 날이 더워지면서 해가 덜 드는 게 신기하기만 했다. 뭔가를 선택할 수 있는 여유가 있는 건… 참 근사한 거였다.

"…하고 싶은데……. 잠깐 들어가지?"

선택의 주도권이 있다는 건 달콤했다. 그리고 저 잘난 얼굴에 약간의 실망감을 주고도 싶었다. 그런데… 그러지 못한 건 남자의 실망감보다 제 욕정이 앞서서였다.

벌건 대낮이었다. 남자의 푹신한 침대 위였다. 남자의 저 그린 것 같은 입술은 제가 어디에 있는지 혹은 어떻게 생겼는지도 모르는 살점을 잘근거리고 있었다. 아, 이 미칠 것만 같은 느낌이라니……. 제 폐는 숨 따위를 쉬고 있지 않았다. 숨이 가빠서 턱에 차오르고 있었지만 상대는 멈추질 않았다. 배 속에 있는, 생각도 하지 않았던 장기가 한없이 쪼그라들면서 온몸을 오그라들게 만들고 있었다. 숨을 쉬고 싶은데, 소리라도 치고 싶은데 그러질 못했다. 뭔가 왈칵 토해 내야만 이게 끝날 텐데…….

정신이 핑 돌 무렵 제 시야에 불쑥 얼굴을 들이민 남자가 번들거리는 입술로 말했다.

"좋았지?"

채 대답을 하기도 전에 허리를 껴안은 두 팔은 영진의 엉덩이를 받쳐 들었고 가빠진 숨결 따위 생각지도 않은 듯 젖은 몸을 저돌적으로 밀고 들어왔다. 혼자서 만들어 내는 파들거리는 전율과는 또 다른 쾌락에 저도 모르게 소리를 질러야 했다.

"더! 더 해 봐!"

귓가에 외치는 남자의 목소리가 제대로 들리지도 않았다.

여자의 에메랄드그린 빛의 신음 소리는 그를 미치게 했다.

완벽하게 처음부터 끝까지 빈틈없는 스토리를 짜는 게 일이었다. 앞에서 무심코 내뱉은 대사는 반드시 어딘가의 복선이 되어야 했다. 촘촘하게 가로세로로 엮어진 행동과 대사들은 단 하나도 즉흥적이거나 어긋난 것이 없어야 했다. 그것은 커다란 태피스트리(Tapestry)를 짜는 것과 같았다. 정확하게 씨실과 날실이 만나는 곳을 알고 딱 맞는 색조의 실을 넣어야 하는 커다란 직물처럼, 모든 것은 한 치의 어긋남도 없어야 커다란 카펫은 완벽해진다.

그러나 제 삶은 그렇지 못했다. 어느 순간에도 제 맘대로 되지 않았다. 신속에 들어와서야 제 삶을 컨트롤했다고 느꼈는데, 그것마저도 만용이었다.

여자의 비밀스러운 붉은 속살에선 상상도 못 했던 맛이 났다. 하지만 그것은 단맛에 수렴했다. 샤르트뢰즈는 더 선명해졌다. 그 연록의 안개 속에 여자의 찌푸린 얼굴이 보였다. 적어도 그 찡그림이 괴로움은 아니란 거에… 자신 있었다. 여자의 속을 파고들면서 그는 연록의 안개를 헤치고 머리를 디밀어, 연록의 안개를 만들어 내는 새빨간 입술을 헤집었다.

살아 있다는 건 이런 거였다.

15

옛말에… 꼬리가 길면 잡힌다는 속담이 있었다. 옛사람들은 참… 슬기로웠던 건지.

아마 그건 둘 다 머릿속이 멎어 버렸기 때문일 것이다. 그 복잡다단한 스릴러물을 찰떡같이 주무르면서 만드시는 작가님이 실수란 걸 할 리 없었을 테니.

그래도 머리를 쓴다고 침대 시트를 미리 꺼내 놓지는 않았다. 둘이 한껏 땀과 다른 걸 범벅으로 해 놓은 시트들을 아무렇지도 않게 가지고 내려와 세탁기에 넣은 건 영진이었다. 빨래를 세탁기에 넣고, 점심을 준비해서 위층에 올리고, 식사가 끝나고 빨래를 널고… 늘 그렇듯 멀쩡한 하루였다.

다만… 요 며칠 사이 병원을 가던 박 여사 내외의 차가 움직이지 않았을 뿐이었다. 그러나 영진이 그걸 눈치채지 못한 건 두 사람 다 너무 바빠서 눈에 보이지 않았기 때문이었다. 영진은 늘 하듯이 누구 하나 얼씬거릴 일 없는 1층의 넓은 거실을 청소하고 나서 잠깐의 휴식… 그러니까 오전 청소 시간에 너무 과한(?) 에너지를 소비해서 청소하던 거실의 소파에서 잠시 졸았다.

늘 그렇듯… 나른한 오후였다.

여름이라도 된 듯한 풀벌레 소리, 작렬하는 햇살, 어제보다 더 뜨거워진 공기가 가득한 햇살 속 푸른 잔디 위……. 잠깐 기절 같은 잠에서 깬 영진의 눈앞에 고요한 일상이 늘어져 있었다. 제가 할 일은 하나뿐이었다. 저 땡볕에 바싹 말라 있을 빨래들을 걷는 일.

늘 그렇듯 잠깐의 망설임으로 머뭇거리다가 쨍쨍한 햇볕 속으로 걸어 들어갔다. 어깨와 정수리에 파고드는 햇살은 확실히 어제보다 더 온도가 올라간 기분이었다. 영진은 늘 하듯 까치발을 했다. 그러면서도 은근히 제 손끝에 닿을 타인의 손을 기다리고 있었는지도 몰랐다. 그건 어쩌면 조건반사 같은 거였을지도.

그녀의 기대를 저버리지 않고 그녀의 손끝에 타인의 손길이 느껴졌다.

"내가 빨래 언제 걷나 기다리고 있나 봐요."

"늘 내려다보고 있지. 그러다 준비하면 열심히 뛰어 내려온다고!"

영진은 피식 웃음을 터트렸다. 그랬었구나……. 절 언제나 보고 있었다는 사실이 새삼 울컥거리는 기분이었다.

"내가 생색낼 수 있는 유일한 일인걸."

남자는 빨래집게를 풀어 주고는 따끈한 시트를 갈무리하는 영진을 보고 있다가 말했다.

"값을 치러야지."

자연스럽게 남자의 입술이 내려앉았다. 그러나 그것은 곧 사라졌다.

"덥다. 그늘에 가서 마저 해."

영진도 피식 웃으면서 고개를 돌렸다.

그때였다. 주방에서 나오던 박 여사의 얼굴이 보인 게…….

영진의 굳은 얼굴을 본 남자도 고개를 돌렸다. 정수리가 뜨거워진 건… 뜨거운 햇살 때문이었지만, 둘 다 한동안 거기 멈춘 듯 서 있었다.

대화가 없어진 건 기분 탓만은 아니었다.

저녁은 장어덮밥이었다. 주방엔 장어 조림용 양념이 끓는 냄새가 가득했다. 늘 그렇듯 손이 서너 개라도 되는 것처럼 박 여사는 장어를 굽고 옆에선 끓는 기름에 파삭거리는 튀김들을 튀겨 냈다. 그러나 점심때하곤 달랐다. 옆에 있는 영감님조차 어리둥절해하는 게 눈에 보일 것만 같았다.

"거기 깻잎 좀……."

"아, 네."

하, 젠장…….

당혹스러운 기분이었다. 이걸 뭐라고 해야 하는 걸까. 늘 제가 걱정하던 일이 터져 버린 거였다. 아니 대체 이 한정 된 공간에서 언제까지 비밀로 할 수 있을 거라 여긴 걸까. 그래도 당분간은 눈 가리고 아웅 하는 심정으로 있고 싶었는데……. 사건의 여파는 더 컸다. 이 곤란스러운 침묵이 영진에게 무겁게 내려앉았다. 뭐 내내 홀로, 슈퍼 홀로 살아온 삶이니 갑들의 눈치를 보는 건 당연했지만, 그래도 이 주방에서의 불만에 찬 침묵은 더욱더 무거웠다.

주방에는 끓는 기름에 들어간 새우가 내는 소음을 누르는 환풍기의 요란한 소리 덕분에 그나마 사람들의 침묵이 가려지는 것 같았다. 졸여지는 장어의 식욕을 돋우는 간장 냄새와 튀긴 음식에서 나는 기름 냄새만 가득할 뿐이었다. 생강을 다지는 박 여사의 손길이 바빴다. 그때였다. 갑자기 주방의 문이 벌컥 열렸다.

이런 적이 없었기에 세 사람의 눈길은 다 주방 문을 향했다. 거긴…

여기 있을 리가 없는 사람이 서 있었다.

"저녁은 김 양이랑 같이 먹을 테니까 그렇게 올려 주세요. 김 양, 올라와."

"……"

가득 찬 기름 냄새와 장어 냄새를 빼기 위해 후드가 요란하게 돌아가고 있었다. 남자는 인상을 찡그리고는 문을 닫고 가 버렸다.

아우, 젠장… 영진은 저도 모르게 인상을 찡그릴 수밖에 없었다.

아니, 사람이 생각이란 걸 좀 해야지……. 영진은 수저통을 집으면서 저도 모르게 한숨을 내쉬었다.

"그거 안 쓸 거야."

박 여사의 좀… 쌀쌀맞은 것만 같은 말투에 영진은 손이 멎었다. 늘 그렇듯 수저나 커트러리도 메뉴에 맞추는 박 여사는 옻칠을 한 나무 수저 세트를 꺼냈다. 그리고 늘 위층에 올라가는 커다란 쟁반에 나뭇잎 모양의 수저받침 두 개를 놓고는 수저 두 개를 세팅했다.

어휴… 영진은 저도 모르게 다시 한숨을 내 쉴 수밖에 없었다.

2인분의 음식이 세팅 된 쟁반이 요란한 소리를 내며 엘리베이터를 타고 올라가자 박 여사가 말했다.

"올라가 봐."

영진은 아무 말도 할 수 없었다.

"앉아."

늘 청결하고 고요한 공기가 고여 있던 서재엔 그가 그의 다이닝 룸에서 식탁으로 쓰던 탁자와 의자가 나와 있었다. 그리고 음식들도 놓여 있었다. 그가 혼자 식사를 하던 작은 다이닝 룸에는 정수기와 냉장고, 커피 메이커 등 여러 가지 가전제품들이 있었다. 아무래도 거기서 식사를 하려면 그는 인이어를 껴야 했기에 아예 식탁을 들어 밖에 내온 것이었다.

"저기……."

뭐라 말을 꺼내야 할지 알 수가 없었다.

"잘됐어. 이젠 뭐 다 알게 됐으니까. 앞으로 같이 밥도 먹고, 뭐 잠도 여기서 자든지."

"저기요!"

"하고 싶은 대로 해. 그렇지만 밥은 여기서 먹어. 이제 밑에서 먹기에도 불편하게 된 거 아니야?"

남자는 사실을 콕 집어서 이야기했지만, 영진은 영 기분이 나아지진 않았다.

"걱정하지 마. 영천댁 그리 꽉 막힌 사람은 아니니까. 그리고 어차피 이 집 주인은 나니까. 이제 혼자 밥 먹는 게 싫어. 튀김은 눅눅해지니까 빨리 먹자고."

그런가. 차라리 잘됐나? 아까 같은 분위기에서 아래층에서 밥을 먹었다면 밥이 제대로 넘어가지 않았을 게 분명했다. 뭐 어차피 오랫동안 숨길 수도 없었으니 이 남자의 말이 맞는 걸지도.

"물 갖다줄까?"

남자의 목소리는 다정했다.

식사 시간이 오래 걸리면 밑에서 기다려야 한다는 걸 알고 있었다. 내려가고 싶지 않았지만 여기 계속 있을 수도 없었다.

"그냥 있어. 굳이 갈 필요 없잖아."

더더욱 내려가야 했다.

"밑에서 기다릴 거예요. 그거 내가 치울게요."

"아니, 내가 정리할 테니까. 이따 방에 갈게."

"아니요. 그냥……."

"그럼 올라와. 밖에 계단 있어. 당신 방에서 밖으로 나가서 뒤쪽으로.

불 켜 놓을 테니까 올라와. 기다릴게."

영진은 대답 없이 빈 그릇들을 쟁반 위에 챙기기 시작했다.

"당신 잘못한 거 없어. 굳이 잘못이라면 내가 한 거지. 그리고 잘못이라고 하기에도 웃기잖아. 영천댁이 뭐라고 하면 내가 가서 이야기할 테니까."

"아니, 됐다고요. 그냥 좀⋯⋯."

"그냥 뭐?"

"⋯⋯."

사실⋯ 저 남자의 말이 잘못된 것도 아니었다. 제가 이 '김 선생님'을 일부러 꼬시려 작정을 한 것도 아니지 않나. 아닌가? 비를 맞고 쫄딱 젖어서 남자한테 뛰어든 게 잘못이었나. 그럴 수도⋯⋯. 하지만 박 여사가 뭐 이 남자의 부모인 것도 아닌데.

그러고 보니 저 남자는 대체 왜 여기 혼자 사는 걸까. 부모도 없나? 그러나 대답을 생각해 보기도 전에 아래층의 문에 다다랐고, 영진은 크게 숨을 들이쉬고 문을 열어야 했다. 그리고 다시 한번 숨을 들이쉬고 주방 문을 열었다.

마침 요란한 소리를 내면서 위층에서 빈 그릇이 내려왔다.

늘 그렇듯 영진은 식탁을 정리하려 했지만 이미 모든 것은 다 치워져 있었다. 영감님도 들어가 버리신 모양이었다. 생각해 보니 위층에서 좀 머뭇거리느라 상이 내려온 게 늦었기 때문이기도 했다. 영진은 가서 그릇들을 집어 들어 개수대로 갔다. 남은 반찬이나 찌꺼기들을 잔반통에 넣었다. 그사이 그릇들을 개수대에서 씻기 시작한 박 여사가 입을 열었다.

"가서 쉬어."

"⋯⋯."

뭐라 말을 해야 할 것 같은데 무슨 말을 해야 할지 알 수 없었다.

"언제부터야?"

"네?"

"언제부터였냐고."

언제부터였나…… 박 여사는 그녀를 쳐다보지 않고 설거지만 하고 있었다. 마치 귀한 아들이 맘에 안 드는 하찮은 애인을 사귄 게 분한 것 같은 분위기였다. 갑자기 좀 어이가 없어졌다. 영진은 엉뚱한 대답을 했다.

"가서 쉴게요. 안녕히 주무세요."

그러나 제 방으로 가는 복도에서 영진은 가볍게 후회를 하고 말았다. 어차피 이 집에서 더 있어야 하는데. 저런 기분인 건 당연한 거 아닌가. 제가 말했듯 얌전한 고양이가 부뚜막에 먼저 올라간 격일 텐데. 하지만 이미 늦었다. 내일 어떻게든 되겠지 뭐……

방에 들어온 영진은 씻을 생각도 없이 침대에 주저앉았다.

내가 뭘 그렇게 잘못한 것도 아니잖아……

잠들기에는 너무 이른 시간이었다.

기다리겠다는 사람이 있었지만 굳이 2층까지 가고 싶은 생각 같은 건 들지 않았다. 막 미친 듯이 보고 싶거나 한 게 아닌 거 보면… 이건 연애 같은 게 아닐지도 모른다는 생각이 들었다. 누군가를 좋아한다면 매 순간 그 사람이 보고 싶고… 그래야 하는 거 아닌가? 영진은 침대에 누워버렸다. 뭐 하루쯤 안 씻고 잔다고 누가 뭐라 할 것도 아닐 테니.

실은 앉아 있다 보면, 누가 오라고 했던 걸 기억해 내고 그대로 할 것 같아서 누워 버렸는지도 몰랐다. 불도 꺼야 하는데…… 영진은 옆으로 돌아누웠다. 그리고 제 하잘것없는 처지에 대해서 다시 곱씹어 봐야 했다. 저 남자는 제게 궁금한 게 겨우 좋아하는 색깔이나 뭐 그런 것들뿐이었다. 그렇지만 자신이 궁금한 건 그런 게 아니지 않나?

영진이 타인을 만나는 게 가장 자신 없는 건 제 비루한 가족 관계 때문이었다. 외가니 친가니 그런 게 애초부터 없었을 리는 없겠지만, 어쨌든 양쪽 다 왕래가 없었다는 건 뭔가 문제가 있었다는 것이다.

그러나 그것까지 거슬러 올라갈 필요도 없었다. 제가 살던 동네의 사람들이 그렇듯, 어딘가 시원찮아서 돈벌이도 제대로 못 하고 술에 안 취한 게 더 낯선 아빠란 사람과 살아 보려고 애쓰다가 1년쯤 보이지 않던 엄마는, 주변 사람들의 수군거림으로 행방을 알게 되었었다. 무슨 사기죄로 교도소에 갔다는 걸.

그사이 더 술만 찾느라 어린 애들 따윈 돌보지도 않던 아빠는 엄마가 돌아오고 나서 구급차에 실려 가더니 다시는 돌아오지 못했고, 장례식이 끝난 뒤 엄마는 한동안 같이 살다가 중고등학생이 된 영진의 남매를 두고 근처에 월세방 하나를 얻어 준 뒤에 재혼을 하곤 들여다보지 않았다.

물론 방 월세도 내주고 용돈도 더러 보내 주긴 했었다.

그러나 그것만으로는 턱없이 모자랐기에 두 남매는 이미 어려서부터 아르바이트를 해야 했다. 그래도 영진은 악착같이 대학도 갔다. 워낙에 없으니 장학금도 받았고 영식이도 그럭저럭 구청 사회복지사 덕에 학교는 멀쩡하게 다닐 수 있었다.

그 뒤론 정말 열심히 살았다. 그 말밖엔 할 말이 없었다. 그러나 그게 다였다. 제 짧은 20여 년의 삶은 그냥 그랬다.

그러니 이런 시간이란 게… 너무 어이가 없지 않나. 저런 사람이 절 좋다는 건 더 황당한 일이지.

그냥 괜찮은 김 선생님의 식사나 챙기고 청소나 하면서 불로소득 같은 돈을 좀 벌고 싶을 뿐이었다. 아니, 아마 조금만 더 생각이 있다면 저 돈 많은 남자를 그나마 괜찮은 몸뚱이로 꼬셔서 어떻게 콩고물이라도 얻어 볼 궁리라도 할 텐데.

뭐, 내일 일은 내일 생각하자.

— 뭐 해?

그냥 흐르는 물 같은 시간 속에 해파리처럼 떠 있고 싶을 뿐인데… 아니, 무얼 붙잡을 힘도 의지도 없는데, 낯선 타인은 제게 낯선 마음을 던지고 있었다. 그걸 어떻게 받아들여야 할지도 알 수 없는 데다 그걸 받을 손조차 없는데.

— 올라올래, 아니면 내가 내려갈까.

눈앞에 없을 땐, 부담이고 근심거리일 뿐이었다. 제 일의 방해물이었고.

그런데 눈앞에 있을 땐 모든 걸 잊게 만들어서 당황스러웠다. 하지만 이 기계 저편의 목소리는 또 뭘까. 그 춘천의 낯선 카페에서 그랬듯이 누군가와 일이 아닌 대화를 한다는 게 그리 나쁘지만은 않았었다. 아니, 어쩌면 그 반대였을지도 모른다.

"그냥 이렇게 통화해요."

영진은 전화기를 옆에 놓은 채 모로 누워서 말했다. 스피커폰으로 하지 않았지만 방 안은 너무나 조용했기에 남자의 목소리는 선명하게 들렸다.

— 무슨 소리야? 바로 계단만 내려가면 되는데.

남자가 피식 웃는 것 같았다. 왠지 이 작은 네모난 판때기 속에서 들리는 목소리는 미지의 누군가 같은 기분이었다. 제가 삼시 세끼 수라상을 올려야 하는 김 선생님도 아니고, 제 맨몸을 저보다 더 많이 보고 만진 한정욱도 아니고.

"오늘의 컨셉이에요. 아주 멀리 떨어진 곳에 있는… 연인."

제 입에서 머뭇거리면서 떨어진 단어를 곱씹느라… 영진은 말을 잇지 못했다.

— 뭐? 멀리 떨어진 곳에 있는 연인? 왜, 피곤해서 그래?

"아뇨. 그냥. 이런 통화를 해 본 적이 없어서. 갑자기 어떨까 하는 생각이 들어서."

— 그래?

다시 뒤로 피식 웃는 소리가 들리는 것 같았다.

"아, 맞다. 전화기 속 내 목소리도… 그 무슨 사 뭔지 그 색이에요?"

— 샤르트뢰즈.

"음. 맞아. 그거."

— 아니. 기계에서 나오는 소리는 그냥 다 같이 기계 소음 색이야.

"아……."

— 그러니까 보고 싶어.

잠시 대답을 잊게 만들었다. 남자가 말하는 목소리가 색으로 보인다는 걸 체험할 수는 없지만, 왠지 전화기에서 부드러운 분홍빛이 새어 나오는 기분이었다.

전화기의 화면은 꺼졌다. 영진은 그 까만 것을 옆으로 쳐다볼 뿐이었다.

— 자?

"아뇨."

— 올라와. 여기가 넓잖아. 오늘은 힘들게 안 할게.

영진은 저도 모르게 웃음이 났다. 이 남자의 목소리를 들으면 자꾸 저답지 않게 피식 웃게 되는 것만 같았다. 세상에 웃을 일이라곤 월급이 오르거나 길에서 돈을 줍거나 혹은 제가 탄 버스에 자리가 있거나 할 때뿐이었던 거 같은데. 이 남자 때문에 이렇게 피식피식 웃게 되는 거 보면… 연애란 건 이렇게 제가 안 하던 일을 하게 되는 건가 싶었다.

"그냥 이렇게 목소리 듣는 거 좋은데요."

— 옆에 있으면 밤새 목소리 들려줄게. 할 말 없으면 노래도 불러 줄게.

"이런 기분이구나……."

— 뭐가?

뭔지는 딱히 대답할 만한 단어가 떠오르지 않았다. 그녀의 침묵에 다시 남자가 말했다.

— 왜? 어디 아파? 아님 영천댁이 뭐라고 했어? 그래서 그러는 거야?

누군가 나를 걱정해 준다는 건 이런 거구나……. 영진은 까만색의 소리 나는 물건이 신기해졌다. 아니, 거기서 나는 소리가 신기한 거겠지.

"뭐 그냥 째했을 뿐이에요. 괜찮아요."

— 그런데 왜?

"그냥 컨셉이라고요. 이런 거 해 보고 싶었다니까."

— 난… 전화 싫어.

사실 대화도 싫어.

그는 그렇게 덧붙이고 싶었다. 고요한 거실엔 뿌연 등불들만 켜진 채였다. 사람들은 모를 것이다 켜 놓은 형광등에서도 소리가 난다는 걸. 천정에 서려 있는 핏빛 구름, 사람의 입에서 흘러나와 맺혀 있는 녹슨 쇠 빛의 응어리……. 그런 것들을 여기서는 태연하게 보고 있지 않아도 돼서 좋았다. 그러나 이제 혼자 있는 건 그다지 좋지 않았다. 같이 있어도 힘들지 않은 사람은 옆에 있었으면 좋겠다. 전엔 내가 견딜 수 있으면 다 괜찮을 거라 생각했는데 상대가 그게 불편할 수 있을 거란 걸 미처 생각하지 못했었다.

— 눈 감고 하면 되잖아요.

세상은 어쩌면 그렇게 복잡한 게 아닐지도 모른다.

"그러게. 그건 그러네."

그는 눈을 감았다.

— 궁금한 게 있어요.

"뭐가?"

— 만약에… 내가 그 샤르트뢰즈인지 그런 게 아니었다면, 그렇다면 김 선생님은 제게 이런 전화를 할 일이 있었을까요?

사실 그게 뭔지도 모르겠다. 색이 눈에 보인다는 것조차 잘 믿기지 않았다. 그러나 남자의 비싼 이어폰이나 아니면 하는 행동을 봐서는 거짓말 같지는 않아 보여서 그래서 그런가 보다 하고 있는 거였다. 그런데 문득 궁금했다. 그런 게 아니라면, 과연 저 남자는 내게 이 시간에 전화란 걸 하고 있을 리가 없지 않을까 하고. 영진은 까만 전화기를 여전히 쳐다보고 있었다.

— 글쎄. 모르겠어. 나는 허구를 만들어 내는 일을 하고 있지만, 그래서 더욱더 내 삶 같은 건 눈에 보이고 손에 닿는 것만 믿지.

"그럼 결론은… 이런 관계는 안 됐겠네요?"

— 난 사는 데 가정을 하지 않기로 했어. 그냥 내 눈앞에 있는 거만 믿기로. 그러니까 가정은 필요 없어. 그냥 당신은 나에게 샤르트뢰즈를 보여 줄 수 있는 사람이고, 그래서 시작을 했고 지금까지 온 거고… 그리고 지금 보고 싶고. 그게 현실이자 결론이야. 그거뿐이야.

"……."

그걸 제일 잘 아는 사람이 영진이었다.

가정이 필요 없다는 걸. 가정은 어디까지나 가정일 뿐이었다. 나도 남들처럼 사랑을 주고, 실수를 했을 때 혼을 내기보단 안아 주고 위로해 주는 평범한 부모가 있었으면…이라고 해 봤자 그럴 리가 없다는 걸 가장 잘 아니까.

남자의 저런 목소리를 듣고 있으면 어딘가가 물렁물렁해지는 기분이었다. 이러다 어두운 계단을 올라가고 있을지도 몰라.

검은 기계에서 흘러나오는 남자의 목소리는 실제로 듣는 것과 또 달랐다. 그러나 역시 근사했다. 마치 노랫소리같이. 저 남자와의 키스도

277

좋고 체온도 좋지만, 그냥 이렇게 '멀리' 떨어져서 아무 의미도 없는 이야기를 나누는 것도 낯설지만 괜찮았다.

제게도 이런 날이 오다니.

"아까 노래 불러 준다면서요."

— 올라와. 어디 보면 기타도 있을걸. 지하엔 피아노도 있는데……

"컨셉 좀 지키자고요."

다시 저편에서 웃음소리가 났다.

— 그래. 좋아하는 사람이 약자지. 나도 약자 코스프레 한다 치지. 뭐 불러 줄까. 노래라곤 해 본 지가 하도 오래돼서.

"그러면서 무슨 노래를 불러 준다고……"

Starry, starry night
별이 총총 빛나는 밤
Paint your palette blue and gray……
당신의 팔레트를 파랑과 잿빛으로 칠하세요……

돈 맥클린의 〈빈센트〉를 들으면서 제 눈에서 눈물이 떨어진 건, 스스로가 불쌍했기 때문일 것이다. 이 이야기의 끝을 알고 있어서. 노래의 끝과 빈센트 반 고흐의 끝과 그리고 자신과 이 남자의 끝 같은 것도……

영진은 조금 머뭇거리려 했다.

그러나 또 생각해 보니 어제 그런 일이 있은 후에 늦기까지 한다면… 좀 더 안 좋아 보일 게 뻔하다는 걸 금방 생각해 낼 수 있었다. 남자와 꽤 늦은 시간까지 이것저것 쓸데없는 것들에 대한 이야기를 나누다 보니 늦게 잠들었지만 컨디션은 괜찮았다. 남자의 해박한 지식들, 학교 이야기, 책을 쓰면서 생긴 에피소드… 남자가 일상생활은 좀 이상했지만, 적어도 베스트셀러 작가라는 걸 실제로 느낄 수 있었다.

그런데, 그건 그렇다 치고.

영진은 저도 모르게 굳어진 얼굴로 주방에 들어섰다.

"안녕히 주무셨어요?"

"김 양도 잘 자고?"

막 파를 다듬어 들고 들어온 영감님이 인사를 받아 주었다. 두 분이 서로 대화는 안 하시는 게 분명하다고 느꼈다.

"제가 씻을게요. 주세요."

영진은 커다랗게 살이 찐 시퍼런 파를 받아 늘 하듯이 뿌리를 자르고 겉의 껍질을 벗기고 씻었다. 아침은 북엇국과 황태구이였다. 언제부터 끓었는지 모르게 뽀얀 국물에 박 여사는 영진에게 건네받은 파를 송송 썰어 넣었다. 파 써는 것조차 따라도 할 수 없을 것만 같은 날랜 손놀림으로.

박 여사는 쟁반 위에 두 개의 국을 떴다. 영진은 그냥 가만히 있었다. 이 분위기에서 밥을 먹는다는 게 불편할 게 뻔하기도 했거니와 괜히… 남자가 보고 싶었다. 밤새 제게 이야기를 하고 노래를 불러 준 남자를.

"가서 식사해."

"김 양은 이제부터 위에서 식사하는가 보네?"

영감님이 의아하다는 듯 물었다.

"김 선생님도 이젠 좀 누군가와 같이 식사를 하실 때도 됐지."

박 여사가 대답했다. 저 할머니는… 남자를 진심으로 생각하고 있는 게 틀림없었다. 그래서 더더욱 죄책감이 든 영진은 조용히 부엌을 나섰다. 두꺼운 문을 열고 차가운 대리석 계단을 지나 다시 두꺼운 문을 열자… 탁자 위에 음식들을 옮기던 남자가 말했다.

"굿모닝. 내가 상 차리는 수고를 했으니까 팁 정도는 주고 식사 시작하지?"

모든 건 완벽했다.

밤새 그리웠던 남자의 모닝 키스로 시작한 아침 식사, 따뜻하고 진한 황태 국물, 전화기 저편으로 들었던 것보다 훨씬 괜찮은 남자의 목소리, 그리고 보기에도 근사한 남자의 실물……. 이젠 뭐 숨바꼭질할 필요도 없는 데서 오는 평온함 같은 것들…….

하지만 그건 별로 오래가지 않았다.

"커피 마시고 내려갈래? 아님 올라와서 마실래?"

"우선 내려가야죠. 상이 내려와야 아래가 일을 해서."

"그래?"

정욱이 일어나서 쟁반 위에 그릇들을 올려놓으려는데 갑자기 낯선 소리가 났다. 어디선가 윙윙거리는 소리…….

"전화 왔나 봐요."

"아, 그런가. 전화 통화는 내가 딱 한 사람하고만 하는데……. 아마 쓸데없는 전화일 거야. 난 다 메일이나 문자만 받거든."

웃으면서 전화기를 집어 든 남자의 얼굴에 갑자기 의아한 표정이 떠올랐다.

왜냐고 물으려는데 남자가 전화를 받았다.

"여보세요?"

남자의 얼굴이 굳어 가는 걸… 처음 보았다.

"뭐라구요? 그래서 지금 어떤데요? 네?"

남자의 목소리가 커졌다.

이걸 박 여사한테 말해야 하나? 그러나 곧 주제넘은 것 같아서 영진은 설거지하는 걸 도울 뿐이었다. 박 여사는 영진에게 한마디 말도 하지 않았다. 인정은 하지만 괘씸하게 여기고 있다는 걸 몸으로 이야기하는 것 같았다. 그러나 영진은 그게 문제가 아니었다. 그에게 큰일이 난 걸까. 그때였다. 주방의 문이 거칠게 열렸다.

"아저씨 어디 가셨어요?"

"네? 영감은 밖에 있는데……."

"차 좀 준비해 줘요. 그리고 김 양 외출 준비 좀 해."

인상을 찡그린 남자는 곧 문을 다시 닫았다. 놀란 박 여사는 급하게 물을 잠그고 앞치마에 손을 닦으면서 주방 밖을 나섰다.

"아니, 무슨 일이세요?"

그러나 문이 닫히고 밖에서 하는 말은 들리지 않았다. 영진은 머뭇거리다가 제 방으로 급하게 갔다. 외출 준비라니…….

영진은 외출 준비란 게 대체 어떤 걸 해야 할지 몰라서 그냥 세수를 다시 하고 얼굴에 대충 선크림을 바르고 옷을 갈아입었다. 다만… 제대로 된 옷이 없어서 박 여사가 사 준 그 화려한 블라우스를 다시 입어야만 했다. 잠깐 들은 전화 통화 내용으로는… 누가 아프다던데. 하지만 두꺼운 초봄에 입던 옷을 입을 수는 없었다. 영진은 하나뿐인 핸드백에 휴대폰과 텅 빈 지갑이라도 찾아 넣고 문을 나섰다.

"우리 영감이 모셔다드릴게요. 병원까지."

"아니, 괜찮아요. 그냥 김 양하고 갈 테니까. 터미널까지만 가 줘요."

"어휴, 많이 편찮으시대요? 큰일이네."

"모르겠어요. 가 봐야 알지."

늘 편한 바지에 티셔츠 차림이었던 남자가 정장 바지 비슷한 데다 하얀 면티 위에 옅은 색 재킷을 입은 채 배낭을 메고 서 있었다. 처음 보는 모습이었다.

"괜찮으셔야 할 텐데……."

남자는 대답이 없었다. 그러곤 영진이 나온 걸 보고 그녀의 손목을 잡았다. 남자는 처음 보는 줄이 있는 이어폰을 꽂고 있었다. 그 전엔 무선 이어폰이었던 거 같은데…….

"가자."

남자의 굳은 얼굴 때문에 대체 어디로 간다는 건지 물어볼 수 없었다.

16

"내가 지금… 아무것도 안 들려. 그러니까 다 당신이 해 줘야 해. 터미널에 도착해서 강남으로 가는 버스를 타고 가서 도착하면 택시를 타고 한국대학병원으로 갈 거야. 가서 12층에 있는 VIP 입원실로 가서 조매화 여사를 찾아가는 거야. 알았지? 경비는 이 카드로 계산하고, 그리고 할 말이 있으면 입 모양으로 크게 이야기하고, 그래도 잘 전달이 안 되면 문자를 써."

남자가 색청이란 걸… 실감하게 되는 순간이었다.

디젤차는 커다란 소음과 함께 길을 내려갔다. 이제는 비탈진 산길 주변에 꽃들은 자취도 없었고 짙푸른 나무들만 가득했다. 남자의 귀에는 선이 달린 투명한 모양의 이어폰이 꽂혀 있었다. 아마… 소음에 더 특화된 걸까.

"터미널로 가면 되나?"

"네."

영감님의 차는 대로로 들어섰다. 아침이라서 그런지 차가 꽤 있었다. 남자는 굳은 얼굴로 밖만 내다보고 있었다. 영진은 남자한테 건네받은 카드를 쥔 손을 내려다보고 있을 뿐이었다. 조매화 여사라… 이 사람의 가족들을 보게 되는 걸까. 영진은 휴대폰 앱을 켰다. 그리고 차 시간을 보고 자리를 예약했다. 마침 자리가 있어 다행이었다.

각자 생각에 잠긴 채 차는 요란한 소리를 내면서 익숙한 읍내로 들어섰고 영진은 차가 멈추자 옆에 앉은 남자와 같이 내려야 했다.

"조심해. 그리고 조 여사님한테 안부 좀 전해 주고……."

"네."

영진은 뭐 달리 할 말이 없었다. 그때였다. 꾸벅 영감님께 인사를 한 남자는 영진의 손을 잡았다.

"가자."

"이리 와요."

영진은 정욱의 손을 끌고 이리저리 사람들을 헤치고 타야 할 차를 찾으러 갔다.

정욱은 일부러 본체가 연결된 인이어를 하고 나왔다. 무선 인이어는 기능이 약해서 큰 소리엔 취약했다. 그래서 병원에 가거나 일이 있어 집을 나서야 할 땐 본체가 달린 유선 기계를 사용하고 있었다. 사람들이 멀미가 나도록 이리저리 제 갈 길을 가고 있었나. 그러나 그에겐 아무 소리가 들리지 않았다. 그래서 사람들이 보이고 차가 보이고 집들이 보였다.

텁텁하고 후덥지근한 공기가 매연들과 섞여 있었다. 그러나 그들은 각각 자기가 가야 할 곳으로 가고 있었다. 차라리 처음부터 아무것도 안들렸다면 그것에 익숙할 텐데. 소리와 색이 분리된 세상에서 그것들이 혼재된 세상으로, 그리고 이젠 소리와 빛이 괴리된 세상으로 와 있었다. 그나마 제 손을 잡고 가는 타인이 있어서 다행이었다.

남자는 굳은 얼굴로 영진의 손을 꼭 붙잡고 있었고, 그 덕에 손에서 땀이 날 지경이었다. 버스는 여기를 들러 가는 버스라 금방 출발했다. 차창 밖으로 잊고 있었던 세상들이 펼쳐져 있었다. 금방 큰 도로로 올라 갔고 도로에는 차가 가득했다. 논밭 사이로 건물들이 무질서하게 서 있었고 파란색 강물도 보였다. 눈에 익은 모습들이었다.

　다시 돌아갈 수 있을까.

　영진은 박 여사 내외의 낡은 차를 타고 이 길을 오면서 모든 걸 포기하고 있었다. 마치 장기 매매단이라도 찾아가는 듯. 그냥 인생이 거기서 끝나는 기분이었다. 하지만 그녀가 도착했을 땐 다른 세상이 펼쳐져 있었다. 그리고 지금은 제 손을 잡은 이 남자와 다시 저를 질식시켰던 괴물 같은 도시로 가는 중이었다. 돌아가는 건 아니었지만, 묘한 기분이었다. 이건 꿈일까.

　제발 꿈이었으면 좋겠다.

　그냥 다 제자리에 있을 줄 알았다. 제 세상이 사고로 박살 나 버린 뒤에… 겨우 안정을 찾고 직업을 찾고 새집을 찾은 뒤엔… 그냥 세상이 그렇게 쳇바퀴 돌듯 변함없이 하루하루 돌아갈 거라 생각했다. 맛있는 음식과 조용한 집과 제게 열광하는 미지의 사람들과 제 잔고에 쌓이는 금액들과. 그러다 이 여자가 나타났다. 그래서 요 며칠간 사는 게 매번 뭐가 나타날지 모르는 화려한 그림책같이 다채로워졌다. 그동안 괴롭게 살았던 인생을 조금이나마 위로해 주는 듯. 이제 너도 좀 사람답게 살 수 있을 거라고 누군가 이야기해 주는 기분이었다. 그리고 그걸 맘껏 만끽하고 싶었다. 실은 이렇게 세상 속으로의 데이트도 그의 스케줄러 속엔 슬쩍 써져 있었다.

　그렇지만 이런 이유 때문만은 아니었다.

　제발…….

두 사람은 각자 머릿속이 복잡했다. 그러는 사이에 차들은 넓은 길에 가득 차고 점점 눈에 보이는 건물들은 높고 촘촘해졌다. 톨게이트를 지나고 도시는 하나도 변한 것 없이 그 괴물 같은 속살을 드러냈고, 영진은 마치 늦잠을 자다 깨난 듯 제가 없이도 아무렇지도 않게 돌아가고 있는 도시를 다시 두려운 표정으로 봐야 했다.

다시 돌아왔구나……

그러나 저 때문만은 아니었다. 중요한 건 이 남자지. 내려서 택시를 타고 병원까지만 가면 되니까. 영진은 한 손으로 휴대폰 속 지도를 찾고 있었다. 한국대학병원… 자주 가 보지 않은 서울 터미널에선 택시를 타는 곳이 어딘지도 찾아야 했다. 그러다 문득 고개를 돌렸다. 남자는 두 눈을 감고 있었다. 그러나 분명히 자는 건 아니었다. 버스의 진동이 웅웅거리면서 등줄기를 타고 올라왔다. 버스 소음과 사람들의 이야기 소리가 뒤섞였다. 도시의 소음 속에서는 앞이 제대로 보이지 않을 정도라는데 괜찮을지 걱정이었다. 아니, 제발 괜찮기를……

버스에서 내리자 남자는 인상을 찡그렸다. 뭐가 들리는 건가? 그러나 영진은 물을 수가 없었다. 영진이 듣기에도 커다란 고속버스터미널은 너무나 시끄러웠다. 그녀도 새들의 조식 파티 소리가 소음인 곳에서 근 한 달이나 살아왔으니.

다들 어디론가 바쁘게 가고 있었다. 차들마저도 그래 보였다. 두 사람도 갈 곳이 있었지만 마치 길을 잃은 것처럼 멍해 보였다. 택시를 타야지……. 영진은 두리번거리면서 남자의 손을 붙잡고 걷기 시작했다.

지나가는 사람들이 툭툭 어깨를 쳐 댔다. 대합실로 가는 통로에는 사람들이 북적이고 있었다. 주변으로는 즐비한 가게들이 저마다 요란한 간판을 내걸고 있었다. 이런 곳에서 살던 게 불과 한 달 만인데…… 영진은 완전히 다른 세상에 온 기분이었다. 게다가 제 손을 부러질 듯 잡고 있는 남자까지. 우선은 이 남자를 어떻게든 도착지까지 데리고 가야만 했다.

그때였다. 옆에서 전화 통화를 요란하게 하던 여자가 뒤를 안 돌아보고 뒷걸음질 치다 갑자기 남자에게 부딪쳤다.

"어멋! 앞 좀 보고 다녀요!"

"윽!"

남자의 입에서 비명이 터졌다.

"어머나! 뭐야! 지가 먼저 부딪쳐 놓고 어디서 죽는다고 난리야!"

듣기 싫은 여자의 고성이 이어졌다.

"정욱 씨? 왜 그래요? 아……."

낯선 여자와 부딪치다 여자의 옷 같은 데 그의 이어폰 줄이 끼어 딸려 갔던 모양이었다. 귀를 막은 남자는 갑자기 주저앉듯이 허물어졌다.

"아니, 무슨 자해 공갈단이야?"

남자가 주저앉자 사람들이 쳐다보기 시작했고 그 여자는 더 소리쳤다.

"아니, 먼저 부딪쳐 놓고! 정욱 씨!"

영진은 앙칼지게 소리 지르고 귀를 막은 채 쪼그리고 앉아 버린 남자의 귀 주위를 찾아야만 했다.

"재수 없게! 야!"

옆에서 돼지 멱을 따듯이 소리치는 여자를 아랑곳하지 않고 영진은 빠진 이어폰을 찾았다. 무선이었으면 큰일 날 뻔했을 거란 생각에 식은 땀이 날 지경이었다. 그걸 그의 귀에 꽂아 주면서 말했다.

"괜찮아요?"

그제야 남자는 정신을 차린 듯 영진을 올려다보았다. 남자가 괜찮은 걸 확인하자 영진은 벌떡 일어나서 옆에서 생쇼를 하고 있는 여자에게 소리쳤다.

"이 사람은 환자라고요! 아줌마가 분명히 뒤도 안 보고 뒷걸음질 치다 부딪쳐 놓고 무슨 행패예요? 사과는 못할망정!"

"아니, 무슨 적반하장이야? 나도 저 남자 때문에 넘어질 뻔했잖아!"

그때였다. 정신을 차린 정욱이 몸을 일으켰다. 주변엔 무슨 일인가 호기심에 사로잡힌 사람들이 모여들어 있었고, 누군가는 벌써 휴대폰을 빼 들고 있었다.

"야! 뭔데 찍고 난리야! 어머나!"

소리를 고래고래 지르던 여자의 목소리가 쏙 들어가 버렸다. 정욱이 정신을 차리고 그 여자를 쳐다봤기 때문인지는 모르겠지만.

"하… 어머나… 괜찮으…세요?"

어이가 없었다. 그러나 여자의 어이없는 태세 전환이 이해가 가긴 했다. 워낙에 잘난 남자라는 걸 처음 봤을 때 느꼈지만 그 뒤론 저 사람밖에 보지 않아서 둔감했는지도 몰랐다. 그러나 이렇게 사람이 많은 곳에서 보니… 저 아줌마의 홍조 띤 얼굴이 이해가 갈 정도였다.

"괜찮으니 앞이나 잘 보고 다니세요!"

그래도 괘씸한 건 괘씸한 거니까. 그야말로 큰일 날 뻔했다.

영진은 남자의 손을 잡고 사람들을 헤치고 갔다. 누군가 몰래 사진 찍는 게 보였다. 이 잘난 남자가 그 김동철이란 걸 알면 더 놀라겠지. 영진은 혼자 생각하면서 발걸음을 빨리하는데… 당혹스럽게도 입구 쪽에 한쪽 벽면을 채우고 있는 건 남자의 신작 〈푸른 분노〉의 선전 문구였다. 그러나 옆에 있는 남자는 쳐다도 보지 않고 걸을 뿐이었다.

빨리 이곳을 벗어나야 했다.

이리저리 헤매다 드디어 택시 승강장을 발견했지만 거기에도 줄이 길었다. 차들의 소음과 매연에 영진도 정신이 없을 정도였다. 남자는 으스러져라 제 손을 꼭 잡고 바닥만 쳐다보고 있었다.

얼른 줄이 줄어들어야 할 텐데…….

영진은 남자의 손에서 손을 빼고 휴대폰으로 문자를 보냈다.

[괜찮아요?]

창백한 얼굴을 한 남자는 제 손을 놓은 여자를 의아하게 보고 있다가 휴대폰 진동을 느끼곤 자신의 휴대폰을 꺼내 들었다. 그러곤 손을 움직였다.

[당신이 있어서 괜찮아.]

누군가에게… 쓸모 있는 사람이 된다는 건, 좀 괜찮은 기분이었다.

병원 안은 더 정신이 없었다. 사람들은 마치 물결처럼 가득 차 흘러 다니는 기분이었다. 세상엔 온통 아픈 사람만 있는 것처럼.

얼른 이 남자를 좀 더 조용한 곳으로 데려가야 했다. 금방이라도 구토가 올라올 것 같은… 그런 표정이었다.

딩동댕 소리와 함께 엘리베이터가 열리자 그나마 조용한 공간이 나타났다. 아이보리색의 창백한 조명과 복도는 이곳이 병원임을 알려 주고 있었다. 영진은 남자의 손을 잡고 두리번거리면서 간호사들이 있는 스테이션을 찾아야 했다.

"저기… 12층에 조매화 여사님을 찾아왔는데요."

"아, 그래요? 잠시만요."

디지털 키가 달린 불투명한 문을 열고 들어간 공간은 하얀 복도로 이어진 더 적막한 공간이었다. 딱… 옆에 있는 남자한테 적당한. 그때 누군가가 다가왔다.

"혹시 한정욱 님?"

영진이 옆에서 대신 대답했다.

"네, 그런데요."

영진이 대답하자 묻던 사람이 정욱과 영진을 번갈아 쳐다보았다. 키가 큰 사람은 검은색 정장을 잘 차려입은 중년 남자였다. 약간은 차가운 느낌의.

그때였다. 옆에서 정욱이 입을 열었다.

"내가 한정욱입니다. 그리고 이 사람은 제 보호자입니다. 할머니는 어디 계십니까?"

여전히 이어폰을 낀 채였다.

"따라오십시오."

의아한 표정이었지만 중년 남자는 앞장섰고 정욱은 그를 따라갔다. 영진도 두 사람을 따라갔다. 하얀 복도는 길고 조용했다.

앞서가던 남자는 어느 문 앞에 섰고 가볍게 노크를 하더니 문을 열었다. 정욱은 문으로 들어섰고 영진도 뒤를 따랐다.

문 안은 넓은 공간이었다. 그러나 영진이 알고 있던 병실 모습은 아니었다. 좁은 2인 실이나 다닥다닥한 6인 실이 아니라 넓은 공간은 마치 회사의 응접실같이 소파가 있고 탁자가 있었다. 거기엔 검은 옷을 입은 사람들이 잔뜩 앉아 있다가 정욱이 들어서자 다들 분분히 일어나서 문쪽을 쳐다보았다.

"정욱아!"

나이 든 남자가 외쳤다. 그러나 정욱은 그것을 아랑곳하지 않고 검은 옷을 입은 남자를 따라갔다. 아마… 들리지 않아서였을지도. 영진은 자신을 쳐다보는 시선이 느껴졌지만 그냥 모른 척하고 정욱을 따라갈 뿐이었다. 문득 제 화려한 블라우스가 거슬렸다. 마치 장례식장이라도 된 듯 전부 검은 옷을 입은 사람들 틈에서 홀로 눈에 띄는 차림인 영진은 그저 조용히 발걸음을 옮겼다.

옆으로 문은 없고 커다란 문틀 모양만 있는 곳에 침대가 있었다. 그리고 병원이라는 이름에 걸맞게 누군가 누워 있었다.

"할머니……."

그가 서서 낮게 외치는 게 들렸다.

'그래… 그 산속에서 혼자 살 수 있겠어?'

색청이란 걸 이해시킬 수 없는 그는 가만히 있을 뿐이었다.

'닥터 주가 말은 하던데… 넌 조용하고 소음 없는 데서 살아야 한다고. 그래도 병원도 가고 이 할미도 보고 그래야지.'

'갈게요.'

말 없는 손자를 보고 있던 조 여사는 한숨만 내쉬었다.

'널 그때 보내는 게 아니었는데……'

'사고는 저 때문이에요. 할머니 탓이 아니라.'

'아니다. 다 내 탓이야. 가더라도 연락 꼭 하고! 자주 보러 와. 아니면 내가 갈 테니까.'

그럴 걸… 그랬다. 전화 통화하는 것조차 괴로웠다. 산속에 혼자 살 집을 설계하고 준비할 땐, 산속에서 좀 쉬고 싶다는 생각뿐이었다. 그래서 수영장도 만들고 지하엔 극장도 만들었고 볼링장이며 당구대 같은 군이 바깥에 나오지 않아도 얼마든지 재미있게 놀 수 있는 것들을 맘껏 만들어 넣었다. 그렇지만… 집을 지으면서 그의 증세는 점점 심해졌고 집이 완성된 후에는 그는 지하는커녕 아래층조차 쓸 수 없었다. 오로지 밀폐되다시피 한 공간과 인이어가 없으면 혼자 밥도 먹을 수 없을 정도로 악화되고 말았다. 그러니 전화 통화는 물론이거니와 유일한 혈육이라고 할 수 있는 할머니도 만나러 갈 수 없었다. 둘 다 좀 있으면 나아지겠지, 하고 기다리다 이렇게 된 것이었다.

"그저께 모임에서 돌아오시다가 갑자기 현관에서 쓰러지셨는데… 뇌경색이라고. 응급 수술을 했지만 상태가 좋아지지 않을 듯해서 급하게 연락을 드렸습니다."

영진은 옆에 있다가 아무래도 안 되겠는지 멍하니 누워 있는 환자를 내려다보는 정욱의 손을 잡았다. 그러자 그는 영진을 돌아봤다. 영진이 귀를 가리켰고 정욱은 귀에 손을 댔다. 아니, 엄밀히 말하면 인이어를 껐다. 그러나 곧 눈을 감고 인상을 찌푸렸다. 영진에겐 고요한 병실이었지만 그건 환자 곁의 여러 가지 기계 장치에서 계속 일정한 소음들이 나고 있는 걸 영진은 느끼지 못했기 때문이었다. 하지만 정욱은 다시 귀에 손을 대진 않았다. 그래서 영진이 말했다.

"다시 한번 말씀해 주시겠어요?"

"네? 아… 조 대표님이 그저께 모임에서 돌아오시다가 현관에서 쓰러지셨는데 뇌경색이셨답니다. 응급 수술을 했지만 상태가 좋아지지 않으셔서 연락드렸습니다. 저는 조 대표님의 변호사입니다. 일이 있으면 한정욱 씨에게 연락하라고 하셔서……."

눈을 감고 있던 정욱이 눈을 떴다. 그러곤 머리에 칭칭 붕대를 감고 무슨 망 같은 것이 씌워진 채 호흡기까지 끼고 있어 얼굴을 잘 알아볼 수 없는 노인을 내려다보다가 입을 열었다.

"어떻게 안 좋으신데요?"

"의식이 잘… 그래도 마지막으로 한정욱 씨를 찾으셨습니다."

그제야 그는 손을 내밀어 밸브까지 달린 바늘이 꽂힌 채 앙상하게 드러난 노인네의 손을 천천히 잡았다.

"할머니… 저 왔어요. 욱이요."

그러나 조용한 병실엔 삐삐 거리는 기계음만 울리고 있었다.

정욱은 고개를 숙이고 노인의 귓가에 말했다.

"욱이 왔다고요……."

뒤에서 지켜만 보던 영진은 기척이 느껴졌다. 흘끗 돌아보니 어느새 소파에 앉아 있던 사람들이 몰려와 있었다.

"대체 누군데?"

"외삼촌 아들!"

"저 여자는?"

"글쎄."

"진짜 외삼촌 아들 맞아? 대박이네. 저러니 외할머니가 죽어라 찾아 댔겠지."

자기들 딴엔 소곤거렸지만 고요한 병실에선 무슨 내용인지가 다 들릴 정도였다.

"진짜 재수 없네."

영진이 막 돌아보려고 했을 때였다.

"할머니!"

소리치는 정욱의 목소리에 영진은 고개를 돌렸다.

"할머니? 저 욱이라고요! 욱이!"

그때였다. 갑자기 침대 곁에 있던 기계들이 일제히 삑삑거리기 시작했다.

"할머니!"

'니 엄마가 세상에서 제일 예뻤어. 내 딸이었음 좋겠다 생각했었거든. 그렇게 착하고 예쁜 아가씨가 저 팔푼이 같은 모지리한테 제 인생 맡기는 게 안됐긴 했지만 그래도 둘이 인연이니 내가 잘해 주면 된다고 생각했어. 그런데……'

할아버지는 그의 기억에 늘 소리를 지르고, 무언가를 집어 던져 부숴 버리고, 어디론가 가 버린 것밖에 기억이 없었다. 그것도 아주 오래돼서 긴가민가할 정도로. 할머니는 키가 아주 작았다. 그래서 신발도 작았고, 옷도 작았다. 쑥쑥 대나무같이 크던 정욱은 초등학교 저학년 때 이미 할머니보다 키가 컸었다. 그렇지만 세상에서 할머니가 가장 좋았다. 엄마는 어렴풋한 좋은 냄새만 기억날 뿐 제 기억에 남아 있지 않았으니까.

아빠도 마찬가지였다. 다만 엄마는 세상에 없었지만 아빠는 곁에 없었다.

조금 큰 후에나 알게 되었다. 엄마와 아빠는 아주 어릴 적에 결혼을 했다. 그리고 한동안 아이가 없었고 그 핑계로 할아버지의 피를 이어받은—그건 다분히 할머니의 설명이었지만—아버지는 내내 새로운 여자들을 만나곤 했다. 그래서인지 그의 엄마는 할머니와 고부 사이가 아닌 딸과 엄마처럼 지내다가 몹쓸 병으로 정욱이 아주 어렸을 때 세상을 떠나고 말았다. 덕분에 정욱은 할머니인 조 여사의 손에서 자랐다.

그리고 예전부터 이재(理財)에 눈이 밝았던 할머니는 친정의 사업을 물려받아 착실하게 불려 가고 있었다. 덕분에 정욱은 부모의 사랑은 받지 못했지만 할머니의 사랑을 듬뿍 받고 넉넉한 금수저로 하고 싶은 걸 다 하고 사는 학창 시절을 보낼 수 있었다. 그러나 문제는 정욱의 머리가 굵어지고 난 후였다.

그가 막 고등학생이 됐을 때, 그의 아버지는 세 번째 결혼을 했고 배다른 두 남매가 있었다. 그리고 그가 대학생이 됐을 때 아버지는 네 번째 결혼을 했다.

'나는… 너밖에 없다, 욱아.'

할머니가 굳이 이야기를 하지 않아도 그에게도 할머니밖에 없었다. 고모도 둘이나 있었지만 항상 할머니의 재산을 노리고 호시탐탐 와서 얼굴 도장을 찍는 데나 바쁜 걸 잘 알고 있었다.

그러다 정욱은 사고를 당했고, 그래서 병을 얻었고, 그리고 혼자 살게 되었다. 할머니의 목소리마저 그를 힘들게 했기에 할머니는 정욱을 편한 대로 살게 도와줬다. 산속에 집을 짓게 도와줬고 영천댁 내외를 보내주었다. 차차 안정이 되면 할머니에게 돌아갈 수 있을 거라 생각했다. 겨우 연초에 병원에 정기 검진을 받으면서 잠깐 얼굴 본 게 다였다.

이렇게… 어처구니없게 할머니를 보낼 순 없었다.

"할머니, 욱이가 왔다고요!"

그는 저도 모르게 오열했다. 이렇게 아무 준비도 없이, 항상 괜찮을 거라 생각하고 언제든지 볼 수 있을 거라 생각했던 할머니를 이렇게 잃을 수는 없었다.

제 기억에 체구는 작아도 항상 당당하고 자신감에 차 있던 할머니, 70대 중반이라는 나이를 무색하게 만들 만큼 고운 피부와 수수하지만 우아한 몸차림에 애써 젊어 보이려 염색을 하지 않은 회색빛 머리카락이 오히려 자신감 넘치게 보였었는데……. 지금 의식도 없이 머리에 붕대를 감은 할머니는 아주 쪼그라들어 작게만 느껴졌다.

전화라도 한 번 할걸.

할머니 옆에 있는 온갖 기계들이 시커먼 소음을 쏟아 내고 있었다. 심지어 할머니의 입과 코를 막고 있는 호흡기에서도 철회색 빛 균열들이 비어져 나오고 있었다. 그러나 그는 다시 불러야 했다.

"할머니!"

이렇게, 이렇게 인사도 없이 할머니를 보낼 수는 없는 거 아닌가.

그때였다. 갑자기 눈앞에 시커먼 먹빛이 쏟아져 내렸다. 기계들이 삑삑거리며 소음을 만들어 내고 있었다.

"아니! 의사 불러!"

"뭐야!"

"야!"

그때였다. 마치 하얀 말라비틀어진 거죽만 같던 할머니의 주름진 얼굴이 움찔거렸다.

"할머니!"

그가 어린아이처럼 울부짖었다.

그 때문이었을까. 꼭 감겨서 다시는 열리지 않을 것만 같던 할머니의 눈이 움찔거렸다. 정욱은 저도 모르게 지푸라기 같은 할머니의 두 손을 잡고 소리쳤다.

"할머니!"

그러자 마치 기적처럼 감겨 있던 눈이 떠졌다. 덕분에 고여 있던 눈물 방울이 주르르 흘러내렸다.

"할머니! 정욱이에요! 미안해요!"

마치 마지막이라도 되듯 그는 소리쳤다.

힘없는 노인은 그를 보았는지 안 보았는지는 알 수 없었지만 마치 알고 있다는 듯, 힘없는 손에 힘을 내 정욱의 손을 잡았다.

"할머니!"

그러나 거기까지였다. 눈은 다시 감기고, 슬쩍 힘이 들어갔던 손은 다시 스러졌다.

"할머니!"

기계들이 소음을 냈다. 정욱이 소리쳤을 때 하얀 옷을 입은 사람들이 달려와 그를 떼어 놓았다.

"비켜요!"

"환자 CPR 준비해!"

마치 폭풍이 치듯… 고요했던 방은 휘몰아치고 있었다. 영진은 오열하는 정욱을 보고만 있어야 했다.

17

　자초지종 같은 건… 알 수가 없었다.

　다만, 눈앞에서 사람이 죽었고, 그 사람은 제가 아는 사람의 가족이었다.

　그녀도 가족의 장례식을 치러 봤었다. 다만 어려서 그랬지만. 장례식이란 건 참… 힘든 거였다.

　그렇게 겨우 병실에 갔는데 그야말로 한 시간도 안 돼서 누군가는 천국으로 갔고 그걸 보내는 사람은 탈진해 쓰러져 버렸다. 그렇게 건장한 몸을 가진 남자도 정신이 건강하지 못하면 뼈와 근육 같은 건 상관없었던 모양이었다. 영진은 입원실 침대에 누운 남자의 곁에 있어야 했고 검은 옷을 입은 중년 남자는 몇 번 병실에 들렀다.

　“아가씨는…….”

　뭐라고 해야 하나, 난 이 사람과 그렇고 그런 사이예요라고?

　“한정욱 씨가 몸이 안 좋아서… 제가 집에서 일하는 사람인데 같이 왔어요. 음… 듣는 데 문제가 있거든요."

"아… 그래요? 전 조매화 대표님 변호삽니다."

"그… 그러세요."

그래서 어쩌라고.

"의사 선생님께서 과로나 쇼크 때문이라니까 일어나시면 제게 연락을 주세요. 장례 절차도 있고 해서."

"네."

영진은 얼결에 명함을 받아 들었다.

중년의 남자가 병실을 나갔을 때 문 닫는 소리에 깼는지 실신해 정신을 잃었던 남자가 눈을 떴다.

"으… 할머니!"

"정신 들어요?"

영진이 다가가 외치자 그는 멍하니 눈을 떠서 영진을 쳐다보았다.

"당신이… 아……."

남자의 눈에 보이는 안도가… 영진이 이 낯선 곳에 있는 당위성을 말해 주는 것 같았다. 남자는 자리에서 일어나려 했다.

"그냥 좀 누워 있어요. 의사 선생님이 그래야 한다고 했어요."

"아니… 아니야."

그는 환자용 침상에서 일어나 앉았다. 팔엔 링거가 꽂혀 있었다.

"어떡해요, 괜찮겠어요?"

영진은 물었다. 그녀의 물음엔 여러 가지 의미가 섞여 있었다. 그러나 구겨진 재킷을 입은 그는 영진에게 되물었다.

"할머니는?"

실신해 쓰러진 그를 따라 응급실에 올 때 이미 의사들 무더기가 환자한테 달려들듯 다가가고 있었다. 아까 찾아온 변호사가 말한 장례식은 당연히 그의 할머니 이야기일 것이 분명했다. 제게 중요한 건 이 남자니까. 영진은 뭐라 말을 꺼내야 할지 망설여졌다. 아까 이 건장한 남자가 실신할 만큼 충격을 받은 것도 알고 있으니.

그래서일까, 굳이 영진이 말하지 않아도 그는 모든 것을 안 모양이었다. 남자의 긴 눈꼬리에선… 다시금 투명한 눈물이 뚝뚝 떨어져 내렸다.

위층에 사는 김 선생님이… 박 여사님한테는 대단한 사람이었는지도 모르겠지만, 영진의 앞에 있는 남자는… 그냥 평범한, 혈육의 다시 돌아오지 못할 길에 대해 슬퍼하는 평범한 사람일 뿐이었다. 제가 싫어하던 사람이 떠나도 어쨌든 기쁘지만은 않은 경험이었다. 하지만 이 남자는 저 같지는 않았다. 그러니 그 반대겠지. 영진은 두 손을 내밀어 코끝이 새빨개진 남자의 어깨를 안았다. 움찔거림이 작았던 어깨는 영진의 체온을 느끼곤 그 들썩임이 더 커져 버렸다.

"그래도 가 봐야지."

그나마 진정을 한 정욱이 세수를 하고 나왔을 때였다. 병실에 누군가 노크를 했다. 영진이 일어나 누군가 보려 했는데 이미 노크를 한 사람은 문을 열고 들어왔다.

"누구신지……."

키가 큰 검은 옷을 입은 남자였다. 신경질적이라는 게 첫인상이었다. 그리고 다시 보니 나이가 많아 보였다. 머리카락도 잘 넘겼고 검은 옷도 맵시 있게 입었지만 입가에 깊은 주름이 보였다.

"이 여자는 누구냐?"

남자는 깎아 놓은 것 같은 잘난 얼굴이었다. 그러나 처음 영진에게서 책을 채 갔을 때 느꼈듯 그리 녹록한 인상은 아니었다. 너무 완벽해서 무슨 동상이나 조각상을 보는 것만 같았다. 그 얼굴에 미소를 띠고 부드러운 목소리로 속삭이니 이 남자가 슈크림이나 마시멜로우 같다고 느낄 뿐이었다.

그러나 지금은… 전혀 그게 아니었다. 아니, 그 반대였는지도 몰랐다. 남자의 얼굴에는… 순식간에 살기가 느껴질 정도로 싸늘함이 덮였다. 방금 전까지만 해도 두 눈이 시뻘겋도록 눈물짓고 있었는데…….

"알 필요 없지 않습니까?"

옆에 있던 영진조차 소름 끼칠 것같이 차갑게 되묻는 이유는 뭘까.

"……."

나이 든 남자는 아무 말도 하지 않았지만 얼굴에 못마땅함이 가득했다.

"영안실로 내려가셨다. 이러고 있는 거 보기 안 좋으니까 장례식장으로 내려와라."

정욱은 대답하지 않았다. 중년의 사내는 사나운 눈초리로 쳐다보다가 병실을 나갔다. 병실은 적막함으로 뒤덮였다. 남자의 귀에는 이어폰이 빠진 채였다. 그러나 영진은 이어폰이 옷 중간에 있는 걸 알고 있었다. 유선이라 잃어버릴 리 없다는 걸 알고 있었으니까.

"괜…찮겠어요?"

허옇게 굳은 얼굴로 있는 남자를 보고 영진이 물었다.

"어쩌다… 이렇게 된 걸까."

영진은 대답할 수 없었다. 당연하지 않나. 아무것도 모르니까.

잘은 모르겠지만, 적어도 알 수 있는 건 한국대학병원은 그래도 꽤 이름난 병원이란 거였다. 그리고 돌아가신 분도 그에 못지않았던 모양이었다. 물론 우리의 김 선생님도 대단한 분이시긴 했다. 아니, 진짜 대단한 사람이었다. 하지만 이쪽에선 어떤지 그 명성이 모자라 보였다. 술주정뱅이에 아무것도 없는 아빠의 장례식은 비루했지만 번잡스러웠다. 그리고 그리 기억에 남아 있지도 않았다. 나중에 사회생활을 하면서 이래저래 장례식에 참석할 기회가 있었고 얼마나 비싼 병원에서 장례식을 하느냐에 따라서 사람의 마지막 길의 등급도 나뉜다는 게 참 아이러니 하기도 했다.

제 화려한 블라우스 때문이었을까.

"갈아입어."

다행인지 모르겠지만 영진의 앞에 놓인 건 검은색의 정장이었다. 그리고 검은색의 블라우스와 함께. 잘은 모르지만 망자가 막 사망한 뒤에 상복을 입는 게 아니라 다음 날 입는다는 걸로 아는데. 정욱은 병실로 배달된 검은색의 상복으로 갈아입었다.

분명히 상복이 맞았다. 하얀색 와이셔츠에 검은색의 정장……. 그런데 영진의 눈에는 그게 왜 그렇게… 완벽하게 보이는 건지.

검은색의 정장은… 영진이 알던 김 선생님을 완전히 다른 사람으로 바꾸는 것 같은 기분이었다.

그는 제일 중요한 이어폰을 재킷 안쪽으로 해서 안 보이도록 해 귀에 꽂았다. 그리고 영진에게 말했다.

"이제 당신은 내 귀야. 내가 들어야 할 게 생기면 나한테 말해 줘."

아니… 대체 그게 무슨 말이야.

그러나 채 되묻기도 전에 노크 소리가 들렸다. 그리고 누군가 낯선 사람이 들어왔다.

"준비되셨으면 가시죠."

이 남자가 들어야 할 건 대체 뭘까.

검은색 상복을 입은 남자와 함께 엘리베이터로 갔다. 거울 속의 남자는 그야말로 완벽해 보였다. 점점 더… 현실 같지 않게. 대체 왜 여기 있는지도 모르겠지만 영진은 그와 함께 지하로 내려갔고 한참을 걸어서 장례식장으로 갔다. 손을 잡고 갈 만한 분위기는 아니었지만 남자는 그녀의 바로 곁에 바싹 붙어서 걷고 있었다.

VIP용 특실이라고 쓰여 있는 곳으로 가고 있는데 벌써 커다란 조화들을 나르는 사람들이 바쁘게 움직이고 있었다. 들어오는 화환들만 봐도 어마어마했다. 게다가 늘 장례식장에서 보던 조화가 살짝살짝 섞인 싸구려 화환도 아니었다. 커다란 화분에 커다란 국화를 가득 꽂은 바구니 같은 화환들도 보였다.

복도를 걷고 있는데 갑자기 반대편에서 사람들이 튀어나왔다. 역시 검은색 옷을 입은 사람들이었다. 왠지 낯이 익는다 해서 봤더니 아까 병실에 앉아 있던 사람들이었다. 젊은 여자도 있었고 남자도 있었으며 나이 든 여자도 있었다.

"아주 때맞춰 왔던데?"

어떻게 해야 하지……. 영진이 머뭇거렸다. 그러나 정욱은 흘낏 그들을 쳐다보더니 나이 든 여자한테만 까딱하고 목례를 하고 그냥 지나쳤다.

"건방진 새끼! 어른이 말을 하면 들을 줄을 알아야지!"

"뭐 이제 오냐오냐할 할머니도 없구만."

"아주 때맞춰 나타난 거 보면 한몫 챙기려고 했겠지."

"이런데 여자까지 달고 나타나는 거 보면 가지가지 하네."

마지막 말은 영진을 보고 하는 말이 틀림없었다. 영진이 돌아보려 하자 정욱은 그녀의 팔을 잡아끌었다. 마치 들리기라도 하는 듯……. 이 시끄러운 소란 속에서 똑바로 앞을 보고 걸어가는 걸 보면 분명히 듣지 못하고 있을 텐데.

영진은 묵묵히 그의 뒤를 따라갔다.

장례식은 이미 시작되었다.

영진은 가족도 아니지만 그의 곁에 있어야 했다.

"대체 저 여잔 왜 여기 있는 건데?"

그러나 그는 대답하지 않았다. 아니, 들리지 않으니 대답을 할 수 없었다. 하지만 주변에서 수군거리기만 할 뿐 뚜렷하게 그에게 뭐라 하는 사람은 없었다. 뭔지 모르겠지만… 그는 여러 사람들 속에 섞여 있었지만 완전히 고립되어 있었다. 그리고 어느 누구도 그에게 친한 척을 하지도 않았고 반대로 대놓고 함부로 하지도 않았다. 이상하리만큼 묘한 분위기였다.

하지만 장례식은 늘 그렇듯 번잡하고 정신이 없이 흘러갔다. 영정 사진이 놓이고 커다란 꽃으로 아름답게 장식된 단이 만들어졌다. 화려해 보이는 상이 차려졌고 머리 아픈 향이 피워졌다. 술도 놓였고 한쪽엔 국화 다발이 들어왔다.

날이 저물기도 전에 사람들이 몰려왔다. 아무리 봐도 가식적인 게 분명한 여자들이 검은색 한복을 입고 손님을 맞이하면서 눈시울을 붉혔고 남자들은 수없이 맞절을 했다. 그건 정욱도 마찬가지였다. 대부분 그를 별로 신경 쓰지 않았고 그도 기계적으로 절을 하고 인사를 할 뿐이었다.

누군가는 절을 하고 술을 올리고 누군가는 국화를 놓고 묵례를 하기도 했다.

"아이고! 조 회장님이 갑자기 이게 무슨 일이시래요!"

"상심이 크시겠습니다."

"아니, 어떻게 이런 일이, 조 대표님한테!"

사진 속의 할머니는 활짝 웃는 모습이 어딘가 남자를 닮아 있었다.

자정이 다 되어 가자 장례식장은 좀 한산해졌다. 식당은 다른 곳에 있는 모양이었다. 어느새 가족인지 아닌지 모를 사람들이 번갈아 가며 상주 노릇을 하고 있었고 낮에 보이던 사람들은 하나도 보이지 않았다. 다만 굳은 얼굴의 정욱만 오는 손님을 맞이하고 인사를 하고 있었다. 장례식장은 워낙에 시설이 좋아서인지 빈소 옆엔 대기실도 있었고 휴식을 취하기 위한 침실도 있었다. 향기만 아니라면 호텔이라고 해도 믿을 것만 같았다.

영진도 슬슬 이제는 지쳐 가고 있었다. 사람들이 올 때마다 절을 하는 건 아니었지만 영진은 그의 곁에 있었고 가끔 고인의 변호사라는 사람이 이야기하는 것들을 전해 줘야 했다. 사람들은 끊임없이 몰려왔고 그는 기계적으로 그 사람들과 인사를 했다. 가끔씩 그가 영진에게 가서 식사를 하라든지 혹은 쉬라는 말을 했지만 영진은 곁에 있었다. 그러나 더이상은 힘들었다. 늘 자던 시간도 지났고 아침부터 서울에 오느라 피곤하기도 했었다.

"가서 쉬어."

제가 대답을 해도 못 들을 거란 걸 알기에 영진은 어떻게 해야 할지 알 수가 없었다. 피곤한 영진을 보고 그는 두리번거리더니 누군가를 붙잡았다. 그러곤 들리지도 않으면서 그 사람에게 뭐라고 말을 했다.

"이 사람 따라가서 좀 자."

"그쪽은 어쩌고요?"

들릴 리가 없겠지만 영진이 되물었다. 그러나 입 모양을 보고 알았는지 그는 대답했다.

"난 괜찮아."

그러나 괜찮지 않아 보였다.

자러 가는 대신 늦은 식사를 하고 왔을 때 그가 자리에 없었고, 그를 찾아 식장 뒤편의 쉬는 공간으로 갔을 때 거긴 텅 비어 있었다. 아까 가족들이 시설이 거지 같니 어쩌니 해서 인근의 호텔에 간다는 이야기를 듣긴 들었었다. 두리번거리며 그를 찾고 있었는데 화장실 쪽으로 갔을 때였다. 누군가 구토를 하는 소리가 밖으로 들릴 정도였다.

"정욱 씨?"

한참이나 후에 나온 그의 얼굴은 그야말로 백지장 같았다.

"괜찮아요?"

인상을 찡그리며 그는 인이어를 내밀었다.

"배터리가 다 됐나 봐. 충전 좀 해 줘."

그의 귀에는 전에 집에 있을 때 끼고 있던 무선 인이어가 끼워져 있었다.

"괜찮아요?"

그는 대답하지 않고 비틀거리면서 다시 빈소로 갔다.

잠깐 졸았던 모양이었다. 영진은 충전기의 불빛이 변한 걸 보고 얼른 집어 들었다. 무선 인이어는 이 소음을 견디기 힘들 게 뻔했다. 영진은 줄로 이어진 본체를 들고 빈소로 갔다. 잠깐 잤던 거 같은데 두어 시간이 더 지난 모양이었다. 휴대폰 속의 시간은 새벽 3시가 다 되어 가고 있었다. 좀 쉬기라도 해야 할 텐데.

얼른 인이어를 전해 주고 싶어서 발걸음을 빨리했던 영진은 저도 모르게 머뭇거리다 서고 말았다. 같은 곳에 서 있던 남자의 모습이 보이지 않았다. 어디로 갔나? 그걸로는 어디 돌아다니기 힘들 텐데. 아무리 새벽이라지만 여전히 서성거리는 사람들이 많았고 식당 쪽에서는 사람들 소리가 요란했다. 어디로 갔을까. 영진은 발걸음을 빨리했다. 화장실에 간 건가? 화장실은 제대로 갈 수나 있나…….

막 장례식장의 입구 쪽 모퉁이를 돌았을 때였다. 익숙한 사람이 보였지만 영진의 발걸음은 멎었다.

그가 있었다. 그러나 혼자는 아니었다.

"…왜 한 번도 연락을 안 한 거야?"

또렷하게 여자의 목소리가 들렸다. 가까이 다가가 보지 않아도, 검은색의 원피스를 입고 긴 머리를 늘어뜨린 여자는 옆모습만으로도 충분히 아름다웠다. 이곳에 드나드는 수많은 부티 나고 대단한 사람들처럼.

"내내 기다렸어. 아픈 거 알고 있었어. 그 매몰찬 성격도 알고 있었지만, 진짜 너무 어이가 없더라. 우리가 이런 데서 이렇게 만나야 하는 사이야?"

들리지 않는 걸까. 가서 인이어를 전해 줘야 하나? 아니, 이건 안 들리게 하는 기계잖아. 가서 저 여자분이 중요한 이야기를 하니까 이야기를 들으라고 해 줘야 하나.

"회장님 찾아가서 몇 번이나 연락처 알려 달라고 했지만 미안하다고만 하시더라. 내가 그거밖에 안 됐던 거지? 그래, 알고 있었는데, 알고 있었는데도 포기 못 하겠더라. 그 누구를 봐도 내 눈에 안 찼으니까."

당연한 거 아닌가. 이곳에서 엄청나게 많은 사람들을 보았지만, 저 남자보다 괜찮은 사람을 본 적이 없으니까.

"난 대체 당신한테 뭔데!"

영진은 결국 손에 든 인이어를 전해 주지 못하고 돌아섰다.

"좀 쉬었어?"

"네. 그리고 이거."

아침에 쌓인 꽃들이 치워지고 빈소 앞의 제상이 새로 차려질 때 충전된 인이어를 전해 줄 수 있었다. 그는 허리에 본체를 붙이고 케이블이 보이지 않게 인이어를 귀에 끼웠다. 그러곤 다시 검은색의 재킷을 입었다. 하얀 와이셔츠도 구겨져 있고 재킷도 후줄근해져 있었지만 그야말로 완벽해 보였다. 젠장⋯⋯.

아무도 안 만났다고 하지 않았었나? 아니지⋯ 그런 이야기를 한 적 없었지. 전에 애인이 있었는지 혹은 와이프가 있었는지도 모르지. 제가 뭘 하고 살던 사람이었는지 묻지 않았던 것처럼 김 선생님이 전에 어떻게 살았는지 물을 필요가 없었을 뿐이지 않나. 당연히 저렇게 잘나고 심지어 도도 많은 남자한테 예쁘고 잘난 여자가 매달리고 있는 건 당연한 거 아니야. 근데 왜 연락을 끊었던 걸까.

그 여자의 목소리는 초록색이 아닌가 보지. 그래서 그랬나 봐……

"뭣 좀 먹어. 그리고 여기 있지 않아도 돼. 힘들 테니까."

대신… 들어 달라고 하지 않았나? 자기가 들어야 할 말을. 그러나 영진은 돌아서서 식당으로 향했다. 사람은 먹고살아야 하니까.

정신없이 사흘이 지나갔다.

영진이 그 사흘 동안 본 건… 참 많았다. 장례식장에 그렇게 많은 사람이 왔다는 거, 그리고 정욱이 싸늘하게 쳐다봤던 사람은 바로 그의 아버지란 거, 사나운 두 여자는 그의 고모들이었으며 몰려다니던 젊은 사람들은 고모의 자식들이었다. 그러니까 그의 고종사촌들이었다. 게다가 어이없을 정도로 젊고 예쁜 여자가 빈소에 자주 있었는데 그 여자는 정욱의 아버지 후처, 즉 그의 새엄마였고 터무니없이 어린 동생들도 있다는 걸 알게 되었다. 그리고 돌아가신 조 여사라는 분은 어마어마한 재산가였고 중소기업의 대표였다는 사실이었다.

복도에 늘어선 화환에는 국회의원이나 장관 같은 이름도 있었고 영진도 알 만한 큰 회사의 대표 이름도 있었다. 위층의 김 선생님은 본인만 대단한 게 아니라 가족도 대단한 사람들이었다.

그러나 '그 여자'는 다시 보이지 않았다. 아니, 내내 남자의 옆에 있지 않아서 다시 온 걸 못 봤는지도 모르겠지만.

장례식이 있던 사흘 내내 그는 거의 잠도 자지 않고 빈소를 지키고 있었다. 식사도 제대로 하지 않았다. 발인을 할 때 그가 영정 사진을 들고 싶어 했지만 들을 수 없어서 그러지 못한 걸 가장 속상해했다. 영진은 가장 중요한 일이 그의 이어폰을 충전하는 일이었다. 장례식장은 너무나 시끄러웠고 플라스틱 귀마개는 그의 눈을 뜨지 못하게 만들었다. 어떻게 괴로운지는 모르겠지만 그 남자에게 매우 고통스러운 순간들이라는 건 알 수 있었다.

발인하는 날에는 커다란 장례용 리무진이 왔고 그걸 따라가는 버스에 같이 탄 영진은 그 버스가 자신도 익히 알고 있는 커다란 빌딩 주위를 도는 것이 의아했다. 저 빌딩과 무슨 관계일까. 하지만 아무도 그녀에게 알려 주지 않았다. 정욱은 알고 있을지 모르겠지만 알려 줄 수 없었다.

고인은 고인의 뜻에 따라 화장을 했고 커다란 수목원의 아름다운 소나무 밑에 수목장을 했다. 사실 수목장이란 것도 처음 본 광경이었다.

하여튼 길고 힘든 장례는 겨우 끝을 맺었고 장례식장에서 돌아온 정욱과 함께 차를 타고 어디론가 간 영진은 남산 밑에 있는 한적한 동네로 갔고, 거기엔 드넓은 잔디밭과 근사한 소나무들이 즐비한 커다란 한옥집에 도착했다.

그러자 그는 마치 자기 집인 것처럼 커다란 궁궐같이 보이는 한옥의 돌이 깔린 길을 지나 높은 단이 있는 건물로 갔고 영진은 허겁지겁 따라갈 수밖에 없었다. 반질거리는 윤이 나는 대청마루를 지나 문살이 아름다운 문을 열자 안에는 들보는 그대로 있지만 그야말로 양식으로 된 복도가 나타났고, 역시 잘 알고 있는 듯 복도를 지나 미닫이문을 열자 커다란 방이 나타났다. 책상도 있었고 작은 소파도 있었지만 한쪽 끝에는 커다란 침대가 있었다.

정욱은 향냄새가 밴 재킷을 벗고 넥타이를 풀더니 그대로 침대 위로 쓰러지듯 누워 버렸다.

"정욱 씨!"

그러더니 곧 손을 놀려 귀에 꽂혀 있던 이어폰을 빼 버렸다.

"이거 좀……."

영진은 이어폰을 빼고 주머니에 들어 있던 납작한 본체도 꺼냈다. 두리번거리면서 제 주머니에 들어 있던 충전기를 꺼내 콘센트에 꽂고 나니 남자는 기척이 없었다.

"정욱 씨?"

그냥 기절하듯 잠이 든 모양이었다. 멍하니 옆에 있던 영진은 남자의 구겨진 셔츠와 양말을 벗겨 주었다. 그러다가… 저도 모르게 옆에 누워 버렸다.

"하, 진짜 어이가 없어서."

모두 다 같은 생각이었을 게 분명했다. 그걸 내뱉어 준 어린 치기가 고마울 지경이었다.

"그게 사실이에요?"

질문이 아니었을지도 모르지만, 가운데 서 있는 중년 남자는 공손하고 기계적으로 대답했다.

"네. 이미 세 명의 변호사한테 공증을 받아 놓은 상태입니다."

"노인네 미쳤네. 멀쩡한 줄 알았더니 노망이 났던 거였어."

나이 든 여자가 싸늘하게 말했다. 그것에 힘입었는지 옆에 앉아 있던 비슷하게 생겼지만 조금 젊은 여자가 호들갑스럽게 말했다.

"그러게 말이에요. 그 유언장이 공증됐다는 걸 우리가 어떻게 믿죠? 하, 말도 안 돼. 아니, 자식들한테 딸랑 1억씩을 상속하고 코빼기도 안 보이던 손자한테 HR타워를 넘긴다는 게 말이 돼요? 그게 대체 얼만데……."

"공시지가가 2천5백억쯤 되니까. 한 5천억 되겠네."

옆에 앉아 있던 샛노란 머리를 한 남자가 삐죽거리며 대답했다.

그러나 가운데 서 있는 중년의 남자는 전혀 표정에 변화가 없었다.

"이 유언장은 4년 전에 초안이 작성되었고, 2년 전인 00년 12월 11일에 다시 수정되어 공증되었습니다. 정확히 1년 후인 작년 12월 11일에 조매화 대표님은 다시 한번 박주범 변호사와 영리법무법인에 의뢰하셔서 공증하셨습니다. 따라서 이 유언장은 지극히 정상적이고 효력 또한 유효합니다."

"씨발!"

엄숙한 자리에 퍼진 욕설이 싸하게 내려앉았다.

그러나 중년의 남자는 전혀 아랑곳하지 않고 꿋꿋하게 서류를 넘기면서 말했다.

"다시 한번 말씀드립니다. 현락 건설의 대표이셨던 조매화 대표님께서 밝히신 유언장의 내용은 현락 건설의 강남 대보빌딩, HR동대문빌딩, 역삼 대공빌딩, 강남 현락빌딩의 관리와 자본을 맡고 있는 현락 건설의 지분 100%를 7개 대학의 장학 재단에 기부하시겠다는 의사를 미리 밝히셨고, 현락 건설의 HR타워는 손자인 한정욱 씨에게 상속하시겠다는 의사를 밝히셨습니다. 조매화 씨의 개인 예금 중 아들 한백현 씨, 며느리 장현아 씨, 딸 한주현, 한정현과 손자 한형진, 한영진, 한소유, 장소명, 장한울, 박은석, 박은빈, 언니 조희수, 조카 장영진에게 각 1억씩 상속하며, 상속세 등 절차에 쓰는 비용을 제외한 남은 기금은 적십자에 기부하기로 하셨습니다."

"개소리 말라고 해!"

누군가 소리를 빽 질렀다. 그 덕에 다른 사람도 말을 이었다.

"미쳤나 봐. 아니, 그 새끼가 뭐라고 그 새끼한테 5천억짜리 빌딩을 주고 우리는 뭐? 1억? 그게 말이야, 방구야!"

"오빠, 대체 무슨 짓을 해서 이런 거야? 웃겨… 자식새끼 앞세워서 다 끌어 먹고서 배 터져 안 죽을 거 같아?"

나이 든 여자가 빽 소리를 질렀다.

그리고 옆에 있던 여자가 이죽거렸다.

"그런데 그 럭키 가이는 대체 지금 어디 있는 걸까?"

그래도 꽤 짬짬이 잠도 자고 했던 거 같은데…… 영진은 일어나서 제 휴대폰을 보고 깜짝 놀랐다. 만 하루를 그냥 내리 잔 걸 보고. 물론 그녀의 옆에 여전히 잠에 빠진 남자도 그대로 있었다. 깨울 생각은 없었지만… 무엇보다 너무 배가 고팠다. 대체 이 노릇을 어떻게 하면 좋을까. 우선 두리번거리다 보니 문이 보였다. 예상대로 화장실이었다. 대충 세수도 하고 수납장에 있던 새 칫솔을 꺼내 이도 닦고 나와 보니 밖엔 해가 지고 있었다. 꽤 늦은 시간이었는데… 점점 날이 길어지는 듯했다. 여긴 대체 어딜까.

어둑해지는 바깥을 배경으로 방 안은 정갈했다. 책상이 있고 나무로 만든 옷장이 있고 옆 장식장엔 책 몇 권과 오디오가 있었다. 아주 구식으로 보이는. 그리고 창은 창호지로 바른 나무 문살이 있었다. 아, 이 집 한옥 집이었지. 그러나 조명이나 바닥이나 벽체는 여느 고급 아파트 같은 느낌이었다. 워낙에 잘사는 집일 테니… 이건 남자의 방일까.

영진은 일어나 책상으로 갔다. 책상은 거의 텅 비다시피 했다. 다만 나무가 튼튼해 보이고 자체가 값비싸 보였다. 그런데 그 책상 위엔 액자하나가 놓여 있었다. 환하게 웃는 예쁜 여자와 역시 환하게 웃고 있는 아이가 꼭 껴안고 찍은 사진……

한눈에 봐도 아이는 저 남자였다. 지금 정신없이 잠든. 이 예쁜 여자는 그의 엄마일까? 누가 봐도 두 사람은 예쁜 모자였다. 부럽게도.

이런 사진 한 장 없는 게 갑자기 서글퍼지는 게 더 웃긴 영진은 밀려오는 허기를 어떻게 해야 할까 생각해야 했다. 그때였다.

"지금 몇 시야?"

남자의 꽉 가라앉은 목소리가 들렸다.

식탁 위에는 그 산속에서 먹던 것 못지않게 휘황찬란한 식사가 차려져 있었다. 허기가 져 허겁지겁 먹는 영진과는 달리 남자는 별로 입맛이 없는지 숟가락의 움직임이 늦었다. 영진이 이제 좀 배가 찼다 싶을 때였다. 밥을 한 그릇 더 달라고 해야 하나 싶어 숟가락을 들고 고민 중인데 누군가 식탁 쪽으로 다가왔다.

한옥 집의 주방은 남자의 방에서 한참 떨어져 있었고 옆에 다이닝 룸이 따로 있었다. 역시 문은 두꺼웠고 룸 안은 고요했다. 그러나 그는 인이어를 낀 채로 식사를 했다. 그런데 문이 열리고 누군가 들어왔다. 영진이 엉거주춤 숟가락을 들고 있다 쳐다보니 그 병원에서 병실에 왔던 중년 남자였다. 정욱이 싸늘하게 대답했던.

그 나이 든 남자는 여전히 검정색 양복을 입은 채 본 척도 안 하고 밥만 먹고 있는 정욱의 건너편 의자에 앉았다.

"좀 괜찮나?"

들릴 리 없는 남자는 먹는 데만 열중했다. 영진은 이걸 어떻게 해야 하나 싶었다. 꼭 들어야 하는 이야기는 알려 달라고 했는데…….

"한 변호사 이야기 들었나? 아님 할머니가 너한테 귀띔이라도 했던 거냐?"

영진은 고민스러웠다.

"아가씨, 좀 나가 줘요. 둘이 할 이야기가 있으니까."

아… 영진은 뭔가 심각한 분위기인 게 느껴졌다. 꼭 들어야 할 이야기겠구나. 그래서 툭툭 남자를 쳤다. 그제야 남자가 영진을 쳐다보았다. 영진은 귀를 가리켰다. 그러자 정욱이 시선을 그 중년 남자에게 돌렸다.

방금까지 쳐다도 보지 않았었는데.

"난 할 말 없는데."

"이 새끼가!"

정욱의 무신경한 대답에 품위 있고 교양 있어 보이던 남자의 입에서 욕설이 터져 나왔다. 영진은 어떻게 해야 할지 알 수가 없었다. 그래서 다시 한번 그의 팔을 툭툭 건드리며 이어폰을 빼라는 손짓을 했다. 그제야 남자는 귀에 있는 이어폰을 뺐고 곧 인상을 찡그렸다.

"할 말 없으니 가시라고요."

"나도 너랑 개인적으로 할 말은 없어. 다만 현락 타워는 할머니한테 직접 들은 거냐?"

"무슨 말씀이십니까?"

"현락 타워 너한테 상속한 거 모른다는 거냐?"

"네?"

"모른다고 시치미 뗄 일이 아닐 텐데. 대체 어쩌자고……."

옆에 있던 영진은 여전히 두 사람의 대화를 알아들을 수 없었다.

"현락 타워는 강남역 9번 출구, 더 정확히는 삼전전자 본사의 맞은편에 존재하는 빌딩입니다. 지하 8층부터 지상 24층까지 구성되어 있는 고층 빌딩으로 3층의 477평의 임대료는 월세만 해도 8천44만 원에 관리비 1천2백만 원이고, 보증금의 경우는 23억 2천만 원입니다. 토지 공사의 공시지가로 볼 때, 총 2천85억 원이지만 실거래 시세는 두 배에서 다섯 배 정도 합니다."

그는 눈을 감은 채였다.

"상속세 때문에 걱정 많이 하셨습니다. 그래서 법인을 새로 설립했고 한정욱 님이 대표 이사 겸 대표로 등재되어 있습니다. 거기에는……."

들어도 알 수가 없는 이야기들이 이어졌다. 그러나 적어도 영진이 알아들은 건, 저 남자가 2천억짜리 빌딩을 상속받았다는 거였다.

이게… 무슨… 참… 세상 어이없는 이야기인지.

옆에서 상속세와 절차에 대한 이야기가 지루하게 이어졌다. 아까 식당에서 화를 내면서 나간 싸늘한 인상의 그의 아버지란 사람은 이제 보니 어쩐지 어딘가 닮기도 했었다. 그러나 둘 사이는 결코 좋아 보이지 않았다. 하지만 그 정도는 영진도 얼마든지 이해할 수 있었다. 남보다 못한 부모는 일찍이 겪어 봤으니까.

그리고 등장한 아까 나간 남자보다 젊은 중년 남자는 돌아가신 분의 변호사라고 했다. 그 역시 영진은 몇 번 본 기억이 있었다. 그러니까 두 사람의 대화 요지는, 돌아가신 그 할머니가 손자인 이 남자 앞으로 시가 2천억이 넘는, 실거래가는 5천억이 넘는 빌딩을 상속해서 장례식장에 있던 이들이 모두 화가 머리끝까지 났다는 거였다.

"저는 그런 거 필요 없습니다."

5천억이 무슨 애 이름도 아니고! 영진은 어이가 없었다.

"그렇게 말씀하시면 안 됩니다. 저는 조 대표님을 잘 알고 있습니다. 그리고 개인적으로도 굉장히 존경합니다."

"수임료를 많이 받으셨을 테니까."

나이 든 변호사의 대답에 싸늘하게 대답하는 남자가 얄미울 정도였다.

"네, 맞습니다. 저는 과한 수임료를 받긴 했습니다. 그러나 그게 다가 아닙니다. 항상 조 대표님 곁에 있었고, 조 대표님이 그 많은 손자들 중에서 가장 생각하는 게 한정욱 씨였다는 것도 잘 알고 있습니다."

정욱은 말하는 이를 쳐다보지 않고 있었다. 아니, 시선을 돌린 채 거의 눈을 감고 있었다.

"건강하시고 활발하셨던 조 대표님이 갑자기 유언장을 만드시겠다기에 말렸던 것도 저였습니다. 그리고 유언장의 내용도 저는 극구 반대했습니다."

"……"

그는 아무 말도 하지 않았다.

"아시지 않습니까? 현락 건설이 어떤 회사인지. 강남의 그런 빌딩들을 은행 자금 없이 오로지 현금 100프로로 지어서 분양한다는 게 어떤 의미인지 말입니다. 현락 건설의 직원이 몇 명인지 아십니까? 단지 열한 명입니다. 다섯 개의 강남 빌딩을 임대하고 관리하는 직원 말입니다. 현락 건설 1년 매출이 얼만지는 아십니까? 무려 260억입니다. 순수하게 임대료 수익만 합한 것입니다. 보증금에 대한 이자 수익 빼고도요. 그중에서 HR타워가 강남역 가장 노른자위 땅에 있고 24층짜리 현대식 빌딩입니다. 그걸 왜 한정욱 씨 앞으로 남겼겠습니까? 상속세만 해도 어마어마합니다. 어떻게든 상속세를 줄이려고 법인을 따로 만들고, 한정욱 씨를 대표 이사로 하고 지분을 나누고… 몇 년에 걸쳐서 그야말로 대단한 손해를 감수하시면서 하신 일입니다. 왜 그러셨겠습니까?"

나이 든 변호사의 일장 연설에 그는 가만히 잠자코만 있었다.

"저는 조 대표님을 잘 알지 못했습니다. 그저 일을 하면서 알게 된 의뢰인일 뿐입니다. 그러나 몇 가지 소송을 같이 하면서 그분이 어떤 분인지 조금은 알게 됐습니다. 여기 강남 한복판입니다. 거기 빌딩을 가지고 계셨습니다. 은행 빚 한 푼 없이. 그것만 봐도 얼마나 이재에 밝고 대단하신 분인지 알 수가 있습니다. 대인 관계는 또 어떠시고요. 저도 조 대표님 자제분들에 대해서 하도 많이 부딪쳐서 어느 정도는 알고 있습니다. 그러나 조 대표님은 항상 좋은 말씀만 하셨죠. 다 마음은 착한 애들인데 세상이 그렇게 만들었다고. 그래도 끝까지 칭찬하신 분이 딱 하나

있었습니다. 바로 가장 큰 손자인 한정욱 씨죠. 조 대표님이 항상 말씀
하셨습니다. 우리 정욱이… 내가 그렇게 만들었다고."

딱히 그런 게 아니라고, 아니, 절대 그런 거 아니라고… 말씀드렸어
야 했다.

빈소 앞에서 쓰러질 것 같아도 버틸 수 있었던 건 그 말을 못 해서였
다. 세상 그 어느 누구도 용서하기 힘들었을 때 할머니는 그의 어깨를
안아 주었다. 그렇게 자그마한 체구로도. 남들이 다 손가락질할 때도 할
머니는 그의 편을 들어 주었다. 그리고 사고가 났을 때도 할머니는 가장
먼저 달려와 그에게 말했다.

'미안하다 우리 애기, 할미가 옆에 있었음 이런 일 없을 텐데, 미안하
다 우리 애기……'

너무나 가까운 사람이라, 늘 내 편이라, 늘 내 곁에 있었기에……. 그
래서 항상 그 자리에 있을 줄 알았다. 한 번쯤 전화라도 해야지 했다
가도 어차피 똑같은데 다음에 하지… 하고 미뤄 왔던 제 자신이 원망스
러웠다.

정욱은 손에 든 서류 뭉치를 보고 저도 모르게 떨어지는 눈물을 막을
수 없었다.

"조 대표님의 유지를 따르셔야 하지 않겠습니까."

"제가 그걸 상속받아서 대체 뭘 어떻게 해야 하는데요?"

"글쎄요. 그건 나중 일이고, 유족들의 반대가 심해서 소송까지 갈 수
도 있는 문제니까 우선 상속인이 확실하게 상속을 한다고 의사를 밝히
셔야 합니다."

『나는 아직도 우리 사회가 불우하고 힘든 사람들의 삶을 그냥 쳐다보기만 하고 있지는 않다고 생각합니다. 그리고 나도 그런 사람이 되고 싶었습니다. 유복한 집에 태어나서 좋은 사람들을 만나 우연한 기회로 저는 모자라지 않은 삶을 살았습니다. 지금 이 유언장이 공개됐을 때 어떤 마지막을 맞이했을지는 모르겠지만, 적어도 제 나이 또래의 많은 노인들이 겪고 있는 외로움이나 추위, 배고픔하고는 거리가 먼 삶을 살고 있는 채였겠죠.

제가 조금 재산을 모았습니다. 순수하게 혼자 일궈 낸 것들이라 남들한테 이야기할 땐 조금 뿌듯하기도 합니다. 저는 제가 평생 모은 재산을 살아 있을 때 정리해야 하는데 저도 사람인지라 미련이 있어서 선뜻 그렇게는 못 하고 있습니다. 아마 지금은 정리를 해야 하는 시간이겠죠.

조 변호사의 말대로 저는 제 재산들을 공부를 하고 싶은데 경제적으로 힘들어서 못 하는 젊은 학생들에게 조금이라도 도움이 되고 싶어서 학교에 기증하기로 했습니다. 다만 제 미련이라고 할 수 있을지 모르겠지만 HR타워는 너무 많은 정성과 고생으로 일군 것이라 제 가장 아픈 손가락 같은 정욱이에게 남기기로 했습니다. 어려서부터 늘 이 냄새나는 할머니 곁을 마다 않고 지켜 준 어린 우리 손자… 아이고, 지금 이렇게 또 생각하니 눈물이 앞서네요. 주책맞게.

아마 정욱이도 이 할머니의 생각을 잘 이어받아서 우리 현락 건설의 식구들을 잘 건사할 거라고 생각하고 있습니다. 그리고 저의 아들, 딸, 손주들, 그리고 동생… 나의 가족들은 다들 자기들이 먹고살 재산이 있으니 선물 삼아 현금을 남깁니다. 다들 아마 내 장례식장에서 고생했을 테니 그 정도 용돈은 받아야겠죠.

이것은 저의 강한 의지고 법적으로 하자가 없음을 공증하였으니 행여 소송이라든지 뭐든지 해서 세상을 시끄럽게 하거나 서로 의가 상하는 일이 없었으면 좋겠군요. 하긴… 의라는 게 남아 있을지는 모르겠지만. 다들 평소에 어떻게 살아왔는지 한 번씩 뒤돌아보기 바랍니다.」

짧은 동영상은 거기서 끝났다.

다들 누구 하나 말문을 열지 못한 건… 아마 마지막 말 때문이었는지도 몰랐다. 서로 눈치만 보고 있었다. 누군가 이 판을 뒤집어엎어 줄…….

"그런데, 저 여자는 대체 누구야? 장례식 때부터 내내 걸리적거리던데!"

사납게 생긴 40대 초반쯤으로 보이는 여자였다. 영진은 그 여자가 누군지 알고 있었다. 고인의 셋째 딸이며 정욱의 둘째 고모라는 걸. 그리고 장례시장에서 들은 이야기만으로도 결혼을 세 번이나 했고 성이 다른 아이들이 넷이며 지금은 이혼 소송 중인 것을 알았다.

"뭐 그새 살림이라도 차렸나? 생긴 것도 허접한데 그렇게 붙고 다니는 거 보니 왜 엄마가 찜해 준 여자니? 그래서 그렇게 붙고 다니고 그 덕분에 빌딩을 날로 먹은 건가 보지?"

여자의 말 덕분에 뒤에 조용히 있던 영진은 졸지에 회의실에 모인 모든 사람들의 악의에 찬 시선을 받아야만 했다. 당황한 영진은 어찌해야 할지 알 수가 없었다. 장례식 내내 입고 있느라 구겨지고 후줄근한 검은 정장에 질끈 묶은 뻗친 머리, 화장품 따위가 있을 리가 없어서 그냥 세수만 한 얼굴은 버석거리는 게 스스로도 느껴질 정도였다.

"얼굴로 꼬신 건 아니네."

머리를 샛노랗게 물들인 어리지만 사납게 생긴 남자가 비웃으면서 말했다. 영진은 저도 모르게 얼굴로 열이 오르는 게 느껴졌다. 그때였다.

드르륵하고 의자를 끄는 소리와 다른 이죽거리는 소리가 동시에 났다.

"잘나서 할머니 옆에서 알짱거리며 한몫 챙겼는데 이제 못생긴 여자는 집어치워야지. 쟤도 보는 눈이 있다면 말이야."

그 말이 끝나기도 전에 정욱은 일어났다.

영진은 알 수 있었다. 그가 내내 눈을 감고 있었다는 걸. 그렇다면 그의 이어폰은 꺼져 있었을 거라는 것도. 그리고 모든 걸 다 듣고 있었다는 것도. 그가 눈을 떴다. 그리고 귀에 손을 가져갔다. 이제 그는 들리지 않을 것이다.

"조 변호사님, 할머니 유지대로 하겠습니다. 그리고 남을 존중하거나 예의가 뭔지도 모르는 사람들하고 합의니 협상이니 할 일은 전혀 없으니 그런 줄 아시죠. 갑시다. 김영진 씨."

그는 손을 내밀어 영진의 손을 잡아끌고는 뒤에서 여럿이 소리치는 이야기 따위를 듣지도 않고 회의실을 나갔다.

18

"힘들었겠네."

차를 탄 지 한참 됐을 때였다. 아침부터 한 마디도 없던 그가 그녀에게 말했다. 뭔가 대답하고 싶은데… 그가 들을 수 없다는 걸 잘 알고 있어서 영진은 가만히 있었다. 그녀가 듣기에 고급 승용차의 내부는 쥐 죽은 듯 조용한 것 같았지만 이 남자한테는 그렇지 않다는 걸 알고 있었기 때문이었다.

2천억… 5천억…….

실은 영진의 머릿속엔 그런 생소한 단어들이 떠 있어서였는지도 모른다. 적어도 인간이라면 아까 있었던 남자의 말이라든지 혹은 저를 이끌어 준 손 따위를 기억했어야 했다. 그러나 이 몹쓸 바닥스러운 삶은 그것보다 낯선 숫자만 걸러진 채 떠 있었다. 그리고 어이없지만 그 새벽에 보았던 여자의 입에서 나온 말들도.

이 김 선생님이 다른 세상의 사람이란 걸 알고는 있었다. 그런데 몇천억대의 상속자라니. 이거 뭐 해도 해도 너무하니 이제는 놀라기도 힘들었다.

제 통장에 찍혔던 천만 원이란 단어를 보고 영진은 실감이 나지 않아서 몇 번이고 통장을 다시 보았다, 동그라미를 세었다… 했었다. 보증금 200짜리 월세방을 마련해 주곤 부모로선 그게 최선이다라며 이제는 다시 연락할 일 없었으면 좋겠다고 했던 엄마란 사람의 얼굴이 기억이 날 듯 말 듯 했었다. 다행히 구청에서도 여러 가지 도움을 주었고, 지지리도 못사는 사람들은 적어도 굶어 죽지 않도록 나라에선 이리저리 잘 보살펴 주었다. 그런 와중에 대학도 다니고 공부도 하고 일도 할 수 있었던 건 영진의 복이었다. 그리고 계약직 취직을 하고 악착같이 모은 돈 천만 원이 통장에 찍혔을 때, 그녀는 배도 고프지 않았었다. 그냥 통장만 보고 있어도 배가 불렀고 노래가 절로 나왔었다.

월세방을 나와서 반전세 지하 원룸으로 옮기고, 정식 직원이 되어 반전세를 전세로 바꾸면서 그녀는 이제 더 이상 여한이 없다고까지 느꼈었다. 비록 쥐꼬리만 한 월급을 받고 일이라는 게 인간적인 모멸로 가득 차더라도 월세가 나가지 않는 2년은 무사 튼튼한 내 집이 있다고 생각하면 터질 듯한 지하철이나 만원 버스 안도 견딜 수 있었다.

그랬었는데… 그걸 깨끗이 날려 버렸다니.

살 의지도 사라졌었다.

그런데 뭐 몇천…억?

영진은 저도 모르게 흘끗 남자를 쳐다보았다. 구겨진 상복을 입은 채 눈을 감고 있는 남자는 며칠 새 살이 쑥 빠진 것처럼 핼쑥해져 있었다. 대체 어떤 기분일까. 워낙 현실감 없는 금액이라 그냥 상상도 되지 않았다. 이 사람을 인간적으로 생각해야 하는 건데 그게 되지 않는 제 자신이… 마치 무슨 인간이 아니라 카드 전표 같은 게 돼 버린 기분이었다.

그때였다. 남자는 슬그머니 손을 내밀어 영진의 손을 찾더니 꼭 쥐었다.

따뜻한 체온이 찌르르 흘러들었다.

그제야 이 남자가 사람이구나 싶어 영진은 제 바보 같은 생각을 들킬까 봐 차창 밖을 쳐다보았다. 창밖엔 한강 너머로 거대한 아파트 숲이 펼쳐져 있었다.

"옷 사이즈가 어떻게 돼?"

"네?"

그나마 낯익은 방 안에 전등이 소음이 없는 LED 등으로 바꾸는 공사가 한창이었다. 딱히 차이를 알 수 없지만 공사하는 인원이 나간 뒤에 그가 물었다.

"아무래도 일 때문에 여기 며칠 더 있어야 할 거 같아. 그러니 갈아입을 옷 필요하잖아. 사 오라고 시키게."

"……."

굳이 영진이 여기 있어야 할 이유가 없을 것 같았다. 저 비싼 이어폰만 있으면 되는 거 아냐? 그거 충전하는 거밖에 내가 하는 게 뭐가 더 있는데.

"뭐 필요한 거 있음 다 이야기해."

딱히 이야기하진 않았다. 남자는 옷장을 열더니 몇 벌 걸려 있지 않은 셔츠와 바지, 속옷 등을 들고 욕실로 들어가 버렸다. 아무래도 이 방은 그가 쓰던 방이었던 모양이었다.

그제야 며칠이나 후덥지근해지는 날씨에 입었던 옷이 이물스럽게 느껴졌다. 게다가 남자의 방은 더욱더 공기가 데워진 기분이었다. 아마… 장례식장이든, 회의실이든, 아니면 차 안이든 켜져 있던 에어컨이 작동하지 않아서일지도. 에어컨에서도 뭔가 소리가 날 테니까.

영진은 일어나 창문을 열었다. 그러나 후회했다.

보기엔 나무며 잔디며 파란 산이 있던 바깥의 공기는 생각과는 달리 더 텁텁하고 뜨거웠다. 며칠 새 계절이 다시 몇 발짝 움직이고 있는 모양이었다. 아무리 나무와 잔디가 보인다 하더라도 이곳이 도시 한복판이란 걸 공기만으로도 알 수 있을 정도였다.

재킷을 벗고 셔츠의 단추를 풀었지만 여전히 더웠다. 저쪽에선 물소리가 났다. 창밖에는 파란색 잔디와 잘 가꿔진 정원수가 높다란 담장 아래 고즈넉하게 자리하고 있었다.

"이리 와."

아마 한참이 지난 모양이었다.

멍하니 밖을 내다보고 있었는데 뒤에서 물 냄새와 함께 남자의 목소리가 들렸다.

"나도 좀 씻고 싶네요."

젖은 남자의 내민 팔을 마다한 건… 왜였을까.

"그래… 씻고 좀 쉬어."

갈아입을 옷이 없어서 전처럼 대충 남자의 편안 옷을 걸친 덕에 거울에 비친 제 모습이 또다시 바보같이 보였다. 그리고 나가 보니 방 안은 텅 비어 있었다. 물론 머리가 좀 복잡해서 욕실 안에서 머뭇거리며 시간을 허비한 것도 있었지만, 남자가 대체 어디 갔는지 알 수가 없었다. 뭐 적어도 이게 본인의 집이었던 거 같으니까…….

딱히 할 일도 없고 방의 주인도 없으니 영진은 후덥지근한 방에 에어컨을 틀었다. 그가 오면 끄더라도 지금은 더우니까.

금방 찬 기운이 돌자 영진은 저도 모르게 피곤해졌다. 하얀 침대에 좀 앉아 있어야지 했다 결국 누웠고, 잠깐 눈을 감고 기다려야지 하다간… 잠이 들어 버렸다.

얼마큼 시간이 지났을까.

그녀가 눈을 떴을 땐, 누군가의 기척을 느낄 수 있었다.

"정욱 씨……?"

"네? 일어나셨나요?"

낯선 목소리였다. 부스스 일어난 영진 앞에 낯선 여자가 바닥을 닦고 있었다. 마치 저처럼… 그 여자 역시 밀대로 조용조용 소리가 나지 않게 신경 쓰고 있는 눈치였다.

"저기……."

"옆방에 필요하신 물건 가져다 놨습니다. 그리고… 거기가 아가씨 방이에요."

아가씨? 그게 누구… 설마 나?

영진은 그야말로 당황스러웠다. 뭐 대단한 사람이니까 그 옆에 붙어 있는 나도 쫌… 뭐 어떻게 된 건가.

그 여자가 안내하는 대로 영진은 복도로 나와 옆방으로 갔다. 거기는 빈방임에도 불구하고 제대로 에어컨이 나오고 있었다. 그의 방과 비슷하게 하얀색의 방에는 나무로 된 탁자, 의자, 화장대, 그리고 옷장과 침대가 있었다. 옆방보다야 작았지만 그래도 꽤 널찍했다.

"미리 정리해 두긴 했습니다만, 필요한 게 더 있으시면 말씀하세요. 급조해서 준비하느라 소홀한 게 있을 기예요."

뭔가… 영진은 그 여자가 나간 뒤에도 무슨 뜻인지 잘 알 수가 없었다. 그러나 화장대 위에 화장품들이 가지런히 놓여 있고 그것들이 다 새 것이라는 걸 보고서야 무슨 말인지 알 것 같았다. 기초화장품, 간단한 색조 화장품, 머리빗, 값비싼 드라이기……. 하나같이 백화점 1층의 명품관에나 있을 법한 그런… 브랜드를 단 것들이었다. 그제야 영진은 살그머니 그 옆에 있는 한 칸짜리 옷장을 열었다. 나무로 된 옷장은 신속에 있는 영진의 방에 있는 것과 같이 문 두 짝이 달린 한 칸짜리였다.

문을 열자 거기에는 택이 그대로 붙어 있는 옷들이 몇 벌 옷걸이에 걸려 있었다. 옷장은 소박했지만 안에 걸려 있는 옷들은 그렇지 못했다. 그녀가 장례식장에서 입었던 셔츠형 블라우스와 바지 같은 여름 정장풍 옷 몇 벌과 화사하지만 우아하고 점잖은 원피스도 보였다. 아래 서랍을 여니 거기엔 속옷과 잠옷 겸으로 입을 수 있는 간단한 반바지와 티셔츠 등이 잘 개어져 있었다. 다만… 택은 그대로 달려 있었고 언뜻 본 티셔츠의 택엔… 그녀가 알던 것보다 동그라미가 두어 개는 더 붙어 있을 뿐이었다.

이래도 되나 싶어 고민할 때, 갑자기 노크 소리가 났다. 그러더니 익숙한 얼굴이 보였다.

"여기 있었네."

"잠깐 말씀드릴 게 있습니다."

그는 인상을 찌푸렸다.

"알았으니 따라오십시오."

건평만 200평이 넘는 한옥이었다. 그가 프랑스 유학을 갈 때 전에 있던 집을 처분하면서 새로 지은 집이었다. 말년엔 꼭 한옥에서 살고 싶다고 하셔서 지은 집은 단청은 없지만 단아한 한옥을 전통 방식으로 지은 집이었다. 물론 그를 위한 공간도 마련되었다. 그러나 사고가 난 뒤에 병원에서 지내다 귀국을 하고 와서도 한동안 병원에 있었을 때, 할머니가 그의 제대로 된 병명도 모르지만 조용한 곳이 필요하다는 걸 알고 옆에 새로 증축한 곳이 지금 그의 거처였다. 그래서 이곳에는 그를 위한 방음에 신경 쓴 서재가 있었다.

소리를 들어야 할 테니… 그는 한 변호사와 함께 서재로 갔다.

이렇게 견딜 수 있었는데… 왜 진작 오지 못했을까. 그는 인이어를 낀 채 넓은 한옥의 복도를 걸으면서 생각했다.

한 변호사의 이야기를 들으려면 인이어를 꺼야 했다. 한 변호사가 이리저리 들고 있던 서류들을 꺼냈다.

"실은 조 대표님이 요 몇 년간 여유가 되시면 계속 집을 사셨습니다. 사고파셔서 얻은 이익을 다 전액 현금으로 예금하셨습니다. 바로 한정욱 씨 이름으로… 상속세를 대비하신 거죠."

남자의 목소리는 녹슨 구릿빛이었다. 그는 인상을 찡그리지 않으려 하면서 계속 말을 들어야 했다. 아직도 실감이 나지 않는데… 그는 스멀스멀 그의 앞에 쏟아지는 녹슨 빛깔들 때문에 상대가 하는 말에 집중하기 힘들었다. 차라리 전화 통화를 하자고 했어야 하나.

문득 그는 여자가 생각났다.

자신의 집에 있을 땐 여자가 제 일부분 같았는데 여기 온 뒤로는 제 곁에서 영문도 모른 채 차가운 시선을 같이 받아 내야 하지 않았나. 뭐라고 말이라도 해야 할 텐데……. 집에서 본 기억이 없는 아버지, 찾아오기만 하면 할머니와 싸우는 고모들, 몇 번이나 바뀌었던 둘째 고모부와 그의 자식들이 와서 한 짓들……. 그는 돌아가신 할머니의 심정을 십분 헤아릴 수 있었다. 사실 그런 빌딩 같은 게 저한테 있어 봤자라는 것도 알고 있었다. 저도 충분히 돈을 벌고 있으니까. 그리고 문제는 그 돈조차 제대로 쓰지도 못하고 있으니. 그러나 할머니의 유지는 이어받아야 했다.

"현락 건설은 중소기업으로 이미 등록이 되어 있습니다. HR빌딩 말고 나머지 네 개의 건물에서 나오는 수익은 이렇게 처리하기로 미리 다 안배하셨고 이것만……."

부디 알아서 하세요…라고 말하고 싶었지만 그러면 안 된다는 걸 잘 알고 있기에, 그는 꾸역꾸역 괴로움을 감내하면서 이야기를 들어야 했다.

"자세한 건 실무자들과……."

"알았습니다. 시간 만들어 주십시오."

아직 저 변호사는 자신에 대해서 잘 모르는 게 분명했다. 에어컨을 틀지 않아서 후텁지근한 서재에서 갑갑한 정장을 입고서도 클라이언트를 위해 찍소리 못 하고 있는 걸 보니. 그는 자리에서 일어났다. 상대도 시원한 곳으로 가고 싶을 게 분명했다.

"네, 곧 자리 마련하겠습니다."

그는 발걸음을 빨리했다. 제 방으로 간 그는 기척도 없이 고요한 방에서 욕실로 갔다. 문이 열려 있는 욕실은 텅 비어 있었다. 어디로 갔을까. 그는 옆방으로 갔다. 노크를 하고 문을 여니 서늘한 공기가 밀려왔다. 시커먼 안개가 위에서 뿌려지는 듯 보이는 건 에어컨에서 나는 소음이었다. 그 사이로 열린 옷장 앞에 서 있는 여자가 보였다.

"여기 있었네."

이 여자에 대해… 어떤 감정이 있는지 말해 보라면, 그렇게 수많은 문장을 만들어 내는 게 직업임에도 불구하고 뭐라고 대답할 수가 없을 것만 같았다. 그냥 다들 녹슨 쇠 빛을 쏟아 내 보는 것도 괴로운 사이에 한 줄기 연둣빛의 청량함을 준 존재였을 뿐일까. 아님 그로 인해 타인을 '접촉' 하기도 힘들었는데 사람의 체온을 느끼게 해 준 사람이었을까. 그도 아니라면 제 억눌렸던 성욕을 푸는 상대였을까.

난… 이 여자를 어떻게 생각하고 있는 걸까.

약간 당황한 것 같은 여자의 말간 얼굴을 보고 그는 정의 내릴 수 없지만 그래도 답을 알 것만 같았다.

"아, 왔어요?"

눈이 시려지도록 아름다운 샤르트뢰즈였다.

그것 하나만으로도 그는 자신의 의심을 일소할 수 있었다. 이제 이 여자는 제 전부였다.

그는 다가가 영진을 안았다. 서늘한 기운이 가득한 곳에 따뜻한 여자의 몸은 늘 그렇듯 구름처럼 부드럽고 제 속 어딘가가 찡한 온기가 느껴졌다. 여자의 부드러운 정수리를 쓰다듬으면서 말했다.

"여기 있는 거… 힘들었지."

과연 그랬나? 영진은 바로 전 문자를 받았다. 그건 제 통장의 입금 내역이었다. 정확하게 그녀가 그 산속의 집으로 간 지 한 달째 된 날이었고 금액은 계약서에 썼던 것보다 50만 원이 많은 250만 원이었다. '아니, 이런 일을 하고 250만 원씩이라니!' 라는 생각과 5천억이 동시에 떠올라서 좀 머리가 혼란스러웠을 뿐이었다. 남자는… 제가 이곳에 있는 이유일 뿐이었다.

5천억 따위… 다른 세상의 이야기일 뿐이었다. 그런 건 자꾸 걸리적거려도 그거뿐인 거였다. 중요한 건 이곳에서 아는 사람이라곤 저 남자뿐이라는 사실이었다. 비싼 옷들과 어이없는 화장품과 그런 것들에 당위성을 주는 건 '김 선생님' 뿐이었다. 그 남자가 왔고 제게 물었다. 힘든 건 굳이 없어요…라고 대답하려고 했다. 그게 사실이니까. 그러나 남자는 대답 따위가 중요하지 않다는 듯 두 손을 내밀어 저를 안아 버렸다. 서늘한 냉기를 막아 주는 어딘가 익숙한 체온, 향기, 굴곡… 이 남자는 대체 내게 뭘까.

남자의 입술이 내려앉았다. 늘 그랬다는 듯. 제 머릿속은 남자의 존재에 대해서 끊임없이 되묻는 질문에 딱히 대답을 내놓지 못하는데, 몸은 그렇지 못했다. 부드러운 입술과 뜨거운 혀가 제 속을 휘저었다. 늘 하듯 남자의 손이 헐렁한 옷 사이로 스며들었지만, 곧 손은 제 자리를 찾았다.

투명한 초록빛이 방울방울 터져 나갔다.

해야 하는 일들, 상실의 아픔, 질시의 눈빛, 복잡한 서류들, 질식할 것만 같은 초여름 도시의 공기, 그리고 소음……

모든 게 머릿속에서 사라져 갔다. 제가 가장 사랑하던 혈육인 할머니의 부재도……. 그는 간신히 제 몸을 지배하려던 욕구 따위를 억눌렀다. 적어도 장례식이 끝난 지 일주일도 되지 않았다는 걸 알고 있으니까. 당혹스러워하는 여자에게서 물러난 그는 마치 화제를 바꾸려는 듯 열린 옷장으로 다가갔다.

"누가 픽을 한 건지. 왜 이렇게 다 칙칙한 걸. 좀 화사한 걸로 다시 사 오라고 해야겠네. 아니면 직접 나가 골라 보든지."

젖은 입술이 당혹스러운 영진은 옷장 앞에 선 남자가 하는 말을 들어야 했다.

"이걸로 갈아입어. 그나마 이게 좀 낫네."

걸린 옷들 중에서 가장 당혹스러운 꽃무늬가 있는 원피스였다. 베이지 바탕에 노란 꽃무늬라니.

"싫어요."

"왜? 화사하고 예쁜데. 그동안 너무 칙칙한 옷만 입어서 어두워 보였어. 산속이니 뭐 어쩔 수 없었지만. 밝은 색을 입으면 잘 어울릴 거 같은데?"

선택의 여지가 있어서 취향이라는 게 있을 수 있다는 건… 그렇지 못한 사람들에겐 참 부럽고도 잔인한 일상이었다. 그걸 당신 같은 사람은 알까. 그런 일상도 가지지 못한 사람도 있다는 것도.

영진은 그냥 남자를 지나쳐서 옷장에 가서 가장 무난한 회색 바지와 흰색의 블라우스를 집어 들었다.

"왜, 이거 촌스럽나? 그런 거 입으면 더 나이 들어 보여."

"어리고 예쁜 여자 좋아하나 봐요?"

여자의 말에 가시가 돋친 걸 그는 알지 못했다. 그냥 그녀의 주변에 서리는 영롱한 밝은 연둣빛만 보일 뿐이었다.

"당신한텐 밝은 색이 어울려."

"옷 갈아입게 나가 줄래요?"

굳이 내외를 할 필요가 없는 사이임에도 불구하고. 남자는 아무렇지도 않게 말했다.

"당신한텐 노란색이 제일 잘 어울려. 배고프네. 옷 갈아입고 밥 먹게 식당으로 와. 옆에 왼쪽 복도인 거 알지?"

남자가 나가자 멀쩡하게 서 있던 영진은 저도 모르게 침대 위에 주저앉았다. 서울에 온 뒤로 장례식 때문에 정신없이 지내느라… 눈코 뜰 새 없었을 때가 차라리 나았던 걸까. 뭐가 두려운 걸까.

영진은 침대 위에 놓인 원피스를 물끄러미 내려다보다 손을 내밀었다. 부드러운 감촉이 손끝에 느껴졌다. 노란색의 꽃무늬가 손끝에 느껴졌다. 톤 다운 된 노란색이… 세련되게 보였다.

남자가 잘못한 건 하나도 없는데 왜 그랬을까.

"…다 식었는데, 다시 데워 달라 할까?"

남자가 잠깐 머뭇거린 이유를 알 것만 같았다. 제가 집었던 무채색의 바지와 셔츠형 블라우스를 입은 영진은 식탁에 앉으면서 말했다.

"날도 더운데요 뭐."

"하긴."

찌개는 한참 식어 있었다. 제가 방 안에서 머뭇거린 시간이 꽤 됐다는 걸 알 수 있을 만큼. 식당은 적막했다. 문은 다 닫혀 있었고 커다란 식탁 위엔 늘 그렇듯 잔뜩 음식이 차려져 있었다.

"더우면 에어컨 틀까."

"아뇨."

약간의 죄책감 때문이었다. 저 남자는 그냥 남자의 시선에서 예쁜 옷을 권해 줬을 뿐이었다. 그런데 어리고 예쁜 여자라니. 왜 그랬을까. 갑자기 식탁 위에 잔뜩 차려진 음식이 모래알같이 느껴졌다.

밤이 깊도록 전화 통화를 하고 이야기를 하고 남자의 노랫소리를 들을 땐, 이 남자가 제게 아주 가까운 사람 같았었다. 날이 밝으면 다시 얼굴을 마주하면서 밥을 먹을 거고, 대낮엔 청소를 마치고 시원한 아이스커피를 마시며 늘 그렇듯 진한 키스를 나눌 거라 생각했었다. 아마 그날 밤쯤이면 누군가 올라가든 혹은 내려가든 같은 이불을 덮고 잘 것이 분명했었다.

하지만 갑자기 많은 것이 변했다. 산속엔 여름이 성큼 오는 듯했는데 도시는 변함없이 후텁지근하고 먼지가 자욱하고 시끄럽고 소란스러웠다. 다들 돈을 벌기 위해서 미친 듯이 출근을 하고, 병원의 장례식장에서도 청소하는 여사님들조차 정신없이 바빴다. 그리고 그 번잡한 터미널에 커다랗게 래핑 된 선전 문구의 주인공인 이 대단한 남자는 몇천억 대의 유산 상속을 위해서 가족들과 싸울 준비를 하고 있었다.

아니… 뭐 이렇게 스펙터클해.

사지 멀쩡한 저가 가장 믿었던 혈육에게 사기를 당하고 땡전 한 푼 남지 않은 빈털터리가 되어 남의 집 가정부 보조로 들어간 것도 정말이지 웃기는 설정 아닌가? 게다가 그 집 도련님이 무슨 색청이란 병이 있는 것도 어이없고.

영진은 갑자기 웃음이 터졌다.

밥을 먹던 그가 의아하다는 듯 쳐다보았다.

그러나 영진은 터진 웃음이 멈춰지지 않았다.

뭐가 이렇게… 웃기냐고.

"아까 왜 웃었어?"

"……."

딱히 할 말이 없었다. 아까도 물었지만 그때도 대답 못 한 건 마찬가지였다. 식사를 하고 오니 그의 방엔 노트북이 놓여 있었다. 새것이 분명했다. 물론 매우 고가인 것도 분명해 보였다.

"뭐 필요한 거 있어?"

"아뇨."

"여기 있는 거 불편하지? 내일 돌아갈까?"

"일 다 마쳤어요?"

"아니."

"그쪽이야말로 괜찮아요?"

"전엔 병원 오는 것도 힘들었는데, 지금은 괜찮아. 아마 당신이 옆에 있어서 그런가 봐."

이어폰 충전하는 일밖엔 하지 않는데 왜 괜찮은지는 알 수 없었지만 굳이 묻지는 않았다.

"내가 괜찮았으면… 같이 드라이브도 다니고 맛있는 것도 먹으러 가고 데이트도 하고 그랬을 텐데……."

그가 웃으면서 말했다.

데이트라……. 과연 괜찮았다면, 이런 사이가 되지도 않았을 텐데…….

"맛있는 거 먹는 거 정도는 할 수 있을 거도 같아. 드라이브도 뭐 내가 운전을 못 하지만 운전해 줄 사람은 있으니까. 시간 나면 가 보든지. 뭐 하고 싶은 거 있어? 먹고 싶은 거 있으면 말해 봐."

"그다지 생각나는 거 없어요."

"하긴 피곤해서 입맛이 없을 수도 있지. 내일 삼우제만 끝나면 그냥 좀 쉬어. 알지도 못하는 사람 장례를 치르느라 힘들 거야. 할머니한테 소개도 시켜 드렸어야 했는데……."

남자의 표정이 어두워진 게 다행스러웠다.

아직 장례가 끝난 게 아니라서 그가 같이 자자고 하지 않아서 다행이었다. 저녁을 먹고 각자 방으로 갈 수 있었다. 남자는 해야 할 일이 많다고 옆에 있으면 안 되겠냐고 했지만, 영진은 피곤하다고 쉬고 싶다고 했다. 하루 종일 잔 것밖에 한 일이 없으면서.

낯선 넓은 방이었다.

명품 화장품들이 즐비한 화장대, 값비싼 옷들이 든 단출한 옷장… 이 모든 게 일회용이었다.

'할머니한테 소개도 시켜 드렸어야 했는데……'

남자의 말이 의미하는 건 뭘까. 그녀는 뒤척거리느라 잠들지 못했다. 정말 남자는 바쁜지 휴대폰도 조용했다.

"…유세차 ○○년 ○월 ○일 애자 백현은 돌아가신 조매화께 고합니다. 어느덧 시간이 흘러 어언 삼우가 되었습니다. 밤낮으로 슬피 사모하여 편하지 못하매 삼가 맑은 술과 여러 음식으로 삼우의 례를 올리니 흠향하시옵소서."

해가 쨍쨍하게 내리쬐고 있었다. 검은색의 망사 비슷한 비닐 포장이 쳐져 있었지만 이제 초여름이 다 된 숲은 열기를 뿜어내고 있었다. 다들 검은색의 정장을 입은 사람들의 등짝엔 땀이 흘러내리고 있을 게 분명했다. 여자들은 나름 검은색의 반팔 원피스를 입었지만 그래도 더운 건 마찬가지였다.

커다란 나무 앞에는 그야말로 화려한 제사 음식들이 층층이 쌓여 있었고 장례식에 비할 바는 아니었지만 숲속엔 꽤 많은 사람들이 서 있었다.

등짝에서 땀이 흐르는 건 영진도 마찬가지였다. 가장 앞쪽에 있는 정욱과 그의 바로 옆에 바짝 붙어 서 있는 영진은 그늘 쪽으로 서려고 했지만 되지 않았다. 일부러 그런 걸까. 짙게 화장을 한 여자들은 손으로 부채질을 하거나 손수건으로 땀을 닦기에 바빴고 벌겋게 열이 오른 얼굴을 한 남자들의 이마에서도 땀방울이 보였다.

삼우제는 장례를 치른 지 3일 후에 탈상을 하기 위한 제사라고 했었다. 누구를 위한 건지 예식은 지루하게 이어졌고 사람들은 다들 더위에 지쳐 가고 있었다. 그러나 정욱은 굳은 얼굴로 이마에 땀 한 방울 없이 그 자리를 지키고 있을 뿐이었다.

기껏 제를 올리고 옆에서 사람들이 부지런히 상을 치우기에 이제 다 끝났나 싶었는데 또다시 사람들이 뭔가를 들고 들어왔다. 스티로폼 상자들에서 열심히 꺼내는 건 또 다른 제사 음식이었다. 아까도 쌓여 있던 음식들은 떡이고 전이고 켜켜이 쌓아 올린 것이었는데 이번에도 또 그런 음식들이 똑같이 새로 세팅 되고 있었다. 아까 음식도 날씨에 상할 것만 같았는데 또 저런 음식을 차리다니.

"…유세차……."

또다시 아까 제를 주관하던 사람이 원고를 읽었다. 이번에는 제 이름이 탈상제였다. 참… 돈 많은 사람들은 별걸 다 하는구나……. 영진은 어이가 없어서 보기만 하고 있었다. 한참 다시 축문 등을 읽고선 이제야 제관이 말했다.

"완장과 상복을 주십시오."

상주가 팔에 두르고 있던 완장이나 가슴에 달고 있던 제례용 리본, 여자들이 머리에 꽂고 있던 흰 리본 핀 등이 모였다. 그런 것들을 태우고

나니 드디어 탈상을 마치고 장례가 끝이 났다. 참 길고 지루한 시간이었
다.

그러나 그사이 남자는 내내 굳은 얼굴로 서 있다가 결국 불길을 보면
서 눈시울이 붉어진 걸 영진만이 알 수가 있었다.

19

한옥으로 돌아온 그는 어제와는 달리 한마디 말도 하지 않았다.

진짜 고인을 완전히 떠나보낸 기분이랄까……. 아무 상관도 없는 영진이 그렇게 느꼈으니까 아마 당사자는 더욱 심했을 게 분명했다. 사람을 위로하는 방법 같은 것도 배운 적 없는 그녀였다. 그냥 입에 발린 소리를 하라면 얼마든지 할 수 있을 것만 같은데 이 남자한테는 그게 잘 되지 않았다.

"괜찮아요?"

인이어를 빼는 남자를 보고 영진이 물었다.

"괜찮겠지… 살아 있는데."

그의 날 선 목소리의 이유를 알 것만 같았다. 내내 그 수목원에서 이죽거리던 목소리들을 굳이 듣지 않았더라도 그 표정들이 역력하게 보였을 테니까. 돈 200만 원 가지고도 연을 끊는 사람들을 본 적이 있었고, 제가 살던 동네에선 늘 살벌하고 인정머리가 없었다. 저조차 돈 이천만

원 전세 보증금으로 동생을 잊기로 했는데. 회사에 취직해서 박봉이지만 마음이 여유로운 사람들을 보고 당혹스러울 정도였다. 그러니 어쩌면 저건 당연했을지도 몰랐다.

'소장 접수했으니까 두고 보자.'

'누굴 바보인 줄 아나 봐.'

'재수 없는 새끼!'

그는 아마 듣지 못했을 것이다. 그러나 그들의 시선은 피할 수 없었다. 그 사람들은 이 남자의 비밀을 알고 있을까. 영진은 그것이 궁금했다.

"힘들었을 텐데 씻고 좀 쉬어. 먹고 싶은 거 있음 이야기하고."

지친 게 분명해 보였지만 남자는 재킷을 벗으면서 그녀에게만은 부드럽게 말했다.

"그래요. 그쪽도 씻고 좀 쉬어요."

영진은 원피스를 집어 들었다 다시 내려놓았다. 이걸 입는다고 뭐가 달라지는 것도 아닌데…… 그냥 편하게 입으라고 사다 놓은 이지웨어조차도 우아했다. 영진은 그것들을 들고 욕실로 들어갔다.

"그냥 이렇게 보고만 있을 거야?"

화장을 짙게 한 여자가 나이 든 여자에게 물었다.

"그 노인네가 대출 하나 없이 빌딩을 세운 게 뭐 그냥 세운 거겠어? 얼마나 대단한 양반이었는데. 방법이 없어, 방법이. 아주 돈을 처들여서 무지하게 해 놨더라고. 아주 꼬치꼬치 왜 다른 자식들한테 상속을 안 하는지 이유를 다 적어 놨더라고. 사고 친 것까지 사사건건 다 기록을 해

났어. 참 내. 소장을 제출해도 이쪽에서도 뾰족한 수가 없다네. 게다가 수임료는 또 얼마나 부르는지. 패소하면 아주 길거리에 나앉게 생겼어."

뻔히 아는 내용이었다. 역시 돈 많은 언니는 다 알아보고 있었군. 정현은 여전히 묵묵부답인 오빠 내외를 보고 쏘아붙였다.

"오빠는 아들이 뭐 좀 떼 준대? 왜 가만히 있어?"

연 수입 수십억대의 매출을 내는 대단한 부동산업자인 엄마를 둔 덕에 남부럽지 않게 살아오긴 했지만, 제 얼굴만 믿고 사랑만 쫓아다니던 한정현은 세 번째 결혼의 파경을 맞기 직전이었다. 이혼을 하네 마네 하고 있다가 갑자기 엄마가 죽자 남편이란 놈이 180도 바뀌어서는 눈이 시뻘게진 것도 모르고 한참 쪼들리던 생활, 팔자 좀 펴겠구나 하고 내심 제게 찬 독설만 쏟아 내던 엄마의 죽음이 오히려 잘됐구나 싶었던 그녀였다. 그러나 이런 날벼락이 떨어질 줄은 모르고 있었다. 당장 카드값에 압류에 정신이 없는 마당에 어떻게든 한밑천 잡지 않으면 길거리에 나앉게 생겼는데 소송을 하려면 억대의 수임료가 있어야 한다니……

오빠와 언니를 꼬드겨서 재산 분할을 받은 다음에 단물이나 빨아먹자는 전략을 짠 그녀로서는 그나마 돈이 있는 언니와 오빠를 설득해야만 했다.

"소송을 해야지. 요즘 이런 법이 어딨어? 공중에 얼마를 날리더라도 어쩔 수 없지."

"돈 내. 다 같이 공평하게 내서 하든지, 아니면 그만 두든지."

제가 가진 건 아주 죽을 듯이 움켜쥐는 둘째인 한주현이 그런 동생의 속내를 꿰뚫어 보듯 말했다.

"아, 승소하면 나누면 되지! 내가 지금 돈 없는 거 뻔히 알면서!"

"승소할 확신이 없는데 그런 데다 돈을 패대기칠 순 없지. 수임료 가져와. 그럼 소송이든 뭐든 할게."

"언니!"

빽 하고 소리를 지른 정현은 언니 말에 할 말이 없어서 침묵을 지키고 있는 오빠를 향해 쏘아붙였다.

"오빠는 뭐 정욱이 자식이 오빠한테 나눠 줄 것 같아서 그러고 있는 거야? 새언니 씨는 믿는 구석이 있는가 봐?"

새파랗게 젊은 여자한테 새언니라 부르는 게 내키지 않았지만 그래도 이쪽에서 코드가 제일 잘 맞는 건 오빠가 네 번째 결혼한 여자였다. 나이는 자기보다 얼마 안 적은데 외모만 보면 10년은 어려 보였다. 대체 얼마나 돈을 처들여서 관리를 하는 건지.

"아우, 모르겠다. 골 아파. 난 먼저 일어나겠어. 소송 맡길 거면 변호사 붙여서 수임료 정확하게 3분의 1씩 나눠. 그리고 금액 나오면 이야기해. 아주 피곤해 죽겠네. 더운데 웬 탈상제는 그렇게 오래 하는지. 고약한 노인네 아주 죽어서도 개고생 시켜."

큰딸은 자리에서 일어나 가 버렸다. 어차피 말이 안 통하는 언니보다야 오빠 내외가 나을 듯해서 정현은 젊은 여자 옆으로 바싹 붙었다.

"그, 정욱이가 데리고 온 여자 봤어? 정욱이 전에 뭐 무슨 교수 딸인지 사장 딸인지 하고 사귀다가 깨졌다더니 어디서 지지리 궁상맞은 여자애를 달고 왔던데. 아니, 병원이고 장례식장이고 그렇게 꼭 붙어 있는 거 보면 뭐 대단한 여자 같은데……. 새언니가 뭐 돈 좀 찔러 주고 걔 보고 상속 포기하게 꼬드기라고 하는 건 어때?"

"어허, 못 하는 소리가 없네. 그렇게 한가하면 가서 니 일이나 해결해. 너도 이혼 소송 중 아니냐?"

한백현이 한심하다는 듯 내뱉었다.

"오빠, 지금 그게 중요해?"

갑자기 면박을 받자 정현은 발끈하곤 자리에서 일어났다.

"새언니, 내 말 허투루 듣지 말라고. 방법은 그거밖에 없잖아? 안 그래? 하여튼 나도 바빠서. 그렇게 대놓고 편든다고 뭐 정욱이 그 자식이지 꺼 아버지 나눠 드십쇼 하고 줄 거 같아? 착각하지 말고 변호사 수임료나 깎아 보라고!"

정현이 나가 버리자 두 내외도 자리에서 일어나야 했다.

"어휴, 저것들은 언제 철들는지……."

백현이 내뱉는 말을 듣고 있던 여자가 조용히 입을 열었다.

"아가씨 말이 영 틀린 건 아닌 거 같아요."

"무슨 소리야?"

"정욱이 옆에 있던 여자… 지금 필동 그 집에 같이 있어요. 내내 같이 있었다고 하더라고요. 정욱이… 여자 없다고 했잖아요."

"내가 그놈 여자관계를 어떻게 알아. 지 할머니 옆에 찰싹 붙어 있던 놈인데!"

"필동에서 일하는 서 씨한테 물어보니 깊은 사이 같다고 하더라고요."

"그래서?"

"한 번… 만나 보는 것도 괜찮은 거 같아요. 솔직히 정욱이… 그 빌딩 받느라 상속세 내고 하는 거보다 자기가 더 잘 버는 거 아니에요?"

"그야 그렇지."

"제가 한번 만나 볼게요. 상속은 걔가 받더라도 관리는 아버지가 맡을 수도 있잖아요. 거기… 임대 수입이랑 보증금 이자도 어마어마하지 않아요?"

"그거야……."

한백현도 사는 게 쪼들리기는 마찬가지였다. 아들이라고 서울 변두리에 상가 몇 개를 가지고 있긴 했지만, 워낙에 씀씀이가 헤픈 데다 결혼할 때마다 위자료로 뜯긴 재산도 많았고 귀가 얇아 하는 일마다 족족 사기를 당하고 있었다. 게다가 어머니 눈 밖에 난 지 오래라 떼 준 재산도 다 까먹어 가고 있었다. 그나마 네 번째 결혼한 장현아 덕에 근근이 먹고는 살고 있었지만 어머니의 그 어마어마한 재산을 그렇게 재단에 기부 따위를 한다니, 자다가도 벌떡 일어날 만큼 어이가 없었다. 제일 큰자산인 현락빌딩을 제 아들인 정욱이에게 넘겨준다 했지만 결국 자신은하나도 얻는 게 없다는 게 결론이었다. 헤픈 막냇동생이나 욕심이 덕지덕지한 둘째하고 작당을 해야 하는 것도 못마땅했다. 그런데… 이 사랑스러운 아내의 혜안이라니.

"제게 맡겨 줘요."

장현아의 말에 그는 오랜만에 히죽 웃음을 지었다.

괜찮지… 않을 거 같았다.

씻고 옷을 갈아입고, 휴대폰을 보았지만 휴대폰은 조용했다. 침대에누웠다, 생각난 듯 비싼 화장품을 발라 보기도 하고 방 안을 서성거리기도 했지만 여전히 조용했다. 영진은 문을 열고 방을 나섰다. 나무로 된복도에는 시원한 기운이 서려 있었다. 이런 복도도 냉방을 하는 집이라니…… 모른 척하고 영진은 옆방으로 가 노크를 했다. 그러나 조용했기에 살그머니 문을 열고 들어갔다.

"나예요. 들어가도 돼요?"

묻고는 후회했다. 어차피 안 들릴 텐데. 방에 컴퓨터를 설치했으니 그걸 사용하려면 이어폰을 켰어야 했을 테니까.

그러나 방 안은 어둡고 고요했다. 그리고 후텁지근했다. 창살무늬가있는 창호지 덧문이 달려 있어서 블라인드가 있다는 걸 몰랐었다. 방 안은 블라인드가 다 내려진 상태였다.

"저기… 괜찮아요?"

안 괜찮을 거 같은 느낌이었다.

그녀는 어두침침한 방에서 침대 쪽으로 갔다. 숨소리조차 들리지 않는 사람의 형체가 보였다.

"괜찮아요?"

영진은 다급하게 물으면서 손을 댔다. 온통 땀투성이의 남자 얼굴이 손끝에 닿았다. 뭔지 모르게 섬뜩한 기분마저도 들었다.

"정욱 씨! 정신 차려요!"

영진이 손을 내밀어 남자를 붙잡으려 하자 갑자기 어둠 속에서 그녀의 손을 잡는 남자의 땀에 젖은 손길에 그녀는 말문이 막혔다.

"괜찮아… 난……."

"어디 아픈 거 아니에요? 이 땀 좀 봐… 일어나 봐요! 병원에 가게!"

영진은 손을 내밀어 남자의 머리를 짚었다. 땀이 흥건한 남자의 몸은 뜨거웠다.

"아니… 괜찮아. 그냥 내가 시끄러워서 에어컨을 안 틀었을 뿐이야. 괜찮아……."

"아니에요. 병원에 가야 해요!"

영진은 사람을 부르려고 몸을 일으켰다. 그러나 그러지 못했다. 남자의 팔이 그녀를 잡아 당겼고, 일어나려는 영진은 남자 쪽으로 쓰러지고 말았다. 시큼한 땀 냄새가 확 콧속으로 들어왔다. 후줄근한 셔츠의 감촉이 느껴졌다. 이끼 났다가 온 뒤로 그냥 침대에 쓰러진 게 분명했다.

"괜찮아… 그냥 좀… 가만히 있고 싶어서 그래……."

"그래도……."

남자의 옆에 쓰러지듯 눕게 된 영진은 남자의 목소리가 바로 제 귓가에 들렸다.

"위협 반응이라는 말… 혹시 들어 봤어?"

갑자기 뜬금없는 소리를 하는데 가만히 있었던 건, 남자의 목소리가 지나치게 가라앉아 있었기 때문이었다.

"네?"

"어렸을 때… 그러니까 뇌의 전두엽이 성숙하는 시기에 방임이나 학대를 받으면 변연계가 과도하게 활성화된대."

대체… 그게 지금하고 무슨 상관인데……. 그러나 영진은 뭐라 말을 할 수가 없었다.

"그렇게 무슨 뜻이냐면, 주변의 모든 것에 대해서 갑자기 너무 과민한 대응을 하게 된다는 거야. 뇌가 그렇게 본능적으로 발달한다는 거지. 나에게 관심을 가져 주는 타인에 대해서 지나치게 예민하게 반응을 해서 내 주변 사람, 나를 돌봐 주는 사람들에 대해서 눈치를 보는 게 심해지는 거야. 그러다 보면 타인하고 대화하는 것 자체가 나에 대한 비난으로 들리기도 하고……. 너무 지나치게 주변에 신경을 쓰다 보면 그게 일상이 되고, 항상 긴장하면서 타인들의 반응을 살피다 보면 너무나 예민해지는 거지. 그렇게 사소한 것에도 신경을 쓰고 타인의 무의식적이고 사소한 행동에도 일일이 반응을 하다 보면 너무 많은 에너지를 쏟게 되고… 그러다 타인과의 관계에서 금방 피로를 느끼게 되지."

남자의 목소리가 이어질수록 영진의 살갗도 축축하게 젖어 들었다.

"그게 쌓이면서 성장이 일어나게 되면 뇌는 항상 지쳐서 점점 전투태세가 돼 버리는 거야. 타인에 대해서. 내가 상처받지 않기 위해서 뇌는 늘 신경이 곤두서 있게 되는 거지. 그래서 타인의 자극에 대해서 무조건 공격적이 되는 거고. 그걸 위협 반응이라고 한대."

'그래서요?' 라고 묻고 싶었지만 그녀는 또다시 침묵을 지켰다.

학대받은 뇌…라니. 지나치게 예민한 반응을 하는 일상이라니…….

"의사가 그러더라고. 내 색청은 어쩌면 그게 원인일지도 모르겠다고. 너무 많은 타인에 대한 과잉적인 생각이 그런 색들로 인식되고 있는지도 모른다고."

당신같이 부족함 없는 사람이 무슨 학대고 방임이고를 당했다는 거야…….

영진은 묻고 싶었지만 묻지 못했다. 어쩌면 진짜 방임과 학대를 받은 제 뇌는 그런 질문을 할 수 있는 자신감 따위가 아예 거세되어 버렸는지도 모르겠다 싶었다.

"유일하게 나를 사랑해 준 할머니가 이제 영원히 가신 거 같아. 난 내내 장례식장에 서 있으면서도 사실 실감을 하지 못했거든. 안채에 가면 할머니 방이 있어. 거길 가지 못한 건… 방이 텅 비어 있을까 봐 무서워서 그랬어. 아직도 모든 게 믿기지 않아서. 그런데 오늘… 그냥 그게 현실이라고 느껴지더라고. 이제… 세상에 내 편 따위 없다는 게 이렇게 절망적인지… 알고 나니 너무… 무서워."

남자가 하는 말은 이해가 갔지만 공감 따윈 할 수 없었다.

대체 뭐가… 당신같이 완벽한 사람이 왜, 뭐가 무섭고 부족한 건데…….

어디 세상에 내 편이 있었던 적이 한 번이라도 있었나? 있든지 없든지 아무 상관도 없던데.

하지만 영진은 아무렇지도 않게 말했다.

"씻어요. 씻고 정신을 차리고 나면 좀 괜찮아질 거예요."

영진은 창문의 블라인드를 걷었다. 그러자 불투명한 창호지 사이로 해가 들었다. 해가 하늘에 오랫동안 떠 있는 계절이 성큼 다가와 있었다. 영진은 에어컨을 틀고 전화를 해서 사람을 불렀다.

"침대 시트하고 이불 좀 갈아 줘요."

그건 다분히 몸에 배인 행동이었다. 그 산속에선 단 한 번도 '김 선생님'의 침실에 이런 상태의 시트가 있었던 적은 없었다. 금방 와서 침대와 이불을 정리하는 사람을 물끄러미 쳐다보고 있던 영진은 저 사람과 자신이 다를 바가 없다는 걸 잘 알고 있었다. 그러나 침대 시트를 갈고 그녀에게 꾸벅 인사를 하는 타인의 인사를 끄덕거리며 받기만 한 것은… 장소에 따라 잘 적응하고 판단하고 행동하는, 제 눈치에 따른 계산적인 행동이었을 뿐이었다.

"에어컨 끌까요?"

남자가 젖은 머리카락을 닦으면서 욕실에서 나왔을 때 영진은 제 본분대로 물었다.

"아니, 괜찮아."

아직도 물기가 흥건한 벗은 윗몸을 보면서 뭔가 기대한 건 아니었다. 그러나 남자가 다가와 차가운 살갗으로 그녀를 안았을 때, 찬 물방울과 그 밑의 열기 서린 탄탄한 근육에 싸인 몸을 느꼈을 때… 영진에게 내려앉은 건 뜻밖에도 죄책감이었다.

"그래도, 당신이 있어서 다행이야. 아마 당신이 없었다면, 난 할머니의 부재를 이렇게 담담하게 맞닥뜨리지만은 못했을 거야."

죄책감은 한층 더 커졌다.

난 이 사람에게 아무것도 한 것이 없는데…….

그녀를 안은 그는 말했다.

"서울 시내에 다시 온 것도, 이렇게 장례식을 멀쩡하게 치른 것도, 그리고 에어컨 바람을 쐬며 있을 수 있는 것도 다 당신 때문이야. 당신이 있어 줘서… 내 앞에 나타나 줘서 고마워."

상처투성이의 제 전두엽, 이 남자처럼 제 생각을 남한테 이야기하는 것도 힘든 게 아닐까라는 생각이, 문득 들었다.

"그냥 옆에 있어만 줘."

남자의 욕망이 살짝 묻어나는 키스 끝에 그가 말했다. 딱히 거절할 이유도, 혹은 방법도 없었다.

다행히 그는 바빴다.

다행이라는 부사가 붙은 이유는 그녀 자신도 잘 알 수는 없었다. 그는 포털사이트에 어마어마한 인세를 받고 글을 연재 중인 대단한 작가였다. 그건 개인적 사정으로 멈춰지긴 했지만 전에 보낸 글들을 교정하는 원고는 받아야 했던 모양이었다. 에어컨이나 컴퓨터에서 나는 소리 때문에 모니터가 안 보일 수도 있었기에 그는 다시 인이어를 켜야만 했다.

올라간 글을 모니터하고, 수정할 것을 수정하고, 교정을 하고… 남자는 정말이지 열심히 일을 하고 있었다.

그걸 물끄러미 보고 있던 영진은 할 일이 없기에 휴대폰이나 뒤적이고 있었다. 그러다 제 손이 늘어놓은 단어는 위협 반응이나 학대를 받은 뇌… 같은 것들이었다.

그는 작정을 한 모양이었다. 최대한 일들을 빨리 처리하고 돌아가려는.

저녁을 먹은 뒤에 그는 다시 변호사들과 이야기를 했다. 영진은 혼자 제 방에 와서 빈둥거리고 있어야 했다. 사실 그 산속의 집에 살게 되었을 때도 늘 뭔가를 해야 했다. 워낙에 아침 일찍 하루가 시작되는 곳이라 저녁 식사가 끝나고 정리를 다 하고 나면 이상하게 녹초가 되는 기분이었다. 그래서 장례식장에 내내 있다가 이 집에 와서는 아무것도 안 하고 있으니 뭔가 좀 어색한 기분이었다.

[먼저 자.]

남자에게서 문자가 왔다.

한참이나 전화기 화면을 쳐다보는 제 심정을… 도무지 이해할 수 없었다.

"정욱이하곤 어떤 관계예요?"

자신도 딱히 뭐라 대답을 할 수는 없었다.

그냥 일하는 사람과 급여를 지급하는 사람? 그러나 급여를 지급하는 사람과 잠을 자지는 않겠지. 그 사람이 저를 어떻게 생각하는지 잘 모르겠는 것처럼, 자신도 그 사람이 제게 어떤 사람인지 잘 알 수 없었다.

"연인 사이인가요? 아마 그렇겠죠. 정욱이가 누군가를 그렇게 가까이 하는 걸 단 한 번도 본 적이 없으니까. 아, 내 소개 먼저 하죠. 난 한정욱 씨 아버지의 와이프예요. 그러니까 정욱이 새엄마라고 할 수 있죠."

자세히 봐야 나이 든 흔적이 보일 만큼, 영진을 불러낸 여자는 무지막지하게 화려하고 예뻤다. 화려한 옷이나 장신구를 한 것도 아니었고 심지어 염색을 한 것도 아니었다. 그냥 검은 머리카락을 자연스럽게 세팅했고 차분한 화장을 했을 뿐이었다. 장례식장에서도 여러 번 봤지만 그땐 거의 화장을 하지 않고 상복을 입었을뿐더러 사실 자주 눈에 띄지는 않았었다.

그러나 커다란 이목구비 때문인지 무슨 배우나 모델을 보는 것만 같았다. 진회색의 투피스를 입었을 뿐인데도 늘씬하고 몸매마저 마치 마네킹처럼 훌륭해서 영진을 주눅 들게 만들고 있었다.

"정욱 씨는 아침부터 손님이 와서 만나고 있어서요. 급하신 일이라면 불러 드릴까요?"

'연인'이라는 단어가 묘하게 걸리적거려서 다른 걸 신경 쓰지 못하고 있었다.

"그럴 리가. 난 아가씨하고 용건이 있는 건데?"

"네?"

왜인지… 알 것만 같았다. 그래서 더 피하고 싶다. 자신의 역할을 과대평가해 주는 사람에 대해 어떻게 말해야 할까.

"내가 왜 아가씨를 만나고 싶어 하는지… 모르는 건 아니죠?"

상대도 그런 모양이었다.

"내가 호적상 정욱이의 엄마지만… 사실 같이 산 적도 없어서, 잘은 몰라도 적어도 타인에 대해선 차가운 애란 건 알고 있거든요. 그 애 아버지한테 누누이 들었으니까. 아, 그리고 정욱이에 대해서 좀 알고 있는 사람과 친분이 있기도 하고. 그런데 그렇게 사랑받던 할머니의 장례식에 데려온 사람이라니… 보통 사이는 아닌 거잖아요?"

달리 할 말은 없었다.

"뭐 유언장 발표할 때도 옆에 내내 있었으니까 봐서 다 알고 있죠?"

"무얼 말씀인가요?"

"정욱이가 상속받은 건물에 대한 거."

알고 있었지만 굳이 대답하고 싶진 않았다.

"뭐 그런 어마어마한 재산을 받았으니 응당 축하해야겠죠. 그런데… 그게 너무 어마어마하면 축하하기도 뭣한 거란 거 알고 있어요?"

"글쎄요. 저는 무슨 말씀을 하시는지 모르겠네요."

"개인 상속세율이 40프로라는 거 알아요? 그러니까… 백억짜리를 상속받으면 세금으로 한 50억 정도는 내야 한다는 거죠. 그 건물이 공시지가가 천억이 넘으면 반 이상이 다 세금이니까."

생각해 본 적이 없었다. 상속이란 단어도 웃기니까. 아니, 부모 빚이나 안 물려받으면 다행이 아니었나, 제가 살던 동네에선.

"정욱이… 뭐 작가로도 성공해서 자기 먹고살 건 얼마든지 있는 애인데 굳이 그런 세금까지 떠맡아야 한다는 게 더 억울하지. 할머니가 손자 이뻐하는 마음에 주신 거 같은데……. 그냥 적당한 걸 줬음 이런 일이 없었을 텐데. 노인네 뭘 몰라도 한참 몰라서 말이야. 그거 세금 토하려면 안 받느니만 못해요. 알아요?"

알 리가 있나. 그러나 저 여자의 말대로 제가 받은 것의 반 이상을 세금으로 내야 한다는 건 좀… 억울해 보이긴 했다.

장현아는 앞에 있는 여자의 표정을 보고 제 말을 곧이곧대로 듣는 것 같아서 다행이다 싶었다. 제 생각대로 저 촌스럽고 가진 게 개뿔도 없는 여자는 아무것도 모르는 게 분명했다. 어디 가서 저런 여자를 골라 끼고 왔는지 잘은 모르겠지만, 그야말로 천우신조 아닌가.

"그래서 저한테 하고 싶은 말씀이 뭔가요?"

영진은 이 여자와 있는 게 불편했다.

"정욱이… 할머니 말이라면 끔찍하게 잘 따르던 애고, 할머니도 그걸 잘 아니까 그러신 거고. 나이 든 분이 뭘 몰라서 덥석 유언장에 그렇게 쓴 건데, 그게 더 손해가 되는 걸 다들 모른 거지. 그런데 뭐 집안에선 왕따나 마찬가지라 식구들 말은 듣지도 않으니. 옆에 있는 아가씨가 이 야기 좀 해 봐 달라는 거예요. 뭣 하러 그런 걸 떠맡냐고."

어이가 없었다. 아니, 내가 뭔데 이런 이야기를 들어야 하는 걸까. 그 리고 제가 뭐라 말을 한다고 그 사람이 듣기나 할 건가? 상속이야 받든 말든 무슨 상관인데……

"뭔가 잘못 아시는 모양인데요. 전 그런 것에 대해서 잘 모르고 제가 이야기할 위치도 아닌 거 같네요. 뭔가 하실 말씀이 있으시다면 직접 하 시는 게……."

그때였다. 여자가 뭔가를 꺼내 들었다.

'내가 뭐든 다 알아 오라고 했잖아.'

장현아가 예쁜 금속 케이스에서 날렵한 담배를 꺼내 들며 싸늘하게 말했다. 그러자 앞에 있던 덩치 큰 사내가 얼른 라이터를 꺼내 담배에 불을 붙여 주면서 말했다.

'그게 말입니다……'

담배를 깊게 빨아들이고선 짙은 연기를 내뿜은 그녀가 새빨간 립스틱 이 묻어나는 담배를 손에 든 채 말했다.

'잔말 말고, 읊어!'

'음, 그러니까 김영진이라는 이 여자 우선 애비는 알코올 중독에 간경화로 일찍 죽었고, 애미는 사기 전과 3범에 애들만 남기고 인연 끊고 재혼했는데 또다시 사기죄로 교도소에 수감 중입니다. 그래도 그럭저럭 대학도 나오고 직장도 다니다가 최근에 해고당하고 그 뒤로 주소지에는 다른 사람이 사는 걸로 되어 있습니다. 그 뒤로 휴대폰 번호도 바꾸고 카드 사용도… 음… 휴대폰 결제밖에 없어요. 동생이란 놈도 코인 때문에 빚에 쫓겨서 택배 배달하고 있는데 가 보니까 누나랑은 연락 두절이라고. 금융 자산도 국민연금 몇백이랑 통장 잔액 얼마밖에 안 나오고… 최근 한 달 동안은 카드 사용 같은 거 거의 없었습니다. 춘천행 버스비 결제, 영화 예매, 넷플릭스 결제… 뭐 그런 거밖에는. 총 10만 원도 안 돼 서리.'

'가진 것도 개뿔도 없는 애라고? 진짜 더 없어? 이게 다야?'

'네, 뭐 조사한 걸로 봐서는.'

내민 서류를 뒤적거리면서 장현아가 말했다.

'진짜 이렇게 개뿔도 없는 애는 첨 보네. 신기해라. 아니, 대체 뭘로 먹고사는 거야? 어디 뒷동네서 몸이라도 팔고 있는 거야?'

'그런 거 같지는 않습니다. 그랬다면 다 아는 수가 있는데…….'

'그러게. 참 신기하네.'

그러다가 바닥에 놓여 있는 사진을 십어 들었다. 회사용 이력서에 붙은 증명사진 복사본과 장례식장에서 한정욱 옆에 서 있는 사진 몇 장이 다였다. 그 사진 중 하나를 집어서 앞에 있는 사내에게 내밀었다.

'어때?'

'네?'

'여자로서 어떠냐고?'

'음… 못생겼는데요.'

화장도 안 하고 검은색의 후줄근한 상복을 입은 사진이었다.

'그렇지? 그런데 무슨 매력이 있어서 그 싸가지 없고 눈이 하늘 끝까지 높은 한정욱을 홀렸을까. 진짜 웃기네.'

'뭐 돈 몇 푼 집어 주면 무슨 말이든 다 듣게 생겼는데요.'

'그래도 한정욱 같은 남자가 옆에 붙어서 눈이 멀었어. 한두 푼은 거들떠도 안 볼지도 모르지. 걔가 가진 게 얼만데!'

다시 깊이 담배를 빨아들이곤 하얀 연기를 내뿜었다.

"이게……."

의아해하는 여자를 자세히 보았다. 사진이 훨씬 잘 안 나온 거 같았다. 화장도 했고 무채색 정장이지만 그럭저럭한 걸 입어서 그런가. 그냥 지나가다 흔하게 볼 만한 젊은 여자일 뿐이었다. 사무실 경리나 혹은 백화점 입구에서 인사를 하고 있을 것만 같은.

그 콧대 높은 박 회장의 가장 귀여움을 받고 있는 큰손녀인 장혜리가 일부러 영국에서 부랴부랴 귀국해서 장례식장에 왔다는 걸 알고 있었다. 정욱의 아버지인 백현과 재혼하기 전에 있던 고급 술집의 VVIP급 고객 명단 속 인물 중 하나인 장 회장은 그녀와 친분이 있었었다. 우리나라 굴지의 건설 회사였고, 그 장 회장의 총애를 받는 무남독녀 손녀딸인 장혜리를 노리는 집안은 한둘이 아니었다. 그런데도 불구하고 혼사를 다 내치는 이유가 전 애인 때문이라는 소문이었는데 그게 정욱이라는 건 익히 알고 있던 사실이었다. 그리고 그걸 실제로 눈으로 확인도 했고.

남편인 백현과 첫 부인 사이에서 낳은 아들인 정욱을 사진으로만 보았지 실물로 본 건 처음이었다. 고급 요정의 에이스로 살기엔 나이도 들었고, 나이 든 놈들 뒤치다꺼리하는 것도 지겨울 때 그럭저럭 돈 있는 부동산 알부자라고 소개받은 남자였다. 외모도 괜찮았고 제게 쏟는 애정도 끔찍해서 그녀는 이전 생활을 청산하고 애도 낳았다. 다만 그 애가 백현의 애인지는 잘 알 수 없지만.

워낙에 돈 많은 집 아들이라 그럭저럭 사는 덴 문제가 없었지만 돈이 새 나가는 스타일인 남편이 영 미덥지 않았었다. 그런데 돈줄인 시어머니가 저런 어이없는 유언을 하다니…… 다행인지 아닌지는 모르겠지만 그 재산을 상속받을 게 제 '아들'이었다. 돈이라면 눈에 불을 켜고 움켜쥐고 있던 노인네가 그렇게 예뻐했던 이유를 알 것만 같았다. 손자라고 있는 나부랭이들이랑은 차원이 달랐다. 심지어 잠시 제 눈을 멀게 했던 애비보다 나으니.

상속을 포기하면 저 꼴 뵈기 싫은 욕심만 덕지덕지 붙은 시누이들과 나눠야겠지만, 상속을 받은 채 그걸 아버지에게 넘기면… 훨씬 이야기는 쉬워진다. 그걸 저 덜떨어진 애한테 맡길 수 있을까.

"이건 그냥 작은 선물이에요. 실은 우리 뭐 지금은 고부간이라고도 할 수 있는 사이니까. 앞으로 그렇게 될지는 모르겠지만."

"네?"

"그냥 작은 꼬마 빌딩이에요. 1층엔 가게가 두 개 있고, 2, 3층엔 널찍한 사무실 겸 가게고, 4층엔 살림집이고. 변두리지만 그래도 서울 시내에 있고 주변에 상권도 그럭저럭 괜찮아서 세도 잘 나오고 보증금도 꽤 쎈. 음… 이번 달 월세가 한 700 되네."

내민 건 서류 봉투였고 봉투엔 등기부 능본이라고 적혀 있었다. 그런 걸 본 적이 없으니 뭔지 알 수가 없었다.

"이왕 할머니가 주신 거니까… 어쩔 수 없지만. 상속을 포기하면 뭐 본인이 세금을 안 내도 되니까. 이래저래 편할 거고, 굳이 상속을 받는다 치면 혼자 관리를 못 하니까 관리를 아버지께 맡기는 게 제일 편하겠죠. 그런데 애가 외골수 같아서 그런 거 생각 안 하는 애라서……. 솔직히 부자 사이가 그렇게 돈독한 것도 아니었으니 말이죠. 그러니까 뭐 가까운 사이라면 그런 거 있잖아요. 베갯머리송사라고. 살짝 귀띔을 해 주는 거지. 뭘 하러 귀찮게 그걸 직접 하려 하냐고. 그럼 서로 다 편한걸. 아가씨가 그걸 좀 해 주면 좋겠다, 이거예요. 어때요?"

이게 대체 무슨 소리야.

영진은 좀 어이가 없었다. 부자 사이가 안 좋은 건 익히 몇 번 보아 왔었다. 이 젊어 보이는 여자도 몇 번째 새엄마라고 했던가. 그런데 지금 무슨 소리야. 나보고 뭘 하라고?

"전… 그게 무슨 소린지도 모르겠고 한정욱 씨가 제 말을 들을 리도……."

"그럼 두 사람 아무 관계도 아니란 말이에요?"

"네?"

"아니, 나이도 있는 젊은 남녀가… 아무 관계도 아닌데 할머니 장례식에 같이 나타나고 이렇게 할머니 집에서 같이 숙식을 해요?"

"그… 그게."

"두 사람 같이 안 잤어요?"

"네?"

너무 노골적인 물음에 그야말로 당황하고 말았다. 아니, 정말… 이런 이야기를 이렇게 대놓고 말할 수 있는 건가.

"그런 피 끓는 청춘 사이에… 플라토닉한 관계란 건 말이 안 되는 거고. 뭐 개인 프라이버시니까 더 묻진 않겠지만. 좋아요. 그럼 딴 거 물어보지."

너무 어이가 없어서 영진은 멍해졌다. 대체 저 사람… 새엄마 맞는 건가.

"두 사람 결혼할 사이예요?"

"……."

그 말에 더 어이가 없어졌다. 결…혼이라고?

"뭐 사랑에 불타서 지금이야 보이는 게 없겠지만, 솔직히 정욱이…

번드레한 외모하고 돈밖에는… 맘에 드는 게 없지 않나?"

"대체 무슨 말씀을 하시는지는 모르겠지만."

갑자기 할 말이 생각나지 않을 정도였다. 아니, 대체 뭐라는 거야.

"물론 그 번드레한 외모하고 돈이 세상에서 제일 중요하긴 해. 하지만 정욱이… 결혼 따위 절대 안 해요. 보는 게 다 결혼이란 거 때문에 실패한 인생들뿐인데. 걔가 날 쳐다보는 눈빛이나 자기 배다른 동생 대하는 거 보면… 진짜 경멸이란 단어가 무슨 뜻인지 가장 잘 설명해 주고 있으니까. 뭐 고모들도 마찬가지고, 그 총애하던 할머니도 그랬고. 그러니 걔가 머리에 총 맞은 것도 아니고 결혼 같은 걸 할 리가 없지. 그래도 뭐 아직 젊으니까 혈기도 넘치고, 산속에 산다 해도 할 짓은 하고 살아야 할 테니까."

단어 선택 참… 저렴하다. 할 짓은 하고 산다니. 그러나 뭐라 대답을 할 수가 없었다. 그와 자신의 사이를 정의할 말을 찾을 수가 없어서.

"남녀 사이란 게 뭐 옆에서 보는 사람이야 알 수 없지. 그리고 그건 당사자도 마찬가지 아닌가? 믿기진 않겠지만 나도 아가씨 나이 땐 사랑이 다라고 믿고 있었으니까. 그런데 알죠? 살다 보면 참 그놈에 사랑이란 게 젤 어이가 없다는 거. 나이 들면 믿을 건 돈뿐이죠. 그래요. 까놓게 말할게. 나도 정욱이가 시어머니 재산 혼자 물려받는 거 어이없고 화나요. 내가 그 노인네 눈에 들려고 얼마나 가지가지 노력을 했었는데! 다들 두 눈 부릅뜨고 유산 분할 소송하려고 난리인 거 알아요."

그런데 나보고 어쩌라고… 그 유산을 내가 받는 것도 아닌데 왜 이런 말을 들어야 하는 건데!

영진은 뭐라 말하고 싶지만 할 말이 없었다.

"하지만 그 노인네 발도 넓고 아는 것도 많아서… 그게 힘들 거예요. 나도 실은 시누이들하고 나누고 싶지도 않고. 이왕 상속을 받았으면 그걸 관리하기 힘드니까 그 관리를 아버지한테 맡기라는 거, 그게 내 요지

예요. 그건 그냥 서류 한 장 쓰면 끝이니까. 부자 사이 데면데면하더라
도 굳이 그걸 혼자 관리하는 거 힘들고, 그렇게 생긴 이익도 사실 필요
없을 만큼 잘 벌고 있는 것도 사실이니까. 되게 간단한 일이에요. 뭐 속
으로도 서로 그렇게 생각하고 있었지만 겉으로 굳이 내뱉지 못해서 그
럴지도 모르는 일이고. 아가씬 좋을 대로 하는 거예요. 지금 좋다는 정
욱이랑 잘 지내고, 그러다 한마디 하는 거죠. 그거 그냥 아는 사람한테
맡겨요…라고. 그리고 그 변덕 심한 정욱이하고 멀어지면 보험금을 타
듯 이 건물을 가지고 곶감 빼먹듯 월세를 받아 용돈 삼아 쓰든지 아님
뭐 팔아서 한밑천 잡는 거죠. 그다지 양심에 걸릴 일도 없고, 그냥 이런
저런 사람들 다 맘 편하고 몸 편하자는 거죠. 안 그래요?"

이 장황한 소리는 대체 뭘까.

20

그 여자가 나가고도 한참 동안을 아무것도 하지 못했다. 그저 멍하니 등기부 등본이란 걸 내려다보고 있을 때였다.

"뭐 해?"

불쑥 문이 열리고 남자의 목소리가 들렸다.

"네? 아니, 그냥……."

당황한 영진은 저도 모르게 얼른 서랍에 서류 봉투를 넣고 닫았다. 다행인지 상대는 그걸 알지 못한 거 같았다.

"일이 그나마 일찍 끝났어. 빨리 하려고 엄청 애썼네."

"다행이에요."

"내일이면 집으로 돌아갈 수 있을 거야."

다행인 걸까. 영진은 책상 서랍 안에 든 등기부 등본이란 게 훤하게 비치는 것 같아 얼굴이 굳어졌다.

"어디 아픈가?"

정욱이 방 안으로 들어와서 물었다.

"아뇨. 괜찮아요. 일이 빨리 끝나서 다행이네요."

"복잡한 일은 아직 많이 남았어. 그래도 빨리 돌아가야지."

"그래야죠."

"오늘이 마지막 날인데, 데이트 신청 좀 해도 돼?"

"네?"

그가 히죽 웃으면서 말했다.

"하고 싶어."

데이트…라니.

이런 당황스러운 단어가 다 있나.

그 뒤에 나온 말은 더 당황스러웠다. 예쁘게 하고 와…라니. 그제야 정신을 차린 영진은 거울 속을 들여다보았다. 쨍하게 내리쬐는 햇볕과는 달리 창백한 얼굴, 부스스한 머리카락, 눈 밑에는 어이없게도 다크서클도 있었다. 그동안 잘 먹어서인지 전처럼 움푹 팬 눈이나 광대뼈는 좀 덜했지만. 대체 뭘 어떻게 해야 저 지나가다가도 뒤돌아볼 만큼 잘난 남자 옆에 서 있을 수나 있을까.

막 화장대에 있는 스킨 병을 집어 들었을 때였다. 똑똑 노크 소리가 들렸다.

"네?"

"저기 실례합니다."

처음 보는 사람이었다. 그야말로 기가 막히게 화장을 잘했다는 건… 예술적으로 그린 눈썹만 봐도 알 수 있었다. 화려하고 예쁜 여자가 큰 가방을 들고 있었다.

"뭣 때문에……."

"여기 의뢰인께서 우리 행복하신 고객님을 좀 도와드리라고 하셔서요. 너무 반가워요. 이렇게 만나게 돼서!"

무슨 소리일까. 그 화려한 여자 뒤로 누군가가 뭔가를 잔뜩 들고 들어왔다. 그건… 한눈에 봐도 비싼 옷 같았다.

"예쁜 데이트를 위해서 사랑스러운 여자 친구를 도와 달라는 클라이언트의 간절한 바람을 듣고 왔습니다. 우리 여자 친구 분은 정말 원석같은 아름다움을 지니셨어요. 저희가 조금 수고를 더해서 완벽한 보석을 만들어 드릴게요."

"네?"

"정말, 괜찮은 애인을 두신 걸 우선 축하드려요!"

이게 무슨 소리인지…….

여자들이라면 한 번쯤 꿈꿔 봤을 것이다.

그게 아니라면 드라마건, 영화건, 혹은 만화책이나 로맨스 소설에서 늘 클리셰처럼 등장하는 단골 장면이었을 것이다. 돈 많은 남자 주인공이 지지리도 가난한 여주인공을 화려하게 변신시켜서 파티장이고 어디고 데리고 가는, 그런 장면……. 그게 빠지면 로맨스 드라마가 아니지. 그런데 그게 지금 이건가?

"어쩜 이렇게 머릿결이 건강하실까. 완전 건강모예요."

파마한 게 언제였는지 기억도 나지 않았다. 세팅기로 머리를 말고 빈 얼굴엔 알록달록 칠을 하는 중이었다.

드라마나 영화에선 어땠더라……. 이럴 땐 막 설렜어야 하는 거 아닌가. 그러나 영진의 머릿속은 온통 책상 서랍에 급하게 넣어 버린 등기부 등본으로 꽉 차 있었다. 살다 세상 처음 본 등기부 등본. 지금껏 겨우 제가 가져 본 거라곤 반지하 방의 전세 계약서와 동사무소에서 찍어 주는 확정 일자 도장뿐이지 않나.

꼬마 빌딩이라니……. 월세가 한 달에 700이라니……. 2천억, 5천억

같은 건 와닿지도 않았다. 그건 그냥 그들만의 세상이었다. 그러나 이 건… 사실 이것도 그들만의 세상이었는데. 아니, 대체 내가 뭘 어떻게 하면 저게 내 거가 되는 건데…….

전제는…….

이 남자와의 관계란 게 다분히 일시적이고 충동적이기 때문에 연속성 이 없을 거라는 데 있었다. '이 사람들'의 세계가 자신의 통장 잔고나 혹은 자신이 속해 있는 세상과 다르기 때문에 물과 기름처럼 섞이려야 섞일 수도 없다는 게 이런 번뇌의 가장 밑바닥이며 시작이었다.

평생을… 지름길 같은 걸로 가 본 적 없는 삶이었다. 학교에 늦었다고 교문 앞까지 승용차로 태워다 주는 부모가 있었던 적도 없었고, 매진된 콘서트 티켓을 웃돈 주고 사서 가 본 적도 없었다. 내가 뼈 빠지게 일한 돈을 떼여 본 적은 있어도 앉아서 놀다가 경품에 당첨되거나 그 흔해 빠진 로또 5등도 되어 본 적이 없는 삶이었다. 로또 한 장 사 볼 여유도 없는 삶이었으니까.

"와……."

어이없다는 표정인지 놀랐다는 표정인지 잘 알 수가 없는 남자는… 좀 긴 듯한 머리카락을 손질한 모양이었다. 짧아진 머리카락을 잘 넘겨서 시원스러운 이마가 드러나 있었고, 건장한 몸을 잘 드러내는 요즘 유행하는 슬림핏 셔츠에 날 선 바지를 입었을 뿐인데 무슨 드라마나 영화 속의 주인공 같아 보였다.

"어머! 두 분 진짜 선남선녀세요!"

한 분 아닌가. 영진은 어색하게 자리에서 일어나 흘낏 저쪽에 있는 화장대를 쳐다보았다. 그러곤 저도 모르게 놀라고 말았다. 저 여자는 대체 누구야.

"이쪽이 선녀인 건 확실하죠."

남자의 넉살 좋은 대답이 이어졌다. 이어폰을 안 켰나… 별일이었다.

"좋은 시간 되세요!"

"네, 수고하셨습니다."

여자들이 방을 나가자 그가 말했다.

"고마워."

대체… 뭐가.

모르고 있었다. 두 여자들이 자신에게 뭘 했는지. 원래 뭔가에 열중하지 못하는 스타일이었는데…….

거울 속의 여자는 낯선 원피스를 입고 있었다. 아마 정신이 있었다면 한 번쯤은 거절했을 법한, 마치 오드리 헵번이나 입어야 할 것 같은 얌전한 퍼프소매가 달린 에이라인 원피스는 보기엔 예뻤다. 아니… 거울 속의 여자한테 제법 그럴듯하게 어울렸다.

치렁치렁하게 세팅기를 말고 어쩌고 하더니 자연스럽게 올린 머리는 처음 보는 스타일이었지만 역시 전문가들인지 하나도 어색하지 않았다. 게다가 저 사랑스러워 보이는 화장이라니……. 영진은 당황해서 다시 거울을 봐야 했다. 대체 뭘 어떻게 한 거야…….

"예쁘네. 예약한 데 시간 다 돼 가. 가자고!"

다분히 죄책감 때문이었다. 떳떳했더라면 뭐라고 했을 텐데. 이 남자를 알게 된 뒤부터 뭔가 다른 세상에 사는 기분이었다.

남자는 귓가에 손을 대더니 그녀에게 팔을 내밀었다.

"가시죠."

꿈일까. 그럴 확률이 많아 보인다.

고급스러운 승용차 뒷문을 열어 주는 기사의 인사를 받으면서 영진은 정신이 혼미해지는 기분이었다. 내리쬐는 햇살은 따갑기만 한데. 제 손을 잡고 있는 남자의 체온도 따뜻한데… 전혀 실감이 나지 않았다.

"소리도 듣고 싶고, 보고도 싶고… 하고 싶은 건 많았는데 용기가 없었어. 사실 지금도 마찬가지인데, 그래도 당신이 있어서 다행이야."

대답을 해야 할까.

"실은 지금도 나 인이어 안 켰어. 아까도……. 물론 보이는 건 똑같지만, 그래도 참을 수 있을 때 참아 보려고. 전엔 눈앞에 색이 보이면 메스껍고 구토가 올라오고 그랬는데, 사실 그것도 내 기분 탓이 아닐까 싶어. 이 병이란 게… 딱히 증세를 규정할 수도 없고, 그걸 정한 의사들이 알 수도 없는 증상이니까 말을 해도 이해하기 힘들고. 치료라는 것도 어떻게 해야 할지 알 수 없는 증세거든. 내가 피하고 싶다고 생각하면 더 심해졌었어. 그런데 지금은 이 차의 소음도 뿌연 구름 같아. 아마 전 같으면 참을 수 없었을 거야. 그런데 왜 참는지 알아?"

"왜요?"

"당신의 그 목소리가 보고 싶어서."

"……."

'소름 끼치도록 차갑거든.'

서랍 속에 든 등기부 등본의 주인이 말했었다. 남자가 제 손에 들린 책을 채 갔을 때도 그렇게 느낄 만했다. 그러나… 지금 제 손을 감아쥐는 커다란 손은 따뜻하기만 했다.

"아마 당신이 없었더라면… 내 세상은 할머니의 부재와 함께 무너졌을지도 몰라. 할머니한텐 죄송하지만… 이렇게 차창 너머로 한강을 볼 수 있다는 걸 아셨다면 아마 딴 세상에서도 용서하실 거 같아."

대체… 왜. 왜 무엇 때문인지… 영진은 알 수 없었다.

내게 있어 이 잘난 남자는… 대체 어떤 존재인 걸까.

"날이 엄청 길어졌어. 이 시간쯤이면 해가 질 줄 알았는데."

영진은 대답하지 않았다. 그리고 그러지 않아도 됐다. 한참이나 방음이 훌륭한 차는 어딘지 외곽으로 나왔고, 차가 멈추고 차에서 내린 그는 주차장 소음 때문에 인이어를 켜야만 했기 때문이었다.

야외 주차장엔 차가 많았다. 그리고 막 들어오는 차들도 있었다. 남자는 제 손을 잡고 걸으면서 말했다.

"여긴… 내게 좋은 기억으로 남아 있는 장소야. 추억의 장소라고 할 수 있지."

왜 그런지 알 것만 같았다.

넓은, 외곽에 위치한 식당은 오래돼 보였다. 그건 다분히 울창한 나무들 덕분에 그렇게 느껴졌다. 둥근 돌들로 이루어진 계단을 올라 들어간 건물도 둥근 돌로 외관을 장식한 건물이었다. 현대식 요즘 건물들의 유행하고는 전혀 상관없어 보이는 외관은 오래됐다는 걸 보여 주고 있었다.

파란 창들과 둥근 돌들로 장식된 건물은 커다란 식당이었다. 종업원이 나왔고 그는 뭔가 종이를 내밀었다. 그러자 그 사람은 분주히 번잡한 통로를 2층 복도를 지난 맨 끝 방으로 안내했다.

문을 열고 들어가자 긴 탁자와 의자가 있고 두 면에 온통 유리로 된 방 안엔 이미 두 사람의 식사 준비가 세팅 되어 있었다.

"좋은 시간 되십시오."

영진이 어색하게 인사를 하자 종업원은 문을 나섰고 그는 귓가에 손을 댔다.

창밖으로 파란 잔디가 잘 가꿔진 정원이 있었고 울창한 나무들 그리고 생뚱맞게도 낡은 디자인의 커다란 로봇이 파란 잔디 한가운데 서 있는 게 보였다. 어디서 본 것만 같은 로봇은 각진 네모난 모양에 색칠은 새로 한 듯 붉고 파란 색조들은 번쩍거리는 유광 광택을 내고 있었다.

"좀 더 근사한 곳으로 가야 하는데… 여기 오고 싶었어. 당신이랑 같이 말이야. 여긴… 내 추억 속의 장소거든."

그럴 거 같았다.

"저 로봇은 기동무전투 G건담 모델이야. 내가 보기엔… 아마 저걸 만
든 사람이 아주 마니아거나 혹은 그 반대로 전혀 모르거나 둘 중 하나
였을 거 같아. 왜냐면 그 숱한 건담 모델 중에 가장 이질적이고 가장 반
항적인 모델이거든. 건담 시리즈 중에 전형적인 반다이사와 틀어질 대
로 틀어진 토미노 감독이 엿 먹어라 하고 만든 모델이었어. 내가 어렸을
적에 가장 유행했던 로봇 시리즈였고 나름 로봇 만화에도 진정을 담아
서 스토리를 만들어 내는 게 신기해서인지 어려서 건담에 푹 빠졌었거
든. 사실 이 바베큐집은 당시에 어린애들을 가진 부유한 집안을 유치하
기 위한 목적으로 만들어진 레스토랑에 불과했어. 우린 그 상술에 어쩔
수 없이 빠진 거고. 이 집엔 처음 엄마와 할머니, 나 셋이 외식을 한 집
이지. 어린 내 기억엔 저 당혹스러운 G건담으로 뇌리에 박힌. 아마 유행
하는 모델이었다면 내 기억에 굳이 남아 있지 않았을지도 모르지."

추억이란 게 있다는 건… 좋은 거다.

추억이란 단어의 전제는 긍정이었다. 매일 뺨을 맞거나 혹은 아주 오
랜만에 간 중국집에서 짜장면 그릇을 들어 엎고 주인과 시비가 붙었다
면, 굳이 추억이란 이름으로 그 사실을 기억하고 싶지 않았을 테니까.
평범한 기억이나 혹은 악몽을 제 머릿속에 담아 두고 싶어 하는 사람은
없을 것이다. 삭제하고 싶은 기억이 남아서 가끔 뇌를 지끈거리는 것조
차도 용납하고 싶지 않은 이들도 분명히 있을 것이다.

"여긴 내게 몇 안 되는 소중한 장소야. 그래서 왔어. 사실… 더 근사
하고 더 좋은 곳을 찾으려고 애썼는데 가 본 적이 없어서 좋은 줄 모르
겠더라고. 뭐, 물론 그런 건 숱하게 썼지만, 내가 당사자가 되니까 선뜻
생각나는 곳이 없어서 말이지."

그가 히죽 웃음을 지었다.

진심인 걸까.

나는… 그렇지 않은데.

소중한 것도, 추억의 장소도, 공유하고 싶은 과거도 딱히 없었다. 아니, 공유하고 싶은 사람이 생길 리도 없을 거라 생각했기 때문에 그게 아무렇지도 않았다.

"이렇게 돈 주고 음식을 사 먹어 본 것도 진짜 오랜만이야. 괜찮네."

낯선 사람 같았다. 단지 이마 위로 잘 넘긴 머리카락 때문만이 아니었다. 오랜만에 상복을 벗은 남자의 웃음, 낯선 공간에서의 식사, 그리고 낯선 제 모습까지……. 이건 다 꿈이 아닐까.

"실은 이런 날씨엔 야외 노천카페 같은 데서 시원한 생맥주 한잔 하고 싶었는데 이렇게밖엔 안 되네."

아마 고르고 고른 모양이었다. 어둑하게 어둠이 내려앉자 식사를 끝낸 두 사람은 자리를 옮겼다. 예쁘게 차려입었으니 좋은 데 가야지 하는 농담과 함께…….

호텔의 와인 바였다. 다만 야경이 잘 보이는 창으로 둘러싸인 개별 룸이었고 룸은 음악 소리도 없이 조용했다. 와인과 화려하게 반짝거리는 은제 식기나 나무 도마 위에 화려하게 세팅 된 치즈나 햄, 과일 같은 안주가 있었다.

"전에 파리에서 유학할 땐, 노천카페나 노천 주점에 참 많이 갔었어. 사실 그쪽은 그게 문화였고 남들에게 신경 쓰지 않는 분위기라 그게 일상화 되어 있어서 그런 거였는데, 괜히 그들이 자유롭게 보이고 근사하게 보였거든. 처음엔 그랬지. 그러다 나도 익숙해졌었고……. 그런데 그걸 오래 누리진 못했어. 유학 간 지 1년 반 만에 사고를 당했으니까."

와인은… 보기보다 맛이 없었다. 분명히 꽤 비싼 가격일 텐데. 회사 송년회 때 먹던 마트표 달달한 와인이 더 나은 거 같았다. 아니, 차라리 소주가 낫지 않을까. 보기에만 예쁜 종이짝같이 자른 햄은 짜고, 치즈도 쿰쿰한 냄새가 별로였다. 그저 손이 가는 건 과일 조각들뿐이었다.

"사고를 당하고 나서 증세가 점점 심해졌을 땐… 진짜 죽고만 싶었어. 왜 나한테만 이런 일이 생기는 걸까… 원망스럽기도 했고. 하지만 그 덕에 글을 쓰게 됐고 거기서 많은 위안을 얻었지. 내가 글을 쓰고 그것으로 세상과 소통하게 되었으니 괜찮다고 말이야……. 내 집을 설계하고 그것을 지으면서 견뎌 왔던 거 같아. 그리고 실제로 그 집에 살면서 안정을 얻었고. 세상을 살아가는 방법은 여러 가지니까 평범하지 못한 삶이라도 혼자서 만족하고 살 수 있으면 된다고 생각했었지."

그건… 노래 가사 같았다. 남자의 근사한 목소리는 근사한 가수의 것과 같았다.

근사한 목소리로 근사한 노래를 부르는 걸 듣는 기분이었다. 그러나 노래 가사가 좋긴 해도 그냥 가사일 뿐이었다. 그게 와닿는다 해도 노래 가사와 내 삶은 아무 상관이 없을 뿐이었다.

커다란 잔에 바닥만 깔린 와인 한두 모금을 마신 게… 취기로 올라오는 모양이었다. 룸에는 에어컨이 꺼져 있었다. 후덥지근했지만 그렇게 못 참을 만하지는 않아서 영진은 가만히 있었다. 꼭 맞는 원피스 등짝은 점점 열이 오르고 있었다.

"그냥 그렇게 사는 것도 좋았어. 맛있는 음식을 삼시 세끼 먹고, 산책을 다닐 수 있고, 내가 상상하는 모든 것을 글로 쓸 수 있고……. 그런데 그게 송두리째 바뀌고 말았어."

제발 그게… 그 뭐 초록색인지 뭔지… 그것 때문이라곤 말하지 말아요.

영진은 저도 모르게 매끄러운 잔을 집어 들었다.

"그때 나를 깨우던 당신의 그 목소리… 그것 때문에 내 무채색의 세상은 다시 불이 켜지듯 밝아졌어."

특별하다는 건… 무얼까.

왕따를 당한 건 아니었지만, 다른 친구들하고 어울릴 만한 공통점이 없어서 아이들의 대화에 끼지 못했었다. 화장품 이야기, 아이돌 이야기, 콘서트에 간 이야기……. 그렇게 공통점이 없는데도 저와 함께 해 준 수현이…….

수현이는 지금 어디에 있을까. 제법 공부를 잘했던 그 애는 멀리 부산에 있는 대학에 갔고 그 뒤로 연락이 두절되었다. 내 특별했던 친구……. 특별한 존재는, 특별한 생채기로 남을 뿐이었다.

폐기를 모조리 챙겨 주던 점장님, 저를 살뜰하게 챙겨 준 첫 번째 직장의 사수……. 그들이 곁을 떠날 때마다 상실의 상처는 점점 무뎌졌다. 그건 그냥 삶의 생존 방식이었다. 누군가 떠나간다고 해서 그 아픔이나 헛헛함을 계속 지니고 있기엔 삶이 너무 각박했다. 그뿐이었다. 그러니 특별한 건… 점점 의미가 없어졌다.

제 곁을 떠나지 않는 건 제가 열심히 모은 돈뿐이었는데…….

그녀에게 특별하다는 건, 두려움의 다른 이름이었다.

저는 사회의 하층민이었다. 그건 누가 봐도 자명했다. 당장 제 몸 누일 자릴 걱정해야 했고, 끼니를 걱정해야 했으며, 저를 사랑하고 돌봐 줄 부모란 존재는 없었다. 항상 기초 생활 수급자였고 직장이 생기면서 차상위 계층이었다. 수천억의 상속된 건물이 없더라도 김동철은 그야말로 제가 일하는 곳의 정점에 선 작가였고, 그 사람이 벌어들이는 수익 따윈… 제가 전엔 상상할 수조차 없는 다른 세상이었다.

그런데 이건 대체 어디서 나온 꿈일까. 상상조차 해 보지 못한.

익숙해지고 싶지 않은 타인의 입술이 익숙하게 내려앉았다. 잘근거리며 제 몸 위를 떠도는 이 열기를 잊기 위해선 또 얼마나 많은 시간이 필요할까… 지금 이 순간에 왜 이런 생각을 해야 하는 걸까.

나보다 내 온몸 구석구석을 더 잘 아는 이 사람을… 안 잊으면 안 돼?

내가 특별하다는데, 내가 꼭 있어야 한다는데, 나를 선 채로 늘 꿈꾸게 해 주는 사람인데…….

그동안 참아 왔던 남자는 그 순간 부스럭거리는 소리를 냈다. 그러곤 다시 영진에게 다가와 힘껏 그녀의 몸을 열고 들어왔다.

영진의 입에서 낯선 소리가 터져 나왔다. 남자의 열기와 과격한 몸짓이 그녀의 싸늘한 머릿속을 흐트러뜨렸다. 그리고 하얗게 탈색시켰다. 그녀의 머릿속에 들어차 있던 특별함들이 부서져 내렸다. 남자의 뜨거운 입술과 데일 것 같은 혀가 그녀의 살갗을 지져 댔다. 남자의 숨소리, 들어 보지 못한 신음 소리, 제 속에 있던 무엇이 흔들리는 소리…….

남자의 오래된 침대가 흔들렸다.

그리고 영원처럼 지속될 것 같은 떨림이 멎고 남자는 제 위에 젖은 몸으로 멈춰서 격한 숨을 내쉬더니 짜고 달달한 입술로 깊게 입맞춤을 하며 함께 나눈 방금 전의 열락에 대해 감사를 표했다.

"사랑해."

그 순간 그녀의 머릿속엔 싸늘한 하얀 불이 켜지는 것만 같았다. 그리고 그 불빛은 대답했다.

네가 가당키나 해?

전문가들의 손길 같지는 못했다. 그러나 나름 시간을 들여 화장을 하고 더운 날씨 때문에 머리를 올려 묶었다. 그리고 한참이나 주저하다가 원피스를 꺼내 입었다. 어제 입었던 것보다 어깨가 드러나 있는 슬리브리스라 주저했지만, 어차피 아무렇지도 않을 터였다. 남자는 오전 내내 '그 문제'로 사람들을 만나고 점심을 먹고 오후에 병원에 갔다 집으로 돌아가기로 했다.

영진은 거울 속의 낯선 모습에 당황스러워할 박 여사 내외가 잠깐 떠오르기도 했지만 옷을 갈아입었다. 그리고 별로 이상하지도 않다는 것도 알았다. 그냥… 그런 거였다. 해 보면 아무렇지도 않은… 선택해 보지 못해서 낯설었던 것들은 원래부터 아무렇지도 않은 거였다.

영진은 쇼핑백들에 옷장의 걸려 있는 옷들을 챙겨 넣기 시작했다. 그리고 다른 가방엔 새 화장품과 속옷같이 여기서 생긴 물건들을 챙겨 넣었다. 2주도 되지 않았는데… 짐은 꽤 많았다. 드라이기를 넣어야 할까 말까 하다가 영진은 그것을 화장대 위에 놓고 저도 모르게 화장대의 서랍을 열었다. 거기엔… 서류 봉투가 들어 있었다.

'각서를 받으면 연락해요. 필요한 서류는 등본하고 인감 등록만 있으면 돼요. 주민센터에 가서 꼭 건물 매매용이라고 이야기해야 해요. 알았죠? 한 입으로 두말 안 해요. 각서 받으면 사진만 찍어서 보내요. 그럼 내가 바로 등기부 등본 새로 만들어서 보내 줄 테니까. 각서 원본은 새 등기부 등본하고 교환해요. 절대 밑지는 장사는 아닐 거예요.'

사실일까? 정말 그렇게 될까?

등기부 등본에 쓰여 있는 금액의 동그라미를 몇 번이나 세어 보았다. 저 사람들의 입에 오르내리는 빌딩은 이런 것과는 차원이 달랐으니 제 죄책감 따위가 옅어지는 기분이었다. 당신들에 비하면 아무것도 아닐 테니까……. 하지만 과연 그렇게 할 수 있을까.

바보 아니야? 그냥 말만 몇 마디 하면 되잖아. 평생을 벌어 봐라, 서울 하늘에 내 몸 하나 누일 방 한 칸 제대로 얻을 수 있나. 그런데 자그마치 4층짜리 건물이야. 그럼 죽는시늉이라도 해야 하는 거 아냐? 너한테 지금 중요한 게 대체 뭔데…….

영진은 서류 봉투를 재빨리 종이 가방 안쪽에 넣고 옷을 더 넣어서 보이지 않게 했다.

"준비 다 됐어?"

문밖에서 목소리가 들렸다.

"네!"

아무렇지도 않은 듯 대답했다.

"좋아 보이네요."

"네."

"조모님 상 당하셨다고. 그래서 오신 거 아닙니까."

"네."

"괜…찮아요? 평소에 조모님이 가장… 가까운 분이셨잖아요."

하얀 가운을 입은 여자가 조심스럽게 물었다.

"상실감이야 이루 말할 수 없습니다. 너무 황망하게 겪은 일이라. 그렇지만 지금의 제 상태는 많이 좋아진 게 스스로도 느껴집니다."

"너무 다행이군요. 그런데 그 이유를 좀 물어봐도 되겠습니까?"

주희연은 되물었다. 그도 그럴 것이, 눈앞에 있는 잘난 남자는 그녀의 오랜 환자였다. 신경정신과에는 다양한 환자들이 있었다. 사람의 뇌라는 게 1.6킬로밖에 되지 않지만, 몸 전체 모든 부분보다 알려진 것이 가장 적고, 가장 신비하며, 가장 어처구니없는 곳이었다. 이 환자의 증세는 색청, 그러나 그건 의학 서적에도 나와 있지 않았다.

저번 정기 검진에서도 환자의 상태는 좋지 않았었다. 그러니 갑자기 환자의 이런 한결 편안해진 표정을 보는 게 의아할 정도였다.

"상태는 어떤가요? 시각적으로 보이는 것이 급격하게 줄었나요?"

지적으로 보이는 여자는 가르마를 한 단정한 단발머리였고, 안경테는 금속으로 바뀌어 있었다. 몸은 여전하지만 얼굴은 좀 피곤하게 보였다. 그리고 입을 열 때마다 여자의 얼굴 주변에 아주 오래되어 녹슨 철로의 철 가루 같은 색이 퍼져 나가 가끔 얼굴이 보이지 않을 정도였다. 그러니 나아진 건 아니겠지.

"아니요. 똑같습니다. 색이 보이는 건 같아요."

컴퓨터에서도 뿌연 안개가 낀 것처럼 보였고, 의사의 뒤에 있는 가습기에선 쇳물 빛깔의 구름이 뭉게뭉게 피어오르다 사라지고 있었다. 천정의 전등 또한 검붉은색의 안개를 뿜고 있었고, 천정의 에어컨에서도 회색 먼지가 뿜어져 나오고 있었다. 전체적으로 무채색과 녹슨 쇠 빛의 노이즈가 잔뜩 낀 것 같은 모습이었지만 그는 참을 수 있었다.

"그런데 어떻게 안정을 취할 수 있나요? 나름 노하우가 생겼습니까?"

"참는 데 요령이 생겼다고나 할까요?"

"그래요? 정말 고무적이네요. 그럼 정상적인 생활을 하실 수 있겠습니까?"

"그건 아직 좀 그렇고… 그냥 이렇게 검진 정도는 버틸 수 있을 거 같네요."

"다행이에요. 무슨 다른 이유가 있나요? 어떤 결정적인……."

"글쎄요."

이유는 명확했다. 그러나 그걸 저 의사와 공유하고 싶진 않았다.

"아마, 요즘 컨디션이 좋아서겠죠."

진찰실 밖으로 나오면서 그는 인이어를 켜야 했다. 앞이 보이지 않을 정도였으니까. 복도에는 대기하는 환자들과 바쁜 간호사들, 그리고 환자들의 가족들이 있었다. 그리고… 그녀도.

그는 환하게 웃으면서 그녀에게 다가갔다. 노란 꽃무늬가 있는 원피스를 입고 목이 드러나게 머리를 올려 묶은 여자에게. 뭐라 말을 할 수는 없지만 그는 손을 내밀어 여자의 손을 잡아 일으켰다. 이거면… 된 거였다. 목소리를 듣는 것보다 여자를 보고 싶었다. 낯설지만, 아름다운

370

모습을.

"무사히 집에 가게 돼서 다행이야."

"……."

"할머니만… 계셨다면, 그래서 당신을 소개시켜 줄 수 있었다면 다 좋았을 텐데."

글쎄, 과연 자신 같은 사람을 웃으면서 반길 사람이 몇이나 될까. 그러나 영진은 가만히 창밖의 도시를 바라볼 뿐이었다.

"이제 뭐 좀 괜찮으니까. 앞으로 자주 여행도 다니고 할 수 있을 거 같아. 같이 데이트도 하고… 운전할 줄 모른다고 했지? 운전도 배워. 그럼 둘이 다닐 수 있을 테니까."

자신이 대답을 하지 않아도 돼서 다행이었다. 고급 세단이라 영진에겐 조용하기만 했으나 에어컨과 차체 소음 때문에 그의 인이어는 켜져 있었다.

"사실은… 음악이 듣고 싶어. 눈을 감고 들으면 되지만… 그렇게 해야만 들을 수 있다는 생각이 좀 비참하고 억울해서, 그래서… 소리 없는 침묵 속에 살고 있었지. 그런데 그것도 참 바보 같은 생각 아니겠어? 공존할 수 없다면 따로따로 하면 되는 건데 말이지."

이 남자는 제 손을 잡은 채 하정욱과 김영진에 대해서 이야기를 하고 있는데… 듣고만 있는 그녀에겐 모두 낯선 타인들의 이야기 같았다.

왜일까.

"아이고, 큰일 치르느라 힘들었겠어요. 어쩌다 그렇게 허망하게 가셨는지… 김 양도 고생했을 텐데……."

뒷말이 어울리지 않는 표정이었다. 그건 당연했다. 장례식을 치르러 갔는지 아님 신혼여행에서 돌아온 건지 모를 두 사람의 옷차림이나 표정 때문에 뭔가 오랜만에 인사를 해야 하는 두 내외는 머릿속이 복잡해진 게 얼굴에 고대로 나타났다.

트렁크에서 여러 가지 짐을 꺼내 놓은 기사는 인사를 하면서 본가로 돌아갔고, 이곳에서만은 무소불위의 주인이신 김 선생님이 친히 그녀의 방에 그 짐들을 옮겨 주는 통에 영진은 새삼스럽게 이 집이 불편해질 거 같다는 예감이 강하게 스멀거리며 밀려들었다.

"집이 젤 편하네요."

"그럼요! 어떻게 저녁은 바로 준비할까요?"

"아니, 좀 씻고 쉬었다가……."

"그러세요."

어정쩡해진 영진의 포지션 때문인지 힐끗 박 여사는 영진을 쳐다보았다.

"옷 갈아입고 곧 준비할게요."

영진은 이곳에서의 제 위치를 잘 알고 있기에 재빨리 대답했다.

"그냥 좀 쉬어. 당신도 많이 피곤했을 거야."

막 2층으로 올라가려던 남자가 한마디 했다. 방금 전까지만 해도 '집'에 돌아왔다는 생각이 들었었는데… 영진은 체념해야 했다.

한동안 익숙했던 제 방이었다. 작은 방은 깔끔하게 정리되어 있었다.

그러나 서울의 그 대단한 한옥 집에 있던 넓은 방이 아닌 책상 바로 옆에 싱글 침대가 있는 작은 방은… 후텁지근했다. 알고 보니 이 방엔 에어컨이 없었다. 아니, 이 집 전체에 없는 건가? 그럴 리가.

날은 이제 완연한 여름이 되어 있었다. 그나마 산속인 데다 이제 길어진 해가 넘어가서 창문을 여니 산속의 시원한 바람이 들어와서 다행이었다. 방에 들여놓은 종이 가방들을 정리할 새도 없이 영진은 입고 있던 원피스를 벗었다. 그사이 익숙해졌다고 하지만 이곳하곤 어울리지 않았다. 늘 제가 입던 티셔츠와 바지를 챙겨 입고 보니 책상 옆에 있는 거울에 제 얼굴이 보였다. 낯선, 화장을 한 얼굴이라니. 그러나 영진은 모른 척하고 재빨리 방을 나섰다.

"그냥 쉬지 그랬어. 피곤할 텐데."

"아니에요. 그거 제가 할까요?"

한눈에 봐도 오랜만에 귀환한 주인님을 환영하는 대단한 저녁상임이 분명했다.

"아니, 괜찮대도."

박 여사는… 일에 대한 감각은 탁월하지만 인간관계에 대해서는 그렇지 못한 게 확실했다. 그건 영진이 그리 오래지 않지만 이 노인네를 겪어 봐서 아는 거였다. 감정을 숨기거나 입바른 말을 잘 하지 못한다는 걸. 속은 절대 그런 사람이 아닌데.

영진은 저도 모르게 나온 자신의 말에 당황하는 모습이 역력한 박 여사를 쳐다보다가 그녀가 늘 하던 일을 하려고 그릇장을 열었다. 수저를 놓거나 그릇을 꺼내는 게 상 차리기 직전에 영진이 하던 일이었다.

"갑자기 일을 당해서… 서울 올라가 당황했겠네. 김 양은 당사자도 아닌데."

"네, 좀 그랬어요."

말을 걸어 주는 영감님이 있어서 다행이었다.

"어떻게 그렇게 황망하게 가셨을까, 조 회장님 참 건강하셨는데……."

"다들 그렇게 이야기하시더라고요."

영진은 늘 하듯이 상을 차리는 일을 도우면서 대답했다.

"역시 내 집이 제일 편해."

적막하고 쥐 죽은 듯 조용한 서재가 익숙하면서도 낯설었다. 그동안 도시의 소음에 익숙해져 있었던 거 같았다. 물론 그 한옥 집도 소란스러운 건 아니었지만 이 집의 적막엔 비할 수 없었다. 박 여사의 시선을 피해 위층으로 왔지만 그것도 편한 건 아니었다. 상대는 그렇지 않은 듯했지만. 아름다운 간접 조명, 커다란 창으로 비쳐지는 나무들의 무성한 그림자, 수많은 책이 풍기는 근사한 향기. 그리고 이제는 자리를 잡은 식탁 위에 가득 차려진 정성스러운 음식.

이곳은 남자에겐 작은 천국임이 분명했다. 제겐 그렇지 못했지만.

그러나 남자의 입에선 전혀 다른 말이 나왔다.

"여긴… 편안한 무덤이야."

21

점점 커지는 소음들, 갈수록 짙어지는 무채색들… 그것들만 없으면 진짜 무덤 속에 들어가도 좋다는 생각이 들었다.

더위도, 추위도 그 고통에 비하면 아무것도 아니었다. 글을 쓸 때 타이핑하는 소리조차 괴로웠다. 그땐 그냥 세상을 피해 어딘가 적막한 곳에 혼자 내팽개쳐졌으면 싶었다. 그래서 하루하루를 오로지 이 집을 준비하는 데 집중하지 않으면 견딜 수가 없었다.

무언가를 간절하게 기다리고 기대하는 것만이 하루, 또 하루를 버티는 힘이 되었다. 그런 시간을 지나 집이 완성되었을 때, 소리 한 줌 새지 않는 그야말로 적막하고 명확한 공간에서 그는 잠시 행복을 느꼈다. 이렇게 살아갈 수 있어서 다행이라고…….

그러나 그 적막하고 고요한 삶이 일상이 되고 그 일상이 하루하루 겹쳐져 지나갈수록, 그는 두려웠다.

삶이… 이렇게 조용하고 느릿느릿 흘러가다 결국엔 어느 순간 누구도 느끼지 못하는 채로 멎어 버릴 것 같아서.

2년 즈음이 지나고 나서… 그는 받아들이기로 했었다.

이런 조용하고 고독한 삶을 살 수밖에 없는 제 처지와 그게 소리도 없이 지나다 보면 결국 끝이 날 거란 걸.

이 고요하고 아름다운 건물은 결국 제 적막한 무덤이 되고 말 거란 것을.

"여긴 편안한 무덤이야."

영진이 굳은 얼굴로 쳐다보자 그가 말했다.

"당신은 무덤에서 날 구해 준 구원자지."

그가 그 말만 하지 않았더라면. 그랬다면… 이 거대한 무덤이라는 최신식 건물에서 절 탐탁지 않은 눈으로 쳐다보는 박 여사의 시선 따위는 무시하면서 열심히 돈을 벌 궁리를 했을지 모른다. 누군가 함께하는 미래를 생각해 본 적 없는 사람에겐 너무 당혹스러운 전가(轉嫁)였다.

아무것도 하지 않았는데, 무엇을 해야 할지도 모르겠는데…….

[정리하고 올라와.]

영진은 답하지 않았다. 늘 하듯이 과하게 차린 상의 뒷정리를 하는 것을 묵묵히 도왔을 뿐이었다.

"장례식엔… 사람이 많이 왔나?"

"네, 엄청나게 많이 왔어요."

박 여사가 참지 못하고 물었다. 사실 박 여사도 장례식에 갔었어야 했다. 그러나 두 내외의 행방을 알리지 못한 이유가 되는 사람들이 그 자리에 많이 올 거란 걸 알고 있었다. 그래서 가지 못했던 거였다. 그러나 그 사연을 알 길 없는 영진은 순순히 대답했다.

"아니, 그 팔팔하시던 양반이 어쩌다가 그렇게 갑자기…….."

"무슨 모임 갔다 멀쩡하게 오셨는데 샤워하시고 나서 갑자기 쓰러지

376

셨다고 들었어요. 뇌출혈인지 뇌경색인지……."

"어휴……."

설거지하던 손길을 멈추고 눈물까지 훔치는 걸 보고 영진은 박 여사와 그 돌아가신 분이 꽤나 친밀한 관계였다는 걸 실감할 수 있었다.

"그 집… 돌아가시고 나서 복잡했을 텐데……."

아마 병원에서부터 옥신각신하던 식구들 이야기인 듯했다.

"전 잘 모르겠던데요."

"김 선생님만 불쌍하지."

그런가……. 영진은 다시 그 사람들 중 하나의 말이 머릿속에 떠오른 게 죄책감이 들어 열심히 싱크대를 닦을 뿐이었다.

"피곤할 텐데 가서 쉬어. 서울은 왔다 갔다 하는 것만 해도 피곤하지."

"네."

영진은 순순히 그 말을 듣고 제 방으로 갔다. 창문을 열어 놓은 방은 풀벌레 소리가 날 뿐 적막했다. 영진은 휴대폰을 모른 척하고 제 방에 쌓여 있던 종이 가방들을 열고 정리를 하기 시작했다. 값비싼 옷들과 속옷들, 그리고 화장품이나 그 밖에 잡다한 물건들까지……. 그리고 제가 잘 안 보이게 넣어 놨던 서류 봉투까지.

영진은 그걸 물끄러미 내려다보고 있었다. 그때였다.

그녀의 전화기가 울렸다. 누가 했는지 뻔히 아는 전화.

영진은 종이봉투를 서랍에 넣고는 전화를 받았다.

— 왜 안 와?

"……."

뭐라고 해야 할지 생각이 나지 않았다.

— 오기… 싫어?

"그게 아니라……."

남자의 갑작스러운 물음에 영진은 말문이 막혔다. 왜일까.

— 나만 그런 건가?

이 사람이 보고 싶은가? 그렇지… 않다. 누군가 보고 싶었던 적이 있었나? 날 고용해 준 사람, 혹은 내게 급료를 주는 사람들? 그런 사람들은 보고 싶었던 게 아니라 용무가 있었을 뿐이었다.

엄마… 아마 어렸을 적엔 그랬겠지. 괴롭히는 주정뱅이에게서 날 구해 줄 사람, 내게 따뜻한 밥을 줄 사람, 날 어르고 달래 줄 사람……. 그러나 나이가 들면서 차차 그런 일은 없어졌다.

누군가 좋아했던 적이 있었나? 내게 친절했던 친구, 내게 잘해 주었던 선배, 일을 잘 가르쳐 준 사수… 그들을 떠나보내면서 세상은 그저 그랬다. 그들이 제게 해 줄 수 있는 게 없다는 걸 알아 가면서 '기대'라는 걸 서서히 놓아 버렸다. 제가 원한다고 해서 이루어지는 것이 없다는 걸 알아 가면서 기대를 할 필요가 없어졌다. 그저 하루하루 허겁지겁 숨이 막히도록 쫓아가느라 바쁜 날들만 남았을 뿐이었다.

— 난 당신이 내 눈앞에서 단 1초라도 안 보이는 게 아쉬워서, 어미 잃은 강아지처럼 내내 맴돌고 있는데. 이건 나만 그런 거야?

전화기 저편에서 익숙한 목소리가 흘러나왔다. 저 사람은 사람들의 소리가 괴롭다는데… 저는 차라리 듣는 것만 했으면 좋겠다 싶었다. 그게 편하니까.

"그럴 리가요……. 다만, 내가 좀 익숙하지 않아서 그래요."

영진은 순순히 대답했다. 단지 제 손에 들려 있는 낯선 서류 때문이 아니라고 속으로 변명하면서.

— 누군가 타인이 좋아져서, 그 사람을 일분일초라도 안 보면 숨이 막히고 답답해지는… 그런 경험이 없었던 거야?

"네."

영진은 순순히 대답했다.

그게 소용이 없다는 걸 너무 일찍 알게 되면… 그럴 필요도, 그럴 이유도 모르는 경지가 된다는 걸 굳이 설명해야 하나.

—하……

남자가 탄식 같은 걸 하더니 한참 있다 말을 이었다.

—나, 이거 다행으로 여겨야 하나?

"그게 왜 다행인데요?"

—어쩌면 내가 당신한테 그런 사람이 될 수 있을지도 모른다는 희망을 가질 수 있잖아.

그럴 리가……. 영진은 내뱉지 않은 게 다행이라 생각했다.

"그럼 뭐 달라져요?"

—달라지지 않을까? 내게 있어 지금 당신이 절대적인 것처럼, 당신한테 내가 절대적인 존재가 될 거라고 생각하면… 더 좋을 거 같으니까.

"그게 딱히 좋은 게 아닐 수도 있어요."

당신이… 내 모든 게 되는 건 싫어.

그건 잔인한 일이야. 절대적인 존재가 절대적으로 날 지켜 주지 못한다는 걸, 제가 알고 싶지 않은데 알게 된 것처럼 비참한 건 없으니까.

—그래? 그런 걸까? 그럴지도 모르지. 내가 절대적으로 믿는 사람에게 내가 아무것도 아니란 걸 알면 더 비참해지는 건 사실이니까.

그건 어쩌면 어떤 계시였을지도 모른다. 영진은 그 순간 느꼈다. 멈출 때가 다가왔다는 것을.

그러나 상대는 그렇지 않던 모양이었다.

—맞아. 그런 건 단어 자체가 부담스러우니까. 그냥 마음이 따르는 대로 하는 게 좋은 거야. 당신에게 절대적이란 단어를 쓴 건, 그냥 내가 지금 너무 보고 싶으니까 그런 거야. 그렇게 거창한 단어를 쓰면 당신이 날 불쌍하게 여겨서 내 곁에 와 주지 않을까 하는 얄팍한 생각으로 하는 거지. 어때, 그런 생각 안 들어?

갑자기 남자가 보고 싶어졌다. 남자의 얼굴, 남자의 목소리, 남자의 힘센 팔뚝. 그리고 체온까지. 그러나 제 손엔 여전히 낯선 서류가 들려 있었다.

"서울에서의 일은 다 처리된 거예요?"

가증스럽지만 아무렇지도 않게 물었다.

— 아니, 아직. 좀 많이 시간이 걸려.

"그… 상속받는 거요?"

— 그래. 뭐 숱하게 떠들어 댔으니까 당신도 잘 알고 있겠지.

"그거… 뭐 세금이 엄청 많다면서요?"

— 내가 일해서 얻는 게 아니니까. 어쩔 수 없지. 나라 법이 그런 걸.

뭐라고 이야기를 해야 할까. 영진은 열심히 머리를 굴려야 했다.

"그게 꼭 필요한 건 아니잖아요."

— 그러게. 그런데 내가 제일 좋아하는 할머니의 유언이니까. 그리고 그렇게 하시려고 엄청 노력하신 게 너무 티가 나니까……. 전엔 몰랐는데 나도 내가 뭔가를 해서 돈을 벌고 나니까 할머니의 심정이 이해가 가. 그래서 할머니의 마지막 소원은 내가 따르고 싶어.

그런 거겠지. 영진은 제 손에 들린 서류를 화장대 서랍을 열고 넣어 버렸다.

바보 같은 인간… 참 치사하고 어이없는 너.

스스로에게 욕이라도 한 바가지 하고 싶었다. 그러려면 전화를 얼른 끊어야지.

— 상속세 많은 거……. 나 걱정하는 건가 봐?

전화를 끊을 생각뿐이었다.

"아니, 뭐 하도 옆에서 이야기를 하길래 좀 찾아봤더니… 엄청나게 많아서."

— 나도 굳이 그걸 받고 싶진 않아. 그냥 난 할머니의 정취가 묻어 있

는 할머니 집이나 지키면 되는데 말이야.

"그 한옥 집요?"

— 응, 거긴 할머니가 나 때문에 지으신 집이라. 솔직히 그것만 있으면 돼. 그런데 뭐 할머니 유언대로 하려면 그 집도 팔아야 하거든. 그건 싫은데……

"……"

이런 말에 솔깃하는 제 자신이 싫었다.

— 당신은 내가 그 빌딩 상속받는 거 어떻게 생각해?

왜 내게 이런 걸 묻는 거야. 영진은 화장대 앞에 서서 휴대폰을 들고 거울 속에 있는 여자를 보았다. 희번덕거리는 눈을 가진 괴물 같은 인간을.

"그런 거 굳이 없어도 편히 살 수 있잖아요."

가증스러워라. 영진은 말을 내뱉고 바로 후회했다.

— 그러게. 그냥 포기하는 게 나을지도 모를 텐데. 내가 그걸 가져서 대체 뭘 어쩌자고……

젠장, 제기랄…… 영진은 저도 모르게 휙 몸을 틀어서 거울 속의 여자를 시선에서 몰아냈다. 그러느라 뭔가 소리를 낸 모양이었다.

— 뭐 해? 혹시 나 보러 올라오는 중인가? 내가 상속 포기라도 하면 나 보러 올 건가?

남자는 웃음 섞인 농담을 하고 있었다. 상속 포기라는 말에 저도 모르게 후다닥 놀라는 제 자신을 모른 척하려 애써야 했다.

"자요. 잘래요. 피곤해요."

— 같이 자고 싶어. 내가 갈까.

"아니, 그러지 말아요."

그래서 내 바보 같은 꼴을 보지 말아요.

— 왜? 난 당신 냄새가 좋아. 당신한테선 가을 냄새가 나. 막 샛노란

은행잎이 후루루 떨어질 때 나는 샛노란 냄새 말이야. 당신 목소리는 그 어느 새싹보다 더 선명한 연록색인데 말이지.

이 얼마나 고마운 말인가. 제게 다 썩어 문드러지는 탐욕에 찌든 비린 악취가 난다고 사실대로 말해 주지 않는 게. 남자는 바닥에 떨어져 썩어 문드러진 은행의 냄새를 맡아 본 적이 없는 게 틀림없었다.

"대신 노래 불러 줄래요?"

말하고는 금방 후회했다.

선택의 여지란 게 있었으면 좋겠다……. 아주 가끔 속으로 머금어 본 말이었다. 난 왜 그냥 이걸 할 수밖에 없는 걸까. 하기 싫은 건 하기 싫고, 하고 싶은 것만 하고 싶은데……. 왜 나한테는 그런 기회조차 주어지지 않았을까. 그런데 솔직히 말하면, 딱히 그 당시엔 그런 것조차 생각해 본 적이 없었던 거 같았다. 선택이라니, 선택의 여지라니… 그 얼마나 사치 방탕한 언어인가?

죽어도 출근이 하기 싫으면, 결국 생활비를 벌 수 없고 끼니를 때울 수 없고 공과금을 낼 수가 없다. 당연한 거 아닌가? 내게 폭언을 퍼붓는 저 여편네를 들이받고 나면 내가 근근이 이어 왔던 생활은 도로 무가 되어 버리는데… 어쩌란 말인가?

지금은 또 어떤가.

"내려가지 마, 가서 대체 뭘 한다고. 그냥 여기 있어. 나랑……."

선택을 해야 했다. 할 수 있는 처지가 되었다. 그건… 남들은 이해할 수 없는 작은 행복이나 희열이었다.

"할 일이 얼마나 많은 줄 알아요? 내가 할 일이 없었다면 굳이 박 여사님이 날 고용했겠냐구요."

그건… 죄책감 때문이었다. 제가 받는 하찮은 돈에 대한.

영진은 벗은 몸을 가리기 위해서 눅눅해진 시트를 집어 올렸다.

"씻으세요."

"아래서도 다 알잖아."

"그래서 내가 여기 있음 뭐가 달라져요? 그쪽도 할 일 해야죠."

방금 전까지 숨이 넘어갈 것 같은 자궁 근처의 희열을 주느라 온몸이 땀범벅이 된 남자한테 싸늘하게 내뱉은 말이었다.

"일 같은 거 안 해도 돼."

그게 더 화를 돋웠는지도 몰랐다. 일 같은 거 하지 않아도 되는 사람들에 대한 동경은… 질투를 넘어 분노가 되는, 그러지 못한 사람들의 자격지심……

"내가 먼저 씻죠."

남자는 제 어딘가를 자극해서 하얗게 만들 만큼 굉장한 쾌락을 주고, 제 입술에 진심이 묻어나는 키스를 하고, 제 온몸 구석구석에 스스로의 애정을 적극적으로 표현했다. 그러나 숨이 턱에 차올라 머릿속이 하얗게 된 순간을 빼고는 저는 그러지 못했다. 그건 죄책감이었다. 그걸 느끼고 나선 이 산속이 갑갑해졌다. 그래서 제 몸을 가렸던 시트 따위 집어 던지고 바닥에 떨어진 속옷들을 집어 들곤 늘 청소를 해야 하는 커다란 욕실로 향했다.

남자의 어이없는 시선 따위를 느끼지 않으려고 애쓰면서.

"왜?"

이젠 어쩔 수 없다는 걸 아는지 위에 올라가는 상차림을 영진에게 맡긴 박 여사가 한마디 했다. 음식 엘리베이터의 닫힌 문 사이로 1인분의 상이 올라간 걸 이제야 본 모양이었다.

"싸웠어요."

되도록 아무렇지도 않은 듯 말하려고 애썼다. 돌아선 박 여사가 피식 웃는 것 같았다. 물론 아무 소리도 나지 않았지만. 맘대로 생각하라지.

영진은 제 수저를 식탁 위에 놓고 밥을 옮겼다.

"여기서 밥 먹나?"

영감님이 또 물었다.

"그럴 때도 있죠."

편을 들어 주는 건지 아닌지 헷갈리는 박 여사가 식탁에 앉았다. 오늘은 생선조림과 된장찌개였다. 기가 막힌 빛깔의 생선은 향기 또한 근사했다. 그렇지만 영진은 통통하게 살이 오른 맛있는 냄새를 풍기는 생선 토막을 집어 들진 않았다.

"앞으로… 어떻게 할 거야?"

"네?"

밑반찬만 먹고 있던 영진에게 가시를 바른 생선 토막을 내밀면서 박 여사가 말했다.

영진은 생선을 싫어했다. 맛이 있긴 한 거 같은데 어린 시절 생선 가시를 발라 주던 부모의 기억이 없어서 어떻게 먹는지 잘 몰랐다. 그래서 혼자선 절대 먹어 본 적이 없었고 여럿이 회식을 가서도 건들지도 않았다. 당연히 그녀에게 생선 가시를 발라 줄 만큼 친밀한 사람 따윈 없었으니까. 게다가 잘 못하는 식당에 가면 비린내가 먼저 풍겼다. 아니, 잘한다는 식당에 가도 나올 땐 늘 그랬다. 그러다 보니 좋아하지 않기로 했던 게 싫어하는 걸로 변해 버렸다. 그래서 누가 물으면 전 생선 별로 안 좋아해요, 라고 말하는 게 버릇이 되어 있었다.

박 여사는 잘 바른 생선 살 위에 기가 막힌 향이 나는 간장까지 끼얹어 주었다.

그래서였다. 뭐라 말을 하려고 했는데 입에서 나오질 못했다.

"계속할 거야?"

막 생선 살을 입에 넣었을 때였다. 무슨 생선인지는 알지 못했다. 식당에 가서 먹더라도 제게 이 생선이 무슨 생선인지 말해 주는 사람은 없었으니까. 그러나 생선 살은 달고 끼얹은 양념장은 맛있었다. 그래서 또 다시 대답할 타이밍을 놓쳐 버렸다.

"서운하게 생각하지 말고 들어 줬으면 좋겠어."

그제야 생선 살에서 달착지근한 맛이 나는 게 신기했던 영진은 정신을 차릴 수 있었다. 서운하게 생각하지 말고 들어……. 그건 제가 믿고 있다는 생각이 들었던 사람들이 제게 상처를 줄 때 꺼내는 말의 첫 관용어구 같은 거였다. 박 여사가 할 말을 왠지 알 것만 같은 기분이 들었다. 그래도 남은 생선 살을 다시 집어 들었다.

생선은 의외로 맛있었다. 다들 그렇게 유명한 생선조림집을 쫓아다닐 만큼.

"이건 한때의 불장난 같은 거야."

그런가? 이게 뭔지 정도는 그녀도 알 수 있었다. 그럴지도 모르지. 그리고 그게 사실일 수도 있었다.

"이런 델 오고 싶어 하는 사람이 없었어. 그리고 내가 너무 일을 하기 힘들었어. 다리도 성치 않았고……. 솔직히 내가 김 양을 여기 데리고 온 건… 절대 김 선생님이 그럴 리 없을 것만 같아서였어."

무슨 뜻인지 알 거 같았다. 제가 박 여사 눈엔 충분히 대단한 김 선생님이 거들떠보지 않을 만큼 못났었기 때문에 선택된 거란 걸. 그리고 솔직히 그걸 이해도 할 수 있었다. 그랬겠지. 대놓고 말하는 데는 좀 빈정 상할 수 있지만 그런 일이 뭐 어디 한두 번인가.

"김 선생님이 아직 젊은 혈기가 넘치는 남자란 걸… 예상 못 한 내가 잘못이지."

그래서 뭐 어쩌라고요. 착한 이 할머니에게 '샤르트뢰즈인지 뭔지 하는 그런 사연 따윈 모르잖아요…….' 라고 말하고 싶었지만 잠자코 생선 살을 먹어 버리곤, 다른 생선을 뜯어 봐야 하나 고민 중인 제 머릿속을 알 리 없는 박 여사를 흘끗 쳐다볼 뿐이었다.

"하지 마. 더 이상."

영진의 젓가락이 멈칫했다. 그러나 그건 아주 찰나였다. 뭐 어디 한두 번이었나? 넌 안 되니까 그만해. 네깐 게 뭐라고, 시도 따위도 하지마……. 대놓고 말한 사람은 별로 없었지만 사실 눈빛이건 뭐건 간에 다들 그렇게 '너'를 위한 의견을 제시해 왔었다. 그리고 솔직하게 박 여사님의 마음이 백번 이해가 가기 때문에, 치밀어 오르는 억하심정 따위를 아무렇지도 않게 누를 수 있었다. 그래… 그럴 수도 있지.

영진은 이름도 뭔지 알 수 없는 통통한 생선의 살을 박 여사가 아까했듯이 젓가락으로 집어 들었다. 지느러미 따위를 뜯어내고. 생각한 것만큼 완벽하지는 않았지만 어쨌든 살덩이를 뜯어낼 수 있었다. 그리고그 살을 하얀 밥 위에 얹어 입에 넣었다. 정말… 맛있다.

"김 선생님은 우리들하고는 다른 세상에 사는 분이야."

아까 한 말에 수긍하려고 했었다. 더 이상 하지 말라고. 그런데 이건또 뭐야. 우린… 박 여사와 내가 속한 세상이야? 박 여사님이랑 나랑 같은 세상에 사는 사람이었나? 뭘 한참 몰라도 모르는 거 같은데.

"알고 있어요. 알았어요."

제가 대답을 하지 않으면 뭔가 더 짜증 나는 말들이 나올 것만 같았다. 그래서 늘 그래 왔듯이 하던 대답을 했다. 이런 적이 뭐 한두 번이었나. 제기랄.

"정말?"

확인 사살 따위 하고 싶어요? 되묻는 대신 침묵을 선택했다. 박 여사는 영진이 파먹듯 집어 뜯던 생선의 살을 넓게 발라 커다란 살을 영진의밥그릇 위에 올려 주었다. 마치 그 대답에 대한 대가를 주는 것같이.

제 삶은 밥그릇 위에 올려진 생선 살같이 하찮은 것이었다. 갑자기 생선의 비린내가 풍기는 것 같았지만, 그걸 잊기 위해 청양고추와 마늘과액젓과 달인 간장으로 맛을 낸 진한 양념장을 끼얹었다. 이렇게 간단한 해법이 있는 거 아닌가. 비린 생선은… 짙은 양념장을 끼얹으면 되는 건데.

그러나 밥을 먹는다는 이유로… 영진은 대답을 하지 못했다. 아니… 어쩜 안 한 건지도.

[뭐 해?]

충분히 자신이 아래층에서 해야 할 일들을 할 시간들을 고려한 것이 분명했다. 딱 싱크대 정리를 하고 제 방으로 들어오자마자 휴대폰에서는 기다렸다는 듯 기척이 났다.

생선조림이란 게… 참 입에는 달지만, 시작도 그렇고 마지막도 그렇고 여러모로 불편을 감수해야 하는 요리임에는 틀림없었다. 싱크대와 가스레인지에 나는 비린내를 처리하느라 한참—물론 박 여사는 아무렇지도 않게—실랑이를 해야 했다. 아직도 손에 비린내가 묻어 있는 거 같아서 한 번 더 씻어야지 하는 찰나였다.

이 남자가 원하는 게… 뭔지 딱 봐도 알 수 있었다. 제가 아무런 대답을 하지 않는다면, 분명히 조금 뒤엔 남자가 저 문 뒤에서 나타날 게 분명했다.

아직 비린내가 묻은 손으로 휴대폰을 집어 들었다. 뭐라고 해야 할까.

[아직도 화났어?]

당혹스러운 문자였다. 화가 났나? 되짚어 보니 약간 그런 척을 했었나 싶었다. 그러나 딱히 그렇지는 않았다. 하지만 지금 기분은 뭘까. 학교를 다닐 때, 낡은 제 옷과 주눅이 든 제 표정을 보고 다들 쉬쉬하던 반 아이들 중에 한 명이 불끈 용기를 내고 다가와서 넌 언제 머리 감았냐고 물었을 때의 당혹스러움…과 비슷한가? 아마 그 친구가 그나마 제게 가장 잘해 주던 친구였기 때문에 그 당혹스러운 순간이 뇌리에 박혔을지도 몰랐다.

지금 이 문자와 그 상황은 완전히 다른데 왜 그때 그 친구의 불끈 쥔 주먹이 생각났을까.

[아니요.]

딱히 화낼 이유가 없었다. 그래서 그렇게 답장했다. 그러자 바로 문자가 왔다.

[그럼 올라와. 보고 싶어. 아님 내가 내려갈까?]

그 친구 이름이 뭐였지… 그런 걸 생각하고 싶었다. 그리고 박 여사도 말하지 않았나, 이제 그만하라고. 딱히 박 여사 말을 잘 들으려고 한 건 아니었다. 그러고 싶지도 않았고. 그냥 이상하게 너무 완벽한 저 남자가 제게 이러는 게 정상이 아니란 걸 다시금 확연하게 느껴졌다고나 할까.

[잘래요. 오지 마요.]

[화 안 풀렸네. 화 풀어 줄게. 응?]

어떻게? 뜨거운 키스와 애무와 열정적인 섹스로?

[그런 거 아니니까 그냥 있어요.]

영진은 자리에서 일어나서 문으로 갔다. 다행히 문엔 잠금장치가 있었다.

[내가 뭘 잘못했어? 좀 알려 줘. 그래야 용서를 빌든지 하지. 아무리 생각해도 모르겠어.]

당연하지, 잘못한 게 없으니까.

[그냥 혼자 자고 싶어요.]

[왜?]

왜라니… 당연한 거 아니야?

[늘 그래 왔으니까요.]

누가 들어도 정떨어질 만큼 싸늘한 대답이었다. 버튼을 눌러 놓은 저 스스로도 그렇게 생각이 되었다. 그래서일까, 한참 동안 휴대폰 화면은 멈춰 있더니 기어이 화면이 꺼져 버렸다.

　다행인 건가? 왠지 모를 가벼운 후회감 같은 것에 어이없어 화장실로 가려고 했을 때였다. 휴대폰에서 달깍 소리가 났다.

　[나야말로 늘 그래 왔는데

　이젠 그럴 필요가 없잖아.

　같이 있으면 좋은 걸 알게 됐으니

　이젠 같이 있자.]

　뭐라 대답을 해야 할지… 떠오르지가 않았다.

22

이래도 되나?

당연히 안 되는 거지…….

'하지 마. 더 이상.'

귓가에 생생하게 울리는 목소리를 생각해 낸 순간 나시 화면이 꺼졌
다.

그러게 하지 말아야지.

당황해서였다. 그래서 다시 피곤하다고 했더니 오늘만이라면서 기꺼
이 제 청을 들어주었다. 그게 이상하게 서운했지만.

뭔가 했어야 했는데 그러질 못하고 침대에 누운 채 다시 휴대폰 화면
을 켰다.

같이 있어서 좋다니……. 같이 있어서 좋은 사람이 있었던 적이나 있

었나. 제 곁에 있었던 사람들 중에 기억하고 싶은 사람이 몇이나 될까. 믿었던 동생 놈까지 배신을 하는데……. 하긴 절 가장 괴롭게 한 사람은 제 피붙이들 아니었나. 그런데 타인을 어떻게 믿는단 말인가. 게다가 이렇게 실재하지만 허상 같은 대단한 사람을.

잠이나 자자. 내일 눈을 뜨면 또 어떻게 되겠지.

힘들고 괴롭고 슬플 때마다 주문처럼 되뇌었었다. 그렇다고 다음 날이 썩 좋아진 적은 없었지만. 그러나 이곳 생활은 너무나 편한가 보다. 잠이란 게 제게 안식을 주진 못했다. 차라리 위층에서 격렬한 밤을 보낼 걸 그랬나.

너 미쳤구나.

내깐 게 잠을 설치더라도 해는 뜨고 산속의 부지런한 아침은 어김없이 어제보다 한 발짝 일찍 시작되었다. 앞으로 그 한 발짝은 점점 더 야금야금 어둠을 긁어낼 게 뻔했다. 그래서 이 아침을 시작하는 사람들의 행동은 더 빨라지는 듯했다. 후다닥 주방에 들어섰지만 그 주방에는 이미 해야 할 것들이 다 되어 있는 분위기였다.

"국이나 뜨고 수저나 놔."

아마, 국을 몇 개 떠야 할지 생각이 나지 않아서 그걸 영진에게 시키려고 기다린 모양이었다. 이미 반찬은 다 제자리에 놓여 있었다. 두툼한 고기가 가득 든 김치찌개, 부드럽고 폭신폭신한 달걀말이, 금방 무친 나물들, 방금 숯불에 구운 게 분명한 바삭바삭한 김구이, 영감님이 들고 들어온 갓 구운 고등어구이……. 아침으로 먹기엔 과한 상임에 분명했지만 아무렇지도 않은 듯 가득한 상은 화려하기 그지없었다.

[올라와, 같이 먹어.]

영진은 국그릇을 뜨고 수저 두 개를 놓았다. 힐끗 보던 박 여사는 아무렇지도 않은 듯하지만 그게 또 아무렇지만은 않은 듯한 표정을 띤 채

상을 엘리베이터에 넣었다.

"가 봐."

'어제 너 뭐라고 했니?'라는 듯 감정 없는 목소리가 수긍이나 체념을 하고 있던 제 속을 묘하게 긁어 올렸나 보다.

"네."

밥 한 끼 먹는 것쯤이야… 뭐 어때.

영진은 두꺼운 문을 열고 2층으로 향하는 계단을 올라갔다. 그리고 두꺼운 문을 열었을 때, 바로 문 앞에 그가 있었다. 뭐라 인사라도 하려 했는데……. 남자의 두 팔이 더 빨랐다. 오랜만에 만난 연인처럼, 남자는 저를 덥석 껴안고 오랜 갈증 끝에 찬물을 벌컥벌컥 마시듯 저를 마셔 댔다.

"보고 싶었어."

몸서리치도록 따뜻한 감촉, 감미로운 목소리… 아침부터 제 속살을 음미하는 저 아름다운 피조물…….

난 이런 세상에서 살면 안 되나.

"밥이 다 식었네. 어쩌지?"

운동실 옆에 있는 샤워실에서 물기를 털며 나온 정욱이 피식 웃으면서 말했다. 아무렴… 밥이 문제일까.

"난 괜찮아요."

식은 밥 따윈 문제가 되지 않는 삶을 살아온 저로서는 시간이 얼마나 지났는지가 중요했다.

"고기 든 찌개는 식으면 고기 냄새 나는데."

그건 까다롭게 떠다 바치는 식사를 하는 사람들이나 그렇지. 찌개거리로는 어이없게 비싼 최고급 돼지고기만 쓴다는 걸 알 리가 없겠지.

"도저히 안 되겠어."

뭐가, 식은 찌개를 먹는 거 따위가? 영진이 허기져서 숟가락을 들으려다 말고 남자를 쳐다보았다.

"이제 이런 연극 따위 하지 마. 할 필요 없어. 영천댁한테는 내가 직접 이야기할 테니까. 이제 당신은 여기서 지내. 아래층 말고. 영천댁은 당신이 도와주고 싶을 때 도와주거나 하라고. 눈치 따위 보지 말고. 아니, 대체 뭐 때문에 이러고 산단 말이야? 이 집은 영천댁을 위해서 있는 게 아니라 나를 위해서 있는 거라고."

그런… 건가? 아니, 그런 거지. 그러니까 마치 구중궁궐의 유일무이한 황제 폐하처럼 이 대저택은 김 선생님 당신을 위한 게 맞지.

"당신은 내가 '사랑하는 사람'이야. 그러니까 당당해져."

뭐? 뭐라고……?

눈앞의 잘난 남자는 그제야 허겁지겁 식은 밥을 먹기 시작했다. 이미 푹 꺼져 버린 계란찜을 크게 푹 떠 입에 넣었다. 영진도 밥을 입에 넣으려는데 문득 타인의 목소리가 머릿속을 스쳐 갔다.

'정욱이… 결혼 따위 절대 안 해요. 보는 게 다 결혼이란 거 때문에 실패한 인생들뿐인데. 걔가 날 쳐다보는 눈빛이나 자기 배다른 동생 대하는 거 보면… 진짜 경멸이란 단어가 무슨 뜻인지 가장 잘 설명해 주고 있으니까. 뭐 고모들도 마찬가지고, 그 총애하던 할머니도 그랬고. 그러니 걔가 머리에 총 맞은 것도 아니고 결혼 같은 걸 할 리가 없지.'

왜 하필 이게 떠올랐을까. 아마 제 서랍에 든 서류 봉투 때문이었을까. 그 봉투 주인의 생각이 틀리길 바라는 걸까. 그래서 그 봉투에 대한 미련 따위를 버리고 죄책감 따위 없이 이 남자를 쳐다보고 싶은 걸까.

"그럼… 나랑 결혼할래요?"

다르게 물어봤어야 했다. 그런데 가장 중요한 단어만 떠오르다 보니 제 입에선 이런 문장밖에 나오질 못했다. 그때였다. 허겁지겁 식어 가는 반찬들을 열심히 먹던 남자의 손이 갑자기 멎었다. 밥을 먹으면서 하기엔… 좀 당혹스러운 대화이긴 하다 싶어서 영진은 그냥 잘 무쳐진 겉절이를 집어 들어 입에 넣었다.

"결…혼?"

그냥 알 것 같았다. 남자의 목소리만 들어도. 영진은 잠자코 밥을 먹었다. 그러나 남자는 그렇지 못했다.

"왜……."

당황했나? 처음 보는 모습이었다. 자신의 아버지 앞에서도 아무렇지도 않게 쏘아붙이던데. 그래서일까. 그 예쁜… 저 남자의 새엄마 목소리가 또렷하게 다시 들리는 기분이었다. 그렇겠지…….

그래서 아무렇지도 않게 말할 수 있었다.

"젊은 남녀가 주변 사람 눈치 보지 않고 같이 지낼 수 있으려면 합법적인 관계를 맺으면 되는 거죠. 그러면 고루한 노인네들한테 굳이 설명 따위 할 필요도 없잖아요."

무심하게 말하려 했다. 그게 잘 안된 거 같지만. 영진은 늘 가장 맛있는 바삭하게 금방 구워 낸 파래김을 집어 밥 위에 올렸다.

쳐다보지 않으려 했지만 상대가 복잡한 표정으로 자신을 쳐다보는 게 느껴졌다. 당황한 건지 혹은… 어이가 없는 건지.

"그…게 무슨 소용이 있어? 그런 제도는 그냥 사회에서 법적으로 서로 싸우려고 있는 거잖아. 아니, 이 산속에 우리 둘하고 영천댁 내외밖에 없는데……. 뭣 하러 그런… 번거로운 걸… 웃기지 않아? 그런 제도 자체가. 서로 사랑하면 되는 거지 감정 따위 한 푼도 없는 사람들끼리 서류 한 장 때문에 이러쿵저러쿵하는 게……."

결혼이란 단어를… 듣게 될 줄 몰랐다.

게다가 저 여자의 입에서.

'웨딩드레스… 한 번 입던 것뿐이야. 그래, 그날 하루 좋았지. 그런 비싼 드레스를 입으니 내가 무슨 공주가 된 기분이었으니까. 그러나 그 날뿐이었어. 그리고 네가 태어날 때 그때부터 난 여자로서가 아니라 엄마로서 행복했을 뿐이야. 세상에서 가장 후회하는 게 결혼이란 걸 한 거고, 세상에서 가장 행복했던 게 너와 함께한 날들이야……'

엄마가 돌아가시기 전에 했던 말이었다. 그땐 어려서 잘 몰랐었다.

'내가 내 당당한 커리어 따위 다 팽개치고 왜 저 인간이랑 결혼이란 걸 했는데? 그건 약속이잖아. 내 호적에 흠집이 났음 낸 놈이 책임을 져야지! 내놓으라고요, 저 인간한테 갈 재산의 반 말이에요! 안 내놓으면 몇 년이 걸리든, 변호사 수임료도 다 날려도 몇 번이고 재판을 걸 테니까 알아서 하라고!'

어마어마하게 화장을 하고, 텔레비전에도 자주 나왔던 아버지의 세 번째 부인이 할머니 앞에서 몇 년 동안 패악을 지르던 건 아직도 기억이 생생했다.

'너 나 그렇게 잡고 싶으면 나랑 결혼해. 난 네 말 못 믿겠어. 넌 늘 뜬구름 같은 말만 하잖아. 나이가 무슨 상관이야? 우리 성인이야, 결혼 같은 거 니 대단한 할머니한테 안 물어봐도 되는 거 몰라?'

그 애가 무서워서 파리행 비행기를 탔다. 남들한텐 이야기 못 했지만.

왜… 다들 그렇게 결혼에 대해 목숨을 거는 걸까. 갑자기 제 앞에서 밥을 먹는 여자 주변의 공기가 가라앉는 기분이었다. 저 여자도 똑같은… 걸까.

내 샤르트뢰즈도?

"다 먹었으면 치워야 할 거 같아요. 시간이 너무 지났네."

다행인가, 더 이상 묻지 않아서.

"그래."

아무렇지도 않게 숟가락을 내려놓았다. 그러나 뭔가 목구멍에 걸린 그런 기분이란 걸… 부인할 수는 없었다.

"그래, 그럼 해."

영진이 쟁반에 그릇들을 담다가 그를 쳐다보았다. 그릇들이 부딪치는 소리가 시커멓게 퍼지다 멎었다. 정욱은 말을 이었다.

"결혼이란 게 하고 싶으면 해. 하자고."

영진은 멍하니 그를 쳐다보았다.

"당신이 하고 싶으면 해. 뭐든지. 난 상관없어. 난 당신하고 같이 있기만 하면 돼."

차라리… 아무 말을 하지 말지.

영진은 그릇들을 놓은 쟁반을 들고 다이닝 룸에 있는 음식 엘리베이터로 갔다. 남자가 저를 쫓아왔다. 그러나 치운 상을 엘리베이터에 넣고 스위치를 누르자 기계는 굉음을 냈고 남자는 윽 소리를 내며 뒷걸음질 쳤다.

"내려갈게요."

영진이 계단 쪽으로 가자 그녀의 팔을 붙잡은 남자가 말했다.

"내가 말했잖아. 당신 하자는 대로 한다고."

아주 큰 결심을 한 듯한 목소리였다. 거기다 대고 뭐라고 해야 해.

영진이 말했다.

"농담이에요."

"내 말이 농담으로 들렸나 봐."

설거지가 끝나 갈 무렵이었다. 시간이 늦어서 벌써 청소를 하러 갈 시간이었다. 뻔했다. 밥상은 한참 늦게 내려오고 제 머리카락은 아직 물기가 덜 말라 있었다. 거기다 대고 뭐라고 대답을 해야 하나. 영진은 이십여 년간 잘 훈련되어 있었다. 어른들의 말에 대꾸하지 말 것. 나이 든 사람들한테 제 주장을 폈다간 득이 되는 게 없다는 걸 잘 알고 있었다. 상대가 그리고 제가 백번 옳다 해도.

영진은 잠자코 그릇들을 정리했다. 그러나 그건 곧 끝이 났다. 이제 청소를 해야 할 시간이었다.

"나는 김 양을 믿어."

믿긴 뭘 믿어. 그 말에 믿음 따윈 한 톨도 안 들어간 게 바로 티가 나는데. 오히려 그 반대니까 그런 소릴 하면서. 그러나 영진은 아무렇지도 않게 앞치마를 벗어 걸어 놓고 말했다.

"거실 청소할까요?"

"아니, 2층 청소해."

이건 저를 시험하는 게 분명했다. 난 김 양을 믿으니까… 니가 말한 걸 지키란 말이야, 라고 하는 걸.

"네."

그래, 그럴 수 있어. 저 할머니는 그냥 모든 걸 지키고 싶은 것뿐이야. 자신의 소중하고 위대한 김 선생님이 출신도 모르고 얼굴도 못생긴 김 양 따위한테 속아 넘어가 헤롱거리는 게 다 자신의 잘못 같은 느낌인 거지. 자기 아들내미는 제 눈에 차는 여자를 소개시켜 주고 싶은 그런 마음인 거고, 제가 그 눈에 안 차는 건 당연한 거고.

어디서나 받아 왔던 시선이나 대접이었다. 특별할 건 없었다. 쟤 일은 잘해……. 그러나 거기까지야. 우리에게 다가오지 말았으면 좋겠어. 이마에 낙인이 찍히거나 혹은 몸에서 악취가 나는 것도 아닌데, 타인들은 기가 막히게 제가 속한 사회의 저 언저리에 걸쳐진 테두리를 직감적으로 알아보았다. 그게 그들의 잘못은 아닌 거겠지. 특별히 서럽거나 화나지 않았다.

그리고 그래야 했다.

두꺼운 중문을 열고 올라가니 서재엔 다시 환하게 빛이 쏟아져 내렸다. 혹시나 절 기다릴지도 모른다는 생각을 아주 잠깐 했지만 그렇지는 않은 듯 사람은 보이지 않았다. 영진은 늘 그렇듯 청소를 했다. 남자의 작은 다이닝 룸, 작업실, 그리고 푹신한 침대가 있는 침실, 제가 아까 썼던 욕실까지……. 산책을 가지 않았다면 운동실에 있을 것이다. 그러나 오늘은 거기를 청소하는 날은 아니었다. 침대 커버와 수건들을 가지고 영진은 천천히 계단을 내려갔다.

2층도, 그리고 내려갈 1층도… 그 어디에도 자신의 자리는 없어 보였다.

한 번도 제 인생에 필요한 단어라고 생각해 본 적이 없었다.

절대로 저렇게 살진 말아야지 했다. 오죽하면 대놓고 말했었을까.

"그냥 즐기면서 살라고요. 왜 결혼이니 뭐니 해서 분란을 일으키시냐고요!"

세 번째 결혼했던 여자가 하도 대단해서 그 강철 같던 할머니도 입원까지 한 적이 있었다. 허구한 날 할머니를 찾아와서 재산의 반은 제 꺼라고 소동을 피웠고 재판은 지루하게 이루어졌었다. 가끔은 제가 다니던 학교까지 검은 옷을 입은 남자들이 찾아와서 협박을 일삼기까지 했었다. 그리고 잘은 모르지만 아버지 몫의 재산을 실하게 뜯어 갔고 나중에 변호사와 재혼했다는 소문도 있었다.

"아니, 그냥 연애질이나 하지, 남들 하듯이 결혼식이나 삐까하게 하고 말 것을 왜 저렇게 혼인 신고를 해서 골 아프게 하는지……."

거기다 할머니를 더 괴롭힌 건 둘째 고모의 남편이었다. 거기도 외도니 뭐니 해서 재판이 시끄러워서 자식 둘의 이혼 소송 때문에 정신이 없던 할머니 옆에 있던 정욱은 그놈의 혼인이란 관계에 치를 떨게 되었다.

"넌 꼭 네가 아주 좋아하는 사람하고만 백년해로하고 살아야 한다."

할머니마저 결혼에 실패를 했기 때문일까. 할머니는 제 손을 잡고 몇 번이나 이야기했었다. 그때마다 저는 대답했었다.

"난 그런 거 안 해요."

할머니의 표정은 안도 반 혹은 걱정 반이었다.

그냥 알고 싶었다. 내 인생의 전부가 된 여자에 대해서. 왜 그 여자가 샤르트뢰즈의 색을 갖게 됐는지는 그 어느 누구도 알 수 없겠지만, 적어도 제게 다가온 운명이란 건 확실했다. 그 운명의 상대가 어떻게 살아왔는지 정도는… 알고 싶었다. 그건 누구나 당연한 궁금증 아닌가?

글을 쓰기 위해서 그는 상당히 많은 취재원을 알고 지냈다. 처음에는 그럭저럭 검색하고 아마추어적으로 채팅을 하고 해서 친해졌지만, 유명해지고 나서는 원하는 분야가 있으면 제 '신분'을 밝히고 글의 소재상 필요해 취재한다고 하면 다들 적극적으로 응하기도 하고 그러다 보면 마치 친구 같은 친분이 생기기도 했다. 그러다 알게 된 사람한테 그는 여자의 신상 정보를 알려 달라고 했다.

차라리 모르는 게 나았을까.

그냥 평범한 출판사에 다니던 여자. 쉬고 싶어서 이런 산속에 일이란 거 하러 온 게 아닐까……. 그게 다였다. 뭐 사연이 있을 수도 있겠지. 뭐 설마 전 애인이 자살이라도 한 건 아닐까, 하고 웃어넘기려 했었는데. 전과 12범의 아버지는 간경화로 사망하고 어머니는 재혼했다 이혼하고 역시 사기죄로 다시 수감 중이었다. 하나뿐인 동생 또한 빚으로 고소당해 쫓기는 중이었다.

"······."

대체 무슨 문제가 있는 건데. 화면에 떠 있는 건 글씨 몇 줄뿐이었다. 딸깍 소리와 함께 메일은 삭제되었다.

[밥 같이 먹어.]

문자를 보았지만 영진은 수저를 하나만 챙겨서 쟁반 위에 올렸다. 그걸 흘끗 본 박 여사는 버튼을 눌렀고 요란한 소리와 함께 문이 닫히고 엘리베이터가 움직였다.

"앉아."

박 여사의 아무렇지도 않은 듯한 목소리에 영진은 제 수저를 들고 식탁에 앉았다. 이제는 그녀가 올라가든 앉아 있든 상관도 안 하는 영감님은 평소처럼 식사를 시작했다.

"흰옷 빨래에 아까 영감님 바지가 들어갔던데······."

박 여사가 그랬을 리가 없으니 제가 했을 게 분명했다.

"그래요?"

"아니, 그 시커먼 바지를 넣으면 어떻게. 흙투성인걸. 수건하고 셔츠다 다시 빨았잖아. 정신 좀 차려."

박 여사가 제일 질색하는 일이었다. 일부러 그런 건 아닌데, 꼭 그게 아닌 것만 같이 되어 버린 건 뭘까.

"내일은 정리 좀 할 거야. 유기그릇도 싹 다 꺼내서 좀 닦고 말리고. 침구도 여름 거 준비하고."

지겨워······.

보람이라든지 그런 거 하나 없는 이런 집안일 따위.

갑자기 숨이 막히는 기분이었다. 게다가 제가 유일하게 싫어하는 닭백숙. 어디선가 닭 비린내를 맡고 멀리하게 됐던 음식인데……. 물론 신선한 닭에 온갖 좋다는 약초라는 이름의 장작들을 잔뜩 넣어서 흐물흐물하도록 끓인 게 비린내가 날 리는 없었지만, 저런 나무토막들 냄새도 싫었다. 조용한 걸 좋아하는 '김 선생님'도 없는데 꾹꾹 두꺼운 문을 다 닫은 채 식사를 하는 이 적막하고 후텁지근한 공기도 갑자기 짜증스러웠다.

잘 싫증을 내는 스타일은 아니었다. 아니, 싫증을 낸다는 건 얼마나 사치스러운 감정인가.

살 만해졌구나, 김영진.

제 앞에 놓인 실한 닭다리를 손에도 대지 않은 채 아까 낮에 직접 거르느라 애쓴 매실청이 들어가 시큼하면서도 달착지근한 겉절이를 먹으면서 되뇌었다.

왜 그걸 꺼냈을까. 아마 사달이 나려고 그랬겠지.

영진은 제 방에 오자마자 창문부터 열었다. 창문을 열자마자 시끄러운 풀벌레 소리가 진동을 하는 기분이었지만 답답한 것보다는 나았다. 마치 늘 진공 속에 질식당할 것만 같은 적막보다야 목이 터져라 우는 날벌레와 이름 모를 산새 소리라도 요란한 게 낫지. 영진은 아무 생각 없이 서랍을 열었다. 텅 빈 서랍에는 언제부터인가 서랍의 주인이 되어 버린 노란색의 봉투가 포진하고 있었다. 낯선 이름의.

피식 웃고 말았다. 그냥 저거 들고 어디로 가 버리면 안 되나?

집문서를 들고 야반도주했다는 이야기도 많은데… 그냥 그러면 되는 거였으면 좋겠다 싶었다. 하지만 그런다고 집을 팔아넘길 수 있다는 거 자체가 웃긴 거지. 집 전세 계약하는 것도 그렇게 복잡한데 등기야 하물며……. 영진은 저도 모르게 봉투를 집어 들었다가 이런 제 생각이 어이가 없어서 툭 집어 던져 버렸다.

씻자, 씻고 좀 정신이나 차리자.

일부러 휴대폰 따위는 쳐다보지 않으려 했다. 제가 툭 내뱉은 한마디에 달라진 남자의 표정을 기억해 내지도 않으려 했다. 늘 느끼는 거지만, 내깐 게 무슨…….

영진은 화장실로 들어갔다. 요즘 혼자 옷을 벗어 본 적이 별로 없다는 쓸데없는 생각을 하면서 훌렁 벗어 버리고 샤워기 앞에 섰다. 제 맨몸을 만지던 타인의 손길이 자꾸 생각나려 할 때 아직 데워지지 않은 찬물이 쏟아져 나와서 다행이었다. 대체 난 어떤 꿈을 꾸고 있던 걸까. 꿈이라면 이렇게 소스라치게 찬물을 쏟아부어 깨웠어야지.

아, 차거…….

정신을 차리고 싶었다. 그래서 이 답답하고 이상하고 어이없는 꿈을 깨고 싶었다. 꿈에서 깨난다 한들 별 뾰족한 수도 없으면서. 그러나 마치 본능처럼 이건 제게 어울리지 않는 삶이란 건 알고 있었다. 사람이 자신에게 맞지 않는 옷을 입으면 탈이 난다는 걸 무엇보다 잘 알고 있으니까. 수천억짜리 빌딩의 상속자나 혹은 밀리언 셀러의 '애인' 따위가 가당치도 않다는 걸 누구보다 잘 아는 거 아닌가. 젠장.

영진은 들고 들어간 속옷으로 갈아입고 욕실의 문을 열었다. 그러다 그만 멈춰 서고 말았다.

방문… 같은 걸 잠갔어야 했다.

눈앞에 남자가 서 있었다. 당연하지 않나? 제가 바보 같았던 거지. 아니, 이 상황이면 저 남자가 당연히 내려올 거라고 예측했어야지! 그리고 저 남자가 저걸 볼지도 모르니까 다시 서랍에 잘 넣어 뒀어야지…….

"이게 뭐야?"

"등기 서류요."

커다랗게 봉투에 쓰여 있지 않나. 영진은 아무렇지도 않게 싸늘한 남자의 물음에 대답하고 제 옷을 꺼내려고 옷장을 열었다. 연 옷장엔 서울에서 급조되었던 값비싼 옷들이 옷걸이에 걸려 있었다. 그러나 영진은 밑에 개켜진 트레이닝복 바지를 꺼내 태연하게 다리에 꿰어 입고, 잘 때 입는 목이 늘어난 반팔티를 꺼내 입었다. 그러는 동안 남자는 아무 말도 없었다. 하지만 등 뒤로 타는 듯한 시선이 느껴졌다.

Game Over.

적막한 공간에 누군가 외치는 기분이었다. 아니, 실제로 그랬을지도 몰랐다.

"이거 당신 거야?"

왜 저 남자는 이게 니 꺼냐고 묻지 않는 걸까. 왜 저런 2인칭 높임말을 쓰는 걸까. 굳이…….

"거기 이름이 있는데 그게 왜 내 거겠어요."

영진은 화장대에 있는 스킨 병을 열었다. 얼굴이 당겨 왔다. 제 명치 어딘가도 팽팽하게 당겨지는 기분이었다. 스킨을 쏟아부어서 그걸 좀 말릴 수 있으면 좋으련만.

"그… 여자가 뭘 하면 이걸 준대?"

머리는 좋은 모양이었다. 아니지, 뭐 척 보면 유추할 수 있는 내용이 겠지. 문제는 뭐라고 대답하지? 사실 딱히 둘러댈 것도 없잖아.

"그쪽이 상속 포기하게 해 주면 나한테 그걸 준다고 했어요."

"왜?"

바로 쏟아지는 대답이 당황스러웠다. 왜라니…….

"모르죠. 왜 그랬는지는."

남자는 가만히 있었다. 오늘따라… 샤워를 금방 했는지 짧아진 머리카락이 드리워진 이마가 근사해 보였다. 원래 내 것이 아니면 더 괜찮아 보이는 거였다. 내 것인 적은 없었지만, 이젠 영원히 그렇게 될 리가 없으니까 더 괜찮아 보이는 모양인지. 남자는… 정말 근사했다.

"왜, 나한테 말 안 했어?"

뭘… 영진은 어이가 없었다. 대체 뭘 말하라는 건지.

"겨우 이게 탐나서……. 그 여자한테 붙은 거야? 그 뱀 같은 여자한테? 겨우 이따위 거 때문에?"

입은 삐뚤어졌어도 말은 똑바로 하라고 하지 않았나. 겨우라니.

"나한테 하고 싶은 말이 뭐예요?"

"그러니까!"

아마 주변에 뭔가 있었다면 집어 던졌을 거 같은 분위기였다. 그러나 그녀의 책상 위에는 아무것도 없었다. 분에 못 이긴 남자는 근육질의 몸을 부들부들 떨 정도였다.

남자가 제게 무언갈 던질지도 모른다는 생각이 들긴 했지만, 옛날의 저와 같진 않았다. 아주 어린 그녀의 기억 속 아버지는 이유도 없이 물건을 집어 던지고 그것도 모자라면 손에 잡히는 대로 집어 들고 그녀와 동생을 때렸었다. 도망을 갈 수도 피할 수도 없었다. 그러면 더 심하게 맞았으니까.

저 남자의 시퍼렇게 날 선 모습은 꼭 제 기억 속의 아버지 같았다. 굳이 아버지라 하는 이유는 아빠라는 단어랑 폭력이랑은 안 어울리는 거 같았으니까. 그때도 아버지란 말은 쓰지 않았었다. 그냥, 저 사람, 저 남자였을 뿐이었다.

다행인지 혹은 제 착각인지 모르겠지만 이 눈앞에 덩치 놓은 남자는 제 기억 속의 아버지와 같은 짓을 할 것 같진 않았다. 그래서 말할 수 있었다. 제 말라붙은 영혼은.

"그 여자가 그걸 나한테 줬을 뿐이고, 주면서 상속을 포기하게 해 달라고 했어요. 난 얼떨결에 그걸 받았을 뿐이에요. 뭐, 내가 말한다고 그쪽이 내 말대로 할 건 아니잖아요."

말을 내뱉고 나니… 갑자기 억울해졌다. 내가 무슨 잘못을 하기라도 했나? 그냥 말 한마디 건네 봤을 뿐이잖아. 실제로 건물을 받은 것도 아니고 그냥 등기부 등본을 '보여' 준 거뿐이잖아. 그 종이 쪼가리가 나한테 있다고 뭐 십 원 한 장 떨어진 것도 없는데. 그걸 준 여자가 말한 것처럼 베갯머리송사가 통하는 사이도 아닌데 왜 당신은 나한테 그런 표정을 하는 건데!

"하려고 했어."

뭘?

남자가 차갑게 내뱉었다.

"난, 당신이 원하는 대로 다 하려고 했다고. 뭐든지 다!"

23

어디서부터 잘못됐을까.

그냥 처음부터 다 잘못이겠지. 단 한 번도 제 삶 자체가 옳았다고 생각해 본 적이 없었다. 늘 최선의 선택을 하려고 애썼지만 그게 옳지는 못했다. 태어난 것부터, 삶을 살아가는 것도, 타인들과 관계를 맺는 것도…….

해피하게 살아 보질 못해서 해피 엔딩 따위를 꿈꾼 적도 없다. 그냥 하루가 무사히 지나가면 그게 다행일 뿐이었다. 다행이나 행복이나 어차피 한 끗 차이이니 뭔가 비슷한 거겠지.

30억이나 하고 한 달에 월세가 700씩 떨어진다는 건물이 네 것이 될 수도 있다는 말을 누군가 제게 했다는 데서, 행복이란 게 나에게도 올 수 있구나 하는 착각을 잠깐이나마 했었다. 건물주라는 단어는 그 무엇보다도 황홀하고 달달했다. 잘난 남자가 제게 느껴 본 적 없는 쾌락을 선사하며 귓가에 대고 사랑한다는 낯 뜨거운 말을 한 것보다 더.

그 남자의 사랑이 영원하지 않을 거란 걸 알아서일까, 아님 제게 있다는 그 샤르트뢰즈라는 걸 이해할 수 없어서일까.

열어 놓은 문 밖에서는 풀벌레 소리가 요란했다.

이 얼마나 자유로운 소란스러움인가. 밤이고 낮이고 울리는 차 소리, 잡상인들의 삶의 절규, 취객의 욕지거리, 아이들의 울음소리……. 지겨워서 싸구려 이어폰의 음악 소리 볼륨을 올려야 했던 세상이 현실이었다. 제 가방 어딘가엔 그 이어폰 뭉치가 있을 텐데. 숨소리조차 들리지 않는 남자의 공간에 가득 꽂혀 있는 대단한 김동철의 연작 소설들처럼 이곳은 휴대폰 안의 포털사이트에나 있는 비현실이었다.

영진은 몸을 일으켰다. 제 방에 왔던 남자가 어떻게 하고 나갔는지가 기억이 나지 않았다. 실망한 표정이었나? 아님 화를 냈었나? 모든 물건이 제자리에 있는 거 보니 집어 던지거나 하진 않은 모양이었다. 영진에겐 설명하기 힘든 특성, 아니, 습관이랄까, 뭐라 이름 붙이기 묘한 것이 있었다. 순간적인 기억상실. 제게 도움이 되지 않거나 감당하지 못할 것 같으면 지우개로 지운 듯 깨끗하게 지워 버리는 것이었다. 아마 제 뇌가 살아남기 위해 진화를 한 것일지도.

아버지가 화를 내고 나면 갑자기 아버지가 사라져 버리고 고요한 주변이 나타났다. 물론 어딘가 매우 아프기도 했다. 엄마가 술에 취해 악다구니를 시작하려 하면 전 놀이터의 그네에 앉아 있었다. 제가 점원일 때 나타나 저를 괴롭히던 손님이 소리치기 시작하면 경찰이 눈앞에 있었다. 그랬었다.

남자는 제 눈앞에 없었고 어딘가 희끗한 창밖으로 새소리가 들리기 시작했다. 게임은 끝났고 아침은 시작되었다.

"저 시내에 좀 태워다 주세요."

"무슨 볼일 있어?"

영감님은 아무렇지도 않게 물었다. 여전히 실한 아침상이 올라갔다 내려왔고 설거지가 끝날 무렵이었다. 이제 2층으로 청소를 하러 갈 시간이었다. 잠자코 자신의 할 일을 하던 박 여사가 힐끗 영진을 쳐다보는 게 느껴졌다. 아마 전 같으면 무슨 일이냐고 호들갑스럽게 물어봤을 게 분명했다. 그러나 박 여사의 표정은 담담했다. 마치 올 것이 왔다는 듯.

"저 가려고요."

"응? 왜?"

웬만하면 늘 똑같은 표정이었던 영감님의 표정이 달라졌다.

"갈 때가 돼서요. 일 더 못 도와드려서 죄송해요."

"아니, 그래도 그렇지……. 위에다는 말씀드렸어?"

"네."

기억은 없었다. 그러나 아마 그랬을 거 같았다.

"여보!"

당황한 영감님이 박 여사를 불렀다.

"오면서 택배 좀 찾아와요. 박대가 도착했다고 문자 왔네요."

"……."

마치 아무 일도 없다는 듯 박 여사가 대답하는 것을 들으니 영진은 때를 잘 맞췄구나 싶었다.

그래, 이만하면 오래 버텼어.

올 때 들고 왔던 가방엔 그래도 잠옷으로 입으려고 했던 그나마 낡은 티가 안 나는 반팔 티셔츠가 있어서 다행이었다. 계절이 바뀔 만큼은 있었던 모양이었다. 옷장을 채웠던 비싼 옷들과 화장품 같은 건 챙기지 않았다. 그건 그냥 아주 작은 자존심이었는지도 몰랐다. 꽤나 값비싼 것들이었는데……. 두고 가면 어차피 다 버릴 게 분명한데……. 하지만 그것들을 들고 갈 생각을 하진 못했다. 그리고 박 여사가 사 주었던 꽃무늬 블라우스도 옷걸이에 걸려 있었다. 그냥… 그게 있으면 여기가 더 생각

날 것만 같았고 어쩌면 박 여사가 그은 금 같은 것에 대한 작은 제 반항이었는지도 몰랐다. 다만 박 여사가 사다 주었던 선크림은 저도 모르게 챙겨 왔다. 그건 제게 필요한 거니까.

서울행 버스를 탔을 때 띵똥 하는 휴대폰의 알림음이 들렸다. 제 통장에 돈이 입금됐음을 알리는 알림음이었다.

아직 두 달이 채 되지 않았는데 박 여사의 이름으로 250만 원이 입금되어 있었다. 아마… 그 착한 노인네가 할 수 있는 저에 대한 마지막 애정이 분명했다. 저를 싫어한 건 분명히 아니었다. 제 밑에 부리는 사람으로서는 합격이었지만, 언감생심 김 선생님의 옆에 있을 사람으로서는 택도 없었을 뿐이었다. 그래서 영진은 박 여사의 싸늘한 표정 따윈 이해할 수 있었다.

영진은 휴대폰에서 눈을 떼고 창밖을 보았다. 넓어진 도로 사이로 차들이 늘어나고 창밖에는 거대한 아파트의 숲들이 이어졌다.

값비싼 알바를 했다. 어딜 가서 채 두 달도 안 되는 시간에 일을 하고 500을 벌겠는가.

그것뿐이었다.

누군가를 사랑하다니 가당치도 않은 일이었다.

누군가가 들었으면 아마 쓰러졌을지도 모를 엄청난 소음들이 가득한 곳이 도시였다. 버스 문이 열리자마자 제게 쏟아진 건 계절의 열기와 합쳐진 도시의 인공적인 열기 덩어리와 소음이었다. 차 소리, 사람들 소리, 어디서 들리는지 알 수 없는 음악 소리……. 이게 살아 있는 거지.

대체 그 촌구석에서 난 뭘 한 거야.

영진은 버스에서 내리면서 혼자 되뇌었다. 두둑한 현금이 든 통장이 있었다. 몇 달만 더 일을 했었으면 좋으련만……. 그런 생각마저 들었다. 후텁지근한 열기를 피해 터미널의 대합실로 들어서면서 영진은 생활 정보지부터 찾았다. 있을 곳도 구하고 일자리도 구해야 하니까. 당분간 죽을 생각은 없으니 살아야 했다. 열심히 사는 게 제가 가장 잘하는 일이었다.

"이 근방에선 제일 깨끗해요. 이 가격에 이런 방 못 구해요."

이의를 제기한 적 없으나 상대방은 열심히 어필하려고 애썼다. 여관방이나 찜질방 같은 데서 하룻밤 지내도 됐지만 영진은 터미널의 패스트푸드점에서 열심히 정보지를 보고 근처에 있는 고시원을 찾아냈다. 여자들만 있는 곳이었고 방에 샤워실이 있었다. 물론 화장실은 공동이었지만. 침대와 책상, 옷장이 있었다. 창문이 있는 곳은 더 비쌌지만 그런 건 필요 없었다.

"계약할게요. 지금 바로 들어와도 되죠?"

방음이 잘될 것 같지 않아 보였지만 상관없었다. 적어도 산새들이 조식 파티를 하진 않겠지. 사람들의 기척이 나는 곳이 필요했는지도 몰랐다.

"시급은 최저 시급이에요. 8,720원. 하루에 7시간 근무고 주휴 수당은 따로 없어요. 주 5일이고 수요일 날 쉬어요. 타임은 아침, 오후, 새벽 타임이 있는데 새벽 타임은 9,000원이에요."

재빨리 계산을 했다. 7시간이면 한 달에 150이 안 되는 건가.

"아침 타임으로 하고 싶어요."

그동안 꾸준하게 아침형 인간이었다. 밤 타임은 오래전에 해 봐서 알지만 이런 번화가에선 더욱더 힘들 게 뻔했다.

"아침엔 사람이 있어요. 오후는 어때요?"

아침이 좋은데……. 그래도 가게도 좁고 물건 진열도 많이 안 해도 될 거 같았고 멀리 가기도 귀찮았다.

"네, 괜찮아요."

"지금부터 해도 될까?"

일하기로 하니 바로 말이 짧아졌다. 뭐 그것도 괜찮았다.

"네."

"대신 화장도 좀 하고 그랬으면 좋겠네. 그 나이에 쌩얼은 좀 실례잖아?"

"아… 네."

밤 10시인데도 화장품 로드 숍은 불야성이었다. 게다가 속이 니글거릴 만큼 사람들이 북적였다. 스킨, 로션, 간단한 색조 화장품을 사 들고 나오면서 가게마다 찢어질 듯 틀어 놓은 음악 소리에 귀가 멍멍해졌다. 두어 달이 다 되도록 산새 소리만 듣던 저였지만 마치 늘 이런 곳에서 살아왔다는 듯 열기가 후끈거리는 서울 도심 한복판을 걷는 게 아무렇지도 않았다. 아니, 오히려 좋았다. 분명히 폐기가 나왔는데 첫날이라 그런지 편의점 점주는 그것까지 챙겨 주지는 않았다. 그래서 영진은 일부러 고시원 앞에 있는 편의점에서 삼각김밥과 생수 한 병을 사 들고 제 새 거처로 들어왔다.

낮과는 달랐다. 다들 들어온 모양이었다. 사람들의 기척이 어디서든 들렸다. 쾅 하는 소리와 함께 문이 열리고 화장실인 듯한 곳에서 나오는 덩치 큰 여자, 막 문을 열고 화려하게 치장을 하고 나서는 여자, 요란한 텔레비전 소리…….

마치 현실로 돌아온 기분이었다.

한밤중에도 샴푸, 린스, 수건 같은 걸 살 수 있는 가게들이 지천이었다. 밤 12시에도 피자나 김밥을 시켜 먹을 수도 있었다. 후끈한 열기가 가신 도시의 밤은 화려하고 소란스럽고 풍요로웠다. 물론 숨만 쉬어도 돈이 나가는 게 탈이지만.

고시원에 들어갔다가 씻을 것도 없어서 세면도구 등을 사 들고 들어와 전에 누가 베었는지 알 수 없는 베개를 벤 채 영진은 바로 어제까지 있었던 제 삶 따위는 잊어버렸다. 무슨 귀신 씻나락 까먹는 소리인가. 소리가 색으로 보인다니……. 타인을 맘속에 넣지 못하는 제 자신이 스스로 대견스러울 정도였다.

도시의 첫날이 피곤했는지 막 잠이 들려고 했을 때였다. 전화기가 울렸다. 퍼뜩 놀란 영진은 익숙한 번호라는 걸 알고 화면 속의 녹색 동그라미를 누르지 못했다. 한참이나 울리던 전화가 꺼지자 다시 알림음이 울렸다.

[어디로 간 거야?]

시간을 보니 저녁 식사를 하고 다 치우고 이제 그 방으로 갈 시간이었다. 그가 제 빈방에 가서 방이 비었다는 걸 안 모양이었다. 그제야.

뭐라고 해야 할까. 영진은 마치 그의 얼굴을 보듯 화면만 쳐다보았다. 그러다 화면이 꺼졌다.

이미 되돌릴 수 없다. 나는 방도 구했고, 일자리도 구했다. 아주 급하게……. 그러니까 이제 되돌릴 수 없는 거였다.

[내 말이 심했어. 미안해. 그렇다고 그렇게 가 버리면 어떡해? 어디야. 지금 어디 있는 거야?]

심한… 말을 했었나 보네. 하지만 남자는 제가 어린 시절 늘 듣고 살았던 입에 담기 힘든 욕설 같은 건 존재하는 줄도 모르는 사람이었다. 그러니 어떤 말을 했다 한들 심하게 들리진 않았을 것이다. 게다가 생각도 나지 않았다.

[그냥 그 여자랑 이야기를 했다는 거 자체가 화났을 뿐이야. 당신 잘못이 아닌데… 그냥 그런 하찮은 것 때문에 나한테 말 안 했다는 게 화가 난 거야. 어디야, 화 풀고 돌아와.]

남자가 한 말의 요지는 화를 내서 미안하다는 거였는데, 왜 제겐 그런 하찮은 것이란 단어만 보이는지 알 수가 없었다. 첫 번째 문자만 왔다면 다시 전화를 했을지도 몰랐다. 이 소음이 가득한 고시원과 값싸고 딱딱한 매트리스가 제게 자괴감을 주고 있었으니까. 폭신하고 조용한 제 방과 대단한 남자의 푸근한 침대와 체온이 제 이 즉흥적인 행동을 후회하게 만들고 있었다.

당신이 원하는 건 다 하려고 했어……. 제가 꺼낸 결혼 따위도 그 안에 들어갔을 수도 있었다. 박 여사의 그 멸시의 눈 따위는 아무렇지도 않게 새 안주인으로서 깔보아 줄 수도 있었을 게 분명했다.

30억짜리 꼬마 빌딩이 하찮은 남자…라고 되뇌어 보니 그게 제 착각이었음을 알려 주는 기분이었다. 잠깐 제 속살을 핥고 저를 사랑한다 했기에 그 남자와 저가 같은 선상에 있는 사람이라고 아주 큰 착각을 할 뻔했었다. 꿈 깨.

그리고 무엇보다… 난 저 남자를 사랑 따위 하지 않아.

[안 올 거야?]

영진은 전화기를 뒤집어 놓았다.

아마 이 세상 어느 누구도 절 이해하지 못할 거라 생각하니 웃음이 나올 것만 같았다. 그 세상 어느 누구도 다 나처럼 살지 않았으니까.

'야, 돈 많고 잘난 남자가 너 좋다는데 그냥 콱 물어 버리면 그만이잖아. 임신이라도 확 해서 위자료라도 받으면 그걸로도 평생 먹고살겠다…….'

대학교 다닐 때였던가 아니면 직장 다닐 때였나. 같이 있던 동기 중 하나를 쫓아다니는 남자가 있었다. 그때 옆에서 수군거리던 멘트였다. 그 동기가 끝날 시간이 되면 입구에서 기다리던 벤츠 승용차에선 멀끔한 남자가 서성이고 있었다. 그런데 그 남자 돌싱인지 혹은 애 아빠인지 그 비슷했던 거 같았다. 그래도 그땐 돈 많고 허우대 멀쩡한 남자가 쫓아다닌다고 다들 부러움에 차 있었다. 그 이야기의 엔딩이 어떻게 끝났는지는 잘 모르겠지만 한참 돈 문제로 힘들었던 영진은 나도 저런 남자나 하나 있으면 진짜 주변 말대로 꽉 물어 버리지 싶었었다. 그런데 이런 남자라니…….

그냥 갈까? 가서 눈물 나는 해우를 하고 보란 듯이 그 집 안주인이 돼서 박 여사 따위 흘깃거리며 내려다보고 천억짜리 빌딩이 잘 있나 구경이나 다니면서 살까, 그럴까…….

꿈 깨, 병신아. 아니, 그냥 꿈이라도 꾸면서 자.

얇은 벽 너머로 누군가 동영상이라도 틀어 놓은 모양이었다. 계속 끊임없이 웅얼거리는 소리와 노랫소리가 지친 그녀를 잠들지 못하게 괴롭히고 있었다. 소음 때문이었다. 쉬이 잠들지 못하는 이유는.

그리운 건 진공 같은 적막이지 그 적막 속에 살아야만 하는 남자가 아니었다.

"유심만 바꿔 끼우면 되는 거죠?"

"네. 그냥 기계는 쓰시면 되고요."

아침 내내 온 영식이의 전화 때문만은 아니었다.

— 누나 내가 진짜 갚는다고, 진짜로. 이게 정말 저번에는 확 올랐었거든. 어머어마했어. 그때 좀 팔아서 현금화를 했었어야 했는데 이거 뭐 하루에도 미친 듯이 올랐으니까……. 누나 정말 진짜 다음에 6천 찍으면 딱 바로 다 털어 버릴게. 지금 바닥이야, 5천5백 하던 게 천이 됐다고! 지금 한 500만 원어치만 사도…….

그동안 어떻게 지냈냐, 친구 집에서 고생하고 어쩌고 해서 제법 애틋하다 했더니 결론은 뻔했다. 게다가 마침 고시원 바로 옆 건물에 알뜰폰 선전 문구가 붙어 있어서였다. 전화번호를 바꾼 건. 결코… 수십 통의 부재중 통화 때문은 아니었다.

그냥, 단지 일을 해서 돈을 벌어야겠다는 생각뿐이었다. 남들이 숨을 쉬면서 밥을 먹으면서 살려고 하듯이, 저는 평생 그래 왔으니까 그렇게 살아야 했다. 아주 살짝 제 이름이 적힌 전셋집이라도 있으면 좋겠다는 '기대'를 했었다. 그러나 그건 역시나였다. 보다 좋은 일자리는 천천히 알아보아야겠지만 그것도 쉬면서 하는 건 사치였다. 그러니 돈을 벌어야지. 그리고 그것만 해야 했다. 사랑이니… 나발이니… 결국은 다 제 몸에 자해를 하듯 상처를 내는 거란 걸 너무 잘 알고 있었다.

"3만 8천2백 원입니다. 봉투 하시겠습니까?"

도심 한복판 편의점의 낮 타임은…, 그야말로 꿀알바였다. 전에도 편의점 알바를 해 본 적 있었다. 취객이나 나이를 속이고 술 담배를 사거나, 혹은 봉툿값 50원 때문에 언성을 높이는 일 같은 게 비일비재했었는데, 주변에 사무실이 즐비한 곳엔 취객도 없었고 진상 부리는 노인네나 깐깐한 아줌마도 없었다. 그리고 몇 년 사이 사람들 의식도 많이 바뀐 모양이었다. 다만 여전히 헷갈리는 담배 이름이 좀 문제였지만.

지금까지 했던 번호와 전혀 연관이 없는 낯선 번호의 전화기는 텅 비어 있었다. 탈퇴하지 못한 회사 사람들의 톡방도 없었고 주구장창 나열된 상관도 없는 작가나 애프터서비스 기사들의 연락처도 없었다. 쓸데없는 앱도 없이 깨끗해진 휴대폰은 낯설지만 이틀 만에 당연해진 새 도시의 생활처럼 아무렇지도 않았다.

지난… 그 한가하고도 바빴던 산중의 삶은, 아침에 눈뜨는 것과 동시에 가물거리며 살아지는 밤새 꾼 꿈 같았다. 꿈속 남주 따위 이제는 기억도 나지 않았다. 아니, 그랬을 것이다. 퇴근을 하면서 어이없는 건물을 보지 않았더라면.

8시면 이미 사람들이 다 퇴근할 시간이었지만 강남의 빌딩가는 불빛이 환했다. 물론 사람들은 넘쳐 났다. 영진이 편의점에서 나와 고시원으로 가기 위해서 걸어가고 있었다. 거리는 좀 됐지만 그 정도는 괜찮았다. 열심히 길을 걷다가 우연히 고개를 들어서 건너편에 커다란 건물을 보았을 때였다. 전에도 몇 번 보았던 빌딩이었다. 주변의 건물들과는 달리 웨이브가 져 있어서 누구의 뇌리에나 박힐 만큼 티가 나는 건물. 그 건물의 앞에 커다란 머릿돌에 굵은 필체로 쓰인 빌딩의 이름. 현락빌딩.

영진은 저도 모르게 발걸음을 멈추고 고개를 위로 들었다. 끝도 없다는 건 과장이지만 하늘 높이 솟은 위풍당당한 건물…….

참, 내 원…….

영진은 저도 모르게 혀를 차고는 시선을 다시 발끝으로 파묻었다.

제 스스로 이런 인간이니까, 그런 사람과는 다른 세상에 사는 거지. 사람을… 그 사람이 가진 것만으로 재는 인간, 그런 게 바로 나지…….

바쁘다는 건 좋은 거였다.

그동안 살아온 제 삶이 리셋이 된 기분이었다. 전셋집을 갖고 싶었던 건 동생과 같이 살 집이 필요했기 때문이었다. 아직 저는 젊고 제 한 몸 누이기에는 침대와 책상뿐인 고시원도 괜찮았다. 다만 끝없는 소음이 괴로울 뿐. 한동안의 고민 끝에 주소를 이전했고—혹 영식이 녀석이 찾아올지도 몰라서—그 덕에 이곳 구청에서 오전에 하는 자격증반 수강을 시작했다. 옷 몇 벌과 새 운동화를 샀고 길어서 덥수룩했던 머리카락을 좀 잘랐다. 편의점의 점주는 사실 인수한 지 얼마 안 돼서 뭣도 잘 모르는 사람이었고 인색하기 그지없었다. 그러나 뭐 상관은 없었다.

영진은 구청 교육실에서 새 일자리들을 알아보고 자신의 이력서를 올려놓았다. 도시에는 이른 여름의 열기가 덮쳐 왔고 에어컨이 없는 곳을 견디기가 힘들어졌다. 고시원의 작은 제 공간은 작은 에어컨이 쉴 새 없이 냉기를 뿜었지만 내내 띵한 두통을 걸치고 있어야 했다.

아무렇지도 않은 날들이 꾸역꾸역 지나가고 있었다. 지난날들은 그녀의 기억 속에서 빠르게 삭제되고 있는 듯했다. 그러나 그건 착각이었을까. 숨이 막히는 열기가 가득한 여름밤 퇴근을 하는 대로변을 지나가는 새파란 버스들의 옆구리엔 제가 알던 누군가의 필명이 커다랗게 적힌 책 이름이 쓰여 있었다.

그런 밤이면 헐떡이는 에어컨의 냉기 속에 누군가 제 살갗을 쓰다듬는 것 같은 감촉에 저도 모르게 놀라 잠이 깨곤 했다. 지겹게도.

[안녕하십니까, 도서출판 예림입니다. 일차 서류 전형에 합격하셨습니다. 축하드립니다. 면접 일자는……]

저도 모르게 피식 웃음이 났다. 나름 이쪽 업계에서 그럭저럭 좋은 평판이 있는 곳이었다. 웬일일까. 뭔가 잘 풀리려나. 마침 편의점 날짜도 끝났다. 오래 일할 사람을 구한다고 하긴 했지만 영 더 있고 싶지 않았다. 게다가 고시원 날짜도 같았다. 마침 손님도 뜸한 때라 면접용 옷이라도 알아봐야 하나 싶어 휴대폰을 다시 들었을 때였다. 갑자기 띵똥 하는 알림음이 들렸다.

"어?"

그건 은행 어플이었다. 돈이 빠져나가거나 들어올 리가 없는데… 영진은 은행 어플을 켰다. 입금이 되어 있었다.

입금액은 만 원… 그런데 입금자명이 이상했다.

[김양전화를받지않아서 10000원]

어이가 없었다. 그러나 웃긴 게 절 김 양이라고 부를 사람은 딱 한 사람밖에 없었기에 놀랄 수밖에 없었다.

[연락을할방법이없어서 10000원]

이건 분명히 박 여사였다. 제가 전화번호를 바꿨기 때문에 제게 전화를 할 수 없으니까 그런 걸까. 알고 있는 건 제 계좌 번호밖에 없을 테니. 금방 다시 띵똥 하고 알림음이 켜졌다.

[지금어디서무얼하고있 10000원]

417

굉장히 비싼 연락 방법이 아닌가. 열 글자에 만 원씩이라니. 무엇 때문일까. 영진은 궁금했지만 박 여사의 전화번호 같은 건 기억이 나지도 않았다. 그러니 그냥 이 비싼 메시지를 기다릴 수밖에 없었다.

땡그랑······.

그러나 영진은 휴대폰을 내려놓아야 했다. 손님이 왔다.

"에쎄 체인지 1mg 하나요. 아, 라이터도요."

영진이 재빨리 담배를 꺼내 들자 젊은 남자는 말했다.

"아, 그 그림 말고, 애 있는 걸로 주세요."

가끔 이런 사람들이 있었다. 혐오감 주는 게 목적인 담뱃갑 그림을 고르는 사람들··· 뭐 달라는 대로 줘야지. 원하는 걸 찾아 주고 라이터도 결제하고 나니 띵똥거리는 소리가 또 났다.

[이런말하기는그런데 10000원]

[여기좀와줄수는없나 10000원]

[잠깐이라도김선생님이 10000원]

[많이편찮으셔김양이 10000원]

영진은 갑자기 뭔가가 막 쏟아져 나오는 기분이었다. 전혀 딴 세상의 추억거리조차 언급할 수 없었던 일 아닌가. 일부러 꾸역꾸역 구겨 넣어 버렸던, 그 어떤······.

[좀와줄수없을까내가 1000원]

갑자기 금액이 달라졌다. 아마··· 노인네가 실수를 했을 것이다. 일부러 그런 건 전혀 아닐 게 분명했다.

[정말미안해그런데좀와 20000원]

영진의 이마가 굳어졌다.

[줬으면좋겠어사례는할 10000원]

또다시 땡그랑거리는 소리가 나면서 손님이 들어왔다.

"커피 주세요. 아이스 큰 컵 여섯 개요. 하나는 라떼로 주세요. 홀더 어딨어요? 여기 다 떨어져서 없는데요."

사례가 중요한 게 아니었다. 아니, 왜 그… 사람이 아파? 그런데 왜 나를……

"여기 소화제 어딨어요?"

뒤따라 들어온 사람이 외쳤다.

"여기 앞에 있어요. 그리고 홀더 드릴게요."

영진은 급하게 프런트 밑의 컵 홀더를 찾아야 했다. 휴대폰에서 계속 띵똥거리는 소리가 들렸지만 어쩔 수 없었다.

"여긴 캐리어 없어요?"

"네, 캐리어는 없어요."

"말보로 한 보로 줘!"

사람이 몰릴 시간이 아니었다. 그러나 일부러 그런 걸까. 하지만 영진은 생각할 새가 없었다.

[테니까좀와줘미안해 10000원]

[김선생님이너무상태가 10000원]

[안좋으셔서김양이꼭와 10000원]

[줬으면좋겠어부탁이야 10000원]

비싼… 메신저였다. 대체 얼마야. 단지 김 선생님이 아프니 와 달라는 말에 14만 원이나 쓰다니. 제 며칠 치 시급인데…라고 생각하는 제가 나쁜 걸까. 절 몰아내고 싶어 했던 박 여사가 오라고 할 정도면… 얼마나 아픈 거야.

아픈 거야. 그 사람이……

일이 끝나고 열기가 훅훅거리는 밤거리의 그 웨이브 진 빌딩 앞을 지나 제 고시원으로 와서 좁은 샤워 부스에서 씻고 남들 다 들락거리는 화장실에서 볼일을 보고 딱딱한 침대에 누웠다. 윙윙거리는 에어컨 바람

속에서 어느 방에서 나는지 모르는 유튜브의 소음을 들으면서 영진은
다시 제 휴대폰의 은행 어플을 켜 보고 있었다.

잊으려고 무진 애를 썼었다.

아무렇지도 않은 척…하려 했지만, 적어도 제게 사랑한다는… 믿을
수도 없는 말을 해 준 사람이었다. 제게 숨이 넘어가도록 벅찬 감각을
선물해 준 사람이었다. 영영 잊으라고 하면… 할 수 없는 그런 사람이었
다.

하, 젠장…….

아마 그냥 이런 일상이 계속됐다면 그토록 비싼 메시지였어도 신경
쓰지 않을 수도 있었다. 지금 하는 편의점 일에 만족하고 좋은 점주와
사이좋게 지냈다면… 굳이 다른 직장을 잡으려고 하지 않았더라면… 그
랬더라면.

이율배반 같은 느낌이었다. 그곳을 떠나올 땐… 모든 게 끝난 기분이
었다. 백억이니 천억이니 하는 빌딩은 둘째 치고라도 어마어마한 밀리
언 셀러인 작가라는 것도 차치하고서도 그냥 산속에 대궐 같은 집에 살
면서 삼시 세끼 상다리 휘어지게 먹고 싶은 걸 먹을 수 있는 대단한 사
람…을 차 버린 것 같아서 제 알량한 속물근성은 그 사람보단 그 사람이
가지고 있는 것이 더 대단했고 그것을 다 차 버린 기분이었다. 그래서
도시에 도착하자마자 일자리를 구하려고 했었다. 그런데 지금 이 기분
은 뭘까.

그 대단한 사람이 나를 필요로 하니까, 갑자기 시급 팔천 얼마짜리의
일자리 따위 시시해지는 기분인 건지. 젠장!

대체 그 대단한 사람이 어디가 얼마나 아파서, 설마 그게 저 때문인
건가? 왜? 대체 왜…….

그런 생각을 하는 사이에 버스는 양평 읍내로 들어섰다. 한 달이란 시

간이 지났지만 변함은 없었다. 다만 변한 것이라곤 정수리를 태울 것 같은 열기뿐. 버스에서 내리자마자 숨이 막혀 오는 열기에 정신이 아득해지는 기분이었다. 그때였다.

"김 양!"

저보다 더 땀에 흠뻑 젖은 영감님은 한참이나 이 열기 속에 서울에서 오는 버스를 기다렸음이 분명해 보였다.

"아이쿠, 김 양!"

그야말로 버선발로 뛰어나왔다는 말이 딱 어울렸다. 물론 신발을 신고 있었지만.

"그동안 어떻게 지냈어? 저기, 빨리……."

집은 변함이 없었다. 늘 웅장하고 대단하고… 다만 더 시퍼런 초록에 파묻힌 기분이었다. 개들의 소리도 더 우렁차고, 그리고 무엇보다 미친 듯이 우는 매미 소리가 이곳이 도시가 아니라는 걸 증명해 주고 있었다.

박 여사의 좀 더 늙어 보이는 안색은… 기분 탓일까. 그래도 그렇지 막 양평 읍내에서 내려서 후다닥 여기까지 왔으면 예의상 물 한 잔이라도 권해야 하는 거 아닌가? 그러나 바로 2층으로 뛰어 들어가길 원하는 표정을 이해하지 못하는 건 절대 아니었다. 그러고도 남지. 저 착한 노인네에겐 김 선생님이 전부일 테니까. 이해는 하는데 참… 별로다.

"전화는 왜 바꿨어?"

왜 바꿨는지 뻔히 알 텐데. 영진은 제 뒤를 따라 계단을 오르는 박 여사의 말에 대답하지 않았다. 에어컨 소음 따위는 없었지만 집 안은 서늘했고 대리석 계단의 감촉은 차가웠다. 두꺼운 중문을 열고 2층의 서재에 들어서자 어두침침한 공간은 괴괴하게 놓여 있었다. 전엔 해가 가득 든 커다랗고 넓은 공간이었는데… 모조리 커튼이 쳐져 있었고 답답한 실내는 후텁지근했다.

"김 선생님은 방에 계셔… 요즘 거의 식사도 못 하셔서……."

저 먹성 좋은 남자가 밥을 못 먹다니… 많이 아픈가 보네.

"병원은 가 봤어요?"

"그게……."

감히 박 여사가 김 선생님을 감히 병원에 가라마라 할 수는 없었겠지. 영진은 뚜벅뚜벅 걸어 방문을 열었다. 박 여사는 더 이상 오지 못했다. 작은 다이닝 룸은 커튼이 쳐진 채 적막에 싸여 있었다. 커피 머신이나 냉장고가 있어서 그런 소리는 났었는데…, 어둡고 적막했다. 다시 문을 여니 그곳은 더욱더 컴컴했다. 컴퓨터는 다 꺼진 채였고 후끈한 열기가 느껴졌다. 영진은 다시 문을 열었다. 침실은 더욱더 어두워서 대낮인데도 한 치 앞도 안 보일 정도로 어두웠다. 그리고 후텁지근한 열기와 이 방답지 않게 퀴퀴한 공기가 차 있었다. 대체 어디 있는 걸까.

"뭐야……."

24

그가 있었다.

전혀 그의 방 같지 않게 변한 그의 방에. 늘 너무나 깨끗해서 청소가 무의미해 보일 정도로 깔끔하고 정돈되었으며 저 눈처럼 하얀 백색의 시트를 매일 빨아 쨍쨍한 햇볕에 너는 부지런한 박 여사 때문에 그 어떤 고급 호텔보다 더 깔끔했던 침실은… 향기마저 달랐다. 그건 악취였다. 이 방에 낯선 시큼한 땀 냄새와 퀴퀴함이 어둠 속에서 영진을 낯설게 만들었다.

"뭐야……."

누군가 내뱉었다.

낯선 목소리였다.

"문 닫으라고 했잖아!"

뭐라 한마디 해 주고 싶었는데 목구멍에서 말이 떨어지지 않았다. 왜일까. 그때였다.

"왜 왔어?"

갑자기 말투가 바뀐 게 느껴졌다.

"어떻게 알았어요?"

"영천댁이 혼자 문을 열 리 없으니까……."

그랬겠지.

"아프다면서요. 병원 가야 하는 거 아니에요?"

"……."

영진은 불을 켜려고 했다. 그러나 불을 켜서 될 일이 아니란 걸 생각해 내고는 창가 쪽으로 다가갔다.

"영천댁이 불렀어? 왜, 내가 아프대?"

"그랬겠죠. 왜 죄 없는 나이 든 분을 괴롭혀요."

영진은 창가로 가서 암막 커튼을 쳤다. 그러자 컴컴하던 방에 햇빛이 쏟아져 들어왔다. 전에 제가 있을 때와는 또 다른 빛의 양이었다. 계절이 바뀌었구나……. 영진은 창이 열리는지 살펴봐야 했다. 이 썩어 들어가는 냄새라니.

"그만하고 나가. 할 말 있으면 전화로 하라고!"

쉰 목소리로 부르짖는 남자는 침대 옆에 웅크리고 있었다. 하도 어두워서 침대에 누워 있는 줄 알았는데… 영진은 두꺼운 창 옆으로 환기가 가능한 여닫는 창이 있는 걸 보고 삼금장치를 열었다.

"나가!"

그가 소리 질렀다.

"방 안이 아주 썩어 문드러지고 있잖아요."

한 번도 열려 본 적이 없는 게 분명한 모양이었다. 영진은 낑낑거리면서 두꺼운 창을 열었지만, 창은 이중이었다. 또다시 바깥에 있는 창을 열려 애썼다.

"누가 너보고 여기까지 오래!"

문 여는 데 열중해서 남자가 소리 지르는 것에 집중하지 못했다. 한 번도 열린 적이 없는 게 분명한 창을 열자 바깥의 열기 섞인 공기가 밀려 들어왔다. 그리고 아마 방 안의 썩은 것 같은 공기가 빠져나갔을 것이다. 그러자 숨을 쉴 수 있었다. 이 썩은 향이라니!

영진은 고개를 돌려 마치 공벌레처럼 몸을 만 채 귀를 막고 있는 남자의 뒷모습을 보았다.

"유치하지도 않아요?"

당연히… 유치하지. 어떻게 그렇게 딱 맞는 말을 하는 걸까.

더도, 덜도 아닌 딱 맞는 말이다. 유치하다 못해 유치찬란하지.

열린 적이 없는 창이 열리고 바깥의 공기가 스며드는 게 느껴졌다. 눈을 뜰 용기는 없지만 고여서 썩어 가던 공기 속에 텁텁한 여름의 열기 섞인 공기가 섞여 드는 걸 알 수 있었다. 고개를 들어 샤르트뢰즈를 보고 싶지만 용기가 없다.

단지 몸이 좀 아플 뿐이었다. 그래도 내가 할 수 있는 건 다 할 수 있다고 생각했다. 세상에 널리고 널린 평범한 여자들 중에 그래도 그 빛나는 연두의 목소리를 지녔을 뿐, 아무것도 아니라고 생각했다. 너에게 나는 다지만 나에겐 넌 초록의 희귀한 보석 조각일 뿐이라고 생각했다.

그러나 그 착각은 오히려 저주가 되어 고통으로 쏟아졌다.

이 병은 단지 자만에 찬 정신병이었다. 그게 확실하다. 색청 따위 누가 믿는단 말인가.

"씻어요. 냄새나요."

적어도 그렇게 작별의 인사도 없이 야반도주하듯 떠나 버린 거라면, 나만큼 괴로워서 그랬을 거라고, 그리고 떠나서도 나만큼은 아니어도 괴로워했을 거라 생각했다.

그러나… 당신은 아무렇지도 않았다.

버썩 말라 버린 욕실에 들어간 영진은 불을 켜고 욕조에 물을 받기 시작했다. 밖은 폭염이라고 쓰고 이상 고온이라고 읽을 만한 날씨였다. 차가운 물이 쏟아져 나오자 그나마 사우나 같은 열기를 식혀 주는 기분이었다. 열이라도 펄펄 나고 혹은 어딘가 붕대라도 감고 있는 줄 알았다. 아마 며칠 밥을 안 먹었겠지. 박 여사는 김 선생님이 식사를 안 하면 세상이 무너진 줄 아는 노인네니까.

어젯밤부터 그렇게 머릿속이 복잡했던 게 다 어이가 없는 지경이었다. 그 색청이니 뭐니 하는 것도 뭐 다 정신병의 일종 아닌가. 아마 분을 못 이겨 그랬겠지. 저 하고 싶은 건 다 하는 사람이 제 맘대로 못 한 게 화가 났을지도 모른다. 그래도 먹는 게 낙인 사람이 식음을 전폐했다면 뭐… 그래, 여기까지 온 게 헛걸음은 아니겠지.

저 사람은… 적어도 그렇게까지 날 생각해 준 거니까.

영진은 차가운 물이 고여 가는 욕조를 보다 뜨거운 쪽으로 틀었다. 그래도 너무 차가운 물은 컨디션 나쁜 사람한텐… 안 좋을 테니까.

"씻어요. 씻고 밥 먹어요."

여자의 목소리가 물소리 사이로 들렸다. 열린 문 밖에선 매미가 악을 쓰고 우는 소리가 들렸다. 몇 년 만에 듣는 소리였다. 매미 소리라니… 그러나 눈을 뜰 용기는 없었다.

"문 좀 닫아."

겨우 힘을 짜내 말을 내뱉었다.

"그쪽이나 들어가서 씻어요. 그사이에 방 청소 좀 하게."

여기까지 와서 청소나 해야 하는 제 처지가 어이가 없긴 했지만 제 성격이나 혹은 박 여사의 성격상 이런 꼴은 두고 볼 수가 없었다. 물론 그건 이 남자가 별로 아프지 않아 보인다는 전제 아래지만.

"문 좀 닫으라고!"

남자가 다시 신경질적으로 소리쳤다.

"눈 감으면 되잖아요. 문도 뻑뻑해서 열고 닫기도 힘든데! 눈 감고도 이 방 어디든지 다 다닐 수 있다면서요!"

통장에 찍힌 메시지값 14만 원 때문일까. 아님 이 남자나 이 남자를 모시고 있는 박 여사가 더 이상 저의 갑이 아님을 알기 때문에 그런 걸까. 이제 이 사람들한테 임금 따위 받을 일 없다는 데서 오는⋯ 인간적으로 대등한 것 같은 이 기분은 사실 치졸한 쾌감일지도 몰랐다. 당신들 따위는 모르는.

적막에 가까운 고요에 있다가 마치 맨몸으로 태풍 한가운데 서 있는 듯한 통증이 느껴진 정욱은 다시 소리쳤다.

"문 닫아! 제발 좀!"

남자의 절규가 방 안에 울렸다.

아마 전 같으면, 누군가 그렇게 소리친다면 바로 제 자아는 쪼그라들어 버렸을지도 몰랐다. 그런데 그러기 싫었다. 아마⋯ 미쳤나 봐.

"일어나요. 가서 씻어요!"

영진은 침대 옆에 공처럼 몸을 움츠린 채 귀를 막고 있는 남자 옆에 가서 남자를 붙잡아 일으키려 했다.

"이러다 썩어 문드러져 죽고 싶어요?"

쉰내가 코를 찔렀다. 그러나 그것보다 제 손에 닿는 남자의 몸이 달라진 것에 당황했다. 분명히 이 남자인데⋯⋯. 그 며칠 사이에 이렇게 변한 걸까. 남자의 어딘가를 잡으려 했던 영진은 갑자기 제 손을 움켜잡는 남자의 미끌거리는 손아귀에 깜짝 놀라고 말았다.

"악⋯⋯."

갑작스러운 고통에 영진은 저도 모르게 소리를 지르고 말았다.

"왜? 영천댁이 와서 날 씻기고 밥 먹이면 돈이라도 준대? 아님, 그 여자가 내가 다 죽어 가니까 마저 꼬드겨서 상속을 포기하라고 했어?"

남자가 이를 악물고 묻는 게 느껴졌다. 남자는 시뻘겋게 핏발이 선 눈을 부릅뜨고 제 어깨를 움켜쥔 채 부들부들 떨고 있었다.

"그래요! 박 여사님이 연락했어요! 대신 돈 준다는 이야기는 없었어요. 단지 자기가 하늘같이 여기는 김 선생님이 아파서 당장이라도 큰일 날 것 같으니 와 달라고 했어요! 이런 줄 알았으면 내가 여길 오는 게 아니었지!"

미쳤나? 이게 웬일이지. 그러나 단지 통장에 찍힌 돈 때문이 아니라 여기까지 제가 달려온 그 노력이 가상하지 않았나? 그런데 뭐라고…….

제가 악을 쓰고 대답을 했던 걸까. 갑자기 남자는 팽팽하던 바람이 푹 빠져 버린 풍선처럼 제 어깨를 움켜쥐고 있던 손을 놓아 버리더니 다시 헝클어지고 떡 진 머리카락을 움켜쥐곤 고개를 숙였다. 그러곤 웅얼거리듯 내뱉었다.

"그럼… 다시 가."

"가지 말라고 해도 갈 건데, 그래도 이 꼴을 보고 갈 순 없죠. 씻어요. 씻고 뭣 좀 먹고 병원에 가요. 나이 든 노인네 마음 아프게 하지 말고. 자기를 좋아해 주는 사람이 있을 때 잘하라구요!"

그때였다. 남자가 고개를 들으면서 밀했다.

"당신은?"

나? 나… 뭐. 뭐라고 내뱉었는지 기억도 나지 않았다. 뭘 묻는지도 알 수가 없었다.

"일어나요!"

머리가 깨지는 기분이었다. 그래도 참을 수 있었던 건 차가운 물 때문이었다. 눈부시게 하얀 욕조에 담긴 물은 투명하고 맑겠지만, 찰박거리는 물소리 때문에 그게 보이지 않았다. 익숙한 곳이었지만 전혀 익숙하지 않았다. 여자가 말했던 것처럼 눈을 감고도 다닐 수 있는 곳이었지만 낯설었다. 차라리 눈을 감는 게 나았다. 그러나 이제는 눈을 감는다고 다 사라지지도 않았다. 여자의 목소리는 여전히 샤르트뢰즈였지만, 이제 그것조차 잘 보이지 않았다.

보고 싶었는데…….

여기까지 와서 또다시 이 짓을 해야 하는 건가?

그러나 고찰 따위를 할 시간이 없었다. 이곳에 있었던 시간은 불과 두어 달밖에 안 됐지만 몸에 익은 듯 영진은 재빨리 꾸질꾸질해서 어울리지 않는 침대 시트 따위를 걷어 내 방 밖에 던져 버리고는 새 시트와 이불을 꺼내고 베개도 아예 새것을 꺼냈다. 그리고 뛰듯이 달려 나가 청소기를 들고 왔다. 그래도 여전히 방 안은 전 같지 않았다. 에어컨도 없는 방이라 온몸에 땀이 비 오듯 흘렸지만 그걸 어찌할 새도 없었다. 마치 미친 것같이 방을 청소하고 정리를 하고 나서야 정신을 차린 영진은 뚝뚝 땀이 떨어져 내리는 것이 느껴졌다. 빨리 한다고 했는데도 불구하고 꽤 시간이 지난 것 같았다. 그제야 뭔가 좀 이상했다. 욕실에서 아무소리도 들리지 않았다. 벌써 나왔어야 하는 시간 아닌가. 영진은 후다닥 뛰어가서 욕실 문을 벌컥 열어젖혔다.

"정욱 씨! 정신 차려요!"

영진은 저도 모르게 소리쳤다.

신기했다.

문이라곤 단 한 군데도 열리지도 않았는데, 서늘한 기분이 가득했다.

그 복잡한 서울 바닥엔 에어컨을 틀지 않으면 숨도 쉴 수 없을 것 같았다. 편의점 유리문을 여는 순간, 고시원의 현관문을 열기 직전, 계단을 오르는 그 짧은 시간 동안에도 숨이 턱턱 막혔었다.

그러나 그리웠던, 하지만 막상 대하니 또 당혹스러운 적막 가득한 커다란 2층의 서재는 푸르스름한 창밖에 작렬하는 햇살과는 상관없다는 듯 서늘했다. 그리고 힘들게 가져다 놓은 탁자 위에는 박 여사가 이 더위에 땀을 뻘뻘 흘리며 만들었을 전복 살이 실하게 든 전복죽이 소담스럽게 뚜껑 달린 유기그릇에 든 채 놓여 있었다.

이 삼복더위에도 죽이 식을세라 열전도율 좋다는 유기그릇을 반짝거리도록 닦아 담아 놓은 정성을 본다면, 저 김 선생님이란 작자는 천하의 나쁜 놈임에 틀림없었다. 이 세상에 누군가 나를 이렇게 위해 주는 사람이 단 한 사람이라도 있었다면 난 저러지 못했을 텐데…라고 생각했다가 피식 웃고 말았다. 박 여사가 김 선생님을 끔찍이도 위하는 건 사실 돈 때문이기도 할 것 같아서였다. 뭔가 저 따위에게 월 250씩 줄 정도면 훨씬 더 많은 월급을 받고 있으니 그렇겠지…라는 지극히 현실적이고 계산적인 생각이 먼저 든다는 사실이 씁쓸해졌다. 어쨌든, 저 남자는 '행복'한 사람이 아닌가.

그때였다. 달칵하는 소리와 함께 문이 열렸다.

문엔, 실루엣마저 낯선 남자가 서 있었다.

다시는… 볼일이 없을 거라 생각했던 사람, 내가 기대 따위 하기엔 너무 대단했던 사람, 그래서 더 잊기 쉬웠던 사람… 그러나 어쩌면 내가 필요할지도 모른다는 망상에 여기까지 달려오게 만든 사람.

그 사람의 표정은 냉랭했다. 그리고 수북하게 길어진 머리카락 밑으로 아까와는 달리 싸늘한 눈빛으로 저를 쳐다보고 있었다.

다른 사람 같았다. 아니, 낯선 사람이었다.

저를 안고서 제 속을 훑어 대며, 절 보고 싶다고 했던 그 남자는… 아닌 게 분명했다. 그리고 그게 다행이었다.

"왜 안 갔어?"

잠깐… 멍한 기분이었다. 뭐라고 해야 했을까. 대답을 했어야 하는데 마치 진공 같은 공간에서 영원히 잊었다고 생각하던 사람이 제게 말을 하고 있는데, 머릿속이 하얗게 돼 버린 기분이었다.

"가. 동정 따윈 필요 없으니까."

아까와는 달랐다. 마치… 영진이 여기 처음 와서 손에 들었던 두꺼운 홍루몽을 빼앗아 낚아채던… 그 김 선생님 같았다. 그럼 그렇지. 이 남자는 원래 이런 사람이었다. 샤르트르니 뭐니 사랑이니 뭐니… 그런 건 다 저 사람이 지어내는 책 속에 프린팅 된 픽션일 뿐이지.

"가지 말라고 붙잡아도 갈 거예요."

그럴 예정이었다. 그리고 이쯤에서 휙 돌아서 저 두껍고 지겨운 중문을 열고 발바닥이 차가운 대리석 계단을 내려가면 된다. 물론 저 밑엔 당혹스러운 표정의 박 여사가 있겠지만.

이쯤에서 뭐라고 더 표독스럽게 쏘아붙여야 할 타이밍이었다. 그러나 적막으로 가득 찬 공간은 침묵으로 이어졌다.

더 이상 기다리지 못하고 몸을 돌리려고 했을 때였다.

"그렇게 가는 게… 옳았어?"

옳아? 그게 대체 무슨 말인데… 세상에 옳은 게, 올바른 게 뭐가 있는데.

"가라면서요. 가라면서 뭘 더 알고 싶은데요?"

"알고 싶은 게 있다면 대답해 줄 수 있어?"

그냥 내뱉은 소리였다. 그런데 남자의 목소리가 달라졌다. 그래서 영진은 다시 입을 뗄 수 없었다.

"내가 그렇게 아무것도 아니었어? 나는 당신이 원하면 뭐든지 하려고 마음먹었었는데, 그런 날 떠나서 편의점 아르바이트나 하면서 고시원에서 사는 게 더 나았어? 난 그 정도밖에 안 됐어? 당신한테? 난 내 모든 걸 다 줘도 될 만큼 소중한 사람이라고 생각했는데 그건 내 병신 같은 착각이었던 거야?"

"……."

아무… 대답도 할 수 없었다. 저 남자는 내가 어디서 뭘 하는지 다 알고 있었던 거야? 그랬던 거야?

"왜? 화나? 내가 당신의 일거수일투족 다 알고 있다는 사실이? 하지만 바꿔서 생각해 봐. 내가 왜 그 짓까지 했겠는지!"

남자는 눈을 감았다. 그리고 미간을 잔뜩 찌푸렸다.

그제야, 영진은 정신을 차릴 수 있었다.

"그러면 굳이 박 여사님을 이용할 필요가 없었을 텐데 왜 그랬어요? 다 알고 있었다면서!"

제 절망을, 이 여자는 절대 모르길…….

깨질 것 같은 머리를 부여잡지 않으려고 애쓰면서 그는 머릿속에 떠오르는 말을 하려 했다.

"그런 적 없어. 절대 연락 따윈 안 했을 거야."

이 남자는 이런 사람이었다. 그건 알고 있었는데 왜… 내가 어디서 뭘 하는지 왜 다 알려고 했던 걸까. 그런데 왜 이렇게 된 걸까.

"그런데 제기랄!"

갑자기 남자의 입에서 낯선 욕설이 튀어나왔다.

"나 같은 건 필요 없다고 가 버린 게 화가 나는데! 아무것도 할 수가 없었어! 점점 숨이 막히고 온 사방에서 들리는 이명은 저 비싸 빠진 인이어로도 막을 수가 없었어! 그냥 그러면 되는데! 왜… 아무렇지도 않은 듯 멀쩡해서 화가 치미는 당신의 얼굴을 보니까 숨이 쉬어지냐고!"

이 병신 같은 정신병의 원인이 나 따위는 아무렇지도 않게 생각하는 당신 같은 여자일 리가 없는데 대체 이게 뭐야! 무슨 이런 개같은 일이

다 있어!

처음이었다. 이 남자의 이런 모습은… 부들부들 떨고 있는 남자는 인상을 쓰면서 관자놀이를 누르고 있었다.

쏟아 내던 남자의 말이 사라지자 서재는 다시 침묵에 휩싸였다.

뭐라고 한 거지. 내가 뭐 어떻다고 했던가? 나 때문에 숨이 막힌 건가? 내가 없어서? 아니, 나 때문에? 누군가도 그랬었다.

'니 새끼들 때문에! 쥐새끼들 같은 니들의 번들거리는 눈알만 봐도 숨이 막혀!'

'니들만 없었으면 내가 저런 인간 진작에 쇠고랑 차게 했을 텐데, 진작에 팔자를 고쳤을 텐데… 정말이지 숨통을 죄인다, 죄여!'

아무것도… 한 적이 없었다. 때린다고 해서 비명 한 번 제대로 꽥 하고 질러 본 기억도 없었다. 왜 낳아 놓고 그 난리냐고 묻고 싶었지만 그러지도 못했다.

당신도 마찬가지 아니야? 누가 당신보고 날 어떻게 해 달래? 그냥 단지 시원한 커피 한 잔, 말이 통하는 사람과 지나가는 말 한마디……. 그거만 했으면 됐잖아. 그것 말고 뭘 더 바랐어? 비바람이 몰아칠 때… 그냥 다 씻었으면 아래층으로 내려가라고 싸가지 없게 한마디만 하지 그랬어… 난, 내까짓 것이 원한 건 그냥 통장에 꽂히는 250만 원이면 됐었는데!

내가, 당신 같은 대단한 사람을 어떻게 만들 리가 없잖아!

"미안해요. 그쪽이 나 때문에……."

상처 입었나? 아니, 그럴 리가. 아마 나 때문에 화가 나고 억울했겠지.

"그런 거."

433

남자는 잔뜩 인상을 찡그린 채 눈을 뜨지 못하고 이마를 누르고 있었다.

"난 그럴 의도 같은 건 없었어요. 그쪽이 대단한 사람이란 것도 몰랐고, 일부러 접근하려고 했던 것도 아니고. 서울에서 그 서류 받고 당황했지만, 내가 그런다고 그쪽이 그 말을 들을 리도 없다고 생각했기 때문에 그게 그렇게 화낼 일이라는 것도 몰랐어요. 그리고 그때 한 말도… 그러니까 결혼하자는 말도 그냥 해 본 소리니까 신경 쓰지 말아요. 난… 아무 감정 없어요. 그쪽도 나 때문에 화난 거 알고 있고, 박 여사님도 그러길 원하기도 했고, 또 나도 여기 더 있고 싶지 않아서 떠난 거니까, 그렇다고 그쪽의 잘못 때문이 아니니까… 하여튼 난 내가 살던 곳에서 살고 싶어서 간 것뿐이니까… 그러니까 아프면 병원에 가 봐요. 다른 사람들 걱정하지 않게."

병신… 대체 무슨 소리를 한 거야. 참 뱉어 놓고도 무슨 소린지 모르겠네. 다시 말해야 하는 걸까.

"그쪽? 그쪽은 어느 쪽인데?"

이마를 누르고 있던 남자가 눈을 뜨고 싸늘하게 되물었다.

"그야……."

그거야 당신 아니야? 여기 나 말고 또 누가 있는데.

"이젠 내 이름도 잊어버렸어?"

그럴 리가…….

하지만 내뱉을 수가 없었다. 아니, 입에 담을 수가 없었다. 왜…일까.

한참 동안의 침묵이 내려앉았다. 막 입을 떼려고 했을 때였다.

"가. 여기까지 오느라 수고했네. 영천댁한테 차비 두둑하게 받아서 가."

남자는 돌아서서 방으로 들어갔고 탁 소리와 함께 문이 닫혔다.

한. 정. 욱…….

그쪽의 이름이었다.

입에 담을 수 없었던, 입에 담고 싶었지만 그럴 수 없었던, 아니, 그러지 못했던.

이유를 알고 싶다.

아니, 뻔하지 뭐, 늘 그랬듯 하고 싶은 걸 하지 못했으니까. 그래도 그때마다 애꿎은 입술을 꾹 깨무느라 상처만 났었는데 그래도 오늘은 눈물이 나네.

"어… 엉엉…엉."

퇴근 시간이었다. 버스엔 사람이 많아서 입석도 가득이었다. 옆에 앉은 누군가가 창가에 앉은 여자가 엉엉 소리 내어 우는 걸 황당하게 쳐다보고 있었지만 그걸 안다 한들 우는 걸 그칠 수는 없었다.

아마 옆에 있는 타인은 모를 것이다. 시원하게 우는 것조차 해 보지 못한 사람에겐 이것이나마 얼마나 대단한 일인지를.

"메일 체크 좀 확실하게 하고. 조 작가님 답장 왔어요?"

급하게 화면을 내리곤 메일 화면을 클릭해서 주르르 스크롤을 내렸다.

"아니요."

"답장 안 왔으면 전화라도 해 봐요."

"네."

"김영진 씨! 사만추 표지 디자인 확인했나?"

"아뇨!"

이럴 때 손이 네 개쯤 달렸으면 얼마나 좋을까. 데이터베이스 창을 열어서 작가 전화번호를 뒤적이는데 그녀의 전화기가 울렸다.

"여보세요? 네?"

남의 돈을 벌어먹고 사는 일이란 건… 다 비슷비슷했다.

약속 장소인 카페로 걸어가면서 계절이 바뀌고 있다는 걸 알았다. 이 빌어먹을 도시에 온 게 한 계절 전이라니. 미세 먼지와 도시의 공기에 찌든 가로수가 단체로 시위를 하는 게 아니라면 계절이 바뀌었기에 색이 변했겠지. 영진은 잰걸음으로 카페로 들어섰다. 저녁 시간인데도 불구하고 카페는 사람들이 복작거렸다. 대부분 젊은 연인들같이 보였다. 빈자리를 찾아 앉으면서도 통화를 끊을 수 없었다.

"아니, 그렇게 말씀하시면 서운하죠. 저희가 조 작가님만의 독창적인 세계를 얼마나 존중하는데요. 그럼요!"

어깨가 짓눌리는 것 같은 커다란 가방엔 이제 첫 할부를 끊은 귀하디 귀한 노트북이 들어 있었기에 조심스럽게 내려놓으면서 말을 이었다.

"네, 꼭 부탁드립니다!"

부탁은, 제기랄……. 차라리 편의점에서 계산이나 하고 진열이나 하는 게 나을까 싶었다. 제가 꿈꾸던 워너비의 출판사였지만 실상은 지긋지긋한 전 전 직장이나 마찬가지였다. 허기와 갈증이 동시에 밀려와 뭔가를 주문해야 하나 싶을 때였다. 제 앞에 웬 남자가 다가왔다.

"김…영진 씨?"

"…필요한 서류가 인감 증명, 주민등록초본입니다. 주소 이력이 전부 나와 있어야 하고, 인감 증명은 주택 매매용입니다. 신분증과 인감도장, 그리고… 적어 드릴까요?"

"네? 저기… 잠시만요……."

전에 어디선가 본 얼굴이었다. 본인을 무슨 변호사라 한 남자는 다짜고짜 악수를 청하더니 음료를 고르라고 하고 주문하고 오더니 들고 있던 가방에서 잔뜩 카탈로그 같은 것을 꺼내 내밀더니 어이없는 소리를 했다.

"이게 다 뭐라고요?"

"김영진 씨 앞으로 증여된 아파트입니다. 증여해서 등기부 등본을 새로 해야 해서 필요한 서류 말씀드리는 겁니다. 아, 그리고 증여될 현금도 있으니 주로 쓰는 은행 계좌 번호도 여기 적어 주시죠?"

"네? 아니, 왜……."

제가 꿈꾸던 예림 출판사라고 해서 딱히 다르진 않았다. 갑질하는 작가 또 다른 갑인 직속상관… 그러나 그게 다행이라고 느껴진 건 처음이었다. 하루하루가 전쟁 같아야 밤에 피를 흘리며 죽어 가듯 잠들 수 있었으니까.

그런데 이 사람은 대체 누구란 말인가.

"저는 전에 김영진 씨 뵌 거 기억이 나는데… 제가 기억이 안 나나 봅니다."

"네?"

말끔한 정장, 옅게 메이크업까지 한 호감 가는 중년 남자… 어디서 본 것도 같고 아닌 것도 같고.

"그때 조매화 회장님 장례식 할 때 뵙지 않았습니까? 저는 조 회장님 변호인이기도 하고 이제는 회장님의 손자인 한정욱 님의 변호인이죠. 아까도 말씀드렸듯이 한정욱 님이 김영진 님에게 아파트와 현금을 양도하셨습니다. 양도에 필요한 세금은 한정욱 님이 지불하시기로 하셨기 때문에 김영진 님은 필요한 서류 준비하셔서 사인만 하시면 됩니다."

이제야 머릿속이 가라앉았다.

"아니, 한정욱 씨가 왜요?"

서류상이니까, 타인의 입에서 나왔으니까, 그러니까… 그 입에 담을 수 없던 이름이 아무렇지도 않게 튀어나왔다. 제기랄… 내가 그런 인간이란 걸 알고는 있었지만 참……

"모르죠. 저야 대리인이고 시키는 일만 하는 거니까요. 아파트는 강남구 **동 소재고요. 김영진 님 직장 바로 옆이고 이 근처입니다. 건축된 지 3년 차고 22층 59제곱미터네요. 혼자 살기 딱 좋을 거 같습니다."

그 사람이 왜요?

그 사람이 대체 왜요?

자주 통화를 하는 사람들의 전화번호도 기억 못 하는 디지털 치매를 겪고 있었다. 그 사람은커녕 박 여사의 전화번호도 기억날 리 없었다. 제 앞에 도착한 제 이름이 박힌 공시지가가 어마어마한 아파트의 등기부 등본과 제 통장에 찍힌 동그라미가 아홉 개나 박힌 숫자를 보고 몇 번이나 확인을 하고 나서야 저를 괴롭히던 상사한테 제가 볼일이 있다고 당당하게 이야기를 하고 양평행 버스를 탔을 때도 물어야만 했다.

호기롭게 택시를 타고 잠긴 대로변의 문에 도착했을 때는 이미 주변의 활엽수는 색이 바래 있었다. 영진은 옆으로 한참이나 걸어가 담을 넘어서 포장된 언덕길을 한참이나 걸어야 했다. 차로 다닐 때는 몰랐지만 걸어서 올라가는 길은 서늘한 바람에도 땀이 절로 날 정도로 멀고 가팔랐다. 한 시간 정도를 걸어 올라간 길 끝에는 잠긴 문 뒤로 적막이 가라앉아 있었다. 옆으로 가 겨우 마당을 들어갔을 땐… 항상 요란한 기척을 내 주던 두 마리의 개조차 없었다.

집은… 텅 빈 채 꼭꼭 잠겨 있었다.

25

땡그랑…….

"어서 오세요!"

창고에서 오늘 새로 받은 원두를 정리하느라 한참 만에 나왔는데 마침 새로 온 딸기청 봉지를 뜯지 못해 쩔쩔매고 있는 지원을 대신해서 막 들어온 젊은 여자 손님들을 향해 인사를 대신 건넸다. 문은 한참 떨어져 있었는데도 불구하고 바깥의 차가운 공기를 한 줌 실어다 뿌려 주었기에 아침부터 뉴스에서 떠들던 한파를 살짝 가늠할 수 있었다.

"음… 여기… 쏠티드 캬라멜 라떼… 그거 유명하죠?"

"네!"

"그럼 그거랑……."

수많은 유혹적인 이름을 가진 음료들 사이에서 하나를 고른다는 건… 참 즐거우면서도 난해한 일임에 틀림없었다. 저 빨갛게 물든 볼을 가진 젊은 여자들이 그 선택의 즐거움을 맘껏 누릴 수 있도록 한참은 기다릴 준비가 되어 있었다.

"가위로 안 돼?"

"될 거 같아요."

안 될 것 같아 보이는데도 지원이 애를 쓰며 두꺼운 비닐 팩을 뜯으려 하기에 손을 내밀어 도와주려 할 때였다.

"쏠티드 캬라멜 라떼하고 뱅쇼하고, 음, 말차 스콘, 유자 스콘 주세요."

"네!"

나른한 오후였다. 창고에서 원두들을 정리하느라 흠뻑 진한 커피 향에 빠져 있어 나른한 오후. 좋아하는 커피를 만드는 일조차 손길이 느릿해지는… 그런 한겨울의 오후.

스콘을 오븐에 넣어 데우고 필요한 재료들을 꺼내는 손길이 바빠졌다. 그때였다. 마침 손님들 테이블에 앉아 있다 어울리지 않게 눈치를 보던 재훈이 말을 꺼냈다.

"영진 씨, 샤브샤브 좋아해?"

음? 샤브샤브? 그게 뭐였더라… 아, 고기랑 야채를 육수에 넣어서 적셔 먹는 요리… 아, 그 밀푀유나베 비슷한……

"뭐 고기랑 야채랑 먹는 건 다 좋죠. 왜요?"

히비스커스 원액이 든 병을 꺼내면서 무심하게 대답하려 했다.

"내가 아는 후배 녀석이 샤브샤브집을 차렸더라고. 가서 한 번 팔아 줘야 하는데 오늘처럼 갑자기 추워진 날엔 따뜻한 게 제격이잖아. 그래서 같이 가 보자고……."

뭐라 대답해야 할까 싶은데 옆에서 드디어 딸기청 봉지를 뜯어 용기에 담던 지원이 냉큼 대답했다.

"싸장님, 영진 언니한테 데이트 신청하는 거예요? 그럼 매너 꽝이지. 무슨 데이트가 샤브샤브집이야. 아니, 시뻘건 고기 육수에서 흔들면서 무드가 나나? 데이트는 무조건 파스타나 스테이크라니까요. 싸장님은 돈도 많으니까 스테이크 가야지!"

"야! 무슨!"

어이가 없어진 영진은 재빠른 손놀림으로 라떼용 샷을 뽑으면서 내뱉었다. 그럴 땐 사장님도 거들어야 하는 거 아닌가?

"어, 역시 지원이가 눈치가 빠르네. 아니, 샤브샤브가 그렇게 데이트 코스로는 꽝이야? 나름 이런 날씨엔 괜찮지 않나?"

"사장님!"

영진의 어이없는 대답에 카페의 젊은 사장인 재훈이 대답했다.

"겸사겸사 데이트 좀 신청합시다, 김영진 씨!"

당황해야 하는 건가?

스팀우유를 만들면서 영진이 대답할 생각이 없는 듯 보이자 남자는 다시 물었다. 조바심을 감추려 애쓰면서.

"영진 씨, 그게……."

땡 하는 소리가 경쾌했다. 영진은 재빨리 데워진 스콘을 담고 냅킨을 싸 둔 포크를 챙기고 음료들을 담아냈다. 옆에서 지원의 킥킥거리는 소리가 났다. 그러나 아랑곳하지 않고 재빨리 음료들을 준비하고 진동 벨을 찾아 버튼을 누르고 기대에 찬 아가씨가 음료와 스콘을 받으러 오자 내밀면서 말했다.

"맛있게 드세요!"

"영진 씨……."

"또 차였네. 언니, 한 번 가 주라. 난 이미 남친이 있지만, 없으면 싸장님이 연세가 좀 있으셔서 그렇지 나름 완벽한데?"

그런가……. 암암리에 이 건물주 아들이란 이야기도 있었고 별로 돈을 벌려고 혈안이 되어 있지도 않았다. 그건 재료들을 사는 데 돈을 아끼지 않고 좋은 것만 써서 주변에서 비싸지만 고급지고 맛있다는 소문이 슬슬 도는 카페 운영만 봐도 알 수 있었다. 나름 헌칠한 키와 외모, 모나지 않고 부드러운 성격……. 그야말로 여자들이 생각하는 완벽한 남자였다. 그게 저한테는 그렇지 않아서 문제지.

영진은 피식 웃고 말았다.

"영진 씨……."

"다 같이 가는 거면 몰라도 데이트면 안 돼요."

옆에서 겸연쩍어하는 젊은 사장님이 더 곤란하지 않게 영진은 젖은 수건을 집어 들고 카운터를 나섰다. 손님들이 나간 탁자들을 한 번씩 닦는다는 핑계로 자리를 벗어나고 싶었다. 꽤나 넓은 공간엔 드문드문 손님들이 흩어져 있었고 클래식 음악 사이로 웅성거리는 대화들이 떠돌았지만 층고가 높은 탓에 소란스러운 기색은 없었다.

꽤 널찍한 카페는 새 빌딩의 1층에 자리 잡고 있었다. 지어진 지 얼마 되지 않아서 공실이 아직도 더러 있는 십여 층짜리 빌딩 근처에는 카페고 음식점이고 많았다. 들리는 소문처럼 돈 많은 집 아들이라는 젊은 사장이 차린 카페는 근처 프랜차이즈와는 달리 특색 있는 드립 커피와 음료들로 가격은 좀 비싸도 꽤 손님이 찾아오는 편이었다. 커피 드립 학원에서 만난 사장님과 인연이 되어 반년째 일하고 있었다.

커피라니… 게다가 어설픈 바리스타라니. 사실 주중엔 오전에 근처 전문대학에서 하고 있는 제과 제빵 기능사 자격증반도 다니고 있었다. 살다 이런 일을 하게 될 줄… 누가 알았을까. 아무도 모를 일이었다. 저도 모를 일이니까.

그 텅 빈 산속의 집을 쳐다만 보다가 당황스럽게 내려온 지 2년 하고 한 계절이 지나고 있었다.

그사이 영진이 사는 세상은 그야말로 상전벽해가 따로 없었다.

하루하루 사는 게 곤혹스럽고 밤이면 눈이 떠지는 아침이 원망스러운 날들이 더 많았다. 그러다 만난 산속의 나른하고도 바쁜 날들은… 김

442

영진이란 인간의 삶을 모조리 바꿔 놓게 되었다. 마치 꿈결처럼 지나간 커다란 대저택의 작고 하얀 방, 매일매일 차려 내는 화려한 음식상, 그리고 고요와 적막에 묻혀 살아야만 하는 그 남자… 그리고 그 남자와 있었던 일들……

양평에서 올라오는 버스에서 그렇게 눈이 퉁퉁 붓도록 운 뒤에는 영진은 자주 그 고시원의 방음도 안 되는 방에서 눈물을 터뜨렸다. 한밤중에 옆방 여자가 벽을 쳐 대며 나가서 찔찔 짜라는 소리까지 들을 정도로.

왜 그랬을까. 생각해 보면 딱히 그 남자 때문은 아니었던 거 같았다. 길지도 않은 생을 살면서 그렇게 감정을 쏟아 내 본 적이 없어서였을 것이다. 회사에서 억울한 일을 당했을 때, 퇴근 때 버스를 놓쳐 무더위에 지쳤을 때, 그리고 제 인생이 참으로 어이없게 가여울 때… 울 수 있다는 건 참 대단한 발전 같은 거였다. 물론 다음 날 눈이 퉁퉁 붓고 머리가 아파졌지만 세상 사람들은 이해할 수 없는 어이없는 카타르시스를 느낄 수 있다는 건… 아주 미세하고 자유로운 행복이었다.

누군가를 그리워할 수 있다는 게… 얼마나 대단한 일인지 세상 사람들은 모를 테니까.

그러다… 그 사람이 찾아왔다. 조매화 씨의 변호사라는 사람, 그리고 이제 한정욱의 변호사라는 사람.

그의 새엄마라는 여자가 내민 등기부 등본을 보고 두근거린 건… 그게 내 것이 될 거라는 생각 따원 전혀 해 보지도 못한 채 빌딩이라는 말에 놀란 것뿐이었다. 마치 엄마가 놀이동산에 데려가 줄까 하고 이야기했을 때처럼. 절대 가지 못할 거란 걸 알면서도 꿈꾸는 두근거림 같은 것뿐이었다.

그런데 그 남자가 내민 건 진짜 등기부 등본과 현금 일억이 든 통장이었다.

어이…없어라.

그걸 받을 생각은 전혀 없었다. 아니, 받을 자격 같은 것도 없다는 걸 너무나 잘 알고 있었다. 그러나 양평의 집은 텅 비어 있었고, 변호사를 찾아가 연락처를 가르쳐 달라고 했지만 변호사는 아무렇지도 않은 얼굴로 자신의 의뢰인이 그것을 원하지 않기 때문에 알려 줄 수 없다고만 할 뿐이었다.

그 텅 빈 아파트에 가 본 건 무려 두 달이나 지나서였다.

아파트라니… 그것도 강남 한복판에.

그날은 원고를 펑크 낸 작가를 설득하지 못해서 편집부장에게 그야말로 인간적인 모멸을 당한 날이었다. 뻔뻔스러운 작가라는 작자의 안하무인 한 태도나 작렬하던 여름이 지나가면서 퍼붓듯이 쏟아지던 장대비 덕에 고시원의 눅눅함이 극에 달한 날이었다. 옆방에선 이 고시원의 방음 상태 따위는 전혀 모르는 새로 들어온 여자가 내내 지 멋에 겨워 흥얼거리며 지겨운 노래를 반복하고 있었고, 복도 밖에선 주인한테 물이 샌다고 항의하는 성질 더러운 여자가 고래고래 소리를 질러 대며 통화를 하고 있었다. 이 지긋지긋한 소음을 벗어나려고 어딘가 가야 하는데 갈 데가 없었을 뿐이었다.

번잡한 도시 안에 마치 섬처럼… 꽃과 나무, 그리고 인공 폭포와 개울이 흘러가는 공원 같은 아파트 단지. 플라스틱 키로 열리는 유리로 된 공동 현관. 그리고 22층을 올라가는 깨끗하고 널찍한 엘리베이터. 조용하고 깨끗한 철문을 열고 들어간 곳에 펼쳐진 고요하고 화려한 도시의 야경.

방이 세 개나 되고 욕실이 두 개에 꿈만 꾸던 아일랜드 싱크대가 달린… 깨끗하고 넓은 아파트라는 곳……. 우중충하고 비가 오락가락하던 날씨였는데 그곳엔 아름다운 야경과 적막한 고요만 가득 차 있었다. 마치 언젠가 느꼈던 그 적막처럼. 그땐 그 적막에 숨이 막혔었는데 지금은 이 적막이 저를 숨 쉬게 하고 있었다.

이런 걸 아무렇지도 않게 받을 수는 없다고 생각했다. 그러나 우편함에 꽂혀 있는 두 달 치 연체된, 당황스럽게도 제 이름으로 된 관리비 청구서를 보고는 영진은 통장에 든 제 돈으로 계좌 이체를 하면서 그냥… 그런 사람이 되기로 했다.

염치도 없고 미안함도 모르는… 그런 사람이.

이사 같은 건 필요도 없었다. 이삼 일에 걸쳐 옷가지와 늘어난 소지품을 가져다 놓았을 뿐이었다. 영진은 그래도 그동안 꽤나 모아 두었던 돈으로 정말이지 갖고 싶었던 침대와 냉장고, 그리고 세탁기를 샀다.

냉장고 자리가 커서 그 자리를 맞추기 위해 턱없이 큰 양문형 냉장고를 샀다. 침대는 싱글을 샀으면서…….

열심히 닦은 텅 빈 새 냉장고에 달걀 한 판을 사서 차곡차곡 넣으면서 영진은 다시 핑 도는 눈물을 주체 못 하고 오열하고 말았다.

아무도 이해할 수 없을 것이다.

내 냉장고를, 그것도 양문형 냉장고를 갖는다는 게… 이렇게 벅차오르는 일인지 따위를.

그냥 그랬다. 아침이면 텅 빈 거실에 나가 빌딩 숲을 내다보는 게 제 인생의 맨 꼭대기에 있는 행복이란 것이었다. 잔고를 계산하고 한 달 생활비를 예상하고는 영진은 출판사를 그만뒀다. 그리고 근처 편의점에서 오전 일을 하고 오후에는 바리스타 학원을 다녔다. 딱히 그런 걸 배우려 작정한 게 아니었다. 그냥 지나가다 눈앞에 학원 간판이 있어서 충동적으로 들어갔다. 학원비가 생각보다 비싸서 놀랐지만 뒷걸음질 치진 않았다.

짙은 커피 향에서… 남자가 제게 건네줬던 달그락거리는 얼음 소리가 들리는 아이스커피가 떠올랐기 때문이었다.

선택을 할 수 있는 삶을 준… 남자가 어떻게 살고 있는지… 커피 향을 느낄 때마다 궁금했다.

커피를 배우는 건 정말 재밌었다. 살면서 제가 재미있는 일을 한다는 게 이렇게 기쁜 건지 처음 알게 되었다. 시간 맞춰 물을 드립하는 방법, 원두의 미세한 컨디션 때문에 천차만별로 달라지는 맛… 그런 것들을 알아 간다는 건… 제가 전에 살던 세상에서는 하등 쓸데없는 일이었다. 그러나 이제는 새 삶을 살고 있었다. 제가 살고 싶어 하는 삶.

그건 최소한의 양심이었는지도 몰랐다. 남자가 준 현금은 그냥 그대로 건들지 않았다. 집이란 게… 망가지지 않으니까 혹시나 어쩌면 돌려줘야 할지도 모른다고 생각하고 있었기 때문일지도 몰랐다.

그러나 이 대단한 서울 바닥에서 주거란 게 해결되고 나니 사는 건 조금만 부지런하면 숨통이 트였다. 착실하게 돈을 모아 텅 빈 집을 채웠고 생전 처음으로 칙칙한 머리를 밝은 에쉬브라운으로 염색도 했다. 지나가다 저렴한 진열장 안에 든 옷을 충동적으로 사기도 했다.

하루하루가… 그녀에겐 새로운 화려한 그림이 그려진 동화책 같은 나날이었다.

계절이 가는 것도 비가 쏟아지는 것도 눈이 흩뿌리는 것도… 행복했다.

행복이란 게 어떤 건지 모르겠지만 근심과 걱정이 없고 웃음이 삐져나오는 게 행복이란 거라면… 당연 삶은 행복했다.

이물거리는 것 한 가지만 빼고.

영진은 부지런히 탁자를 닦았다. 탁자마다 장식으로 놓여 있는 투명한 비커 안에 든 초록색 나무 이파리가 혹시 시들거나 하지는 않았는지 신경 쓰면서. 젊은 사장님의 데이트 신청이 맘에 걸렸기 때문이란 걸 부정할 생각은 없었다. 좋은 사람이고 덕분에 하고 싶어 하는 일을 하고 돈도 벌게 돼서 고맙고 좋은 사람이었다. 그러나 그뿐이었다. 왜 저 사람이 제게 저러는지 영문을 알 수 없을 뿐이었다.

데이트라니…….

딱히… 마다할 이유는 없었다. 그러나 '그' 사람은 타인과 비교될 수 없는 사람이었다. 그를… 지금에 와서 어쩌자는 건 아니었다. 그냥, 그랬다. 그 대단한 아파트에 공용 현관을 들어갈 때나, 넓은 거실의 커다란 창으로 도시의 뿌연 야경을 내려다볼 때나, 혹은 채우려 해도 채울 수 없는 커다란 냉장고를 열 때마다… 그 남자가 생각났다. 소리를 색으로 본다는 남자, 저를 그 낯선 샤르트뢰즈라고 말하던 남자, 그 남자가 지금 어떻게 살고 있는지를.

아파트와 돈을 대가로 수절 따윌 할 생각 같은 건 없었다. 그건 그 사람도 그렇게 생각할 것이다. 내게는 대단하지만 그 더 엄청나게 대단한 남자에겐… 제게 준 것이 그다지 대단하지 않다는 걸 알고 있어서였을 것이다. 그렇지만 좁디좁은 세상에 갇혀 동동거리며 일생을 산 제겐… 대단했다. 그리고 그게 다였다.

그러니까… 제가 아파트를 받은 이상, 적어도 그 사람이 어떨진 모르겠지만 평생… 저는 그 사람만 생각하기로 마음먹었다. 그렇지 않다면 죄책감에 죽고 싶어질 것만 같을 게 뻔했다. 수절이란 걸 할 따윈 없을 거라 생각했음에도 불구하고.

그런데 그렇지 않다 해도 싸장님은… 제 취향에 들어올 수 없었다. 수절이 아니라 해도 '그' 보다 대단한 사람을 이제 다시 평생토록 만날 수 없을 거란 건… 자명하니까.

샤브샤브… 맛있겠다.

그러나 아직까진 22층의 야경을 내려다보며 먹는 컵밥이 더 맛있다. 다행스럽게도.

영진은 돌아서서 다른 탁자를 닦기 시작했다. 힐끗 프런트를 쳐다보았다. 사장은 창고로 향하는 문으로 나가고 있었다. 가서 허브차 정리를 마저 해야지. 영진이 막 탁자 닦기를 마치고 돌아서려고 했을 때였다.

"그 머리색도 잘 어울리네."

"······?"

낯선, 아니, 어디선가 들어 본 남자의 목소리가 제 시선을 붙잡았다. 낯설지만 어딘가 익숙한 목소리였다.

영진은 저도 모르게 뒤를 돌아보았다가 헉 하고 낮은 신음 소리를 내뱉고 말았다. 그러곤 바로 말했다.

"괜찮아요?"

말을 내뱉고 나서도··· 멍하니 움직이지 못했다. 그냥 그대로 얼음이 되어 버린 걸까. 누군가 땡 하고 주문을 외워 주어야 할 것만 같았다.

"그런가 부지."

땡··· 낯선 남자가 내뱉었다. 그제야 다시 입을 열 수 있었다.

"정말··· 괜찮아요?"

"말했잖아. 괜찮으니까 여기 있지."

그··· 남자였다.

샤르트뢰즈. 대체 무슨 말인가 싶어 검색까지 했었다. 프랑스, 수도원에서 만든 초록색 나는 리큐르 주··· 아니, 연두색이었던가. 이 세상 어느 곳에서도 그런 낯선 단어로 저를 정의해 준 사람은 없었다. 그 사람 빼곤.

색청이어서, 색이 눈에 보여서, 그래서 제대로 들을 수 없었던 사람······. 이 눈앞에, 그것도 귀에 아무것도 꽂지 않은 채로 앉아 있었다. 목소리를 듣고, 아무것도 없는 귀를 보았고, 그 뒤에야··· 사람을 볼 수 있었다.

아는 사람이었다. 그러나··· 좀 달라 보였다.

처음 보는 긴 머리카락. 생각해 보니 이 사람을 본 건 단지 한 계절이었을 뿐이었다. 잘난 사람이었고 대단한 사람이었다. 제 기억 속엔 어떤 배우보다도 잘난 외모를 가지고 있었었다. 그런데··· 뭔가 달라진 걸까?

물론 반듯한 콧대나 완벽한 비율을 이룬 이목구비는 변함이 없어 보였다. 그러나 뭔가 달라진 것 같은 느낌이었다. 아마… 2년이라는 시간 탓이겠지. 뭔가 손질이 되지 않은 것 같은 텁수룩한 머리카락은 답답하게 이마를 덮고 있었다. 그래서 낯익으면서도 낯설었는지도 몰랐다. 그리고 왼쪽 눈 옆에 불그스름한 상처 같은 게 보였다. 뭐지…….

"잘 지내네. 머리색도 잘 어울리고, 잘난 남자한테 데이트 신청도 받고."

중요한 건 그게 아니었다.

"그 아파트랑 돈은… 저기 그 변호사가 온 다음에 양평에 갔었거든요!"

영진은 다급하게 말했다.

"들었어. 한 변이 잘 전달했다고. 그리고 가서 잘 산다고. 내 정보력 잘 알잖아? 당신이 여기서 일하고 있는 것까지 아는 거 보면."

"아……."

생각해 보니 그랬다. 이 남자는… 다 알고 있구나.

"그… 색청은 괜찮아졌어요? 그 이어폰… 아니, 인이어도 없이. 여기 음악 소리도 시끄러운데……."

남자가… 피식 웃었다.

한 번도, 본 적이 없는 모습이었다. 저 남자가 웃었던 적이 있었을 텐데… 아니, 길어서 이마를 덮은 머리카락 때문일까. 아님 광대뼈가 튀어나와서일까. 지금 보니 남자는 굉장히 말라 보였다. 얼굴의 살이 빠져서… 2년이란 시간보다 훨씬 더 나이가 든 것같이 보였다. 그땐, 그러니까 그 양평의 대저택에 있을 땐 적어도 남자가 나이 들어 보인다는 생각을 해 본 적이 없었다. 맞아… 이 남자는 대체 몇 살인 걸까.

"어이없게도 그 병은 다 나았어. 마치 무슨 썰물이 빠져 버린 것처럼 싹 씻어 낸 듯이 사라져 버렸어. 진짜 우습지."

다만… 좀 더 많은 걸 잃어버린 것 빼고는……. 그는 좀 더 실없이 웃으려다 말았다.

"네? 어떻게요?"

그러게… 어떻게 그렇게 됐을까.

남자는 피식 웃으며 내뱉었다.

"원래 그 병이란 게, 교통사고를 당하면서 생긴 거였는데, 다시 교통사고로 머리를 다쳤더니 나았다는 거지. 어이없게도."

"그게… 가능해요?"

당황스러운 여자의 표정이 이해가 가고도 남았다. 그러나 정욱은 더 말하고 싶지 않았다. 그 구질구질하고 괴로웠던 시간들 자체를.

"가능하니까 이러고 있겠지."

"변호사님 이야기 듣고 양평 집에 갔었는데… 집이 텅 비어서 돌아왔었는데… 그때였어요?"

"그게 뭐, 중요해?"

그게 중요할 리가 없지. 늘 지옥 같은 삶 속에서 좀 더 하층의 지옥 같은 시간들이었을 뿐. 삶이 행복하거나 아니, 행복은커녕 행복 언저리나 불행하지 않았던 시간도 찾기 힘들지 않았나.

그래서 찾아보았던 그 시간에 곁에 있던 사람…을 찾으려 했나.

당혹스러웠다. 늘 찾고 싶었다. 절찬리에 연재되던 글은 연중되었고 신작이나 새 작품의 영화화 같은 것도 없었다. 유행이 빨라지고 선호하는 기간이 짧아져서인지 영원할 것만 같았던 남자의 필명도 슬슬 사라져 갔다. 사라져 가니까, 그리고 흔적도 없으니까, 그러나 그가 남긴 것들은 제게 있으니까 어떻게라도 하고 싶었다. 그러나 제 알량한 속은 이 평화스러운 행복이 만족스러워서 그냥 이렇게 머물고 싶었는지도 모른다고 생각했었다.

그랬었다.

그러나… 눈앞에 그가 있었다.

"사고… 난 거예요? 그 상처?"

상처… 아프지 않은 지 꽤 돼서 잊고 있었다. 거울 따위 보지 않은 지 오래됐으니까, 지나가다 유리 같은 데 비춰진 제 모습도 애써 외면했으니.

"재수가 없으려면 그렇게 되는 건지, 앰뷸런스를 탔는데 그 차가 사고를 당하더라고. 뭐 어쨌든 전화위복이라고 할 수 있겠지. 덕분에 이렇게 됐으니까. 그건 그렇고 오늘 저녁 약속은 이미 있는 건가?"

"그건……."

"내가 아파트와 돈을 보낸 건… 그냥 당신이 한 일에 대한 대가일 뿐이야. 알잖아, 나한테 그게 별로 부담되는 대가가 아니란 걸. 그땐 당신이 이해할 수도 없었고 증오스럽기까지 했지만 그래도 그 정도는 해 줄 수 있다고 생각했을 뿐이야."

갑자기 그가 피식 웃으면서 말을 이었다.

"솔직히 그 여자가 준 등기부 등본에 있는 정도로 할까 했었어. 그런데 왠지 기분이 나빠지더라고. 그래서 그냥 작은 아파트로 해 달라고 한 변한테 이야기했어. 내가 당연하게 생각하고 있는 것들을 당연하지 못하게 여기는 게 혹여 당신이 지나온 시간 때문이 아니었을까, 하는 오지 랖에서 나온 생각이니까 기분 나쁘다고 생각해도 괜찮아. 하지만 그건 그냥 당신이 내게 한 일에 대한 대가일 뿐이라고, 그렇게 생각해 줬으면 좋겠어."

그런 걸까. 영진은 제 손이 축축해진 건 손에 든 걸레 때문이라고 생각했다. 뭐라 말을 해야 할 것 같은데 아무것도 떠오르지 않았다.

"색청만 없어진다면, 난 뭐든지 할 수 있을 거라고 생각했어. 그런데 막상 그게 없어지고 나니까 전혀 그렇지 않더라고."

남자는 흐트러진 긴 머리카락을 쓸어 올렸다. 하얗고 커다란 손으로.

문득, 저 손의 감촉이 스쳐 지나갔다. 쭉 잊고 있었던, 저를 쓰다듬던 타인의 처음이자 마지막 손길이.

"하고 싶은 게… 없더라고. 딱히 뭔가 하고 싶은 게 생각이 나질 않잖아. 쓰던 글도 그다음 장이 아무것도 떠오르지 않아서 결국 손을 놓을 수밖에 없었어. 하고 싶은 게 있어도 못 하던 때와 하고 싶은 게 아예 없어지는 건… 정말 전혀 다른데 결국은 같은 거더라고."

문득 이건 꿈이 아닐까 싶었다. 이게 현실일 리가 없잖아.

그러나 그런 영진의 생각과는 달리 눈앞의 남자는 다시 말했다.

"그래서 찾았어. 뭔가 하고 싶은 일이 생기지 않을까 싶어서."

뭘? 나를?

영진은 멍하니 쳐다보고 있을 뿐이었다.

"저녁 약속… 저 남자랑 하는 거 아니라면 나랑 하는 건 어때? 이젠 록 밴드가 공연하는 라이브 무대 앞에서도 먹을 수 있는데."

주방의 냉장고 소음도 못 견디던 사람이 온갖 소음 속에서 빙글거리면서 하는 말에 당혹스러워졌다.

"전화해. 명함 따윈 없어서 말이지."

정욱은 코트 주머니에서 무언가를 꺼내 탁자 위에 올려놓았다. 그것은 최신 기종의 휴대폰이었다.

"통화 버튼만 누르면 돼. 물론 선약이 있다면 어쩔 수 없지만. 그럼……"

드르륵 의자를 끄는 소리가 났다. 그가 몸을 일으켰다. 여전히 큰 키였다. 그러나 영진은 지금까지 보지 못했던 낯선 물건이 옆에 있는 걸 알게 되었다. 그는 손을 내밀어 옆 의자에 기대어 있던 지팡이를 짚더니 몸을 의지해 발을 떼면서 말했다.

"샤브샤브보다 비싼 거 먹어도 되니까."

아까 대화를 다 들은 걸까. 영진은 저도 모르게 얼굴을 붉히고 말았다.

그사이 뭐라 대답하기도 전에 그는 천천히 문 쪽으로 걸어갔다. 지팡이에 의지한 채.

땡그랑 소리와 함께 그가 문을 나가 사라질 때까지 영진은 그냥 그대로 서 있었다. 카페 안의 모든 사람들이 알게 모르게 자신을 쳐다보고 있다는 사실도 잊은 채.

탁자 위에 놓여 있는 휴대폰만, 지금까지 있었던 일이 꿈이 아니란 걸 말해 주고 있었다.

—The end

에필로그 1

　저도 모르게 주저앉아서 머리를 감싸고 말았다. 이물감이 느껴지는
두 귀를 막아 보지만, 그건 쓸데없는 짓이었다. 아니, 알고 있었다. 그러
나 그렇게라도 해서 두개골 속을 울리는 것 같은 불쾌한 소음을 막고 싶
었다. 그러나 그건 생각대로 되지 않았다. 그래도 그렇게라도 해야 할
것 같았다.
　텅 빈 공간은 찢어지는 것 같은 쇳소리로 가득 차서 악문 잇새로 비릿
한 맛이 느껴졌다.
　여자가… 갔다.
　아무렇지도 않았다.
　그 여자는 아무렇지도 않았다. 그냥 이곳을 떠나서 잘 살고 있었다.
어이없도록 미천한 삶을 아무렇지도 않게 살고 있었다. 그리고 이곳엔
영천댁 때문에 왔을 뿐이었다. 제 고통 따위… 영천댁이나 짜라투스트
라가 이해할 수 없듯이 저 여자도 그랬다. 어차피 아무리 설명해도 알

수 없는 것이니까.

참을 수 없는 건, 아마 제 스스로 대단하다고 여겼던 제 존재가 그냥 타인에겐 아무렇지도 않은 것이라는 사실이었다. 지나가는 사람도 돌아볼 만한 제 외모나 혹은 능력, 하다못해 가진 것조차 대단하다고 생각하고 있었다. 늘 그렇게 살아왔었다. 그러나 '그 여자'에겐 아무것도 아니었다. 제가 보기에 아무것도 아니었던 여자인데…….

그게 화가 나고 참을 수 없을 뿐인 거였다.

그리고 또다시 눈으로 확인하고 나니 스스로에게 더 환멸이 느껴질 뿐이었다. 마치 화려한 분장을 지우고 나서 거울 속 초라하고 늙어 버린 제 모습을 보면서 분장을 한 배역이 자신이라고 여기는 허영에 찬 한물간 배우 같은 기분이었다.

사랑해…….

넌 사랑한다는 말 따윈 평생 못 할 거야, 왜냐하면 넌 너 자신을 사랑하는 만큼 타인을 사랑할 생각 따윈 눈곱만큼도 없는 사람이니까.

텅 비고 고요할 테지만 찢어지는 쇳소리 같은 이명이 가득 차 핏빛 녹이 쓴 것 같은 연기가 뭉글거리는 서재에 서 있던 그는 귀를 막은 채 계단을 향한 두꺼운 철문을 열었다. 귀에 거슬리는 소리와 함께 눈앞에 시커먼 먼지 덩이가 쏟아져 시야를 가렸지만, 그는 발바닥에 느껴지는 차가운 대리석의 기운을 더듬어 계단을 내려가기 시작했다.

두꺼운 철문을 열자마자 그는 찢어지는 것 같은 소음에 귀를 더욱더 틀어막아야 했다. 1층에 여자가 가 버리지 않고 서 있었더라도 보이지 않을 지경이었다.

"김 선생님!"

거기에 영천댁의 비명 같은 소리가 얹어지자 그는 미친 듯이 뛰어 주방 옆의 복도로 향했다. 그러고는 여러 개의 문을 지나 마지막 문을 열고 들어가 거칠게 문을 닫았다. 문이 닫혀 있던 방 안에는 후끈거리는 열기가 그대로 고여 있었다. 그러나 다행인지 아닌지 적막한 방 안에는 쇳소리가 차 있지 않은 기분이었다. 그래서인지 하얗고 작은 방 안의 형태가 흐릿하게 보였다.

몇 번이고 왔던 곳이었다.

인이어 없이도 형태가 보였던 작은 방. 하얀 작은 침대, 하얀 작은 옷장, 하얀 작은 책상, 그리고 떨떠름한 표정의 여자……. 생각해 보니 여자의 얼굴이 제대로 기억나지 않았다. 항상 여자의 곁에 떠도는 샤르트뢰즈만 선명해서.

그러나 다른 것은 기억에 선명했다. 약간 쉰 것 같으면서 머뭇거리는 목소리, 까맣고 매끈거리는 머리카락, 가느다란 목선, 제 손에 모자라는… 그러나 부드럽고 몽글거리는 가슴, 채워지지 않는 갈증만 주는 여자의 깊은 샘…….

그런 여자의 하얀 방은 텅 비어 있었다.

책상 위에는 화장품 병 몇 개가 놓여 있었지만 이제 그 병들은 주인이 없는 게 역력했다. 옷장을 열자 끼그덕거리는 소리에 눈살을 찌푸렸다 다시 뜨자 낯익은 옷 몇 벌이 걸려 있었다. 저와 데이트를 했을 때 입었던 노란 꽃무늬 원피스를 외면한 채 그는 몸을 돌려 책상 서랍을 열었다. 거기엔 전에 보았던 종이봉투가 가지런하게 들어 있었다. 그 뱀 같은 여자의 이름이 적힌…….

아무것도 아닌데… 아무것도 아닌 거였는데……. 그는 서랍을 거칠게 닫아 버리곤 주인이 없어진 침대 위에 주저앉았다. 제 손짓에 가빠지는 숨소리가 들리는 것만 같아 다시 귀를 틀어막아야 했다.

대체 저것의 의미는 뭘까, 저 여자는 저걸 보고 뭘 느꼈을까.

겨우 전송 버튼을 눌렀다. 그러고는 그냥 컴퓨터의 전원을 꺼 버려야 했다. 대체 뭘 썼는지, 혹은 제대로 쓴 건지도 확인할 겨를이 없었다. 제겐 도구였던 컴퓨터가 조금만 더 있으면 자신을 삼켜 버릴 것만 같았다. 색청인지 뭔지가 아니라 이 정도면 정신분열증이나 정신착란증인 게 분명했다.

결정을 내려야만 했다.

이대로, 이렇게… 환멸에 찌들어 시커먼 환형만 보다 굶어 죽을 건지, 아니면 뭐라도 해 볼 건지…….

[앰뷰 ㄹ런스 보내주십시오.]

눈을 떴지만 마치 감은 채로 누르는 것처럼 겨우 문자 하나를 보내고 다시 몸을 공처럼 만 채 침대 구석에 쑤셔 넣으면서도 제 머릿속은 녹슨 세상 속에 떠돌던, 마치 형광색 같던 그 빛나는 연두색의 환영을 보고 있었다.

그냥 단 하루만이라도 세상의 가시광선만 보고 살고 싶다는… 제 하찮은 소원을 누군가 이뤄 줬으면 싶었다.

"그래도 환자신데… 침상에 누워야 하는 건 아닌지……."

말을 들었어야 했나? 아니, 솔직히 제대로 들리지 않았었다. 주 박사가 보내 준 앰뷸런스에 올라타면서 그는 인이어를 컨 채 귀를 틀어막고 서야 겨우 걸어 올라갈 수 있었다. 그건 죽을 만큼의 힘을 냈기 때문이었다. 앰뷸런스는 당연히 시동도 껐고 그걸 상징하는 경광등의 소리도 껐었다. 그러나 악을 쓰며 우는 여름 풀벌레 소리와 흥분한 커다란 몸짓의 두 마리 개의 우렁차게 짖는 소리는 어쩔 수 없었다. 시야는 보이지도 않았고, 인이어는 제 힘껏 감응되는 파장의 반대 파장을 만들어 내려 했지만 그 시도는 하찮을 뿐이었다.

그래도 참아야 했다. 뭐라도 해야 했다. 여러 번 타 봤던 앰뷸런스의 안은 여러 가지 도구들로 가득 차 있었다. 가운데 있는 침상에 두 귀를 틀어막고 앉은 그의 곁엔 응급 구조사 두 명이 좌우로 같이 앉아 있었다.

이리저리 차가 굽은 도로를 가는 게 몸으로 느껴지고 있었지만 그는 소음과 이명과 그것 때문에 뇌가 만들어 내는 통증 덕에 아무것도 하지 못하고 두 귀만 틀어막고 몸을 움츠리고 있었을 뿐이었다.

그러다 갑자기 차가 휘청거렸다. 큰 소리가 났지만 그는 들을 수 없었다. 아주 짧은 순간 그의 몸은 공중에 붕 떠올랐고, 차 안의 어딘가에 떨어졌으며, 통증이 느껴짐과 동시에 뭔지 모를 커다란 파도 같은 게… 덮쳐 왔다. 그건 아주 순식간이었다.

전에도 이런 기억이 있었다.

별로 기억하고 싶지 않았다. 그래서 잊고 있었다. 그러나 제 뇌에는 각인되어 있었던 모양이었다.

"으아악!"

그 기억의 다른 이름은 고통이었다. 인간이 감내하기 힘든 고통.

인간은 단순해서 그 당시만 기억한다. 배가 고플 땐 허기만 면했으면 하고 생각하고, 통증이 있으면 그 통증만 없어졌으면 좋겠다고 생각한다. 눈앞에 소리가 만들어 내는 괴랄한 색채가 떠다니면 저것만 없어졌으면… 하고 바라게 된다.

저것만 없어졌으면.

"어때요? 내 목소리가 들립니까?"

눈을 떴을 때 하얀색의 천정과 불빛이 보였다.

"환자 눈 떴습니다! 선생님!"

"환자 의식 있습니까?"

"빨리 바이탈!"

사는 게… 참 우스웠다.

"공교롭게도 12년 전 다친 부위에 똑같은 충격이 왔습니다. 뇌출혈이 있어서 수술한 부위도 거의 똑같고요. 그런데… 그 증세가 다 없어졌단 말이죠?"

"그…런 거 같습니다."

그야말로… 멍청하게 대답하면서도 어이가 없었다. 이게 무슨 지나가던 개가 웃을 일인지.

그날 수술이든 치료든 뭐든 해 보기 위해서 주치의를 만나러 구급차를 타고 나가다가 그는 양평 시내 한가운데서 신호 위반을 한 트럭과 부딪치는 사고를 당했다. 차는 전복되었고, 가운데 앉아 있던 그는 차 밖으로 튕겨 나갔고, 같이 있던 구급대원들도 크게 다치는 대형 사고였다. 큰 응급외상센터가 있는 곳으로 가야만 했고 대수술을 받아야 했다. 그러고도 의식을 찾지 못한 채 2주일을 보낸 뒤였다.

아릿하게 기억나는 통증과 함께 눈을 뜬 그의 시선엔 희미하지만 12년 전에 보던 세상이 보였다.

"왼쪽 대퇴골은… 아마 반년쯤 후에 다시 수술을 받으셔야 할 것입니다. 거의 박살 나다시피 한 걸 조각조각 붙여 놓은지라… 걸을 수 있을지는 장담할 수 없습니다. 왼쪽 안구와 시신경도 외상으로 봐서는 심해 보이지는 않지만 검사 결과 상황이 좋지 않고요. 왼쪽 팔도… 뭐 그래도 배변이나 감각 쪽에 큰 영향이 없는 걸 다행으로 봐야……."

먹고 쌀 수 있는 게 다행이라니.

참… 세상 이렇게 개같을 수가.

그땐 그냥 눈앞의 시야가 문제였는데, 이제 그게 감쪽같이 사라지고 대신 찾아온 건 걷기도 힘든 바스러진 넓적다리와 움직여지지 않는 팔, 보이지 않는 눈이라니…….

선택을 해야 했다.

이런 몸을 가지고도 살아야 할지, 아니면 이제 그만해야 할지…….

그만하고 싶었다.

"괜찮으십니까?"

남한테 한 번도 속을 내보인 적이 없었으니 늘 하던 대로 할 뿐이었다.

"오랜만이네요. 한 번."

병원에서 무기력하게 더 살지 말지를 고민 중일 때 그가 찾아왔다. 양평의 집을 떠나기 전에 그에게 일을 맡겼던 게 그제야 기억이 났다. 비슷비슷한 날들을 비슷비슷한 사람들만 보고 비슷비슷한 일을 하며 하루하루 연명하다 보니 기억은 모호해졌다.

"여러 번 면회 신청을 했는데 이번에야 허가가 나서… 보고드려야 할 일이 산더미 같은데 말입니다."

그랬겠지……. 뭔가 저 사람이 할 일이 많은 건 알고 있었다. 그 현락빌딩과 상속과 그에 대한 일들…….

두꺼운 서류를 꺼내면서 별로 상관 없을 것만 같은 말들을 조곤조곤하기 시작했다. 머리가 무거워지는 것 같아 그는 그만하고 가라고 말할 참이었다.

"아, 그리고 말씀하셨던 김영진 씨한테 양도하신 아파트는 지난주에 입주하셨다고 하네요. 관리비가 미납되었다고 연락돼서 납부하려 했더니 관리비 지불하시고 들어가셨다고… 등기 서류는 다 잘 처리됐다고 합니다."

낯선 이름이었다.

그러나 어딘가 아릿한 기분이 들었다. 제 심장 언저리 어딘가…….

"현락 건설의 인원 충원 요청이 들어왔는데… 이건 좀 생각을 해 보셔야 할 것 같습니다. 인원 1인 충당 시 상승하는 인건비와 비용 문제는……."

"그 사람… 지금 뭐 해요?"

인연이란 말 따위… 별로 믿지 않는다. 그렇게 많은 원고를 썼지만 그런 단어를 쓴 적도 없다. 왠지 유치해서 차라리 거창한 운명이나 명운 같은 겉멋 들린 단어들만 썼었다. 그런데… 그 김영진이란 이름과는 정말이지 인연이 있는 걸까?

그 여자의 얼굴을 떠올려 보려 했지만 기억이 나지 않았다. 김영진은 제게 그냥 샤르트뢰즈였을 뿐이었다. 맑은 연두색… 목소리, 여자의 부드러운 몸뚱이, 욕실에서 나왔을 때 풍기는 여자의 살냄새에 섞인 물 냄새, 까만 정수리, 기분 상했을 때 토라지는 그 느낌, 지지리도 못 했던 음식 솜씨……. 온갖 것이 다 기억나는데 여자의 얼굴이 떠오르지 않았다.

문득 여자의 얼굴이 보고 싶다는 생각이 들었다.

"재활 치료… 가실 시간인데… 오늘도 안 가시겠습니까? 오늘 안 가시면 점점 더 근육이 굳어서……."

"갈게요. 휠체어 주십시오."

이런 꼴 같지도 않은 같은 모습으로 그 여자를 보고 싶진 않았다. 그 여잔… 절 대단하게 생각하지 않는 사람이니까. 이런 모습으론… 택도 없겠지.

에필로그 2

   — 그래서, 지금 대체 어딘데?

   지금?

   그는 주변을 둘러보았다. 왁자지껄한 사람들의 대화 소리, 요란한 음악 소리, 음식들을 서빙하느라 요란한 종업원들의 소리… 또렷이 보이는 게 낯선… 이곳.

   "네가 알아서 뭐 하는데?"

   나도 대체 여기가 어딘지 알 수가 없는데, 여기가 어딘지 안다고 해서 뭐가 달라질 건데.

   — 지금 말이라고 하는 거야? 네 상태가 어떤 줄 알아? 지금 여긴 발칵 뒤집혔다고!

   "그렇다고 딱히 네가 걱정할 건 아니잖아. 내 담당 선생이 전화했다면 몰라도. 니가 왜 그러는데?"

   전화기 저편에선 당황한 듯 잠깐 동안 말이 멎었다.

— 아니, 진짜 지금 그걸 말이라고 해? 외출할 상황도 아니고, 하더라도 말은 하고 나가야……

"다시 한번 말하는데, 너하고 무슨 상관인데?"

전화기 저편으로 제 말이 명확하게 전달 되도록 또박또박 말했다. 잠깐 머뭇거리던 상대가 다시 말했다.

— 왜 아무 상관이 없는데? 너하고 나하고 아무런 관계도 아니야? 너 의식 없을 때부터 내내 옆에 있었던 건 모른다 쳐도, 네가 그러면 안 되는 거 아냐?

피식 웃음이 났다. 맞아, 그때 그 말만 안 들었더라면 여기 있지 않았을지도 모르지.

눈을 떴을 때, 색이 없어져서 당황스러운 것과 동시에 왜 여기 있는지 이해 안 되는 장혜리를 봤을 땐 경황이 없었었다. 프랑스에 가기 전, 아니, 정확하게 말하면 갑자기 유학이란 걸 가야겠다고 생각한 건 혜리 때문이었다. 고등학교 때부터 집안의 친분으로 알게 되었던 혜리와는 같은 대학에 진학하면서 서로 사귀는 관계가 됐지만 혜리가 원한 건 처음부터 자신과의 결혼이었다.

'이제 넌 성인이야. 할머니 치마폭에 싸여 있을 필요가 없잖아?'

그에겐 그녀의 존재는 혼란 그 자체였다. 그래서 피하고 싶었다. 유학을 가서 사고를 당하고 병이 생기고, 그리고 한국에 돌아온 뒤에, 그는 아주 나중에 그녀의 소식을 들었었다. 유명한 사람하고 일찌감치 결혼을 했다는.

그런데 그의 병실에 그녀가 있었다.

"사실대로 말하면 같이 살긴 했지만, 혼인 신고는 안 했었어. 이제는 남남이고. 여기 우리 큰아버지 병원이야. 너 소식 우연히 듣게 됐어. 나이 근처에서 작은 베이커리 하고 있어. 그래서 여기 자주 오거든."

그래서인지 거의 매일같이 커피며 빵이며 들고 제 병실에 나타났고, 고통스럽고 힘든 치료와 수술, 시술을 하는 동안 잠시 숨을 돌리게 만들었었다. 몸이 조금씩 나아지고 나서 한 변의 이야기를 듣고 문득 영진을 떠올렸고, 재활 치료를 할 때도 장혜리는 자주 출몰해 살뜰하게 제 시중을 들어 주곤 했다. 그래서 우연히 병실을 비웠다가 그녀의 전화 통화를 듣기 전까지 그는 마치 프랑스로 떠나기 이전과 같은 착각을 하고 있었다.

"그 작자한테 전해 줘. 이제 나 무시하면 큰코다치게 될 거라고. 아직도 내가 지 순진한 와이프인 줄 착각하지 말라고."

낯선 단어 때문에 모퉁이를 돌다 멈칫하고 말았다.

"나 이제 진짜 팔자 고칠 거야. 얘기 들었지? 정욱이 다시 만났다고. 이건 내게 하늘이 준 마지막 기회야."

고개가 갸웃거려지는 대화였다. 매번 무심한 듯 다가와서 친구 사이에 이런 것도 못 해 줄 거 같니 하며, 제가 떠나기 전에 보인 집착 비슷하던 그녀의 집요함과는 다른 쿨한 태도에 전에 없던 호감이 생겼었었다. 그런데 이게 무슨 말일까.

"자그마치 5천억짜리 빌딩 상속자야. 이상한 정신병에다 재수 없게 교통사고까지 당해서 여기서 만난 거 보면, 아니, 재수 없는 게 아니라 복이 터진 거지. 운신도 못해. 이럴 때 지극정성을 쏟으면 다 약해지기 마련이야. 십 년 전엔 얼마나 도도하고 대단했다고, 그때 같았음 어림도 없었지. 나도 제풀에 지쳐 넘어갔으니까. 그러나 이젠 달라. 나 없으면 아무것도 못 해. 그 정도 빚은 이제 돈도 아니야. 그러니까 언니도 나함부로 한 거 후회하게 될 거야."

그냥 그랬다.

그녀에게 뭔가 다른 마음이 든 건 아니었다. 그냥 서로 힘든 시간이 있었으니까, 편한 마음으로 제게 찾아왔고 힘든 병원 생활의 숨 쉴 수 있는 여유로 다가왔을 뿐이었다. 아니, 사실 좀 더 이 시간이 지속됐으면 뭔가 다른 생각이 더 피어날 수도 있었는지 모른다. 그냥 많은 시간이 지나서 이제 솔직하고 담백한 친구가 되었구나 하는 생각이었으니까.

그러고 나니 더 그녀가 생각났다.

왜 그 여자는 그런 어처구니없는 하찮은 거래를 하려 했을까. 혜리처럼 그냥 저 좋다는 이 바보 같은 날 차지하면 그만이었는데. 그래서 결혼이란 걸 하자고 했었을까? 그럼 그냥 했으면 됐을 텐데, 아니, 그러려고 했었는데 왜 농담이라 말하고 돌아섰을까. 아무리 맘에 들지 않았더라도 그녀와 같은 처지였다면 저 장혜리처럼 목숨이라도 걸고 절 차지하는 데 혈안이 되었어야 했을 텐데.

왜 그랬는지 알고 싶었다.

그래서 더 그녀를 만나고 싶었다.

그런데… 그 여자를 직접 보고는… 머릿속이 하얗게 변하고 말았다.

그녀가 어디서 무얼 하는지는 알고 있었다.

카페에서 알바를 하고 있다고… 아니, 카페의 직원이라고 했다. 본인이 차린 것도 아니고. 하긴 그 돈으론 어림도 없지. 그녀에게 보낸 돈은 영천댁이 주었던 급료 같은 것이었다. 그 정도 있으면 당분간은 굳이 편의점에서 일을 하지 않아도 되겠지 하는 생각에서였다.

처음엔 알아볼 수 없었다. 대체 김영진이 누구일까. 일하는 저 두 여자 중에 누구인가, 한 번이 잘못 가르쳐 준 거 아닐까 하고.

기억나는 건 목소리뿐이었다. 톤이 완전히 달라진 거 같지만 알 수 있었다. 같은 목소리였다. 소싯적 피아노를 칠 땐 절대 음감 소리도 들었었다. 그리고 발병 후에는 시야를 어지럽히는 색들 때문에 사람 얼굴을 제대로 볼 수 없었기에 오히려 소리로 사람을 구별했었다. 그 소리별로 나는 색이 너무나 다르니까.

"다 같이 가는 거면 몰라도 데이트면 안 돼요."

기억 속의 저 목소리는 한 번도 저렇게 부드럽고 수줍고 조심스럽지 않았었다.

그땐 어땠지? 늘 날이 서 있고 어딘가 서성이고 있는 기분이었다. 같이 밥을 먹을 때도, 같이 커피를 마실 때도, 아니면 같이 살결을 마주 대고 있을 때조차 여자의 목소리엔 물기라곤 없었다. 그래서 나빴나? 그렇지는 않았다. 그냥 저 여자의 메마른 목소리조차 너무 황홀해서 상관이 없었었다. 왜 그런지 같은 것도 궁금하거나 이상하지 않았다.

하얀 셔츠, 브라운의 앞치마, 밝고 윤기 나는 머리카락, 화장을 그럴듯하게 한 평범한… 그리고 밝은 미소를 짓는 평범한 카페의 서버……. 제가 알던, 기억 속의 그 사람이 아니었다. 괜히 온 것만 같았다. 그냥 슬쩍 나간다 해도 모를 것 같았다. 다행인지 아닌지 제가 커피를 주문한 사람은 남자였고 저들의 대화 속 싸장님인 듯했다. 인상 좋은 젊은 남자.

그냥 완벽하게 보였다.

은은한 커피 냄새, 커피색 같은 카페, 그리고 서로 웃으면서 일하는 사람들……

괜히 여길 와서 저 여자를 찾아 알은척을 한다고 뭐가 달라질까 싶었다. 하지만 저 여자 앞에서 그래도 멀쩡하게―비록 지팡이의 힘을 빌려야 하지만―걸어가 만나고 싶다는 생각 하나로 버텨 온 날들이었으니까, 소기의 목적은 달성해야 하지 않을까 싶었다. 그런데 왠지 저 여자의 저런 밝은 모습에 비교되는 제 자신이 비참해 보이는 이 기분은 뭘까.

여자가 그냥 그 자리에 계속 웃으면서 있었다면 조용히 나가려고 했었다. 그러나 여자는 알 듯 말 듯 한 표정으로 카운터를 나오더니 주변의 탁자를 닦기 시작했다. 그리고 우연인지 아닌지 바로 제 옆 탁자를 아주 천천히 닦고 있었다. 그래서 한마디 할 수밖에 없었다.

"그 머리색도 잘 어울리네."

왁자지껄한 가게의 입구에 밝은 갈색의 머리카락을 가진 여자가 들어섰다. 머리색과 잘 어울리는 브라운색 패딩 점퍼를 입은 여자는 두리번거리고 있었다.

"닥터 박한테는 내가 알아서 연락할 거니까 괜한 걱정 하지 말고 들어가. 난 오늘 안 들어갈 거니까. 끊어."

뭔가 더 할 말이 있었지만 그는 급하게 전화를 끊었다. 눈앞에 아는 사람이 나타나서. 그는 저도 모르게 손을 들었다.

저를 알아보고 이쪽으로 다가오는 여자를 보고… 새삼스럽게… 뭔가가 북받쳐 오르고 있었다.

이… 얼마나 평범하고… 대단한 일상인가.

"늦었죠. 길이 막혀서……."

내가 알고 있는 그 여자.

내가 알지 못하는 이 여자…….

이 여자는 누굴까.

쭈뼛거리고 제 앞에 앉는 이 여자는… 분명한 건, 낮에 그 카페에서 본 여자라는 사실이었다. 제가 전에, 그러니까 아주 한참 전에 알던 여자인지는 모르겠지만.

"굉장히 낯설어요. 당황스럽기도 하고."

그건 자신도 마찬가지였다. 대체 무얼 바라고… 지금 이 순간까지 난 살아 있는 걸까.

문득 궁금해졌다. 이제는 볼 수 없게 된 그 샤르트뢰즈를 여자는 아직도 품고 있을까.

"이런 곳에서 보다니 정말 다 나았다는 게 실감 나네요."

여자는 패딩 점퍼를 벗어 옆자리에 놓았다. 안엔 보드랍게 보이는 아이보리색 목폴라티를 받쳐 입은 게 보였다. 몇 년 전 그 어느 때인가 저 여자를 품에 안고 있었지…….

대답할 타이밍을 놓치고 말았다. 뭔가 말을 하고 싶었는데.

"주문…했어요?"

항상 그랬다.

눈앞에 있는 김영진이란 여자는 제가 상상할 수 있는 범주의 밖에 있었다. 그냥 대부분의 사람들을 보면 저 사람이 무슨 생각을 하는지, 어떤 마음가짐인지 내게 어떤 생각을 가지고 있는지… 알 수 있었다. 늘 그랬었다. 가끔 아까처럼 뒤통수를 맞기도 했지만.

그러나 저 여자는 제 생각 밖이었다. 대체 무슨 생각을 하는지 뭘 원하는지 알 수 없었다. 그래서… 그게 당황스럽기도 했지만 반대로 더 제 관심을 끌었는지도 몰랐다.

지금도… 그렇지 않은가

"되게… 하고 싶은 말이 많았어요. 묻고 싶은 것도."

한참 만에 여자가 말했다.

"해. 해 봐. 다 대답할 테니까."

기꺼이 그런 기분이었다.

"그런데 생각이 안 나요."

이유가 궁금했다.

"왜?"

"그냥 김 선생님 얼굴이… 너무 잘나서."

"……."

역시… 제 기억 속의 여자답네. 그는 피식 웃고 말았다.

"잘 지내? 얼굴 보면 잘 지내는 거 같은데."

"그냥… 알고 있을 거라 생각했어요. 내가 어디서 뭘 하는지. 그래서 정말 어느 순간에 불쑥 나타날지도 모른다고 생각했어요."

"그래서 별로 안 놀랐겠네."

의외였다. 그렇게 생각하고 있었다니. 하지만 이 여자의 근황을 알게 된 건 얼마 안 됐었다. 그 전엔… 제가 살아 있는 게 아니었으니까.

"언젠간 만나지 않을까 하는 생각을 꽤 오랫동안 했었어요. 그런데… 그 생각을 안 한 지 한참 됐어요. 이제… 나 같은 건 기억 속에도 없을 거라고… 그렇게 생각했어요."

하, 어이없어라. 어떻게 당신 그런 생각을 해?

그러나 말로는 내뱉을 수가 없었다.

"맞아. 바빴어. 그냥 이래저래… 잊고 있었지. 그러다가 한 변이 아파트 때문에 보고를 하길래, 아파트 비어 있었는데 입주했다고… 그 이야기를 들어서."

그래, 그래서 그랬던 거야. 아니면… 잊고 있었겠지. 그랬겠지.

"뻔뻔스러운 게 아닌가 싶었어요. 그런데 솔직히… 갈 데가 없었어요. 그리고… 내가 거기서 살길… 바랐을 거라고 생각했어요."

"맞아. 그랬어. 그러니까 잘했어."

"……."

명치 한구석에 걸려 있던 돌덩이를 내려놓은 기분이었다. 그래, 이 사람은 그러고도 남아……. 매일 화려한 현관의 비번을 누르면서 속이 이 물거리며 가라앉던 기분이 가실 것 같은 마음이었다. 이제 이 사람이 안 아프니까.

그러나 옆에는 여전히 낯선 지팡이가 놓여 있었다.

"맛이 없네. 봉골레는 역시 영천댁 손맛이 최곤데."

"그러게요."

그제야 먹고 있던 게 조개가 든 파스타란 걸 알게 되었다.

소음이 가득한 레스토랑이었다. 사람들의 말소리, 웃음소리, 달그락 거리는 그릇들이 부딪치는 소리, 경쾌한 음악 소리…….

시끌시끌한 주변에도 불구하고 아무렇지 않은 남자가 낯설어지는 밤이었다. 남자는 몇 번 면들을 휘적거리다 결국 포크를 내려놓더니 열심히 먹는 시늉을 하고 있는 영진에게 말했다.

"그때… 왜 갔어?"

정말 묻고 싶었던 거였다. 꺼내기가 힘들었지만, 그래서 계속 목구멍에 걸려 있던 질문이었다.

왜… 넌 떠난 거야.

그의 말을 듣고는 영진도 포크를 내려놓아야만 했다. 그러곤… 말했다.

"그때 내가 안 갔으면 어쨌을 건데요?"

영진은 잊었다고 생각했었는데… 문득 다시금 떠올랐다. 모두들… 네가 사라지길 원하던 그 공기의 감촉까지도.

"뭔가… 달라졌겠지. 아마 우린 결혼하지 않았을까?"

아니니까. 과거니까. 이젠 잘 기억도 나지 않으니까… 입에 담을 수 있는 단어였다. 정말 그랬을까? 그는 입으로 내뱉고도 의심스러웠지만 아닌 척했다. 그러면… 달라지지 않았을까.

"그래요? 그럼 그냥 있을 걸 그랬네요."

영진이 너무 담담하게 말해서 그는 오히려 말문을 잃고 말았다. 저 여자도 그걸 원했을까.

"그래. 우린 좀 다퉜을 거고, 그리고 다시 화해를 했을 거고, 결혼을 하고, 내 정신병은 차차 나았겠지. 아마 그랬을 거야."

"그러게요."

"지금도 늦지 않은 거 아닐까?"

그의 말에 영진은 저도 모르게 고개를 들어 그를 쳐다보았다. 남자는 피식 웃고 있었다.

"늦었어요."

영진은 말해야 했다.

"왜?"

"지금이 좋으니까요."

파스타집은 맛은 별로인 대신 가격은 그렇지 않은 탓에 후식도 나오는 곳이었다. 그러나 두 사람은 소란스러움에 지쳐 자리를 털고 일어났고, 영진은 먼저 가서 계산을 했다. 이런 곳에서 다른 생각을 하지 않고 계산을 먼저 할 수 있는 삶은… 그녀가 꿈꾸던 좋은… 삶이었다. 지금 이 순간이 얼마나 좋은지, 아마 뒤에서 천천히 지팡이를 짚은 채 걸어오는 남자는 모를 것이다.

후텁지근한 공기가 가득 차 있던 레스토랑의 문을 열자 곧 차가운 공기가 쏟아져 내렸다. 뭔가 풀풀 날리는 것도 같았다. 하루 종일 찌뿌둥한 날씨이긴 했지만 호들갑스럽게 눈 온다는 소리 따윈 없었는데……. 아니지, 신나게 떠들고 있었는데 바빠서 듣지 못했는지도.

"눈인가?"

"그러게요."

그런 날씨인데도 대로엔 사람들이 바글바글했다. 다들 뭔가 들뜬 분위기였다. 이런 밤엔… 또 이렇구나.

영진이 이제 어떻게 해야 할까 생각 중인데 남자가 말했다.

"나 재워 줄 수 있어?"

"네?"

의외의 말에 약간 놀란 영진이 고개를 돌려 남자를 쳐다보았다.

"나, 갈 데가 병원밖에 없어. 서울 집은 다 처분했고 양평 집도 텅 빈

지 오래라. 2년 내내 병원에 있었거든. 생각해 보니 갈 데가 병실밖에 없네."

한 번도 이런 날이 올 거라고는 생각해 본 적이 없었다.

이 화려한 아파트에 제가 들어와 살 것을 고민한 적은 있어도 이곳에 '김 선생님'이 오는 날이 있을 거란 건 전혀 생각조차도 해 본 적이 없었다.

"혼자 살긴 괜찮겠네."

현관에서 신발을 벗으면서 그가 말했다.

"이거… 좀 지저분할 거 같은데 여기 둬야겠어."

미처 생각하지 못한 것이었다. 병원에선 그럴 일이 없었으니까. 하얗고 깨끗한, 아주 오랜만에 보는 일반 집의 마룻바닥을 보자 그는 손에 힘을 주고 지탱하고 있던 지팡이를 내려놓을 수밖에 없었다.

"없으면 안 되는 거 아니에요? 괜찮아요. 뭐, 나중에 닦으면 되지."

괜히 미안해진 영진이 부산스럽게 외출로 돌려놨던 보일러를 켜고 불을 켜면서 말했다. 뭐, 저런 게 대수인가? 솔직히 잘 몰랐는데 나란히 집까지 오면서 보니 걷는 게 많이 불편해 보였다.

지팡이 없이 걷는 걸 해 본 적이 없는 그로서도 솔직히 좀 난감하긴 했다.

"들어와요. 추워요."

솔직히 혼자 살기엔 너무 넓은 집이었다. 거실엔 지난달에 할부로 마련한 소파가 있었다. 그러나 퇴근하고 와서 거실에 있을 일이 없었기에 난방은 방과 부엌만 했고 거실은 냉골이었다. 새로 지은 아파트라 단열은 잘 되었기에 늘 훈훈하다고 생각하고 있었지만, 왠지 이 사람에겐 아닐 것만 같았다.

"방으로 들어가요."

퀸 사이즈의 침대, 붙박이장과 단출한 화장대, 그리고 하얀 커튼이 있는 방은 온기가 가득했다. 몇 번이고 가 보았던 양평 집의 그 작은 방하고 전혀 비슷한 게 없어 보이는데도 왠지 같은 장소에 온 것 같은 기분이었다. 아마 주인 때문인 걸까.

훨씬 넓기 때문인지 더 텅 비어 보이는 방은 적막했다. 병원은 특실이라 문을 닫으면 조용하긴 했지만 특유의 24시간 깨어 돌아다니는 사람이 득시글했기에 소음은 어디에나 있었다. 아주 오래전에 잊고 있던 적막이었다. 인이어를 빼도 눈앞이 뿌옇지 않은 적막……

폭신해 보이는 하얀 이불이 잘 정리된 침대는 너무 깨끗하게 보여서 바깥에서 한참이나 돌아다닌 코트와 외출복을 입은 제가 주저앉기도 미안해질 것만 같았다.

"너무 깨끗해서 미안해지는데?"

"그런 거로 미안해해 본 적 없는 사람 아니었어요? 김 선생님은?"

생각지도 못한 영진의 대답에 잠깐 당황했다.

"그랬었나……"

"그게 어울려요. 그러니까 미안해하지 말아요."

'김 선생님'은 그런 사람이었다. 적어도 저 여자에겐.

그는 저도 모르게 쓴웃음을 지었다.

"침실이 더 있나?"

영진은 그가 벗어서 내미는 코트를 받으면서 생각해 봤다. 침실이란 침대가 있는 방인가? 사실 방은 두 개나 더 있었다. 그러나 '손님'이 올 리는 전혀 없었기에 여분의 이불 같은 건 없었다. 여분의 침대 패드와 이불은 있어도.

"방은 더 있어요."

"같이 자자고 하면 잘 건가?"

"……"

영진의 가벼운 침묵에 그는 멋쩍은 듯 웃으면서 대답했다.

"아직 수술 몇 번 더 해야 하는 내 왼쪽 다리 상처를 감상하면서 자도 될 거 같은데."

생각해 본 적이 없었다. 이 집에서 '김 선생님'과 한 침대에서 잔다는 거… 같은 걸.

"농담이야."

"역시, 안 어울리네요."

그건 사실이었다.

"전엔 어쨌는지 기억이 잘 나진 않지만, 지금은 주제 파악을 제법 하는 편이지."

남자는 농담이라는 듯 말했지만 왠지 씁쓸해지는 분위기였다.

"그런 표정 하지 마. 나 오늘 그럭저럭 몇 년 만에 기분 최고거든."

동정받는 거 따윈… 싫다. 특히 당신한테까지.

"씻고 자요. 새 칫솔, 안에 열어 보면 있을 거예요."

여자는 제 농담처럼 옆에서 자 줄 것 같진 않았다. 그래서 그는 재빨리 말을 이었다.

"여기 좋네. 역시 조용한 집이 좋아. 그럭저럭 나았으니까 나도 집에 가고 싶어. 어제까지는 아무 생각이 없었는데 말이지."

영진은 그의 코트를 받아 든 채 아무 대답이 없었다. 그래서 그는 말을 이었다.

"내가, 다시 양평 집에 가고 싶은데… 나랑 같이 가 줄 수 있어?"

그녀가 고개를 들어 그를 쳐다보았다. 대체 무슨 표정인지 알 수가 없었다. 좋다는 걸까 아니면 싫다는 걸까.

"영천댁 내외를 다시 부르고 싶긴 하지만… 당신이 싫으면 다른 사람들을 구해 볼게. 가서 일 같은 거 하지 말고 그냥 하고 싶은 거 하고 편하게 있으면 되는데……."

그래도 여자의 표정은 읽을 수가 없었다.

"나… 돈 많은 거… 알잖아."

한심해라. 적어도 한때는 글을 써서 수많은 사람들의 마음을 흔들던 작가 아니었나? 그런데 이런 상황에서 겨우 이런 소리라니…….

"싫어요."

여자의 대답이 청천벽력같이 울려 퍼졌다. 실은 그냥 평범한 목소리였는데…

역시나……. 제가 그나마 사지 멀쩡할 때도 가진 재산이든 뭐든 다 필요 없던, 그런 여자였다. 그런데 이런 만신창이 걸레 같은 몸을 질질 끌고 와서 하는 말을 들어줄 거라 생각했다니……. 아니, 즉흥적인 생각이었다. 고요한 이 방의 적막이 맘에 들어서, 그리고 옆에 있는 여자가 너무… 좋아서.

양평의 집…이라니. 아주 순간적으로 떠오른 건… 달그락거리는 유리컵 속에서 움직이던 아이스아메리카노 속의 얼음들이 부딪치는 소리였다. 그녀는 좋아하지도 않았던, 대체 돈 주고 왜 시키는지 이해가 가지 않았지만, 설탕도 없이 달디달았던 그 광활한 2층 진공의 서재에서 마셨던 김 선생님의 아이스아메리카노……. 그리고 그 천둥번개가 치던 대낮에 뛰어든 남자의 품에서 나던 야릇한 살냄새, 제 속을 흠뻑 마셔 대던 김 선생님의 뜨거운 혀… 예쁜 옷을 입고 가서 앉아 해 봤던 데이트…….

그건 꿈이었나 생시였나. 꿈이라면 다시 한번이라도 꾸고 싶었던 밤이… 몇 날 며칠이었나.

망연하게 있는 남자를 보고 영진이 말했다.

"거기… 에어컨이 없어서 싫어요. 더운 게 질색이라."

그제야 그가 피식 웃으면서 말했다.

"당장 제일 비싼 에어컨으로 전부 다 공사하라고 하면 되는 거야?"

"그럼 뭐… 괜찮을지도."

깔깔 웃고 싶었다. 그러나 웃는 것보다 미소가 퍼지는 얼굴에 다가가는 게 먼저였다. 저 올라가는 입꼬리를 실컷 마시고 나서 그다음에 뭘할지 생각해 봐야 할 거 같았다.

작가 후기

5년 전부터 쓰던 이야기를 드디어 갈무리했습니다.

그 오랜 시간 동안 완결이라는 단어를 쓰지 못한 건, 현생이 바빴던 것도 있었지만 사실 용기가 없어서였는지도 모릅니다.

미움받을 용기……

처음 글을 시작했을 땐 그저 잘한다, 잘한다 하는 응원과 칭찬만 하는 게 미덕인 호시절이었는데, 어린이였던 우리 아이들이 청소년이 되고 성인이 될 시간이 지나면서 할 말은 하고 넘어간다, 내 맘에 안 든다 정도는 약과인 그야말로 과잉의 시대가 되면서 이젠 한물간 글을 쓰는 사람이 되어 버린 걸 이미 알고 있어서인지, 한없이 그 채찍질이 무서워 용기를 내지 못하게 되었던 거 같습니다.

그래도 또 이렇게 제 머릿속에만 떠돌던 두 사람은 생명을 얻어 세상에 나왔습니다.

이 글은 상당히 특이한 소재로 처음엔 동화 같은 이야기를 만들려고 작정했던 글입니다. 그런데 결국은 집값 상승과 주거를 해결하고 나니 세상이 달리 보이더라…라는 참 염세적인 주제로 끝을 맺어 버린 어설픈 이야기가 되어 버렸는데요.

처음 색청이라는 주제는 그냥 저도 인터넷에서 떠도는 누군가의 라디오 사연에서 본인이 색청이고 소리가 여러 가지 색으로 보인다는 이야기를 낭만적으로 쓴 것만 봤었을 뿐이었습니다. 그런데 제가 자주 가는 커뮤니티에서 밤늦은 시간에 누군가 자신이 색청이라고 커밍아웃하는 것을 직접 보게 되었습니다. 그래서 용기를 내서 그 사람한테 쪽지를 보내고 실제로 대화를 나누면서 여러 가지 사실을 알게 되었습니다. 그분은 제가 쓴 정욱처럼 심한 정도는 아니었고, 소리가 다양한 색깔로 연기처럼 뿌옇게 보여서 실제로 대로변을 지날 땐 이어폰을 꼭 끼어야만 길을 제대로 갈 수 있고, 큰 소리 덕에 앞이 안 보여서 실제로 넘어지거나 다친 적도 있다고 했습니다. 색청이 생기게 된 것은 학창 시절에 교통사고로 뇌진탕을 당한 뒤였고, 그 뒤로 컨디션에 따라 심해지기도 하고 덜해지기도 한다고 하더라구요.

지금 그분하고는 연락이 잘 되지 않는데 혹시나 제 글을 보신다면 꼭 감사하다고 말씀드리고 싶습니다.

한 편의 동화처럼 신비한 남자와 세속에서 버림받은 여자의 구원 같은 이야기를 쓰고 싶었는데, 결국 구원이란 금전으로 해결되는 게 아닌가 싶어서 글을 쓰면서도 이게 아닌데 싶더라는 생각을 하느라 글이 잘 안 써졌지만, 제가 생각하는 현실이 그런 모양입니다.

사실 이 이야기는 이다음부터가 진짜 로맨스가 아닐까 싶습니다. 혹시나 이 글이 좁은 지면을 벗어날 수 있는 기회가 된다면 뒤에 두 사람이, 자신의 병과 자신의 처지라는 굴레를 벗고 진짜 새로운 사랑을 만들어 가는 장면을 조금이라도 더 첨가하고 싶습니다.

오랜 시간 동안 저를 기억하고 아껴 준 분들께 정말이지 항상 감사하는 마음 가지고 있다는 걸 전해 드리고 싶습니다. 지금도 글이 잘 안 써지면 아주 오래전 사이트들에서 연재하면서 힘내라고 무조건 오구오구 하고 엉덩이를 두드려 주시던 독자님들의 수많은 댓글을 몰래 박제해 둔 걸 꺼내 보면서 용기를 얻습니다. 또한 블로그에서 저보다 더 제 글을 분석하고 이해해 주시는 수많은 분들의 포스팅을 보면서 용기를 냅니다. 미움이 무섭지만 그래도 못난 저를 사랑해 주시는 많은 미지의 분들을 위해서 오늘도 현생을 잠시 접고 또다시 글을 쓰는 용기를 냅니다.

　항상 감사하고 사랑합니다!

샤르트뢰즈

1판 1쇄 찍음 2022년 11월 22일
1판 1쇄 펴냄 2022년 11월 30일

지은이 | 언재호야
펴낸이 | 정 필
펴낸곳 | (주)뿔미디어

기획·편집 | 박경희 권자영
표지 디자인 | DO°CI

출판등록 | 2002년 9월 11일 (제1081-1-132호)
주소 | 경기도 부천시 소향로 17, 303(두성프라자)
전화 | 032)651-6513 팩스 | 032)651-6094
E-mail | dahyangs@naver.com
블로그 | http://blog.naver.com/dahyangs

값 10,000원

ISBN 979-11-6973-002-0 03810